U0531754

向雷锋同志学习

毛泽东

学习雷锋好榜样

吴洪源 词
生 茂 曲

1=G 2/4

$5.\ \widehat{3\ 2}\ 1\ |\ 5\ -\ |\ 1\ \widehat{2\ 3}\ |\ 5\ -\ |\ 5.\ 3\ |$

1. 学 习 雷 锋　　　好 榜　样，　忠 于
2. 学 习 雷 锋　　　好 榜　样，　放 到
3. 学 习 雷 锋　　　好 榜　样，　艰 苦
4. 学 习 雷 锋　　　好 榜　样，　毛主席的

$2\ \widehat{3\ 5}\ |\ 1\ \widehat{6\ 3}\ |\ 2.\ 0\ |\ 3\ 5\ |\ 6.\ \underline{5}\ |$

革　命　　忠 于　党，　爱憎分　明
哪　里　　哪 里　亮，　愿做革　命的
朴　素　　永 不　忘，　克己为　人
教　导　　记 心　上，　紧紧握　住

$3\ 5\ |\ \widehat{2.\ 3}\ \widehat{2\ 1}\ |\ 6\ 3\ |\ \widehat{2\ 2}\ 1\ |\ 6\ 1\ |$

不 忘　本，　　　　立 场 坚 定　斗 志
螺 丝　钉，　　　　集 体 主 义 思 想　放 光
是 模　范，　　　　共 产 主 义 品 德　多 高
手 中　枪，　　　　努 力 学 习　天 天 向

$5.\ 0\ |\ 5.\ \underline{3}\ |\ 6\ 5\ |\ 6\ \widehat{2\ 3}\ |\ 5\ 0\ \|$

强，　　立 场　坚 定　斗 志　　强
芒，　　集体主义　思 想　放 光　　芒
尚，　　共产主义　品 德　多 高　　尚
上，　　努 力　学 习　天 天 向　　上

★ 雷锋语录 ★

- 人的生命是有限的，可是，为人民服务是无限的，我要把有限的生命，投入到无限的为人民服务之中去。

- 骄傲的人，其实是无知的人。他不知道自己能吃几碗干饭，他不懂得自己只是沧海一粟。

- 我觉得一个革命者就应该把革命利益放在第一位，为党的事业贡献出自己的一切，这才是最幸福的。

- 但愿每次回忆，对生活都不感到负疚。

- 一滴水只有放进大海里才永远不会干涸，一个人只有当他把自己和集体事业融合在一起的时候才能最有力量。

- 我愿做高山岩石之松，不做湖岸河旁之柳。我愿在暴风雨中锻炼自己，不愿在平平静静的日子里度过自己的一生。

- 对待同志要像春天般的温暖，对待工作要像夏天一样火热，对待个人主义要像秋风扫落叶一样，对待敌人要像严冬一样残酷无情。

- 一个人的作用，对于革命事业来说，就如一架机器上的一颗螺丝钉。机器由于有许许多多的螺丝钉的连接和固定，才成了一个坚实的整体，才能够运转自如，发挥它巨大的工作能。

- 青春啊，永远是美好的，可是真正的青春，只属于这些永远力争上游的人，永远忘我劳动的人，永远谦虚的人。

- 在工作上，要向积极性最高的同志看齐，在生活上，要向水平最低的同志看齐。

- 世界上最光荣的事——劳动。世界上最体面的人——劳动者。

- 一朵鲜花打扮不出美丽的春天，一个人先进总是单枪匹马，众人先进才能移山填海。

- 我们是国家的主人，应该处处为国家着想。

- 凡是脑子里只有人民、没有自己的人，就一定能得到崇高的荣誉和威信。反之，如果脑子里只有个人、没有人民的人，他们迟早会被人民唾弃。

- 有些人说工作忙、没有时间学习。我认为问题不在工作忙，而在于你愿不愿意学习，会不会挤时间。要学习的时间是有的，问题是我们善不善于挤，愿不愿意钻。

- 把别人的困难当成自己的困难，把同志的愉快看成自己的幸福。

- 力量从团结来，智慧从劳动来，行动从思想来，荣誉从集体来。

- 如果你是一滴水，你是否滋润了一寸土地？如果你是一线阳光，你是否照亮了一分黑暗？如果你是一颗粮食，你是否哺育了有用的生命？如果你是一颗最小的螺丝钉，你是否永远守在你生活的岗位上？

- 螺丝钉虽小，其作用是不可估计的。我愿永远做一个螺丝钉。螺丝钉要经常保养和清洗，才不会生锈。人的思想也是这样，要经常检查，才不会出毛病。

雷锋

LEI FENG

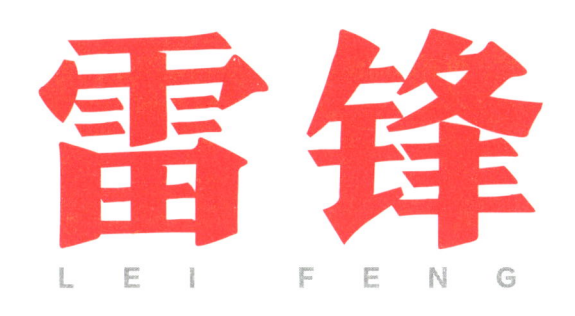

黄亚洲 著

天地出版社 | TIANDI PRESS

图书在版编目（CIP）数据

雷锋 / 黄亚洲著；—成都：天地出版社，2020.3
ISBN 978-7-5455-5522-6

Ⅰ.①雷… Ⅱ.①黄… Ⅲ.①长篇小说–中国–当代
Ⅳ.①I247.5

中国版本图书馆CIP数据核字（2020）第030573号

LEI FENG

雷锋

出 品 人	杨　政
著　者	黄亚洲
责任编辑	杨永龙　李晓娟
封面设计	蒋宏工作社
内文排版	尚上文化
责任印制	葛红梅

出版发行	天地出版社
	（成都市槐树街2号 邮政编码：610014）
	（北京市方庄芳群园3区3号 邮政编码：100078）
网　　址	http://www.tiandiph.com
电子邮箱	tianditg@163.com
经　　销	新华文轩出版传媒股份有限公司

印　　刷	北京文昌阁彩色印刷有限责任公司
版　　次	2020年3月第1版
印　　次	2020年3月第1次印刷
开　　本	710mm×1000mm 1/16
印　　张	34
字　　数	472千字
定　　价	68.00元
书　　号	ISBN 978-7-5455-5522-6

版权所有◆违者必究

咨询电话：（028）87734639（总编室）
购书热线：（010）67693207（营销中心）

本版图书凡印刷、装订错误，可及时向我社营销中心调换

序

需要真切地触摸雷锋

万伯翱

亚洲来函,托请我为长篇小说《雷锋》作序,任务不轻,很有点勉为其难的感觉。

但仔细想想,由我作序,也有几分道理在。首先,我们"中国传记文学学会"是电视连续剧《雷锋》的出品方之一,我也可列入最初的推动者名单,所以有一定的发言权;其次,亚洲为写剧本和这部长篇小说所作的第一次实地采访,是我全程陪同的,我们一起走了沈阳部队、抚顺、长沙望城、雷锋小时候居住的泥屋,既与雷锋当年的亲密战友乔安山倾心聊天,又去雷锋当年作过报告的"女兵连"作了实地采访,我们还与雷锋当年同村的小伙伴作了座谈,了解了很多第一手的新鲜素材。

就凭这两条,我想我大体上也可以写这个序了,何况亚洲来函中还提到我1962年秋天毅然离开京城去黄泛区务农的经历。那时候雷锋刚牺牲,全国人民还不知道我们国家有个可爱的士兵叫"雷锋",但亚洲说:"你其实已经在以自己的难能可贵的行动,在具体实践雷锋的螺丝钉精神和无限地为人民服务的精神了。"

这句话当然就勾起了我的那段平生最难忘的知青经历。那时候高级干部子弟的上山下乡在全国来说还是一件稀罕事,我离开繁华之都,进入了黄沙漫天的空间，砖头当板凳，板箱当桌子，墨水瓶做洋油灯，我当时那种物质生活的贫乏与精神生活的坚实，引起了全国青年的热议和仿效。而且，可以说，当1963年春天中国老一辈无产阶级革命家集体号召向雷锋同志学习时，我正值下到黄泛区半年，也是在第一时间里兢兢业业学雷锋的，雷锋的榜样力量更加坚定了我在艰苦环境中经受磨炼的自觉性。

对雷锋的这份难以割舍的感情，促成了我对于推动当代雷锋宣传事业的热忱，那么，如今为亚洲的这部长篇小说作序，也算是应有之义了。

在我看来，以长篇小说的文艺形式来塑造雷锋形象，应该说，是一件不容易的事情。我们四十几年来读过许多关于雷锋的故事、长篇通讯、传记，确实通过这些翔实的史料熟知了雷锋事迹的方方面面，但是作为一个饱满的典型的艺术形象，人们尚未见到这一呈现，中国文学的人物画廊里，还有所欠缺，我们无法从这个重要的艺术形象领域，真切地触摸到雷锋。无疑，这是一个遗憾。

由此我们应当感谢亚洲，他用将近五十万字的篇幅从一岁的雷锋写到了二十二岁的雷锋，这种写法是文学的，典型化的，充满智慧的，叫人流泪的，并且读完之后还能够使人久久掩卷沉思，我想，这就是小说有别于其他文体的魅力所在了。

亚洲的这部长篇，依我看，有这样几个重要特点。

第一个特点，是"大事不虚，小事不拘"。这八个字，当然是我们对传记文学作者的通常要求，但亚洲在长篇小说里，也比较自觉地采用了这个原则，在雷锋的整个人生当中，凡是有确凿记载的大事、实事，作者还是秉着"去除雕饰"的原则加以实写的，无非是艺术化的实写而已。我觉得这一点很重要，因为读者要看的雷锋虽说是"作者的雷锋"，但首要的还是希望尽可能地看到贴近"生活真实"的雷锋，而获得自己对"本真雷锋"的认识，在这里，对雷锋的过分夸饰和演绎，都不是读者所需要的，看来作者很明白这一点。

第二个特点是，作者根据小说创作的原则，采用了集中、提炼、概括的写作方法，把雷锋的事迹，以及他身边的诸人，都进行了一定的"杂取"，比如望城县委书记张复赵，其实就是张书记及后来的赵书记的联合化身，而他在团山湖农场的"姐姐"王佩琴，其实也是农场真实人物王佩玲和秦中华的"杂取"，至于王佩琴在去农场之前就送给了雷锋那支适合被窝里看书的手电筒，那就可能是"小说笔法"了；我知道亚洲是擅长道具运用的，这跟他擅长写作影视剧有关，比如电影《开天辟地》里陈独秀托街头小贩给正在拉大锯的两个儿子悄悄送的那篮"茶叶蛋"，比如长篇小说《日出东方》里毛泽东为了筹船票费而去长沙当铺当了的他的那块"打璜金表"。有时候道具比情节本身更容易使人过目不忘，一段故事记不住了，而小小的道具却沉浮在脑海里不肯退走。

第三个特点，我想，是作者对雷锋形象作了某种"正本清源"。比如我们常听到有人问：为什么雷锋做好事不留名，怎么谁都知道他的好事啊？为什么雷锋要"摆拍"那么多照片啊？为什么他作报告只说自己捐款的事而不提别人退捐的事啊？雷锋到底有没有谈过女朋友啊？这些设问其实都是好意，因为现在的民众不满足于二十世纪六七十年代的单一宣传了，都希望有一个更真切更生动的雷锋站在面前，而作者，对这些问题都作了他自己的调查、理解和阐释，他把雷锋当时的思想状况都作了描摹，相信对于作者的解读，我们会有同感。

我想强调，对这些问题的解答，让雷锋的故事或者雷锋的传记来完成，恐怕勉为其难，而小说空间开阔，亚洲又长袖善舞，便能一一作答。这种正本清源，对雷锋这个形象而言，对当代而言，是绝对需要的。

最后，我想说，这部长篇，写得很感人。感人，是一部小说很可贵的品格。老实说，我看了作品之后，也是泪流双颊的，好几次想忍，没忍住。

雷锋，这个真切地生活在中国土地上的年轻人，怎么就会那么深切地感动着一代又一代的人呢？尽管感动的程度不同，感动的方式不同，但是，雷锋作为我们中华民族的精神象征之一，这种地位的确立，恐怕已是不争的事实。

这个事实，是有深意的，是有生命力的，是会呼吸的，是活着的。

雷锋入伍于辽宁营口市，听营口市一位姓韩的外宣办副主任说："我认为每一个做父亲的，都应该让自己的子女读一读这本书！每一个当老板的，都应该让自己的员工读一读这本书！这本书的精神价值，将使你的下一代或者使你的员工受益无穷。"我觉得这个建议提得很中肯，这位韩副主任正是从民族精神的传承上，从这部长篇所作的有效的传输上，感觉到了雷锋这两个字的巨大人文价值。

我也希望读者能喜欢这本书，尤其是青少年读者。书中反映的那个社会氛围，离你们很远，但是，书中人物的思想脉搏，你们应该是能够感觉到的，起码是能够相当多地感觉到的，你们与雷锋，毕竟是一起扎根在我们的这块不能离也不能弃的热土上的，在这块土地上生长出来的文化，始终温暖地包裹着我们。面朝大海，春暖花开。这永远是我们这些炎黄子孙的共同感觉！

作者系中国传记文学学会前会长

>>> 目 录

壹	血,落在雪上,这个冬天冷得很	/ 001
贰	都走了,光剩个妈妈了	/ 029
叁	中秋月圆圆啊,讨饭棒尖尖	/ 061
肆	我的大军帽,我的小书包	/ 089
伍	土地热热的,所以才留在土地上	/ 113
陆	叫上一声姐姐,心里多甜	/ 141
柒	小螺丝钉,是不是该拧在拖拉机上呢	/ 165
捌	诗歌与作家,这是梦	/ 205
玖	钢铁是第二个梦,梦里有大雪飘飘	/ 247
拾	最倔的老头是最美丽的师傅	/ 277

拾壹	买了皮夹克，却闯野山沟	/ 303
拾贰	第二批进山者，只有一个小妹妹	/ 335
拾叁	军帽在，理想在，档案丢了	/ 361
拾肆	辽河的寒风，有没有吹动空中的手榴弹	/ 397
拾伍	这种处理矛盾的方法，应该成为一种典范	/ 413
拾陆	一切证章和锦旗都是冷的，只需心房烈火熊熊	/ 435
拾柒	不是不想见姐姐，这是步速问题	/ 473
拾捌	究竟是什么，使我们至今心潮难平	/ 505

〔壹〕

血，落在雪上，这个冬天冷得很

这一刻下雪，雪花密集，蜂拥入地，这么声势浩大却又这么寂静无声。

　　或许是一种象征，这种象征一直伴随着庚伢子降临世界的这一刻。他挣扎得是这么剧烈，呼吸到这个世界的空气之后却又是这么沉默，没有一声啼哭。这叫张圆满大为吃惊，她昂起头虚弱地问："是死胎吗，九斤大妈？"

　　这婴孩若是出生时的啼哭特别响亮，也不预示着这世界日后将会吃惊地记住一个姓名；这婴孩出生时如此吓人地沉默不语，也并不显示这个风雨飘摇的家庭日后一定会迎来一个又一个惨烈的打击。

　　九斤大妈为很多妇人接过生，没见过这么个沉默的伢子，她的念头是这伢子喉管里有什么异物吧？于是她用左手掌小心地托起婴孩滑腻腻的肚皮，用右手的两只手指轮流敲打着婴儿的背，说："好像是不情愿托生呢，也不晓得前生是个啥子人物！不过你放心，雷一嫂，不是死胎！"

　　这一刻是1940年12月18日，窗棂上积着一指厚的雪。火盆上燃着炭，血光满屋，可就是不闻婴儿的啼声。

　　窗外站着六叔奶奶，更远的地方站着六叔奶奶的儿子雷明义，雷明义蓬乱的头发和两肩都是雪。屋里的产妇是雷明义的堂嫂子。

六叔奶奶隔窗喊:"是男伢是女伢你九斤大妈嚎一声嘛!"

九斤大妈说:"男伢子!"

六叔奶奶说:"脐带断了么?"

九斤大妈说:"没听剪刀响吗?这剪子也该死,这么锈!"

六叔奶奶说:"不听见哭算啥子事嘛!"

九斤大妈吼:"在琢磨这个世道呢!日本鬼子不是快打过来了么?这世道费琢磨呢!"

雷明义奔上石桥,果然,迎面就看见了轿子。

这是一顶遮着棉轿帘的轿子。两个轿工一前一后抬着,嘴巴大口大口喷着气雾。

前面的轿工是三十三岁的雷明亮,后面的是二十四岁的同村佃户彭茂林,两人合作抬轿已有好些年了,好歹接点活儿,挣点碎钱。谭七少爷这一天从长沙回来,他们早早地就在河码头等着了,等着抬个十来里地,他们早就琢磨着要挣这一趟的铜钱。谭七少爷人阴阳怪气,给铜子儿每一回都不爽气。

"堂哥!堂哥!嫂子生了!"雷明义喊,双手乱摇,"嫂子生了,男伢子!"

雷明亮吃一惊,喜上眉梢:"男伢子?"

彭茂林在轿后喊:"恭喜啊!"

"只是不哭!"雷明义说。

"不哭?"做父亲的很感意外,"啥叫不哭?"

堂弟冲到了轿子跟前,光喘气,说不出一个所以然。雷明亮就放下轿杠,对堂弟说:"你替我一程!"

轿帘掀起了,谭七少爷伸头吼:"姓雷的,敢甩了我?!"

雷明亮边跑边喊:"七少爷,我女人生了!让我堂弟替一程!我女人生了!我女人生了!"

谭七少爷指着雷明亮的背影大骂，边骂边钻出轿子："雷明亮！你小子还是我家佃户不是？你抗上！当年你跟共产党闹，小小年纪当梭镖队长，臭脾气还没改啊？！你小心点！！"

雷明义哈腰说："七少爷息怒，我能抬！摔不下您！"

彭茂林绕到轿前，扁扁嘴巴，脸上不好看："七少爷，府上不远了，一脚就到了，你就快上轿吧！要是不想坐了你自己走！"

谭七少爷一听这粗声粗气，心里就犯格愣，他知道这更是个不好惹的主儿，脾性如火药子，村坊间都传言他跟地下赤色分子有瓜葛，于是咽下一口气，再不说话，弯腰钻进了轿子。

雷明亮连着拍自己的脑门，也琢磨不出这伢子怎么不哭哭这个世界。

再伢子问："爸爸，我生下来哭不哭？"再伢子砍柴回来，破棉鞋上都是泥糊糊。

雷明亮搂过七岁的儿子，说你嚎得像狼呢，生下来就七斤，你弟弟才五斤一两呢。五斤一两是刚才九斤大妈用杆秤称的。

九斤大妈说："怕是有什么魔障吧？要不要我去卜一卦？"

九斤大妈的卜卦肚里没真货，不像县上来的卜课先生有文化，一套一套的，今生来世说个透。她只是在一只蓝瓷花碗里丢两粒骰子摇几摇，看一个数，再摇一摇，看一个数，然后连猜带蒙说出一串话来。可真别说，简家塘村的老老少少还都挺信她。信她的一大部分原因是她基本免费，送礼随缘。

雷明亮马上说："那就有劳九斤大妈了！"

九斤大妈临出门时对张圆满说："莫急，莫急，雷一嫂啊，若真遇了魔障，解不了，也只好顺遂天意了，下年再生过嘛！"

雷一嫂一听这话，脸就变了色，紧紧把婴孩抱在胸前，说："这伢子能有么子事啊，不就是没哭出声嘛，莫咒他了，他可是个有寿的人！"

回到家的谭七少爷吃饭的时候先是对父亲讲了日本人的动静，又讲了汪精卫的动静,那是他从长沙打探来的,他好几个同学都在省政府做事,消息灵得很。他说日本飞机对重庆轰炸得很凶,老蒋躲来躲去,不过军队倒是收复南宁了,算是好消息。二十天之前呢,汪精卫在南京成立国民政府,当主席了。说到这里谭四滚子就说:"汪主席这叫英雄识时务。"随后谭七少爷就说到了佃户雷家的稀罕事,雷一嫂生了个儿子不会出声。

谭四滚子腆着肚子嘿嘿笑,对儿子说:"那是怕时局啊,时局悬喽!"

管家老金也嘿嘿嘿笑,然后咬着七少爷耳朵说:"雷一嫂又见了么?一直细皮白肉呢,庄稼活儿再怎么干也晒不黑。"

金有德这话是瞅着七少奶奶没有上桌才放出胆子说的,要是给七少奶奶听见,那可少不得又要撕他耳朵了。七少奶奶肚子大了,这个月都是用人端饭进房伺候的,一天一大碗乌骨鸡汤。

谭七少爷兴致好,回咬管家先生的耳朵说:"那婆娘奶水足吗?"

金管家说这倒不知道。

谭七少爷发话说:"我去看看她。对佃户嘛,也该发点儿慈悲心!"

谭四滚子瞪眼说:"七伢子,你少动一点儿歪脑筋!"

儿子喜荤,老子最清楚,每次去长沙,说是办事,火急火燎,其实"群芳阁""怡红院"没少去,老子最怕儿子没节制。

三天后,谭七少爷有了个大胖儿子,这是两个儿子夭折后的第三胎,一过秤八斤八两,谭家上下合不拢嘴。谭七少爷自然更是得意,在吩咐管家上县城求人排了八字以后,为儿子取名喜宝。

谭七少爷抱着喜宝的锦缎襁褓,边踱步边对床上坐月子的老婆皱眉:"你看你脸,肿得年糕似的,看人家雷明亮的婆娘,生一个伢,身段模样还那样,生第二个伢,身段模样还那样,管家就那么说的!"

七少奶奶一听这话脸就变色,一会儿就抽搭起来,说死不要脸的,在长沙逛窑子,染了花柳病,回村了还盯着人家老婆!

谭七少爷越看自己老婆越不顺眼,他对金管家说我怎么这么背运,老婆抢进门的时候还水灵灵的，不比人家雷明亮的婆娘差，肚子一大这脸就成红薯了。

金管家说，少爷既这么有心怎么就不去佃户家看看？于是，三天之后金管家就陪着谭七少爷踩着雪到了雷一嫂家，把半篮鸡蛋搁在雷家的破木桌上。

圆圆红红的鸡蛋让七岁的再伢子馋得咽口水，他拿起一个闻闻，又拿起一个闻闻，生鸡蛋没有粪味有香味哩。

东家到访，坐在破蚊帐里的雷一嫂就紧张，连坐在灶房的再伢子的三叔和三婶都赶紧站起来。三叔和三婶是来送半袋米的，他们明白雷明亮家这个冬天缺粮。

谭七少爷进门就笑嘻嘻说："虽说女人坐月子，男丁入门沾血光流年不利，不过这年头闹倭寇已经流年不利了，我谭某人也顾不得那么多，送点儿鸡蛋上门，看看雷一嫂奶水多不多！"

雷家三婶说："七少爷啊，不是奶水的事啊，伢子不出声，也不会吃奶，只靠灌啊！"

谭七少爷指着产妇说："试试，试试，兴许会吃奶呢！"

雷一嫂一听，心里恼，脸一沉说："七少爷说话，不能无礼！"

"哟哟，雷一嫂你出言不逊啊。"金管家大惊小怪说，"七少爷诚心诚意送蛋上门，你责他无礼是何道理！"

谭七少爷冲管家发怒说："你才无礼！人家雷一嫂是误解了晓得不？——你给我出去！"

金管家忙说："我出去，我出去，大家都出去，七少爷来看望雷一嫂，有话跟雷一嫂说呢！"

众人都出门，只有再伢子返回来说："我不出去。"他不出门是因为他喜欢这篮子鸡蛋，他也很担心母亲。

金管家声气很重地说："大人有话要说，细伢子懂么子，快出去！"

再伢子为难了，看看母亲。

母亲说："再伢子，你去村外桥头看看吧，你爸爸回来了！"

再伢子听母亲这么说，便也出了门。他明白母亲的意思，所以他一出门便奔跑起来，他知道他的爸爸扛着轿子等候在渡口。

谭七少爷见屋里空了就掀起狐皮袍子一屁股坐上床沿，露出整齐的白牙说："听说生了伢子一星期不哭，我都替雷一嫂着急了，这不是好兆头啊！我那胖崽子厉害，一着地哭得像狗吠，比大黄、二黄都吠得响。"

说着谭七少爷就把手往雷一嫂怀间插，作抱褓裸状。啪一下，他的手被打开了。

谭七少爷不动气，说："雷一嫂啊，你男人前几年遭到当兵的一顿打，腰也坏了，肾也坏了，早就没男人样了，废人能给你生出好伢子吗？这伢子一看就晓得生坏了，你看，只有进气没有出气，趁早扔了吧。你要不舍得扔河里，我帮你送长沙城育婴堂，那儿有洋大夫，兴许还能捡回一条小命！当年，你亲生父母不也是把你送育婴堂的？"

雷一嫂一听这话心里就难过，"育婴堂"三个字就像三枚针刺。她马上说："七少爷，谢谢好意！我的伢子我晓得，他会活的，他今天手脚都动了！"

"其实啊，雷一嫂，"谭七少爷说，"你这朵鲜花，插在谭家多好！你要生儿子，好呀，我给你生呀，何必死跟着你那半条命的丈夫？我一坐上他的轿就晓得，那种晃晃悠悠，那是腰杆子软。他腰不好，肾肯定不好，他是死撑，他这人肯定短寿。"

雷一嫂大声说："七少爷，你这番话就不对了！我是雷明亮的女人，这是铁打的事实，是不是？明亮人好，厚道，我傍着走，踏实！"

"你丈夫傍过共产党，当过梭镖队长！"

"那是他心善！"

谭七少爷惊讶地皱眉，说："你敢这么说？"

"我老婆说的没错！"雷明亮就是这时候进屋的，木门咣当一响。他一进屋就坐上床沿，捂着腰，喘气，但是嗓音不弱。

谭七少爷赶紧从床边跳开，掸掸狐皮袍子。

"明亮，怎么了？"雷一嫂发现丈夫神色不对，小声问。

雷明亮说:"不打紧,陈伤。"

"明亮哥是陈伤发了。"门外跟着走进彭茂林,"轿扛上肩的时候,明亮哥闪了腰。"

雷一嫂心疼,腾出一只手为坐在床头的丈夫揉腰。丈夫连说不要紧不要紧,雷一嫂却不止手:"是这里吧?是这里吧?——再伢子,灶上有热水,给你爸爸拧块儿热毛巾捂捂。"

这么说着,手上用着力,一件意料不到的事情发生了——她怀里的破布褴褛竟然滑落到地上。"啊呀!"雷一嫂惊叫。

更使人惊讶的事情也是瞬间发生的——着地的褴褛,突然发出了响亮的"哇——哇——"的婴啼。

谭七少爷惊讶地俯下身,脸上就被一口飞溅的唾沫击中。唾沫是婴儿喷出的,黏黏稠稠。

很难说这预示着什么,这个后来取名为庚伢子再后来又取正名为雷正兴的男婴,似乎把几天来对这个世界的不理解,都准确地发泄到了这个穿银灰色狐皮袍子的男人身上。

"儿子!"雷明亮不顾腰痛,惊呼着抱起婴儿,"我儿子哭了!!"

雷一嫂高兴得哭泣:"伢子!我的伢子!他能哭了,一定也能吃奶了!"

彭茂林一听这话,就伸手拉一拉谭七少爷说:"七少爷,走吧,我们都走,人家喂奶了!"

谭七少爷在走向谭家大院的路上,反剪着手,很没趣的样子。

金管家跟在后面说,鲜花愿意插牛粪,就让她插吧!世上总有一批鲜花是插在牛粪里的。这个世界啊,也怪,就是有不识抬举的人,还不少!

谭七少爷说我还是得拔!我就见不得牛粪上有鲜花。漂亮女人放过一个,都是男人的罪过。

于是金管家摇头晃脑说,天下本无难事,唯有时辰不至。一旦时辰来临，福气撞门入室！

　　谭七少爷一听这话，就知道他的管家心里有谱了。金管家祖籍浙江绍兴，虽未曾当过师爷，却满肚子都是师爷的花花肠子。

　　雷一嫂跟丈夫商量为伢子取名的大事。

　　伢子一旦哭了，就哭个不停，但是雷一嫂听着哭声心里喜欢，这几天来她太担惊受怕了。九斤大妈说这是她连着念经七天的效果，九斤大妈又求观音娘娘，又求太上老君，佛爷和仙家这几日都开始瞅湖南望城县安庆乡简家塘村了，九斤大妈说她有感应。于是雷一嫂再三感谢了她，把上半年绣的一条围裙也赠给了她。

　　雷一嫂对丈夫说，明亮哥，给伢子取个好名！我就不信穷人家伢子就一定没福，富人家伢子就一定养得好，我不信这个邪！大儿子我们要养好，小儿子我们也要养好！

　　丈夫听了这话很感慨，说圆满啊，你一向有这个志气！

　　明亮哥，你记得吗，我们有第一个儿子的时候，我就说给他取个小名叫再伢子。么子叫再伢子，就是再来一个伢子嘛，我就是要生第二个儿子嘛！我们家穷，可是儿子要多，儿子多了力量大，儿子成人了我们一家就翻身了！这个伢子生下来不哭不叫也不吃奶，我真焦心呀，我的儿子可不能这么不争气呀！现在好了，他哭了，喊了，也能吃奶了。明亮哥，我们再苦再穷也要把这伢子养好，养大！

　　圆满，你说得好，你的话听了叫人长志气！

　　那你这个当爸爸的，先给他起个名。

　　"起个小名吧，"丈夫说，"今年是阴历庚辰，就叫他庚伢子吧！"

　　婴儿开始啼哭，仿佛听见似的。

　　"哦哦，庚伢子，别哭别哭！"母亲哄婴孩，"明亮哥，伢子不乐意光给他起小名，还得给他一个大名呢！你给我们的大儿子再伢子的大名就取得好：雷正德！为人方正，又有德行，多好！"

　　丈夫思索了一会儿，说伢子哭出声了，圆满你高兴吧？

妻子说高兴坏了。丈夫说，那就取名兴！大名雷正兴！

成！明亮哥，依我说，这个兴字，不光是高兴的兴，还是兴旺的兴！我们雷家如今有两个儿子了，一定要兴旺起来。

只怨我不争气，腰挺不直。

怕啥，过几年，我们两个儿子的腰杆就硬邦邦的了！

圆满啊，你说话总是见志气！

人穷志不穷。妻子说。

"对啊，"丈夫拎起一篮鸡蛋说，"志不能穷！七少爷给鸡蛋，不安好心，给他退回去！"

"不，"妻子摇头说，"他自愿给的，我们收！我们交租，少了半斗，谭家都不肯，管家还拍桌子，狼一样嗥，你还记得吗？吓得再伢子后来发了高烧，你记得吗？所以我们今天不客气，他们给了，我们就收！"

照收！你也该补补身子！丈夫同意。

不，妻子说，我不吃鸡蛋。

不吃，那又何必收下？

我们是四口之家了，米面都缺，我们得有个过日子的打算，我想把这几个鸡蛋给孵了。六叔家不是养了只母鸡一直不肯杀吗？我们让那只母鸡给孵了这几个蛋，能出几只小鸡就几只小鸡，我们咬牙也得把这几只鸡养大。我们的再伢子、庚伢子都要长骨头啊！

蛋真的出了鸡，鸡又出了蛋，但是四年之后鸡仍然不多，只有七八只，有的是再伢子、庚伢子吃了，有的是黄鼠狼吃了，有的是青黄不接之际换谷糠了，更多的是年关时分被逼租的金管家抢走了。有一次金管家指挥两个家丁抢走了全部的鸡，雷家只剩下三只蛋再慢慢孵起来。那一天庚伢子哭得很凶，双手护住母鸡不让抓，被金管家踹了一脚，急得雷一嫂冲上前扯住他论理，却被金管家瞪眼说："敬酒不吃吃罚酒，雷一嫂你傻啊！"

为这句阴阳怪气的话张圆满半宿没睡着，抱着丈夫瘦弱的身躯直打冷战。

总之这四年里，这蛋，这鸡，没断过茬，直到最后的七八只鸡被进村的日本鬼子挑在刺刀上带走。那天被带走的还有庚伢子的六叔公家的两只小猪，三只鸡，九斤大妈家里的六只麻鸭。

这些家畜家禽都来不及带上山，只因为村里锣声敲得太急。其实磨豆腐的老吴敲锣的时候，头一个枪刺上绑膏药旗的鬼子已经冲过了村口的那座石桥。老吴的最后一声锣声，其实就是那鬼子用子弹敲响的，第二颗子弹就直接栽进了老吴的后腿，叫他倒栽葱了。幸亏老吴会装死，不然就真死了。

村里人全跑，拉家带口的，除了谭家。

鬼子来势太猛。

这是1944年的夏日，都说鬼子的十一集团军厉害，饿虎一样直扑湖南，中国的各路军队抵抗了好一阵子，死伤很惨，最后，守长沙的第四军也挺不住了，先丢了长沙城外的红山头，又丢了黄土岭，最后岳麓山主阵地也守不住了，长沙城一片焦土。

鬼子前脚后步就冲到了望城县，几乎是马不停蹄。

简家塘村响起了锣声，锣是磨豆腐的老吴早就备下的，谁知鬼子这么快就扑进了村。

命比什么都值钱，这个道理老百姓是明白的，所以林密沟深的宁家冲就成了第二个简家塘村，简家塘的乡亲几乎把这一带的山洞子地窝子全占了，一个个抱儿搂女惊魂不定。夏日的阳光穿过马尾松的针叶，落在他们的黝黑而惊惶的脸上，他们随身携带的很少的一点儿粮食很快就吃光了，野菜和山鼠开始成为充饥的东西。有人还敢吃刺猬，而有些饥饿的胃则被凉凉的山溪水灌得胀胀的。

年轻人想下山找点儿吃的，但老人拦着。老人半夜时分睡不着，他们能听见远处传来的隐隐约约的枪声，他们死活不让自己的儿孙下山。命是一次不能玩的，尽管家中破旧的缸里都还有几斗没带走的米。

住在村尾的李铁匠跟他伢子冒险下山，刚进村就被抓了苦力，五花大绑，连夜送去长沙城了。鬼子好凶哦，嘴唇上留着一小撮黑胡子，一说话就把长长的刀架在你脖子上，李家二伢子逃回宁家冲还没开口说话人就先昏了过去。

雷明亮还是想下山，他记得家中的米缸里还有两斗谷糠，他不能容忍十二岁的再伢子和五岁的庚伢子饥肠辘辘，两个伢子已经和九斤大妈家的秋生一样，连喝五天的野菜汤了。再说张圆满也得果腹啊，她肚子里又怀上了一个，要是让第三个伢子夭折了，这也是对不起雷家祖宗的事情。

雷明亮越火急火燎，张圆满越是嘱咐两个伢子看紧父亲，怕他冒险下山。简家塘村的谭家大院里常住着日本兵，日本兵手里有狼狗，而且谭家大院也养着很凶的大黄、二黄、三黄、四黄。谭四滚子五岁的孙子喜宝特别喜欢与狗打堆儿，常常撺掇狗儿咬人，这是大家都晓得的，所以大家都慌。慌狗，更慌狗后面的人。

雷明亮忽然感觉双脚被人抱住了。这一刻他正伏在半人高的草丛里，探头往前方看，前方是杂乱的灌木丛以及一条下山的小路。

"放开！"雷明亮低声吼。

再伢子和庚伢子各自死死抱住父亲的一条腿，就是不放。怎么能放呢？"爸爸，妈妈说一定不让你下山！""爸爸，鬼子会吃掉你！"

雷明亮被孩子缠得筋疲力尽，一屁股坐在草丛中，忽然像想起了什么。

"再伢子！"

"爸爸？"

"把嘴张开！"

大儿子把嘴巴张大，父亲仔细嗅了嗅大儿子的嘴。"庚伢子！"

"爸爸？"

"把嘴张大！"

二儿子也听话地把嘴巴张大。父亲又闻一闻,闻了就生气:"你妈妈还是没给你们吃啊!"

他拉着两个儿子站起来就往山沟里走。显然,他对妻子不满意。

张圆满刚钻出窝棚,就迎着了丈夫难看的脸色。"你给再伢子喝了吗?你给庚伢子喝了吗?我爬东山崖,一整天采的野菜,你煮了给谁喝了?再伢子、庚伢子都要饿死了,你看不出来?你自己喝了?"

九斤大妈闻声走过来说:"雷一哥啊,雷一嫂心善啊,她是看见那边树下翠凤没奶水,伢子饿得哭,所以把一盆野菜汤端过去了!雷一嫂,你是菩萨心肠,你可别动气,你莫怪雷一哥这么问你,他也是饿慌了!"

雷明亮说:"圆满,你就是不给再伢子喝,不给庚伢子喝,也得给自己喝下去!想想你肚子里的那条命吧!你不照顾自己,也得照顾肚里的伢子呀!"

再伢子说,爸爸,我跟你挖野菜去。我晓得哪种野菜没有毒。

庚伢子说,爸爸,我也会挖!

雷明亮对妻子说,逃来宁家冲都两个月了,我不能看着我两个儿子活活饿死,我也不能看着你活活饿死,还有你肚子里的细伢子!家里那口陶缸,你记得不?还有两斗谷糠,我记得的,一定要拿来!

"不要去!"雷一嫂像只兔子似的跳起,拉住丈夫说,"饿死你也不要去!鬼子就在谭家!"

两个儿子也一齐抱住父亲:"爸爸!不能去!"

"我已经是半个废人了,再这么坐着等死,等我饿死,等全家饿死,我就更是个废人了!"雷明亮说。

九斤大妈看雷明亮的眼睛越来越红,便喊她的远房侄子:"茂林!茂林!"

彭茂林赶过来。彭茂林是这么对雷明亮说的,他说雷一哥呀,不要说你憋气,我也憋气,大老爷们儿的,看着女人伢子这么遭罪,哪个心里不煎着熬着?可是雷一哥你想想,前天阿林冒死下山,就给逮了绑去长沙了!昨天早上,大根、二根两兄弟,刚下山,还没进村,就叫鬼子发现了，撒腿一逃，就是嘣嘣两枪，两条命没了！雷一哥，我茂林一直是把你当亲哥的，我是为你好，你别下山，还是凑合着挖野菜过日子吧！

雷明亮说，是有人被抓了，可也不是说哪个都被抓了！水富不是去村里走了一趟吗，不是把两升米弄来了吗？

看来是管不住雷明亮的一双脚了。

龟田少佐啃完一块油晃晃的猪脚圈，抹抹嘴，眼睛斜着谭四滚子。他琢磨不透这个胖胖的维持会长对大东亚共荣圈究竟是真心实意还是虚与委蛇。

"你的，办事的不力！"少佐说，"这么多的村民，都逃进山的！一个月的不回，两个月的不回！我们长沙的苦力的大大的少，你的把村里人藏起来，良心的坏了坏了的！"

这话急得谭四滚子鼻尖上出油迹。他说："太君，只要他们一下山，我就向皇军报告！"

龟田手指谭七少爷，对谭四滚子说："你的儿子？"

谭四滚子说是。龟田说："两天之内，我的带不走二十个苦力，你谭会长，是不是想把儿子的，交给皇军的带走？"

谭七少爷顿时脸白，但嘴上还在笑。喜宝趴在客厅红漆隔板壁的缝隙上看，这时候就扭头问母亲："鬼子要抓爸爸？"

他的嘴顿时被谭七少奶奶捂住。

只听谭四滚子小心翼翼说："太君放心！这两天就有下山的，不下山他们就饿死了！今天肯定也有，下山的人会越来越多！""喜宝，过来！你养的四条狗呢？""太君，我这孙子，五岁，就喜欢养大狗，狗可听他的话呢！""喜宝，你带上狗，跟你爸爸去村口，去桥头，每个口子都趴一条狗，不要叫，晓得不？不要叫，一叫他们会跑，一定不要叫。等到走近了，啊呜——咬上去！咬住他们！"

"走，喜宝！"谭七少爷下令，"带上大黄、二黄，马上走！管家，一齐走！"

金有德应了一声，立即跟上。日本人很凶，东洋刀说拔就拔，他心里也慌。

金管家眯细眼睛，朝远处观望，他的眼睛在黑暗中很亮，也像他身边的大黄。他忽然说："梭镖队长！"

果然有苗头了，谭七少爷一惊，说，是他吗？

是梭镖队长！

雷明亮？真是冤家路窄了！"喜宝，让大黄不要叫！"

雷明亮在灶房的屋角果然摸到了那口陶缸。他移开缸盖，手伸进缸一摸，果然还存着谷糠。

雷明亮闻闻手心，满掌心是救命的香味儿。

他想，应该下山啊，下山就有命了啊！

他甚至迫不及待地往嘴里送了一撮谷糠，这两天他已经饿得不成样子了。

忽然有些奇怪的响声依稀传来。雷明亮停止了咀嚼，慢慢回过头来，忽然就愣住了。

门外，窗外，黑暗中，站满了脸色阴沉的人：带刺刀的日本人！谭家的少爷和管家！谭家的高挽衣袖的家丁！还有狗，一声不吭的目光凶恶的狗！

谭七少爷拉着腔调说："久违了，雷明亮！"

他松了手，于是一条大狗忽地就扑上来，扑倒了这位夜色中的潜入者。

雷一嫂听到丈夫被抓的消息，头一晕，整个人就瘫了下去。丈夫是半夜走的，她没有管住他。消息是彭茂林奔回来报告的，他一直潜伏在村子边上，大气都不敢喘。雷明亮一下山，他就知道坏事了，九斤大妈让他赶紧跟着。彭茂林说："听说关在谭家大院，人还没带走！"

雷一嫂坐起来，半响，冷冷地说："我要回村！我不能没有明亮！"

彭茂林吃了一惊："这不明明再赔进去一个？"

雷一嫂说："我不能让他遭罪！"

再伢子与庚伢子一起叫："妈妈，鬼子要抓你的啊！"

九斤大妈厉声说："雷一嫂你疯了？你再怎么着也要想想伢子呀！你找死也不能这样找啊！"

雷一嫂搂住脚边的两个孩子，一时乱了方寸。可是在半夜时分，她又悄悄坐了起来。窝棚上掉下的水珠落在她发青的脸上。

九斤大妈翻身坐起，问："怎么了？"

雷一嫂没有回答。从这一刻起，九斤大妈就明白雷一嫂回村的主意是不可改变的了。在劝说了几十遍之后，九斤大妈说了这样的话："那我告诉你，雷一嫂，你不能这么一张白脸进村，日本鬼子个个是豺狼虎豹啊！"九斤大妈弯腰爬到锅子边，抹了一把锅灰，凑着依稀的月光，仔细抹在雷一嫂脸上。"千万当心啊，雷一嫂！"

在第一遍鸡叫之时，雷明亮才把谭家大院农具屋的北墙挖出了一块星光，一块砖头落在他脚背上，痛得他龇牙咧嘴也不敢出声。

他甚至在想爬出去之后是直接往宁家冲方向逃还是再到家里去一趟，陶缸里的谷糠的香气还是那样鲜明地缭绕在他鼻前。

他怕狗，狗会坏事，谭家大狗的凶狠是简家塘村有名的。

他每一个动作都做得很小心，出洞口时他的脸颊上都是青苔。但他猫着腰越过菜地的时候，事情还是坏在了狗身上。他发现自己的右脚被一条闷声不响的狗咬住了。

疼痛是这么的尖利，以至于他被扑倒在地，脚还在不停地抽搐。

他随后便听见了谭家家丁的嘶哑的叫喊："有人跑啦！"

家丁追了上来，按住了雷明亮。一刻钟之后，谭七少爷气急败坏地踢他一脚："敢跑？跑哪里去？！"

谭四滚子跟着龟田少佐走上来。龟田拔出指挥刀说："良心的，坏了坏了的！"

谭四滚子说："太君，这个人，虽是我家佃户，但是十几年前当过梭镖队长，跟共产党闹过革命，不安分着呢！"

雷明亮遭到更凶残的毒打。龟田抬起腿，军靴踩上了他胸口。

这一脚踩狠了，雷明亮喷出了一口血。

雷明亮对谭四滚子断断续续说："东家，你也太、太、太狠心了！我种田抬轿，抬过你无数回，也抬过你家少爷小姐无数回，你却这么跟日本人说话！"

谭四滚子不为所动，对日本人说："太君，你看，这个人开口，还是当年梭镖队长的口气！"

谭七少爷从旁踢一脚，也踢在雷明亮腰上。谭七少爷的皮鞋头尖，这一脚看似不重，其实很要命。

雷明亮蜷起身子，挣扎了一阵，不动了。龟田说打的不要，长沙的苦力的干活！

金管家说："太君，已经不行了。"

龟田弯腰，用手试试雷明亮的鼻息，摇摇头。于是谭四滚子吩咐家丁："拖到田里去！死了就喂狗！"

这时候最幸灾乐祸的是谭七少爷，他已经开始设想以后的日子。他的目光不经意地扫过金管家，就发现金管家也在对他使眼色。

雷明亮差一点儿死去。他精瘦的蜷曲的身子就像一只黑色的死山羊似的，横在长满蒿草的荒田里。他那会儿死了也就死了，因为龟田那一靴子踩得太沉，他觉得自己的整个内脏都重新叠了一下，气很难喘过来。而他顽强的生命力让他一直气若游丝，一直蜷到天黑时分，蜷到发疯似的雷一嫂和她的两个伢子像三只大鸟一样向他飞过来。

五岁的喜宝那会儿正牵着狗走过田边，喜宝听见了雷一嫂的"明亮！明亮！"的凄厉喊声。但他没有放狗，没有尖嚷起来，也没有叫身边的家丁赶回大院去报告。他心里有点儿害怕也有点儿伤心，他知道自己的爸爸紧跟着日本人也踩了那个佃户一脚。后来他把当时见了雷家女人没有嚷嚷的事告诉了母亲，谭七少奶奶搂着他说："细伢子哟，你的心不像你爸爸那样给狗吞净了呢！"

雷明亮是当天日本人撤走之后才被抬回家里的，他躺在床上连翻身的力气都没有，很想喊痛却又不敢出声，他怕妻子和伢子听见他的声音受不了。

几天以后家里就断粮了，陶缸里残留的谷糠应付不了几天。张圆满抚摸着丈夫发黑的脸颊，一遍又一遍说"要有一个鸡蛋就好了"，后来又说"要有半碗白米饭就好了"。

再伢子听见了妈妈的话，心里难受，说，妈，我翻窗去九斤大妈家，我听秋生说，他家还有一点儿米。

"不成，"母亲说，"饿死也不做翻墙越窗的事！"

再伢子说，那我去讨点儿饭来，村里还有几户没逃难的。

庚伢子说，哥，我跟你一起去讨！

庚伢子走出屋门就问哥哥，去哪里？再伢子说，你跟上我！

他领着弟弟绕过九斤大妈的屋子，穿过坪坝，直往谭家大院方向走。庚伢子怕了："哥！"

哥哥说，别的人家怕是都没米了，就老爷家有白米。

庚伢子往后缩，说我不吃白米。哥哥说庚伢子呀，我和你，还有妈妈，不吃白米都行，可是爸爸病这么重，你说没白米行不行？

庚伢子瞧见谭家那朱红色的大门就有点怕，要是他知道这时候喜宝正领着他的大黄、二黄躲在门后头，肯定就逃回家了。

喜宝手里牵着狗，也像狗一样趴着。他是听金管家说雷家的两个儿子要来谭家报仇了才紧张的。金管家说日本人押了十几个苦力去长沙，一定会有人来谭家寻衅报仇，那些家里人吃了枪子儿的，挨了军刀军靴的，能瞅着维持会长的家宅不出气么？你看雷家那两个穷小子这不就来了？手里还拿着木棍棍呢！

喜宝分辨不出那棒子是讨饭棍子还是报仇武器，只等敌人走近，就突然跳起，大声尖叫：

"大黄咬腿！二黄咬脚脖子！"

一场人兽大战刹那间就开场了。一只狗紧紧咬住了庚伢子的腿，在地上拖。再伢子发疯一样打开了这条狗，又同另一条狗搏斗。再伢子有几分拳脚身段，竟然一时间能把两条狗逼退。

他拉着哭喊的弟弟赶快往回逃。

可是狗又扑了上去，庚伢子再一次被撞翻在地，这一次又被咬着了脚后跟。再伢子急忙从地上捡起一块石头，砸那条叫二黄的狗。

二黄伤了一条腿，汪汪叫着，瘸着退了。大黄见二黄退了，也掉头跑，好狗不吃眼前亏。

金管家却冲出门来，怒了，直指再伢子，你打的？

再伢子说，狗咬我弟弟！

金管家更凶："啊，狗咬你弟弟，你就敢咬狗？来人哪，把这两个小混账带进大院去！"

天井里，谭四滚子斜眼看看两个抽泣的孩子，咕噜咕噜抽着水烟。

谭家老太坐在木椅上，女佣冯嫂为其捶背。

他们默默听着在房里的喜宝哭。喜宝最舍不得狗瘸了，他的眼泪滴在二黄金色的耳朵上。

谭四滚子瓮着声音说："跪下！"

"跪下！"金管家大喝，"老爷说了，跪下！"

再伢子说："人不能跪狗！我不跪！"于是庚伢子也哭着说："我也不跪！"

谭家老太阴阴地说："看起来，非掌嘴不可了！金管家，昨日，你给那个养鸡的老寿头掌嘴没有？"

金管家说掌了。

"是啊，"谭家老太说，"我要喝的是童子鸡血，县上郎中说只有童子鸡血当药引子才能治气喘，这老寿头杀的是老骚鸡冒充童子鸡，这不是要我的命吗？所以说啊，不听话的，都要掌嘴，掌了嘴了，这嘴巴就不硬了，说的话就好听了！"

谭四滚子听老婆这么说，便扭头吩咐："掌嘴！"

家丁下手很不留情，他们打惯了，他们粗大的手掌像两把蒲扇，像扇炉火一样地扇，再伢子与庚伢子大声哭喊，鼻腔里鲜血流出。

谭四滚子说，好了，再问问这两个坏伢子，该不该跪？

再伢子哭着说不跪，庚伢子也哭着说不跪。

谭七少爷从厅堂里走出来说，看起来，梭镖队长的两个儿子都是小梭镖队长，脑后都是反骨。这邪气不打下去，我们谭家日后也不用在简家塘立足了！

谭家老太说，看起来，掌嘴掌得不够啊！

家丁又下手，继续扇炉火扇，再伢子与庚伢子挣扎着大哭。这哭声传进谭七少爷的卧房，让谭七少奶奶心里觉得老大不忍。

"喜宝！"她对儿子说，"出去告诉他们，这狗的腿本来就瘸，不是雷家伢子打的。"

儿子还是听母亲的话的，奔出门就说，别打人啦！

喜宝后来又说，二黄本来就有点儿瘸，不是他们打的。

谭七少爷不满意了，说，滚回屋里去！一听这腔调，就知道是你妈教的！

谭家老太阴阳怪气说，怎么又不掌嘴了？我听着哪！

一听老太太发了话，家丁又扬起了手掌。就在两个孩子再一次嘶哑哭喊的时候，雷一嫂冲进了大门。

她脸上的黑锅灰还没有洗净，她是听到有人大呼小叫说两个伢子被狗咬了又被拖进谭家大院之后才奔出家门的，雷明亮吐着血说快去快去别管我了。现在雷一嫂发疯一样张大双臂，母鸡护小鸡似的护住两个流鼻血的儿子。"连细伢子都打，老爷你还有没有良心啊？！"

"那么，我们家的狗，是被哪个有良心的人打坏了腿呢？"谭七少爷平心静气地说。他仔细地看着雷一嫂那张好看的脸。

谭四滚子腆着大肚子说:"告诉你,雷一嫂,这条二黄,是我七伢子从长沙买的名犬,五十大洋一条,这条打坏的狗腿你说赔多少钱吧!"

五十大洋,真是吓死人的数字。

"妈妈,"再伢子哭着告诉母亲,"我打的,狗咬庚伢子,咬腿上,都咬出血了!"

雷一嫂说这不公平啊,我儿子脚上伤了哪个赔啊?五十大洋,不要我命啊?

谭七少爷嘿嘿笑,笑完了说,雷一嫂啊,乡里乡亲,抬头不见低头见,有事好商量嘛。去那边屋子,我们聊个话,谈个价,怎么样啊?

一俟雷一嫂走进空屋,跟着进门的谭七少爷便回身插上了雕花木门的门闩。

"嘿嘿嘿,"七少爷眼睛里发出绿光,"脸上锅灰还没洗尽,就这么白净,洗尽了,还不知白净成啥样呢!"

七少爷,有话直说。

雕花木窗上,悄悄爬上了喜宝的眼睛,是他母亲特地叫他来观察的。他母亲心里不踏实。

雷一嫂啊,你的刺绣远近闻名。我看,就这屋吧,你就住这屋十天,给我绣一件出门穿的绣花褂子,就算赔了狗钱了。当然啰,这十天里,我要是进这屋子来坐坐、歇歇,雷一嫂你也该好好陪陪我!

七少爷这话,说得不正经!

我这可就是正正经经谈条件!你要肯这么做,不仅不赔狗钱,我另外再给你三斗白米。知道你家断粮了,作为东家,该有点儿慈悲心嘛!

你说的都不是正经话。我走,你让开!

谭七少爷拦住对方说,这是件好事嘛!两利嘛!是好事不是好事,莫慌,你我再谈谈!

这时候窗外传来女人尖厉的喊声,紧接着门就如擂鼓般咚咚响,雕花窗飞起灰尘。谭七少爷一开门,他老婆就眼泪鼻涕撞上来:"不要脸的,干脆把我休了吧!我带喜宝走!我早不想在你谭家受气啦!"

谭七少爷拼命推开老婆:"你嚷嚷什么?你疯了?"

雷一嫂趁机闪出门去,奔到两个孩子身边,拉起他们就走。家丁上前来,雷一嫂一声怒吼:"滚开!"

谁也不敢再拦她。

雷明亮求生的欲望很强,他一碗接一碗地喝着1944年冬天的野菜汤,病病歪歪地熬过了年关,但是始终下不了床。

他心里很苦。他是男人,却不能养家,而且脸上还张着一张要人伺候的嘴巴。

春天快到了,血是不吐了,但是心里却更堵。

他每一次用嘴接着妻子舀给他的热热的野菜汤的时候,胸口就闷得厉害。

伢子呢?他每一次都这么问妻子。

妻子肚子滚圆,但眼神里总有一种使人安定的力量。他很感激妻子。妻子是童养媳,从小就到了雷家,尽心尽意地伺候着这个四面漏风的家。妻子说,都有吃的,你放心。

我心里悬着。

明亮哥,我心里也发悬,不踏实呢。

我知道,你心里悬的,是日脚难过。两个伢子两张嘴巴,肚里又要出来一个,担子都在你一个人身上。

只要存着志气,这日子就熬得下去。张圆满说,开春了,那几亩田,我会耕起来的。再伢子十三了,也会拉犁了。庚伢子也会满山拾柴火摘野菜了。你就安心躺着,你是内伤,内伤不容易好,只有慢慢养,你不要为家里的事心口添堵。你好了,大家都会好。

你心里,为么子悬呢?

眼睛。发绿。山里的狼一样。

鬼子？

鬼子躲长沙城里头了，也不来了。是村里人。

谭家七少爷？

你猜着了。

他对你怎么了？

谅他也不敢。这几天管家又来诱我，要我进谭家刺绣。你说我会上当吗？只是我心里一直发悬，我不晓得谭家还会使出么子阴招。

"圆满，我晓得你，你有法子扛。"丈夫深深叹气，"你到我们雷家做童养媳，一直到嫁给我，从来没有舒坦日子，一直么子受苦啊！"

我本来就是育婴堂出来的苦伢子，我惯了。明亮哥，我觉得嫁给你是我张圆满的福气，你不要以为我苦，我福气得很！

雷明亮是在妻子"我福气得很"的安慰声中闭上眼睛的。他在妻子说过这句话的一个半月之后吐出了一大口血，然后气绝，头歪在打过三层补丁的蓝花布枕头旁边。他在咽气前的一刻钟还在心里默念着妻子的这句话，尽可能想象着妻子的乐观和满足，想象着妻子也许为肚子里即将出生的又一个伢子心怀激动。尽管他心底里明白这些想象可能都不是事实，但他还是要这么想，不然他撒手不下。

去世的前一天，他还把两个伢子叫到床前，用最后的气力跟他们说话。他知道他的气力已经见底了。

再伢子，庚伢子，你们……叫我一声。

再伢子说，爸爸！

雷明亮点点头。

庚伢子说，爸爸！

雷明亮点点头。

你们，听爸爸话吗？他喘着大气问。

听！两个儿子都说。

"再伢子，庚伢子，你们大了，会做农活儿了，再伢子会拉犁了，庚伢子会打柴草了，都是男人了，爸爸高兴，所以爸爸要跟你们讲实话。"

雷明亮喘了一阵，说，"爸爸熬不了多久了，命苦，爸爸没法子。爸爸不在了，你们一定要照顾好妈妈。"

最后一句话他连着说了三遍，一遍比一遍说得慢。

丈夫撒手人寰使张圆满悲痛欲绝，九斤大妈一边帮着她为死者穿上纸做的鞋底画有荷花的鞋子，一边劝她说不要过于悲痛，太伤心劳累了会伤及快要出生的伢子。回过头想想，雷一哥也算是一种解脱，他捂着胸口常年卧床也够遭罪的了。

张圆满一心想置一口好棺木让丈夫上路，她觉得她的明亮哥这一辈子太惨，不能一张芦席卷走了事。可是一口棺木不容易办到，眼下青黄不接，秧田刚插下去，家里没吃的，活钱更是一个子儿没有。

她思来想去，让两个儿子守着死者脚后的那盏长明灯，自己上了六叔公家门。

一脸愁容的六叔公一边修理着皮影戏的戏幕，一边对堂侄媳妇说，侄媳妇啊，你想为我侄子置一口棺材入土，也是至理啊！可是这年头谁家拿得出铜子儿啊，我去四乡唱皮影：小日本屁滚尿流举白旗啊，好日子如花似锦小阳春！我这唱的是假戏啊，说啥日子好比小阳春，假的呀，没小阳春啊！小日本倒是缩回长沙了，日子仍旧惨啊，家家揭不开锅啊。侄媳妇你要借钱，我心里一百个情愿，可是衣兜里没铜子儿响啊！

六叔公的儿子雷明义灰着脸，一边搓着草绳一边说："我堂哥命里没福就没福了吧，睡一张芦席去西天也不折煞人。我外公、外婆谁不是芦席卷着棉被走的？嫂子，你的情义我堂哥他心里明白，但就是这年头世道不对，穷日子不出头，大家都没法子想，我堂哥他不会怨你。"

雷一嫂揩泪，听这些话的时候她一直泪流不止。

雷明义的老婆一边追打伢子，喊"叫你调皮！叫你调皮"，一边回头对雷一嫂说："嫂子啊，明义说得不错啊，就是这个理啊！"

六叔奶奶像雷一嫂一样一直垂泪，听到这里，她推一推老伴说："下面村庄不是又请你唱戏啊，兴许哪个老爷能多赏几文大钱呢！"然后她把一小篮谷糠递给雷一嫂说："拿去吧，知道再伢子、庚伢子这两天都饿了。"

雷一嫂接了谷糠，抹着泪，腆着大肚子站起来，摇摇晃晃往院门外走。

"等等！"雷明义喊住她，"真的要筹棺材钱，只有一个法子。村头有人要租田种，你手里不是有九亩租田吗，你让出七八亩转给人家，这棺木钱就有着落了，而且还能置一副好棺！"

六叔公一听就怒："这算么子主意？那人家吃啥？人家有俩儿子，肚里还有一个，就指望着这九亩田！——我唱戏去！我拉场子连唱三天，管他有没有人听！"

六叔公的嗓音略带沙哑，但是韵味儿好，中气足，一会儿男腔，一会儿女腔，声腔转换自如。说起他的皮影功夫，四邻八乡都有名气，迷得人不行。怨的只是年景不好，村坊想听但包不起，六叔公只有走村打散锣，想办法现场收些铜子儿。

这一回雷六叔在下游几个村庄唱的都是《穆桂英挂帅》，六叔轮番表演着杨文广和杨金花。戏幕前蹲着一大群衣衫褴褛的人，这些人里伢子和老人居多。

  杨金花唱：姐弟在门前仔细瞻望，天波府果然是威武堂皇。
  杨文广唱：飞虎旗插在百尺楼上，画阁上一排排上阵刀枪。
  杨金花唱：杨金花虽女儿豪情倜傥，执霜矛舞雪剑驰骋沙场。
  杨文广唱：我杨家上三代是保国上将，小文广定做个四代的栋梁。（念白）姐姐，有朝一日，要是出兵打仗，我要做了元帅，就点你为先行。
  杨金花白：什么？你挂帅，我的先行？
  杨文广白：是啊！

杨金花白：美的你！我挂帅，你的先行，那还差不离。

杨文广白：不成！我挂帅，你的先行。

杨金花白：这是为什么？

杨文广白：因为……我是个男的，你是女的！

听到这里，坪坝上就爆发出一阵哄笑。

六叔公见好就收，从戏幕后头走出，堆起笑容，连连拱手："诸位乡亲，在下今日就献演到此！"

他捡起一直放置在小戏幕旁的一顶翻转的破礼帽，首先向几个穿得比较光鲜的老者哈腰，递过帽子去。谁知那几个壮年农民互相一使眼色，低头而去。

场子里的人顿时就散了大半。伢子们更是跑得欢快，一边跑一边还嗷嗷叫。

只有一个老伯，站起来，从袖管里摸出两枚铜钱，扔于帽内。

另外一个妇人，也递了一枚铜钱，说："雷家六叔，过瘾哪！"

六叔奶奶满心巴望着丈夫那顶黑色的破礼帽能多盛点儿东西回来，谁知一连三天下来，背着大藤箱进门的丈夫却是一张闷脸，像是被穆桂英迎头劈了一剑似的。

一家八口人围桌吃饭喝野菜汤的时候，只听雷明义嘟嘟囔囔说："租田吧，租田吧，船到桥头自会直嘛！"

第二天一早，六叔奶奶到张圆满家，先给破蚊帐里的雷明亮点了一炷香，然后劝泪流满面的张圆满说，若是一定要筹一副好棺，那就动转租的脑筋吧。但是最好别走这条路，田是命根，伢子还小，眼光得长远点。

张圆满心里承受着煎熬，午饭后，一边腆着肚子下在水田里耘田，一边与瘦得像猴一样的大儿子商议这件叫人进退两难的事情。

"再伢子，你是男人呢，妈要你拿主意呢，妈把你当作大男人呢。"她说，"你说，妈能舍得这些田吗？就算妈舍得了，再伢子舍得不舍得？"

儿子说："再伢子舍得。"

母亲惊讶于儿子的果断，说："再伢子，你爸爸说过，田是农家命根！"

转租给人家八亩，咱家不是还有一亩吗？妈，现在别的不能想，只能想怎么让爸爸躺上一口棺材！见母亲沉默，大儿子又说，我晓得妈是担心日后我同庚伢子吃不上饭。妈，我们会吃上饭的，我大了，能够帮家了。田少了我可以做工去，六叔公不是说我们雷家有个远房亲戚是开厂子的吗？在津市，开的厂子不小，我可以去他那里做工！

母亲失色，说，津市几百里地，你这么小年纪，怎么做工？

大儿子说，人家十二岁的都有做工的呢，我都十三了！

再伢子当天晚上把弟弟叫出屋子，板着脸对他说，你六岁了，也算是男子汉了，是我们雷家的主心骨了！

穿一身孝服的弟弟捻着自己身上的麻衣线头，说，对，妈妈是女人，我们都是男子汉。

哥哥说，我们一定要给爸爸买上一口棺材！

庚伢子说，睡在芦席里，会给野狗扒出来吃掉的！秋生哥哥也这么说过的！我们的爸爸不能叫野狗吃掉！

哥哥说，家里实在没有饭吃，哥哥就带你去讨饭，我们讨饭养妈妈！

庚伢子说，见狗，我们就打！

哥哥说，妈妈很苦，我们不能给妈妈添更多的苦，宁可我们吃苦！

庚伢子说，庚伢子不怕吃苦！你一定要跟妈妈说，我们会养活她的。

再伢子当晚把两兄弟的一致意见告诉了母亲。张圆满坐在丈夫脚后的长明灯旁边，抽泣了一个晚上。

转走了八亩水田，筹到了一副红漆棺材。棺材徐徐落入简家塘村西坟坑的时候，哭成泪人儿的张圆满差点儿要跳下去。

"你小心肚里伢子呀！"九斤大妈死死地抱住她。

雷一嫂几乎哭昏在地上："明亮哥你走吧，你走吧，你就别操心我们啦，我会把伢子生下来，会把三个伢子带大的啊！明亮哥，你听见我说的话了吗？……"

谭七少爷在喂鸟食的时候，听金管家颠儿颠儿地跑来报告，说梭镖队长下葬了，那个女人为了一口好棺材，把八亩水田转租了，几乎断了生计。

谭七少爷说："那个半条命啊，早该见阎王了！水田转租了也是好事嘛！"

金管家说："听说要让她的大儿子出外做工呢！男人死了，一个儿子要出远门了，这好像不是那女人下的棋，是七少爷您下的棋啊！"

这句话说得谭七少爷眉开眼笑。长沙的"赛华佗"彻底治愈了他的花柳病，现在他的心里，比什么时候都有虫子爬动的感觉。

贰

都走了，光剩个妈妈了

再伢子的出行，是经过他自己深思熟虑的。他十三岁了，十三岁的苦伢子思考问题，已经够得上"深思熟虑"这样的标准了。

津市离望城县四百里地，四百里地又怕么子呢？男伢子大了，总要挣钱。家里只剩一亩田，用不着太多的劳力，他可以抽身而去了。弟弟庚伢子六岁，转眼又要添一个小弟弟或者小妹妹，他这个做老大的，该挣点儿钱让家里人糊口了。爸爸临走前看着他的眼光里，他感觉到有很多很多的东西，有很重很重的分量。

由于六叔公的提议，三叔雷明义答应亲自陪送再伢子走那四百里地，盘缠也由他出，因为雷明义见过那个远房亲戚钟厂长，五年前父亲请他喝米酒的时候雷明义也陪着。人面贵如金，人一见上面，就好说话，给再伢子一些厚待应该就没啥子疑问了。

张圆满听了这话，虽然心里的难舍减了几分，但思来想去，总归不踏实。伢子十三岁，毕竟还小啊，又从来没见过世面，此去四百里，能平安吗？

她请九斤大妈给掐一掐。

九斤大妈坐在自家堂屋的太上老君画像前，手中不停摇动一只蓝瓷花大碗，碗里有两粒骰子。她念念有词，每一次她都是念念有词的，神态之严肃不亚于墙上那个胡须满面的太上老君。

张圆满腆着大肚子，规规矩矩坐在她面前。

庚伢子不敢进屋，但他一直趴在九斤大妈家的窗户上往里看，他知道妈妈求平安是为了哥哥出远门，但他也弄不明白为什么一只瓷花碗摇一摇，他哥哥就会平安或者不平安。

"秋生哥，你舅妈算得准吗？"向秋生也站在他旁边看，所以他问秋生。

向秋生说，我是不相信的。向秋生比庚伢子大两岁，但好像懂事很多。

庚伢子说，秋生哥，我舍不得我哥哥走。

向秋生说，我也舍不得你哥。你哥一走，我跟谁掏鸟窝啊？

后来张圆满就高高兴兴出来了，一见庚伢子就说你哥顺风顺水呢。说着就牵起庚伢子回家，看起来心里瓷实。

向秋生有点儿不相信，进屋就缠上舅妈，非要打破砂锅问到底："舅妈！顺风顺水是么子话呀？是啥都好？"

九斤大妈说是啊，是一句好话啊！

舅妈你怎么算的啊？

怎么算？舅妈不识字，就这么说说嘛，好话说几句人不怪啊。

"假的？"向秋生一把揪住舅妈说，"你说的是假的？庚伢子的妈你能骗吗？"

舅妈说你做啥做啥，你懂什么，假就是真，真就是假。

"你骗人，你骗人，你骗人！"外甥一迭声叫。

"轻点儿声！"九斤大妈举手，装着要打外甥的样子，"这能算是骗？你伢子懂个啥呀，这是好话。好话听了，人就踏实，人一踏实，好运自然就来！你懂不懂？这叫行善，你舅妈一直是这么行善的，你这臭伢子！"

"你就是骗人！你说我爸爸妈妈会来看我，等了两年了还没来！养牛的大伯说我是孤儿，他就说我是孤儿。"秋生愤愤说。

"瞎说，"舅妈瞪眼说，"你爸爸妈妈都是郎中，走天下，帮穷人治病，后来叫土匪带走了，后来在土匪那儿当医生呢！土匪不让他们回来！你也别急，保不定说回来就回来了！"

"你就骗人骗人骗人，你舌头上长疔疮！"向秋生喊。他不怕舅妈吓唬着拿笤帚揍他，他一溜烟就走，舅妈追不着。

后来向秋生就告诉庚伢子，他舅妈这个人靠不住。他说，我舅妈说顺风顺水，那是骗人，你要告诉你妈。

庚伢子摇头说，要是告诉我妈，我妈就会天天想我哥，天天睡不着觉，天天在床上哭。

秋生听了这话，就像大人一样沉默。他抬头看天，天上渐渐出现星星了。他们并肩坐在屋阶上，屁股下石头很冷。

庚伢子说，秋生哥，你相信吗？我哥可有本事了，我哥在外面会挣到钱的。

庚伢子果然没有把秋生的话告诉妈妈，更没有告诉哥哥。

张圆满虽说心里踏实了大半，可是一路送儿子到枞树港河边的时候，不禁又难受起来，直至痛哭失声。

她的眼泪落在枞树港里。

枞树港是湘江的一条支流，水流清冽，十几丈宽，一条靠摆渡人自己手拉过河的棕绳，牵着一条小小的摆渡船。小船现在靠在河边，春天的蝴蝶一会儿绕着岸畔的花朵，一会儿又翩翩落下，停在赭色的船头。

十里送子，终有一别，分别的时候到了。母亲一见渡船就忍不住泪如雨下。母亲哭的时候，再伢子也哭了。

再伢子跪下来，把额头俯在春天的黑泥上，对挺着肚子的母亲行了一个大礼。

说实在话，再伢子也真不舍得离开母亲和弟弟。他哭着说，妈，庚伢子，你们都回去吧！有三叔带着，你们只管放心！

雷明义说，堂嫂啊，你就放心，这一路，冷啊热的，我都会照顾好再伢子的！

再伢子又对弟弟说，庚伢子，哥挣了钱，一定给你买件新衣服。

你先给妈妈买。

那，我就给你买糖。

弟弟问，糖很甜吗？哥哥说很甜。

上船前，再伢子又回头喊，妈，雷正德外出做工了，妈在家多保重！妈生了弟弟还是妹妹，有人来新盛机器厂，给捎个口信！

空气中有硫黄味，再伢子又剧咳了几声。

他想忍住咳嗽，但实在不能。他一踏进新盛机器厂的厂门，旁边那座锅炉间就有气味飘出来，特别的熏人。

不准咳嗽！腰挺起来！三叔这样警告他。

再伢子苦着脸说这气味呛，我忍不住。

见了钟厂长，能咳嗽吗？

不能咳。再伢子说。这一点再伢子是明白的。

见厂长，要鞠躬！三叔又叮嘱。

再伢子问，是不是不兴磕头？

兴鞠躬，不兴磕头。这是工厂，不是村坊，得讲新潮。三叔说。

再伢子快步跟上三叔往东面的一幢二层楼走。那楼黑黑灰灰的，木楼梯很陡，再伢子轻手轻脚跟着三叔往上登，只觉腿肚子有些打抖。六天连着走了四百里地，小腿肚上的肉都硬了，一颤一颤的。

钟厂长在发脾气。

他是个头发梳得油亮的人，坐在写字台前，见有客进门，眼一斜，也不打招呼，只顾着跟面前垂手而立的两个工头发脾气："啥抚恤金！抚恤个屁！弄坏了我的齿轮箱，我不要他赔钱算是他阴福！告诉他老爸，一个子儿没有！有本事叫他警局告去！"

是，是。两个工头连连哈腰，走了。

三叔趋前一步说，钟厂长，这就是简家塘的雷正德，今年十三，有气力干活儿。我爸爸特地让我把他带来厂里，为你厂长效劳！

钟厂长眉一皱，说，三天没吃饭了还是四天没吃饭了？

是，是，三叔哈腰说，瘦是瘦了点儿！雷正德，还不给钟厂长鞠躬！

再伢子慌忙鞠躬，又咳嗽了几声。钟厂长扔下手中的一支钢笔说，不是痨病鬼吧？

三叔说，哪能呢！六天前，还在田里拉犁呢！一把好手呢！

钟厂长说，去人事课！

他手一挥，再不理睬雷家的人，直把三叔弄得一愣一愣的。

钟厂长啊，三叔向门边走了几步，又走回来，说，五年前，厂长来过简家塘，我爸爸请你喝过米酒。

钟厂长瞪眼，去人事课，听见没有？

三叔吓一跳，赶紧扯上再伢子就走。再伢子出门前，想起什么，又转回来，规规矩矩朝钟厂长鞠躬，说，厂长再见！钟厂长只顾自己拨电话盘，睬也不睬。

就在大儿子走后一个月不到，张圆满产下一子，也是九斤大妈接的生，重量跟庚伢子一样，五斤一两，着地就哭，哇哇号，号得张圆满高兴。

热心的九斤大妈第二天拿来一簸箕白米，进门不见产妇，只见出生才两天的婴儿抱在六叔奶奶手里，一个劲儿啼哭，闹得六叔奶奶不停地走来又走去。九斤大妈问，雷一嫂呢？

六叔奶奶说，下田了！

"下田了？"九斤大妈脸都吓白了，"刚生伢子就下田？！她不要命了？！"

果然是不要命了。雷一嫂与庚伢子弯着腰，踩在水田里，两手着地，并肩耘田。阳光很烈，汗珠布满了这对母子的额头。愤怒的九斤大妈奔跑在田埂上，手舞足蹈喊，产下伢子第二天下田，你不怕落下病根啊？

雷一嫂直起身，冲田埂方向笑笑，不说话。

九斤大妈大吼说，庚伢子，叫你妈上来！你也六岁了，该懂事了！

庚伢子求告母亲说，妈，上去吧，我会耘的！母亲说，庚伢子，家里就剩这一亩田了，不能不侍候好庄稼啊！

九斤大妈又吼说，庚伢子！你也算是男人了！你怎么不叫你妈上来啊？！

庚伢子看看岸上的九斤大妈，又看看满脸通红的母亲，一时不知说啥好，鼻子一酸，突然朝天大哭起来。

"好，好，庚伢子，不哭了！"母亲说，"妈不耘了。"

张圆满一走上田埂，九斤大妈就拉住她顿脚不已，连声说你这个雷一嫂啊，你还敢赤脚，你真的不要命了？！

"九斤大妈，我能撑住。"

"告诉你，我卖了鸡，换了点儿米，分一半给你，已经送你屋去了。"

"怎么谢你呢，九斤大妈？你家也缺米，你还给我！"

"谁叫你没奶啊，没奶，只能喂米汤啊！"

雷一嫂眼圈发红，说，我也真对不住这伢子！

"好了好了，别伤心了！我帮你取了个好名字，叫金满，成不成？我虽然大字不识一个，可就觉得这金银的金，美满的满，是好名字！雷一嫂，你说好吧？下过骰子问过菩萨了，菩萨也说这名字好！"

雷一嫂抹泪说，那就好，那就好，但愿这伢子长大了，命里有金啊！

九斤大妈说，你男人虽然走了，可总归还有三个儿子，日子熬下去，总有出头的一天。

"我就是这么想的,九斤大妈!"张圆满真的就是这么想的。三个儿子,死活拉扯大了,那就是三个壮汉,人说三个女子一台戏,那三个汉子呢?那就是雷家有局面了,那就是雷家发达了。明亮哥虽闭眼在九泉之下,到那一天,怕也要咯咯笑呢!

张圆满真的就是这么想的。这么一想,她心里就平静了许多。

母亲生了一个小弟弟的消息,是简家塘西头村庄的一位工友告诉再伢子的。再伢子马上问生下来有没有哭。听说哭得很响,再伢子的心一下子着了地。他想,好,我有俩弟弟了,我要努力啊。当然他并不知道自己的第二个弟弟其实很危险,母亲一滴奶水都没有,只靠灌米汤,五斤五两的婴儿半个月之后只剩下四斤。

守着一台小冲床的再伢子每天都盼望加班,他看见秃子工头仰着脸走进冲压车间的时候,知道今天又会加班了。

秃子工头朝再伢子看,看他右手的运作,看他不停地把一块又一块的圆形铁片置入冲床内,咣当咣当咣当,冲压成碗状的物体。工头手里提着一根用马尾编织的小鞭子,冲大家喊话说,老板通知今天加班,加六个钟头!有哪位先生嫌累了苦了不想加班的,喊一声,让我听一听!

没有应声,只有机器响。工头凑着昏暗的灯光,盯着脸色发黑的再伢子,问:"加班六个钟头吃得消吗?喂,雷正德,问你呢,长耳朵没有?"

"吃得消。"再伢子说。他眼睛里都是血丝。

"大声点儿!"工头有些气恼。

再伢子大声说:"我吃得消!"

工头说:"吃不消就滚回工棚睡觉,想做的人多得很,瘦猴子!"

再伢子更大声说:"我吃得消!我要做!"

工头说:"看你打过瞌睡了!"再伢子慌忙说:"没有,我一困就用钉子扎腿呢!"

再伢子说着就举起一枚大铁钉。

工头说，嚅，倒是有脑子！

再伢子说："我要多挣工钱！我有了第二个弟弟了，他叫金满。家里缺钱，我要加班挣工钱！"

这就对了，谁不想挣钱！这年头，就银子是爹！工头一边说，一边摇摇晃晃走了。

等到秃子工头巡查了三个车间回到冲压车间的时候，情况就改变了。这时候已是后半夜一点半，他的马尾鞭子朝雷正德打了过去，因为他看见这个小瘦猴正一边冲压零件一边垂头打瞌睡，那枚扎大腿的铁钉早已掉落在地。

再伢子猝不及防，挨了一鞭，整个儿人后仰跌倒，将身后的一座木架子撞翻了。

木架倒地，哗啦一声，木架上搁着的一副生铁模子跌在地上，碎裂了。"好你个雷正德！"秃子工头拧着再伢子的耳朵，将他从地上拉起来，"上工打瞌睡不算，还把生铁模子打坏了，你吞吃了豹子胆啊！"

鞭子不停地打在他身上。再伢子痛得像刺猬一样缩成一团，双手抱着头说，我不是故意的，先生你别打了，你行行好啊！

钟厂长仰脸躺在木椅上，一台华生牌电风扇在他的身旁咣当咣当摇头。他显然在思考着什么。

"把他带进来！"他扭过脸说。

秃子工头将再伢子推进厂长室。

"罚钱吧！"钟厂长说话的声音很干涩，"生铁模子打碎了，罚雷正德三个月工钱，前两个月做工的工钱扣发，再赔一个月！"

再伢子大惊，说："啥呀？"

厂长说："没长耳朵？"

"我要工钱！我家里需要钱，我妈生下我小弟弟了，家里要买米，厂长你不能不给我工钱！"再伢子哭起来。

钟厂长示意工头把孩子带走："就这样吧，我忙着呢！"

再伢子挣脱出工头的手掌，对钟厂长哭喊："钟厂长，你不是我们雷家的远房亲戚么？我六叔公请你喝过酒，钟厂长你不记得了？"

钟厂长冷笑一声，说我钟某人只认银洋上的人脸，这年头还能认谁的脸？

丢了工钱，再伢子比什么都心疼。第二个晚上他看着冲压件的时候，看到的全是一只只小碗，那些碗都是空的，正在发出咣当咣当的空洞的声音。

他眼睛一闭就看见了母亲，母亲见着他就惊喜道："家里有白米喽！"

母亲旁边站着弟弟，弟弟伸手说："哥，糖呢？"

弟弟的笑容好可爱哦！

再伢子突然惊醒，肩膀上一阵火辣辣的痛。马尾鞭子在昏暗的灯光下飞舞得像蛇。就在这一刻，再伢子突然惨叫一声，他左手的五只手指在咣当一声之后刹那间不见了，紧接着五股鲜血便喷向了空中。

他昏死过去了，没有听见全车间的惊叫。工友们惊惶地向他奔过来，迅速切断了冲压机的电源。

雷正德！雷正德！雷正德！许多尖厉的声音在喊，快包扎，止血！用细绳子扎紧！

厂长对这起工伤的态度很使人心凉，他最后的态度是这样的："你们看见么？雷正德按的手印，他自己按的，他认可欠厂里一个月工钱！这样吧，我钟某人也不是无情无义的人，看在他断了五个指头的分上，这笔钱不叫他还了！"接着，钟厂长就用夸张的手势撕去了手中的欠条。

"诸位！"钟厂长又沉下脸，厉声说，"厂方已经仁至义尽了！如果谁还要来找我麻烦，我就把他送警局严惩！"

厂长的嗓子像哨音一样尖厉地响起来之后，在厂长室挤了半屋子的工人们便一声不吭了。他们本来是想求厂长发发善心给一笔治伤费的，但这时候他们都想起了警局的局长隔三岔五都到新盛机器厂与钟厂长喝个酩酊大醉的情状。

跟再伢子同睡一个工棚的老年工友找来了一个小小的陶瓮，往里面放了半瓮的石灰。"可怜的伢子，五只手指头是装不回去了，藏在这石灰瓮里吧，好歹也是骨肉！"他说。

躺在竹床上的再伢子呜呜抽泣，两天来他一直在叫痛，厂医只给他上了一点儿止血粉，包扎了一下。

老年工友说，雷正德，安心在这儿养几天伤，我们供你饭，有我一口总有你一口。伤口止痛之后，你就回家，回家见你妈妈。

再伢子哭着说，断手了，回家也不能做活儿了，我还是寻一条江回家吧。

"寻一条江回家？投河？"老年工友大为吃惊，"雷正德你犯啥子傻？你才几岁啊？我老爹当年断了两条腿，从湘军的死尸堆里爬回来，照样娶媳妇，生下我们六兄弟。你雷正德还没娶媳妇呢，年纪轻轻你寻啥短见啊？不许你这样说！晓得不？"

张圆满下决心走一趟津市，大儿子的安危牵动着她的神经。她不是听见什么确实的消息才出发的，她只是觉得自己连着两天心惊肉跳。九斤大妈为她的恐慌摇了半天蓝花瓷碗，也说不出个所以然，只说从卦象看好像有些个气运不佳。九斤大妈这么一说就更促使张圆满下决心上路了。她把小金满托给了六婶，带着庚伢子就往北走。原本她是不想带庚伢子的，六岁的伢子走四百里地，怎么走？可是庚伢子不放心妈妈一个人出门，哭死哭活要跟着去，说讨饭也得跟妈妈一起讨。

幸亏天气还热，一路上过夜，门廊里、桥洞下、柴房内，都不至于挨冻。这四百里地母子俩走了足足十三天，过益阳，绕过洞庭湖西，又过常德，这才到达津市。

津市这城不大，一问新盛机器厂在哪儿谁都晓得。可是一踏进厂门，喊几声再伢子，然后看着工友们一个个惊愕地从工棚里出现，张圆满便明白出事了，是她的大儿子出事了。她一把扶住身边的庚伢子，只觉一阵眩晕。

再伢子不在津市，他两天前已经离开了这里。他孤零零地走路，背着一个破布包，断裂的右手被破布包得像大腿一样粗，悬在胸前。

他几乎没有方向，跌跌撞撞走着，失神的眼睛里见不到一点儿希望之光。一个在泥泞路上拉车的人见到伢子可怜，便把一张正在啃着的麦饼撕下半张来，放在他胸前的布绷带上。

再伢子没有道谢，甚至没有朝施舍者看一眼。他抓起半个饼，机械地咬了一口，他的空洞的眼神依旧直视着前方，这种可怕的神色一直伴随着他穿过沅江，走到益阳，走近枞树港，走近湘江这一条特别清冽的支流。

这里离家乡很近了。他看着自己垂在胸前的残手，脑子里除了水声什么都没有。他就是在这里告别母亲和弟弟的。

他在河边站了许久，才慢慢走向渡船。他听见水流在清晰地说："这就是家了。"

渡船上已经有了两个身挎"朝山进香"黄袋子的老太太。老太太见一位小年轻上船，就高兴起来。"有人拉船了！"她们互相点头。

谁知再伢子却站得一动不动。这一下，一位老太太看出门道来了："叫他怎么拉？他手有病！"

两位老太太开始自拉棕绳，让小船慢悠悠过河。但这两位老太太无论如何也想不到，正当小船行到河流中间的时候，那个呆呆站立的伤残伢子，在突然喊一声"妈妈"之后，就扑通一声栽下了船头。湍急的水流吞没了这个伢子，一张口就吞了。

"跳水啦！救命啊！有人跳水啦！"

偏僻的枞树港没有任何人听到求救声。

雷家母子踏上了归程，工友们站在工棚门口，难言地望着这对母子的背影。张圆满双手捧着小小的石灰瓮,她那件背上打着大花补丁的蓝布衫在风中瑟瑟抖个不停。钟厂长叫会计送来三块大洋,张圆满没有收,她只把银洋在瓮壁上敲击了几下,让睡在里面的五根手指听到,然后说一句:"迟了!"

接着,她就把三块银洋扔在会计的脚下,带着庚伢子出了厂门。她对儿子说:"庚伢子,我们回家!你哥哥没有了,他从河里回家了,找爸爸去了,他命苦,这是我们雷家背运,没法子。我们就把你哥的手指带回村里去,埋在爸爸的坟里吧,让他每天摸着爸爸!"

她说这话的时候,脸上很平静,而六岁的庚伢子哭成了泪人儿。

庚伢子从扔在地上的三块光洋上踩了过去,跟母亲踏上归程。

投河的再伢子顺流而下,不多久就被渔网缠住了,接着就被枞树港河口的渔翁宋大爷捞了上来。宋大爷把昏昏沉沉的投河伢子放在自家窝棚的硬床板上,放了两天,伢子才醒来。宋大爷说:"你看,河水一浸,伤口就爬满蛆虫了!作孽啊,伢子,我给你洗净了,上了药!记得回家的路就赶快回家!天无绝人之路,好死不如赖活,做人要想得开,回家去吧,家里有父母吧?"

再伢子说:"爸爸死了,还有妈妈。"

回家见妈去吧!不想自己,也得想想你妈。你妈把你养这么大,也不易啊!我一个孤老头儿,穷,没饭吃,小鱼小虾饱一顿饿一顿的,要不我也就多留你几日了!你看,你身子还滚烫呢!

再伢子说,我想……要一粒糖……

老渔翁没听清楚:"啥?"后来他听清楚了,是糖。

老渔翁走到屋角,在一只陶罐里摸索着什么。

那里有几块儿麦芽糖,溺死的小孙子生前留下的。可是,这个小可怜要糖做啥呢?

雷一嫂捧着石灰瓮回到简家塘村的时候,一村的乡亲都感觉到了悲哀。六叔公哭着说:"我这侄孙子怎么这么苦啊,连个囫囵尸首都见不着!"

九斤大妈在太上老君像前点了香,嘴里喃喃自语,说托太上老君给地藏王菩萨打个招呼。秋生这一回很恨他的舅妈,他对庚伢子说,要不是他的舅妈乱说啥"顺风顺水",再伢子哥哥也不会只剩下五只手指头回村来。

第二天清早,雷一嫂就捧着石灰瓮上了雷明亮的坟地。雷明义帮着掘了一个地穴,将石灰瓮埋了进去。

潮湿的泥土散发出香味儿。九斤大妈点燃了香烛。

雷一嫂跪下来,哽咽着说,明亮哥,我对不住你,只能让你儿子的五只手指头陪你了!

庚伢子心里酸,见妈妈跪下,也赶紧跪下,然后他就看见三叔将一块写有"雷正德之墓"的细长墓碑立在新垒的坟前。就在这当口,远处传来喊声,喊的是"雷一嫂",声音尖厉而惊惶。

雷一嫂跳了起来,她看见彭茂林与三个村民抬着一块门板,踏过杂草,一路飞奔而来。门板上躺着一个男孩。

彭茂林飞奔着大呼,再伢子!是再伢子!!

雷一嫂突然狂呼着奔过去。门板上果然是再伢子:"再伢子!我的亲儿子!你怎么火烫火烫的?……再伢子,你睁开眼,你看见了吗?我是妈妈!"

面色赤红的再伢子睁开眼,呻吟一声:"妈……"

"我听见了,再伢子!"

"哥!哥!我是庚伢子!"庚伢子摸着哥哥的额头。哥哥额头火烫火烫。

彭茂林告诉大家,再伢子是在离枞树港不远的娘娘庙门口发现的,脚走烂了,手上的伤口爬满蛆虫。

沉默的三叔推倒了他刚刚竖起的"雷正德之墓"的墓碑。

再伢子睁开眼,看着母亲说:"妈……我不争气……我对不起你……"

母亲哽咽着说:"再伢子,我的亲儿子,你受大苦了,你回来就好!……"

"弟弟,糖!……"再伢子伸开手,手心里有一块黏糊糊的小糖块儿。庚伢子流泪接下了这一块糖。他说,哥哥,你真的给我买糖了?

这时候他看见哥哥笑了一笑。

六叔公说,啥都别说了,能活着回来,全家团圆,比啥都好!

九斤大妈看着再伢子的断手说,再伢子这断手,要治!不能等了,大家凑点儿药钱,去请郎中!

雷一嫂忙说,求求大家了,谢谢大家了!

可是不幸的事情还是发生了,由悲转喜的事情往往会眨眼间依旧由喜转悲。门板上的再伢子脸色迅速由红而灰,一只手耷拉下了门板。彭茂林惊叫:"再伢子,你怎么了?"

雷一嫂哭着喊:"再伢子,再伢子!"

九斤大妈伸手,试一试再伢子的鼻息,忽然以手掩面。她的太上老君和观音娘娘哪个也没帮上忙。

雷一嫂拍地大恸,我的再伢子啊!亲儿子啊!你怎么这么苦命啊!!……

六叔奶奶朝天喊,天爷啊,你不开眼啊!六叔公也呜咽失声。

黏糊糊的小糖块儿从庚伢子嘴里掉了出来,掉在青青的草地上。庚伢子泪水长流。

默然的三叔又将刚刚推翻的"雷正德之墓"的墓碑再一次扶了起来。

雷一嫂喊,三弟,不能就这么埋了我大儿子!哪怕是一口薄皮棺材,我也要让再伢子睡了去!把他的五根指头挖出来,放在他手上,一齐放进棺材里!!……

六叔公顿足说,侄媳妇啊,哪有钱置棺材啊!

雷一嫂说,我还有一亩水田!宁可把这亩水田也转租了,我也要一口薄皮棺材!哪怕全家讨饭,我也不能亏了再伢子!

这话有理。大家再没有话说。坟地上呜咽一片。好几只黑色的鸟儿飞过，呱呱有声。

三天之后，再伢子睡着一口白板薄皮棺材，躺在了父亲的左侧。他的断手旁边，排列着干瘪的五只手指。

张圆满在丈夫和大儿子身旁坐到半夜，才牵上庚伢子回家去。

失了租田的张圆满靠乞讨度日，度过了1946年的年关。她带着庚伢子去过望城县城，也去过长沙城，母子俩在长长的小巷的石板路上走。"老爷太太，行行好吧！"在他们的呼唤声里，雪花一阵又一阵飘落。张圆满问儿子苦不苦，儿子说有妈妈在身边就不苦。

庚伢子懂事啊！

春天到了，庚伢子七岁了，自觉有点筋骨了，每天都提一把柴刀，早早地上山去砍柴。每天，庚伢子艰难地把柴火背进门，总能听见弟弟凄惨的啼哭声。"庚伢子呀，你的小弟弟看来是养不活了！"妈妈总是这么说，"妈妈实在没有奶水呀，小金满只喝一点儿米汤，越来越瘦，一把骨头了。"

妈，我今天砍了两大捆柴火！

我听见声音了，很沉啊！可是庚伢子，柴火再多也卖不出钱换不成米啊！

婴孩的啼声越来越沙哑和凄惨。"啊，啊，是妈不好！……妈没奶水，妈喂不活你！……小金满你苦命啊，投胎在我们雷家！"雷一嫂好几回想好好地痛快淋漓地哭一场，可是她连哭的力气也没有。

庚伢子坐到母亲身边说，妈，一定要养活弟弟！哥已经死了，弟弟不能再死！我去谭家要点猪食，他们的猪食槽里经常倒着米饭，老猪倌待我好，他会给我的。

"别去！"雷一嫂一听谭家两字就紧张，"有狗！你忘了你的腿怎么被狗咬出血来的吗？……哦，哦，哦，小金满别哭，家里还有半碗米汤给你吃啊！……"

妈！秋生哥说了，他家里今天有米烧饭呢，我向九斤大妈要点儿饭。

"别去！"雷一嫂依旧很坚决，"他家也是三天没米下锅了，我们不能让人家为难！庚伢子，锅里有野菜汤，你盛一碗，给妈也盛一碗。"

话还没落地，九斤大妈就进了门。九斤大妈手里捧着一碗白米饭。

雷一嫂，她说，邻帮邻，一家亲，有啥为难的啊？秋生刚才回来说，你家又喝了三天野菜汤了，那怎么得了啊，你雷一嫂的奶水哪里来啊？！快，吃下一碗米饭去，长点儿奶！

雷一嫂说，你也是牙缝里挤出来的啊！你家秋生瘦得脸黑，我看了心里也不忍啊！"庚伢子，快把碗端回九斤大妈家去！"

不，庚伢子说，妈吃！

母亲沉脸说，听话！

庚伢子接过碗，硬是放在柜子上，说，不，妈吃！

有一小团饭粒掉地上了，庚伢子赶紧俯下身去，细心地捡起来。

庚伢子走到门外，吹吹手心，然后把一粒粒饭放在嘴巴里嚼。

他坐在门槛上，在黄昏的冷风里，细细地嚼着饭粒儿，嚼得很香。他甚至闭上眼睛嚼，享受着大米的醇味。

秋生走过来，说，给！

"饭！"庚伢子眼睛发亮，真是一个饭团。

秋生说，晓得你好几天没碰白米饭了！

我们家没有田了，一亩也没了。

你吃下去。

庚伢子站起来说，不，我给妈吃，我妈没奶水，我弟弟整天哭。

你吃下去！我是悄悄省下来给你吃的！

"那我吃一口。"庚伢子小小地咬了十几粒米饭，细细嚼，"真香啊！"

秋生看庚伢子这样的馋相，心里老大不忍，表示说以后他要经常从他舅妈的灶锅里抓出饭团来给庚伢子。

庚伢子进门,把饭团塞给了母亲,他一定要母亲吃下去。母亲没有奶水叫庚伢子很揪心,他真的怕弟弟跟着哥哥走了。所以他经常摸着小金满的瘦如豆芽的小手,喃喃说话:"弟弟,你可不能死啊!我们的哥哥已经死了,你要是活不成,妈妈可就太伤心了!我也太伤心了!"

小金满这时候常常不再哭喊。

庚伢子会继续说,小金满,你是听懂我的话了吧?小金满,我们家里穷,没有田,没有米饭吃,可是妈妈很喜欢你,我也是很喜欢你。你可要记住啊,我们喝野菜汤也要活下去。妈妈说你得了伤寒,可是你一定要好起来,等你长大了,我们就一起玩儿!我们一起捡柴火,我们一起去讨饭,我们要避开大狗,我们会讨到许多许多的饭,我们吃了就不饿了!谁家的田不种了,我们再去租,我们一起拉犁、插秧,到秋天就把稻子割下来,打出米粒来,这样我们就有米煮饭吃了!弟弟,你听见我说的话了吗?

小金满眼睛滚圆,浑身火烫,一动不动。

庚伢子好几次跟母亲说,弟弟的病会好的,弟弟都听懂了我的话了。母亲这时候就很欣慰地说,庚伢子也会安慰我了。后来又说,九斤大妈送来治伤寒的草药了,九斤大妈说了,观音菩萨会保佑我们小金满的!

可是这一天深夜,鸡还没叫第一遍,庚伢子就被大床上传来的一声惊叫吓醒了——大叫"皇天"的正是他的母亲。

"皇天啊!!"张圆满紧紧怀搂小金满,失声痛哭,"金满啊!我的三伢子!我的小金满!!"

庚伢子跳起来。他在母亲怀里摸到了渐渐发硬的弟弟的躯干,那躯干细得像一根黑色的柴火。

母亲捧着小儿子的尸体,一连声惨呼,他还是饿死了啊!菩萨你不开眼啊!我的小金满你这么没福啊!皇天啊,天爷啊,你太狠心了呀!!

九斤大妈冲进房门,紧紧抱住雷一嫂颤抖的肩膀,大声说雷一嫂你别号了,女人本来就是苦命的,不然还叫什么女人啊!就比如我,丈夫跟我圆房才三天就死了，女人就那么惨啊。

庚伢子走出门口，就被满肩雪花的秋生抱住了。秋生说你也别掉眼泪了，你没了哥哥没了弟弟，我就是你兄弟。听了这话庚伢子就号啕大哭起来，哭声在初冬的村子里显得格外凄凉。

村后山坡上，在"雷明亮之墓""雷正德之墓"的旁边，又新竖起一个小坟头，一块写有"雷金满之墓"的墓碑竖了起来。说是墓碑，其实也就是刨了半边的一根树干，还是请出谭家的保姆冯嫂出来帮着写了几个字。整个村子的人除了谭家大院里的人识字之外，老老少少没一个识得字的。

雷明义扔下铁锹，叹口大气。

雷一嫂搂着庚伢子，扫视三块墓碑。她没有再哭，眼泪似乎已经流干了。

庚伢子看看大家，看看他的六叔公、六叔奶奶、三叔和三婶、九斤大妈、彭茂林大叔、秋生哥，还有一些邻居。大家都站得那么沉默，不出一声。

北风掠过光秃秃的树枝，发出阵阵啸声。一杆白幡被吹得一直弯着腰，像是随时要折断。

"弟弟啊！"庚伢子终于哭出声来，他的哭声很尖细。

才哭了两下，就听得有人说"莫哭莫哭"，还有吧嗒吧嗒的脚步声。庚伢子抬头一看，原来是谭家的金管家来了。

穿着一身皮袍的金有德走到墓前，看看大家，然后双手抱拳，分别向三穴墓拱了三次手，说："人无福寿，乃不幸之事，理应悼思！"

没有一个人作声，大家都知道这人不是好东西。庚伢子抹干眼泪，警惕地盯着金管家。

金有德看看大家，说，人已归西，就顾不上活着的人了。活着的人如何是好呢？那就是要自己照料好自己。雷一嫂啊，金某人的话对不对？照料二字，作何言呢？能有一口热饭吃，能有一身暖衣穿，这是最起码的吧？不伺候好吃穿二字，如何对得起自己，又如何叫亡人安心？

彭茂林鼻子哼一声，对金管家说，说下去，说下去！

管家笑笑，也不动气，说，你看，茂林兄弟已经听出金某人有弦外之音了！好，好，金某人说下去。事情是这样的，我们老爷那个在长沙读书的女儿，今年秋天要出阁嫁人，因此呢，需备嫁妆了，嫁妆里呢，要绣一件嫁衣，要绣一对枕巾、枕套，这都是细活儿。这细活儿，只怕只有雷一嫂能做得了。方圆几十里地，谁不晓得雷一嫂的刺绣那是最精细漂亮的！

彭茂林凑近金管家耳边说，你不是黄鼠狼给鸡拜年吧？金管家说你茂林兄弟怎么狗咬吕洞宾呢？我金某人也是看着这三个坟头不忍心才这么出主意嘛。然后金有德就走到一直不吭声的雷一嫂跟前，语气更加诚恳地说，雷一嫂啊，谭家大院没别的好，大鱼大肉白米饭，那是三餐皆有的。老爷心地好，对主人，对用人，都是一个样，老爷吃肉，全院子的人都吃肉！真的，两个月住下来，保准雷一嫂白白胖胖天仙一个了！

九斤大妈说，她还有儿子，她不能离了儿子！

一起走啊！带上儿子啊！那还不容易？金管家答得很干脆。

庚伢子大叫，我不去，狗咬我！

金管家说，你是大院里头的人了，狗还咬你？大黄、二黄只会对你摇尾巴呢！二黄的心地跟我家老爷一样好，也是不记仇的。雷一嫂啊，良机难得，多少人想进谭家大院做生活走不进啊。要不是我家老爷发话，说可以请巧手雷一嫂进大院，我金某人怎么会冒着这么大的风上坟地来见雷一嫂？

说到这儿，金管家又冲着雷明亮的坟墓拱拱手说，明亮大兄弟啊，都听见了吧？可安心了吧？你家媳妇和儿子都进大院咬猪肉吃白米了，你怎么也想不到吧？！哈哈哈哈哈！

这时候大家都看着雷一嫂，而雷一嫂说我不去！

"你傻了？"金管家大惊小怪，"你就拿这西北风喂你的庚伢子？"

彭茂林瞪眼说，雷一嫂说了不去就不去，管家先生你别喜鹊翻筋斗显露你那只花屁股了!

彭茂林,你搅啥子局?天大的好事儿,你敢误人家雷一嫂?金管家显然是恼了。恼了一会儿,又和颜悦色地朝向雷一嫂说,雷一嫂啊,天大的主意自己拿,旁人皆是风凉话。你呢,也不用今日回答我,想个十天半月吧,反正事情也不急。如果你在外头吃穿不愁,懒得绣龙描凤,那你完全可以当我今日之言放屁,睬也别睬,嗅也别嗅;要是你想着庚伢子可怜,想给他吃米吃肉,那你就来找金某人,一句话的事情!

说完,金管家背着双手,扬长而去。

"妈妈,"庚伢子往母亲怀里钻,"我们不去,我怕!"

彭茂林冲着金管家背影喊,你别话说得好听,谁知道你闷葫芦里卖么子药!人家雷一嫂可不上你的当!

金有德在马尾松下站住了,恼羞成怒,从棉袍里抽出手,指着彭茂林大骂:"你彭胡子捣么子乱?老爷早就在怀疑你是共产党!"

彭茂林一点儿也不示弱,大声喊:"你给我听着,我不是共产党,可是共产党离这儿不远了,快来了,你该让谭家老爷少爷摸摸自己的尾巴是不是兔子尾巴了!"

庚伢子听着共产党这个词儿耳熟,以前听妈妈也讲起过,说爸爸当梭镖队长就是共产党要他当的。共产党不是一个人,是一群人,力量很大。他曾经问妈妈,共产党力气大还是菩萨力气大,妈妈答不上来,后来说差不多大。又说共产党到别的地方去了,很远很远,不会来了,所以老爷又抖威风了,穷人又受苦了。

这一次听见金管家说彭大叔是共产党,庚伢子可就上了心了。

当天晚上,彭茂林要出村,刚走上石桥,便被追上来的庚伢子截住了。月亮很冷,庚伢子的脚步声很响。彭茂林回身说,庚伢子你干啥呀?我有急事呢。

庚伢子硬是缠上了彭大叔,要问清楚一个问题。"彭大叔你到底是不是共产党呀?"他拉着彭大叔的手说,他的手冰凉冰凉,"共产党啥时候来呀？"

"庚伢子，你还小，不懂。"彭茂林蹲下来，把他的小手紧紧揣在自己的破棉袄里头，"你看，你棉鞋都烂了，脚指头都露外头了！"

我七岁了，啥都懂了！我妈告诉过我，我爸爸的梭镖，就是共产党给的！

庚伢子，说实话，我也在盼望共产党的队伍早点儿打过来！

你不是说共产党不远了吗？

不远了，可是，也不近。现在地主老财的势力还不小，共产党要一块一块地吃掉他们！但是我告诉你，共产党会来的，我要是再见到他们，一定要他们早点儿来，快到我们简家塘来，帮穷人说话，给穷人饭吃！

叫他们先到我家来！

晓得了！一定！庚伢子，我要连夜赶去长沙城呢，我有要紧事！

庚伢子再三问他是不是就去跟共产党见面，彭大叔就是不肯说。庚伢子后来问妈妈，共产党真的就要来了吗？妈妈说不晓得，实在不晓得，只晓得现在苦日子没个头儿。又说庚伢子，你妈妈真的没本事给你吃白米饭啊，妈妈实在亏欠你啊！

庚伢子说我可不想吃白米饭，野菜汤可香呢。话刚说完妈妈的眼泪就滚下来了。

半个多月之后，一个来自谭家大院的女人来到雷一嫂家。上次就是这个识字的女人为小金满书写墓碑的。

"雷一嫂啊，"冯嫂坐上雷一嫂的卧床，亲亲热热地搂着雷一嫂说，"你不肯进谭家做刺绣，我不奇怪，晓得你担心啥。其实，想穿了，也没啥子啊！无非是谭七少爷看着你顺眼。你呢，在做刺绣的日脚里，陪他睡几觉，想穿了这又算啥子啊！谭七少爷高兴了，不仅你雷一嫂一辈子吃香的喝辣的，就连庚伢子也是一辈子吃穿不愁了！"

"是管家先生叫你来说的吧？"

"是啊,"冯嫂说,"是管家叫我来说的。不过,这也是我自己的意思啊!我就是这样啊,我以前一个穷丫头,无非是顺了老爷的意思,结果呢?现在过的都是舒心日子啊!先前,我没有一件衣服不打补丁的,这几年,你看,虽然外头还是蓝花布衣,里头穿的可都是绸缎呢!老爷赏的呢!"

说着,冯嫂掀开自己的外衣,又撩开内衣。

你看,你看,冯嫂笑嘻嘻说,都是长沙绸布庄买的呢!

但是,冯嫂露出的皮肉上,却叫人明显地看见了一条条青紫色的伤痕。雷一嫂看见了,吓一跳:"打的?"

冯嫂看着自己皮肉上的条条伤痕,也愣了。

"打的?"雷一嫂再问。

冯嫂突然鼻子一酸,眼泪簌簌地就下来了。

"怎么了,冯嫂?"雷一嫂说,"别伤心,上回你帮我写小金满的碑,我还没好好谢你呢!"

冯嫂突然抓住雷一嫂的手,哭着说,谭四滚子不是个人啊,谭七少爷也不是个人啊,他们父子两个都是畜生啊,不把女人当人看,就知道往死里整人啊!雷一嫂,你不能进谭家,进去没有你好日子过啊!

事先要是知道门外三步远的地方就站着阴险的金管家,这番情不自禁脱口而出的话,冯嫂是咬破嘴唇也不会说的。

雷一嫂拍拍冯嫂的肩,冯嫂就渐渐安静下来。简家塘的人没少议论过冯嫂。这个李家村的女人山歌唱得好,自从进谭家当用人之后,一直过着伸不直腰的日子,她的男人后来据说也是得了莫名其妙的暴病死了。也有说是被毒死的,谁也搞不明白。

这时候冯嫂边揩眼泪边说,雷一嫂啊,谭家是一个火坑,女人不能进去啊!就是饿死,也要死得清清白白!别像我一样,犯傻啊,不像个女人的样子啊!

雷一嫂说,我呢,也晓得谭七少爷不是个人,我一直怕上谭家的门,就因为谭家父子不像人样!可是想想家里没米下锅,庚伢子天天喝野菜汤，嚼糠，我心里煎啊，整夜整夜睡不着啊。你想想，我们雷家就他一条根了，要是他也丢了小命，我怎么对得起死去的明亮哥啊！

"女人受苦，就受在一个穷字里啊！"冯嫂抽噎着说。

雷一嫂说，我还这样想，就是进谭家的门，又怕啥子？谭七少爷想欺负我，我也可以叫，可以喊啊。谭家这么多帮工这么多用人在做活儿，他也要顾忌啊！实在躲不过去，我就在身上藏半个碗片。就这碗片，你看，我都准备好了。谭七少爷若是逞强，我就用这碗片划自己的脸！

冯嫂吓一跳："哎哟！"

脸破相了，见了满脸的血，他还不害怕？还敢逞强？

屋内的这些话，断断续续地都入了金有德的耳朵，半个钟头后，也就入了谭七少爷的耳朵。

谭七少爷听到碗片之说，嘿嘿笑了，说这女人也太自作聪明了，碗食是男人端给女人的，女人只是洗碗的，碗能帮女人么？而听到冯嫂的那些话，他就不笑了。

"她活得不耐烦了！做掉她！"他这样说。

金管家说："做掉？"

"还能留着？当年我们留了她老公没有？"

金管家忙说："有数，有数！"

眼看庚伢子一天比一天消瘦，张圆满心里煎熬得厉害，她把那片尖利的碗片摆弄来摆弄去，心里头两个小人儿一直在喊喊喳喳打架："去，不去；去，不去。"

她找九斤大妈，九斤大妈想半天，说："转骰子吧。"于是九斤大妈就转，转完了，九斤大妈看一看，说："去，可以去得！只是，事事留意，步步小心。"

张圆满说："我碗片准备好了，谁敢欺侮人，我就破相流血给他看！"

九斤大妈取过碗片看一看，说光是碗片不够，我再给你一样东西！

她从破木橱里取出一根布裤带，接着又取出一根，说这是两根裤带，进谭家大院之前你系上！这会儿我再给你念几句咒语，保证这裤带除了你自己，谁都解不得！

九斤大妈平伸双手，将两根裤带举在太上老君画像前，闭眼，口中念念有词。后来她说，她不光请了老君，还请了八仙，铁拐李、张果老、何仙姑他们，都答应帮忙的。这么说了之后，张圆满就放下了半颗心。

半夜了，雷一嫂和儿子都睡不着。月光照着他们的脸，两张脸都白得发惨。儿子说怕。母亲说，好儿子，妈也是不愿意进谭家的门，谭家人凶，狗也凶，可是妈想着庚伢子皮包骨头的，这么瘦，这么饿，妈心里不是味啊！

妈，我不是说过嘛，我能吃野菜过日子。我每天都能背两捆柴了。

好儿子，你很硬气，有骨气，妈妈高兴。你爸爸在世的时候，总是说，我们人穷，志不能穷！庚伢子这么有骨气，妈妈看着高兴！

妈妈，我们不去行不行呀？

当然可以不去，可是妈妈想，他们家要请人刺绣，妈妈不去，人家也会去。我们望城这一带，会刺绣的有不少好手呀。庚伢子，你妈妈是刺绣的好手，妈妈也愿意挣工钱啊。到了谭家，妈妈能拿到工钱，在谭家又能吃到白米饭，吃到肉，这样庚伢子就饿不着了，妈妈也饿不着了。妈妈想着这也是一个好差事，所以妈妈还是想去一趟。

儿子明白了，说，妈，你还是为了我。

妈妈不为你，还为谁呢？你爸爸、你哥、你弟，都走了，妈就跟你过日子了！往后，我们雷家，就指望你了啊！

庚伢子盯着窗外的月亮，好半天，说，妈妈，那我们就去吧！我不再说害怕了！

九斤大妈是六叔奶奶告诉她之后，才晓得雷一嫂已经带着庚伢子进谭家大院了，她从地里回到家就站在太上老君神像前，眼泪汪汪。她说，老君啊，其实我心里明白啊，没有一条裤带是系得住穷人的裤子的啊，我当年在谭家帮佣，也是被谭四滚子这老家伙欺侮了一回啊！我实在是看雷一嫂没饭吃活不下去了，才壮壮她的胆啊！……

秋生蹦进门，疑疑惑惑问，舅妈，你是不是又在骗人了？

"没有，没有。"九斤大妈慌忙说，"我是真心为雷一嫂，为庚伢子啊！也许他们啥事也没有，这两个月他们能吃得白白胖胖啊！"

九斤大妈心里头，确实也就是这么祈愿的。

庚伢子进了谭家大院一直过了十天才略略安下心来，因为那条断腿的二黄见了他好像收敛了一点凶光，甚至有时候还对他摇摇尾巴。喜宝友好地对庚伢子说它认识你了，但是庚伢子见了狗仍旧绕着走。

老猪倌说庚伢子你才来十天脸色就不发青了，说你跟妈在绣房吃饭顿顿有腊肉是不是？庚伢子说不是顿顿有腊肉，有时候是螺蛳，有时候是黄蚬，但是白米饭是可以顿顿吃两碗的，辣咸菜也很好吃。庚伢子每天帮老猪倌铡猪草，手脚勤快，老猪倌很喜欢他。但是这一天老猪倌脸上从早到晚不见笑容，庚伢子问他出么子事了，老猪倌说冯嫂走了。

走了是么子意思？庚伢子其实心里明白，走了就是死了。

老猪倌不回答，只是向柴房方向努努嘴巴。后来庚伢子就壮起胆子到柴房门口看了看，果然看见了女尸。冯嫂的两只脚露在裤管外头，原先她的脚很白的，现在看过去发黑。

一个家丁走过来很凶地说，看么子看？庚伢子说，冯嫂昨天还好好的，还给我一个鸡蛋吃呢。家丁说是得暴病死的，说你赶快给老子走开！

庚伢子后来追问老猪倌，冯嫂究竟得了么子暴病？老猪倌没好气地说细伢子莫问了，问个啥啊！再后来庚伢子到绣房陪着妈妈吃饭的时候，又问妈妈，说晓得不晓得冯嫂得暴病死了？

雷一嫂吓一跳，停了筷子。她忽然觉得被鱼骨头卡了喉，干呕起来。

"妈妈你怎么了？"庚伢子急忙放下筷子，为妈妈敲背。

"鱼骨头卡了！"雷一嫂回过神来，"没事了。"

庚伢子放心了。

庚伢子，我们进谭家已经十来天了，你觉得好吗？母亲这样问儿子。

"好！"儿子说，"白米饭能吃饱，有时候还有肉吃，还有鱼吃。狗也认识我了。我每天喂猪，铡猪草，妈你看我手臂，我手臂都长粗了！"

想回家吗？

儿子指着绣台上那件正在绣的五彩嫁衣说，等妈妈绣好了，我就跟妈妈回家。

是啊，这里有这里的好，不过，家里有家里的好。

庚伢子有些奇怪，问，妈妈，你是不是想回去了？

母亲不言语，低头扒饭。这时候门就推开了，金管家笑嘻嘻走进来。

"雷一嫂，吃得好吗？"金管家说，"今天这条白鲢，是七少爷特地吩咐加的。"

雷一嫂还没有回答，庚伢子就说："好吃！"

金管家说，嫁衣上的凤凰是不是用的七彩丝线啊？

雷一嫂说是的。金管家说，小姐从长沙赶回来了，说要亲自看一看你绣的活儿！

雷一嫂一怔。金管家说，你带上嫁衣，我带你去她闺房。

这会儿？

就这会儿。小姐等着，像是不放心呢！她就看一看，很快的。

雷一嫂在小心地折叠起绣了一半的彩色嫁衣时，还是留了一个心眼儿，以不为人注意的方式，将犀利的碗片藏掖在自己怀间。

笑眯眯的金管家带着雷一嫂穿过长廊。几个站得笔挺的家丁向金管家鞠躬，并且都以异样的目光盯着雷一嫂。雷一嫂看在眼里，心里发紧。这时候她没有发现临花园的一间屋子的窗子被推开了，窗口探出了谭七少奶奶的脸。

谭七少奶奶的心跟雷一嫂一样，也经常打鼓。

雷一嫂绕到花园后面，她跨进的房间似乎并不是小姐的闺房，而是一间客房，金漆屏风上描着凤凰和梅花鹿，屋角的茶几上还燃着一支檀香。

"请进，小姐马上来。"金管家对雷一嫂打了个殷勤的手势。

在金管家拉上门之后，雷一嫂便疑惑着往里面走。刚绕过屏风，忽然就有一只手迎面扑来，捂住了她的嘴。她挣扎中听见了谭七少爷的笑嘻嘻的声音："别喊，别喊！这一等就是好几年呀！"

雷一嫂拼命挣扎，她的尖利的碗片刚从怀间取出，便被早有准备的谭七少爷一把夺过，扔到了屏风外面。

叮当一声，碗片在地上四分五裂。

谭七少奶奶发疯一样跑进房间的时候，她丈夫正提着裤子想往窗外跳。

"你干这种缺德事啊！不要脸的货啊！"她一把将丈夫从窗台上扯落在地。丈夫挣扎说："哎哎哎！我跟她没啥啊！我是看看绣衣有没有绣好啊！"

"死鬼！快叫雷一嫂走，快叫她走！"谭七少奶奶在地上打滚。

"她走啥啊？她衣服没绣好，时辰不到她怎么走啊？"

刚说到这里，谭七少爷忽然"啊呀"惨叫一声，原来他的屁股被发怒的儿子喜宝张嘴猛咬了一口。小脸涨得通红的喜宝是什么时候冲进来的，谭七少爷根本就不知道。

"啊，啊！小畜生你咬我！"谭七少爷摸摸屁股，竟然摸到了血。

喜宝发疯一样地蹦跳："叫女人走！叫女人走！"

谭七少爷要打儿子，却又被冲进门的金管家好说歹说地拉开。

胖胖的谭四滚子出现了，手杖戳地说有辱门风，有辱门风！谭家老太却一把拉走丈夫，说，儿子的事，你管啥哟！

谭七少奶奶在地上打滚儿，喊个不停："怎么这么不争气啊！丢死人啦！这姓谭的人家怎么熬得下去啊！"

雷一嫂被赶出了谭家，据说原因是刺绣手艺不精，一件绣衣给绣坏了。九斤大妈不相信这个理由，逼问呜呜哭泣的雷一嫂，雷一嫂啥也不说。九斤大妈问到碗片的事，雷一嫂也只是哭。九斤大妈心里明白八九分了，搂雷一嫂半天，又轻轻拍她的肩，说了许多"女人就是苦命"之类的安慰话。

秋生问庚伢子，你怎么不在谭家喂猪吃肉了？庚伢子说，妈妈不做了我当然跟妈妈回家呀。秋生问猪肉好吃不好吃，庚伢子说真好吃，又问秋生为啥谭家又吃鱼又吃肉，我们穷人尽吃米糠、野菜呢？

秋生说我也不晓得，又说这种问话只有彭大叔能回答，他听彭大叔说过类似的话。

彭大叔是第三天来探望雷一嫂的，他听说回家的雷一嫂老是哭，心里不放心。彭大叔问庚伢子："庚伢子，你妈挨打了吗？受了谁的欺侮，你晓得吗？"

庚伢子摇头。

彭大叔说不管是受谁欺侮，都是地主老财欠穷人的债！我们要记住这一笔笔仇恨，算账的一天总会来的！

庚伢子问彭大叔，是不是共产党要来救我们？彭大叔说，庚伢子，我可以告诉你一句话，冤有头，债有主，算账的一天不远了！

秋生后来对庚伢子说："我看彭大叔就是共产党，他老跑长沙城，他家里有枪也说不定呢！"

谭家的孙子喜宝突然杀了狗。

他八岁了，肚子里都是主意。他是假传爷爷的话杀狗的，他一本正经地对家丁说："都宰了！"

家丁们都吓一跳。喜宝说："都宰了！马上宰！望城县出狗瘟了晓得不晓得？我爷爷我爸吩咐的！听见没有？赶快宰了，送厨房，大家吃狗肉！"

家丁不敢怠慢，马上用竹管穿了铁丝，套一只狗勒一只狗。晚餐时分厨房端往大膳厅的大瓷花汤盆里,飘出阵阵奇香。谭七少爷坐下不久就愣了,他从喷香的肉碗中抽回筷子:"狗肉?我们家的狗?全宰了?"

管家感到奇怪,说七少爷,不是您吩咐的吗?

他刚说到这里,喜宝就偷偷从餐桌边起身,溜出膳厅。

谭七少爷马上就明白了事情的原委,站起身就冲出膳厅。他立马看见了站在院子里的两手叉腰的喜宝,看起来喜宝是早有准备了。

父亲怒吼:"你小子做的好事!"儿子冲天大叫:"我们家以后别养狗了!我就是狗,我就是狗!我咬人,我咬人屁股!!"

谭七少爷看见儿子这副模样,倒抽一口凉气:"哎呀呀,我儿子怕是疯了!谭七少奶奶冲出膳厅,咬牙切齿说:儿子要是疯了,也是你造的孽!"

喜宝说,我是狗!我是大黄,我是二黄!

母亲说,别闹,喜宝!妈妈晓得你心里不舒畅。

喜宝干脆躺在地上乱扑腾,一顿大号,号得父亲和祖父终于没有做成规矩。事后谭七少奶奶夸了儿子,说是你教训你老子了,你妈往后有指靠了!

第二天,神情紧张的谭七少奶奶还让喜宝去传两句话。

"喜宝,妈要你传两句话。"她说,"一句话,你明天去传给庚伢子,要庚伢子告诉他妈,千万别乱说什么,不然,她性命有危险!你爸爸什么坏都使得出来。"

喜宝问,爸爸要使么子坏?母亲说,她听见喜宝爸爸的话了,喜宝爸爸吩咐金管家去警告雷一嫂,若是再哭,再乱说谭家的啥,就沉她的江。要她想想冯嫂,冯嫂就是下场。

喜宝这才明白老是给奶奶捶腿的冯嫂,原来也是死得蹊跷的。

"第二句话,你去跟金管家说:如果看到庚伢子的妈是冯嫂的命,我立刻跳江去!"

儿子慌了,说,妈你不能死!

"妈就这句话!喜宝,你马上帮妈去传话!我自从吃了狗肉,就晓得我儿子懂事了!"

庚伢子惊慌地把喜宝的话转告妈妈的时候,泪眼迷蒙的妈妈正在九斤大妈家,看九斤大妈在一只小石臼里嗵嗵嗵地捣草药。

庚伢子说我正在挖野菜,喜宝跑到山坡上来了,告诉一句话,说叫妈妈不要乱说话,不然他爸爸要派人来灌麻袋沉江。喜宝说他爸爸么子坏事都做得出来。

庚伢子又问妈妈,晓不晓得你不能说啥子话?妈妈说细伢子别管这些事。九斤大妈也说走走走,细伢子别管这些事。

九斤大妈又捣鼓了一阵,指着石臼对雷一嫂说:"这药下去,十有八九打得下来!"

雷一嫂说,但愿平安无事。

庚伢子问,妈妈,打么子啊?

九斤大妈说这细伢子讨嫌不讨嫌,老管大人的事!

庚伢子屈屈胳膊说,妈妈,我手臂粗多了,要打啥,我跟你一起去打!

雷一嫂搂住儿子,鼻子酸了,说,你晓得个啥呀,我的乖儿子!

㊂

中秋月圆圆啊,讨饭棒尖尖

九斤大妈自制的草药没啥用，天越来越热，张圆满的小腹还是按照无法改变的规律鼓了起来，竟至逐渐显形了。为此，她急，她告诉九斤大妈，九斤大妈也急。

对这件事，九斤大妈还总是有些自责，因为就是她请了老君又请了八仙，结果谁都没能借出神力，两根裤带根本敌不过一双狼爪子。九斤大妈好几回心里想，我愧对雷一嫂啊，秋生说得对，我真是个骗子哩。

第二天，傍晚时分，张圆满找来了棍子，开始击打自己。

庚伢子冲到九斤大妈家的时候几乎要哭："九斤大妈！我妈在打自己啊！用棍子打！我说别打自己，痛啊，可我妈妈不听啊！九斤大妈你去看看啊！"

九斤大妈奔到雷家的时候，果然看见雷一嫂正跪在破蚊帐里凶狠地对待自己。她一把夺下雷一嫂手中的木棍。

"这是作践自己！"九斤大妈吼叫，"你这样要打死自己的！"

雷一嫂瘫倒在床上，掩面而泣。九斤大妈说，你不为自己想，也要为庚伢子想啊！咳，也都怪我，糊涂啊，一卦没有算准，叫你去跳了这么个火坑！

张圆满说我想去明亮哥那儿了。

九斤大妈大为震惊，一把揪住对方的衣领子说你疯了？我告诉你雷一嫂，寻短见是最没出息的！你去见你明亮哥，扔下庚伢子怎么办？你要他也死？你没别的路，你拼性命也要把庚伢子养大，雷家就这根独苗了！

张圆满说，我起先一直这么想，我只有一个儿子了，雷家的希望都在庚伢子身上，我拼死拼活也得把剩下的这个儿子养大，我这点儿志气还是有的！可是，九斤大妈，谭家那个坏人，把我最后一点儿志气也打没了……我不能生下坏种呀！……我生下坏种，怎么对得起明亮哥，怎么对得起天下人啊！九斤大妈，我张圆满实在无路可走了呀！

不管你怎么想，雷一嫂，我反正一句话，庚伢子还小，他还要靠你，你不能丢下他走绝路。我就这句话，你要做傻事，我也饶不了你，我会在菩萨面前咒你！你晓得不晓得？

九斤大妈临出门，又走进灶间，对正在烧水的庚伢子交代说，你妈这几天身体不好，你要照顾你妈，别惹她生气。

庚伢子说，九斤大妈，我妈为啥要打自己啊？她每天打，我怕！

九斤大妈叹气说，你眼下还不懂，庚伢子，你大起来就懂了！你妈，是世上最苦命的女人啊！

转眼就是中秋节，张圆满的肚子眼看掩饰不住了，心里好生绝望。

一条路又一次在她眼前现了出来。那是一条云雾缭绕的路，那条路没有路标。

白天，她便去丈夫坟上点了一炷香。她告诉丈夫，说自己下狠心要来阴间追随明亮哥了，想来想去就是对不住庚伢子，可是再一想，村里还有六叔公，还有六叔奶奶，他们总不会不管庚伢子的。

张圆满呜咽着说，明亮哥你听清楚没有？我哪怕丢了九十九条路，只剩一条路好走，我也不会想着走绝路呀，我实在是没路可走了啊！

丈夫没有回答她。大儿子和小儿子也都没有吭声。三口坟都躺在杂草丛中，那么安静，只有一只蚱蜢跳下草尖。

天黑下来之后，简家塘村罕见地热闹起来，谭家大院前的坪坝上，响起了一阵又一阵的小锣声，原来是六叔公张开了皮影戏的布幕，他要唱皮影戏了。

坪坝上从来没有这么多人，激动的秋生帮着舅妈找到了一个好位子。

喜宝拉着他母亲也来看戏了，坐在秋生的前头。庚伢子离开坪坝，往自己家里的方向跑。秋生招手喊庚伢子，快来呀，坐我边上！

庚伢子忙着说，我去叫妈妈！

谭七少奶奶一听庚伢子要回去找妈妈来看皮影戏，就拉着喜宝换了一个位子，离得远一些。她一想起雷一嫂心里就闷，就咒丈夫。

庚伢子拖妈妈去看戏，妈妈却呆呆地坐在板凳上不动。

"妈！"庚伢子拉她，"过中秋节了，六叔公唱皮影戏啊，谭家出的钱！大家都在坪坝上，你也去吧！"

雷一嫂凄惨地看着儿子，勉强露出笑容。她的笑容有些古怪。

"庚伢子，"她站起来，"妈给你洗个脸，洗个手！"

妈，秋生哥哥留了好位子，等着你呢！

母亲往木脸盆里舀了水，说妈不去看皮影戏，妈晚上要去看个人。妈好久没有看到他了。

庚伢子乖乖地让母亲给他洗脸、洗手。母亲说，庚伢子，妈晓得，这两个月你没一天吃饱过，妈心里难过，妈对不住你。

妈比我吃得更少。妈饿，我也难过。

庚伢子，你记住，哪怕肚子不饱，脸面也要干净，晓得吗？妈今天给你洗个脸、洗个手，以后你要自己洗脸、洗手，要干净！记住没有？

记住了。

雷一嫂为儿子揩干净手，又脱下自己的灰外衣，披在儿子身上，说，坪坝上蚊子多，披上妈的衣服，盖住身子，别让蚊子咬。

儿子点头。母亲忽然涌出泪水："儿啊，你还这么小，要是没有了妈妈，你可怎么活啊？！"

妈，你别哭，等我长大了，我会养活你！

母亲更伤心了，说，我也盼着我的亲儿子早些长大啊！庚伢子，你记得你的亲人都是怎么死的吗？你爸爸、你哥哥、你弟弟？

妈，我都记得。

你长大了，一定要为死去的亲人报仇！

我晓得，妈妈。我会像爸爸一样拿梭镖的！

往后，不管日子多么苦，都要好好活下去。

妈妈，我不会死的，我会好好活下去，我要养活妈妈！

母亲一听这话，又哽咽起来。老半晌，说，亲儿子，快看戏去吧！看完戏就去六叔奶奶家里睡，妈妈要去看一个人，晚上很迟才回来。

儿子点点头，跑出门去，刚出门却又回头。"妈妈，"他说，"你别哭了！"

母亲说，妈妈不哭了！妈妈不哭！

儿子这才放心，走远了。

六叔公双手摆弄着皮影偶像，在布幕后起劲地唱花鼓戏《孟姜女》。他的声音沙哑而有韵味。

  范郎啊！范郎啊！
  鸟雀惊飞雷纷纷，
  苍天垂泪放悲声。
  长城寻君君不见，
  你半为风雨半为尘。
  你一点孤魂在何处？
  我万里奔波为何人？为何人？……

庚伢子坐在秋生身边，眼珠子随着六叔公的唱腔起伏瞪得滚圆，孟姜女的遭遇使他心里发酸。秋生说庚伢子你哆嗦么子啊？庚伢子说有点儿冷呢。秋生说你披着你妈的大衫子还冷，你瞎讲！

六叔奶奶没有在听丈夫唱皮影戏，那些曲调她熟悉得自己也能唱了。趁着月色明亮，她忙着洗涮衣裤，这一抬头，居然就见雷一嫂幽灵似的出现在门口。"哟，侄媳妇啊！"六叔奶奶说。

"六婶，"雷一嫂说，"你怎么不去听戏？"

老头子的戏，哪一个都听过几十遍了！

"托六婶一件事。"雷一嫂说，"我晚上要串一个门，很迟才能回家，庚伢子戏看完了，就跟六婶睡吧。六婶，托您了，好好照顾庚伢子！"

六叔奶奶挥挥手，她满手上都是水："放心，走你的，哪一回我没照顾好庚伢子？"

雷一嫂迟疑了一会儿，想说什么，又没说，然后幽灵般消失了。六叔奶奶忽然觉得有点儿奇怪，但一时又说不出奇怪在哪里。

离开六婶家之后，雷一嫂走近皮影戏场。并不是皮影戏里的悲欢离合吸引着她，而是庚伢子的瘦弱的身影使她难舍难分。

她静静地站在人群的后面，没有人注意到她。

庚伢子的六叔公当然更不会想到，他的悲凉的戏还没唱完的时候，他的一个亲属就会离开这个世界。这时候他还起劲地用迷人的嗓音唱着他的《孟姜女》：

> 我的范郎啊！
> 哀鸿遍野世道乱，
> 我死我活实难防。
> 死也要和你死一起，
> 把这玉坠放中央，

丝带把我们牢牢系，
孟姜女伴随范杞良！

观戏者拍手呐喊，呼应强烈。雷一嫂在拍手者中看见了儿子。她死死地盯着儿子看，儿子瘦削的小脸上呈现出难得一见的快乐与痴迷。这时候泪水就迷糊了雷一嫂的眼。

她低下头，在乡亲们的喝彩声中，悄然离去。

雷一嫂来到自家门前。进门的方式，她早就思虑成熟了。

她迟疑了一下，往左右看看，然后掏出一把铁锁，锁了自家的门。

然后，她从半开的窗子中爬进了自家屋子。这窗子她是故意没关上的，但自从她爬进屋子后，窗子就关上了，蓝布窗帘也放了下来。

现在，惨淡的月光透过窗子的缝隙，映着清冷的四壁。

梁上，一根麻绳甩了上去。这动作，雷一嫂练了几遍了，她晓得绳子和木梁都很结实。

雷一嫂踩上小凳子之前，说了她人生的最后一句话，这话她是对她的明亮哥说的。她说："明亮哥，你就是再骂我、推着我、挡着我，我也来找你了。这日子我过不下去了，三个儿死了两个，我又给谭家害了，我没脸活下去了。我丢不起这个人啊，我只能把庚伢子丢给六叔奶奶，来见你了啊！"

说到这里小凳子就翻了。小凳子倒地的一刹那，正是村里坪坝上皮影戏小锣敲响的时刻。

满面笑容的六叔公敲响小锣，钻出布幕，他的孟姜女故事结束了。中秋的月亮特别亮，六叔公的心情这一回也特别好。说实话，他最愿意唱包场的戏。

坐在坪坝中间的谭四滚子和谭七少爷一起站起来，笑容满面，向老老少少拱拱手。谭七少爷敞开嗓子说，诸位父老乡亲，今日中秋，家父特地点了一场皮影戏给大家观赏，谢谢诸位赏光！不过呢，我这里还有一句话，也要说在头里！

看到谭七少爷的脸色阴沉下来，大家都不敢拖着凳子走开，全部提心吊胆看着他。

谭七少爷尖起嗓子说，现在，村子里有人煽动，胡说一些共产言论，煽动少交租子、不交租子！能不交租子吗？你们种的是谁家的田地？秋后打粮，谁敢少交谭家一粒租子，谭家就一定跟他过不去！大家听见没有？

一时没有人吭气，大家脸上都是白花花的月光。

彭茂林在场外一声大喊，戏完了！散了散了！

众人闻言，哄的一声，作鸟兽散。谭七少爷咬牙切齿："这个姓彭的，该死！"

庚伢子一边跑，一边学着彭大叔的腔调喊："散了，散了！……散了，散了！"

许多孩子跟着嚷，散了！散了！散了！

庚伢子奔到自己家的茅屋跟前，只见木门上挂着铁锁。

他知道妈妈还没有回家，于是就跑了十几步，走到九斤大妈家窗前，轻轻喊，秋生哥！秋生哥！

秋生没应声，只听见九斤大妈在呵斥秋生："难道中秋节你爸爸妈妈一定要回来么？人家在军队里晓得不？军队是由老总说的，不是由你说的晓得不？你哭么子哭？赶快睡觉，明天赶早砍柴！"

庚伢子不敢再叫秋生，蹑手蹑脚走回自家茅屋。他蹲在门前，凉凉的湿气浮了上来，秋天的虫子叽叽地叫。天有些冷，他于是用妈妈的灰大褂子更紧地裹住了自己。

他抬头望月，望最远处灰灰亮亮的山。他想，妈妈可不会远在那座山里吧？她一定去东头山嘴边的那个村子了，那里也有个刺绣大妈，妈妈跟她可熟了。

夜风更大一些的时候，脚步声响了，六叔奶奶走了过来。她仔细看看门上的锁，就招呼庚伢子："你妈串门去了，你妈说过，庚伢子今天晚上跟六叔奶奶睡！你妈跟你说了没有？"

庚伢子想一想说，说是说过的，不过我还想等等妈妈。

"走吧。"六叔奶奶慈爱地牵起他的手说，"庚伢子你好久不跟六叔奶奶睡了，六叔奶奶也想你呢！你看，手腕那么细，六叔奶奶都心疼呢，快走吧！"

六叔公的卧房很窄，庚伢子与六叔奶奶挤在靠门边的木床上。

庚伢子抬起脸，冲着对面木床上的六叔公说，我也能编皮影戏呢！

六叔公来了兴致，说，好，你唱唱！

庚伢子随口唱："赵二叔上山砍柴呀，大白天遇到一匹狼呀，那匹狼张开大嘴牙齿白呀……"

"不好听！"六叔公说，"说实话，庚伢子，你嗓门儿亮，也会随口编词儿，你有天分！"

六叔奶奶搂着庚伢子说："庚伢子从小就有天分！他生下来好几天不哭，那就是天分！"

六叔公说，你瞎说啥呀，你这个老婆子！又说，庚伢子，六叔公以后正儿八经教你唱几曲皮影戏，往后，你也学一门手艺。愿意学么？

庚伢子打个呵欠说愿意，六叔奶奶说，人家要睡了，困了！

"你这个老婆子你打啥岔呀！来，庚伢子，六叔公教你唱！你这么唱：实指望夫妻见面多恩爱！"

"实指望夫妻见面多恩爱！"

"又谁知一场春梦两渺茫！"

"又谁知一场春梦两渺茫！"

"你把那黄袍撕得粉粉碎！"

庚伢子不吭声。"庚伢子？"六叔公从床上支起身子，木床嘎叽嘎叽响。六叔奶奶说，吵啥，死老头子，他睡着了！

一大早，庚伢子还没有起身，六叔奶奶就起身了。

她出门，踏着晨曦走到堂侄媳妇家门前，见木门上仍是铁锁高悬。"怎么还没回家呢？"六叔奶奶心里正在疑惑，便见九斤大妈远远走过，"哎，九斤大妈，见我侄媳妇上哪家去了吗？"

没听说呀！

一夜没回家呢！庚伢子跟我睡的呢！

真是奇怪！平日也没见雷一嫂串门一夜不归的呀！

六叔奶奶的表情慢慢地显出了惊愕。突然间，她好像感觉到了什么，拔腿就往家跑，跑得气喘吁吁。

庚伢子被拉着起床了，他睡眼蒙眬。一家人围着他，一个个表情都很紧张。

三叔的问话一句接着一句，后来又这么问："你妈给你洗脸洗手的时候说啥了？"

庚伢子想一想说，我妈说，庚伢子，你记得你的亲人都是怎么死的吗？

六叔公突然紧张，说，还有呢？

我妈说，你长大了，一定要为死去的亲人报仇！

三叔的嘴巴张大了，说，她……她……她还说啥？

庚伢子说，我妈还说，儿啊，你还这么小，要是没有了妈妈，你可怎么活啊？！

三叔弹簧似的蹦起来，大吼一声："快走！"

他带头就往外蹿，六叔公、六叔奶奶、三婶和她的几个孩子跟着奔了出去。庚伢子似乎也悟到了什么，跟着就往外冲。

门上仍然悬着铁锁，纹丝不动。

雷明义喘着气，仔细看看铁锁，摸一摸，又看看大家。大家都不作声。六叔奶奶一阵哆嗦，又一阵哆嗦。远远近近好几声鸡叫，揪心得很。

雷明义心想，再犹豫不行了。他大喊一声："不能等了！！"

于是他就后退两步，然后冲向大门，重重地飞起一脚，木门咣当一声就开了。雷明义转过灶间，直扑卧房，一抬眼就头皮炸了。他大喊一声："啊！！"

只见梁上悬着一个人。

雷明义要伸手去抱，双腿却直哆嗦，一点劲都使不出来。他身后的六叔奶奶尖叫一声，人瘫了下去。

庚伢子发疯一样冲上去，使劲抱住妈妈的脚："妈妈，你是怎么了啊？！"

六叔公跺脚："快放下来！放下来！"

雷明义抱住晃荡着的一双腿，六叔公跨上方凳子，抖抖索索地把绳圈从堂侄媳妇颈子上解开。

庚伢子哭喊不停，昏死在地上。

这一天一直到太阳落山庚伢子才醒来，自此他一直陪在妈妈的遗体旁边。九斤大妈给雷一嫂的脸盖上了一块儿白毛巾，而庚伢子则一次又一次地把毛巾移开，用手摸着妈妈冷冰冰的脸庞。

"妈妈，"他一遍遍地说，"妈妈说的话，庚伢子都记住了。"

晚上，在六叔公家里吃饭的时候，庚伢子一直都没有说话。后来听三叔和三婶都在说"芦席"的事，他就忍不住了，他说一定要一口棺材，他妈妈当年送走爸爸送走哥哥哪怕送走弟弟的时候，都是有棺材的，为啥妈妈上路了就不能有棺材？

六叔公叹气说哪有铜钱啊，你这个细伢子就别操这份心了吧。

庚伢子说我晓得家里没有钱六叔公也没有钱，可是妈妈不能这么上路，没木头我上山砍树去，求三叔帮我锯锯木板。

六叔公奇怪地说，你上哪儿砍树，他谭家让你砍？谭家说这山林都是他家的，你纵然有一百把柴刀你也砍不了一棵树啊！

庚伢子起个大早就上了山。他出门的时候天还没全亮，他把六叔奶奶搭在他肩头的一只手悄悄移开就下了床，他走路的时候像只猫，一点儿声响都没有。

他上的山是后山，但是他砍树的声音还是被人听见了。巡山的说不能砍，庚伢子说这不是谭家的，于是消息很快就进了谭家。

正在逗鸟的谭七少爷说，这小畜生么子胃口，吃了豹子胆？

谭四滚子摇摇晃晃走过来，说，金有德你在说么子事？

金管家说，砍树！那细伢子要给他妈做一口棺材！

谭四滚子急了，说胆敢砍谭家的树，他不要命了？把那个小杂种抓来！

金管家说，那小杂种说那是后山，不是谭家的山！

"胡说！"谭四滚子怒气冲冲地说，"简家塘的山，哪一座不是谭家的？抓那小杂种！来人！"

两个家丁闻声奔过来。

"慢！"谭七少爷举手，"爸爸，莫慌。这年头，风声紧，共产党邪火到处烧，抓人不划算，容易惹祸，小心为好。"

惹啥子祸？我们谭家怎么发的？我爷爷就是靠着山林发的家，攒下了银子买田买地！山上的树是谭家的根，哪能给一个佃户的老婆做棺材？

谭七少爷摸摸鼻子，不吱声。金管家看看谭家老爷子，又看看谭七少爷，一时不知所措。

谭家老太却从谭四滚子身后走出来，把金管家拉到客厅的门柱旁边，眨眨眼，努努嘴。金有德莫名其妙："老太太的意思是？"

"去抓那伢子！"谭家老太说，"在他身上弄一点童子血！"

金管家一惊："童子血？"

走出客厅的喜宝听到一个"血"字，就突然发愣。

谭家老太对金管家说，你忘了？长沙那个郎中怎么说的？我这阴虚，就是少了童子血！你说用鸡血代童子血，你糊涂！难怪我咳得越来越凶！

喜宝一听就发凶："奶奶，怎么能咬人喝血？那不真成了狗了？比狗还坏，是狼！"

谭家老太说你给我走开。她的模样很凶。金管家小声对谭家老太说，老太太，我要是去取童子血，七少爷可不会饶了我！

"畜生！你宁可不欺穷小子，也要欺我老太太！"谭家老太火了，一跺地，拔脚就往谭家大院的后门走。

金管家愣住了，忙问老太太你怎么了？

喜宝也愣了，看见妈妈过来，马上叫："妈妈，奶奶要变狼！"

谭七少奶奶大声说，人老了还那么凶？

喜宝拔脚就追谭家老太。

奔出大院后门的谭家老太鼓足气力往山上走，一双缠得不大不小的脚踩得碎石子咯咯响。

奶奶，奶奶！喜宝从后面追上来，我不准你做狼！

喜宝好不容易扯住了奶奶的衣襟，却被气红了眼的谭家老太一推，摔了个仰八叉。喜宝呜呜哭，他没想到奶奶力气这么大。他摸摸脑后，起了个包。

这时候他听见身后的脚步声大响，一探头，原来是金管家带着家丁奔上来了。再往前看，只见奶奶已经奔上后山，快要接近砍树的庚伢子了。

喜宝跳起来就跑，他抄小路往山上赶。"喜宝！别跑！"追在后头的金管家气喘喘喊。

"庚伢子！"奔跑中的喜宝看见了砍树者，"快跑！有人要喝你的血！"

庚伢子抬头看看山下动静，发现好些人在往山上赶。他不管，抹一把泪，继续咬牙砍树。喜宝冲了上来，拉庚伢子："庚伢子，快跑！我奶奶，她变狼了，她要喝你的童子血！"

"我不跑，"庚伢子说，"这山不是你们家的。我妈死了，我要让我妈睡棺材。"

"快跑！人家追上来了！我不骗你！你别以为我放狗咬过你，你就不跟我好了，我不是故意的，我已经把狗都杀了！庚伢子，你快跑！"喜宝急死了，又推又搡。

金管家赶上来了，一步上前，拦腰抱开喜宝："喜宝小少爷，别管闲事！"

喜宝挣扎，咬了金管家一口。"你这小少爷才像狼呢！"金管家恼了，与两个家丁一起，把双脚乱蹬张嘴咬人的喜宝强行架下山去。

谭家老太气咻咻奔到庚伢子面前，尖声叫，山是谭家的！你这小杂种敢偷树？！

庚伢子手指西边，说，你们家的山是那座山！

"胡说！"谭家老太跳着喊，"这里的山，全姓谭！"

她夺过柴刀，朝着庚伢子就砍。庚伢子用手一挡，左手臂顿时流血。

谭家老太嫌血不够，抓着庚伢子的手又连砍两刀，直到血流满手臂才满意。她扔了刀，大口吮血，尖着嗓子说："我有血气啦！"

庚伢子痛得直哭，人都佝了起来。

谭七少爷带着两个家丁赶上来，见到快昏死的孩子，对满嘴是血的母亲说，妈！不祥啊，什么年头了啊，你敢这样！血进口了，火怕是也要进宅了！

满嘴是血的谭家老太抹抹嘴，瞪眼骂，七伢子你啥时候念佛发善心了？他是贼，小贼！我还要把这小贼带回去，天天给我当药引子！管家！

金管家说我在，谭家老太喝道，给我带走！

金管家与两个家丁不敢违命，拉起满手是血昏昏沉沉的庚伢子，两边挟着就往山下走。

他们在山坡下面被沉默的乡亲们阻拦住了。拦住他们的是一大群人，领头者是彭茂林。路堵了，他们不敢往前走。

彭茂林走上一步，看着谭家老太的血嘴说，你们喝穷人的血太多了，今天该是闭嘴的时候了！

金管家说，姓彭的，别放肆！彭茂林一声大喝，把庚伢子给我放下！

跟在彭茂林身后的向秋生蹦起来，从一个家丁手里拉过喜宝就打。他晓得他能打过喜宝。

喜宝尖叫，蹦个不停。庚伢子睁眼说别打他，他是报信的！

两个家丁扭住秋生，九斤大妈冲上前去，夺过自己的外甥，急忙把他藏到自己身后。

谭七少爷摸出自备的小手枪，朝天打了一枪："是不是想造反了？"

枪声很响，四山都有回音。众人不约而同后退一步。

彭茂林笑一声，说，谭七少爷，你这一枪算什么？你没听见人家共产党的枪在北方响吗？比你的可是响多了！

谭七少爷冷笑说，我看你就是共产党！彭茂林说，我不是，我彭茂林只是见不得欺人太甚！

六叔公颤着声说，你们谭家打人喝血，也太狠心了吧？

九斤大妈说，作恶太多，有报应的啊！

这时候谭七少爷忽然收了冷脸，露出微笑，讨好地说，乡亲们不要误会，我看今天是有些误会了。我母亲没有吃么子血，只是两人抢一把柴刀，不慎带了点儿伤！乡亲们，大家退一步，退一步海阔天空，不要跟东家过不去，撕破了脸大家都没好处。

见大家不作声，谭七少爷于是更加谦卑："乡亲们，你们带走庚伢子吧！那棵树，也赏了雷一嫂了，就顶了她的刺绣工钱！"

家丁一松开了手，庚伢子就抽泣着扑向六叔公和六叔奶奶。

谭七少爷冲六叔公说，雷一嫂下葬的时候，也代我烧炷香吧！雷一嫂也可怜，这么想不开！她这是何必呢？走！

谭家一伙呼啦啦地挤开挡道的人群，往谭家大院的后门走，只听夹在当中的喜宝跳着狂喊，我奶奶疯了！她要吃血，她变狼了！

啪的一声，喜宝头上挨了一下，那是他爸爸打的。喜宝于是哭得更凶："我要咬人，我也要变狼！！"

谭家那拨人进了大院之后，青砖围墙内还传出喜宝尖厉的号叫声。庚伢子后来对秋生说，那一天你错打喜宝了，那一天喜宝是有善心的，他是来报信的，喜宝其实是恨他奶奶的。

雷明亮墓碑上的字样被改写了，写成"先考雷明亮先妣张圆满之墓"，落款则是"孝男雷正德、正兴、金满"。当然，"正德"和"金满"这四个字，不是写成红色的，而是黑色的。

墓前的哭声很响，几乎半个简家塘村的乡亲们都听到了，那是庚伢子在哭。雷一嫂的自尽使大家唏嘘不已，许多村民都猜到了个中原因——雷一嫂的微微鼓起的肚子早就引起了大家背后的窃窃私语，只是谁都没敢说没敢问，唯一晓得实情的九斤大妈也不肯露半点口风。如今雷一嫂一口薄皮棺材下葬，留下一个瘦骨嶙峋的孤儿在世间，怎不教大家黯然神伤。

庚伢子哭个不停，他那尖细的嗓音和飘荡的麻布孝衣一齐在秋风中颤抖。他举起了他的那只有刀伤的左手，说，妈妈呀，哥哥的手断了，可是庚伢子的手没有被砍断！九斤大妈给我上草药了，六叔公也天天给我敷药！妈你放心吧，庚伢子不怕痛！庚伢子会活下去的！

六叔奶奶掩面，大声哭泣。

庚伢子又哭着说，爸爸，妈妈，彭大叔刚才说了，菩萨就要来了，菩萨就是共产党，他们就在不远的地方了，共产党来了庚伢子就有救了！

彭茂林摸摸庚伢子乱蓬蓬的头发，叹气说，庚伢子，起来吧，你泪都流尽啦，你这么个细伢子，有多少眼泪可以流啊！

六叔公和六叔奶奶不顾雷明义夫妇脸色的阴郁，决定把庚伢子留在自己家里。六叔公说，都姓雷嘛，总是一家人。就收留在我家养吧。

他儿媳说，爸爸，我也不怕得罪人，我能说一句话吗？

六叔公说你说吧。于是儿媳就说，想想庚伢子嘛，也可怜。可是你看看我们家，我们全家已经是八张嘴巴了，可不可怜？

雷明义一直垂着头，坐在床沿上，一声不吭。

儿媳又说，爸爸你自己看看，米缸里还有米吗？

六叔奶奶不满意这种说法，说不管有米没有米，庚伢子也得留下来。他妈妈上吊之前把庚伢子托付给我，就是那意思，谁敢把庚伢子推出去，他妈妈梦里抓谁！

六叔公最后说，这样吧，庚伢子跟我唱皮影去吧！他嗓子亮，记性好，能唱。我呢，也需要个帮手，一年年地老了，唱不动了！

儿媳不吱声了。说到雷一嫂可能会在谁的梦里出现，这真有点瘆人。

戏幕上，六叔公操纵着杨四郎和铁镜公主的皮影偶像，敞着嗓子唱《四郎探母》：

公主啊，我和你好夫妻恩德不浅，
贤公主又何必过于谦言。
杨延辉有一日愁眉得展，
也难忘贤公主恩重如山。

庚伢子接唱，嗓音尖细，恰似铁镜公主的嗓门儿：

说什么夫妻情恩德不浅，
咱与你隔南北千里姻缘。
因何故终日里愁眉不展，
有什么心腹事你只管明言。

三十几个农人围坐在戏幕前，听得很痴的模样，都夸细伢子唱得敞亮，有味儿。

三袋烟的工夫，戏唱完了，六叔公从戏幕后钻出，朝急急散去的乡亲们打躬作揖："献艺卖唱，全靠捧场。有钱帮个钱场，有人帮个人场。在下这里谢了，谢了！"

庚伢子跟在六叔公后面拼命鞠躬。

只有一个老农向礼帽内丢入两枚铜钱，其余的人走得急，像逃命似的。

六叔公阴了脸。这年头寻常百姓谁有钱呢？这是一个靠近张圆满老家凌霞港的村庄，也是穷的穷富的富。穿破衣烂衫的拿不出钱逃得快，几个穿绸衣的摇着扇子走得慢，可根本没有扔铜钱的意思。

庚伢子看着大家散去，心里很难过。

桌上开出晚饭：一碟咸菜，一人一碗稀粥。

六叔公坐下时，看看沉默的家人，哑着嗓音唱了两句："主公啊，不是末将沙场战无力，实因是，东风不至天眼闭。"

谁也没有理睬六叔公。

三婶说，吃饭吃饭！

庚伢子低声说，今天我不吃饭了。

六叔公说，你唱得很好啊，为啥子不吃饭？

庚伢子瘪着嘴，低头，不说话。三婶说，那就吃半碗吧！

她站起来，端起庚伢子的碗，倒了半碗给丈夫。

雷明义说这不好吧！三婶说这有么子不好的？你今天下田像牛一样拉犁，你不多吃点儿哪个多吃点儿？

庚伢子一直低着头，心里难过，后来心里想，兴许讨饭还是一条路呢！那时候妈妈带我在长沙城里讨饭，我还会唱讨饭歌呢，兴许讨饭还能吃饱肚皮呢。

几天后，他忍不住去与秋生哥讲了自己的打算。他实在不想再成为六叔公家的负担。他说，是我拖累了六叔公一家。六叔公一家八口人，只租谭家五亩地，还了租债之后，就没啥米了。我想，我还是出去讨饭，讨饭才能吃饱。

向秋生一听就急："怎么能去要饭？你不怕狗咬了？庚伢子，干脆你到我家来吃饭，我舅妈给人家算命，算好了，人家都给她一斗米两斗米呢！有时候还给猪肉呢！你等着，我跟舅妈去说！"

听秋生这一说，九斤大妈眼珠子都大了："为了你这个讨债鬼吃饭，我都常常饿着，你还拉人进来？庚伢子苦是苦，不是还有他的六叔公吗？"

向秋生发怒说，舅妈你怎么像谭四滚子一样坏？你坏我就走，我跟庚伢子一起讨饭去！

九斤大妈连连说，那就让庚伢子来吧，你这个小讨债鬼怎么这么凶？

这番话都叫站在门外的庚伢子听见了，还没等秋生出门拖他，他已经走远了。秋生追上去说，我舅妈说行啊！你住我家来！

你舅妈也苦，我不能住你家。你舅妈说得对，我有六叔公，还有三叔。

秋生说，你一定不能去讨饭，讨饭会被狗咬。在外头，一个人，没人帮，死了怎么办？你不能讨饭！你说，你不讨饭！

庚伢子不作声。

"你真要讨饭，我就跟你一起去讨！"秋生最后这么说。

当天晚上，庚伢子就凑着月光，蹑手蹑脚走进厨房。他取下一只竹篮，又寻着了一只碗。接着，又寻着了一根木棍。这时候，他听见背后传来响动。

庚伢子回头一看，见是眼泪汪汪的六叔公和六叔奶奶。"庚伢子，六叔公知道你想做什么！"六叔公浑身无力，一屁股坐在门槛上，用手背擦擦眼睛。

庚伢子眼泪汪汪说，庚伢子对不起六叔公、对不起六叔奶奶！让庚伢子讨饭去吧，庚伢子讨饭讨到了就能吃饱肚子！庚伢子会讨饭，哥哥带我讨过饭，妈妈也带我讨过饭！

庚伢子拎着讨饭篮，提着打狗棍，出村子好远，一顿饭还没有着落。后来他听见背后响起脚步声，回头，见是秋生追了上来。他手上也晃荡着一只讨饭篮，还握着一根打狗棍。

"庚伢子，"秋生大叫，"我陪你讨饭去！我讨厌跟我舅妈过日子，她老是跳大神骗人！"

庚伢子说，秋生哥！你回家吧！你家里有舅妈，还有在外面做事的爸爸妈妈。你家里稀粥还是有的，你跟我不一样。你回家去！

你一个人出事了怎么办？

秋生哥，你别不放心我，我能讨饭！你晓得吗？我这次是故意出来讨饭的。

秋生有点莫名其妙，问他什么叫故意？庚伢子小声说，我要找共产党！彭大叔说共产党离我们不远了，可是不晓得在哪里。秋生哥，我往北边讨饭讨过去，我一定能找到共产党！只要共产党找到了，我就有救了！

庚伢子你要是找不到共产党，又讨不到饭，饿了，就赶紧回来，你六叔公家没粥喝，我家有！听见没有啊？

两个小伙伴就此分手，有点儿依依不舍。秋生把自己的打狗棒跟庚伢子换了一下，说自己的这根结实。

每一次吃饭，六叔公坐在饭桌边，脸色就阴起来。

门外，北风呼啸，白茫茫一片。冬天说到就到了，天白地白，可就是没有庚伢子一点儿消息。

雷明义进门就说，爸爸，今天从豆腐坊弄来的腐乳，味道好，来，你吃!

六叔公阴着脸说，这一提起筷子，就想起庚伢子了。这大雪天，他也不回家，哪儿过的夜啊？

六叔奶奶说你这死老头子，别提庚伢子了，你一提我就心口痛，你当初怎么不拦着伢子啊？！六叔公说你怎么不拦呢？庚伢子那天走你不也在吗？光一把鼻涕一把眼泪，你不拦有么子用？

这么一说，六叔奶奶也不吱声了。

雷明义这时候就说，秋生那个臭小子，正在门口唱么子皮影戏呢！六叔公听不明白，你说啥啊？

接着六叔公就惊讶着脸走到门口。

他看见十二岁的向秋生气呼呼地站在大门口，双手叉腰，冲着大门嚎着一首自编歌儿："庚伢子是你们雷家人，六叔公你为啥要他出家门？昨日天下雪，今日天打雷，六叔公，我来问一问，你家庚伢子，是死还是生？"

六叔公忽然老泪纵横，说，你别折磨人了，秋生！六叔公每天睡不着你晓得吗？六叔公我这就去找好不好？

他身后的六叔奶奶说，老头子，你一边唱皮影一边去寻，能寻到伢子的！

六叔奶奶这一个点拨，倒是点醒了六叔公，他认为这是个好主意。无论庚伢子是死是活，只要四邻八乡地唱过去寻过去，总能找到线索的。

过了半个月六叔公就动身了。这时候时近早春，柳枝头都见了鹅黄。雷明义夫妇也不再拦着六叔公。一说到庚伢子的死活他们心里也发揪。

庚伢子熬过了一个冬天。他几乎绕洞庭湖转了一个圈儿。湖上的北风吹烂了他的衣衫，每一回都是捡了又穿，穿了又捡。肚子饥一顿饱一顿倒没有什么，庚伢子饿惯了，只是他的背脊上冒起了一个毒瘤。先是小红点儿，流点儿脓，后来疮口慢慢地大了，越搔越痒，越抓越痛，最后几乎烂到骨头了,背脊上钻心地痛。

油菜花开的时候他一直住在一个镇子西面的桥洞里。那里还有两个小要饭,后来那两个小要饭嫌他背上臭,把他赶了出来,于是他就沿着湖边往南走,一路乞讨。他有点儿想家了,想回六叔公家住两天,又想到坟地上看看爸爸、妈妈、哥哥、弟弟。他想,我就是痛死了烂死了也要跟爸爸、妈妈、哥哥、弟弟住在一起,可不能让野狗子叼食了。

这一天到了响午他还没讨上饭,饿得眼冒金星,他几乎是爬着才挨近一处庄户人家的门槛。

"爷爷,奶奶,伯伯,婶婶,行行好吧!"他吃力地念着小调似的乞讨词,将碗递进门缝。

一个戴眼镜的老先生发现有小要饭的,于是到灶间铁锅里取出一块黄黄的锅巴,投在门外的乞碗中。"谢谢伯伯!伯伯交好运,大富又大贵。"庚伢子趴在地上说,一边拼命抓起锅巴往嘴里塞,嘎巴嘎巴地咬。这锅巴冷冷的硬硬的可真香啊!

"再给你一碗水!"老先生动了恻隐之心。

"求求伯伯,有没有草药?我背脊上长了个大疮,痛死了。伯伯有没有药给我敷一敷?"

老先生蹲下来,撩开小要饭身上发臭的衣裳,吃了一惊。

他看见了蛆虫。"快,"老先生转头喊,"李嫂,把药罐里的疗伤药取一点儿来,小要饭的身上有疮!生虫子了!"

这是庚伢子的疮口第一次上药,虽然痛得钻心,但是他心里有点儿踏实了。庚伢子想,过两天,还得再到这村子来,再寻这户人家,药该多上几次才对。

六叔公在皮影戏唱完之后,走出戏幕,向满场的观众拱手。这是洞庭湖南面一个靠水的大集镇。

诸位,今天在下不把这帽子翻过来当钱罐子了,在下不收诸位乡亲的铜子儿了,在下只想向诸位打探一个消息:有哪位看到过一个八九岁的小叫花子，这么矮，精瘦，名字叫庚伢子。哪位碰到过，看到过，能否告诉在下一声？在下不收铜子儿了，只求消息！

众人沉默，显见没人看到过。六叔公老泪纵横，这伢子是我们雷家的伢子，在下糊涂啊，在下不该放他出去讨饭啊！

说到这里，啪的一声，他打了自己一嘴巴。

众人依旧沉默。

六叔公蹲下来，默然收拾戏具。他的肩膀不住地抽动，显然在哭。

而两个月之后，他却真的邂逅了他的堂侄孙子。那是在娘娘庙，在阵阵的春雷声中。那一刻六叔公号啕大哭，泪水比庙外的雨水还急。

庚伢子是在六叔公进庙前大约半炷香的时候爬进娘娘庙的，那时候他的疮伤痛彻心扉，根本站立不住。

他在潮湿的殿堂泥地上蠕动了好一会儿，才看见了蛛网中的观音娘娘。

"菩萨啊……"庚伢子虚弱地看着神像，"我妈当年没少拜过你……你一直没空来救我啊……我现在饿，背上长了一个大疮，越来越大，痛死我了啊……菩萨你真的那么忙吗？"

说到这里，庚伢子一阵眩晕，两眼发黑，昏了过去。

窗外，雨点噼噼啪啪降下来，像下刀子。背着皮影戏藤箱的六叔公脚步踉踉跄跄。他的下一个唱戏点是两里地外的吕家湾，但他在雨中发现了右前方的一座破庙，于是赶紧转了方向，急往破庙而来。

精疲力竭的六叔公跨进破庙之后，发现自己几乎一步也走不动了。他盯着菩萨娘娘，慢慢地放下藤箱，双手合十："菩萨娘娘啊，可怜可怜我吧，走南走北都两个来月了，我快撑不住了，保佑我早日找见庚伢子啊……"

忽然他踉跄一下，几乎绊倒在一个软软的东西上，定睛一看，不由得浑身汗毛直竖。"庚伢子！！！"六叔公快晕过去了。

庚伢子醒了，睁眼，看见了来人："六叔公！"

"庚伢子！庚伢子！"六叔公欢喜得泣不成声，"我找得你好苦啊！"

我痛！

哪里？

背上。

六叔公撩起庚伢子又脏又臭的衣衫，一股恶臭扑鼻而来，他简直不相信自己的眼睛："啊呀！爬蛆虫啦！我苦命的伢子啊！"

六叔公用自己最后的铜子儿，租了一辆板车，拉着伢子回到了简家塘。九斤大妈不敢自己抓药，特意从县上请来了一个背着"悬壶济世"小旗幡的郎中，请他看庚伢子的毒疮。郎中跌足说真正是伤了背脊骨了，这伢子已经爬到阎王殿的台阶上了，幸亏他还有祖传良方。九斤大妈立即把刚刚养的一头小猪让他牵走了。

郎中配了药之后，九斤大妈亲自调制，日日送到六叔公家中为庚伢子上药，旁边看的秋生一个劲儿抹泪。

"可怜的庚伢子！"九斤大妈说，"大毒疮啊！差点儿要了你的小命啊！"

秋生哭着说，都怨你，坏舅妈！你叫庚伢子住到我家来就不会这样了！

九斤大妈想发火，又忍住了。六叔公说，怨我，怨我！我不该放庚伢子出去要饭！

话音还没落地，窗外响起一个男人的声音："谁都不怨！怨这个社会！这是个吃人的社会！"

只见彭茂林大步走了进来，更令人吃惊的是，彭茂林竟然穿了一身灰布军装，脚上还打了绑腿。庚伢子不顾背上疼痛，挣扎着坐起来问，彭大叔，你找到共产党了？！

我找到共产党了！是的，我找到了！我也参加共产党了！共产党的队伍马上就要打过来了！你们仔细听，听见没有？枪声！北面已经有枪声了！战斗很激烈，共产党领导的解放军马上就要打过来了！

大家屏住气息听，果然隐约有枪声传来，像很远的地方在放爆竹，稀稀拉拉，似有似无。

庚伢子拉住彭大叔说，是不是穷人有救了？能吃饱肚子了？

"穷人能吃饱肚子了！穷人有救了！"彭茂林说，"现在，我们的任务就是监视住村里的恶霸地主，不让他们卷起财物逃跑！他们的财产都是穷人的血汗！"

秋生说，谭家有枪！

彭茂林说，对啊，不能硬着对抗，我们手中还没有枪！但是，我们要想办法监视住他们，一有情况就报告！我还要去联络解放军！

秋生激动了，说，我去监视！

庚伢子说，我也去监视！但是他刚想翻身坐起，又"哎哟"了一声，倒下了。他的背脊还是火烙似的痛。

三天之后，隐约的枪声转到东北方向响了，有点像爆炒豆。情势越来越紧张，简家塘像一口即将沸腾的锅一样，人人激动着，躁动着，都晓得大事变就要来了，简家塘要揭一层皮了。庚伢子也挣扎着站了起来，非得要跟秋生哥一起去监视彻夜灯火不熄的谭家大院不可。六叔公喝令他不要出门，庚伢子说妈妈临死那一天说要我为死去的亲人报仇，现在正是我庚伢子报仇的时候啊！

谭家大院果然乱成了一锅粥，谭家几个兄弟姐妹早都散了，有的躲在北平，有的躲在长沙城里不回来，只有谭七少爷坐镇指挥有秩序地撤退。有情报显示最多不出两天，甚至一天，这一带就要杀来解放军了，国民党部队一触即败，到处在作鸟兽散。

谭七少爷的情绪自黄昏后越来越紧张，一是枪声近了，一是有家丁报告金管家金有德要溜走。谭七少爷奔几步，堵在前院的门口，果然一会儿就见到了一脸阴阳怪气的管家。谭七少爷说你跑啥？你给我站住！

金有德不慌不忙躬身说，在下辞别了，七少爷。

管家，你是见死不救？是不是树倒了，你就突然属猢狲了？

金有德冷笑说，七少爷明明知道大树将倾，怎么还不放走猢狲？听见枪声没有？炮声也有了！别一篙打翻一船人，大家都该走了！

两个在旁的家丁一听这话，细软也不捆扎了，立马走到金管家身边，也做出要走的样子。

金有德，你扰乱军心！谭七少爷以脚跺地说。

金管家说，岂止扰乱军心，我还要扰乱财宝呢！

他说着突然就掀开家丁刚才抬着的一个红木箱子，从箱中抢出一把首饰，攥在手里就走。谭七少爷拔出手枪："强盗！"金管家挺起瘦弱的胸膛："你敢？！"

谭七少爷看看在场的家丁，家丁也一个个骄横起来。他手软了，他不敢。金管家点点首饰说："我金有德在府上效犬马之劳整整十二载，这点酬金仅够塞塞牙缝而已！"

他一边冷笑着一边推开谭七少爷，夺门而去，让手持手枪的谭七少爷目瞪口呆。

而谭四滚子这时候慌慌张张走过天井，又不慎摔了一跤。这一跤摔得真不是时候，他"哎哟哎哟"直叫唤："动不了啦，骨头……断了……快来抬我啊！"

家丁没赶来，谭七少爷赶来了。谭四滚子说，哎哟，哎哟，腰子这里别碰，一定是骨头断了！痛死人了，金管家呢？

"别提这畜生，他跑了！——来人啊，快来抬老爷啊！"七少爷说。

总算还有两个家丁赶过来。谭家老太也迈着小脚赶来了，嘴角边有鸡血的痕迹。

"哎呀呀，"谭家老太吓得嘴唇哆嗦，"怎么会摔一跤的啊，祸不单行啊！"

"妈，"谭七少爷冷静地把母亲拉到一边，悄声说，"爸爸病重，刚才又摔一跤，腰骨好像断了，肯定抬不到长沙了，会死在半路上。"

母亲听出儿子话中有话，忽然大骇："你想怎么样？想做不孝子？！"

儿子说："这不是不孝，这是至孝！"

母亲打了个冷战，恐惧地看着儿子。

儿子掐死老爷子是在一刻钟之后。他先让家丁把杀猪般叫唤不停的父亲抬在卧床上，接着就吩咐家丁离开："你们都走，帮老太太收拾东西去！"

家丁走后，谭七少爷走到父亲床边，对额上冷汗涟涟的父亲说，爸爸，时运不济，腰椎断了，肯定走不动了。我们这一走，也不晓得啥时候能回来，你与其在路上狗一样死掉，还不如仙逝家中！儿子日后回来，一定厚葬您老人家！

还不等惊惧的父亲有何反应，谭七少爷已伸出一双手，掐准了父亲的脖子。

五分钟之后，用锦缎被子裹紧的谭四滚子的尸体，就由两个家丁抬起，扔进枯井中。

谭七少爷跪地，磕个响头："等儿子回来，一定厚葬您老人家，给您老人家睡楠木棺材！"

这句话让秋生听到了。秋生这时候正趴在谭家围墙外面的大樟树上，他真真切切地听到了这句话。

"不好！"秋生对树下的庚伢子说，"箱子都装车了，他们要逃！"

庚伢子拿出备好的长木棍，紧紧闩扣在谭家大门的两个门环上。这样子，里面无论如何也拉不开大门了。秋生说这法子好。

"秋生哥，你看住这儿！我去把后门也闩上！"庚伢子捡起另一根木棍，急着往后门跑。

后门的铁门环刚扣上，庚伢子就听见了门内的惊叫："不好了！门给封死了！共产党已经来了！"

家丁乱如一窝蜂，纷纷向谭七少爷报告说前后门都叫人给封死了！

谭七少爷如遭霹雳："共产党提前到了？"他就地转了两个圈，突然挽袖，只身攀上院内的樟树，翻墙而走。一块瓦片踩下来，砸在谭家老太身边，粉碎。

谭家老太骇了，惊呼，不孝子啊，扔下我们不管啦？！

只身逃窜的谭七少爷没有跑远，他在村口石桥边突然停住脚步。

他惊惧地看见了在夜色中迎面扑来的彭茂林。"别拦我！"谭七少爷喊，一边摸出小手枪。

彭茂林飞起一脚，就把他的小手枪踢飞了。彭茂林估算的距离很准。

然后，谭七少爷便被手如钢钳似的彭茂林按在地上。谭七少爷拼命挣扎，嘴里骂，你这个臭抬轿的！

彭茂林听着这骂声，心里发笑。

庚伢子与秋生这时候飞奔而来。秋生欢呼："太好啦，抓住谭七少爷啦！"

庚伢子扑上来，见着谭七少爷就举起小拳头要打。"别打！"彭茂林用手抓住了小拳头，"现在不是个人报仇的时候，人民会审判他！"

小石桥外忽然传来嚓嚓嚓的脚步声，似乎有一大批人由远而近跑步前来。庚伢子惊讶地看见，这是一大群穿军装的人。

彭茂林说，庚伢子，秋生！看见了吗？来的就是解放军，共产党的部队！

庚伢子突然放声大哭，他向解放军队伍迎了上去。"解放军叔叔！"他大喊。

暂时还没有人回答他。

队伍的步伐好整齐哟，嚓嚓嚓嚓，像吹过一阵风。

庚伢子蹲在地上哭，他心里好欢喜。

肆

我的大军帽，我的小书包

简家塘村在解放之后的日子里一直沸腾着,被解放的土地都是这样。

没过多久,村子的坪坝上就搭起一个简易台子,台前高悬一条横幅:简家塘村斗争地主恶霸群众大会。

全村乡亲在飒爽的秋风中齐聚坪坝,对于这一天他们盼了很久。他们看着彭茂林,彭茂林这一天的神情格外严肃,走来走去;最后,彭茂林和一位解放军的连指导员坐上了主席台。

彭茂林举起硬纸喇叭冲黑压压的人群喊:"乡亲们静一静!穷人翻身的日子终于盼到了!现在,简家塘村斗争地主恶霸群众大会开始!把谭家地主恶霸押上来!"

"押上来!押上来!"坐在前排的庚伢子随着秋生哥,随着大人们一起高呼。他背上的毒疮已经痊愈了,结了一个大疤。他的痛苦不仅仅是这一个疤。

两个持枪的民兵将谭家老太和谭七少爷押到台上。"打倒地主恶霸!"全场声浪翻卷。谭家老太和谭七少爷双腿哆嗦不止。

他们的腿怎么了?他们的腿不是好好的吗?

"还有他婆娘!还有他儿子!"有人尖叫。

彭茂林听清了群众的意见，于是补充宣布说，将地主的婆娘和儿子也押到台前，陪斗！

磨豆腐的老吴手劲大，一下子将谭七少奶奶和喜宝扭住，推到台下："站好！站好！低下头！"喜宝大哭，伤心得很。

庚伢子一下子站起来。

秋生拉他："做啥？坐好呀！"

庚伢子坐下，但紧接着又站起来，他觉得自己有话要说。他不能让喜宝这样，喜宝没有那么大的罪，包括他妈妈。于是他挨近主席台，仰头呼唤："彭大叔！"

彭茂林走到台前，蹲下。

庚伢子说，喜宝年纪小，放狗咬过人，可是他也帮助过穷人；而且喜宝的妈妈也是穷人，是地主抢来做老婆的。斗争他们两个，像是不好呢！

群众声音很大，坪坝上轰轰响，但是彭茂林还是听清了庚伢子的意思，一听就觉得在理，于是马上走去跟主席桌后面的那位解放军指导员耳语。

吴指导员一听，立即说，这个建议很好，体现了党的政策。

彭茂林指着台下的谭七少奶奶及喜宝说："你们两个，回座位上去！一起参加斗争！"

谭七少奶奶如蒙大赦，急忙拉着儿子往人群里钻。

庚伢子看着喜宝和他妈妈离开台前，心里一阵宽慰。谁知这时候肩膀上却吃了秋生一掌，你对喜宝这么好干啥呀？鸡给黄鼠狼拜年吗？庚伢子说，我认得黄鼠狼是谁，喜宝可不是黄鼠狼。秋生说，我看你是忘了手臂上的痛，也忘了背脊上的痛了！

秋生可没有想到，在接下来的"斗争"当中，庚伢子可是一员骁将。他是第二个上台控诉的，他在控诉发言前，先由彭茂林大声宣布："下面，我们请雷正兴控诉地主恶霸的罪恶！"

乡民们窃窃私语，四处观望：雷正兴是哪个？

彭茂林大声说："雷正兴，就是庚伢子！庚伢子，大家都了解，一个被地主的狗咬过、被地主的刀砍过的孤儿。他家五口人，被活活打死、饿死了四口，他苦大仇深啊！请雷正兴上台控诉！"

庚伢子在台下一听这话，早已呜咽起来，而走到台上，他已泪水满脸。

他面对黑压压的全村乡亲，一时百感交集，说不出什么，只凄惨地喊："爸爸！——妈妈！——哥哥！——弟弟！——"

一听庚伢子这样的喊声，全场顿时哭成一片。

九斤大妈双手捂脸，六叔奶奶恸哭着倒在六叔公肩上，连彭茂林都忍不住用袖管揩眼泪。

彭茂林走到庚伢子身边，用手不住地抚摸着庚伢子颤抖不已的肩膀，让他冷静下来。

全场响起口号："打倒地主！""打倒恶霸！""血债要用血来还！"

口号声过后，庚伢子慢慢转过身去，盯着脸色阴郁的谭家老太和谭七少爷。"谭家老七！"他的目光充满仇恨，"你为啥要逼死我妈妈？！"

谭七少爷哆嗦了一下，低头，不吭声。

庚伢子卷起袖子，左手臂上露出三道深深的伤疤："老地主婆，你还认识它吗？"

谭家老太不由自主后缩一步，但是她的目光仍然很毒。

庚伢子大声喊："你还敢不敢再砍三刀？"

喊完，他就扬起小拳头冲地主婆打去，却又被彭大叔及时抱住。

全场起立，都喊："打！打！打！"

庚伢子在彭大叔怀里大哭，哭得几乎晕过去。

斗争恶霸地主大会的当天下午，庚伢子就一个人上了坟地。他在爸爸妈妈身边坐了很长时间。他右臂上缠着儿童团员的红臂章，一身干净的蓝布衣裤也是九斤大妈给他换上的。那是秋生穿过的。

风很大，庚伢子在风声里说，爸爸，妈妈，菩萨来了，菩萨是解放军，庚伢子得救了！你们住过的房子，彭大叔说已经正式分给庚伢子住了！彭大叔说还要分给庚伢子田地！这叫斗争果实，每个穷人都有的！砍我手的谭家老太、欺侮妈妈的谭家老七，今天已经斗争了，解放军叔叔说还要把他们关进监牢里。妈妈你都听见了吗？

风越来越大，灌木丛在抖。

庚伢子说，爸爸妈妈呀，你们能活到解放的日子多好啊，现在我们都做主人了，再没有地主老财打我们骂我们了，我们分了地主老财的粮，分了他们的牛和猪，村里没有人再饿饭了，我们不再吃野菜拌糠了。我走在太阳底下，每天都那么高兴，谁见了我都摸摸我的头，说我上台控诉得好，说我总算过上好日子了。现在大家都像我的亲人，我看着谁也都像亲人。爸爸、妈妈、哥哥、弟弟你们都放心吧，现在的村子，现在的天下，就是一个大家庭，庚伢子在这个大家庭里每天都高高兴兴。爸爸妈妈，我真是感谢毛主席、朱总司令，感谢解放军。我庚伢子真的翻身了！

说到这里，庚伢子用手背擦擦眼泪，他心里真是欢喜。

一只黄莺落在对面的榆树枝上，叽啾叽啾，一声声唱着庚伢子的心情。

爸爸，妈妈，庚伢子又说，我参加儿童团了，我有一杆红缨枪！我现在很想参加解放军，解放军到哪儿，我也到哪儿。解放军是我的大救星，我要参加军队，我想去救天下所有讨饭的伢子！过些日子部队要出发了，我想跟他们走，我要学会打枪，我也要去救穷伢子，我要保卫新社会！

解放了望城县安庆乡的这个连队几天后真的出发了，简家塘村民一大早就聚集在村口夹道欢送。

九斤大妈把几个煮熟的鸡蛋往战士身上塞，可是老塞不进，连队的那个小通信员关土祥一个劲儿闪躲。九斤大妈恼了，说你们怎么这样不领情啊，这是老百姓的心意啊！

连队的吴指导员走过来说，小关！老乡一定给你，你就拿下，道谢！

关士祥接过鸡蛋说，谢谢！谢谢！

小通信员在走出一里地后真的吃起了鸡蛋，一口一个，满嘴生香。但是他在还没有完全嚼尽之前，就急急地跑出队伍，向指导员报告一个奇怪的情况。

"指导员，"关士祥含含混混说，"有个人，一直跟在我们后面！"

吴指导员觉得奇怪，往队伍后头一看，果然看见一个孩子肩扛红缨枪，远远地跟着。他问通信员是不是出了简家塘村之后，这孩子一直跟着。通信员说是，说开始还以为他是学走步子呢，可这一里地了，还跟着，怕是要跟上几十里地哩。

吴指导员心里有谱，肯定又是个要当兵的。从江北打到江南，老是有这样的热血青年和热血少年。再看这孩子，小小个头，是个小孩，至多是个少年，这么小怎么当兵？吴指导员落到队伍后头，等那杆红缨枪上来，一看，却是认识的。

他截住孩子，大笑，这不是庚伢子吗？嗨，雷正兴小同志，你跟着我们干什么呀？都跟了一里地啦！

我要跟你们走。

这是解放军啊！

我就是要参加解放军！

你还小啊，庚伢子！

我不小，我十岁了！庚伢子说，解放军带领乡亲们打倒了地主老财，为我亲人报了仇！我也要跟着解放军，为天下的穷人报仇！解放军干么子事，我也干么子事！

指导员笑了，说志气还挺大啊！他一下子就抱起了这个瘦骨嶙峋的孩子，快步往回跑，因为他看见彭茂林大叔还站在村口桥头招手呢。

"老彭啊，"吴指导员跑得气喘吁吁，把孩子交还给彭茂林，"这孩子想跟部队呢，我已答应庚伢子了，等他一到年龄，我们就召他入伍。"

彭茂林说，庚伢子，听见吴指导员的话没有？当解放军是干革命，留在村里当儿童团长也是干革命！你年纪小，先参加儿童团，大了，就参加解放军！指导员啊，昨天儿童团开过会了，大家推举庚伢子当儿童团长呢！

庚伢子小声说，我还是想当解放军！

彭茂林说，好好，等你大了，村里一定送你参军去！吴指导员，军情紧急，你们快走吧！

吴指导员快步跑回队伍之后，说的话题还是庚伢子。他对走在身边的小通信员说，这个庚伢子呀，别看只有十岁，聪明着呢，懂得党的政策呢！不过，这孩子也真可怜，五口之家叫旧社会活活吃掉了四口！

关士祥低头说，指导员，我也想起我自己的家了，我也是个孤儿！

指导员说，对啊，你是个孤儿，我也是个孤儿，我们都要记住这份阶级苦啊！

这时候，吴指导员一点儿也不知道那个固执的庚伢子又悄悄逃离了村子，他熟练地爬上后山，抄小路前进，与部队的行进方向保持着一致。

日上三竿的时候，部队短暂休息，埋锅造饭。

西边的一处小树丛老是沙沙作响，很可疑。小通信员开始还以为是有只兔子。他还没走近树丛，瘦小的庚伢子忽然就从树丛里钻出来了。

关士祥点着孩子的鼻子笑："还真有你的，抄小路来的？"

庚伢子说，我还是想跟你们走。

你看，脚踝子都划伤了。

你是通信员？

是啊。

你晓得，我是孤儿，除了我的六叔公一家，家里没有亲人了。

我也是孤儿呢。

那你跟指导员说说，求他带上我！

"你实在太小！"关士祥为难了，转眼瞧瞧山坡后面，那里已经飘起了饭菜的香味。"你虚岁十岁，实足才九岁。我是前年当的兵，虽说小，可还有十五岁呢，你真的太小了，指导员和连长都不会答应的。我说小兄弟啊，你还是回村吧！"

通信员同志，我跟你说，我要是天天跟着部队，每天跟，每天跟，部队走到哪儿，我跟到哪儿，那样，指导员就会留下我吧？

你一跟，他就看见了，只要看见了，他肯定让你回家！

庚伢子指着树下的一口大铁锅说："你能不能让我躲到锅子里呢？我身子又小又轻，我能躲进去！你们挑着我也不重！"

庚伢子说着，真的就走近那口大铁锅，一蜷身子，弯到了里面。

关士祥乐了，到前面叫来了炊事班的老班长。老班长看见大铁锅里蜷曲的孩子，吓了一跳。关士祥对炊事班长说，庚伢子说要请你挑着他走，他每天都想跟上部队呢！

炊事班长搔搔头皮说，这孩子不重，倒是能挑。不过，指导员说让我挑他，我就挑，不然，我犯纪律呢！

你看，庚伢子，还是绕不过去，还是得报告吴指导员吧！关士祥摊摊手说。这话说得庚伢子有点傻眼。

炊事班长笑，扭头向山坡喊："指导员，请你来一下！"

吴指导员赶来，看见从铁锅中坐起来的庚伢子，大吃一惊。

通信员说，报告指导员，庚伢子的意思是，他哪怕藏在铁锅里，也要跟着我们队伍走呢！

指导员忍不住笑，说你这孩子，叫我怎么对付你呢。又说快爬出来呀，这么小的个子，一煮就煮熟了！

庚伢子爬出铁锅说，指导员，我给你唱支歌吧，这叫"百子歌"，你听听！

地主出门坐轿子，

带着狗腿子，

手拿算盘子，

　　逼着农民交租子。

　　共产党救了穷伢子，

　　打倒了地主狗腿子，

　　挖掉穷根子，

　　分田，分地，分房子。

　　跟着共产党一辈子，

　　永远过上好日子！

　　跟着解放军走路子，

　　解放天下的穷伢子！

　　士兵们听得山坡前面有歌声，都端着饭盒聚过来，连声喝彩说唱得好。

　　指导员生出了一些感动，对庚伢子说，最后两句，是你庚伢子现编的吧？我看你是现编的。不过你编得好，唱得也好！

　　庚伢子泪汪汪说，指导员，你是知道的，我家没亲人了，你们就是我的亲人，我要跟亲人走！

　　大家听了这话都不吱声了，一齐望着指导员。

　　吴指导员想一想，摘下自己军帽，端端正正戴在孩子头上，对他说，我能让你成为一名解放军战士，但有一个条件。

　　庚伢子兴奋地整整帽子，帽子虽然大了一圈，但也能戴得住，戴着挺神气："么子条件呀？"

　　现在你还太小，我的职权只能让你当一顿饭的解放军战士。现在我教你行军礼！——这样，敬礼！

　　庚伢子敬礼，姿势不准，教了几回，庚伢子便学会了。

　　指导员喊一声："敬礼！"

　　庚伢子行了一个比较标准的军礼。

　　"好！"指导员满意地说，"现在，请雷正兴同志进餐，编入一班！"

心情复杂的庚伢子坐在班长身边用搪瓷碗吃饭的时候，关士祥小声说，别灰心，庚伢子，你能参军的！两年前，我也是死乞活赖才留在部队的。有志气就能当兵，但你现在呢，实在是年纪太小了。

庚伢子停了筷，眼泪汪汪。

"吃！吃！"关士祥说，"不过，庚伢子，吴指导员可以保证，我也可以保证，只要你到了我的年龄，一定能当上兵。你行啊，你像我一样苦大仇深，我们解放军就是欢迎这样的苦伢子当兵啊！"

五分钟以后，值星排长喊："全连集合！"

全体官兵哗哗哗地站成了队列。吴指导员手牵戴军帽的庚伢子，走到队列前面。"现在，欢送雷正兴同志回村。敬礼！"指导员喊。

全连战士向庚伢子敬礼，庚伢子有些手足无措。

关士祥提示："庚伢子，还礼！"

庚伢子立即立正还礼。

"礼毕！"指导员喊，"一班长，你骑上连部的白马，护送雷正兴同志回村！"

一班长牵来白马，马蹄子一踏一缕烟。

庚伢子不依了，一把抱住吴指导员："指导员！"

吴指导员在庚伢子耳边说，听话！先回村，等长大了，就到部队来！

关士祥说，庚伢子，听指导员话，咱部队说话是算数的，说让你入伍，到时候就一定让你入伍！

指导员将庚伢子抱起来，放上马背，骑坐在一班长的前面。一班长掉转马头，双腿一夹，马匹就跑了，马屁股后面腾起烟沙。

关士祥盯着远去的马匹说，伤心啊伤心。指导员说你伤什么心？关士祥说我为庚伢子伤心。指导员说你以为我不伤心？这小子当兵肯定是块儿好料。过几年吧，他或许真能当上兵。

吴指导员并不知道他这句话是十分准确的预言，更不知道自己将是庚伢子——后来他的名字叫雷锋——入伍风波中的支持者和一锤定音者。吴指导员那时候已经有了军衔,他是上校,沈阳军区工程兵某团的团长,大家叫他吴团长。

吴指导员当时并不知道未来的一切,他只知道自己有点儿为骑在白马上的孩子可惜。马屁股后面的淡黄色的尘沙一直在他眼前游动,像一条蜿蜒的龙。

同时为庚伢子当不上兵惋惜的是秋生。秋生说,你要是去当了兵这儿童团长可就是我当了,我们村除了你我,谁还有资格当儿童团长?

可是没过几天秋生就没有了这种失落感,九斤大妈让他去新建的黄荷坝小学读书了。读书识字这在简家塘可是一件大事,连当上了安庆乡乡长的彭茂林大叔都没识几个字呢,向秋生可要成为简家塘的秀才了。

庚伢子心里羡慕秋生哥,但嘴上不敢说,因为他知道六叔公没钱供伢子上学。三叔那么多伢子都没读书,谁能供庚伢子上学呢?九斤大妈不简单,还真能缴得起学费。每天背上书包带上饭盒的秋生对庚伢子说,我现在不骂我舅妈装神弄鬼了,只要她供得起我读书就行喽!

一早上山砍柴的庚伢子每次都要爬上坡顶,看秋生哥的背影慢慢消失在村西的林子后面,看他的蓝布书包一颠一颠地拍打着屁股。那书包是九斤大妈缝制的,里面装着一本语文书和一本算术书,那是天底下最金贵的两本书。

那两本书经常出现在庚伢子的梦里,像两只鸟飞来飞去,一会儿落在妈妈的草色青青的坟头上,一会儿落在谭家大院——现在叫村公所——的门楼上,调皮得根本抓不到。

但是过了一年的光景,这样的梦境就永远从庚伢子的夜晚消失了。那是1950年的夏天,彭茂林乡长踩着"知了知了"的蝉叫声走进了简家塘村,村公所也不去,径直就走进了六叔公的家。他是来商量庚伢子读书的事情的。他衣袋里揣了个好消息,那消息说的就是庚伢子的学费全部由乡政府负担,乡里几个头头儿开办公会议的时候一致通过了彭乡长的这一提议。

彭茂林打心眼儿里觉得庚伢子应当受教育了，新社会应当给这个苦大仇深的伢子以文化滋养了，因为这是棵好苗子，日后他应当能成为社会的栋梁。

果然，在六叔公家一坐下来，刚谈及正题，爆炸起来的就是一个学费问题。雷明义的老婆眼珠子顿时瞪得滚圆，说啊呀啊呀，书哪里读得起？我自家的几个伢子都没钱读书嘛！一说起学费我头就炸，贵得很，贵上天了！

六叔奶奶也说，这学费倒是个事儿，昨天听说谭七少奶奶要卖首饰供他儿子喜宝上学，我家找遍了也没一件首饰。我娘倒传给我一只戒指，起初以为是金的，火一烧才晓得是铜的，不值一文啊！

彭长乡笑，说，你们哪，不要担心，学费的问题，乡政府已经研究了。考虑到庚伢子是孤儿，苦伢子，他上小学的学费，全部由乡政府承担。

"这就好，这就好！"六叔公这时候才拍腿插话，"识文断字，该！该！该！"

他刚才一直不敢吭声，担心的就是钱这个难题。他老了，唱不动皮影戏了，但还舍不得这个营生，今日就蹲在院子的角落里雕一块已经阴干的牛皮，精心制作"铁扇公主"。他分别为头像和手脚装订翎管，细心地插上竹签棒。一直听到乡长表态了钱的难题，他才放下心来。庚伢子是应该识文断字了，这伢子聪明。他想。

彭茂林说，庚伢子的生活，当然还是由你们家照顾，你是他六叔公嘛！

六叔公说，对，对，我再怎么也不放庚伢子在外面乱走了！

彭茂林说，我们乡政府呢，这样研究：政府分给庚伢子六百斤稻谷，这是"斗争果实"。当然，考虑到他在你这里吃饭，这六百斤稻谷嘛，就由你们家支配！

三婶一听，又大了眼珠。

彭茂林继续说，还有两亩四分水田，也分配给庚伢子，因为庚伢子要读书，这两亩四分的水田嘛，当然也由你雷明义代耕。也就是说，你们雷家的田地更加扩大了！

雷明义说好吧。三婶瞪一眼丈夫，说，好？么子好？雷明义赶快不吭声，他晓得老婆已经立马把账算清楚了。算账的功夫，老婆远在他之上。

"乡长啊，能不能这样呢？"三婶笑嘻嘻提出了自己的意见，"既然小学校比较远，那就干脆让庚伢子吃啊住啊的，全在学校得了，乡政府全部包去不就成了？六百斤'斗争果实'，我家也不要，都给小学校好了。还有，庚伢子的两亩四分田，我们也不种，叫乡政府另外派人种好了！"

雷明义没想到妻子说得这么直截了当，一时不知道怎么表态。

六叔公的脸却一下子沉了下来，他对儿媳妇的这个精心计划的建议很不以为然。他口气重重地说，你这不就是把庚伢子推出门了吗？

三婶显出了委屈的样子，说，这不就是表明乡政府对庚伢子负责到底嘛！是不是嘛乡长？孤儿嘛，全由政府供养，也顺理成章！儿童团长，这官衔听上去也是政府的人嘛！彭乡长，你说对不对啊？

彭茂林摇摇蒲扇，表现出了最大的耐心："当然，全由政府供养，也是一种说法，可是你们也晓得，乡村的孩子不可能都由政府包养。国家解放不久，经济困难，乡政府哪有那么多钱啊？我们几个乡长每天的午饭都是番薯，今天连番薯都只吃了半个，肚子还半饥的哩！你们呀，一笔写不出两个雷字，庚伢子好歹是你们雷家的后代。他现在是孤儿，你们雷家有责任将他扶养成人，是不是啊？六叔，明义，你们若有困难，政府也会帮助你们！"

雷明义急忙抢在老婆之前表态，他对自己老婆今天的态度也不满意。他说，彭乡长都这么明白地说了，我们还说么子啊？乡政府考虑得周全，就这么办！

六叔公和六叔奶奶一齐点头，都说就这么办，就这么办。

雷明义又悄悄踢了老婆一脚，意思是让她也赶快表个态，毕竟是乡长，进门了，那么大的面子，你也该识相一点儿。可是雷明义的老婆就是斜着眼，一声不吭。就在雷明义很有些尴尬的时候，庚伢子进门了。

庚伢子把一大捆柴火往院子里一放，揩揩满脸汗珠。

"彭大叔！"他看见了乡长。

"庚伢子呀，来看看你的新书包吧！"彭大叔招呼他，"这是新书包！这是练习本！这是文具盒，里面有铅笔，有橡皮，有尺子！都是乡政府给你准备的！"

庚伢子猜到了，跳起来："我要读书了？"

"是啊！"彭乡长说，"你要做有文化的新中国农民了！乡政府决定免费供你上学！"

庚伢子高兴得不知道说什么好，两只发黑的手没处放。乡长又说："庚伢子，我明天就送你到小学校上学！小学校在黄荷坝村，山坡后面，路远，中午带饭，不回家吃了，晚上放学再回家！"

庚伢子马上对三叔三婶说："三叔，三婶，我回家还会去捡柴火，打猪草，帮家里做事！"

三叔点头，三婶不吭声。

彭乡长站起来说就这样吧，庚伢子，明天穿上好一点儿的衣裳，我来接你去小学校！然后，他拍拍六叔公的肩说，六叔啊，你放下这个铁扇公主，我跟你说句话！

走到里屋，彭茂林直截了当问六叔公："你儿媳妇看起来是很不想让庚伢子住在家里呢。这是你儿媳妇的意思，还是你的意思？"

"老天有眼，不是我的意思。这你茂林难道看不出来？"

彭茂林说："一定要把庚伢子照顾好，让他安心读书！庚伢子小小年纪，却吃过那么多的苦，我一提起就想掉眼泪。六叔啊，现在穷人分到田了，日子正在好起来，你们一定要好好照顾他，不要亏待他啊！"

"茂林乡长放心，你的心意我晓得，亏不了庚伢子！"

听六叔公这样明明朗朗说了，彭茂林才放心。他心里想，矛盾倒也是一个矛盾，六叔公家的三个伢子都没法子读书，偏偏庚伢子能上学，当然会有人心里不舒坦。但也没法子，乡里穷，百废待兴，只能将就着这样。待将来，日子好过了，所有穷人家的孩子都得背书包，不让一个落下。

第二天一大早，天还没透亮，六叔公就赶到灶间，督促儿媳妇给庚伢子带饭。他知道儿媳妇心里不痛快。

儿媳妇一边烧火一边说，爸爸，还是让乡长把庚伢子带走吧！儿童团长，官不小啊，政府可以供养了嘛！你想，他十岁，一念小学，初小加高小，六年，他要在家里待到十六岁，你想想这时间有多长？你不晓得他胃口有多大吗？！

六叔公说我晓得。

儿媳说，六年里，他干不成活儿，吃的、穿的、用的、铺的、盖的，全是家里开销。爸爸你自己想想！

不是有两亩四分地吗？还有斗争果实六百斤稻谷呢！

六百斤稻谷，多少米呀？一年不到他就吃完了！两亩四分地，也不是啥好地，旱啊涝啊虫啊，说遭灾就遭灾了！爸爸你脑壳里要有个秤盘啊！

乡长都说了，一笔写不出两个雷字，是不是？饭好了，你莫啰唆了，打饭吧！

三婶掀开热气腾腾的锅盖，往庚伢子的饭盒装米饭，一边装一边说，你看，今天拢共就这么半锅饭，那么多嘴巴，也得给我的伢子留一口啊！

先给庚伢子盛好！人家今天是上学堂，天大的事情啊！

庚伢子背着新书包上学去，觉得自己像做梦一样。他坐在彭乡长的自行车后座上，有坐在云彩里的感觉，腾云驾雾。

彭茂林吃力地蹬着车，心里也特别痛快。苦伢子能上学，这件事多么叫人高兴，自己当年抬轿的搭档雷明亮要是地下有知，还不咯咯笑出声来？那位梭镖队长会说，茂林老弟，怎么谢你啊，你让我们雷家的后代有文化啦!

彭茂林迎着风大声说,庚伢子,怎么仍然穿打补丁的衣裳?庚伢子说这是我最好的衣裳了。彭乡长说,哎呀,我应当想到给你买件新衣裳!庚伢子说不用啊,能够上学就是最高兴的事了,衣裳只要干净就好。昨晚上,六叔公还专门给我剪了头发呢!

彭乡长说,额头上留了刘海儿,很好看。

彭大叔,上坡了,我下来走吧!庚伢子听见链条在铮铮地响,知道蹬车者在花大力气。

彭茂林说不用,比起我跟你爸爸抬轿那会儿,使这点力气算啥?庚伢子啊,我时不时想起你爸,你爸要是知道你今天背起书包上学堂了,不知会有多高兴啊!

笑容在庚伢子脸上退去了。

彭茂林说,庚伢子,回答我,乡政府供你上学,学文化,为的是什么?

为的是有出息。

有出息?答对了一半儿。

彭大叔,过去我们人穷,没出息,现在新社会了,我们穷人能上学堂,就是让穷人翻身啊,有出息啊!

是啊。彭乡长跳下车,认真对庚伢子说,我还是说你答对了一半儿!

为啥是一半儿?

个人翻身有文化了,出息了,当然好,可是这够吗?不够!远远不够!你要把学到的知识,学到的文化都贡献给大家,要好好地为乡亲们服务,为人民服务。

我晓得,要为人民服务,为新社会服务。

这就对了,这才是送你上学堂的根本。乡政府希望你这个苦伢子学好文化,学会本领,好好地为人民服务。

庚伢子在心里默念了一遍,他把彭乡长说的每一句话都记住了。他知道乡政府和彭大叔对自己期望很大，要不然，为什么偏偏挑自己付学费呢？

黄荷坝小学是崭新的一溜儿平房，平房前是个操场，竖着篮球架，已经有一些孩子在争抢篮球了，又嚷又闹，篮板砰砰响。庚伢子看半天，没一个球是投进的。

庚伢子跟着彭乡长的那辆二八破自行车走，一路走向教师办公室，也一路望着篮球场。庚伢子心里想，读书真是太幸福了，我马上也能上操场，举个球投篮了。没人能骂我，不让我玩儿球，因为我也是学生啦。

彭乡长进了教师办公室就说，嗨，李老师，我把这伢子交给你啦，好好培养啊！

李老师是一个三十岁上下的女教师，一笑就有酒窝。李老师说，谁家伢子啊，留刘海呢，像个小姑娘。彭茂林说，简家塘村的，小名庚伢子，大名雷正兴。

打雷的雷，立正的正，高兴的兴。庚伢子补充说。

李老师笑问，你认识自己的名字？

不认识。雷正兴不好意思地说，是大人教我这么说的。

李老师翻开簿册，一查，说，彭乡长，我晓得这个雷正兴，昨天乡政府教育委员就通知了，是孤儿，学费由乡政府结算。彭乡长，你放一百个心！

彭茂林心里高兴，反复叮嘱李老师好好带这个伢子，也再三叮嘱雷正兴认真读书。交代得两脚落实了，他才跨上破车叮叮当当回去。

李老师检查了雷正兴的文具，很满意，然后把课本和作业本发给他。雷正兴说，李老师，你这会儿能先教我五个字吗？

五个什么字？明天才正式上课呢。

我想先晓得这五个字是怎么写的。

说吧，五个什么字？

共，产，党，万，岁。

李老师愣了一下，似乎明白了一些什么，点点头说，好，雷正兴同学，老师今天先教你这五个字！我写给你看，然后你去隔壁教室，照着样儿写，写上二十遍。这样你就学会了！

那个年头学生学的都是繁体字，虽说五个字，笔画可也真多。雷正兴紧紧捏住铅笔临摹了一遍，然后就到隔壁的一间大教室里，拉开一张椅子，伏在桌上，一遍一遍反复地写。

他一笔一画，口中念念有词，快写完时就过了中午，也没想着拿出饭盒来吃。

忽然，窗外传来一个小姑娘的尖叫声："啊！痛死了！"

雷正兴疑惑地站起，往窗外看，接着就跑出教室。他看见了一个背着书包的面容漂亮的女孩子，那女孩子正捂着自己的后脑勺。雷正兴说要我帮你吗？

有人拉我辫子，蝴蝶结都拉掉了。讨厌，痛死了！

谁拉你辫子呀？

女孩说，不知道，三次了。好像是个男伢子，就躲在那个墙后面！

矮墙后的树丛里，真的有沙沙的响动。雷正兴马上走了过去。

谁躲在这儿？他拨开一处树丛，又拨开另一处。藏身的男孩躲不住了，嘻嘻笑着跑出来。

"喜宝？"雷正兴吃一惊。

"嘻嘻嘻，庚伢子！"喜宝炫耀着手中的一只粉红色的蝴蝶结，远远点着女孩说，"她叫宁小琍，报名的时候我看见她名字了！宁小琍，名字好听，这蝴蝶结也好看！"

雷正兴说，喜宝，你也报名读书了？

是啊！我妈说，现在私塾没有了，该读小学校了！其实我已经认识一百个字了！

喜宝，拉人家辫子不好，应该道歉。把蝴蝶结还给人家！

宁小琍走过来说，蝴蝶结还我，蝴蝶结还我！

喜宝不停闪躲，蝴蝶结像一只真蝴蝶一样在空中闪来闪去。这时候谭七少奶奶出现了，她穿着一身打有补丁的蓝衣裤。

是不是喜宝又淘气了？她一边说一边急急地跑过来。宁小琍说，他拉我辫子，好痛！

谭七少奶奶一听就要打儿子："你又淘气，又淘气！快把蝴蝶结还给人家！"

雷正兴说，你别打他，喜宝只要道歉就行了。

母亲厉声催促儿子道歉，于是喜宝向宁小琍鞠躬："美丽的小公主，谭喜宝向你道歉！"

宁小琍从他手里一把抓过蝴蝶结。

谭七少奶奶帮宁小琍扎蝴蝶结，边扎边说，庚伢子呀，喜宝有许多坏脾气，你们以后是同学了，你要好好开导他啊！

雷正兴马上说："我教喜宝认字！我学会了五个字：共，产，党，万，岁！前面一个字笔画少，后面四个字笔画多！喜宝你愿意学吗？愿意学，我们去教室写字去！"

喜宝不吱声，于是母亲代他说，愿意学！

宁小琍看着雷正兴，一双大眼睛亮得发光，说，我也愿意学！

"好！"雷正兴一手拉起喜宝，一手拉起宁小琍，"我们写二十遍！"

第二天的开学典礼上，校长满面笑容地举起三位一年级新同学的练习本，表扬了雷正兴、宁小琍、谭喜宝努力学习的刻苦精神，全体师生都鼓了掌。二年级学生向秋生激动得当场站起来说，雷正兴和谭喜宝都是我们简家塘村的！雷正兴就是他，他跟我一样是苦伢子！谭喜宝是他，他爸爸是恶霸坏蛋，关在县城大牢里！

喜宝当场大哭，鼻涕流在下巴上。向秋生在开学典礼结束后挨了批评。

一年级（1）班的班主任李老师很喜欢雷正兴，早点名的表扬名单上老是有雷正兴三字。表扬他作业本特别干净，每次作业都是"5"分，放学之后总是抢着在教室里扫地，哪怕不是值日生也帮着值日生干，还在班级黑板报上帮着老师画花边、涂色彩，有好几天一直忙到月亮从对面山冈上爬上来。

秋生好几次等着他一起回村，怕他一个人走路寂寞，也好几次揍他拳头，说老师怎么老表扬你，气死我了！

彭茂林接到学校校长的电话之后，专门奔到简家塘雷家，当面告诫雷正兴千万不要骄傲，要谦虚，要再接再厉。雷正兴说，我一定记住你的话。

第二天一早庚伢子就急着要去学校，想给教室前操场上的一块洼地培点儿土，那里一下雨就积水，不好走路。

他蹑手蹑脚走出六叔公的卧房，走进灶间，把空饭盒递给三婶。

"谢谢三婶！"他说。

三婶却回头说："庚伢子啊，昨天冷饭没有了，现在烧嘛，也来不及了！"

雷正兴一愣，马上说："那就不用带了。"

雷正兴拿回空饭盒，装入蓝布书包，一蹦一跳走了。出门前，还不忘规规矩矩地说一声："三婶再见！"

孩子走后，雷明义的脸出现在厨房的窗外。这张脸很阴沉："你也不怕做得太过分？"

妻子突然发作了，你倒来说现成话？你看看这锅有多大，再算算家里有几张嘴巴！你算啊！！这个家你来当，我不当了！

丈夫立即退缩了。他想，好男不与女斗，再说，这个家委实也难当，几个儿子的胃口如小老虎，这两个月还越来越猛了。

两百多个小学生整整齐齐站在操场上。

李老师满面阳光，大声说，同学们站好了！同学们，这次期中考试，每个班都有各门课程全部满分的优秀同学！下面，请校长宣布名单，大家欢迎！

戴眼镜的校长在掌声中站上讲台，扯起喉咙说，得满分的同学是，一年级（1）班三名：宁小唎、雷正兴、赵小贵！

大家鼓掌。雷正兴也鼓掌，脸上绽开笑容。站在他身旁的喜宝斜眼说："自己怎么能给自己鼓掌？"

雷正兴一听有道理，便不拍了。

校长继续宣布，一年级（2）班一名：李菊妹！

同学们又鼓掌。

二年级（1）班两名：何百花、向秋生！

队伍中的向秋生大声拍掌，兴奋异常，还不住地往四下看。好不容易有了这一次荣誉，他开心得不得了。

校长用更大的声音说，全部满分的同学，我们学校两个年级一共是六名！同学们，我们大家都要向这六位满分的同学看齐！

操场上都是掌声。

向秋生站起来踮起脚，向前后左右招手。

李老师说，现在，报名参加腰鼓队的二十名男女同学留下来，其余解散！

学生们嚷嚷着跑散，向秋生被二年级的同学像英雄似的闹哄哄抬着，走了。雷正兴留在了站着的二十名同学当中。

李老师说，同学们，你们现在就是学校腰鼓队的队员了！往后，我们学校参加各种庆祝活动，就要把腰鼓队派出去，这是学校的荣誉！来，同学们，腰鼓在这儿，一人一只，拿上！像我这么拿！

大家拿腰鼓，有的同学还脱下了外衣。宁小唎注意着雷正兴拿腰鼓，忽然举手说，李老师！

李老师问她什么事。她说，腰鼓队的同学应该差不多高，可是有的男同学个子太矮。太矮了不好看，不能参加腰鼓队。

男同学纷纷看着雷正兴，说是啊，庚伢子太矮了，不能参加。

李老师犹豫了一会儿，说，雷正兴同学，你暂时不参加吧！有没有意见？

很奇怪，雷正兴的脸上并没有显出不高兴的模样。他说没有意见啊，这是为了学校荣誉嘛！我以后多吃饭，多长个子，再参加！我给大家管衣服吧！

雷正兴把大家脱下的外衣一件件叠起来，放得整整齐齐。

"站齐了！站齐了！"李老师说，"看着我的基本步法练：一！二！三！四！咚锵！咚锵！咚锵！"

雷正兴饶有兴致地看大家练，一边暗自琢磨着腰鼓动作。这腰鼓讲究胯部动作。

看宁小琍，步伐走得特别好，鼓点儿也打得准。但有一半儿的同学走不好步子，甚至还有个男孩子自己磕绊了一下，一个大筋斗，腰鼓摔在地上，嘭一声巨响。那男孩子哭了，说不练了，李老师劝半天没劝好。

雷正兴忽然举手，大胆说："李老师，缺了一个，我能试着走走步伐吗？"

"啊，好吧！"李老师犹豫一下，"腰鼓这儿有！"

雷正兴拿上腰鼓，自己给自己大声喊口令："一，二，三，四！"他富有节奏的动作和身体的韵律感，一下子使全场拍起手来。

雷正兴一边打腰鼓，一边唱起韵味十足的花鼓调：

　　槐荫开口把话提呀，
　　叫声董永你听知，
　　你与大姐成婚配，
　　槐荫与你做红媒！

同学们笑弯了腰，说这可是大人唱的调，伢子唱么子啊！李老师说，雷正兴同学看来是文艺料子，真想不到啊！同学们，我们欢迎他回到腰鼓队好不好！

"好！"孩子们大嚷。

"我也没有意见了！"宁小琍举手，"他行！"

为了宁小琍的这句"他行",雷正兴觉得宁小琍好可爱啊!

雷正兴很快成了小学校腰鼓队的中坚队员。到三年级的时候,他当上了腰鼓队长。很快,随着乒乒乓乓到处流动的腰鼓声,"雷队长"在四邻八乡就小有名气了。

㊄

土地热热的，所以才留在土地上

雷正兴一直记得他在安庆乡政府大院前坪坝上的一次演出，他那天可累坏了。全乡有三个小学校参加演出，这可是一场不是比赛的比赛啊。第一个节目就是黄荷坝小学的开场锣鼓，他率领腰鼓队龙腾虎跃，一开场就博了个全场喝彩。

　　来自简家塘村的喝彩声特别响，雷正兴甚至听见了六叔公、六叔奶奶、三叔、三婶、九斤大妈、磨豆腐的老吴开心的笑声，似乎震得坪坝上拉着的那条大红横幅"庆祝安庆乡解放四周年联欢会"抖个不停。

　　腰鼓队结束节目退回到乡政府大院里的时候，宁小琍忽然把雷正兴叫到屋后的一株桂花树旁边，说有话要说。

　　宁小琍脸上搽着红红的胭脂，所以看不出此时她的脸是否涨得通红。她低头说，雷正兴，我这两年来一直想跟你说啊，我想道歉。是我不会说话，我不好，你不要对我生气。

　　我怎么生你气啊？雷正兴感到奇怪。

　　腰鼓队建立的时候，我不是反对你参加吗？

　　雷正兴记起来了，说是啊。宁小琍说，想不到你打得那么好，比我还好，比谁都好！雷正兴，我说错了，我对不起你！

宁小琍，你当初这样说也对啊，你的目的也是为了我们学校的荣誉嘛！你能这么说，我还很佩服你呢！

吃中饭的时候你去哪儿了？没见你吃中饭。

我吃了。

有人说你没有午饭吃，是不是真的？

我吃了饭的呀！

屋墙的转弯处，突然伸出了喜宝的鬼脸。喜宝用很有节奏的声音说，庚伢子，细又细，一下配上个宁小琍！

宁小琍愣了。

远处的同学们都探过头来看，看了就笑，许多人刮脸，说，没羞，没羞！

宁小琍掉头就跑开了。雷正兴说你别走啊，话说完了？

李老师走来，说你们在这里聚堆干什么？联欢会节目不够，我们黄荷坝小学还要上一个！谁上？

同学们顿时安静下来，你看我，我看你。李老师大声说："谁能上？快呀！"

雷正兴举手："我上！我和宁小琍在班上表演过《小锯子》，双人舞蹈，李老师你不记得了？是你踩的风琴，大家看了都拍手呢！"

李老师说是好主意。然后喊，宁小琍，快过来！

宁小琍低头说，我不演。李老师问为什么？

喜宝怪腔怪调说，我晓得原因啊，因为是——庚伢子，细又细，一下子配了个宁小琍！

同学们忍不住笑，因为李老师在场，只能偷偷笑。

宁小琍气得要哭："他们乱说！我不演，我不演！"

雷正兴拉起宁小琍的手，把她拉到桂花树下："宁小琍，我也要找你说句话。"

然后他就说了，说得很老练。他说闲话算什么？闲话既然不好听，我们不要去听就是了。演节目，是学校的荣誉，大家的事，我们一定得认真做！

李老师隐约听见了这番话，一声不吭，心里在说："这伢子行！"十分钟后，李老师就在舞台上踩动了风琴，一对脸上搽满胭脂的舞蹈者跳起了配合默契的《小锯子》：

小锯子，亮光光，
咔嚓咔嚓亮光光。
你来我往忙又忙，
我来你往忙又忙。

舞台下都是笑声，笑呵呵的雷明义忽然扭头问老婆，今天的中饭，庚伢子带上了没有？

他老婆不回答，面无表情。丈夫有所感觉，恼了："你这个人啊！"

妻子反驳说，他不吃饭，哪有那么大气力？又是打腰鼓扭秧歌，又是《小锯子》！他这么卖力地锯，还会饿？

这么一说，雷明义又放心了。

双人舞表演很成功。李老师牵了两个小演员的手回到乡政府大院，对自己学校的同学们说，大家注意了，以后再也不要传什么"庚伢子细又细"这样的话，大家都看见了，这两位同学为我们学校争光了！

喜宝笑嘻嘻地响应："不说了，不说了！"

李老师说，最后一个节目，是我们黄荷坝小学的《小渔夫》。这是个哑剧，描写日本鬼子欺负我们渔民的，我们排演了好几回了，应该有把握。我们学校一定要演好这个压轴戏，请小演员们尽快化妆！宁小琍，你是演"小姑娘"的，你快换衣服去！

宁小琍突然涨红脸说，李老师，我能不能不演了？我……我……我跳舞跳累了！

李老师说这怎么行呢？"小姑娘"的角色很重要啊！听老师话，快去换装！

宁小琍一时却哭起来，说，我……我怕嘛！……

李老师的头皮一下子麻了。这时候联欢会总导演又跑过来，一个劲儿催："你们黄荷坝小学的《小渔夫》赶快准备了！"

李老师有点手足无措，拉着宁小琍说，你怎么节骨眼儿上出洋相啊？！

戴眼镜的校长跑进乡政府大院，问出啥事了？李老师说宁小琍不能演了！

雷正兴拉住宁小琍说，刚才你跳得很好嘛，《小渔夫》你照样会演得很好的！你不是说要争取学校的荣誉吗？

宁小琍双手捂脸，抽泣得更厉害了。李老师尽量耐住性子说，宁小琍，到底为啥啊？

喜宝在一旁嘻嘻笑，说，我可晓得喽！

李老师说，喜宝说！

喜宝说，日本鬼子要抱走花姑娘，要亲花姑娘啊！嘻嘻，花姑娘难为情啊！宁小琍的爸爸、妈妈、姐姐、妹妹、姑姑、婶婶、外公外婆都坐在下面，宁小琍今天怎么敢演"小姑娘"啊？

这一来，宁小琍就哭得更起劲。喜宝显然戳到了她的痛处。

联欢会总导演又过来催："黄荷坝小学！准备好了没有？要快啊！器乐合奏马上就要完了，你们要快啊！"这时候雷正兴就喊，李老师！我来演"小姑娘"！

见李老师发愣，雷正兴就说，你不是说我长得像小姑娘吗？我能演！那天我看过宁小琍的排练，反正是哑剧，没台词的，我能演！

那就临阵换将。李老师果断决策，快给雷正兴换服装！

雷正兴换上渔家小姑娘服装的时候，宁小琍却呜咽着走向李老师，说，快给他吃点儿东西……他会演不动的……

李老师没听清楚。宁小琍又说，雷正兴没吃中饭。

"雷正兴！"李老师奇怪地问，"你没吃中饭？"

雷正兴顾不上回答，他已经在舞台监督的催促下冲出大院，跳上了舞台。

观众看见的是一个标致的"渔家小姑娘"。只见这个"渔家小姑娘"挥舞竹篙，跟着"老渔夫"在湖面捕鱼，一抬腿，一转身，活泼得很。

坐在台下的六叔公揉揉眼睛，对老伴儿说，这演员有点像庚伢子哩。老伴儿说，人家是小姑娘，你老糊涂了。

舞台上响起咔咔咔的军靴声，"鬼子"举着绑有太阳旗的刺刀枪大摇大摆来了。汉奸手指"小姑娘"，摇头晃脑地朝"太君"报告着什么。

"鬼子"嘿嘿笑着来到"小姑娘"面前，却被苦苦哀求的"老渔夫"迎面挡住。很快"老渔夫"被推倒在地，"鬼子"如狼似虎地扑向"小姑娘"。

全场观众看得屏住了气，许多乡亲的脑海里都浮起了七八年前的悲惨场面，甚至有人这时候站起来大喊："快跑！"

谁知舞台上的剧情起了意想不到的变化，泪流满面的"小姑娘"霎时间变得怒不可遏，挥起竹篙拼命打"鬼子"，根本不让"鬼子"近身，甚至打得"鬼子"摔了一跤。

摔跤后还继续被打，"小姑娘"蹦跳得像发了疯一样。"鬼子"号叫："别打了！别打了！"

这已经分明不是"哑剧"了，李老师大惊失色，奔上舞台，试图抓住情绪失控的"小姑娘"。

"小姑娘"还是用竹篙追打"鬼子"，哭着喊："打！打死你！"

"鬼子"跳到台下，"小姑娘"也追到台下。"鬼子"对眼睛发红的"小姑娘"害怕极了，抱头冲入观众席。乡亲们不明所以，以为还在演戏，站起来一起喊："打！打！打鬼子！"

"小姑娘"扔了竹篙，双手扭住"鬼子"拼命擂。

李老师好不容易才抱住泪雨滂沱的雷正兴。

雷正兴挣扎："打日本鬼子啊！日本鬼子打死了爸爸啊！"

他喊了几句，忽然嘴唇发白，瘫软了下去。"雷正兴！雷正兴！"李老师急呼。

"庚伢子？！"六叔公终于断定这是自己的堂侄孙子了，他赶快站起来，冲向那个混乱不堪的旋涡。

雷正兴被抬进了乡政府，平躺在一张裂了缝的乒乓球桌上。

坪坝上的混乱结束了，彭乡长跳上舞台，向乡亲们解释刚才的一幕：刚才演这个"小姑娘"的，其实是个男伢子，简家塘村的，他叫雷正兴，也就是庚伢子！

"庚伢子！"好多乡亲叫起来，他们认识这个苦伢子。

"他刚才的戏演得很好，但是他后来没有按照戏里规定的那样表演。他追打日本鬼子，因为日本鬼子在当年打死了他爸爸。他爸爸是我的好朋友！后来，他的哥哥，他的弟弟，他的妈妈，都被旧社会折磨死了，他成了孤儿！请大家原谅这个小演员的冲动，他是个苦伢子，他太苦了！"

彭乡长的话叫大家很感动，也挺理解，都问这伢子这会儿怎么样了，醒来了没有。

庚伢子醒来的时候，发现自己躺在乡政府的那张掉了漆的乒乓球桌上。他看见六叔公就站在旁边，摸着他的手。还有校长，还有李老师，还有很多同学。他还听见宁小琍在说，他醒了，快给他吃点儿东西，他是饿的。

"我有个鸡蛋！"喜宝从衣袋里摸出一个煮熟的鸡蛋。

宁小琍说，他没吃中饭！他没有中饭！六叔公吃一惊，说庚伢子你真的没吃饭？

宁小琍说，他经常不吃中饭的！

六叔公说，不会，不会！庚伢子每天带饭的！

雷正兴坐起来大口大口吃喜宝给的鸡蛋，他果然饿坏了。

六叔公凑到庚伢子耳边问，庚伢子啊，你是吃过中饭的，是吧？

庚伢子不说话，只顾嚼鸡蛋。李老师对六叔公说，他是我们学校最好的学生，你们家里要待他好一点啊！

六叔公听着这话显然有点儿迷惑不解，但又有些震惊，似乎悟着了什么。

第二天一大早，六叔公就起身，披上一件旧夹袄，直接走到灶房。"庚伢子上学了？"他问灶房里的儿媳妇。

一老早就走了，说是今天戴红领巾！

六叔公回走几步，想了一下，又不放心："带午饭了吧？"

爸爸你想啥呀，这伢子精神好着哪！他饿不着！

雷正兴这一天真的是精神抖擞，因为这一天他戴上了红领巾。他一个，宁小琍一个，还有另外六个，整整齐齐站在教室的前面，挂上了红领巾，向正在鼓掌的全班同学行少先队礼。

李老师说，同学们！雷正兴等八位同学，现在成为我们班第一批加入中国少年先锋队的队员，戴上了光荣的红领巾。希望全班同学向这八位同学看齐，争取早日戴上红领巾！

喜宝从屋角站起来说，我想第二批参加！

李老师说，有这个决心就好。喜宝坐下去又站起来，说，赵小贵说我不能戴红领巾，说我爸爸是恶霸地主，在坐监牢！

李老师说，只要你自己努力学习，注意改正缺点，各方面先进了，也能戴上红领巾。喜宝放心了，坐下，挺直腰板，双臂交叉放在桌上。他平生第一次坐得那么规矩。

李老师说，上午的课就到这里，放学了，大家吃午饭吧！一听吃饭，大家高兴，闹哄哄打开各自的饭盒。

喜宝喊，我有一个鸡蛋，给谁半个？宁小琍你要不要？

雷正兴一手拿起自己的饭盒，一手又拿起一本书，趁同学们闹哄哄着，悄悄离开了教室。他出校门之后，就一路走到山坡上，走向一处山壁。那山壁上有一缕清泉，细如发丝。

雷正兴打开饭盒，用空饭盒接了半盒泉水，仰脖子喝了一大口。他喝凉水填肚皮的时候，没有想到有同学会悄悄地寻找他。寻找他的是宁小琍，她很担心雷正兴又饿肚子。

宁小琍到操场上仔细寻，一圈圈一簇簇都是同学们在吃饭，或站，或坐，或蹲，吃得津津有味，但是没有雷正兴。

宁小琍看见向秋生："秋生哥哥，看见雷正兴没有？"

向秋生蹲在墙角，在阳光下嚼着一个玉米棒，说没有。两人合计了一下，决定去寻。校园里没有，那就肯定在校外。宁小琍断定雷正兴又是饿肚皮了，他的失踪是为了逃避大家的追问。秋生说有这可能，这个事情要管，不能不管。

两人在校园里搜寻了一圈儿，没见人，就往外走。他们一边喊"雷正兴"，一边走上山坡。

雷正兴听见了同学的喊声，急忙把正在看的语文书往怀里一塞，就地爬上了一棵大樟树，将自己隐身在繁茂的树叶中。显然，关于吃饭问题，他不想给同伴增加负担。

"咦，"向秋生东张西望，"庚伢子会躲到哪儿去？"

宁小琍也心生奇怪，这山坡上没见一个人影。

秋生忽然在草丛中踢着了一样东西，低头一看，是两只布鞋，心里霎时间便明白了。他弯腰捡起布鞋，拉起宁小琍就走，边走边说，算了，不找人了，只捡到两只旧鞋子，送给谁去，换一粒糖吃！

树上的人急了，哧溜溜就下了树："哎，哎！鞋子还我！"

宁小琍一把扯住下树者："雷正兴你怎么躲这儿啊！你吃饭了没有？"

"吃了！"雷正兴边回答边扑往向秋生，从大笑着的秋生手中夺回自己的布鞋，赶紧穿上。宁小琍说："你给我看饭盒！"

"有啥好看的！"雷正兴捂住饭盒。向秋生抢过饭盒，打开，鼻子一嗅，说，啊，今天没装过饭嘛！庚伢子，你真的饿肚子啊？

雷正兴哑口无言，搔搔头皮。在他搔头皮的时候，宁小琍的眼睛却红了起来。

两个人连忙把雷正兴"押"回教室，一瞬间雷正兴便被热情的同学围住了。

"吃我的！吃我的！"有的要给他一只糕团，有的要给他半块麦饼，有的要把饭和咸菜扒到他饭盒里。

宁小琍说，雷正兴，你一定要吃我的饭，我今天带了两条小咸鱼！

喜宝说，我的团子是甜的，里头有芝麻，我两个都给你！

雷正兴伸手挡住四面八方，大声说，我不饿，我不能吃你们的！

正在推挡的时候，李老师走过来了。李老师说，雷正兴，你这话不对，你今天没带饭，同学们匀给你，你就要吃！今天老师带了一张大饼，也分给你半张！

雷正兴拼命往后缩，说，不行，不行……

李老师严肃起来，认真地说，只有吃饱了肚子，才能好好读书，才能健康成长，长大了为祖国服务。所以雷正兴同学，你今天必须吃下去！

雷正兴看着一桌的食品，说太多了呀。李老师说，你慢慢吃吧！

雷正兴听话了，开始低头吃饭。向秋生冲大家说，你们班的雷正兴为啥没午饭带，我晓得！就是他三婶小心眼儿，是他的三婶故意不给他带饭！

雷正兴边吃边摇头说，不是不是。

"啥不是，就是！"向秋生愤愤然说，"雷正兴住他六叔公家，他六叔公家里三婶是管饭的，她最小气了！"

提着竹篮气喘吁吁走到教室门口的六叔公闻言一愣，站住了。六叔公是特意来送饭的。在一个钟头前，他第二次盘问了儿媳妇有没有给庚伢子带饭，因为他心里总是悬着。儿媳妇被公公逼急了，才承认今早上没昨日的冷饭，所以来不及给庚伢子带。

六叔公差一点儿操起灶房里的柴火棍打儿媳妇，还是儿媳妇马上讨了饶，赶紧盛了一碗热饭给六叔公，六叔公这才按下怒气，火急火燎地上了去黄荷坝小学的山路。

这时候他就听见教室里面的向秋生在喊："就是他三婶小气，所以雷正兴老是没饭带，老是一个人躲到外面去，饿肚子！今天他还躲到树上去了呢!他躲大家就是怕大家分给他饭,他怕大家吃不饱啊!我说你们班的同学,你们以后还得查他有没有吃饭,他饿肚子总是不行!"

宁小琍说,我以后叫我爸爸每天给我带两份饭,一份给你!

雷正兴急了,说,那不行,那我就一粒饭也不吃你的了!

喜宝说,庚伢子,你三婶,怎么像我爸爸一样坏啊?

雷正兴说,我三婶可不坏啊!

许多同学异口同声说,我们就看你家三婶很坏啊!

雷正兴急了,停了饭,说,我三婶可是个好人,三婶不小气。我三婶每天要下地,还要喂猪,还要烧饭,有时候太忙,给我带饭的事就忘了。有时候,家里米不够,饭烧少了,我想我又不下地干农活儿,那就让下地干活儿的哥哥们吃吧。我是自己不带饭,不怨我三婶!

秋生鼻子里哼一声,他根本不相信。

雷正兴继续为他的三婶辩解:"其实我三婶可好了。我六叔奶奶一到下雨天就腿痛,我三婶每一回都去帮她捶腿!我三叔有一次上山,伤了脚,我三婶连夜上山,也不怕狼,也不怕野猪,摸黑到处找,硬是把我三叔背回家!我三婶对我也可好了,上次分玉米棒,她就把很大的一根玉米棒给我。"雷正兴刚说到这里,忽然就听一阵呜呜的哭泣声传来。大家一回头,只见六叔公老泪纵横地奔进教室,一把搂住雷正兴,一句话也说不出来。

"六叔公,你怎么来了?你别哭啊!"雷正兴急忙给六叔公擦泪。

六叔公说,好伢子!庚伢子真是好伢子啊!六叔公来,是给你送饭来了!

"我有!"雷正兴说,"六叔公你看,这都是同学给我吃的,堆得像小山一样呢!"

六叔公看看李老师,看看围着的小学生,说,你们放心,我的庚伢子以后再不会不带午饭了!

李老师说,这就好,应该这样。六叔公说,刚才庚伢子说她三婶好,其实庚伢子说谁都好,见谁都亲。庚伢子放学回家不单单是帮三婶打猪草，见哪家有困难就帮哪家。老师啊，不是我夸我这侄孙子，庚伢子真是个好伢子啊！

向秋生老里老气地拍拍六叔公的肩，说，六叔公你不用说，你干脆唱。六叔公会唱皮影戏呢！

六叔公说唱就唱，他就打起手势唱道：

> 庚伢子回家就忙着打猪草呀，
> 又给他六叔奶奶把腿敲。
> 出了门，又给九斤大妈送柴火，
> 又去孙奶奶菜园把水浇。
> 那一天，村口豆腐大伯丢了猪，
> 庚伢子，他跑了三里路把猪找；
> 那一天，李二婶的儿子发高烧，
> 庚伢子，背着他一直往乡里医院跑！

六叔公唱完，李老师就赶紧因势利导，对大家说，同学们啊，我们刚才听到了六叔公唱，晓得了雷正兴同学不仅是我们学校品行好成绩好的优秀少先队员，而且也是一个乐于助人的好孩子。我现在想让雷正兴同学告诉我们，他这样乐于助人，帮助大家，他心里是怎么想的！

向秋生大声说，六叔公刚才不是说了嘛，他见谁都亲。李老师说，向秋生你别插嘴，你回你班里去。

雷正兴说，其实，李老师，我想得很简单。我是个孤儿，共产党救了我，解放军救了我，我热爱新社会。新社会是个大家庭，我只想着怎么为新社会多做点儿事。在新社会，我看到谁都是我的亲人，老师像我的妈妈，同学们，都是我的哥哥、姐姐、弟弟、妹妹，老年人都是我的爷爷奶奶！大家待我这么好，我每天就想着怎么样帮助大家。李老师，我年纪还小，力气也太小，有许多事我帮不上忙，所以我心里常常着急，盼望自己早点儿长大，好做更多的事！

雷正兴这么一说，同学们就啪啪啪鼓掌。宁小琍目不转睛看着他，心里想他真会说话。不过他每天确实也是这么做的，他说的都是真心话。

喜宝的眼睛看着雷正兴，一会儿又溜着宁小琍，心里想你庚伢子嘴皮子厉害啊，你是一条浮头鱼，一举一动总是吸引全班的目光，你看宁小琍的眼珠子都凸得快掉到地上了。

六叔公窝着一肚子火回到家里，他下山的时候就生气，踏进屋门更生气，他想再对儿媳妇好好吼一通。儿媳妇没找着，就踏进儿子房里对儿子吼开了，你老婆该管管了！人要有良心，做事不能过分，过分良心给狗叨！你想想，庚伢子哪一点对不住她？

雷明义小声说，我问过她，她说是忘了。

哪有三天两头都忘的？庚伢子死了妈以后，出门讨饭，差点儿死在外头，我一想起这事心里就揪！如今解放都四年了，庚伢子还饿肚子，像话吗？她忘了？她上年岁了？忘性大？难得忘一次，我信，三天两头忘，那就是心里有邪火！

唉，家里嘛，吃口也多。儿子一直在父亲面前垂着脑瓜。

吃口再多，也不能让这个没爹没妈的伢子饿肚子！要饿饿你饿我、饿你妈，不要饿他！明义，我告诉你，你要是管不了你老婆，我来管！

你咋管？

我该说啥说啥，若是说了她不听，我编戏段子坐在坪坝上唱！我唱它一天一夜！

儿媳妇低头走了进来。刚才的话她全听到了。

爸爸，你也别去坪坝上唱戏了，我也不是杨门女将，你唱我啥呀！我对你们说呀，我不是故意饿庚伢子的，都是雷家一个祖宗，一条藤结的瓜，我饿伢子算啥名堂啊？就是有几回家里米粮接不上了，也匀不出冷饭过夜，我一时急，没顾上！

丈夫马上接腔说，对，给爸爸说清楚就好。爸，她这家，也难当，全家八张嘴，加庚伢子九张嘴，一日三餐，够她张罗的。

六叔公怒气冲冲说，你们知道庚伢子在学校里怎么夸他三婶的吗？他说三婶没有备饭那是三婶忘了，他三婶可好了，三婶给六叔奶奶捶腿，三叔脚伤了三婶连夜上山把三叔背下来。庚伢子还说，我可不准你们大家说我家三婶不好啊！

雷明义的老婆垂了头，说，爸爸，你放心，打今天起，我再不敢忘记给庚伢子带饭了。

你就每天把我的那碗给他！

儿媳妇说，两只碗我都要顾上，不然我还当啥家呢！

这时候门外传来雷正兴响亮的声音："三婶，你在哪儿？我放学回来了，你快来灶房啊！"

雷正兴一边喊，一边往灶台上搁一个竹篮，高高兴兴地将篮里的花花绿绿的食品一件一件拿出来。

"三婶！给你吃的，糯米团子！"雷正兴看见三婶走进灶房，声音更快乐了，"我晓得你最喜欢吃糯米了，这是甜的！这是饼，大哥哥爱吃的，上面有黑芝麻！这是给二哥哥吃的，是咸饼，他最喜欢吃了！这馍给大妹妹吃，也是甜的，我撕了半个吃过，可好吃了！这里有咸鱼，三叔爱吃。三婶，这里还有一个糯米粽子，你快吃，里面有红豆，你最喜欢吃的！"

看着满脸快乐的孩子，三婶再也忍不住了，忽然抱住雷正兴的头，大恸起来，眼泪落在孩子打有补丁的肩膀上："庚伢子啊，三婶对不住你，三婶老是忘记给你带饭，让你挨饿了。三婶心里难受啊！"

雷正兴说，三婶别哭啊，三婶待庚伢子可好呢！

庚伢子啊，哪怕三婶以后自己不吃饭，也得把饭给你备足了！你妈在世的时候，见我一口一个弟媳妇，叫得可亲热了，我这会儿想起来难受啊！

一提到母亲，雷正兴就敛了笑容，泪汪汪的，不作声了。

三婶说，庚伢子，三婶以后都要早点儿起来，不仅给你一日三餐备好备足，每年还要给你置一身新衣服！你看你这衣服又掉线了！你三年级了，戴红领巾了，三婶不能让你穿得破破烂烂的！来，你站好，三婶给你量一量！三婶要给你扯布做衣服！

先给大哥二哥做衣服吧！

不，得先给你做！你是少先队员，可了不得！

雷正兴马上站规矩了，说，谢谢三婶！

三婶取出一根布尺子，为雷正兴上上下下地量身材，一边量一边絮叨说，三婶可不让你过年才穿新衣服，三婶让你明天就穿新衣服，三婶每年要给你做一套新衣服！

雷明义的老婆没食言，果然每年都给雷正兴置一套新衣服，直到雷正兴读到六年级。哪怕自己的四个孩子为了这份偏心哇哇叫，她也不为所动，她说你们吼啥？你们都是我肚皮里滚出来的，我穿补丁衣服，你们也穿补丁衣服！你们越过娘你们就是不孝！这话一说，六叔公眼睛就湿了，他对儿子说，你老婆识大义啊，巾帼啊！

穿得整整洁洁的雷正兴快读到小学毕业了，他心里想去的中学是望城一中。那是望城最有名的中学，雷正兴当年讨饭的时候就路过过那所中学的大门。他那时在铁栅大门口望了好一阵子，还被一些拎书包穿皮鞋的少爷踢过几脚。他现在有资格报考这所中学了，宁小琍帮他分析过，凭他的语文、算术、历史、地理这四门主课的成绩，还有品德、图画、体育、劳动课的良好记录，他跨望城一中的门槛是绊不住脚的。宁小琍甚至说进了望城一中以后还想跟他一个班，这样两个人还有机会继续表演双人舞蹈《小锯子》。

已经在县委机关工作的向秋生也支持雷正兴上中学，说他自己也多么盼望继续深造啊，要不是县委大院正缺一名机要通信员，要不是县委办主任在黄荷坝小学的应届毕业生中正好就挑中了他，他无论如何是要当一名中学生的，将来还要上大学，当技术员，当工程师。这是一条多么诱人的人生大道啊！或者进军校，当连长、团长、将军，肩章上有金色的星星，那样也好。

听秋生哥这么说，雷正兴的心更痒痒了。当个中学生，学习到几何、物理、化学的课程，掌握更多的知识，这多么好啊！那就是一个有文化的劳动者了，就更像社会主义社会的主人翁了。然后到了服役年龄后就去当兵，做一个有文化有知识的军人，更好地保卫祖国、保卫新生活。这真是伟大的人生理想啊！

所以他答应宁小琍说，行，我们一起报考望城一中。

喜宝说我也要考望城一中。雷正兴说行，我们大家一齐努力！

他们在说这些话的时候，黄荷坝小学山坡下面的油菜花就大片大片地开了，金灿灿的，像他们每天的心境。

而就在雷正兴憧憬着上县里就读中学的日子里，彭乡长的那辆叮叮当当的自行车进了黄荷坝小学，瘪气的轮胎上粘着泥浆和花瓣。

这天，刚下过雨，校长和李老师摇着手铃，临时把六年级的两个班集中到了简陋的大屋顶学校礼堂，说是乡长特意要来讲一课，专门针对毕业班的同学的。

"黄荷坝小学毕业班的同学们！"彭乡长的嗓门儿总是很大，"作为乡长，我祝贺你们即将高小毕业！同时，作为乡长，我今天也想讲一句我很难出口但是也不能不出口的话！"

这话说得很突兀，两个班的毕业生一时间都睁圆了眼睛。校长和李老师也有些坐立不安，他们大体上能猜到乡长下面要抛出来的话。

彭乡长堆着笑容说，哪个乡的乡长不希望自己乡里多送出一些优秀的高小生去县里上中学，中学毕业再上大学呢？何况我知道，你们这两个班里，成绩优秀的同学很多。但是，我同时也想讲一句，我们安庆乡，也真希望有一部分同学高小毕业后能留在乡村，参加农业生产，为建设社会主义新农村效力！

李老师皱起了眉。果然是这样的话，她可不太愿意听见这样的号召。这可是一盆凉水，很大的一盆。这时候谁都没有注意到李老师皱眉头，只有宁小琍注意到了。

乡长又说，为什么我乡长要这么要求呢？同学们，你们也看到，这些年，我们国家的农业生产虽然发展很快，可是我们的乡村啊，目前还是落后，生产一时也赶不上去，而且很大的一个落后是文化落后！就拿我们安庆乡说吧，农民普遍不识字，全乡五个生产队，只有两个人能读报纸。庚伢子，像你的六叔公，皮影戏唱那么好，也没认识多少字！我们的乡村，现在连找一个记工员也难，找一个会计更难。所以，我呢，一方面希望有更多的同学走上县城读中学，另一方面呢，也真心希望有一部分同学能留下来！留在乡里，做一个有文化的农民，带领大家搞好农业生产！

礼堂一时间很安静。微风拂过大屋顶的黑瓦，把一块脱落的洋铁皮摇得嗡嗡响。窗外飘进花粉的香味，李老师咳嗽起来。

彭乡长抽出一份报纸，说，我今天带来了一份《新湖南报》，头版上的头条新闻，是讲一位高小毕业生，自愿放弃考中学而愿意留在乡村养猪的事迹。这位毕业生是个姑娘，叫方健，她现在被评上了我们湖南省的省级养猪模范！哪位同学帮助念一下？还是庚伢子念吧！对了，应该叫你大名雷正兴！你看我这个乡长，人还没怎么老，脑子越来越不管用了。好，请雷正兴同学念！

喜宝咧开嘴笑，咕噜一句，当然又是浮头鱼的事儿喽，他可喜欢念报纸了！

坐在他身旁的宁小琍用胳膊肘顶一下他，还斜他一眼，他就委屈地说，小琍啊，我的意思是说庚伢子的普通话没你说得好啊！

雷正兴走上台，先举手向彭乡长行个队礼，再向校长和李老师行个队礼，又向全体同学行个队礼，中规中矩。然后，他开始念："题目：《向方健同志学习》。近来，一个考上了中学而又自愿留在乡村养猪的姑娘，引起了人们广泛的注意和赞扬，她就是望城县西塘农业社的全省养猪模范方健同志！……"

雷正兴刚读了个开头，李老师就用眼色示意了一下校长，于是两人一起悄悄走出会场。

"校长，"李老师一出门就很不满意，"怎么回事啊？如果优秀的高小生都不去考望城一中，那我们学校的录取名次可就大大地排后头了！你说这是好事不？"

"有些话，我校长不好说，人家是乡长啊！"校长皱紧眉头说，"不过，李老师，你倒可以找乡长反映反映，让他不要鼓动太多的学生留下来。"

我去说？我越级反映？

怕啥？你还怕他吃了你？

两人发了一会儿呆，都觉得是个难办的事儿。他们回到礼堂的时候，雷正兴已经慷慨激昂地在念最后一段：

"……所以，我们号召，全省有志于农业生产和乡村建设的高小毕业生，大家都来向方健同志学习，为社会主义新农村发展贡献自己的一份力量！"

雷正兴读完了，有人鼓掌，掌声稀稀拉拉。彭乡长抓抓头皮说，同学们啊，我听出来了，掌声不多嘛！

刚回到自己座位的雷正兴想坐下，一时又没有坐下，对着主席台说，乡长同志，我有一个问题！

彭乡长说，啊，你问！

李老师心里惊了，担心地注视着雷正兴。

我们高小毕业生报考中学，继续读书，学习更多的文化知识，是不是国家号召？雷正兴这样问。

是啊，新中国建设急需人才啊！

那么，现在报纸上登的，希望高小毕业生参加乡村农业生产，建设新农村，是不是也是国家号召？

对啊，都是啊！所以我今天特地拿了报纸来你们学校动员啊！

这两个都是国家对我们的号召，那么，哪个更重要呢？

会场顿时嗡嗡嗡地吵成一片——雷正兴把一个包裹着的问题抖开了。

喜宝激动地搓着手说，这个浮头鱼，这个浮头鱼！

彭乡长好生想了一想，说，这么说吧，两个号召都重要！是啊，同学们，我只能这么说。但是，从最近几年的情况看，农村普遍建立了合作社，农民生产积极性都提高了。但是，卡了，卡壳了。卡啥子壳呢？有文化的年轻人特别缺乏，农民想了解国家大事，不能读报，农民想科学种植，没有念书，农民想识几个字，没人教他们。所以啊，我想，高小毕业生直接参加乡村建设的号召，就显得更加紧迫！

"我明白了！"雷正兴说，"我愿意响应国家号召，向方健大姐姐学习，留在乡村工作，做一个新中国的有文化的新农民！"

话音刚落，坐在他前排的宁小琍就突然起立，回身大声说，雷正兴，你成绩那么好，为么子要当农民啊？

所有的目光都集中到了宁小琍身上，宁小琍这才发现自己过于冲动了，急忙说，对不起，我不该这么大声喊。可是，我是班里的学习委员，我觉得我有责任提醒学习成绩特别好的同学，不应该放弃报考中学的机会，尤其是望城一中，这是一所很好的学校！——对不起！

她坐下，忽然鼻子一酸，眼泪汪汪起来。喜宝对她俯耳说，漂亮的校花别哭别哭。我告诉你，人各有志，鱼也各有志嘛，有的鱼喜欢浮上面，有的鱼喜欢潜深水嘛！

宁小琍伸手就推开了他那油腻腻的嘴巴。

这时候，彭乡长在台上说，这位学习委员的意见，也对！各位同学对于自己前途的选择，都要仔细考虑，我们采取的是自愿的原则，这是前提！毕竟是大事啊，对不对？大家都要自己想一想，还要回家跟父母商量一下。

雷正兴说，彭乡长，你晓得的，我没有父母了，我就自己决定了。

喜宝带头鼓掌，一秒钟后就引发了整个会场的掌声，还夹杂着喜宝的喝彩声："好！好！"

"啊，雷正兴同学能响应乡政府的动员，立刻作出了决定，这是好事啊！大家都鼓掌呢，是不是？不过，雷正兴啊，你自己也要好好想一想，还有一两个月嘛，对不对？大家都不要匆忙作决定。"彭乡长说到这里，又想起一件事，"对了，我这堂动员课结束以后，请雷正兴同学留一下，我还有一件事想跟雷正兴同学商量一下。"

彭茂林谈的是扫盲班的事。他想在简家塘村做个试点，利用在校小学生的资源，办个扫盲班，最大限度地摘掉乡亲们的文盲帽子。哪怕让乡亲们识一百个字两百个字也好，这社会的发展这么快，农民一字不识当睁眼瞎实在过不去。

这想法一出，雷正兴就蹦了起来："彭大叔，我愿意为乡亲们做事，村里人不识字，我看了也难过！"

彭茂林放心了，说，庚伢子啊，你能接受任务，彭大叔心里高兴啊！我刚才还在想，请谁办扫盲班呢，谁肯办呢？谁读书都很忙，再说，又没工钱，谁肯为乡亲们免费服务呢？大叔想来想去，还就想着庚伢子了！不过，光你一个小老师还不够，还得再请一个！请个女同学也好，心细一点儿。

那就请学习委员，姓宁，叫宁小珂！

彭茂林一怔："就是那个反对你毕业留乡村的学习委员？"

她这么说，是她关心我！其实她也很喜欢为乡亲们做好事，上次还主动去孤寡老人家里慰问唱歌呢！

那也好，你邀请就是了，她同意的话，到乡政府备个案！

喜滋滋的彭茂林走出学校会场，刚推起自行车跨上要走，李老师就急急追上来喊，彭乡长！

彭乡长赶紧跨下自行车，说哎哟李老师啊！

李老师单刀直入说，像雷正兴那样品学兼优的高小学生，应当升入初中读书！彭乡长，你不能鼓励他留乡务农！

彭乡长说李老师是怕埋没人才？李老师说就这意思。

只要是人才，不管啥岗位，都能有作为嘛！你看报纸上说的方健小姑娘，养猪也照样养出名堂，都评上省级模范了！

政治理论是你乡长好，我不能反驳你。不过，我总觉得，雷正兴这样的孩子，应当读书。我不是望城人，但我说的是公道话！

你的心情我理解，我呢，也没有说一定希望雷正兴留在农村，让他自己作选择吧！

李老师放心了，说那就行。彭乡长骑车而去，才踩了几脚，忽又刹车，回身说，李老师啊，其实，我心里也打架啊，打得凶啊！

李老师愣了，怔怔地看着自行车慢慢远去。

黄昏时分，雷正兴在学校门口截住宁小琍，说有话要说。宁小琍说正好，我也有话要说。

雷正兴谈的是扫盲班的事，眉飞色舞，说这是乡政府对高小生的重视，而宁小琍对雷正兴的请求一口应承：“我同意做扫盲班的小老师！”

我就知道，小琍愿意为乡亲们服务！雷正兴挺高兴。

宁小琍说：“这样的服务，我们是应该做的。雷正兴，我告诉你，我们现在当小老师，为乡亲们服务，这就够了，尽到我们高小生的责任了！我想对你说的话是：班上就我们俩是全优生，我们应该报考望城一中！你说你愿意一辈子当农民，这就太不值当，你说值当吗？雷正兴你千万不要一时冲动！"

我们先来合计一下扫盲班的第一课怎么上，好不好？

别东扯葫芦西扯瓢！你告诉我，你到底考不考望城一中？

宁小琍，其实，我愿意留在农村工作，还有另外一种考虑，只不过我没有明说。

么子考虑？

乡政府出钱供我上了六年学，我要是再去读中学，乡政府还得出钱，而且到县上读书还要住校，费用更高。我不能再让政府供我上学了，我要工作，我要报答政府的恩情！

乡政府出这点儿钱算啥呀？你这么优秀，他们继续供你上学也是很情愿的，彭乡长能心疼这几个钱么？他不心疼！

第一课，你说，教最简单的字好，还是可以教笔画多一点儿的字？

宁小琍生气了，头一扭就跑下了山坡。雷正兴喊："哎，哎，宁小琍！"

宁小琍没回村，一路小跑，直接跑到了乡里。她在乡邮电所给县委大院挂电话。向秋生曾经告诉过她自己的分机号码，但宁小琍从来没打过这个电话。

向秋生接了来自安庆乡的电话，显然恼了，他在电话里说，庚伢子太傻！他脑瓜里有一根傻筋你知道吗？他太不开窍了！我现在忙，在收办公室的空水瓶呢！我这个星期天就回村子一趟！

县委办公室的毕主任走过走廊，走到办公室门口，严肃地指指正在打电话的向秋生，意思是你上班的时候怎么能为私事打电话呢？

向秋生急对着电话说，就这样吧，我忙着呢，星期天见！

星期天，戴着一顶印有"中共望城县委"六个红字的圆边草帽、骑着一辆沾满灰土的自行车的向秋生回村时，在九斤大妈家的堂屋，简家塘村扫盲班刚刚开班。

"安静！安静！"雷正兴拍拍手。

两位小老师出现在一块高悬的小黑板前。叽叽喳喳的学员们安静下来。在高高低低坐着的学员中，雷正兴的六叔公、三叔、三婶，还有九斤大妈，磨豆腐的老伯、赵家的、田家的、沈家的，都不停地左右谈笑，显得特别兴奋。

雷正兴说："大伯，大叔，大妈，大姐，同学们，你们好，我是简家塘村扫盲班老师，我叫雷正兴。"

众人笑，笑毕，一齐认真地喊："雷先生好！"

雷正兴说，她姓宁，叫宁小琍，隔壁村的，教算术和珠算。

众同学喊，宁先生好！

九斤大妈说，叫错了！女伢子怎么能叫先生？

六叔公说，这你就不懂了，当了先生，那就是先生了，女伢子也是先生！

雷正兴用教鞭打打黑板，众人复又安静。雷正兴说，同学们！第一堂课，我想了好久，教什么字呢？教笔画最简单的字呢，还是教笔画多一点儿的字呢？

九斤大妈忍不住插言："笔画最简单的字是一，一根扁担！"

三婶说，一字，我们都认得！

众人都笑，都说认得。雷正兴说，安静，安静！是啊，笔画最简单的，一、二、三，大家可能都认识，所以我想，我第一堂课就教五个笔画多的字。这五个字可能比较难写、大家要慢慢写、慢慢认。这五个笔画多的字大家认识了，以后，再教大家笔画简单的，那就容易了！同学们说，好不好？

众人说要得，要得。六叔公说，这叫先难后易，古人有这说法！

在雷正兴说话的时候，宁小琍已经在黑板上写下了"共产党万岁"五个大字。那个年头繁体字还没简化，笔画拐来拐去挺复杂。

雷正兴说，五个字，就是："共，产，党，万，岁！"

学生们一齐念，共，产，党，万，岁！

九斤大妈说，哎呀，雷先生啊，笔画这么多，这笔怎么抓得住啊？

雷正兴说，同学们，记得六年前，我头一天上学，就求老师教我这五个字。笔画是多了一点儿，写起来不容易，但是我想，这五个字很要紧啊，要是没有共产党解放军来救我们，我们现在还在过苦日子，吃谷糠，挖野菜，讨饭，村里不停地饿死人，不停地受地主的压迫，所以我们要时时记得共产党的恩情。我最早学的五个字就是"共产党万岁"，今天，我也先教大家认这五个字，大家说好不好？

众人说要得要得。向秋生就是这时候进门的，他看见了扫盲班的盛景，于是脸上露出了豪迈的表情。他说我来说几句话，雷正兴忙说欢迎欢迎。

向秋生走到讲台上，像个大人物似的挥挥手，高声说，你们村的扫盲班办得好啊！我代表中共望城县委机关的干部，祝贺简家塘村扫盲班胜利开学！

一番鼓舞人心的"干部腔",引动一片掌声。九斤大妈满意地看着自己的外甥,手掌都拍红了,她这才感觉到自己的外甥真的是当大官了。而宁小琍自从看见向秋生进门后,一颗心也就踏实了下来。

简家塘村外的大池塘边,几只蜻蜓飞来又飞去。初夏时节,塘边的水草丰茂得很,向秋生陡地扔块儿石子进去,池塘就一声响,声音荡漾开来。

"你这叫胸无大志!"向秋生拍拍手,对身边的雷正兴说,"你说党救了我们,是啊,党救了我们,党越是救了我们旧社会的苦伢子,我们就越是要在新社会里成就伟大事业。存大志,做大事,成为大英雄,这才叫报答党的恩情!"

宁小琍激动地说,对,对,秋生哥说得对!

向秋生说,庚伢子你说啊,你难道就想一辈子都做个农民?做个记工员?做个会计?

雷正兴从衣袋里取出一张折叠得方方正正的报纸,说,我要向这位方健大姐姐学习。学了文化,留乡务农,帮助乡亲,这也是光荣的。秋生哥你在县委当通信员,你是最晓得省委、县委号召的,你说,县委现在不是有这样的号召吗?我留在乡里,要让乡亲们都识字,新中国的农民一定要是有文化的农民!方健大姐姐已经考上了中学,还留在乡里养猪,还做出了成绩,当上了养猪模范,她太了不起了!

向秋生怒气冲冲说,她方健太亏!方健根本没出息!养再多的猪,也只能是个猪司令!猪司令连个小组长都不如,小组长还有十个兵呢!猪司令呢?只有一群猪!庚伢子你不懂这个道理:为人民服务,有大事,也有小事,年轻人要干就干大事!

宁小琍说,秋生哥到底是县上的干部,一说话就见着志气。

雷正兴有点犯困惑了,是啊,同样为人民服务,么子有大小之分?

向秋生说,那当然!你说,一个是喂猪,一个是当将军当元帅,哪个干大事?不明摆的嘛!我以后就是要当将军当元帅!

宁小琍说，秋生哥当上了将军，也要让雷正兴当个团长。

向秋生做沉思状，然后表态说，他可以当个师长。你小琍，可以当个医院院长，在后勤部门工作。

宁小琍说，真好，我就喜欢当医生！

雷正兴说，秋生哥，你的话，我还要好好想一想。

向秋生又扔石头，池塘一声大哗。他说，对，你想一想，你一定能长出志气来的！你想通了，这一趟我就不算白跑了！别想着方健，我老见她，她每次到县上找张书记汇报工作我都能见到她，我当她面也对她说过："你亏了，方健同志！"

雷正兴好奇了，问方健怎么回答，秋生说她像你一样，脑子里有根傻筋。凡有傻筋的脑壳子，都不容易开窍，就像我手里的石头疙瘩一样，只配扔池塘，跟烂泥待一块儿！

关于秋生哥讲的道理，雷正兴琢磨了好几天，也没完全想明白。他觉得党和国家有新的号召，这号召必定就是要紧的，就是新社会最需要的，就是希望大家都去做的。要是谁都不响应，这工作又怎么做呢？所以宁小琍好几回问他想通没有，他都说还得想想，又说这段时间一定得把扫盲班的教学搞好，那么多的大伯大妈今天认了字明天又认不准了，这可是个麻烦事。

雷正兴琢磨出了一个办法，叫作"顺口溜教法"，宁小琍拍手，说这能行。

于是雷正兴边移教鞭边念黑板上的字："三叔打车子，一车二百斤。"

大家不念，光笑。

三叔站起来说，我打车子，能打三百斤呢，庚伢子说少了！

雷正兴说，好，我把二改成三！大家念一遍。

众学员不笑了，都念一遍。雷正兴说，这样能记住吗？

九斤大妈说，这样好多了！唉，这认字还真难！

雷正兴说，念下面一行："九斤大妈生下是九斤！"

众人哄笑。九斤大妈说，念我啦？成啊成啊，我就让你们念吧！

雷正兴说，昨天我跟宁小琍老师商量了一下，宁老师特意拿来一件漂亮的褂子，要送给九斤大妈穿！

九斤大妈惊讶："么子褂子？呦，这么漂亮啊！还绣花边的啊！"

雷正兴说，只不过背面写有四个字：九，斤，大，妈！宁老师说，这件褂子只要九斤大妈天天穿，穿上一个月，就送给九斤大妈了！

那好啊，九斤大妈接着说，我穿两个月也行啊！这会儿就穿上！

九斤大妈在笑声中穿上了这件褂子，身子左旋右旋，让大家看个够。"九，斤，大，妈！"男女老少指指点点，一齐念。

雷正兴说，同学们，这样认字，是不是容易一点儿？

雷正兴的三婶和妇女们一起拍手："这样对着念，就记脑壳里了！"

雷明义站起来说，我取件褂子来，让庚伢子写上"雷明义"三个字，我穿着，好不好？只要大家多识字，我愿意跟九斤大妈一样，也当一块黑板！

众人大拍巴掌。第二天，雷正兴又出了个点子。他在三叔的鼎力帮助下，满头大汗地按住一头猪，猪嗷嗷叫，宁小琍马上跳过来，试图把一块写有"猪"字的手帕用细绳子绑在猪身上。

雷明义喊："快一些嘛！按不住了！这猪犟！"

猪一个滚地，将帕子弄黑了，溅得宁小琍一脸泥土。

雷正兴，给猪穿衣服！宁小琍忽然这么喊。

雷正兴不明白，宁小琍比画说，就是用硬纸板做一件衣服，也就是一个圆筒，包起来就掉不下来了！

这办法很吸引人，雷正兴动作很快地就剪出了两个硬纸板圆筒，一只套在猪身上，一只套在羊身上，当然硬纸板两侧分别写了两个"猪"字和两个"羊"字。

雷明义拍手说，这两块黑板好啊，有八只脚啊，一走就走到老百姓心窝里去啦！

果然村民都出来看稀罕了，看一头穿"衣服"的猪和一只穿"衣服"

的羊，看它们分别被雷正兴赶着和被宁小珮牵着，来来回回走过村街。

"猪！""猪！"大伙儿一齐指指点点，"羊！""羊！"

雷正兴当道大喊："同学们记住了没有？"

九斤大妈乐哈哈嚷："雷先生，记住啦！我身上的字大家也都记住啦？"

九斤大妈穿着那件写有"九斤大妈"四个字的褂子，左转右旋，逗得大伙儿一齐喊："记住猪了！记住羊了！记住九斤大妈了！"

这时候一辆叮叮当当的破自行车迎面骑来，差一点儿撞到了猪，跳下车的彭乡长惊奇地看着眼前的一幕，咧嘴哈哈大笑。

"庚伢子！"他冲着赶猪者叫，"真有你的啊！"

雷正兴说，彭大叔啊，我正急着找你呢！

雷正兴这些天的困惑，正要找彭大叔给解一解。彭大叔挺理解他，带他到了村公所，也就是过去的谭家大院客厅。他给这位尽心尽职的小教师泡了一杯茶。彭大叔说，他晓得庚伢子脑袋里这些天肯定在打架。

雷正兴说，我也想立个大志向，干成大事业。彭大叔，留在乡村参加农业生产，是不是就是干小事业呢？我这两天就想这个问题！

彭茂林说，我就这么跟你说吧，天下的事，有大事，也有小事。大事，其实是许多小事加起来的。譬如说打仗吧，共产党解放军一仗一仗都打赢了，整个国家就解放了。

雷正兴说，方健大姐姐把一只猪一只猪全给喂好了，办成大养猪场了，她就成了我们省上的劳动模范了！

"就是这个理。"彭乡长说，"你看，你和小宁老师一个字一个字地教乡亲们念，再这么教下去，不出几个月，乡亲们都能看懂标语了，有的还能看报纸了，这文盲的帽子，就算是摘掉了！"

雷正兴说，九斤大妈已经认识五十多个字了！

"是啊！"彭乡长说，"庚伢子你记住，一个人，不管在么子岗位上，只要踏踏实实做事，都是能做出成绩来的，能干成大事业的！"

这会儿，雷正兴就明白在接下来的毕业生大会上，他将怎样正式表态了。只要哪些地方国家急需，他雷正兴就得上，别人都不上他也得上，因为他是这个社会从另一个社会里捞出来的，他感谢这个社会，他应该为这个社会补漏。

雷正兴作这个表态之前没有跟李老师也没有跟宁小琍通气，他知道她们不会同意他的想法。直到他走到台上去之前宁小琍紧张地咬他耳朵问他要表什么态，他也只是笑笑，说了句"响应国家号召"。

响应国家号召没错，会场上方的红色横幅也写着这样的大字：一颗红心，两种准备，听候祖国召唤！

"亲爱的校长，老师，同学们！"雷正兴面对即将分手的六年级同学，嗓音明亮地说，"我现在要正式表示我的毕业决心。我愿意响应国家的号召，有文化的高小毕业生留在乡村参加农业生产！"

宁小琍的目光抽搐了一下。她想，秋生哥的说法是对的，雷正兴脑瓜子里绝对有一根傻筋。

这时候，她听见雷正兴的嗓音越来越响亮。

因为我想，我的生命是党救活的，我穿衣、吃饭、学文化，都是党和人民供给和培养的。我已经十六岁了，应该自力更生了，我不能要政府再出钱让我升学。同时，我也明白了，建设新农村急需一批有文化的人才，我可以适应目前农村的需要，我会像方健大姐姐一样，在平凡的岗位作出不平凡的贡献！最后，我祝同学们升学考试取得优异成绩，升入初中！我在农村边劳动边学习，让我们在不同的大学校里，来一个学习竞赛！

台上的校长鼓掌了，副校长鼓掌了，应邀前来参加会议的彭乡长也鼓掌了。台下也有许多同学鼓掌了，但是台下有两个人明显地僵着，没有拍手，也没有笑容，一个是李老师，一个是宁小琍。

宁小琍心里想，好啦，再见了，我的雷先生！

她心里真是有点儿难受。

⑥

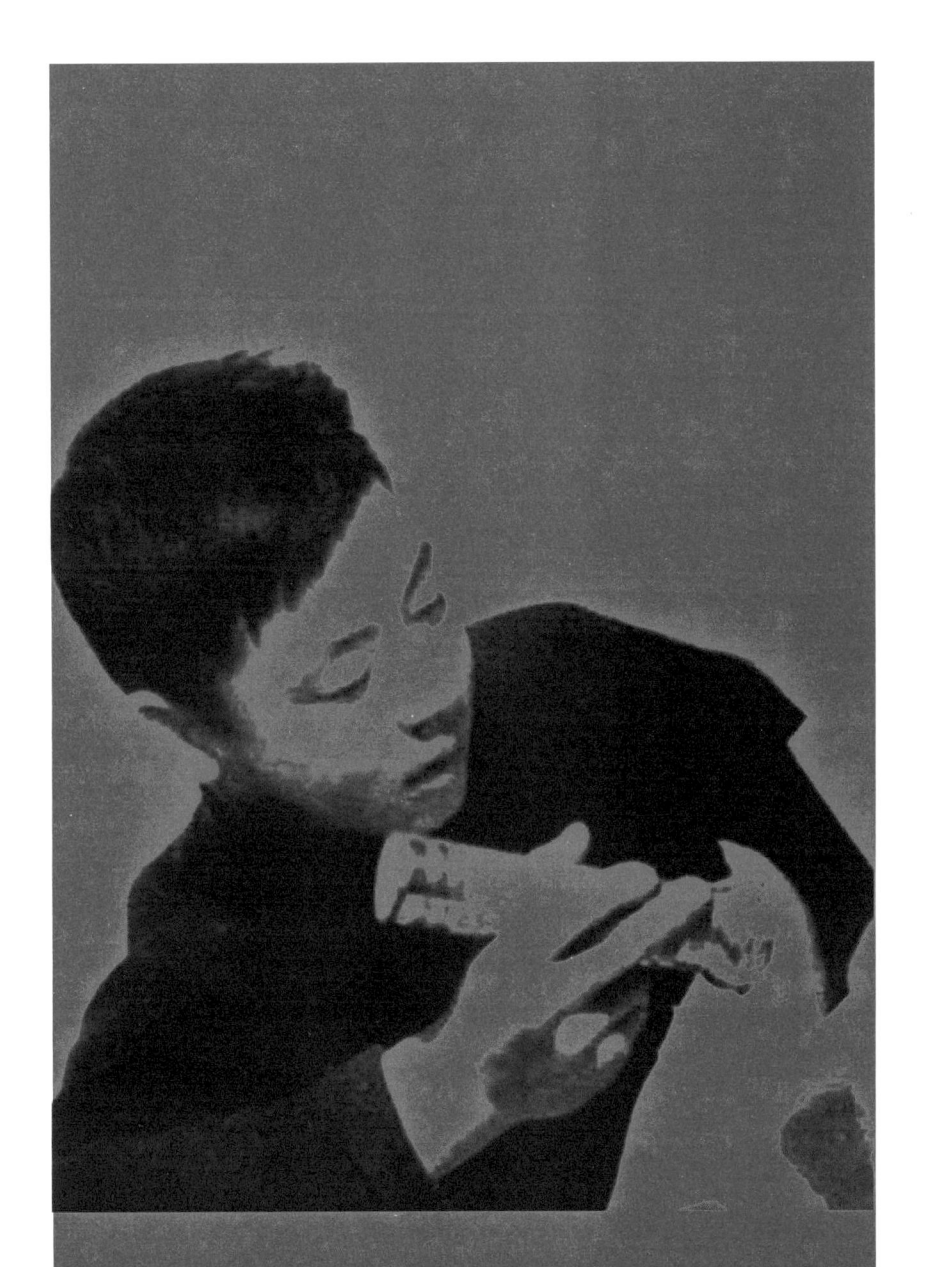

叫上一声姐姐，心里多甜

两手拎着八个热水瓶的向秋生沿走廊走着，在这个特别炎热的夏天，他有点厌烦这条单调的走廊和手中的这些竹壳热水瓶了。热水瓶的竹壳上都用红漆喷着"望城县委"四个字，他每天都得打满水，一壶一壶地送到挂有组织部、宣传部、工业办、农业办、畜牧办、县总工会、县妇联这些门牌的办公室里去。他有时候心里想，光是跟着张书记走来走去是神气的，乡村干部见了他像见了半个张书记，十步外就笑着伸手递"飞马牌"。可是还要为机关打杂这就很窝囊，每个办公室都要送水瓶收水瓶这算么子事，而一些干部还没有笑脸，只说"放这儿放这儿"，脸上挂着冰。这算么子名堂！

他送完水之后，就想着法儿把一件蓄谋已久的计划报告给张书记了。他得要有一块用武之地，凡英雄都是拥有地盘的，而且他还想好了自己的继承人选。县委机关通信员兼公务员这个职位，说不怎么样也不怎么样，说要紧可也真要紧，他要给自己的好伙伴留着。

他轻手轻脚走进书记办公室，为伏案写字的张书记斟满茶水，又将热水瓶轻轻放在墙边木柜上。

他退出门去，退到门边却又站住了，站了好一会儿。

伏案的张书记没有回身，就知道了通信员今天肚里有话：小向肯定是有事要告诉我。

是，是，向秋生说，不知张书记有没有空。

说吧，张书记搁下笔，指指面前的一张木椅子，坐！

张书记，县委机关已经开始动员机关干部下乡锻炼……

是啊！

我想，我虽然是个小通信员，可是……我……

你想到轰轰烈烈的农业生产第一线去锻炼自己？

"就是，就是！"向秋生激动起来，"我其实一直有着远大的革命理想，现在全县农村都组织了合作社，有的已经在组织高级合作社了，广播喇叭每天都在播送振奋人心的消息，我想到第一线去锻炼自己！"

张书记用手中的红蓝铅笔敲打了一会儿桌沿儿，说，县领导也不是没有考虑过你的下派，只是，你到岗才一年，工作刚刚熟悉，如果你下放了，还马上要有人来接替你。

我推荐一个同志行不？

你推荐？啊，你说吧，我听听。

我们村里呢，有个高小毕业生，学习成绩可是全优，自愿向方健同志学习，放弃考望城一中，留在乡村参加农业生产，起初在村里当记工员，这几天已经在乡政府帮助工作了，也是当公务员。

书记一听，显然感兴趣了，问叫什么名。于是向秋生说，叫雷正兴，十六岁了，手脚可勤快呢，反正比我勤快，脑瓜子也灵呢。我跟你讲个他给猪穿衣服的故事……

听了猪和羊的故事，张书记笑得差一点儿呛了茶水。他说，啊，这小伙子有意思。给猪穿衣服，这就是革命的原则性与革命的灵活性相结合啊！

县委办毕主任门外探头说，张书记，西塘农业社团委书记方健同志来汇报工作。

"请她进来吧！"张书记对小通信员说："你推荐的小伙子，我再想一想。另外，红旗乡要加强共青团工作，你也可以考虑一下，是不是下去，做做团的工作。"

向秋生高兴得跳了起来。

三天之后，向秋生在县委大院开水房打水的时候，就冲着烧开水的大爷嘘口大气，说，好喽，总算不用再伺候这开水炉喽！

开水大爷拍拍小锅炉说，打开水重要啊，断了开水供应，一个县的衙门就开不了门啦！

向秋生说，对对对，重要，重要，道理当然是这么讲！开水大爷，你晓得我去的地方吗？红旗乡高级农业社！

开水大爷说，你要下放啦？

向秋生说，职务是团委副书记！别看是副的，那里没有团委书记，我主持工作！嘿，好歹也是个乡领导啦！

"下放吧，下放吧。"开水大爷叹口气说，"我看你这个小鬼啊，在衙门里守不住！细伢子啊我可告诉你，看矮热水瓶的人一定长不高！"

对于开水大爷的这句带有玄机的话，向秋生根本没放在心里，而过了五六年之后他才想起来，并且在东北的刺骨的寒风中恍然大悟地跟雷正兴交流了这个道理。那时候雷正兴已经改名叫雷锋了。

兴高采烈的六叔公坐在自己家门口唱皮影戏。他生了一场病，瘦多了，没力气再走更远的路，就把戏幕搭在了自家门口。

大人、孩子围了几十号人。戏幕上出现的一个形象，看上去像庚伢子。

六叔公是这样唱的：

我家的庚伢子要上县衙呀，
看这伢子精神抖擞上了战马！
左邻右舍诸乡亲都来道喜呀，

庚伢子在县衙，会记得家乡的牵挂！

唱到这里，六叔公喊一声："来呀，庚伢子，自己说句话！"

雷正兴穿着新衣服走到众人面前，恭恭敬敬朝乡亲们鞠个躬。他说，大伯大妈、大叔大婶、兄弟姐妹们，我明天就要去县委机关报到上班了，我会永远记得简家塘的乡亲们对我的关心！没有你们一粥一饭的支持，我庚伢子早就饿死了！你们是我的恩人，我谢谢大家，我永远忘记不了你们！我在县委机关一定好好工作，不给简家塘村丢脸！

九斤大妈忍不住，率先呜呜地哭出声来。激动的三婶一把将雷正兴搂在怀里，呜咽着说，三婶舍不得你啊，庚伢子！

六叔公一声大喊："战将出征，众兵丁何来伤心？"

他踩地高唱：

庚伢子从此后驰骋沙场，
只盼有捷报年年捎回家乡！

这天晚上雷正兴一夜没睡踏实，他先是给六叔公揉了腰，又给六叔奶奶捶了腿，然后躺在木床上几乎睁眼到天亮。他在心里一遍一遍地对父母亲说，爸爸，妈妈，你们想得到庚伢子有朝一日会去共产党的县衙门上班吗？他又对哥哥说，哥呀，你不用给我买糖块儿吃了，我现在的日子每一天都甜得要命啊！

彭乡长起劲地踩车，后座上坐着雷正兴。彭乡长一大早就到了简家塘村，他决定亲自送雷正兴去县上。雷正兴蓝衣青裤，脚上穿着一双力士球鞋，后背上背着一捆扎得很紧的旧被褥，他把前额抵在彭大叔的温暖的后背上。这是多么好的一天，秋天的田野呈现出令人兴奋的金黄色。

雷正兴充满感情地说，彭大叔，六年前，也是你踩车，送我去学校读书；今天，你又踩车，送我去县衙门！

不是县衙门，是县委，县人民政府！

我六叔公昨天说了一天的县衙门，弄得我也说顺嘴了！

"那是民间叫法！"彭茂林说，"你去的地方是中国共产党湖南省望城县委员会，党的大机关啊！你是每天都要跟着县委书记的。县委书记姓张，叫张复赵，三十六七岁，一个很好的人。书记走到哪儿你就要跟到哪儿，工作很重要很光荣啊，不光是打水啊送水啊，懂么？"

雷正兴赶紧应诺，说懂。车子叮叮当当进城，顺街溜，不久就到了望城县委大院门口。雷正兴一下车就盯着"中国共产党湖南省望城县委员会"的红字大木牌呆呆地看。彭茂林将绑在车头上的一只小木箱解下来，递给雷正兴。雷正兴一时没接，忽然跑到木牌旁边，轻轻地抚摸着上面的红字。他说，彭大叔，我一定好好工作。

彭茂林说，快提箱子，跟我进去！

刚进办公楼，彭茂林便碰上了那位年方二十五岁的县委办公室毕主任。毕主任说，来了？这就是小雷吧？

彭茂林搡搡雷正兴，快叫毕主任！

毕主任好！我叫雷正兴，是来报到上班的。

欢迎啊，我正等着呢！小向昨天就去红旗乡报到了，我等你小雷等得急呢！毕主任这么说着，就从衣兜里掏出一枚圆形的写有"中共望城县委员会"字样的白底红字徽章，亲自佩在雷正兴的胸前蓝衣上。彭茂林高兴了，说，雷正兴啊，这一戴，活脱脱就是县委的人啦！

毕主任、彭乡长，我一定好好工作！

彭茂林说，这话，你可是一遍又一遍地说了！

毕主任说，说得好！要是不好好工作，我可是要刮你鼻子的！我刮鼻子可凶呢，刮得人哭呢！我希望你小雷别哭鼻子。

雷正兴说，我不会让毕主任刮鼻子的。

"走着瞧吧！"毕主任看他一眼，然后带他进楼，"快把行李放屋里，就这屋，你住开水大爷旁边。你看，办公用品小仓库，半间屋是空的，小木床也安好了！行吧？"

雷正兴说行。彭乡长说，毕主任安排得真周全，伢子以后就交给你了！

毕主任说，彭乡长，你别不放心，我会把伢子调教好的！小雷啊！

到！

再响一点儿！饭没饱？

到！！

好！马上跟我去见张书记，他等着呢！

雷正兴站在张书记面前，看张书记左瞧右瞧的眼光，心里有些紧张。他听张书记说，人倒长得挺精神，就是个头不高。

雷正兴一听就急，说，张书记，我个头是不高，那是有原因的，因为小时候挨饿，饿了就长不高，那是旧社会害的。我干活儿可是很勤快的，我晓得怎么报答共产党毛主席的恩情！

张书记说，说话挺伶俐！怪不得猪啊羊啊都会听你的话穿上衣裳！

一旁站着的毕主任和彭茂林都笑起来，紧张的气氛顿时消散。张书记说，茂林同志，感谢你啊，一次又一次舍得把好苗子送到县上来！彭茂林说，张书记就放心吧，这伢子手脚勤着哪，不会辜负你希望的！

"那好。"张书记站起来说，"这就走！大湖乡电话都催过几遍了！"

雷正兴一愣，不知怎么办好。毕主任赶紧拿起书记办公桌上的一只旧皮包，塞在雷正兴手里，小声说，快提上，跟着走！

院子里，司机已经将一辆嘎斯吉普车发动了。吉普车挺老旧，一发动窗玻璃就铮铮铮哆嗦。毕主任紧着走上几步，把前座门拉开，一边小声嘱咐雷正兴："下次就你拉车门了！"

雷正兴点头，说记住了。

待张书记坐入车后，毕主任把门关上。

见雷正兴仍然愣着，毕主任便说，快上啊！上后座啊！难道还要我给你拉车门？

雷正兴有点莫名其妙："我？……我也坐车？"

你不坐车谁坐车？难道我跟着去？快上啊，书记到哪儿你跟到哪儿，你是通信员，要照顾好书记！

雷正兴赶紧拉开车门，坐了进去。他钻进吉普车的模样，手忙脚乱。彭茂林叹一声："大姑娘上轿，头一遭啊！这伢子有福啊！"

吉普车开动了，雷正兴从车窗里探头，拼命朝彭茂林挥手："彭大叔，再见！"

两行热泪从彭茂林双颊上流下来。他一会儿挥手，一会儿举起衣袖拭拭脸颊。

"放心吧，茂林乡长！"毕主任说，"伢子交到我手里，会进步的！"

我不是不放心，我是高兴。

高兴掉什么泪？

我是想起他爸了。我和他爸当年都是轿工，他爸会想到他儿子今天跟着县委书记一起坐进小汽车吗？

彭茂林说到这里，又呜咽起来，用衣袖揩脸颊。毕主任用手拍了拍这位乡长的肩膀，觉得农村基层干部感情真是淳朴。

老式吉普车开到山脚边就停住了，张书记推门下车，让司机回城，自己带着通信员上山。

山道蜿蜒，在草丛间出没，蛇一样。张书记说，我们今天要走访十几户山区农民，要翻两座大山，吃得消吧？

雷正兴说，我从小就爬山，惯了，吃得消！话虽这么说，还是有不慎的地方，他抓着灌木丛前进，忽然就摔了一屁股。张书记见他脚有些拐，便喝令他坐下，端起他的脚就搓揉脚脖子。这一下可弄得雷正兴不好意思了，这书记像父亲一样慈祥呢。工作头一天脚就扭了，这谁照顾谁啊？

张书记问好点不？雷正兴赶紧说好点了！

张书记说，在山上活动，看清地形地貌很重要。

张书记怎么那么会爬山？

"打游击嘛！"张书记说，"我在山里打游击时间很长啊！你能走吗？"

雷正兴走几步说能走，好多了。张书记夸他说，好小伙子！这叫轻伤不下火线。

走到了山脊线，张书记指指点点地对他说，看见没有？东边山窝里，有三户人家，那是老张头一家、土根一家、韩三弟一家。西头，山腰上，看见没有，还有四户，那是龙大伯一家、苏达生一家、豆腐老舅一家、沈铁匠一家。我们先看这几家！

雷正兴听得目瞪口呆，说张书记啊，你跟他们这么熟？

小雷啊，在抗日战争和解放战争中，他们都有亲人在部队里，不少都牺牲了，现在他们生活还相当艰苦，有时候还断粮，我们要经常看望他们啊。在我们这个社会主义大家庭里，人人都是兄弟姐妹啊！

雷正兴一听这话就激动，他平日就是这么想的。社会是我们自己的社会，工农商学兵，就是一个大家庭，只要不是坏蛋，谁都是亲人，一个人快乐了就是大家的快乐，一个人有难了大家都得帮助。于是他说，张书记我记住您的话，我要好好为大家服务。

张书记说这叫为人民服务，又说，毛主席写过一篇文章，题目就叫《为人民服务》，那是纪念一位牺牲了的普通战士的！明天，我把这篇文章交给你读读，你会懂得更多！

彭茂林特意走了一趟简家塘村，向六叔公一家绘声绘色地讲述他带伢子上县城的状况。他说，先是挂了一个徽章，一进门就挂，是办公室的主任给他挂的，就挂在胸口！

三婶说，就挂在我做的那件蓝衣服上？彭茂林说是啊，是啊！六叔公拍桌说，这就是县衙的印！不得了，虎符啊！

彭茂林说，后来，就上小汽车，车门砰一声响，只见庚伢子就上了车！县委书记坐前面，他坐后面！

雷明义说，那庚伢子以后回来，我们怎么迎接他啊？

彭茂林说，不用这么讲究，庚伢子还只是一个通信员。

六叔公正色说，那你彭乡长可不能这么说，县衙里的人出来就是不一样，走路都威风！

半夜里，六叔公还是睡不着，坐起床头，披上褂子。

六叔奶奶也醒了，明白老头子在想啥，说，他妈妈要是活着，半夜都笑醒！六叔公说，我倒是有点担心呢！老伴听不明白。六叔公说，他只念了高小，文化不高，在那么大的衙门里做事，不晓得扛不扛得下来！

老伴儿很有信心地说，我们庚伢子算得机灵的，哪会误事！你说呢？老头子不吭声，临了说，智者千虑还有一失呢。

清晨，大多数机关干部还没有上班进楼，雷正兴就开始手脚麻利地往各个办公室送开水瓶。开水大爷对他的勤快表示满意，说你这新来的，比过去的那个麻利多啦！

雷正兴摸索出一个小铃交给开水大爷，说这小铃子是我在仓库里发现的，以后，开水大爷每一次把水烧开，就摇摇铃，我一听见就跑过来，这样能节约好多时间，干部们能及时续上水。

开水大爷摇摇铃，听听铃音，不刺耳，挺脆，说这好啊，省得大爷抓落帽风一样抓你！

一个小铃铛使雷正兴送水的工作效率高了许多，毕主任看了心里满意。一星期后他找雷正兴谈了一次话。"习惯吗？"他和颜悦色问小通信员。

习惯！跟张书记下乡两次了，一次坐车，一次走路。机关给我发了被子和衣服，待我真好！

只半个来月，县委机关上上下下就对你印象不错。

我做得还很不够。

首先呢，是你勤快，你不怕吃苦。你当然晓得，你来县委机关工作是要准备吃苦的！

"我晓得！"雷正兴说，"主任关照过，机关工作，么子事都得干。晚上干部开会到十一二点钟我也要做好服务工作，不能休息。粮食紧的时候，厨房只供应红薯，大家就用红薯度日！脚要勤快，不能有怨言。"

苦吗？

这点苦算什么？新社会再苦，都比旧社会甜！

正因为你不怕苦，工作勤快，所以大家都满意你。不过，有一个人，还不大满意。

谁？雷正兴睁圆眼睛问，他心里一跳。毕主任说，我。雷正兴急了，说毕主任你提出来，我一定改正。

我注意到你非常勤快，但你的勤快只限于工作方面，还有一个重要的方面，你不勤快！

哪个方面？

读书学习。

我在努力认字呢，街上招牌有个字我不认识，我还问张书记呢！

我不是说学文化，我是说学政治。你要提高政治觉悟，提高理论水平。

雷正兴没有想到主任会这么说。毕主任继续说，你要多看书，多学习，要注意在思想认识和革命理论上提高自己！工作虽然忙，但读书时间还是有的，这要靠自己挤！张书记把毛主席的那本《为人民服务》借给你读，你读了几遍了？

雷正兴说，两遍。毕主任说那怎么够，我读了二十四遍，都能背出来了。毕主任又说你呀你呀，你要刻苦呀，学习是很重要的事，一个人脑瓜子灵不灵眼珠子亮不亮，全靠学习啊！尤其，你是张书记身边的人，所以我特别要对你严格要求啊！

关于不学习就不能有效提高政治觉悟的话题，毕主任认为自己是提得很中肯的，他觉得雷正兴这棵苗子值得花费心思培养。而且，就在他与雷正兴说话后不久的一个晚上，他在雷正兴身上又发现了一个使人愕然的现象，这就更使毕主任坚定了自己的判断。

那个晚上放电影，露天电影。一般县里召开会议，尤其是像三级干部会议这样重要的会议，县电影公司都得派出放映组到县委大院放映一个专场，让白天开会的干部们放松一下。

但这个晚上的电影却使人放松不了，因为电影是《白毛女》，特别叫人心酸的戏，去年放过一遍了，今年又放一遍。电影拍得好，多看几遍没事。

向秋生也喜气洋洋地来开会，并且晚上到县委大院子来看电影。他也够上"三级干部"了，而且是乡级中层干部，住的是县委招待所，被褥一天一换，只缴一角钱就能吃上一荤一素的三顿会议餐，特别高兴。

雷正兴在露天电影场特意为向秋生留了位子，对他说，毕主任要我向你学习，说你有革命志向呢！

向秋生举举拳头说，我们红旗乡团委在搞试验田呢，我现在浑身都是劲儿，我要争取亩产两千斤！

秋生哥的豪迈总是使雷正兴羡慕，他觉得秋生哥正在一步步走向英雄之路。但是随即雷正兴的情绪就完全进入银幕了，吱吱作响的放映机把面目可憎的黄世仁和穆仁智带到了望城县委大院——这黄世仁和穆仁智怎么那么像谭四滚子、谭七少爷和金管家呢？

在喜儿痛苦不堪的时候，雷正兴突然站了起来，但一下子被身旁的向秋生按了下去。秋生知道庚伢子有突然冲动的毛病，尤其是见不得坏蛋，上回在安庆乡的坪坝上就举着竹篙大打了一通"日本鬼子"，这会儿怕又要按捺不住了。秋生在雷正兴耳边一遍遍叮嘱说要注意纪律。庚伢子瞪着泪眼说，坏蛋坏蛋真坏真坏。向秋生说，电影电影这是电影。

那一刻张书记的办公室还亮着灯。张书记在台灯下掐字酌句，毕主任在一旁帮着他。张书记感到在会议上的总结报告必须有所降温，当然，降温是指数字而不是指情绪。张书记说，一定不能虚报，要实事求是！这数据，还要核实一下。毕主任说，下面的干部积极性高。张书记说，下面越热，上面就越要冷。人最热的地方，不是心脏，而是头脑。心可以热，脑袋要冷，你说是不是？

毕主任提醒张书记，说长沙市的市长和计委主任明天都要莅临指导，望城空气不能太冷。张书记沉吟了一下，反而催促毕主任去院子里看电影。毕主任说，放的是《白毛女》，我看过两遍了。

张书记说去吧去吧，看第三遍吧，片子拍得好，百看不厌！

慌乱的脚步声就是这个时候传到办公室来的。先是楼梯猛响，接着门就被一把推开了。张书记与毕主任吃惊地从台灯下抬起头来，他们看见的是一脸惊慌的开水大爷。开水大爷说，不好了！电影放不下去了，小雷闹场子了！

毕主任箭一样冲到大院里的时候，雷正兴还在银幕前闹，他大喊大哭，发疯一样地扑打着黄世仁阴险的笑脸。许多双臂膀拉着蹦跳不已的雷正兴，毕主任冲上去厉声说你给我安静，你给我下去！雷正兴一个劲儿地挣扎哭喊，打死你！打死你！打死你！！

死死拽住雷正兴的向秋生大喊，庚伢子，你疯了不是？

毕主任厉声说，快抬起他，抬到会议室去，拿冷毛巾敷脸！

雷正兴先是被抬到了会议室的长椅子上，开水大爷为他敷了冷水毛巾，然后在半夜时分被抬回到他自己的寝室里。在这个过程中，一脸严肃的毕主任一直陪着他，不光是陪着，还教育着。他说，张书记不让我批评你，可是我还是要刮你鼻子，谁叫我是办公室主任呢！你呀，小雷，你出这种洋相，说明啥哟？说明一个人只有朴素的阶级感情，还是没有办法真正地从政治思想上提高自己，还是要出问题，还是不能过硬！你懂我的话么？

雷正兴说懂，神情黯然。

还是我那句话，你要多看书，多学习！

我应当先读什么书？

我那里有书，有《钢铁是怎样炼成的》，你可以先看看。

县里要办钢铁厂吗？

毕主任不满意了，我说你这小雷学识不高嘛，你还真是不高！你以为这书是讲炼钢铁的？讲炼人的！你要炼成一块钢，懂吗？你要从铁矿石变成一块钢，懂吗？在我们望城县委大院工作过的人，如果还只是铁矿石，不是一块钢，那就说不过去！那就是说我毕主任工作不到家！

毕主任，您借给我那本书吧，我一定好好读。

张书记那里还有更好的书，你要开口去借！

我能主动跟他借吗？

有关学习方面，你尽管向张书记开口，我不算你犯纪律！

果然，张书记对雷正兴提出的借书要求大为高兴。他拿出一大摞薄薄厚厚的书，说，这是《纪念白求恩》，这是《反对自由主义》，这是《愚公移山》。

都是毛主席写的？

毛主席的著作，现在印得还不多，先印给县一级的领导同志看。但是毛主席的著作，深入浅出，通俗易懂，你完全可以读，而且要多读。毛主席讲怎么做人，怎么做一个革命战士，讲得很深刻。你读了，一定会有体会的。小雷啊，有了感想，就来讲给我听，我们互相交流嘛！毕主任对你提出的学习要求，很有道理，他跟我讲了，我很同意。所以，我也有责任帮助你，毕竟你在我身边工作嘛！

雷正兴说谢谢张书记，我一定认真读。他捧着书走到门口，忽然又停步，回身说，张书记我能问你一个个人问题吗？

张书记说可以问。雷正兴走回到书记面前，说，张书记，也许我不该问哩！

问吧问吧。

张书记也是苦伢子出身吗？

县委书记一时没听明白。雷正兴迟疑了一下，又说，我想问，张书记是什么出身？旧社会也是受苦人吗？

"我出身贫农。"张书记说，"小雷啊，你没来之前，我就看过你的履历了，知道你小时候讨过饭。我这个家庭也一样啊。我父亲十一岁、叔叔九岁那年，我爷爷去地主家当长工，结果累死在山上。家里没饭吃了，我父亲便带了我叔叔去要饭。我出生后，我妈没奶水，我差一点儿就饿死了。"

张书记又说，1937年卢沟桥事变后的第二年，我在山西参加了抗日先锋队，那一年我十八岁。两年以后，我参加了中国共产党。

"张书记，"雷正兴马上问，"您是怎样入的党？"

组织部门叫入的，还要宣誓。

对了，就像我加入少先队的时候一样，要在队旗下宣誓！张书记，我也想参加中国共产党。

是啊，应该这样。不过呢，你现在才十六，从年纪上看，还小一点儿。

刘胡兰姐姐十五岁就是共产党员了！雷正兴大声说。雷正兴昨天刚刚看完毕主任借给他的那本《刘胡兰的故事》。

张书记说，那是艰苦的革命战争年代，跟现在情况有点儿不一样。现在是和平建设时期，年轻人虽然没有经常面临生死考验，但是也要注意抓紧学习，在日常工作中主动锻炼自己，争取早日加入无产阶级的先锋队。

我要努力，张书记！我要好好读毛主席的书。

你的努力方向是对的！一个革命人呢，要实现一生的三个光荣目标：入队，入团，入党。你在成为少先队员的基础上，首先要努力争取加入共产主义青年团，然后再争取加入中国共产党。

雷正兴想，张书记真是像父亲一样啊。一个彭乡长，一个张书记，都把自己看成亲伢子啊。

雷正兴读毛主席的著作，读《钢铁是怎样炼成的》，读《青年近卫军》，读得入迷，他的房灯总是要亮过十二点。

开水大爷披衣坐起，抓过闹钟看一看，经常是后半夜两点。

由于隔墙不到顶，所以隔壁小仓库里亮着的灯光就使得开水大爷住的半间房里也是明晃晃一片。人老了，一点光亮就叫他难以入睡，于是，开水大爷烦心了，他敲敲板墙："天快亮啦！"

雷正兴听到敲板壁，吓了一跳，马上说对不起，开水大爷，咔嗒一声，拉了电灯。

雷正兴连续好几天眼圈都有些发青，明显熬夜熬的，以至于他周末这一天跟随张书记下乡时，叫张书记发现了倦容。张书记起先问他这个月看了哪些书。那一天，刚下过雨，张书记带着他的通信员一脚深一脚浅地往一座村庄里走。

雷正兴说看了《钢铁是怎样炼成的》，这是看了第二遍了，还有《把一切献给党》《赵一曼》《卓娅与舒拉的故事》。

张书记连说不少不少。雷正兴咳嗽了两下，说，张书记，我现在明白了，一个人的一生，真的有两种过法，或重于泰山，或轻于鸿毛，就看他是不是全心全意为人民服务！

张书记说，我就爱听你这句话！小雷啊，你已经在慢慢地把朴素的阶段感情升华到革命理论的高度了！

我就觉得读书时间不够。

"别太熬夜！"张书记点点小通信员的鼻尖，"看你，眼圈都黑了！哟，怎么这么烫？"

雷正兴又接连咳嗽了几声。张书记摸摸小伙子的额头，明白了："有点发热！着雨淋了？快走几步，前面就是村子，你要躺一下，喝碗热姜茶！"

进了一户农家，一位姑娘就蹦出来，大声招呼，张书记来视察了？

张书记说，快让这位小通信员休息一下，他有点儿发烧！

雷正兴不好意思，说不用不用，姑娘却大大方方地扶住雷正兴，说，躺我弟弟床上去吧！

张书记说，你妈在吗？请她煮碗姜茶！

姑娘马上扭头喊，妈，煮碗姜茶！烫一点儿！

张书记急着要去看村里的养猪场，姑娘应声陪着去了，只留下雷正兴躺在木板床上。雷正兴这会儿就觉得很不是味儿，书记忙工作，他的通信员却躺着，这像么子事？当一位老大妈端着一碗热姜茶进门的时候，他就在找鞋子了。

"躺下，躺下。"老大妈拦住他，"伤风，喝碗姜茶发身汗就好了！"

老大妈这么慈祥，雷正兴一刹那间甚至想起了自己的母亲。他道声谢，赶快接过汤碗，咕嘟咕嘟一气喝完，烫得舌头差点儿没起泡。

雷正兴抬头递碗的时候，目光不经意地落在对面墙上，突然就直了。他看见了奖状，大大小小花花绿绿，上面填的都是一个名字。

大妈，这些奖状，不都是奖给方健姐姐的么？

是啊！给方健的啊！

怎么会贴在这里？

这是她的家啊。

雷正兴简直不敢相信自己的耳朵，这里是……方健的家？这村就是西塘村？

你们今天来的就是西塘村啊！张书记常来，一年来几次啊！

这里真是方健姐姐的家？雷正兴一跃而起，你是方健姐姐的妈妈？

么子事啊，小同志？方健母亲莫名其妙。

刚才……扶我躺在这里的，就是方健姐姐？

你们不认识？我还以为你们认识呢！

雷正兴喜出望外，忘了穿鞋，赤脚就蹦到门边："啊，真是方健姐姐的家！"

这一喊，方健正好到了。她与张书记回进家门，一见雷正兴赤脚下地，两人都很惊讶。

张书记问，怎么了，小雷？雷正兴看着姑娘问，你就是方健姐姐？

"是啊！"方健说，"你好点了么，小雷同志？"

我能握握你的手么，方健姐姐？

你先穿上鞋，小心脚冻着！

哎呀别管我的脚啊，我想握握你的手呢！

怎么了，小雷同志？

因为你的手，握过毛主席的手！

张书记明白了雷正兴的激动,说,对,方健同志出席全国青年积极分子大会,受到毛主席接见,握过手。

雷正兴握着方健的手说,我今天看见了方健姐姐!方健姐姐啊,去年,就是读了《向方健同志学习》的社论,我才下定决心留在乡村参加农业生产的!

我听张书记介绍过了!上个月,我还亲眼看见你痛打过黄世仁!

羞死了羞死了!雷正兴觉得无地自容,说,我那天的洋相出大了。

张书记上前一步,摸摸雷正兴的额头说,咦?不烫了!

雷正兴说,我出汗了。张书记对方健母女说,大家记住,治伤风的最新偏方:第一,姜茶一碗!第二,光脚下地三分钟!

大家都笑,方健母亲说你这个县太爷可真逗笑的。

方健拿毛巾给雷正兴擦脚,让他穿上球鞋。这时候张书记说,你们两位呀,今后可以多联系,互相帮助!小雷今年十六,方健比小雷大三岁吧?

对!我十九了!方健说。

雷正兴马上说,那你做我姐姐,我做你弟弟!

方健笑着说,好啊,我有第二个弟弟了!

张书记说,小雷是要好好向方健姐姐学习啊!方健是省劳动模范,平时学习抓得紧,你看,一手柳体写得多漂亮!是小方写的吧?

方健说是。张书记感叹说,又有进步了,都赶过我了。还是每天记养猪日记?

方健说每天记,记录猪的生长,也记录我每天的想法。

"非常好!"张书记说,"小雷,听见没有,记日记是个很好的方法,把每天的所见所思记下来,既可以提高自己的写作水平,又可以锻炼提高分析事物的能力!"

方健说我有一本新日记本,上次劳模会发的,我送给小雷弟弟!

于是,她就把一本崭新的红绸面笔记本郑重地交到雷正兴的手中。雷正兴不敢接,说我有纪律,县委工作人员,不能到基层拿东西。张书记说日记本可以不算，你们不是认姐弟了吗？

认了个敬仰已久的姐姐，又得了本精美的画有天安门的笔记本，把雷正兴乐得不行。第二天他就敲开了毕主任办公室的门，请教如何记日记。他很想动笔，但是一时下不了笔，不知怎么个格式。

毕主任大喜过望说，好小子，这就对了，记日记就是你学习欲望高涨的表现！我告诉你怎么记日记！你记住，从日记的形式来说，或者写个标题，或者不写标题。写个标题呢，就是突出这一篇日记的中心内容，使人一目了然；如果不写标题呢，那就写某月某日星期几，天气晴或阴，或雨。

雷正兴说，这是形式？

对，形式！至于内容呢，你要注意，第一，不要记流水账，比如写今天几点起床，几点吃饭，几点睡觉。这样有意思吗？肯定没意思。所以，不要记个人生活的流水账。第二，要记好一天中有突出意义的事，选择一两件，记全、记深、记好，也不必面面俱到。我这样说，你明白吗？

雷正兴表示明白。

还有第三，毕主任又说，你注意，记事的时候，要写下自己的感受和见解。譬如你前两天在机关学习会上说：白求恩大夫，一个外国人，能够为中国人民的解放事业以身殉职，外国人都能这样，我们中国人自己就不能牺牲小我服从大我吗？如果连个人主义都不能克服，那才叫渺小可悲呢！——你这话就说得很好啊！你完全可以把这几句作为自己的学习心得，如实记下来。这就是一篇很好的日记！

对，对！雷正兴连连称是，很兴奋。

日记是一个人思想成长的记录，记过的岁月，可以经常翻翻，对照对照，这样能使自己提高许多。

雷正兴这时听到了开水房传出的摇铃声，于是触电般蹦了起来，说，我去打水了！毕主任，你放心，我今天就开始记日记！我要好好记录我自己的思想！

毕主任说希望记下你进步的脚印，希望你要一步一个脚印。雷正兴说我也这么想！

可是他没有想到第二天他就挨了毕主任劈头盖脸的一顿批评。毕主任气得脸都歪了，五官歪斜的程度比看到雷正兴扑打银幕上的黄世仁还厉害。

雷正兴差点酿成火灾。

原因是那个晚上他过于兴奋了，光是记日记就记到后半夜，然后又捧着小说《节振国》读，一直读到隔壁的开水大爷敲板壁为止。

笃！笃！笃！雷正兴惊了，知道开水大爷恼了，想熄灯，可是又放不下手中的这本很好看的书，于是就下床，小心地将电灯泡拉到床前，再从铁丝上取下自己的那块儿半干半湿的毛巾，仔细地围住灯光，这就叫灯光暗淡了许多。

从毛巾中的缝隙里，一道窄窄的灯光照射在床头，这种效果叫雷正兴很满意。于是他又打开书页，与智勇双全的节振国走在一起了。一直到鸡叫头遍，他眼皮打架，《节振国》从他无力的手上悄然跌落到地板上为止。

问题就是从这一刻开始的。第二天大清早毕主任上班刚进办公室走廊，忽然就站住了，疑惑地抽抽鼻子。他的表情顿时现出了惊愕与紧张——一股焦煳味！

毕主任只用鼻子嗅了三四下，就明白了焦煳味的来源。开水大爷的房门开着，他一早就去锅炉间烧水了。于是毕主任飞起一脚，把雷正兴所住的小仓库门踢开了。

砰的一声巨响，将熟睡中的雷正兴震得一骨碌翻身坐起。只一瞬间，他就惊愕地看见了被灯泡烤焦的毛巾，也看见了毕主任气得扭歪了的脸庞。

"你搞啥名堂？！"毕主任的嗓音高过虎吼。

这一下雷正兴可真的吓呆了。

毕主任对雷正兴的莽撞如此恼火是可以理解的。他看好这棵苗子，却不料这棵苗子又这样难扶,出这么大的问题。机关团总支好几位支委背后都有了议论,都说雷正兴变了,就像他的前任向秋生一样,忘了自己是机关小公务员身份,只记得自己是机要通信员身份,是跟在县委书记屁股后面转悠的人物,所以就自满了,眼睛长额头上了,办事就大大咧咧了,这就很不好。作为兼职机关团总支书记的毕主任听了这些议论自然窝气。他打熬不住自己的情绪,当天下午就抽了张书记的一个空,走进书记办公室汇报了这个令人着恼的事件。

张书记沉吟了半天,说,小毕啊,也不必想得太严重。有缺点,自然要敲打,但是呢,也要肯定小雷这种刻苦读书的积极性。我们要从两方面看。

毕主任说我是恨铁不成钢啊!张书记说你送他那本《钢铁是怎样炼成的》,他不是都读了三遍了吗?他好几次跟我讲保尔·柯察金,这个保尔·柯察金不也是一步一步才摔打成钢铁的吗?

毕主任说,本来,我是想早一点儿发展他入团的,他的愿望很迫切,现在看来,还要考验他一段时间。

这一点,张书记倒是同意,他不提反对意见。而不久前刚认雷正兴当弟弟的方健,也意识到了这一点。

她是在听雷正兴讲了犯错误的经过之后,意识到这一点的。她沿着河边走,用手摸着一棵又一棵健壮的水杉树。雷正兴提出要送她一程,张书记批准说,小雷你认了姐姐就应该送送,她也是难得到县委来汇报工作呀!方健原本不想让他送,这个雷弟弟在机关大院里这么忙碌怎么忍心再让他一路送客呢?但是她看到雷正兴脸上那种少见的苦恼表情,知道他可能遇上啥不遂心的事了,就同意了他的"送姐姐一程"。

出了县城,一路走在枞树港河边,方健终于听完了雷正兴因夜半读书而不慎烤煳了毛巾差点酿成大祸的事儿,她意识到他组织上的进步,可能要放缓步子了。人都有犯迷糊的时候,她觉得在这个节骨眼儿上要开导好这个弟弟。于是她对雷正兴说,出了这个事,当然有影响。不过,雷弟啊,你一定要接受团组织的考验,你要有耐心。我也是申请了两年半才入的团，不能着急。我们身上不足的地方还挺多，灰尘可是要经常掸啊！

是啊，我怎么会这么冒失呢？！烧开水的大爷前两天还表扬我，说我这个人细心，来县委大院这么久了，还从来没打碎过一只杯子和一只热水瓶。你看，这话刚落，我就差一点儿闯大祸。

雷弟，你看书一定不能看得太迟。

健姐，你不晓得，我这个人其实睡觉时间不用太长，几个钟头一睡，浑身都是劲儿了。

方健建议他好好向团支部、团总支的领导汇报汇报思想，然后订一个今后努力方向的个人计划。雷正兴一一应诺了，他说健姐你真好，你真像我亲姐姐。说话间就到了渡口，秋天的风大起来，河水流得更欢了，有些浪花泛出了白泡泡。方健说你送远了，到河边就别再送了，小摆渡船正好停着，我们就此暂别，挥挥手吧！

方健走下小码头，跨上小渡船，雷正兴突然又奔过去说，健姐呀，这是手拉的摆渡船，拉得不好，船就晃，健姐，我不放心你，我要送你过河再回县委！

河流虽窄，水流却不缓。小小的摆渡船依旧是那一条，船头船尾各有一根棕绳牵在两岸，要靠手拉。雷正兴拉船很熟练，他上身前倾，弯起手肘，绕着一圈又一圈的棕绳。

拉到一半儿，雷正兴的脸色阴郁起来。他忽然停了手，用衣袖揩揩泪眼，一时间甚至没有力气拉绳了。方健问他怎么了，他说我想起我哥了，然后他流下两行眼泪，说了下面的话：

"他就是从这里跳河的……就从这船上……他寻死过一次……他的断手上长蛆虫了……他不想活了……后来他被人救了，抬到村里不久，还是死了……我哥是怕我妈饿，怕我饿，才外出四百里地去做工的，哪里晓得，死这么惨！"

方健听得鼻子发酸。她上岸后，掏出手帕说，雷弟，把眼泪揩掉，赶快回县城。你是苦出身，你身上有一股革命的热情，这非常好。我们年轻人身上总是有不足的，这不要紧，认识了就好了，改正嘛，怕啥呢？你一定要相信，年轻人的每一个进步，组织上都会看到的。我相信你很快会加入共青团！

他们握手的时候，方健看到雷正兴手臂上赫然现出了三条深深的刀疤。

方健很感叹，她说，雷弟，你这三条刀疤，我听说过，是地主砍的。而且我还晓得，旧社会夺去了你的四个亲人，爸爸、妈妈、哥哥、弟弟。你活不下去，还讨饭。你真是个苦伢子！但你不要难过，如今这新社会，处处是亲人，你不会是孤儿的！我就是你的姐姐，你姐姐永远跟你在一起！

雷正兴说，健姐，我一定做你的好弟弟！

刚才看到你一定要护送我过河，你才肯回去，你这就不像我弟弟，倒像我哥哥了！

雷正兴说这有啥，我是男子汉嘛！我该这么做的！

而向秋生对雷正兴认了这么个姐姐很不以为然，他对雷正兴说，我不是早就告诉过你吗，她这个猪司令，没出息，认这姐不值。再说，我算你哥，你认她姐，我怎么办？她比我大一岁，我还喊她姐姐？

向秋生来县上办事，顺便进县委大院来看望雷正兴，但他这次大部分时间都在数落雷正兴，说雷正兴再这么下去，入团之路必定会越来越长："你要小心呢，庚伢子！"

雷正兴听秋生哥的数落，也不动气，也不鼓励秋生哥叫方健为姐，他只说健姐对他帮助很大，还送他日记本。现在他每天都记日记，写学习心得，记生活脚印，感觉真是好。向秋生一听连说"小儿科小儿科"。

但是雷正兴说的一个点子，倒是获得了向秋生充分的肯定。

雷正兴说，我想出了一个点子，晚上既能看书，又不影响他人，更不会烧煳毛巾！

向秋生来了兴趣，问他啥点子。雷正兴说，想买支手电筒，在被窝里打，这样就透不出光了。隔壁开水大爷看不到光，走廊上的人走过，从顶窗里也见不到光。

向秋生赞赏这点子，说不管想啥法子，多读书就是好事。他说，庚伢子呀，你要坚持多读书！你脑瓜子比我灵，书比我读得多，这你就赶在哥哥我前面了。读书使人进步嘛，书是好东西。庚伢子呀，我发现你从现在开始起已经有了革命大志向了！你回答我，你是不是真的想做英雄了？

雷正兴说想，做梦都想。他说我想做一个像保尔·柯察金那样的人，我想成为一块党和人民需要的钢铁！

向秋生说，保尔·柯察金好是好，可是也太普通、太平凡，只是一个工人，他的作用还不大。怎么说呢？做人，还是应该做一个革命英雄，站在司令台上，手一挥，说："同志们！……"

雷正兴急了，说难道保尔不是革命英雄？雷正兴就不能忍受人家说保尔不是英雄——保尔都不是英雄，还有谁是英雄？！

向秋生息事宁人说，好好，不跟你争了，看你急的！我马上要走，我今天来县上买化肥，我要好好肥田，我那块试验田不争气，产量上不去！这有点儿丢人，我必须迎着困难前进！

说到这里，向秋生挥挥手，走了。

他说走就走，很有点豪迈的样子。雷正兴送他出大院门口，看着他精神抖擞的背影，心里很羡慕。他估计，不出几年，他的秋生哥一定会在艰苦的工作中创造出英雄业绩。

对比之下，他觉得自己还是不够进步，缺点错误不少，有了一点儿学习成绩就沾沾自喜，还经常看不起不学习不读书的同事，甚至工作中还出现了特别粗心的地方，连事故苗头都出来了。这就是差距啊，差距明显啊。

雷正兴在日记上写下了自己的反思，也订出了学习和进步的规划。并且他先后找团支书、毕主任、张书记报告了自己的思想和打算，得到了很多谅解的话和鼓励的话，毕主任脸上的肌肉缓和了许多。

但是，雷正兴没有透露他准备买一支手电筒的秘密。这事不能说，领导不鼓励挑灯夜战。

㈦

小螺丝钉，是不是该拧在拖拉机上呢

抽个空，雷正兴上街，奔县供销社门市部而去。这家商店门面大，货色也比较齐。雷正兴沿着玻璃柜台走到东面，又走到西面。

一个约莫二十岁的营业员姑娘注意到了他："同志，想买啥？"

"手电筒。"雷正兴盯着柜台说。

三个型号，都在这儿。女营业员把货品取出来，让雷正兴仔细挑选。这时候她看见了这位年轻顾客胸前的徽章："哟，小同志，还是县委的干部！"

不是干部，雷正兴更正说，我是通信员。

那也是县委的人啊。

反正我不是干部。

女营业员说，一个样！来，我给你挑，你告诉我，主要是干啥用的，走夜路？如果是走夜路，那就要加长的！

雷正兴小声地说，告诉你吧，看书用。

县委大院里没有电灯？

雷正兴更小声说，被窝里看书。大姐，你可别跟人说啊！

哈哈哈哈。姑娘捂嘴笑起来，甚至笑弯了腰。你跟我小时候一样，被窝里打手电看小儿书,有一次我爸发现了,我还挨了一顿打呢!

雷正兴被姑娘笑得很不好意思。

姑娘收了笑,说,我晓得,你是怕影响人家。那我告诉你,被窝里看书的手电筒最好不用这种金属壳的,太冰,冬天吃不消,握着手冻,这我有经验。接着,姑娘就推荐一种塑料外壳的,但是现在缺货,要他过三天再来看看。

雷正兴说那我三天后来。姑娘说,行,找我。我姓王,叫王佩琴。

雷正兴说我姓雷,叫我小雷就行了。

王佩琴说,喂,你有好书,也借我看看啊,我也很喜欢读书,你别一个人打手电躲在被窝里只管自己看啊!

雷正兴忍不住笑,说一定一定。他觉得这姑娘说话叫人心里挺暖和的。

王佩琴下班回到家里,就爬上凳子翻顶柜,她记得那里有些杂物,杂物里可能就有塑料壳手电筒。佩琴的母亲躺在里屋床上,听见响动就说,佩琴,回来啦?

回来啦,妈,今天好点儿了?女儿隔着房间问。母亲说也不好,还是那样啊。

母亲中风,床上躺很多年了。

父亲下班回家,见女儿爬得高高的,也奇怪,最后才明白女儿要找一支塑料壳加长手电筒送一位小伙子。这时候里屋又传来母亲的病恹恹的声音,问是哪个小伙子,得领来让妈看看啊!

王佩琴说,嗨嗨嗨,啥呀,看你们慌张的样子!他是县委大院的通信员,十七岁,比我都小三岁。他想买支手电,晚上读书用,店里缺那种塑料壳的,所以我想,爸爸有一支手电长期不用了,我就找一找,送给那小伙子。就这回事,你们呀,想女婿想疯了!

父亲明白了,说,我女儿是成人之美啊,送吧送吧!多读书是好事,不过,别在被窝里读书就是了!

女儿憋不住笑，说，他就是为了在被窝里读书哪！

父亲愕然。女儿说，爸爸，我就佩服他这种刻苦精神！

父亲说，小时候我白打你一顿屁股了？

我当然不在被窝里看了，可是人家要这么看啊！这叫求知欲，年轻人的求知欲要爱护！你就晓得打屁股，爸爸你封建！

里屋又传来声音："佩琴啊，你过来！"

于是女儿握着手电筒走进里屋，坐到母亲床头，帮母亲掖掖被子。不出所料，母亲说的还是女婿的话题："佩琴啊，有句老话，女大三，金银山。女大三没啥不好哩！佩琴啊你也老大不小了，你晓得你妈这几天都在想啥啊？"

王佩琴捂住耳朵跑了出去。她父亲见状，躲进厨房里笑，他觉得自己的女儿挺可爱。而且他一贯认为男女大事全凭缘分，父母是急不来的。当然，妻子病久了，心里想外孙，也好理解。这时候王佩琴问父亲肯不肯献出这支手电筒来给女儿，父亲大声说肯肯肯。

等到第三天，县委那个小通信员还是没有出现，这就叫营业组长来逗王佩琴了。组长说，佩琴，干啥呀，心不在焉的？别老往东头看了，眼珠子掉出眼眶之后不太好捡哦！

别啰唆，等个顾客嘛！

小通信员？

晓得还问。

今天不会来了。

说好了的是三天，今天第三天了。他县委的人，还能失约？

偏偏就失约了。

雷正兴本来是准备出大院一趟的，可是刚走到门口，就被叫住，说是张书记临时决定下乡，他得随行。雷正兴二话不说就去换鞋，将布鞋换上球鞋，准备翻山。

果然是翻山越岭。两个小时后，张书记带着他气喘吁吁地走进了一个云遮雾盖的小山村。进村的时候张书记对雷正兴说，小雷啊，机关的同志，尤其是毕主任，对你要求严格一点儿，你要正确对待啊！

雷正兴马上说，张书记，对我严格要求，那就是对我爱护！

你来县委机关工作，时间不长，已经成熟不少了。但是对自己还是要一分为二，你要经得住考验。

张书记您放心，我知道我身上还有很多不足、很多缺点，同志们指出一件，我就要改正一件！同志们还没有指出的，我也要自己检查！毛主席不是说，为了人民大众的利益，我们身上难道还有什么错误不能抛弃的吗？

张书记很高兴，说，小雷啊，我觉得，在朴素的阶级感情的基础上，你已经具有一定的理论水平了！

说到这里，张书记推开了一户残破的农舍大门，荆条子编的篱笆门叽叽嘎嘎响。

农民老刘刚出屋，猫腰一看，见是县委书记进了院子，急忙转身，对自己老婆挥手："快！来客了！"

他的妻子慌忙上床，钻进破蚊帐，拉开被絮，躲入被窝。

县委书记弯腰进门说，老刘啊，半年不见喽，日子怎么样啦？老刘搓搓手，憨厚地笑，笑得很不自然。张书记问，老伴儿呢？

老刘朝破蚊帐努努嘴。张书记顿时明白了大半，心里不好受，说，老刘啊，是不是女儿出门了，衣裤不够穿，老伴儿又躲被窝里啦？

老刘不好意思，说，张书记啊，你鼓励我参加农业生产，说这话一晃半年了，这半年，我老刘没出息，见您没面子啊！

张书记对雷正兴说，小雷，每次到这边的几个村子来，尤其是到老刘家，我心里就堵，堵得慌啊！虽然新中国成立已经八年了，可是不少乡村仍然受穷，穷得很啊！

雷正兴点头，心里也难受。这种苦他是晓得的。张书记又对老刘说，老刘啊，作为书记我难受，我工作没有做到家啊！

不怪政府，怪我腿脚有病，我老婆也是天天抓药喝。

老刘，上次我就建议过，养头猪，你养过猪，你养猪还是在行的嘛！

也不怕您书记笑话，筹不起买猪崽的钱啊！

张书记立即把手伸进衣袋，说，我帮你一些吧！养猪是个办法！他拿出一张十元的纸钞，又加上一张五元的纸钞，往老刘手心按。老刘躲避不及，一双手哆嗦起来，泪水充盈了眼眶。他的老伴儿在蚊帐里呜咽着喊，使不得，使不得啊！

雷正兴掏口袋，摸出两张五元纸钞，说我也帮一份儿！

张书记把他拦到一边，说你收回去，全县委机关就数你的工资最低，你不要拿。

这就叫雷正兴急了，说，我工资低？张书记您工资高，可是您一家几口人？一口人平均多少钱？

这一道算术题倒是叫张书记愣了。雷正兴说，我工资虽然低，可是我只有一个人，按平均数，高于您呢！

好小子，行啊，你也帮吧！老刘啊，这些钱加起来，够买两头猪崽了。你把猪养起来，让闺女再养些鸡，相信你的日子会像竹子一样一天一天拔节高！

老刘不说话，眼角只是淌眼泪，淌得雷正兴心酸。这一天张书记一连跑了三个村子，这三个山村的贫穷让雷正兴也看得难受。在回县城的小路上，雷正兴一边走一边狠狠踢了好几颗路面上的小碎石子。他对张书记说，光对一家捐几块钱是不够的，不顶事，要组织大家伙儿发展生产才好，比如这山上出石头，这青石头好着呢，可以打成碎石子，卖给长沙去造房子，这比种番薯要好。这番话让张书记听得有滋味，说小雷你会动脑筋了。

可是只一会儿，张书记的脸上却又露出了惊讶的神色，因为他看见雷正兴顺脚一踢，把路面的一颗螺丝钉踢到路边去了。张书记问，踢到什么了？

一颗螺丝钉，挡路呢！

你踢了？

踢了！雷正兴说，要是不踢掉，哪个拉车的老乡踩过，硌了脚，那可痛死了！

张书记弯腰，检视路边草丛问，踢到哪儿去了？

雷正兴说，别找了，张书记，我踢飞了呀！

张书记猫着腰，走了几步，还是被他找着了。这是一颗带有金属光泽的蓝莹莹的螺丝钉。张书记将它放进了自己的衣袋。

雷正兴向张书记招手："张书记，这沟渠里有水，干净着呢，您来洗个手！"

张书记应声走到沟渠边，蹲下洗手，洗得很干净。雷正兴心里纳闷儿，张书记干吗要捡那颗螺丝钉啊？

第二天，雷正兴的这个小小疑惑就有了答案。快近中午的时候，雷正兴把一个送交县领导看的上级文件流转完了，想抽空去街上的供销社营业部一趟。那个剪短发的名叫王佩琴的营业员大姐说三天后有货，让他去，这都四天了，他却一直抽不出时间去街上，人家可就要怪自己失约了。

于是他匆匆走进毕主任办公室，将身上背着的那只装有机密公文的褐色方形小皮包除下，交给毕主任，说，县里五位领导同志都看过了文件，李副县长在建筑工地上刚才也看了，都签了字，现在送还给您！

"很好，送得非常及时！"毕主任说。一边掏出身上的钥匙，打开公文皮包，取出文件，将空皮包还给雷正兴，说，"来了新文件，我会叫你的！"

雷正兴说，我现在能去县供销社营业部一趟吗？毕主任摇头说，刚才张书记找你呢，先去张书记那儿！

原来是张书记要他送封信，看来是一封急件。

"小雷啊，有封信，马上送到机械厂去，亲手交给厂长。"说到这里，张书记又递过一颗螺丝钉说，"这颗螺丝钉也带上，厂长要这颗螺丝钉。"

"厂长要？"雷正兴有点惊讶，说，"张书记，他们机械厂有的是螺丝钉！"

张书记说你快送去吧！

机械厂在县郊不远，自行车一踩就到。雷正兴进厂门后，直奔厂部办公楼。那个高个子厂长他见过，县里每次开干部会那厂长都来。

高个子厂长见了雷正兴很高兴，马上拆开信封，读信。

雷正兴又递上螺丝钉说："张书记说，这颗螺丝钉也要带给您，说您需要。"

厂长接过螺丝钉，仔细看了看，又放在手心摩挲了一下，好像在想什么事。雷正兴说："我的任务完成了。厂长同志，我可以走了吗？"

"等等，小雷同志！"厂长想了想，然后忽然冲窗外喊："小李你通知一下，全厂职工大会提前半个钟头开！对，就现在，马上集中！赶快通知！"

然后厂长看定雷正兴说："小雷同志，你今天送来的东西很重要，因此，我邀请你参加我们的全厂职工大会。"

雷正兴很惊讶："我现在不能走吗？"

厂长说："请你参加会议吧，十五分钟以后你就可以离开，不会耽误你。"

只一会儿，两百来个男女工人就挤满了机械厂的饭堂。这是一次全厂职工例会。厂长走上台，手举螺丝钉，问台下："同志们，这是么子？"

工人们奇怪，一起喊："螺丝钉！"

"这颗螺丝钉，我们厂能不能用？"

厂长这话问的是什么意思，台下一时都不明白。厂长又说："看清楚了吗？能不能再使用？你们发料车间说说！"

有几个工人就喊："能用！"

厂长说："是啊，能用！同志们，我们都晓得，现在，原材料的供应比较紧张，我们厂呢，目前正在开展增产节约运动，全厂职工都很努力，节约每一滴机油，节约每一颗钉子！现在，就是县委机关的这位小雷同志，把在路上捡到的这颗螺丝钉送到了我们厂里。虽然说，这是颗很不起眼的螺丝钉，但是我想说，我感谢他，我们全厂工人同志都感谢他，小雷同志给我们上了一课，这一课的题目就是勤俭节约！同志们，我们饱经磨难的祖国现在正在加紧搞建设，我们是在一穷二白的基础上搞建设，一颗螺丝钉都不能浪费啊！大家看看，这可是一枚合格的闪闪发光的螺丝钉啊！"

饭堂里爆发出掌声。雷正兴听见掌声后，也忙不迭鼓掌。

"小雷同志，我说得对吧？"厂长转头问他。雷正兴赶紧点头，心里像打翻了五味瓶。

"小雷同志，你说几句？"厂长这样说。

于是雷正兴走几步，走到了台中央。

面对全厂职工，他却突然哽咽了。

台下嗡嗡嗡一片，大家交头接耳起来。

雷正兴镇定了一下情绪，说："工人同志们，这颗螺丝钉，其实，是在我脚下被踢走的。我随便一脚，就踢飞了它，是张书记捡了回来。张书记没有对我说为啥要捡回这颗螺丝钉，张书记只是说，小雷，你把它送到机械厂去，厂长同志需要这颗螺丝钉！"

饭堂很安静，雷正兴看下去，全场都是眼睛。雷正兴又大声说："今天，张书记与工人老大哥们给我上了一课，让我明白了一颗小小螺丝钉的重要。"

厂长带头鼓掌，这就又引发了整个场子的掌声。雷正兴说："我现在懂了，每一颗螺丝钉都是有用的，机器再大，缺了一颗小小的螺丝钉也不行。以后，不管哪个角落里有被人遗忘的螺丝钉，我都要捡起来，要珍惜它，将它送到它应该有的岗位上去！"

这话说完，许多人喝彩。雷正兴转头说："厂长同志，我还有个要求。"

厂长说："你说吧。"

雷正兴说:"一颗小小的螺丝钉,对我教育很大,能不能把这颗螺丝钉送给我?我想长久带在身边,经常提醒自己。"

厂长想一想,说:"这不行,这是一颗新的螺丝钉,它有用,它还能拧在机器上发挥作用。这样吧,我给你一颗使用过的滑牙的螺丝钉,你带上它吧,它一样会提醒你。"

回县委大院吃中饭的时候,雷正兴一边啃咸菜包子,一边还举着这颗滑牙的螺丝钉瞧,心里涌上很多想法。下午,他去见张书记的时候,张书记笑了,说,我知道,这一趟机械厂之行,对你会有帮助。而且,我甚至还猜到了,你会拿着一颗螺丝钉回来,作为一种纪念。

雷正兴很不好意思地说:"张书记,这颗螺丝钉给我的启发太多了,不仅仅是教育我要厉行节约,不浪费国家的资源,而且,它还证明了这么一个道理:在革命的大机器里,我们每一个人,都是一颗小小的螺丝钉,缺一不可,正是因为有了我们每一个人,革命的大机器才能顺利地开动起来!"

张书记说:"说得好,小雷!"

"所以,我想,我们每一个人,不管在什么岗位上,每一天,都要兢兢业业地做好自己的工作,不怕苦,不怕累,踏踏实实,兢兢业业。"

"对,"张书记点头,"你再说下去。"

雷正兴又说:"我下定决心,一定要做一颗革命的螺丝钉!党把我拧在哪儿,我就要在哪儿坚守岗位,哪怕是默默无闻,也要闪闪发光!"

张书记什么话也没说,拍拍他的肩,说,回去吧,很好,我都听见了!张书记心里想,这伢子,又上一个台阶了,这一趟机械厂可走得值。

黄昏的时候,赶在供销社门市部关门之前,雷正兴一溜烟地奔到了街上。王佩琴开始还没有看到他,营业组长开心地用手肘捅捅王佩琴:"哎,来了!"

王佩琴扭头一看,果然是年轻的县委通信员,于是她赶紧从柜子上取下手电筒："哎呀，我以为你不来了！"

雷正兴感到抱歉，说，我连着几天有急事，等我晚上有空了，你们这店又关门了！

是啊，我想总是有原因的。不然，你可不会失约。

雷正兴抓抓头皮，说实在对不起，然后摸着塑料壳手电筒，左看右看，一试，光亮很足，于是心里高兴，问多少钱？

别提钱了，没见是旧的吗？我自己家里拿的，你先凑合着用吧。新的一直缺货，也不晓得啥时候能有！

总还得给你钱嘛！起码电池是你的吧？

你要付钱，那我以后问你借书看，要不要付租金？你这个县委大干部，看不起我们营业员还是怎么的？

雷正兴一听这话，认真了，说，你千万别这么说。第一，我说过了，我不是干部；第二，我的工作同你的工作其实完全一样，都是革命大机器上的小小螺丝钉！

王佩琴笑着说，嘿，小小螺丝钉，这比喻不错！

其实，我这几天一直在琢磨这个问题，我们要在平凡的岗位上甘当一颗小小螺丝钉，这可不容易呢！首先，思想上就要有螺丝钉的认识。不是每个人都能有这样的认识的！

啊，听县委领导同志作工作报告了！

这可是我的真实想法啊！

我信，我信！姑娘赶紧说。

雷正兴若有所思地说，其实，保尔·柯察金也是一颗螺丝钉。

王佩琴听不明白保尔·柯察金是啥。雷正兴从挎包里掏出一册厚厚的书说，这就是我要借给你看的书，这书就是讲保尔·柯察金的。

王佩琴读书名，显出恍悟的样子，说早听人讲起过这本书，说写得很好看哟！真要谢谢你了，小雷同志！

我也谢谢你的手电筒！

你在被窝里读的书，要是能借，也都借出来给我看看好吗？

能借的，我一定借！

在被窝里读书也不要太久，太久了对眼睛不好！姑娘这句话透出了关心，雷正兴连说晓得晓得。

王佩琴当晚就挑灯夜读了，读得津津有味。父亲弄明白这本厚厚的书的来历后，告诉了妻子。卧床已久的妻子对丈夫说，我有感觉呢。

老王眼里都是笑意，他知道妻子要说什么话。他说你说吧。妻子说，佩琴是不是在谈朋友了？

不会吧？老王双眼含笑说。其实在老王心里也很高兴。

我看佩琴的眼睛不对，那眼睛里有光。

老王说，谁眼睛里没光？你眼睛里也有光。

妻子说，我告诉你，我眼睛里有过那样的光，那就是我跟你处对象那一年。我现在没这光了。妻子又接着说，啥时候领到家里看看？

急啥急啊，丈夫说，八字没一撇的事，你倒当真了！

门忽然开了，女儿出现在门口，一脸不满意，说你们叽叽咕咕说啥话啊？

父母亲紧张得一起说，我们没说啥啊！女儿又说，爸爸，这本《钢铁是怎样炼成的》写得真好！父亲慌忙说，是啊，真好，真好，真是好极了！

得了手电筒的雷正兴也是感觉好极了。开水大爷对他一声抱怨也没了，还说，小年轻应该多睡点儿，你看你眼下工作劲头那么大，那就是这些天多睡的缘故！

雷正兴很开心，说是啊是啊。他开心的原因是开水大爷没有一次能看出他眼圈周围的青色。

然而毕主任还是发现了，那一夜他也没料到毕主任如此夜深了还没离开县委大院，而且那一天他房间小门闩也没插上，毕主任直接推门进来。

他那一夜读的是《纪念白求恩》，也不知第几遍读了，几乎能背了，每读一遍他脑海里就会浮起那个戴白帽子的洋大夫形象，会听见手术盘子发出叮叮当当的声音。来自西半球的加拿大，为了另一个民族的利益，献出了自己的生命，真是毫不利己专门利人啊！我能事事处处都像这位近五十岁的加拿大共产党员吗？雷正兴的手电光久久地落在"高尚的人，纯粹的人"这几个字上，似乎一瞬间出现了幻觉，每个字都放得很大，占据了整个视野。

忽然这视野起了奇怪的变化，似乎是一份白纸忽然伸了进来，挡住了一切，眼前一片白色。雷正兴惊得跳了起来，他向黑暗射出了手电光。手电光落在黑暗中的一个人身上，那人正是毕主任。

"主任？"雷正兴惊着说，"对不起！"

毕主任笑嘻嘻拉开电灯，说你啊，门也不插！是不是创造了被窝里看书的条件，兴奋了？

雷正兴这才看清楚毕主任递来的一叠白色的纸，原来是表格，是印制庄严的表格：中国共产主义青年团入团志愿书。

入团志愿书？！是要我填写？

雷正兴突然兴奋了。他在给团县委办公室送开水瓶的时候见过空白入团志愿书的样式，他好几次都在梦中梦到过用双手接过这种白色表格的场面。

毕主任说，机关团支部研究了，认为你来县委机关工作以后，学习努力，工作勤奋，思想觉悟提高比较快，已初步具备一名共青团员的条件，所以一致同意请你填写入团志愿书。组织委员下午没见到你，托我转交了。

雷正兴紧紧抓住了毕主任的手，激动得说不出话来。这时候隔墙的后面，又传来了开水大爷的声音。

毕主任啊！我不是青年团员，我是老头子了，小雷要进青年团了，我也想举个手啊，行不行啊？

开水大爷这话叫毕主任心里也开心。他说行啊，怎么不行，你现在就举手吧，我记上你这一票！

1957年2月8日，县机关团支部召开支部大会的时候，开水大爷一遍又一遍地把滚烫的开水瓶送进会议室，他瞅着刚刚读完入团志愿书的雷正兴，头一次打破了他从来不对任何会议多嘴的习惯，笑呵呵地对大伙儿咕哝了一句话："可把我这一票记上啊，毕主任亲口答应的！"

雷正兴很守信用，经过自己手里的好书，只要是不紧着还的，他都拿给供销社门市部那个女营业员看几天。

那一天，雷正兴送去的是《青年近卫军》，他告诉她这本书里的人物可勇敢了，王佩琴却盯着他的新衣服。王佩琴说，怎么穿上崭新的列宁装了？这么漂亮，干吗去啊？

不告诉你！雷正兴卖关子。

果然有喜事！能说吗？

我走了！你这本书只能看三天啊，别忘了。

嗨，不再聊会儿？不是星期天吗？

雷正兴说不聊了。王佩琴追问到底："到底去办啥喜事儿啊？"

告诉你吧，我赶着去照相馆拍张照！明天统一办团员证。

啊，入团了？

雷正兴满面笑容，说，刚入的。

那我这个老团员可要祝贺你啊！王佩琴说，怪不得一身新衣服，原来是照相，好神气啊！雷正兴告诉她，新团员明天一早必须交一张个人证件照，所以他才急着赶去照相馆。王佩琴不敢再耽搁他，连连催他快去快去。

人民照相馆就在前面十字路口不远的地方，雷正兴拉拉衣襟，刚要往照相馆的石头台阶上走，忽听得街对面有人大喊，原来是一个拉钢丝车的农民因为麻袋装载量太高，在车身逐渐歪斜的时候失声尖叫起来。雷正兴像箭一样蹿了过去。山一样的麻袋倾斜得快要倒下来，甚至钢丝车也将翻倒。雷正兴拼出吃奶的气力，用自己的肩膀死死顶住麻袋。"再来一个人！"他急喊。很快，第二个肩膀、第三个肩膀顶了上来。

钢丝车终于平稳，束缚得松垮的麻袋被一只一只卸下来。

雷正兴一边卸麻袋一边呼哧呼哧喘气，说老伯啊，这车要重新装过了！

拉车的老伯向四面八方拱手，说谢谢，谢谢大家啊！

雷正兴穿过街直奔照相馆，可是往照相馆门厅的大镜子前一站，就觉得自己无法照相了，脸上、脖子上、新的列宁装上全是黄沙与灰土。

胖胖的照相师招呼他赶快坐下照相，后来又说你这小同志这么不干净怎么照？瞧你这身衣服。

雷正兴说对不起啊，我得赶快回去洗一洗。于是他立马赶回县委大院。

刚进门，就碰上毕主任。主任说怎么了，黑包公似的？

雷正兴笑。

毕主任说，你不是说去照相馆吗？怎么还不去，明天一早交照片啊！

团县委明天要统一下发团员证，团员证上照片要盖骑缝章，要有个授予团员证的仪式，全县有七十多个新团员都要集中到县城来。雷正兴很明白自己今天必须要拍好照片，今天拍了明天中午前才能取到，不会误下午的事。

他在后院打了井水，用湿毛巾把列宁装擦了又擦，然后又仔细地洗脸，把额前的刘海重新理整齐。开水大爷走过，喊，洗干净点儿！相片拍得漂亮点儿！

雷正兴说，哎！

十八啦，该说媳妇儿啦！

雷正兴不好意思，说，啥子话呀，开水大爷！

开水大爷乐得一颠一颠走了。

雷正兴本想上午再走一趟照相馆，时间上来得及，可是没想到他的健姐趁着星期天赶县城来了，硬是扯着他说要见张书记，她有急事。

方健进县委大院前，还特意到供销社门市部买了一本日记本，但她在柜台里没发现有中意的。王佩琴说，这里只有三种，我拿出来你挑挑。咦，怎么这么面熟啊？你是方健？省劳动模范啊！去年，在县礼堂，我听过你一次报告！

方健说我们互相学习！有没有金黄缎子面的？

柜组长也走过来了，说真是方健呢！劳动模范呢！

王佩琴说后面仓库可能有。一会儿她就去找来了，这一本方健一翻就满意了。王佩琴见顾客满意了就趁机说，方健同志，我们供销社团支部开会，您能来给我们讲讲话吗？

方健感到抱歉，说，这件事以后再商量，行不？我今天要去县委办一件急事，实在没空，真是很对不起。

不要紧不要紧，王佩琴一边收钱一边说，您记得我们供销社就行了！

方健是在走进县委大院时迎头碰上匆匆走出办公楼的雷正兴的。她一把抓住雷正兴就说："雷弟，快帮姐姐，姐有急事要找张书记！"

雷正兴迟疑半天，说，他……不在办公室。

雷弟啊，你是给他打掩护是不是？刚才传达室大伯都告诉我，张书记今天在县委大院！

健姐，不是这个意思。张书记呢，确实不在办公室，他躲在一个角落里看书呢。他跟我说了，今天不要去打搅他。

可我非得打搅他不可了，我急坏了！

从来没见你这么着急，健姐！

你想想，那么多农业社都要组织青年突击队上汈河，名单上就没有我们西塘农业社，这公平吗？我们社的共青团员都炸了！

雷正兴迟疑了，说，健姐能不能先到我宿舍休息一下，喝口茶？我先去照相馆照张相，因为明天要做团员证，要有个颁证仪式，就缺我一张相片了！

方健说，我还急着赶回去呢！大家都等着我的口信呢！

雷正兴说好吧，我带你去见张书记。不过，我得事先通报一下。

方健递过日记本说，晓得你每天都记日记，本子肯定缺了。

雷正兴一见就惊喜地说，呀！这么好的日记本，还缎子面儿呢！本来我也正想买一个日记本呢！健姐，这几天，我在日记上写了不少诗歌呢，还有文章。我想只要我多想多写，笔写熟了，兴许往后我能成为作家呢！

当作家？方健以前从来没听他说过这样的人生理想。

健姐，你别以为我说梦话！我虽然只有高小毕业，可是你想，高玉宝书都没念过，不照样当了作家？健姐，你听听我写的诗歌：青春，闪烁着共产主义火花的青春，在火花里不怕燃烧，在水里不会下沉！——好吗？

诗里有两个火花，重复了！

健姐的意见对，我还要改！我正在研究诗歌，我已经在日记本上抄下了诗歌理论！你看！——诗歌包括骚、赋、民歌、古诗、绝句、律诗、词、散曲。民歌的特点是：语言精练，含义深远，内容丰富，押韵，易于上口，易于流传。

雷弟，你倒是快一点儿去报告张书记呀，你看我汗都急出来了！

雷正兴一拍脑瓜，赶快往后院跑。

后院的大樟树底下，张书记捧着一册厚书在读，雷正兴见过这本书的书名，叫《自然辩证法》，好像是恩格斯写的，是会议室里并排挂着的五幅领袖像的第二幅，也是一嘴大胡子。雷正兴本来也想借这册书，张书记说这本书你还读不懂，先读毛主席的吧。雷正兴现在看着张书记这么专心致志的样子，实在不敢打扰他，但是健姐来了，雷正兴又觉得不能不报。

谁来了啊？倒是张书记先发声了。

雷正兴马上说，张书记，其实不应该打搅您，可是方健姐姐从西塘赶来了，说有急事要见您！

你的这位方健姐姐呀，昨天就打了半个钟头的长途了，今天又来！好吧，你带她来吧。

方健一见张书记就说，这太不公平，凭啥我们社就不能派出青年突击队？我们社团员都嗷嗷叫呢，我根本压不住他们！

张书记让雷正兴搬来凳子让姑娘坐下，然后耐心地说，小方啊，你们西塘社的特色农业生产、畜牧业生产都走在全县的前列。你看，你们山冈上的南橘，你们的茶园，你们水塘的鱼和莲藕，都这么有名；还有你的那些养得滚壮的猪，连外省都来取经。所以呢，考虑到这些情况，团县委做方案的时候，就提出你们社就不再多派力量上水利工地了，我也同意了。小方啊，你觉得有没有道理呢？

我也不是说县上的考虑没有道理，县上看得高，看得远，这是大局，我懂。

这就好！小雷，你要向你的方健姐姐学习，这就是全局观念啊。

雷正兴笑着应声。这时候方健却又说，不过，话说回来，治理沩河，是个大工程，县委下了那么大决心，县上的广播匣子连着动员，要调动千军万马，现在大家都上去了，只剩少数合作社不派青年队伍，这在大家的心理上，是不是也会成为个问题？张书记您仔细想想。

张书记说，你说到的这个心理层面，我倒没有很好想过。这样吧，我再与团县委的同志商量一下吧！

"太好了！"方健跳起来说，"谢谢张书记！我们西塘社的共青团员一定在治理沩河的战役中为全县人民建功！"

张书记点着姑娘的鼻子说，你看你这个小方，才说风，你就雨了，激动成这个样子！

星期天，干部在县委机关食堂吃饭的不多，雷正兴拉着健姐进食堂吃饭，不忍心让她饿肚子回西塘。食堂只供应烤红薯，雷正兴说抱歉，方健说没关系，她在村里也常吃红薯，现在全国都是生产"大跃进"形势，心思都得花在"大跃进"上，吃穿无所谓。

方健一边啃红薯一边说，年轻人，无论什么时候，都应该做时代先锋！越是艰苦的地方，越要去！治理沩河，变害为利，多好的一件事，我们能缺席么？我能不让张书记答应么？

雷正兴说，是啊，我也要报名去水利工地！

你会去的！张书记在那边当总指挥，他能少得了你？

雷正兴开始遐想：我不仅要当好张书记的传令兵，我还要到第一线去，去扛、去抬、出大力、流大汗，跟你们一起，为人民建功立业，当个治水英雄！

你把传令兵当好也就是英雄了！

这倒也对。雷正兴说，健姐，我下午不能送你回村了，我得去拍照片，要是下午拍不成明天就取不到了！

雷正兴在大门口辞别了他的健姐，然后又回院子仔细洗了脸，梳了头，再出门，直奔人民照相馆。

路过供销社门市部的时候，他朝站在柜台里的王佩琴挥挥手。

王佩琴喊，走这么快，去哪儿啊？

照相馆！

王佩琴一愣，半天没回过神来，自言自语说，上午拍一张，下午又拍一张？敢情他那团员证跟我们的不一样？

雷正兴走近照相馆，却见一位头戴一顶绒线帽的看门大爷在照相馆门口扫地。绒线帽大爷停了扫帚说，照相？明天吧。

雷正兴愣了，说，离下班不是还有三个钟头吗？

照相师说家里有个客，请个假早早走了。

哎呀那怎么办？我今天一定要照的，明天洗出来我要用，要用在证件上的！还开大会呢，大会上要用这证件呢！

绒线帽大爷仔细瞅着顾客胸前的徽章，念："中共望城县委员会！——哦，县衙里的！那，这样吧，小同志你在这里候着，我去照相师家看看，他家就在前头巷子里，不远。要是他有空，我就把他拉来给你照一张，行不行啊？县衙的事耽误不得呀！"

雷正兴再三感谢，又说，您把门锁上吧。

大爷锁上门，说，对不住你了小同志，就站这块儿吧！我一会儿就回来！

看绒线帽大爷走远，雷正兴不敢动弹。风大起来，雷正兴怕头发乱了，赶紧护住头，又冲着窗玻璃仔细看自己的脸。

这时候，一阵呜咽声惊动了雷正兴。那呜咽声越来越清晰，雷正兴回头，见是一个四五岁的男伢子沿街走，边走边哭，一脸的眼泪鼻涕："妈妈……呜呜呜……妈妈……"

雷正兴拉住男伢子，蹲下来问，细伢子，怎么了？

妈妈……我要妈妈……

扫街的大嫂走过来说，这伢子走了半里路了，从百货商店一直走到这里，看来是迷路了。

一听这话，男伢子哭得更凶，直叫妈妈。雷正兴急忙抱起伢子，掏出手帕给他揩去眼泪鼻涕，说，告诉叔叔，家住在哪里？叔叔送你回家！

伢子大哭，说我不要你抱，我不要你抱！

扫街的大嫂说，你这细伢子，这叔叔可是好人，他是县委里头的干部，他能抱你去见妈妈啊！

伢子听着这话，渐渐地不哭了，看着雷正兴。雷正兴说，对了，细伢子乖，不哭。现在告诉叔叔，家住在哪里？你好好说，叔叔听着。

伢子抽泣着说，大洼……大洼……

大洼是哪里？雷正兴没听说过这个地名。扫街的大嫂插嘴说，敢情是大洼村啊？

伢子又抽泣着说，大洼，大洼……

扫街大嫂说，大洼村哪，说远也不远，县城西头，沿这路一直下去，七八里地，就在路边上！

雷正兴说，那我送他去，他父母丢了伢子肯定急坏了！

扫街大嫂说，咳，县委里的干部真是好啊！

嫂子，麻烦你跟照相馆的人说一声，我送个迷路的伢子回家之后就回来，我还要照相呢，让他们等等我！就那个戴绒线帽的大爷，他叫照相师去了！

扫街大嫂见小伙子这么热心，心里感动，说，你放心吧，那老头我认识，我告诉他就得了。

雷正兴抱着孩子，大步流星就往西头走。走出二里地外，小男孩显然高兴起来了，趴在雷正兴肩头叽里呱啦叫唤："一只癞蛤蟆，四条腿，一张大嘴巴！两只癞蛤蟆，八条腿，两张大嘴巴……"

雷正兴问他快到家没有？伢子摇头，说不晓得。就在这时候，胖胖的照相师却在照相馆门口大声埋怨拍照人的失约。他真是不理解为什么硬把他拖来照相馆却又不见顾客。

照相师怒气冲冲地朝绒线帽大爷摊摊手："人呢？我家里可是来了亲舅舅呀，新疆回来的啊！"

大爷说，那也是解人之难助人为乐啊，那小同志是做好事啊，你就定住神儿等一等吧！

扫街大嫂在街对面喊，人家不容易啊！那细伢子哭得伤心，谁都没送他回家，就这小伙子，二话不说抱起细伢子就走啊！师傅你就行行好等等他吧！

照相师冲对街吼一声，谁说不等他了？我这不是眼巴巴等着吗？！

雷正兴其实也想走快一点儿，他也牵挂着照相的事儿，可是半途中他又遇到一件尴尬事——他感觉到衣袖湿了，热乎乎的一直湿到手肘并且闻到淡淡的臊臭气。于是他把伢子放下来，整理了半天，伢子却说我还要拉屎。雷正兴想，幸好他没有直接拉屎。于是他把着伢子在土路边上拉屎。他小时候曾帮妈妈把着弟弟小金满拉过屎，所以干这事还挺熟练。

走了快一个钟头的路，才折到路南，再沿一条小路，泥泥泞泞往前走，便进了大洼村。一走下石桥，伢子就挣脱了汗淋淋的雷正兴，扑向一间低矮的屋檐下挂着红辣椒的瓦屋，大喊"妈妈"。

丢失了伢子的母亲冲了出来，一把抱住孩子，母子俩一起呜呜大哭。伢子的父亲是一位戴着一顶旧军帽的中年农民，死活拉住雷正兴不放："哎呀小同志，你不肯吃饭也得喝一口茶再走嘛！我们可怎么谢你啊！"

雷正兴说不客气不客气，你家伢子送到了我就放心了。我真有急事，我要走了，有人等着我哪！

无论如何你坐一下嘛！哎呀你们两个也别只顾着哭了，得谢谢恩人啊！……哎呀小同志啊，你啥单位的？留个姓名啊！

送个迷路的伢子又算啥呀，我这就走了，同志再见！雷正兴一边说，一边就跑着离开。

"哎，同志，同志！"戴旧军帽的中年农民追了几步，眼看做好事的人就这么跑远了，不由得回身对妻子发火了："就你们号！号！号！伢子回来了还号啥？人家一口水都没喝，这么来回十几里路地奔，你们就只顾自己号！"

雷正兴回县城的路上可是一路小跑，他只担心照相师等他不及。他跑得快，没半个钟头就已经气喘吁吁入了城。

照相师已经等得不耐烦了，见照相的人迟迟不来，便放下二郎腿，从照相椅子上站了起来说："不等了！等一个半钟头了，这算啥子名堂啊！哪有这么等一个顾客的？为人民服务也不是这么个为法啊！——走了走了！"

绒线帽大爷拉住他说："到西天了，快见佛了，就这么回去，也犯不着啊！"

"不能傻等了！谁知他还来不来！我舅舅可要骂死我了，人家可是从昆仑山下赶来的啊！"

照相师正要离开照相馆，忽然就从门外飞进一个人来，大喊对不起同志，我来了！

绒线帽大爷拍腿笑："你送到了，小同志？"

"送到家了！伢子果真是大洼村的，家里人正在着急哪！"

照相师说，快照相，快照相！

绒线帽大爷说，让人家洗个脸吧！你看，一脸的汗呢。来，小伙子，这里是水池，快洗把脸！

雷正兴匆匆洗了把脸，用手帕一擦，立马就坐上了照相椅，让照相师打出光来。

胸再挺一点儿。照相师说。

雷正兴昂头，说，同志，可要把徽章照进去，徽章上面的字要照得清楚。

照相师莫名其妙，说啥徽章啊？雷正兴说县委的徽章啊。照相师说在哪儿啊？

雷正兴疑惑了，低头一看，不由得大吃一惊："哎呀我的徽章呢？我的徽章怎么没了？"

照相师说，没有徽章不能照吗？

那不能照啊！这是我的单位徽章，很重要的啊！大爷，我第一次进门的时候，你是见我戴徽章的吧，圆圆的？

绒线帽大爷说，是啊，我仔细瞧过的，所以我才说你是县衙里工作的嘛！

雷正兴急得要哭："我怎么会那么糊涂呀？一定是掉在路上了。啊呀，那有七八里地啊，这可怎么找呢？"

绒线帽大爷也急了，说一里地一里地去找啊！照相师说天快黑了怎么找？七八里地，早给人捡跑了！

一听"给人捡跑"的话，可把雷正兴脸急白了。他说这可是天大的事啊！如果叫坏人拿走了，借这个做坏事，那可是有大麻烦啦！哎呀，我可怎么去跟领导讲啊？！

不能讲也得讲了，遗失工作徽章可是了不得的大事。雷正兴火速奔回县委大院，迎头就碰上毕主任，他马上报告了自己的粗心，以及由这份粗心带来的后果。他边说边流下了眼泪。

刚入团，就犯这么个错误，能不揪心么？

毕主任心里也揪，烦躁得走来走去，踩得水泥地嚓嚓响。他说你这么细心的人，怎么会糊涂到这个地步？小雷呀小雷，你想想，这徽章，当初我是怎么戴到你胸前的？你呀你，入团才两个来月，就这么不争气！你说，你到底干啥去了？仔细想想，自己到过哪些地方！难得一个星期天，拍个照就完了嘛，到处晃悠干啥呀？！

雷正兴低垂着头，想说什么，但又没解释。后来他说，我到城外走了一趟。这话更把毕主任惹毛了，说城外？你去城外转悠做啥？难道又是去送你的方健姐姐回西塘？你这小鬼平时不乱跑的嘛！

正当恼火的毕主任百思不得其解之时，大门外却走进来了张书记，他身后跟着一个戴旧军帽的农民。这农民一见雷正兴便眼里发光，一步上前，紧紧抓住雷正兴的手，说，哎呀我的小恩人啊，你也走得太快了啊！你瞧，这是你的徽章吗？我就晓得是你的，钩在我儿子的裤腿上啦！

雷正兴喜得跳起来，说是我的！是我掉的！哎呀我这颗心可放下啦！

戴旧军帽的农民说，你抱我儿子，抱了八里地，徽章很容易沾到我儿子的裤腿上嘛！

毕主任感到茫然，忙问怎么回事。张书记笑眯眯地对毕主任说，小毕啊，别再批评小雷啦，他掉了徽章是他粗心，可是他倒是在实心实意为老百姓做好事啊！一个迷路的伢子被小雷送到了八里路外的大洼村，找到了父母。

性格直爽的毕主任拍了一下自己的额头，说，小雷啊，我怎么能批评你瞎转悠呢！是我没有调查就乱发言了，我犯了自由主义！

大门外又出现了几张人脸，原来是传达室大伯把人民照相馆的照相师和那位绒线帽大爷带进来了。

照相师说，小同志，我想来想去，还是要把你这照片拍了！你为了送迷途伢子，走了十几里地，我还怕晚上加个班？这不，徽章找到了吧？快戴上走吧！

毕主任也揍了雷正兴一拳，说谁照相都没你小雷这么麻烦，快跟照相师走吧！

照相师特别用心，给雷正兴拍了一张挺神气的证件照。这照片后来叫秋生看了，秋生也说好，说他自己都没戴县委的徽章拍过这么神气的照片。

向秋生这一天是代表红旗乡青年突击队来向县委表决心的。他拿了一张大红纸，红纸最后密密麻麻地签了五十多个名字。张书记亲手收下了这份决心在治理汭河中勇夺先锋的决心书，连声表扬红旗乡的青年有志气。

向秋生这一天特别兴奋，跑进雷正兴的寝室走来走去一刻不曾稍停。

我一定要把这支突击队带好，而且，我也一定能够把这支队伍带好！向秋生挥动右拳说，庚伢子，你信不信？

雷正兴为这位小哥哥高兴，说我当然信！

你听见张书记刚才表扬我了吧？张书记夸我有志气啊！庚伢子，这一次我向秋生可要名扬全县，成为英雄了！你要记住，一个人不能当老鼠而要当老虎，一定要干大事，干轰轰烈烈的事才能成为英雄！

雷正兴说，秋生哥，其实，大事都是小事堆起来的，每一件小事干好了，也就是干成革命的大事了。这是毛主席在《为人民服务》中讲的道理。

说到这里，雷正兴从口袋里摸出一颗螺丝钉，说，秋生哥，我自从那天踢飞了一颗螺丝钉之后，就一直想着螺丝钉的道理。每一颗平凡的螺丝钉，在革命机器中都有大作用。你说是不是？

向秋生大皱眉头，啧啧了半天，说，我可不做螺丝钉！你要做你做！做人，至少要做齿轮，齿轮也太小，我要争取做方向盘，能握方向盘的，才算得上革命英雄！

雷正兴忽然跳起来，他听见有摇铃的声音从开水间传来，马上说，水开了！我要去送水了！他抓起房间里的六只空热水瓶，一手三只。

向秋生看着他的背影，说你就这么每天拎开水吧，你做螺丝钉吧，你也真是傻子！

雷正兴转身，认真地说，秋生哥呀，做一个革命的傻子，没啥子不好。

向秋生顿足说，喂，喂，你啥时候开窍啊？你这个庚伢子！我不叫你庚伢子了，我要叫你"梗"伢子了！你太梗！

这可是雷正兴头一回顶撞秋生哥。他后来想想不对，秋生哥也是为自己好，再说，秋生哥愿意轰轰烈烈也不错。他这一回兴许真能扬名全县，成为英雄模范呢，他们红旗乡的青年突击队可是第一个把决心书送进县委大院的。

望城县治理沩河的战役打响之时，雷正兴果然实现了自己的行动预想。他一方面跟随总指挥张书记在夏天的烈日下奔东奔西，不停地把公文和命令送到各位副总指挥手里，另一方面又抽空到工地上帮着挖泥挑石，还扯着他高亢的嗓门儿唱歌唱曲，为大家鼓劲。雷正兴成了红旗飘飘的治沩工程现场最受欢迎的年轻人。

汗流浃背的方健一看见雷正兴那顶蹦跳不已的草帽就高兴。有一次她拉住他，回身朝她带领的那帮生龙活虎的男女青年喊，西塘青年突击队的队友们，大家歇会儿！现在我们欢迎县委通信员小雷同志给大家唱一支歌！

锄头和土箕一下子都停了，小伙子和姑娘们吼着说好。雷正兴马上唱起来，一边还夹带着表演。他唱的是刚学来不久的一首新歌，专门为"治沩"谱写的：

　　月儿弯弯照屋檐，
　　娘在房中把线穿，
　　油灯一盏燃过了，
　　儿要治沩娘也忙啊！
　　娘老做鞋眼发花，
　　几番起身拨灯花。
　　鞋底纳出胡椒眼儿，
　　面上镶出滚动边儿。
　　儿哎！
　　娘夸你治沩不贪眠，
　　娘夸你不惜力气干！

雷正兴有声有色的表演激起一片喝彩，西塘村的小伙子甚至把这个有表演天分的小矮个儿抬了起来，抛向空中，心疼得方健大喊"住手"。她生怕摔坏了她的雷弟。

而雷正兴路过土坝前头的红旗乡青年突击队时，则昂起头为他们朗诵了一首诗，他是感受到了这支突击队"誓夺第一"的豪气时才临时编了这首诗的。当时向秋生一见着雷正兴，就放下锄头挥拳头："庚伢子，你是晓得的，今天我们队的进度是最快的了！"

向秋生黑油油的脸上都是汗水，手上虎口也震裂了。雷正兴看了感动，于是说，红旗乡真的是厉害呀，不过，方健姐姐那儿也干得很欢哪！

向秋生跨上土坡，右手高举，挥几下，说，谁也超不过我们红旗乡！谁也不行！对不对，伙伴们？

对！他的同伴像打雷一样叫，叫得雷正兴热血沸腾。

向秋生跳下土坡，对雷正兴说，我们红旗乡青年突击队凭数字说话！牛皮不是吹的！火车不是推的，泰山不是垒的！庚伢子，现在你看出来我向秋生有多大能耐了吧？

于是雷正兴说，我给大家朗诵一首诗吧！

这首小诗是他刚才想出来的，他仰脸朗诵："汹水发威成汪洋，英雄筑堤日夜忙！请问英雄哪一个？英雄出在红旗乡！英雄模范齐上阵，活活气死老龙王！"

众人喝彩欢呼，向秋生却一把拉住了雷正兴，说，庚伢子，我奇怪啊！这首诗歌是你编的？

是啊！

你是诗人了？

秋生哥，我告诉你一个秘密，我想当个作家！

向秋生跳起来，用满是烂泥的手狂拍雷正兴肩膀说，这话就说对了啊！你当作家，我以后当将军，一文一武，这才是正经事啊！

雷正兴说，当作家归当作家，生活中还要从平凡的小事做起。

向秋生脸色顿时阴了，说，庚伢子呀庚伢子，你脑壳里的螺丝钉还没拔掉！

雷正兴笑笑，赶紧跑了。他向大堤方向跑去，那里的简易板房上挂着"望城县治沩前沿指挥部"的木牌。雷正兴向张复赵报告："报告张书记，请阅文件！"

张书记正与几个工程技术人员蹲在地上会商技术问题，地上摊着一张草图。张书记掏出别在自己裤腰上的一把钥匙，打开雷正兴递过的褐色牛皮公文包，取出文件看一看，签上字，说，快送李副总指挥！

雷正兴应一声"是"，张书记又说，告诉李副总，气象台紧急预报，暴风雨提前了一天，大堤上沙包还是不够，请他紧急调运！

雷正兴又马不停蹄往县物资局赶，把一辆浑身泥巴的自行车踩得咣当咣当响。

暴风雨一直续持了三天，工地上的千军万马都累成了泥猴子。好不容易加固的大坝总算保住了，没坍，几处管涌也及时堵上了。张书记三天三夜没合眼，雷正兴很为他心疼。

他在日记里记下了治沩斗争的日日夜夜。方健姐姐送给他的那本缎子面日记本泥斑点点，他的字也歪歪扭扭，有一天他甚至记了一半就睡过去了，渗漏的墨水把日记本污了好几页。但是这些日子雷正兴在精神上仍然很兴奋，他很喜欢这种高昂的战斗气氛，他觉得伟大的社会主义建设就得有这种热气腾腾的感觉，这有点像保尔·柯察金的炼钢过程，为此他写了不少诗。

这一天晚上，他为了写诗还特地跑出了那幢睡觉的板房，不忍打搅在屋角和衣而睡的张书记。

暴风雨过后的空气特别清新，夏日的风迎面吹拂。堤上有一队巡夜的队伍踏踏踏走过，手电光闪成一片。

雷正兴在堤上边走边吟："洪水扑来如猛虎，勇士……勇士迎战……擂战鼓……不对，两个'战'字在一起不行。"

忽然，雷正兴站住了。他侧起耳朵，听见了流水的声音。这种流水的声音是如此的奇怪，以至他瞪大了眼珠，并且表情越来越惊愕。

他低头循声而去，走了几步，果然在堤坝底部发现了一处"管涌"，可怕的细流在星光下正逐渐变得清晰。

"管涌！"他大喊一声，立即跳下泥堤，用手去堵，可是根本不行，情急之下，他用后背紧紧堵住管涌，"来人哪！发现管涌啦！"

但是没人听见。他的后背感觉到了越来越大的压力，很明显，洞在扩大，速度在加快。"来人啊！快啊！危险啦！来人啊！！"

风把他的声音吹得很细，他的声音越来越沙哑。他用自己两只脚的前脚掌死命顶住下面的一块石头，把全身的力量传到后背上。

可怕的是他的后背抵不住水流，水继续在渗透。

雷正兴在黑暗中看见了麻袋，就在不远处，散落着几只装满黄沙的麻袋。于是他冲过去，咬紧牙关搬起麻袋，使劲挪到管涌之处，压住管涌，然后拼尽自己全身的气力，用后背抵住麻袋。水流的力量和麻袋的力量很快就使他的后背受不了了，他的双脚剧烈地打抖，像抽搐一样。

"管涌啦！大堤危险啦！"他用双脚抵住地面，全身打抖，"快来人啊！！抢救大堤啊！！"

还是无人应答，唯听风急了起来，在浓郁的夜色里呼呼直响。雷正兴双脚几乎抵不住地面了。这时候他听见了一阵急促的脚步声，说话听着像是一个女声："出啥事啦？"

"管涌啦！"雷正兴拼尽全力呼喊，筋疲力尽，"快堵啊！……"

黑暗中出现了一个姑娘的身影，这身影毫不犹豫就跳了下来，也用自己的脊背死命顶住沉重的沙袋。为了增强以脚抵地的力量，姑娘与雷正兴的手臂紧紧挽在一起。

雷正兴继续嘶哑地喊："来人啊……"姑娘也冲着夜空声嘶力竭地喊："来人啊！大堤漏水啦！"四只脚死死地抵住地面，都在剧烈地打抖。

要不是那种极度紧张的时刻，雷正兴也许会一下子听出身边这个声嘶力竭的姑娘就是女营业员王佩琴，但是在那样的紧咬牙关的殊死抗争中，雷正兴的感觉无法细腻。

"快——来——人——哪——"雷正兴虚弱的声音被越来越大的夜风刮得断断续续。

终于，大堤上响起了纷乱的脚步声。"这里有情况！这里有情况！"许多声音在叫。接着，一个又一个的身影在黑暗中跳下来："真是管涌！这里有管涌！！"

"快把他送医院！"姑娘的声音在黑暗中很尖厉，"他昏过去了！他不行了！快抱住他！他是小雷！他是县委通信员！"

雷正兴在县人民医院的病房里躺了一星期。他出逃过一次，但被护士抓了回来。院长传达张书记的命令，必须休息一星期。这对好动的雷正兴来说，简直是煎熬。他在医院里帮护士推车、分饭、打扫病房，啥事都抢着干。护士说，你是病人呀你这是干吗？雷正兴苦恼地说，人家在轰轰烈烈治汝，我在冷冷清清住院，这算啥名堂啊！

雷正兴出院的前一天，治汝前线召开了祝捷大会，雷正兴急着让护士把病房里的广播匣子打开。他在广播匣子里听到了自己的名字，吃惊不小。他是在鞭炮和锣鼓声之后听会议主持人这样宣布的："下面，请县委书记张复赵同志宣布汝河治理工程积极分子名单。共二十五位，请点到名字的同志上台接受光荣花和奖状。"

然后他就听见张书记的嗓音，那嗓音还是沙哑："县水利局：李利民同志！东风农业社：徐东庆同志！西塘农业社：方健同志！县委办公室：雷正兴同志！噢，这里我解释一下，雷正兴同志今天还在医院里，无法到会，他就是那位发现了大坝管涌并且用身体和沙包制住管涌并及时报警的同志！现在，由县委办公室主任代他上台领奖！"

雷正兴坐在雪白的床单上，低着头，不停搓手，心里很不安。这可是巨大的荣誉啊，他觉得自己也没做什么呀，怎么就排进了二十五个名字之内呢？他听着广播匣子里炒豆般的掌声，想象着毕主任这会儿一定是满面笑容地走上台去代他领奖。毕主任可不是轻易能笑的。

雷正兴正这么想着，有人推门进来了。这人似乎也是个伤员，缠着白绷带的左手臂悬在胸前。雷正兴一见他，失声惊叫："秋生哥！——你怎么了？"

向秋生勉强咧嘴笑一笑，问，你好点儿了吗？

"好啦！"雷正兴说，"你的手怎么了？"

护坝的时候，跳到水里，扭了一下。没啥，过几天就好了。

雷正兴忽然感到了奇怪："秋生哥，你怎么没参加祝捷大会呢？"

"是啊，"向秋生挥挥手坐下来说，"不想去参加。"

雷正兴更觉着奇怪了："怎么个人先进名单里，没听见有你啊？集体先进名单里，也没有你们红旗乡啊？"

"甭说了！"向秋生叹口气，忽然就朝正在另一张空病床前忙碌的护士说，"嗨，你能不能出去一下？我们哥儿俩聊聊天！"

护士笑笑，走了。这时候，向秋生站起来，挥动拳头说，庚伢子，你秋生哥栽了个大筋斗，栽啦，你晓得不晓得？

晓得，你手扭了！雷正兴说。

哪里是手扭了，手扭了算什么？心扭了！庚伢子啊，我这个人，好胜，求胜心切！我出发点是好的，就是结果坏了！我们红旗乡青年突击队的挖土方数量，我多报了百分之三十，结果被县水利局的技术员查了出来！其实，我也是为了我们红旗乡的集体荣誉，可是这么一来，反而全砸了！

雷正兴明白了，说有个成语叫拔苗助长。

你别像个作家一样来挖苦我了！向秋生坐下，说这个筋斗我可跌惨了！张书记都刮我鼻子了，你说我还有脸去参加祝捷大会？

秋生哥，这回没做好，下回做好就是了。

向秋生不停摇头，走了几步，又恢复到了情绪昂扬的状态，说这回没做上英雄做了一回狗熊。但是，我向秋生会站起来的，我会接受教训的！庚伢子你相信我，我理想的烈火并没有熄灭，我会照亮大地的！

先把手上的伤养好！

你晓得吗？我现在正在联系当兵的事情！想当将军、元帅就必须去部队，在乡村根本不行！

雷正兴一听说当兵，立刻就两眼放光，说，秋生哥，我也想当兵啊！我现在还保存着解放军送给我的一顶军帽呢，你见过那顶军帽！

向秋生说见过。雷正兴说，我真想当一名解放军战士啊！秋生哥你去当兵的话，要带上我！

嘿嘿，你还是当你的通信员吧，你现在要做的是打开水而不是打机关枪！你永远做你的小螺丝钉去吧！

小螺丝钉也重要啊！

好好，又来了，我可不跟你争。向秋生说，等我出息了，当上营长、团长了，再来带你！

雷正兴忽然指着广播匣子说："嗨！——你听！"

广播匣子里传来张书记的讲话："同志们，我现在代表县委，宣布一项有关我县农业生产发展的重大决定！为了让这条沩水河更好地为人民造福，县委决定，在沩水河与曲河之间的湖沼地上，创办一个'团山湖农场'！这个新办的农场，一定要创造出农业高产的最好成绩！"

然后雷正兴就听见了会场的欢呼声和鼓掌声，而下面的一句话，更是让他的眼珠子瞪圆了。下面的这句话是大会主持人说的："下面，由团县委的负责同志宣读倡议书，向全县青少年发出为农场捐献一台拖拉机的倡议！"

拖拉机？雷正兴仰起头，死死地盯着方形的广播匣子。

广播匣子说，为了支援即将诞生的团山湖农场，我们团县委决定向全县青少年发出倡议，号召青少年同志们捐出自己的零花钱，积少成多，为团山湖农场添置一台现代化的拖拉机！我们辽阔的农场特别需要现代化的拖拉机，我们望城县要结束没有现代化拖拉机的历史！

雷正兴听得热血沸腾，说秋生哥，你听见没有？我们望城县要有自己的第一台拖拉机了！

向秋生说这我晓得，用拖拉机犁田，那可是快啊。拖拉机哗哗哗向前开，后面的土呼呼呼翻起来，快得不得了！

我哥小时候，用肩膀帮我妈妈拉犁呢！

那是什么年代了！祖国在"大跃进"啊，这就叫现代化！

我捐钱！雷正兴下定决心，喊，嗨，护士同志！

护士进门说啥事儿啊？雷正兴说："你得把我的外衣找来啊，那衣袋里，我有一个小本子！对，就这，你拿给我。"

护士将小本子递过来，雷正兴一边翻动一边说："我每个月存三元，已经积攒二十元钱了！——护士同志，请你帮我打个电话，我捐钱买拖拉机，我捐二十元！"

向秋生说，你疯了？是号召捐零花钱啊！人家捐一毛钱两毛钱，最多也是一元钱两元钱，你怎么一捐就是二十元？这是你一个月的工资啦！你一星期了热度还没退？

雷正兴说，反正我捐二十元！我全捐了！拖拉机对于我们县太重要了，对团山湖农场也太重要了！

向秋生想一想，摸出一张一元纸钞，接着又摸出一张，说，我捐两元吧，加在你那份上！庚伢子，我不泼你冷水，不过说实话，我的兴趣根本不在拖拉机上。拖拉机算啥，能比坦克么？至少我要开坦克车，当然最好是开飞机。我要是能当空军就好了，飞翔在祖国的蓝天，那就是一个空中英雄啊！——庚伢子，你怎么了？

只见雷正兴盯着窗外的天空，喃喃地说，拖拉机……拖拉机……拖拉机……向秋生拍对方肩膀，说，你哪根傻筋又绷上啦？

要说雷正兴有傻筋，他也真有一根傻筋，现在他绷上的就是拖拉机。国家的农业需要现代化，拖拉机就是现代的大机器，嘎嘎嘎一响，土地就翻开了，十几头老牛都赶不上。如果能成为一个拖拉机手，为县上的农业现代化作贡献，那可是一个有志青年的理想啊！雷正兴出了医院三天之后就开始写申请报告，要求调到正在组建中的团山湖农场去，争取当一名光荣的拖拉机手。

开水大爷敲板墙，笃笃笃，提醒他关灯睡觉，但一听说他写的是请调报告，蹦了起来，奔到他房子，扳过他肩，说你这伢子疯了不是，好好的县衙不待，日晒雨淋种地去？

毕主任第二天也大吃一惊，看着雷正兴像是不认识似的，说你真是姓雷叫雷正兴不是？雷正兴说是啊。毕主任说你真是中共望城县委的机要通信员不是？雷正兴说是啊。他反问毕主任您这是怎么啦？

"我怎么啦？！"毕主任哗哗地抖着雷正兴亲笔写的请调报告，嘴唇都打起了哆嗦，说，"我怎么啦还是你怎么啦？真是你写的？——调团山湖农场，当一名农场职工？当拖拉机手？你真的发傻了？你再说一遍，你要离开望城县委，离开张书记？你要去当普通农场职工？你是不是住医院住傻了，你高烧还没退？你给我再说一遍，你想做啥？"

雷正兴说，我请求调往农场当拖拉机手。

"啊，你还这么说？！"毕主任气得脸都歪了，说，"你入团才一年，不思进取，反而倒退，你到底是怎么想的，啊？！"

毕主任扬起手，就把雷正兴递给他的报告哧哧哧地撕了。

"糊涂！糊涂！糊涂！"他跺脚说。

然而他又听见雷正兴清晰地说，毕主任，我还是请求调往农场。

毕主任瞪大眼睛，真的不认识雷正兴了。毕主任整整想了两天，琢磨着要不要把雷正兴思想不稳定的情况向张书记汇报。他感到汇报这种事情挺丧气的，这说明他缺乏做好县机关青年人思想政治工作的能力。

但他还是在黄昏时分走进了张书记那间地板褪了色的办公室，刚提起"小雷"二字，张书记就指着桌上的一张纸请他看。原来这是雷正兴写的第二份请调报告，他在当天清早连同刚打满的开水瓶一起搁在了张书记的办公桌上。

这么说我白撕他的报告了？毕主任说。

看来，小雷是真的动心了。小毕啊，你也不要光撕他的报告，你先找他聊聊，了解一下小雷真实的想法，然后我再找他聊。

方健听说她的雷弟要去农场，也是打了个愣。那天她进城办事，回村的时候主动要求雷正兴送送她,她肚子里有话。她说,雷弟,我们都互相勉励过,要做一颗革命的螺丝钉,党和人民把我们拧在哪里,我们就要在哪里闪光,是不是?

雷正兴沿着河边走,说是啊是啊。方健说,那么,既然毕主任认为你应该留在县委机关工作,你为啥要这么强烈地要求调动呢?雷弟啊,别说毕主任想不通,你健姐也想不通!

健姐,我是这样想,做革命的螺丝钉,当然应该听党的话,党和人民说:"你应该拧在这里,我当然就应该服从革命需要!"

方健笑着说,这就对了嘛!

可是螺丝钉也可以提出请求啊,请求到最适合自己去的位置啊!

这是么子道理?

健姐,我是个孤儿,我的一家子都给旧社会折磨死了,要不是党救了我,解放军救了我,我自己也可能早死了。

这我晓得呀。

我想,县里新建一个农场,各方面条件肯定更艰苦,又要新买拖拉机,要年轻人去学会驾驶,带头搞现代化,这都是最紧要的岗位啊!所以我就想提要求,到最有挑战性的工作岗位去。你说,螺丝钉该不该出个声?

方健一下子没拐过弯来,她说螺丝钉对锤子出声合适吗?锤子是飘扬在党旗上的,那是党啊,神圣啊,螺丝钉该对锤子提要求吗?雷正兴说怎么不该呢?共青团是党的助手,既是助手就得出主意啊,而且哪儿艰苦就往哪儿冲啊!当然,最后,我还是听党的安排。

方健叹一声,说雷弟,你真的长大了!她停下来,仔细地看着雷正兴。

健姐,你考上了中学,最后又决定留在乡村养猪,你说说,你这颗螺丝钉有没有发过声?

方健说,你倒是将了健姐一军!

健姐,真的,我这几天都在找拖拉机的书。因为那天我碰上团县委谢书记了，谢书记说我捐献了二十元，是全县青少年中捐得最多的，所以他说如果我愿意，他一定推荐我去当拖拉机手！我这才愿望越来越强烈呢！健姐，我真的想迎接这个挑战，掌握拖拉机的驾驶本领，好好地为团山湖农场的大农业服务！我觉得我年轻，爱动脑筋，我一定能担当起这个任务！所以我才请求领导上能把我这颗小小的螺丝钉拧到拖拉机上去。毕主任他撕了我一份申请书，我又写一份，健姐，我不对吗？

雷正兴说到这里，脸都激动得红了。方健说，雷弟，你这么一说，把你健姐也说得激动起来了！我也肯动脑子，我也想着参加现代化，我也年轻啊！

对！你也报名！谢书记老夸你，他也会支持你的！健姐，我跟你都打报告，都去学开拖拉机，我们共同成为望城县第一代拖拉机手！我们要驾驶铁牛，犁啊犁，犁啊犁，犁出丰收，让祖国大地一片金黄，稻浪滚滚，麦浪滚滚！

你又写诗了！

你不相信革命青年就应该这样豪迈吗？

我今天回去就向县委打报告！肉猪很重要，铁牛也很重要，我应该报名到最有挑战性的地方去。我也要出声，最后嘛，让党挑选！

方健的这个态度让雷正兴惊喜万分，他更加坚定了去农场的决心。当夜，他在台灯下铺开信笺，又开始写第三份报告。

他抬起头来的时候，发现毕主任悄然地站在他面前，这叫他吓一跳。

毕主任满脸的和蔼，在雷正兴的床铺边沿坐下来，把木板床坐得嘎嘎乱叫："小雷啊，我要向你道歉，我不该把你打的报告撕了！撕报告，算啥呀！我这个人啊，就是性子躁。我还老夸自己直爽，啥直爽啊，就是工作作风粗暴！这真要不得！"

雷正兴马上说，那是毕主任爱护我。

毕主任扬起手中的一份报告，说这是你放在张书记桌上的第二份报告吧？雷正兴说是啊，这是我写的，放书记桌上了。我怕这份报告也被撕了，所以我现在写第三份报告呢！

毕主任颇感意外，从床沿上跳起，把头埋到台灯底下，仔细瞅那份报告。他越瞅脸越阴，说你还在要求？七要求八要求的，你还是没完？

毕主任，我想，一个革命青年，就应该第一个站出来，响应党的号召，到最紧迫最有挑战性的工作岗位上去！

"别说了别说了，大道理我比你懂！"毕主任连连摆手，说，"小雷啊，我老毕比你年长十岁，今天可得跟你掏一句心窝子话，你愿意听不愿意听？"

雷正兴说当然愿意听。毕主任说，小雷啊，全县青年人当中，有谁能比你幸运，在县委书记身边工作？有句老话说：宰相身边七品官。这当然是老话，共产党的书记不是封建社会的宰相，张书记嘛，自己也才是个七品。但是，一个道理是明摆着的，你会比别人更多地得到县委的关心，得到县委书记的关心。是不是这个理？

雷正兴点头，说是这个理。于是毕主任又说，你去年入了团，现在组织上还在加紧培养你，今后还会考虑你入党，提拔干部。你是苦伢子出身，有政治觉悟，工作勤勉，虚心好学，待人真诚，党的事业真是需要你这样的好苗子啊！你今年才十八，政治前途大得很哪！

雷正兴小声说，毕主任，我有个问题。

尽管提，尽管提！

拖拉机的前途大不大？

毕主任深感意外，瞪起了牛眼。雷正兴说，我想，拖拉机，它在祖国实现农业现代化的事业中，前途会很大很大！

我刚才的话你到底有没有听懂啊，你是真不懂还是假不懂啊？

我听懂了啊！

毕主任气呼呼说，那你说，组织上是不是在花大力气培养你？

是啊，毕主任您很培养我。还有张书记，像父亲一样培养我。我是个孤儿，谁对我亲、对我好，我特别晓得。现在县委不是号召建设团山湖农场，发展现代化农业吗？所以我就日日夜夜想着要当一名光荣的拖拉机手，为我们县的现代化农业立功！开拖拉机不光荣吗？团县委谢书记也说我合适呢!

你脑子怎么会有这么一种思路呢?!毕主任非常不解,真是恨铁不成钢。

说实话,我舍不得离开县委大院,也舍不得离开张书记,但是我还是想,如果县委把我这颗螺丝钉拧在我们县的第一台拖拉机上,我一定能做出成绩。我年轻,我能吃苦,我能立功,能让张书记高兴,让毕主任高兴,让县委办公室的同志都高兴!

毕主任顿足说,小雷啊小雷,你怎么这样不成器呢?!这时候门声吱呀一响,却是张书记推门进来了。张书记以手势拦住毕主任,说,小雷的心思,我听明白了。一个青年人能有这样的革命热情,我倒是很感动!

毕主任瞪着张书记,有点莫名其妙。张书记说,小毕啊,你不必做工作了,我理解小雷的心,他考虑的不是自己,是这个社会!这个社会给了小雷生命。小雷,你这颗螺丝钉,拧在革命大机器的哪一个部位合适,县委会认真考虑的。

雷正兴说,张书记,那我就不写这第三份报告了。

不用写了!张书记说,我刚才还收到养猪模范方健的报告了,她也想从生猪的事业转到铁牛的事业。我不晓得这是不是你们两个串通的,两份申请报告上都是几十个惊叹号,你们决心大啊!好吧,年轻人的要求,我们都会认真考虑的。

这时候隔壁传来开水大爷的苍老的声音,张书记啊!毕主任啊!

张书记说,谁?是大爷啊,你说!

开水大爷坐在被窝里,冲着板壁上方的灯光说,我老头子从来不对县衙里的事说三道四啊,可是我舍不得小雷同志去种地啊!他是个好伢子,再怎么着也不该离了县衙去种地呀!啥拖拉机,那就是一头牛啊,是做牛的活计呀!

开水大爷以手掩面,竟然抽泣起来。

雷正兴笑着冲屋顶说,开水大爷,你说对了,我就是想干牛的活计！鲁迅先生就说"俯首甘为孺子牛"嘛！再说，这不是黄牛、水牛，是铁牛，是现代化的牛，能驾这样的铁牛，可是为我们县添光彩哪！

雷正兴这句话张书记很欣赏，他在半个月后召开的县委常委会上，也引述了雷正兴的这段黄牛水牛铁牛孺子牛说，惹得会议室一片笑声。

这是1958年的春天，弥漫的花粉把望城人弄得鼻孔痒痒的时候，雷正兴又蹦又跳地办妥了工作调动的手续，行政调动介绍信、工资介绍信、粮油关系介绍信、团员关系接转证明一应俱全。离别开水大爷的时候，心酸的大爷抱住他抽了好一会儿鼻子，说以后来的通信员可不会听我摇铃了。

方健的岗位也变化了，原先也是考虑她去团山湖农场学拖拉机的，但就在这节骨儿眼上，另一桩好事降临了。湖南农学院有保送名额，对劳动模范倾斜，所以县委决定推荐省级养猪模范方健进大学深造。方健高高兴兴地办妥了去长沙读书的一应手续，特意赶到县城，与她的雷弟告别。这一刻，两人蹲在哗哗的河边，都有点依依不舍。

雷弟，分别的时刻，姐姐也没有什么东西送你，就送你一句话吧！

雷正兴立即从随身的挎包里取出日记本，说写在日记本上吧。

方健坐在河边的石块上，掏出笔，想了一下，一笔一画认真地写。

"人最宝贵的东西是生命，生命属于我们只有一次。一个人的生命应当这样度过：当回首往事的时候，不因虚度年华而悔恨，也不因碌碌无为而羞愧。——雷弟，这是保尔的话，也是你经常引用的话，让我俩永远铭记！"写完，她把日记本郑重地交到雷正兴手里。

健姐，我记在心里了，我不会让姐姐失望的！雷正兴说，我也要送健姐一句话！

方健掏出自己的笔记本，说你也写这里。雷正兴写下这样一句话：方健姐姐，我永远向你学习，为共产主义奋斗终生。

方健很感动，说雷弟呀，我们互相学习！雷弟身上有非常值得我学习的东西！

我们一定要保持联系，我们要互相勉励啊！

"当然！"方健说，"学会开拖拉机了，一定给我来封信报喜！"

拉钩！雷正兴说，于是姐弟俩快活地拉了钩。说他们快活，是说他们脸上一直荡漾着笑容，而含在眼眶里的泪水始终没有流下来。

但当雷正兴与张书记告别的时候，却大颗大颗地掉了眼泪。那天，张书记伸出手，按着他硬实的肩膀说，你要走，说真的，我舍不得。但是，我想，确实，你也应该到基层去锻炼一下了。小雷啊，相信你是会干出成绩来的！

雷正兴从衣袋里摸索出一颗螺丝钉，轻声说，张书记，你放心，我晓得我在新的革命岗位怎么干，这颗螺丝钉一直就没有离开过我！

张书记不吱声，忽然有点热泪盈盈。这时候，雷正兴就落下了眼泪。

张书记一把搂过雷正兴的肩，两个人像父子似的拥抱，雷正兴突然间呜咽出声。

毕主任一直站在书记办公室的门口，等到雷正兴出门，他小声地喊了一声"小雷"，便也忍不住张开臂膀拥抱了他。

毕主任在他耳边说，我平时好几次吼你，上回电灯泡烤煳毛巾那件事，我还对你拍桌子，还向张书记汇报……这些事儿，想起来我很惭愧。

雷正兴泪汪汪地说，毕主任你批评我是爱护我，这两年你一直为我的思想进步操心，你是我的大哥哥，我不会忘记你的。

毕主任忍不住落了泪，接着他就拿出一册皮面子日记本，爽朗地说，日记本，送给你，好好记吧，它是你的翅膀。记住，你会飞得很高的！

捌

诗歌与作家,这是梦

这一天午后，县人民公园前的小广场上十分热闹，咚锵咚锵，锣鼓交响，秧歌队踢得灰沙都漫到了膝盖，连空气都是花花绿绿的。看热闹的市民围着三辆挂有大红横幅的卡车，脸上都是兴奋的表情，卡车上挤满了要去新农场报到的意气风发的男女青年。

雷正兴依次拥抱了毕主任、开水大爷和县委机关的几个年轻同事，转身就攀卡车。"谁拉我一把？"他个头矮，一时够不到车厢板，便朝车上喊。

车上一位姑娘笑盈盈朝他伸出手来。

"王佩琴？"雷正兴顿时愣了。

姑娘将他拉上车，说，兴你去，就不兴我去？雷正兴说，真不敢相信啊，王佩琴！

王佩琴说，支援农场建设，不恋城市生活，还不是你们县委对共青团员的号召？我可是县供销系统头一个报名的，你信不信？只不过没有告诉你罢了！说到这儿，她又挥手，朝一个远远站着的送行者喊，爸爸，就是这个小雷！你的手电筒就是送给他的！

王佩琴的父亲满面笑容，点点头，又招招手，表示看见了。雷正兴心里感动，也朝这个慈祥的老者招招手。他的这一举动叫王佩琴看了很是受用。

姑娘说，看见没有，我爸爸都笑成花了呢。

汽车开了之后，王佩琴就掏出《钢铁是怎样炼成的》还给雷正兴。她在呼呼的风声中冲他耳朵喊，去农场的名字中看见有你的名字，我都不敢相信自己眼睛。县委书记的通信员去当农场工人，这可能吗？小雷，你就是这样在炼钢铁吗？

雷正兴说，你说对了，对一颗螺丝钉来说，拧啥岗位都是可能的！

卡车上一个梳着二分头的小伙子从前面硬是挤着，一直挤到了雷正兴身边。他说，听声音就知道是你。然后一个劲儿亲热地叫他"庚伢子"。雷正兴一看此人，竟然是喜宝。

雷正兴抓住他胳膊说，嘿，你怎么也去农场？喜宝说，我都这么大了，可不能待在家里白吃饭啊！我一定要在农场好好改造思想，晒一层黑皮，炼一颗红心。庚伢子你可要帮助我呀！雷正兴说，太好了！我们一起锻炼！

喜宝报名去农场，雷正兴真是没有想到。

他后来才了解到，喜宝自从跟随母亲搬到县城住后，一直没有工作，在家吃闲饭。其实这饭吃得不闲，母亲李巧珍日夜为街道的刺绣合作社加工活计，才得以维持母子俩的一日三餐，日子过得紧巴巴的。喜宝去团山湖农场也是李巧珍对街道主任好说歹说才得以成行的，新农场对新职工的要求还是蛮高的呢，包括政治面貌、家庭出身。

喜宝下农场不易，所以喜宝每一句话都说得乖巧，这也是他妈妈再三要求他的。

喜宝虽然一再表示要到农场"好好改造思想"，嘴甜，心里可一直打结，不乐意。为什么人家不说改造偏我要把改造每天挂在嘴边？再说，他一到农场就被分配到了大田作业班，一副肠肚子更是绞成了麻花。

　　喜宝提着铺盖一走进男职工大宿舍，口里便嘟嘟哝哝说，二十几个人挤一个房间，猪一样，晚上呼噜不把人吵死？

　　雷正兴耳朵尖，听见了喜宝的嘟哝，便提着自己的铺盖卷和一只红木箱走近他说，喜宝，我睡你上铺吧，我不打呼噜！喜宝正犹豫着，忽然一个络腮胡汉子就从窗子外面探进头喝问，雷正兴是哪一位？

　　喜宝吓一跳。

　　雷正兴急忙说是我啊。那人说，噢，你就是小雷啊！你不睡这里，这是大田作业班宿舍，你是拖拉机手，你睡场部小宿舍去！出门左拐，笔直走。噢，不认识我吧，我是这个农场的场长，我姓孟。

　　孟场长！雷正兴急忙恭恭敬敬喊一声。

　　孟场长说，听见了没有？雷正兴说，听见了！孟场长又对全宿舍喊，注意了！大家半个钟头之后就去大饭堂，欢迎新职工的联欢会马上开始了！

　　雷正兴快手快脚收拾完行李，刚要离开，喜宝一把拽住他说，看在同村老乡的面子上，庚伢子，你帮我说一句话！

　　雷正兴问跟谁说。喜宝说当然是场长啊，那个络腮胡子。雷正兴说，我能说什么话呢？喜宝凑他耳朵说："你就说，我朋友喜宝，他也能学开拖拉机啊！明白吗？"雷正兴说，不明白。喜宝说，怎么不明白？庚伢子，就这句话，就求你说这句话。你看我，白白净净，一副心灵手巧的样子，你说我就不能学开拖拉机？

　　雷正兴小声说，这怕不行吧？领导上研究谁能当拖拉机手那可是研究半天的，那是非常慎重的！

　　喜宝说，我晓得我政治条件不够。我爸在牢里，可是，我妈已经跟我爸离婚了呀，早从乡下搬到城里住了呀！我跟我妈妈的姓了，我现在不叫谭喜宝，我叫李喜宝。你看，我脱胎换骨了吧？我也觉得我爸爸是坏心肠啊，我很小的时候就把他养的狗全宰了，这件事你晓得啊！

　　这个要求叫雷正兴挺犹豫，可是喜宝说，李喜宝求你啦，庚伢子！

我就是不开拖拉机，跟你当农具手都行！拖拉机的后面要坐一个农具手的！行不行？求你了！

雷正兴想拒绝，看喜宝可怜巴巴的样子，话到了嘴边又咽了回去。最后雷正兴说，让我想想。喜宝说，你还想么子啊，我都替你想好了呀，就这么说吧，没事的！我箱子里有香肠，可好吃呢，我晚上给你送两根过来。

有戏了！喜宝心里想，看雷正兴脸上眼睛、鼻子走来走去的样子，就知道他心里已经软了。别看他现在跟自己一样都是农场新职工，他可是县委大院下来的人，伺候过七品大官，只要他开口，那个络腮胡保不定就买他面子。喜宝想到这里，又下决心，香肠不送两根了，送三根，自己再少吃一根。

刚竣工不久的农场职工饭堂这一刻显得喜气洋洋，一百五十多名新职工齐聚这里，互相说话的声音轰然一片。彩色的三角纸旗一条又一条地横过他们的头顶，造就了一种热辣辣的联欢气氛。

孟场长虽说半张脸都被络腮胡占了，但看上去还是干干净净，利利落落，是个豪爽汉子，而且发言总是双手一齐挥动，把空气劈得哗哗响。他在欢迎会上喝彩，把团山湖农场的明天描绘得花团锦簇，山河壮阔，这多少鼓舞了新职工的士气，让大家心里一下子放下了很多东西。因为孟场长心里清楚，这一百五十多名新职工的内心各有盘算，并不全是一腔热血自觉自愿来农场炼红心的。最后，孟场长拍拍手大声说，再报告同志们一个好消息，全县青少年同志捐款购买的拖拉机，明天就要到我们农场了！这一位，就是长沙市派来教拖拉机驾驶的陈师傅！小雷啊，雷正兴同志啊，你是拖拉机手，你到前面来，来向师傅报个到，你来行个礼吧！

雷正兴赶紧跑到前排，走到陈师傅面前，规规矩矩鞠个大躬，说，拜见陈师傅！陈师傅好！雷正兴一定好好向师傅学习，争取早日掌握驾驶技术！

陈师傅端详着雷正兴，不出声，全场却已经掌声雷动了，王佩琴甚至从姑娘堆里蹦了起来，尖声喊了一声"好"。

雷正兴同志说得好！孟场长说，那么现在就请雷正兴同志唱支歌吧，献给你的陈师傅，也献给大家。

这个提议对雷正兴来说一点儿也不难，他马上就兴致勃勃地走到圈子中央去。前排的喜宝嘟哝了一句"又做浮头鱼了"。不过他也根本就没听见，同时他也没有再注意到一直浮现在陈师傅脸上的那种似笑非笑的奇异表情。

雷正兴唱的是花鼓戏"刘海砍樵"，刚起了第一句，王佩琴就笑盈盈站起来，挥舞一条红纱巾，主动到场子中央为歌唱者伴舞。

全场为歌声和舞者喝彩，只有喜宝耸耸鼻子说，也真奇了，浮头鱼一开嗓子，就有虾兵虾将凑热闹！

喜宝没有看见那个长沙来的陈师傅正把孟场长悄悄叫出饭堂，他要是见了这场景，也许会联想到有更重要的事情将要发生。

孟场长也没料到，陈师傅把他约出饭堂，是给他出了一个他意想不到的难题。

陈师傅说，就是这唱歌像女人样的孩子来学拖拉机？我的场长啊！

孟场长说是啊。陈师傅说，就不能换一位个头大点儿的？开拖拉机可是个技术活儿啊！

"换人可难办。"孟场长说，"陈师傅，给你派的可是一位优秀共青团员啊！他曾经是县委张书记的通信员，晓得不？县委是下了很大决心才把他派到农场来的，小青年政治上很强哦。"

听了这背景，陈师傅就打出个喷嚏，不吱声了。夜风里有一阵阵花粉的香气，刺鼻得很。陈师傅又打个喷嚏。

最后，陈师傅阴着脸说，政治上强不算数，技术上强才是理。

孟场长说，哪里话呀，现在可讲究政治精神了，政治上强技术上就一定强。陈师傅说你瞎掰个啥？看他这么个小个儿，缚只鸡都不成，还能摆平铁牛？

刚说完这句话，他的袖管忽然就被一只手扯住了。扭头一看，原来说曹操，曹操到，扯住他的，正是这个小个儿。只见雷正兴一脸的笑，又热热乎乎说，陈师傅啊，我刚才唱的花鼓调是献给您的啊，您走到外头来啦？

陈师傅皱眉说我可是长着耳朵哪，你嗓音这么尖细，小姑娘似的，我跑再远也听得到！

陈师傅说完这句话，自己也感觉到口气太生硬，但他也不想再解释什么，只向孟场长点个头，返身就向宿舍区走。

雷正兴想追上去，却被孟场长一把拉住。雷正兴的圆脸在月光下，显得白皙，额前的刘海被夜风吹得一抖一抖的。

孟场长叹口气，说，看你模样，你还真像个小姑娘呢。

雷正兴一听这话，哗地就拉开一个虎步，屈屈手臂，说，我像小姑娘？孟场长，我跟您扳扳手劲！

孟场长说小雷啊，别跟我拧劲儿了，这陈师傅技术上很过硬，你可要多尊重他啊！

场长您放心，我会照您的话去做的！雷正兴说。他听出了场长话里的意思。

好，去跳舞吧！交谊舞开始了，你们年轻人多乐乐！

雷正兴犹豫了一下，说，孟场长，有个建议我不知该不该提。孟场长说，提，提！

今天报到的新职工中，有一个叫李喜宝的……

"晓得，晓得。"孟场长说，"一个月之前还叫谭喜宝，现在叫李喜宝。"

雷正兴说，李喜宝想学开拖拉机，或者，想当个农具手。

孟场长皱眉说，你以为这是个好建议吗？

雷正兴一愣。场长说，小雷啊，你怎么一到农场就为一个出身剥削阶级家庭的人说话呢？当然，我不对李喜宝抱成见，重在个人表现嘛。但是，现在分工没啥不对的！场部认为他编入大田作业班十分合适，我们大家都要在劳动中改造思想嘛!

雷正兴说,场长同志你批评得对,我真是不应该一到新单位就提这提那的,这不好。孟场长却很大度,说欢迎你以后再提好建议。

饭堂里已经开始了年轻人时兴的交谊舞,扬声器里播放出华尔兹。唱片音质不太好,音色沙沙的。回到会场的雷正兴坐在门边,一时没有兴趣参加跳舞,只默默看着七八对新老职工在眼前晃来晃去转圈。他心里在自责,学开拖拉机那么大的事,他怎么可以因为磨不开同乡和同学的面子,一到农场就哇啦哇啦提建议,这也是自由主义表现呢!他正这么想着,旁边凳子一响,喜宝笑嘻嘻地挨着坐下了。

跟场长说过了?喜宝目光闪闪地问。雷正兴说,其实,喜宝啊,任何岗位都是光荣的,从事大田作业也没有啥不好。

别给我念《人民日报》社论,喜宝耸耸鼻子说,晓得你不想为我说话!

雷正兴解释半天,说他提过了,场长说现在的分工是合适的。可喜宝就是不信,抬起屁股走了。

见喜宝离开了雷正兴,王佩琴就一路小跑过来,大大方方地走到雷正兴面前说,伟大的拖拉机手,王佩琴姐姐邀请你跳个舞!

雷正兴说我不太会跳交谊舞,可能要踩脚。王佩琴说这有啥关系,我带你!

跳的是慢三,曲子是《莫斯科郊外的晚上》。

那么美好的意境,雷正兴却总是沉浸不进去,生怕踩脚,越怕还越是踩了一脚。王佩琴笑着说没事,说你踩脚了那是我没有带好的缘故。后来旋转到舞池中央的时候,王佩琴笑眯眯问他,这是我们第几回跳舞了?雷正兴一怔说,头一回呀!王佩琴说,好像是第二回了吧?我也是这样紧紧抓着你的手。

雷正兴莫名其妙,问,啥时候?王佩琴说,沩水大坝前面啊,我就这样挽着你啊!那时候我俩的脚可没有这么轻松,顶得发抖啊!

雷正兴眼睛瞪大了，说，那天晚上？管涌？

是啊，第一个跳下来跟你一起顶沙包的，你以为谁啊？我啊！你昏过去了，还是我喊人抬你去医院的呢！

雷正兴大惊说，怪不得声音那么熟！

哈哈，记起来了吧！王佩琴乐了。

那是怎么回事啊，表扬名单上没有你啊？

王佩琴笑着在他耳边说，还不是向你学习，做一颗螺丝钉还值得嚷嚷？

雷正兴步子又乱了，差点儿又踩到对方脚背上。王佩琴这么谦和低调，他真是没想到，一股钦佩之情从他心底涌上来。

甘当无名英雄，我应该好好向你学习，王佩琴！他这样说。

我该向你学！小雷啊，你虽然年纪比我小，但思想上比我成熟啊！

"我成熟个啥啊，我身上缺点太多太多啦。"雷正兴说，"我刚才就犯了一个错啊。"

王佩琴问是啥？雷正兴脸红，说，不说了不说了。王佩琴说，不说我也晓得，是那个叫李喜宝的人想要你帮帮他，他想当拖拉机手！

雷正兴惊讶，停了舞步说，你怎么晓得？

李喜宝自己告诉我的！他说，凭啥雷正兴就该开拖拉机啊？凭啥王佩琴就该是会计啊？凭啥我李喜宝就该下大田啊？后来他又说了，雷正兴跟我是一个村子的，他去帮我跟场长说话了，我也会开拖拉机的。所以你刚才说你犯了错，我就猜到你被场长刮鼻子了。

王佩琴好聪明。

一曲终了，舞伴儿们互相告别，雷正兴顺势向舞伴儿鞠个大躬："王佩琴同志，往后还得经常提醒我帮助我啊！农场是个革命大熔炉，我得像保尔一样好好锻炼自己。"

迎新联欢会散场的时候，王佩琴又在门外截住雷正兴，小声问他，那位陈师傅，对你怎么样啊？你唱歌才唱一半儿，他就出门了。

雷正兴又一次感觉到了王佩琴的眼力。他说王佩琴你就看着吧，陈师傅他会很满意我的。个头小一点儿算啥呀，机器上的螺丝钉不都是小个儿的吗？

雷正兴学开东方红牌拖拉机起早贪黑，尤其是拆卸部件做保养的时候，更是问这问那，非得把每个部件的作用问明白为止。陈师傅倒从来不怪他多嘴，反而心生满意，他对孟场长说他自己当初学农业机械的时候也是喜鹊一样多嘴的。

练单独驾驶的时候，雷正兴也表现出了自己的胆大心细。他从来没有让红色的"东方红"停止吼叫，一路碾过一个又一个的土坎。

身躯高大的陈师傅跑在拖拉机后面喊叫和指点，雷正兴则目不斜视地盯着前方，尽力使拖拉机保持平衡和匀速。

拖拉机一阵又一阵的吼叫声总是吸引着大田作业班的职工，那些锄头和齿耙总是停下来，男女职工们踮起脚，看着远处土坡上奔跑中的红色大力士。

喜宝扶着锄头，盯着雷正兴，不屑地撇撇嘴，又对远远路过的那位手夹账册的王佩琴喊，王会计，关心关心我们嘛，食堂里有啥好吃的，捎点来嘛！王会计，你来，我有话对你说呢，你别看不起大田劳动者啊！

王佩琴转个弯儿，走近他，说啥事？喜宝凑近王佩琴，左右望望，小声说，王会计，我告诉你，你少睬我那个老乡雷正兴。你别老是喊小雷小雷的，还烤玉米烤芋艿给他吃，他是个最虚伪的人你晓得吗？

王佩琴不爱听这种话，瞪他一眼。

"你不信？"喜宝更加小声地说，"他雷正兴说任何岗位都是光荣的，他怎么不来握锄把子？这不是虚伪吗？"

你喜宝怎么乱说话？这拖拉机你捐款了没有？你一分钱没捐！他捐多少？他捐二十元，全县最多！我要是县委书记，我也让他开拖拉机！喜宝我告诉你，妒忌不是好品德。你呀，你别妒忌，你好好干活儿吧。你看别人脸上都是汗，就你一滴汗都不流。

"嘿嘿，我这是皮肤病。"喜宝搔搔头皮说，"不过我一吃饭就会流汗！"

雷正兴一直聚精会神，他学习驾驶的时候从来不受别人指指点点的干扰。现在他忽然刹住了拖拉机，敏捷地跳下来，跑到拖拉机前方。

陈师傅从后头追上来大喊，怎么啦？往前开呀！

雷正兴从沟坎下方刨出一块大石头："我怕它硌了拖拉机！"

陈师傅一愣，说，好小子，说你胆小，你还真胆小！好，你这么细心，我喜欢。虽然这石头拖拉机根本不怕！

雷正兴又往一边跑，跑向斜坡下的一股小小的溪水。"又干啥？"陈师傅一声喊。雷正兴举手示意说洗手！不能脏了方向盘！

陈师傅不吱声，心里想，这小子，是块儿好料！

原本要学一个半月的驾驶，只二十几天陈师傅就说行了，可以结束了，说连理论和一般的故障排除检修，这小个儿全能拿下了。这一来孟场长喜不自胜。这春耕大忙开始了，"东方红"正好派上用场啊！所以孟场长拍陈师傅一掌说，老陈，中午我摆庆功酒！

这庆功酒摆得可不怎么阔气，就摆在中午的职工饭堂，靠窗的一角。

职工们都在津津有味地吃饭，一人一菜，他们偷脸瞧着孟场长在靠窗的地方请客。

孟场长扭头叫，炊事员！来呀，这里给我加两个菜！

加的菜也是寻常的菜，萝卜肉片，炒南瓜，而且油水也不多。但是场长已经是兴致勃勃了，连说吃吃吃。然后他正式致辞，对他今日宴请的客人陈师傅和雷正兴说："农场没有酒，我们今天以酱油汤代酒，祝贺雷正兴同志顺利通过拖拉机考试，成为我们望城县第一位光荣的拖拉机手！下面，我……"

雷正兴马上站起来说，这一回不用孟场长提醒了，我来敬这杯谢师酒！于是他就走到陈师傅身旁，鞠一躬说，拖拉机手雷正兴感谢师傅的栽培，我敬师傅一杯！然后他把一大碗酱油汤咕嘟咕嘟喝了个干净。

陈师傅心疼，说，不咸死你啊，这么大碗的酱油汤你都喝下去！

饭堂里爆发出笑声，职工们远远地站着看稀罕。只有喜宝埋头吃饭，竹筷子戳得碗底叭叭响。

雷正兴又说，今天我能通过考试，成为我们县里的第一位拖拉机手，真的感到非常光荣！我感谢县委领导，感谢农场领导，感谢我的师傅，也感谢大家！——同志们，我感谢你们啊！——现在正是春耕大忙时节，我一定努力开好拖拉机，不怕苦，不怕累，跟大家一起，为夺取秋天的农业大丰收而奋斗！

喜宝放下碗说，浮头鱼，豪言壮语，报纸社论！

王佩琴走过他身边，拍他一掌，说，虽然是豪言壮语，也是他心里话嘛。喜宝，你根本不理解人家的境界！

喜宝酸溜溜说，好吧，王会计你理解，你最理解，人家唱歌，你就跳舞！

王佩琴说没错，我就理解他！

王佩琴非常清楚地知道，类似报纸社论的豪言壮语其实就是雷正兴真实思想的体现，他的内心就是这样的轰轰烈烈，终日翻滚着炼就保尔·柯察金的那些火红的炉水。雷正兴一唱歌，王佩琴就伴舞，这也没啥不好，见贤思齐，向先进学习嘛！

只是春耕大忙以来，雷正兴没日没夜地拖着黑色的泥浪在旷野里来回驰骋，这种拼命劲头叫王佩琴担心，她好几回从食堂打来饭菜，再在寝室里用煤油炉子煮一煮，同时切进几片家里带来的腊肉，有时候还打下一个鸡蛋，候着雷正兴天黑以后返工来吃。汗流浃背的雷正兴每次都说香，香，太香了。他这么说的时候王佩琴就心里疼，说你这个小雷啊，这么黑，这么瘦，这么饿，你王姐心里悬着呢！你们那个张书记要是见了他的通信员现在这个瘦猴样，心里也得揪！

雷正兴边嚼边说我幸福着呢，又说我心里也揪呢，你看你爸爸给你送来一块腊肉，一大半儿都给我吃了。

那一天太阳特别毒，县供销社的小货车送一批货来农场。王佩琴奔出食堂会计室，挑了一顶结实的白色细篾凉帽，她觉得雷正兴那张可爱的圆脸可不能再黑下去了。

雷正兴看见王佩琴一脚深一脚浅地向自己跑来，便立马停了拖拉机，纵身跳下来。他高高兴兴接过王佩琴右手端上的那瓶自制酸梅汤，酸得挤眉弄眼仍说好喝好喝，但王佩琴左手上的大篾帽他却是不接。

王佩琴不满意了，说，这么大太阳，你这顶军帽不嫌小？这顶细篾大帽多好！

雷正兴除下旧军帽，戴上草帽，但马上又除下，递还给姑娘，说，我只能戴两秒钟，意思意思。姑娘感到了委屈，问到底怎么了？雷正兴说，草帽大了吃风。王佩琴说，有布带子扣着颈子呀！雷正兴说，这容易分散注意力！谢谢你关心，我还是戴我这顶旧军帽好！王佩琴说，那我给你换个帽檐长一点儿的。

王佩琴啊，你可别看不上这顶旧军帽！雷正兴说，这是村里解放的时候，一位解放军指导员亲自摘下来送给我的！我戴着这军帽开拖拉机，你猜我怎么想？每天就像开坦克车啊！我就想着这是在打仗，不能有丁点儿马虎！我一定要完成每天的战斗任务！

你想象力那么强，有当作家的素质了。

哎呀，我就是想当个作家！对了，昨天我给你看的稿子怎么样啊？

王佩琴从衣袋里抽出几页纸，说，很有文采，可以抄在场部的黑板报上！不过我改了两个字。

"对，"雷正兴高兴地说，"你帮我改上。我给你看，就是想请你帮我改呀！"

雷正兴把头凑过去的时候，远处大田里的喜宝便猛拍了一下腿，这使得他周围的职工们都停了锄头，纷纷转头看他。喜宝说看我干啥呀，我脸上写字啦？看他们呀！

于是人们顺着喜宝的手，看见了远处东方红拖拉机旁边的一对青年男女，并且听喜宝极有把握地说，当面念情书呢！

王佩琴确实是在念，念得很有感情："一个新的农场在绿洲上建起来了，还有'铁牛'在荒地上奔跑着！你看，小雷，这里，奔跑可以改成奔驰，这样更显出'铁牛'的气势！"

雷正兴说，奔驰，改得好！

"还有，"姑娘说，"建议把题目《满师》也改一下。《满师》两个字太文绉绉，猛地一看标题，也不晓得满的什么师！"

雷正兴问怎么改？姑娘说，直截了当，就改为《我学会开拖拉机了》，人家一看，一目了然！另外，这个标题含有一种兴奋的情绪，能够感染人，起码我读了就受感染！

太好了，王姐，你以后也可以当作家！

王佩琴说，还有一个建议，这个建议特别重要！就是说，这篇稿子不光要抄在场部的黑板报上，还要向报社投稿！

"投稿？"雷正兴没想到，说，"行吗？"

写得这么有文学性，当然行啊，最起码也要投《望城报》呀！你不是要当作家吗？当作家就要勇于投稿！再说，你当过县委通信员，报社里一定有认识的人，那就更方便啦！

雷正兴说对呀对呀，要是报纸上登了，张书记也能看到。他说过我学会开拖拉机之后就要向他报信，我就用报纸向他报信！他一定说，哎呀这个小雷，拖拉机会开了不算，文章也写得这么好啦！

王佩琴马上说别骄傲别骄傲，保尔·柯察金可从来不骄傲呢。雷正兴说是呀，骄傲自满可是我的一个老毛病，我入团以前毕主任批评我好几回呢。王佩琴你以后一见我露出骄傲的苗头就迎头痛打我。

两人说得这么热烈的时候，喜宝远远地又开始发表评论，说哎呀哎呀，他们情书也真长啊！

喜宝的这种阴阳怪气，激起一片笑声。但是也有几个小伙子皱眉了，说喜宝你这是真的假的，别损小雷了行不行？小雷爬上爬下帮我们大宿舍擦玻璃窗，忘了？小雷连夜把拉稀的梁大个子背到场部卫生院，忘了？小雷帮谢大年和小郭写家信，忘了？小雷还帮你喜宝给孟场长求过情呢，你可别暗地里下人家的损招。喜宝说他做的好事我都记得啊，我没说他不好嘛。可是王会计每天晚上给他热饭热菜可也不假啊，这份情书不光我猜出来了，大家也都亲眼见了嘛。男大当婚女大当嫁，女大三金银山，这老话可是金科玉律，会兑现的啊！

听了这话大家于是又笑，笑声像阳光一样热辣辣的。作业组长不满意了，瞪着喜宝说，别耍贫嘴，该干活儿了，喜宝同志！

喜宝懒洋洋地扶住锄头，说每天萝卜汤，肉片都没有，肉片不在碗里只在菜单上，还收五分钱一碗，没油水怎么有力气干活儿？

有人说，喜宝，你可吃得比我们都好，你妈上星期还给你寄香肠呢！看你嘴油油的，我们可只闻着香啊！

喜宝说别馋别馋，那也是一人一福啊！喜宝晚上做了个梦，梦见雷正兴挨孟场长批评了，说是他有男女作风问题，而一个全农场瞩目的拖拉机手是不应该出现这种道德问题的。然后，孟场长扭头亲切地问喜宝："你平时对农业机械有兴趣吗？"

喜宝早上刷牙的时候心里想，哪位高人曾经说过梦想是理想实现的先兆这句话？这句话绝对有道理。

张书记果然是从《望城报》上看到雷正兴的文章才知道雷正兴已经掌握了拖拉机驾驶技术的。那张报纸是毕主任带给他的，毕主任进他办公室是冲进来的。

"张书记，"毕主任激动地说，"小雷有文章见报了！您看了吗？"

张书记说，刚才一直找人谈话，还没来得及翻报纸呢。毕主任赶紧把报纸摊在张书记面前，您看题目《我学会开拖拉机了》，作者雷正兴！——您看：三月十日，是我永远不能忘记的日子。这天我第一次学会了开拖拉机，心情是何等激动啊！

张书记说，嚯，这么快就学会了！

毕主任继续念，当我第一次爬上拖拉机驾驶台学习的时候，我真高兴得要跳起来……这几天，我总是睡不着觉，只想早日学会，早日为祖国出一点力量……今天，我终于学会开拖拉机了，拖拉机也听我使唤了！我回头望望，看到那可爱的肥沃土地，很快地被犁翻了，我仿佛看见了一大片绿油油的庄稼！

文笔写得很抒情啊，小作家的模样出来了！

可见，去农场对他确实有很大锻炼。我当时还拍桌子反对呢！

这篇文章，你可以在机关青年的学习会上读一下，可以号召青年同志们向雷正兴同志学习，树立建设"新望城"的雄心壮志！

毕主任刚准备离去，就听门外有人气昂昂地喊"报告"，接着就看见一身新军装的向秋生进来了。军装上没有佩领章帽徽，一看就是新兵模样。

"啊，小向当兵了！"张书记笑着问，"实现志向了？"

向秋生精神抖擞地说："我是来辞行的，新兵明天就出发上部队了！张书记、毕主任，你们放心，我在部队一定好好干！"

张书记说，要脚踏实地，一步一个脚印前进！

向秋生说，那当然，我可是有经验教训的了！

毕主任点报纸："你看，你的小老乡学会开拖拉机了！"

哈哈，他开拖拉机，我可是开军车！我打听过了，我那支部队是开军车的！将来有可能的话，我还要开坦克！嘎嘎嘎，炮塔移动！开火，射击！——多带劲！当然，雷正兴同志先学会开拖拉机也行，将来他入伍了，再学开坦克就有技术基础了！

毕主任纳闷儿，问小雷也要入伍吗？这是怎么回事？向秋生说，这是我俩的约定，他到征兵年龄了，就来我们部队，那时候我好歹也是个首长了，我会把他招进来的！

向秋生这句大而无当的话可把毕主任逗乐了，他说小向啊小向，你啊你——说半天说不出个所以然来。其实后来的事情发展证明向秋生的话是有先见之明的，在雷正兴也就是后来的雷锋的当兵过程中，向秋生凑巧真的起到了某种"接兵"的作用。只是他前半句话没有说对，他那时候还不是首长，只是个班长。当然，话说回来，班长在新兵眼里也算是"首长"了。

雷正兴接到了一封来自长沙的信，他一看信封就明白了，连喊"是健姐的信"。信是星期天上午收到的，还是喜宝带来的。喜宝高高举着信一路小跑到河边，他知道雷正兴一准在河边砰砰砰地捶衣服，他每个星期天都会主动帮着在场部卫生队住院的几个病号洗衣服。雷正兴说病号同志缺气力。

喜宝连喊庚伢子，然后小心翼翼地走到满是肥皂泡泡的石阶上，把信递给雷正兴，刚递过又收回，一伸一缩，逗人玩儿一样。雷正兴看着他一脸神秘的样子就笑着说你这算啥啊，给我就给我嘛。喜宝说："嘿嘿，你这个庚伢子，我一看就晓得是女人的笔迹！原来你在长沙有一个大学生对象！"

雷正兴抢信，说你别瞎说。喜宝指着信封上的印刷体红字说，湖南农学院，还敢瞒我！于是雷正兴眼睛发亮，连声喊"是健姐是健姐"。

喜宝说姐啊姐的好亲热啊，于是蹲下来看雷正兴拆信，并且斜眼扫着信笺。他读到了这样的几行字：看到雷弟学会开拖拉机的文章，健姐心里真是高兴！望雷弟一定要像爱护眼睛一样爱护你的拖拉机。

雷正兴说私信你别看好不好？喜宝站起来就一边喊一边跑："啊，健姐，好亲热啊！雷正兴冲他背影喊，她是我姐姐！"

喜宝嘎嘎笑："你庚伢子我还不晓得？孤儿一个，哪来姐姐啊！"

雷正兴喊，她就是我姐姐，你别瞎嚷嚷！

叫喜宝不瞎嚷嚷是不可能的。喜宝第一个想到的就是去王佩琴的宿舍，那个位于食堂西头的会计小房间对他吸引力很大，那个小房间常飘油荤味儿。

今天又有荤味儿，刚挨近窗口就闻到了，喜宝抽了抽鼻子，说饿得我发疯啦，好香啊！

王佩琴在一只小小的煤油炉子上炒蒜苗腊肉，她的小柜子上酱油、辣子、米醋、花椒俱全,肉香飘满了房间。窗外猛地探进喜宝笑嘻嘻的脑袋,好香啊,王会计今天可以让我来吃饭吗?王佩琴说你别馋嘴。喜宝说,你要留着给谁吃我不晓得?前天你爸爸刚给你捎来一条腊肉,我马上就明白你要孝敬谁了!王佩琴瞪眼说,给小雷吃又怎么啦?他比你辛苦!他每天早上天不亮就去大田,食堂把中饭送到田头,晚上天黑了才回来。他一天做十四五个钟头,你做几个钟头?你还老泡病号!卫生队一住三天,我晓得你是馋病号面。一身臭衣服还叫小雷抱到河边洗!

喜宝笑,说,你以为你关心他,他就跟你好了?他还有一个小姐姐呢!他跟那小姐姐才好呢,牛郎织女呢!我要是跟你露这事儿,你王会计可别心里发毛!

王佩琴盖上锅盖,警觉起来:"你有么子话快点儿说!"

"嘿嘿,想听了吧?"喜宝趴在窗台上做个鬼脸,"给块腊肉尝尝!"

王佩琴掀开锅盖,用竹筷夹出一块正在煮的腊肉就往对方嘴里填,直把喜宝烫得龇牙咧嘴,但仍然说好吃好吃。王佩琴瞪眼说你快说!喜宝边嚼边说,告诉你吧,那小姐姐是省上读大学的,湖南农学院的信封。那信写得可亲热呢,雷弟呀,你要像爱护眼睛一样爱着你的拖拉机啊!

这最后一句话喜宝是捏着自己的鼻子作女人腔的。然后说,王佩琴,怎么样,够刺激的吧?

王佩琴二话不说,砰地就关了窗子,差点没撞扁趴窗者的鼻子。喜宝搓摸着鼻子就跑,边跑边暗笑,有好戏看了。

喜宝这句话没说准,王佩琴听了这消息并没有七窍生烟。喜宝嚼舌头能听么?八成是瞎掰。不过虽说如此,她心里也打了一阵子的鼓。她从来没听小雷讲起过他有个姐姐。真姐姐当然是没有的,但为啥要认姐姐呢?也许是叫叫的,但正因为是叫叫的,这里面的文章就有点儿复杂了。

晚饭时分,她照例把雷正兴拖来打牙祭吃腊肉,雷正兴说王佩琴我今天还是食堂吃吧,星期天食堂伙食不错,有油豆腐吃呢。王佩琴说明天你吃食堂吧,今天非得到我这儿吃腊肉。

看雷正兴有滋有味嚼着腊肉的时候，王佩琴实在忍不住了。她先是问雷正兴家里还有亲人没有，于是雷正兴介绍了六叔公、六叔奶奶还有他的三叔、三婶，说他上星期还搭场部的便车去了一趟简家塘，还给六叔奶奶零花钱，喜得六叔奶奶又哭又笑的。

王佩琴于是轻描淡写地问，你没有什么姐姐吧？雷正兴动着双腮说我怎么没有姐姐啊？我有一个姐姐呢！我还有哥哥呢，秋生哥，我们也是一个村的。他是在我之前的县委通信员，现在当解放军去了，还给我来信呢，信封上不贴八分邮票的，敲个三角形图章就算贴过邮票了，这叫军邮。他现在可神气了，站在大汽车前面拍照片呢。那是军车，苏式的，他可带劲了，他要建功立业当英雄呢。他说以后还让我也参军入伍呢。

王佩琴说我没有问你哥哥，我是问你姐姐，你那个姐姐是不是很关心你？那句话——你要像爱护眼睛一样爱护你的拖拉机——是你姐姐说的吧？

雷正兴一下子神情发愣，嘴巴也停止了咀嚼。王佩琴说你愣什么呀，我难道说错了？

她说这句话的时候，脸色冷了起来，于是低头盛了一碗白米饭，自己吃起来，也不抬眼看雷正兴。

雷正兴悟过来了，说是呀，我就是有个姐姐呀，她可好了，我一直认她是我的榜样。王佩琴问啥名字？雷正兴说，我说出她的名字来，你也许知道，她是我们省著名的养猪模范。

"方健！"王佩琴脱口而出。方健当然晓得，大名鼎鼎，望城年轻人谁不晓得方健！在王佩琴恍然大悟的时候，悄悄站在王佩琴窗外的喜宝也明白了什么，他原本是想来听听热闹的，看来热闹不起来了。

雷正兴说，王佩琴，你不晓得，我高小毕业自愿不上中学留乡村，就是因为学习了健姐！

王佩琴点点碗中的腊肉："你再吃一块！你最好都吃了，别管我！"

雷正兴满嘴嚼，边嚼边说，我叫她健姐，她叫我雷弟。张书记也说了，说你们姐弟应当互相关心互相帮助！

我也认识方健！我还跟她说过话呢！我想请她给我们供销社的团员讲一堂课，她也答应了。哎呀，后来没讲成。那一天她是来买一本笔记本的，还说要买得好一点儿，我就推荐了一本金黄的缎子面的——对了，她很可能是送人的，兴许就是送你的吧？

是送我的呀！我现在还没记完呢！原来是从你手里买的呀！

嘿，王佩琴笑着说，我本来还以为你哪儿找了一个对象呢！

我年纪还小，谈啥对象啊！谈对象，那该是很多年以后的事！雷正兴说这句话的时候看起来不假思索，说话语气也很真诚。这么一说之后，王佩琴就长时间不说话了，小房间里唯剩一片咀嚼之声。

雷正兴似乎感觉到了一些异样，停了筷子说王姐我没说错吧？王佩琴说你没说错，你说得对着哪，就该这么想。又说你别停筷子呀，你多吃点儿。

雷正兴扒拉了饭，打个饱嗝，说，谢谢啊，今天这一餐，可是吃得香吃得饱啊！

王佩琴递过一块毛巾，让他擦嘴，并且郑重其事地说，小雷啊，我很羡慕你有这么好个姐姐！现在你的健姐远在长沙，吃啊穿啊的也照顾不了你，在团山湖，就让我来做你的姐姐吧！

雷正兴说，你本来就是王姐，你比我大！

这农场里叫我王姐的可有好几个呢，喜宝也好几次叫我王姐，这不算！我现在要正儿八经地认你当弟弟。好吗？我比起省级先进人物那是远远不及的，但是我跟方健年龄一样，也大你三岁，我也认你弟弟吧。行不行？我想我能当好你姐姐！

雷正兴笑着说，怎么不行啊，好啊，我又有一个姐姐了！

你昨天借我看的那本《卓娅与舒拉的故事》，我连夜看了，很感动啊。我就当卓娅，你就当舒拉，好不好？

雷正兴说好。又说，我很高兴有你这个姐姐，但是姐姐不能光是从生活上照顾弟弟，还要在思想上、文化上帮助弟弟，要经常指出弟弟的不足，这才是个好姐姐。你抗洪的时候那么英勇，却不留名，这就很值得我学习！

你也要帮助我呀，其实许多地方你都比我强，我也想从弟弟身上得到激励，我也要进步。从今天起我不叫你小雷了叫你雷弟。雷弟呀，我们姐弟永远互相鼓励好不好？

王佩琴说这番话是很诚恳的。她当夜直到鸡鸣头一遍也没睡着，她的心思一直挂在弟弟身上。她想，有了他这个弟弟，真好，似乎连日子都充实了、明亮了。而到了早上起身的时候，她又有了一个新的想法，她想报名当拖拉机的农具手。农具手完全不必要是男的，女的也可以当，她王佩琴身体棒着呢。若是她当上了女农具手，那么她就可以天天跟着雷弟出工了，姐弟俩一块儿干活，多带劲啊。哪怕是披星星戴月亮地回来，再在十二管煤油炉上做饭炒菜那心里也是舒坦的。这么想着王佩琴当天就写了一份请求调动工作的报告，她想自己是多年的团员，岗位上又从坐办公室到主动要求去大田，场领导兴许会很乐意批准。

于是她主动向食堂提出今天由她给拖拉机手送中餐，之后便匆匆赶去春耕大田，把自己起草的报告先给雷正兴过目。

雷正兴打开饭盒吃饭，奇怪地说，王姐干吗报名啊？大田重要，财务工作也很重要啊！王佩琴说，食堂会计也该轮轮岗，看到你们在第一线没日没夜地干，王姐心里也痒啊！我要是当上了农具手，就天天跟着你干活儿了，我们姐弟俩一起伺候拖拉机，你说光荣不光荣？！

雷正兴想一想，抬脸，大声朗读："卓娅与舒拉，共把铁牛驾！一起迎旭日，一起送晚霞！"

王佩琴说，两个"一起"不行！一起迎旭日，并肩送晚霞！

雷正兴拍腿说，王姐当作家真是比我有条件！

王佩琴刚要说话，忽然就发怔，她听见身后十几米远的蔬菜园子里有可疑的响动。"谁在里面？"她冲了几步，大喝一声。

有人跑动，可能有三四个人，个个都慌乱地往玉米地里钻。王佩琴大叫，最后一个你给我站住，我认出你是谁了！

跑在最后的那一个晃动的背影，果然就站住了。王佩琴怒喝，你是喜宝！

喜宝转过身，说，嘿嘿，就是我。

王佩琴喝道，出来！你把扔下的麻袋给我带上！我全看见了！

喜宝无奈，提着一只装了一半番茄的麻袋，跨过蔬菜园的矮篱笆。

雷正兴心里叹了口气。这个喜宝啊，前几日刚因为干活儿偷懒被点名批评过，今天又犯这事了，还口口声声说要好好改造呢。王佩琴也是气不打一处来，指着喜宝的鼻子说，原来是你当的三只手！喜宝啊喜宝，你叫我怎么说你才好！我还给你这个不争气的货吃过腊肉呢！

喜宝低头说，王会计，你一共只给我吃过两回，你给雷正兴吃过几回啊？王会计，在自家农场嘛，近水楼台先得月，摘几个番茄、黄瓜解解馋，我琢磨着也不算犯什么王法吧！

你自己吃？你骗谁啊！王佩琴怒指着他鼻尖说，前几天孟场长在大会上说，发现有人偷场里的农产品私自卖给集镇上的不法小贩，换钱用。今天才明白，原来就是你啊！

喜宝嘟哝说，王姐啊，也不是我一个。王佩琴说，别王姐王姐了，我没你这个弟弟！就是你挑的头儿！我还不知道你，就你心眼儿多！李喜宝同志，作为农场的团总支委员，我今天警告你，你这种损公肥私的行为是很丑恶的！你自从到农场以来一直偷鸡摸狗，再不改邪归正，我要建议开你的思想批判会！

喜宝一听思想批判会小腿肚子就哆嗦，忙说，对对对，王会计批评得对，我改，我改！虽然我出身不好，但人生道路可以选择呀，所以我要学会走正道。我下放农场本来就是为的改造思想炼红心啊！庚伢子，我们同乡同村的，你评上了农场青年积极分子，你要多帮助我呀！

雷正兴听了喜宝这话，觉得喜宝还是有改邪归正的诚意，心里有些不忍，就伸手拍拍喜宝的肩对王佩琴说，王姐，喜宝虽然说今天的行为不好，但是他主动报名当农场职工，投入农业生产，还是很好的，而且也做了不少好事，比如前天帮小赵写家信，上个月王会计忙不过来，他还主动帮你打算盘核对表格。王姐你忘了？

喜宝忽然呜呜地哭出声来，经雷正兴这么一说，他就觉得自己心地还是很善良的。

十八岁了，大男子汉了，哭啥呀！雷正兴搡搡喜宝说，喜宝，你妈妈在县上住了？

喜宝点头。雷正兴说，回头你给我一个地址，我上县里买机油时，抽空去看看她。

王佩琴还是余怒未消，说，喜宝，看在你今天哭鼻子的分上，我也不把你这种行为报告场部保卫科了，但是你自己要改邪归正！

雷正兴忽然说，王姐，你看完那本《把一切献给党》，借给喜宝看！还有那本《卓娅与舒拉的故事》，也借给喜宝看！喜宝，你一定要多看书！我会到县图书馆去借书，那里有好书，我有书就借你看！

"对，对。"喜宝鸡啄米似的点头，说，"知识就是力量，贪吃不是好事。"

雷正兴趁星期天去县上买机油，果然赶了个早，按着喜宝抄给他的地址，沿着一条石板路嘎噔嘎噔作响的小巷，走到了一个低矮的屋檐下，看看蓝底白号门牌，心想这就是喜宝的家了。

刚敲两下，门就开了，探头的是喜宝。

"庚伢子呀，"喜宝说，"你说来就来呀，你也是进城过星期天？"

"买机油，顺便来看看你妈。"雷正兴说，"你妈在家吗？"

谭七少奶奶闻声而出，一见客人，有点手足无措，说，啊呀是庚伢子，不不不，是雷同志。雷同志，快请进！

客堂很小，是泥地，光线也不好。雷正兴坐下就说，七少奶奶，我想跟你单独说几句话。

七少奶奶明白了，马上说，喜宝，去街上，买包葵花子来！

喜宝扁扁嘴，搔搔头皮，出了门，出门时心里想：告黑状者都是背地里行事的，全是这路货！

谭七少奶奶关上门，之后，忙着泡茶。雷正兴说，不泡茶了，我一会儿就走！

雷同志，别叫我七少奶奶了，这名头叫人没脸。雷同志你就叫我李巧珍吧，我已经跟那个坐牢的坏蛋离婚了！

雷正兴很理解对方的心境，他低头想了想该怎么说话，然后慢慢地说，李巧珍同志，我想说说你家喜宝呢。喜宝呢，虽然还没入团，但他是团支部的帮助对象。出身剥削阶级家庭呢，并不可怕，这是过去，这是历史，现在我们都是社会主义大家庭的一员，我们要像爱护自己的眼珠子一样爱护我们这个社会主义大家庭啊，要添砖加瓦，不能去抠一点儿挖一点儿。如果大家都抠一点儿挖一点儿，再大的家业也会蚀完。

李巧珍在膝盖上不住地搓手，连说就是就是，又说雷同志你真懂革命道理，又说喝茶呀，你喝茶呀！

雷正兴想不喝茶不好，于是就喝了一口茶，然后又说，李巧珍同志，你也是苦人家出身，所以我们也有一个希望，希望你配合我们团支部教育喜宝。喜宝也是做了很多好事的，他算术好，上回还主动帮助会计算账，一直算到半夜里。他的进步我们都是看见的！

李巧珍突然站起来说，是不是他又小偷小摸了？我真气死了，我真要打死他！

不，还是要靠教育。思想教育那是最灵的！你做母亲的要配合，要鼓励喜宝早日入团，成为社会主义建设的先进分子。

李巧珍垂头，哭了，说，我前夫是坏心眼儿，逼死了你妈妈，我那时候心里也是很难过的。斗争大会的时候，我晓得，雷同志还念在我没做坏事的分上，不让我和喜宝陪斗。这些啊，我都记着。雷同志，你放心，我一定好好打一顿喜宝，不叫他再做见不得人的事！

雷正兴说千万别打，打可不好，干吗打呀，打是最笨的，一定要教育。李巧珍同志，你教育就是了。那我走了，再见！

雷正兴刚走不久，喜宝就推开了家门，笑着说，嘿嘿，我算着他也该走了！

"跪下！"李巧珍大喝一声，"打自己嘴巴！看你还敢不敢拿公家的东西！"

说到这里，李巧珍抑制不住地号啕大哭起来，说自己苦啊，跟了一个男人是坏种，生了一个男人又是半个坏种。

喜宝跪下，等母亲号啕完了，然后伸手一边打自己，一边对母亲解释："妈，农场苦，你是晓得的，苦得要死，打饭都限制的，大锅炒菜一点儿油水没有，我又那么会吃，妈妈你不晓得我饿起来肠肚打结子啊！每天挥四齿锄挥得手臂都肿，回到宿舍又没有油水，我不动点儿脑筋怎么办呢？他庚伢子是先进，饿几顿无所谓，从小讨饭饿惯的。我可饿不起呀，我迟一个钟头吃饭就眼冒金花……"

听到这里，母亲擦干泪，板着脸说，你起来。

喜宝赶紧站起来，知道自己的话奏效了。于是，下一阶段，他就乖乖地听母亲说了这样的话："喜宝，我告诉你，你贪吃你回城里来吃，妈用做刺绣的钱供你吃，妈哪怕不吃饭也供你吃饱。你在农场一定要跟庚伢子学，妈眼巴巴地盼着你入团呢。政策上说剥削阶级家庭出身的伢子只要划清界限，也能入团的。喜宝你无论如何要给妈争口气，妈就你一个儿子，妈在这世界上还有啥盼头，妈全指望你了！"

"我懂了，妈。"喜宝马上说，"其实，也不是我故意贪公家便宜，我无非想活得好一点儿。一个人在外头又没妈妈在身边，如果照顾不好自己，饿了，冻了，就是自己吃苦，谁来关心你？"

李巧珍听得不入耳，瞪眼喝一声："又胡说了？"

妈，我不说了，我心里头亮堂就是了。都说"人不为己天诛地灭"这句话不对，可是人哪能不为己啊？每个人都把自己伺候好了，全人类也就好了。

母亲怒道："敢再说？"

儿子从地上爬起来，嬉皮笑脸地说，妈，我就跟你说呀，人家面前我哪敢说啊？团支部面前我更不敢说了！妈，这辈子，我不给你拿个共青团员回来我不姓李！

母亲说这就对了。

喜宝寻思了一个晚上，觉得自己的确也应该有所行动，起码要靠拢领导，不然那个思想批判会的降临是早晚的事。第二天他天不亮就起身，搭郊区班车回了农场，并且在大田的中央找到了正在驾驶铁牛的雷正兴。他用非常诚恳的口气说，庚伢子啊，我妈要我向你学习啊！我妈说你品德好，一点儿不考虑自己只全心全意为人民服务。给，这两根香肠是我妈要带给你的。

香肠还是你留着吃！喜宝啊，你看了《把一切献给党》没有？

看了啊！

你再看看《钢铁是怎样炼成的》，好不好？我叫王姐把那本书给你，那本书可带劲了！

喜宝果然从王佩琴那儿取来了《钢铁是怎样炼成的》，但是看了五六页就看不下去，觉得那些句子读来挺拗口的，不像中国人说话的腔，洋名字念着也不好听。但是他也不想马上还书，怕王佩琴批评他不爱读进步书籍。

他中午时分去场部，沿着整整齐齐的冬青树绕到场长办公室窗外，伸手笃笃笃敲窗，声音很轻。

一见孟场长推窗，喜宝马上取出两根香肠，轻声说："场长同志，您这几天瘦了不少，我妈说带两根香肠给场长补补。"

孟场长一听就没好气，说香肠带回去自己吃！你呀，以后深更半夜的少往蔬菜园跑！

对，对，场长同志提醒得对，我应该好好克服损公肥私的个人主义思想！

场长你别急着关窗啊，今天找您，我还要汇报一句重要的话呢。

孟场长阴着脸看他。场长的络腮胡三天没刮了，浓浓密密一片。喜宝说，场长在大会上号召我们向雷正兴同志学习，那是对的，雷正兴拼命干活儿，确实先进。可是，他越先进，场领导就越是要注意保护这个先进！

孟场长说，我怎么不保护先进？

喜宝压低嗓音说，场长听说雷正兴与一个妇女同志关系不正常了吗？

谁？孟场长瞪眼。

"大食堂王会计王佩琴啊！"喜宝说，"不是我在议论，大家都在这么议论啊！"

王佩琴？她比雷正兴要大好几岁，你喜宝乱嚼什么舌头？

喜宝说，啊呀孟场长，不正常就不正常在这里啊！他们年岁一样，谈对象也就谈了，问题是他们这样不正常啊。女大男小，一天到晚在一块儿，这就不正常啊。雷正兴是先进人物，我们都为他担心呢！

这话说得在理。孟场长心里扑通一跳，要是先进人物出了政治问题，这可是大事，而且在县委书记面前也交代不过去，这是政治影响问题啊。孟场长说，我怎么一点儿没听到群众反映？

喜宝声音更小了，说，您孟场长平时说话严肃，大家不敢跟您套近乎。只有我迫切要求进步，所以才想靠拢领导，事事向领导汇报！不好，有人来了，我得走了！

走来的人正是王佩琴。喜宝在她走近场长办公室窗户之前及时开溜，没让她看见。

王佩琴看见了站在敞开的窗户前的孟场长，远远就笑着挥手："孟伯伯，我找你呢！"

王佩琴的父亲与场长原先是一个单位的，有私交，所以王佩琴见场长从来不显拘谨。但是王佩琴没有注意到场长今天的脸色不自然，当她说了来意并且把自己请求调动工种的报告放在场长办公桌上的时候，场长的脸色就更加不自然了。场长说，佩琴啊，我怎么见着你越来越陌生了？我可是在你五岁的时候就抱过你的啊！我跟你爸爸也算是故交啊！

我陌生在哪里啊？王佩琴很觉得吃惊。

孟场长心情烦恼，走来走去，说陌生了，陌生了！王佩琴说，我可是见着孟伯伯不陌生啊,要是陌生,我就不会到您这儿来提这个要求了。我知道好多人都在报名当农具手!

好多人是好多人,你是你!你好端端当着职工食堂的会计,坐坐木椅,打打算盘,怎么就想着要去大田晒太阳?

钢铁就是这样炼成的嘛!孟伯伯你大会上怎么号召的?你口口声声都是向生产第一线的同志学习呢!第一线是艰苦,但是光荣呢!革命青年,晒点儿太阳算什么,我还怕皮肤太苍白不好看呢!

不对,孟场长神色凝重地断言,你不是这个问题!

孟伯伯,一个革命青年愿意到生产第一线去,这可不是坏事情啊!

孟场长沉吟半天,说调动报告就放这儿吧。王佩琴高兴地说,孟伯伯,你同意啦?孟场长没好气地说,还没研究怎么就叫同意?

孟场长回到家脸上还是没好气。妻子听了原委,赶紧建议他凑着上县城的机会去见一见老王,还说老王的闺女要是在农场染了一身邪味儿,你老孟怎么跟老朋友交代?

孟场长三天后去县里出席科级干部会议,逮个中午时分的空,闯了一趟老王家。他进门就说,老王啊,我上县开会,到你这儿坐十分钟!

主人显得很高兴,是不是我女儿有情况啦?坐!坐!

么子情况?你晓得了?你说是么子情况?

譬如说,评上先进啦!譬如说,递入党申请书啦!

"净想好事!"客人咕嘟咕嘟喝了半杯凉开水,说,"老王啊,有人反映,佩琴跟一个比他小三岁的小伙子关系密切,怕有乱子出现啊!我是跟你实话实说啊!"

主人一听,心底便透亮了一半儿,说啥乱子啊,乱子啥啊,那是小雷啊,县委小通信员,他们是书友啊!

"书友?"孟场长疑惑,说,"啥书友?老王你净想新名词!"

"就是互相借书看啊。"主人哈哈笑着说,"就是你借我,我借你嘛。我女儿还借那小伙子一支手电筒呢!那小伙子挺爱学习的,有思想境界，我女儿向他借了一本书以后，口口声声跟我说，我不要虚度年华，我要炼成钢铁。一个女孩子炼啥钢铁啊？老孟你说呢？哈哈哈！不过我也依了她，让她炼吧，看她炼成块啥钢吧。所以我就把她交给你这个大场长啦！"

窗外响过一声闷雷，震得窗户纸簌簌响。孟场长心里发闷，老王态度的随意性实在让他觉得有点不可理解。于是，他耐心地说，现在的问题是佩琴她呀，好端端的食堂会计不做，要求去做小雷那辆拖拉机的农具手！你看看她打的请调报告吧！

依我看，这块女钢铁是想直接晒太阳了！老王读了一遍请调报告，摇摇头说，是不是佩琴想表现得进步一点儿，争取入党？

孟场长顿足说，老王啊，你怎么还这么想？！我是怕佩琴犯错误！

又一声响雷。风把窗户敲得乒乓作响。主人关上窗，呵呵笑着说，佩琴这孩子还会犯错误？老孟啊，我家这好孩子，评个劳动模范都不冤她！

孟场长在一声惊雷中长叹："真有你这么个做父亲的啊！"孟场长说完这一句话后，瓢泼大雨就哗哗地下来了，天色阴黑得就如孟场长此时的心情。孟场长盯着窗外屋檐上哗哗不停的小瀑布，心里担忧的不仅是王佩琴之父的脑中无弦，更担心着农场的低洼地。"不好，堤边低洼地排水不畅，可能抗不住这么大的雨。"他想着应该赶快跟县委办公室请假，回农场去处理可能发生的涝情。

涝情果然是在第一时间发生的。这一场持续达两个小时的连气象台都没有预测到的特大暴雨，使团山湖农场的两处低洼地水势迅速上涨，水势上涨的结果是出现了一个又一个可怕的临时孤岛。

大草滩上的雷正兴在暴雨扫来之时，已经将拖拉机紧急停下，并且手忙脚乱地脱下工作服，覆盖于拖拉机的发动机部位；他又脱下自己的衬衣，再盖了一个机械部位。几乎同时，呼啸着的狂风夹来了一阵隐隐约约的慌乱的哭声，像是一群女人在尖叫。

他顶着风走上坡顶，往东边望去，只见在草滩低处的溪水边洗衣服的一群女职工已经被突如其来的洪水吓慌了，那股冲破一小段河堤的洪水几乎已经包围了姑娘们站立的地方。雷正兴脚一跺，箭一般冲了过去。草滩很滑，雷正兴摔了一跤，爬起来就成了泥猴。他干脆蹲了两步跳到斜坡上，顺着草势一屁股坐下，哧溜溜地就坐着"草滑梯"溜了下去。

"哎！大家别慌！"雷正兴一下子就出现在哭着搂抱在一起的十几个姑娘面前，他看见如兽的洪水正在她们脚下哗哗作响。

姑娘们都相互搂着不敢动，一齐叫，小雷，小雷！

雷正兴举手喊，大家不要慌！现在大家往高处走！跟我来！

淋得浑身湿透的姑娘们镇静下来，跟着雷正兴一步一步地跨过草滩上的积水，艰难地往高处走。一个姑娘"哎哟"一声滑倒了，雷正兴回奔几步，伸出手，使劲拉起她。另一个姑娘的球鞋陷在烂泥里了，姑娘弯腰拼命摸，雨水打得她眼睛都睁不开。雷正兴一把扯起她吼一声，赤脚！快走！

几个从大田回来的小伙子抱着脑袋，在草滩上急急冲过。

"站住，"雷正兴喊，"快下来救人！"

有几个在大雨中犹豫地站住了，一会儿就跳下了土坎。"扶她们过水洼！"雷正兴俨然像个指挥员。

有一个小伙子没有下来，跟跟跄跄逃往场部方向，在跑过离雷正兴不远的地方，便被雷正兴扑上去，一把逮住。那人在雨中挣扎："放开我！"雷正兴压低声音怒吼："喜宝！你还是个男子汉不是？！"

喜宝不挣扎了。雷正兴放开他，指挥："你背那边两个，带她们过水洼子！"

在五六个男职工的引路和帮扶下，十几个姑娘终于在滂沱大雨和脚下洪水的困扰中，走出了险境。

疲惫的雷正兴脚一软，一屁股瘫坐在土坎上，累得再也直不起身子，任大雨夹头夹脸地浇淋。他抹抹脸，想起那年沿着洞庭湖讨饭的时候，由于一时寻不见桥洞，也是让大雨淋了几个钟头，仿佛后背上的毒疮就是那一天开出花来的。想到这里，他吓一跳，不敢怠慢，赶紧起身。

女职工们的集体感谢让雷正兴很不好意思，他有点儿听不得好话，一听好话刘海下的双颊就会腾腾地红起来。喜鹊样叽叽喳喳的姑娘们是在雷正兴正大口喝着王佩琴端来的热姜汤之后拥进屋来的。当时西边的天空已经挂上了半道彩虹，风停了，鸟儿回到了湿漉漉的空气里，雷正兴也及时做完了拖拉机的保养，并且换上了干净的衬衣。

雷正兴，谢谢你救了我。进门的胖姑娘说，我送你一张窗花！这是我自己剪的！我带了胶水，我给你贴上！

另一个姑娘说，我送你一支钢笔，虽然不是新的，可是出水很好！我晓得你以后是作家！

更多的姑娘雀儿般叫："雷正兴，我送你一块香皂，上海产的！雷正兴，我早发现你的漱口杯缺口了，我跟你换一只！雷正兴，我没有东西送给你，我送你一支歌！"

一位小个儿姑娘马上手舞足蹈唱起来："马儿啊，你慢些走啊慢些走，我要把这壮丽的景色看个够……"

雷正兴被姑娘们挤在屋角，感动得热泪盈眶，说，你们这是干啥呀！我不就是引个路嘛，算啥呀！

就这"引个路"，被匆匆赶回农场的孟场长在全场职工大会上特别地表扬了，他号召全场职工好好向农场标兵雷正兴同志学习。这份表扬名单还涉及了六位男职工，甚至其中还包括喜宝，这叫喜宝听得眼泪汪汪。他盯着孟场长这张并不难看的大嘴——他以前怎么觉得这张被络腮胡浓浓密密包围的大嘴这么难看——心中升腾起一股近乎神圣的感觉。

会议结束后，孟场长马上派人叫来王佩琴谈话。这时候场长的脸色与刚才在大会上慷慨激昂的神情完全两样了。

"佩琴啊，跟你说件事。"他点点椅子，请对方坐，"你请求当拖拉机农具手的报告，场里几个领导都研究了。我们认为呢，不合适，因为你目前的食堂会计岗位相当重要。民以食为天嘛，大食堂一定要搞好，这里面学问很多啊！我们希望你安心于这个岗位，为全场职工做好后勤保障工作！"

王佩琴脸上的表情凝固了。这样的结果，她也有预料，但是没想到孟场长的语气这么决绝。孟场长继续解释说，拖拉机农具手的岗位呢，当然，也重要，我们准备派一个男职工去，男职工比较合适。

恐怕不是这样的男女说法，是另外的男女说法吧？王佩琴这样说，她的脸色跟场长一样冷。

场长吃了一惊，问是啥意思？王佩琴说，有人嚼舌头乱说话是不是？

农场小社会嘛，有人嚼舌头免不了。背后嚼我老孟的舌头几十条呢，能当真么？由他去就是了！佩琴啊，既然你把话说到这里了，我孟伯伯也要忠告你一句，谁叫我是你爸爸的老朋友呢！

当然应该说说你的忠告，谁叫你是孟伯伯呢！

孟场长坐下来，喝口茶，捧住膝盖，语重心长地说，佩琴啊，我从来不反对男女青年之间的交往，但是交往呢，要有个分寸。比如说你跟小雷之间吧，是不是过分了一点儿？

王佩琴跳起来："你怎么能这样说？"

"坐下，坐下！"孟场长示意，然后说，你比雷正兴呢，大三岁，如果正儿八经谈对象，那我也同意，"女大三，金银山"，老辈人有这个说法，到时候办酒席，要我主持我都乐意！可是呢，你们既然不是谈对象，那就是正常的同志交往，那就不要黏得太近，黏得太近容易出问题。这对双方都是一种耽误。对你有好处吗？没有。对小雷有好处吗？没有。而且呢，在职工中也会造成不良印象。

王佩琴说，好，好，孟伯伯的话我都听进去了，但我也要告诉孟伯伯，我跟小雷之间正大光明，我们两个在学习上、阅读上、生活上互相帮助，我们是姐姐跟弟弟的关系你知道吗？

孟场长一听，朝着天花板呵呵笑起来："啥姐姐弟弟？别说笑话了！谁都晓得雷正兴是孤儿，在旧社会苦大仇深，他有啥姐姐！"

"你怎么这样说话？！"王佩琴委屈得要哭出来，说，"新社会兴认姐姐认弟弟了。小雷正因为没有姐姐，从小就没有妈妈，所以我当他姐姐，生活上照应他一把，不该么？人家嚼舌头，你孟伯伯也这么嚼舌头？你太不该了，你算啥孟伯伯呀！"

王佩琴捂着泪眼跑了出去，谈话不欢而散。孟场长的妻子当夜评论说佩琴的话也有几分道理，刚说出这一句就被丈夫顶了回去，说："先进人物要是倒在这里就太亏了，晓得不晓得？小雷这棵苗子你忍心连根拔了？男女关系，这把刀子最厉害晓得不？谁沾上谁霉一辈子！"

王佩琴自从经历了这番谈话后一夜无眠。可是雷正兴啥都不知道，那天傍晚路过食堂会计室听得里头算盘珠子劈劈啪啪响，便兴冲冲推门进去。

"给，王姐！"雷正兴把一本崭新的精美的笔记本放在会计桌上说，"今天去省农科所买零件，专门到长沙百货公司给你买的！怎么样？这是凤凰，这是云彩，这是彩虹。你摸摸，丝绸，滑得很，比你去年卖给健姐的那一本还要漂亮吧？"

我好像用不着这个呀！

王姐，你眼睛怎么了？红眼睛了？

昨天算账，熬夜了。

你怎么用不着啊，记日记呀！把一天中最有意义的事情记下来，把真实的思想感情记下来！王姐，记日记吧，能够记录自己的成长历程，对自己是个鞭策！你看，我昨天也熬夜了，我记了一大篇呢！王姐，我念给你听！

王佩琴阴郁的心情开始慢慢消散，她盯着雷正兴由于激情澎湃而涨红的圆脸，她看见她的弟弟走到房间中央也就是舞台中央。雷正兴仰起脸来，十分庄严，仿佛看见了迎面打着的闪亮的舞台灯，以及灯光后面的无限辽阔的草原或者是无限辽阔的大海，甚至是无限辽阔的天空。

"如果你是一滴水,你是否滋润了一寸土地?如果你是一线阳光,你是否照亮了一分黑暗?"

王佩琴激动了,也一步跳到房间中央,抢过雷正兴的笔记本,继续念道:"如果你是一颗粮食,你是否哺育了有用的生命?如果你是一颗最小的螺丝钉,你是否永远守在你生活的岗位上?"

雷正兴庄严地接过王佩琴手中的笔记本,仿佛是两个配合得十分默契的演员:"如果你要告诉我们什么思想,你是否会日夜宣扬那最美丽的理想?你既然活着,你又是否为了未来的人类生活付出你的劳动,使世界一天天变得更美丽?"

王佩琴再度接过笔记本,双颊发出红光:"我想问你,为未来带来了什么?我想问你,为未来带来了什么?"

门突然开了,进门人应声说,带来了香肠!给,两根!我妈又托人捎来了!

然后,进门人又说,读日记?谁的日记?啊哈,我瞄一眼就明白了,雷正兴同志的日记本!我的乖乖,你的雷弟还真是的,竟然把自己的日记本都拿给王姐看!

王佩琴说,我们姐弟互相交换日记本看,那是正常的,我们就是要这样互相鼓励,共同进步!你把香肠拿回去吧,我不吃!雷正兴也说喜宝你大惊小怪啥呀,我以后也念给你听好不好?喜宝说不要不要,说看人日记本跟私拆他人信件一样,那是犯法的。

在雷正兴带着笔记本走了之后,喜宝却携着两根香肠不肯离开。他说,王姐你别再斜看我了,孟场长在这么大的会议上都公开表扬我了,我还能是个落后分子吗?我毕竟在风里雨里救过女同志们呢!你得考虑我火线入团呢!在接下来的时间里,喜宝又就私人日记本的朗诵问题发表了自己的见解。他说话的语气有推心置腹的意思,他是这样说的:其实,王姐,人哪,不应当是全透明的,如果像个玻璃人一样,哪像人呢!说句老实话,人有一点儿秘密,那是正常的,有一点儿私心,那也是正常的,世界上哪有一心为公的人?《钢铁是怎样炼成的》我也看了,保尔·柯察金那种人是书上写写的，我就不信他过日子的时候就不想多吃点儿，吃好点儿！雷正兴也真是，把思想弄得这么好有啥用呢？还不是饿着累着自己？一旦身子垮了啥都垮了。王会计你要小心呢，幸亏你没去当农具手，不然，跟着他加班加点，没三天就累垮了——咔吧一声，身子骨断了，全完！——香肠你还是吃吧，我妈说是广州货，闹不好是香港货，好吃着哪。王姐啊王姐，只有我才是关心你哪！

王佩琴说，我很可怜你，喜宝啊，你在雷正兴面前，竟然是这么渺小！他心眼儿里想的，全是人民，人民，人民；你呢，心眼儿里想的，全是自己，自己，自己。是啊是啊，你们是一个村的，你们就这点儿差别，可是，就这点儿差别，十万八千里啊！喜宝，这样下去，你哪一天能入团啊！快带走你的香肠！

喜宝不拿香肠，逃出门去，但王佩琴眼明手快，迅速将那香肠扔了出去。喜宝身手敏捷，一下子就接着了香肠。

"嘿！我还不舍得给人呢！"喜宝自言自语说，"不过，入团，好像又摸不着门框了。"

他转个弯儿，就看见了骑着自行车的孟场长在办公室前跨下了车。

"嘿，孟场长！"喜宝做出大惊小怪的神色跑过去，"我正好有句话要报告您呢！"

孟场长皱眉说又报告啥呀！孟场长内心里对职工咬小耳朵喊喊喳喳总是有点儿反感，但又很想听到些什么，有些舆论和有些情况他在正常渠道里是听不到的。喜宝首先表示了自己对场长的感激之情，说他长这么大了还是头一回听到那么大的领导在那么大的会议上表扬自己，又表示今后再碰到狂风暴雨或者山崩地裂他都会照样勇敢地救女同志们。一直说到孟场长皱眉说，呸呸呸，乌鸦嘴！

然后喜宝就单刀直入，报告了一对嫌疑男女的暧昧关系："孟场长呀，他们已经发展到互相看日记了！"

互相看日记？孟场长不明白这是什么意思。喜宝说，就是你写的日记我看，我写的日记你看！不假，我亲眼见的！真让人难以相信啊！这样下去，迟早要出事。两个先进人物完了就完了，无非是两个职工，可是我们团山湖农场的政治声誉可损失不起啊！

孟场长最害怕的就是这个问题，喜宝点中要害了。场长扇着草帽在办公室里踱来又踱去。踱到第四圈的时候，他站定了，浓眉下犀利的目光直盯喜宝："李喜宝同志，今天你这样汇报，说明你这个同志，还是有基本政治觉悟的，这是你靠拢组织的表现。不过，这些事情，你可不要再在职工们面前扩散！"喜宝说那当然那当然，我要是想着扩散的话就不到场长同志面前来报告了。

告辞场长后，喜宝步子非常轻快，他的两根香肠放在场长桌子上，场长似乎也没叫他拿回。他逃跑似的跑出场长办公室。

大太阳底下，拖拉机沿着机耕路突突突前进。忽然，停住了。雷正兴看见了一个不可思议的场面：

孟场长笑容满面地站在路边，高举一只饭盒，示意是他送饭来了。

雷正兴急忙跳下拖拉机说，孟场长，怎么是你给我送饭了？

这拖拉机是我们农场的宝贝疙瘩，我给拖拉机手服务一次还不行么？

雷正兴心存感激，找着草滩上的沟渠洗了手，孟场长又及时解下自己脖子上的毛巾，递给对方。雷正兴擦了手，说，场长同志吃过没有？

我饱了，你吃吧！我叫伙房专门给你打了荷包蛋！

谢谢场长！雷正兴马上很香地吃饭，说我不客气啦！

小雷啊，我问你一句话，你老实告诉我。

场长同志尽管问！

孟场长直截了当说你是不是爱上王佩琴了？雷正兴脱口而出回答："我爱全国人民，还能不爱王佩琴？"

孟场长一愣，脑子似乎一时拐不过弯儿来。半晌，他才点着雷正兴的鼻子笑着说，好小子，别给我来诡辩！雷正兴说，孟场长，我跟王佩琴同志在一起相互学习、相互帮助，我们就像一对姐弟，这并不是找对象呀，这是革命友谊！

场长不高兴了，说，友谊？友谊会交换日记看？你看我的，我看你的？小雷啊，组织上是诚心在培养你啊，你要端正认识，政治上要诚实啊！

雷正兴认真地说，场长同志，因为日记本上记着自己思想进步的过程，还有读书的心得，我跟王佩琴同志约好了，一定要在思想上互相帮助，所以我们要交换日记看！她也开始记日记了！

你开拖拉机学会了绕圈子，怎么跟我说话也绕圈子了？

雷正兴说，我绕圈子？孟场长，我没绕啊！

孟场长认定雷正兴不诚实，他当晚放开肚子喝了半斤土烧——是老伴儿知道他心情不畅，所以才从床底下拖出了酒坛子。

"他说没绕圈子，我看他就是在绕圈子！"场长住的是一个芦苇墙的小院子，夫妻俩在院子里的小方桌上对坐吃饭。孟场长说话语气愤愤然："这个事啊，我无论如何想不通！这么好的一对青年男女，为什么就是不肯承认在谈恋爱？如果是谈恋爱，那也就没事！如果不是谈恋爱呢，那就容易出事，就很烦心。你说烦不烦呢？这是不是关系到我们团山湖农场的名声？"

妻子吃饭，不说话。

这种事情，一定要管，而且要早管！我也是没办法，谁叫我是场长呢，那么我就来管吧。婚姻大事，领导出面比较好，容易把事情促成。我同你当年不也是组织出面撮合的?

你干脆去当媒人吧！鼓励农场职工就地成家，一辈子建设农场，这也是你场长应该做的，是不是？

孟场长最后说，那我就做一回月老吧，这样对佩琴她爸爸也是个交代！这个媒人我当定了。

女人大三岁，怕啥？我不也比你大一岁？这么多年了，也没见你嫌弃我呀！

孟场长放下碗筷就去场部篮球场找了女篮队长王佩琴。那会儿她正带着一帮女子篮球队员在晚霞的余晖里练球，兴致勃勃。孟场长把满头大汗的王佩琴叫出球场，笑嘻嘻说："佩琴啊，你孟伯伯这会儿总算开通了，干脆由我出面，把你跟小雷的事公开了，正大光明谈恋爱嘛。你就是要去当拖拉机农具手，我也可以重新考虑嘛，夫妻俩一起开拖拉机，也是一段佳话嘛！一会儿你们练完了，你到我家来，我们一起合计合计！"

王佩琴急捂耳朵说，拜托你了好不好？你这个孟伯伯你啰唆啥呀？我跟雷正兴根本就没有这种关系，八竿子打不着嘛！我可不去你那儿啰唆这种事情，你太没意思了！

一番话说得孟场长丈二金刚摸不着头脑，他眼看着气呼呼的王佩琴重新跑回了球场，心里想，这两个年轻人摆这种迷魂阵到底算啥事呢？回到办公室还没打上两个电话，他又从窗口看见了晃晃荡荡的喜宝。"李喜宝！"孟场长喊他时没好气。

喜宝急忙走过来。"我告诉你，李喜宝同志！"孟场长沉下脸说，"往后，少在场领导面前乱嚼舌头！人家八竿子打不着的事，你瞎掺和！"

喜宝左右看看，凑过嘴巴，做神秘状说，孟场长啊，别说八竿子打不着，只怕半竿子就打着了！

啥意思？

就是现在，他们两个，约到大田上的那个草垛里去了！就是现在，骗您我是狗！

"大田上的草垛？"孟场长抽口凉气，说，"不会吧？刚才还见王佩琴练球呢。"

他们是刚走，就是去草垛了，我亲眼见的。喜宝说，场长您看，天都快黑了，他们自己房间不待，要跑到草垛里去，这是不是明摆着要出问题？

孟场长同意这种判断，他当即就离了办公楼，往大田上赶。喜宝赶紧跟上，他觉得这是个靠拢领导的极佳机会。

雷正兴确实与王佩琴在一块儿，是王佩琴约他的，因为王佩琴听了场长的话后心里很不舒畅,她认为肯定有人进谗言,然后就使孟场长团团转。他们交谈的地方并不在什么草垛,而是暮色中的河堤。

河堤上雷正兴激昂的声音隐隐约约传到孟场长耳朵里。雷正兴是这样说的:"王姐,我们不要怕人说我们什么,你就像健姐一样,也是我的好姐姐,亲如同胞的姐姐。我是你的弟弟,有你这个姐姐关心我、督促我,我一定能更好地思想进步,你说是不是?我们还要来个竞赛,看谁早日加入中国共产党,像保尔·柯察金一样,成为坚强的布尔什维克!"

然后是王佩琴的声音。她说好,她愿意参加竞赛。然后又是雷正兴的声音。雷正兴说,王姐,我们要像过去一样,精神百倍地工作!现在我们团山湖农场一派丰收景象,我那天打电话都向张书记汇报了,我说我们农场职工的心情也像金色的稻穗一样,全是金灿灿的!王姐,我昨天还写了一首诗,我念给你听!题目叫《南来的燕子》。王佩琴说我来念,我来念!

南来的燕子啊!
新来的候鸟,
从北方飞到了南方,
轻盈地掠过团山湖的上空,
闪着惊异的眼光。
我分明听清了呢喃的燕语,
像在问:
"为什么荒芜的团山湖,
今年改变了模样?"
南来的燕子啊!
让我告诉你吧:
团山湖这块未垦的处女地,
是由于党的巨大的力量,
才围垦成一个新的农场。

是他们——农场的工人们，

用勤劳的双手，

给团山湖换上了新装！

南来的燕子啊！

你可不要惊呆。

不是晴天里响起了春雷，

而是拖拉机在隆隆地开！

不是沟渠里的水能倒流，

而是抽水机在把积水排！

南来的燕子啊！

你不用再寻旧时代的屋梁，

你可知道你所飞过的地方，

新建了多少这样的农场？

　　王佩琴念完，闭起眼，似乎还沉浸在诗的意境里。雷正兴看着她闭眼睛，很有些惴惴不安，问好不好？

　　"不是一般的好，是太好了！"王佩琴说，"雷弟啊，你真的可以当作家了！下一次农场开联欢会，我再替你朗诵这首诗！"

　　你公开替我朗诵？王姐，你不怕别人说闲话了？

　　人家要说啥让人家说！雷弟，让我们大踏步地前进吧，像英雄的卓娅与舒拉一样活着吧，把一切落后与愚昧都抛在后头吧！我生气的就是我们的那个场长，他就喜欢听信流言蜚语！

　　雷正兴后来是这么说的，也不怪孟场长，孟场长也是为了我们好，为了农场的名誉！农场的工作那么多，他也不可能每件事情都弄得明明白白。

　　暮色中的这一番对话，虽是隐隐约约，却也清清晰晰。孟场长心中的乌云早就被吹得干干净净，后来他就径自走到等在大田一侧的喜宝面前，十分不满地说，喜宝你以后再嚼舌根，我关你三天禁闭！

喜宝说，我是靠拢组织啊！孟场长说，靠拢个屁，以后这种事别来汇报！要汇报就汇报你这个月有没有偷鸡摸狗！喜宝一路追着场长一路说，场长同志，我都整整三个月没摘场里一只番茄没掰场里一根玉米棒子了！场长，我早不姓谭了，我叫李喜宝了！李是我妈妈的姓，我妈妈也是孤儿，我外公外婆都做过地主家的长工，他们也是深受剥削的啊！

后来王佩琴终于知道了，农场里的这股阴风全是李喜宝吹的，气得要去找喜宝算账，最终还是被雷正兴拦住了。雷正兴说他是有些糊涂，但以后他会慢慢觉悟的，不要去骂他。

王佩琴点着雷正兴的鼻子说，雷弟啊雷弟，就是你心软！

可是还没过一星期，王佩琴再看着雷正兴的时候，却说不出"心软"这句话了，她反而觉得雷正兴的心可真是硬啊，硬得她王佩琴不知说啥才好了。那一天雷正兴急匆匆跑来是这样告诉她的，告诉她的时候一脸喜色："王姐，我舍不得离开你但是也要离开你了，我要报名去鞍钢了！我要为祖国的工业化贡献青春！"

这就像一个晴天霹雳在王佩琴面前炸响了，而且带来这么个霹雳般消息的雷正兴，脸面上还是这么激动这么美滋滋的。

连在场的孟场长都大喝一声："你说啥？"

雷正兴这才发现孟场长也在会计室。孟场长是来向王佩琴道歉的，道歉主题是说自己曲解了王佩琴和雷正兴的姐弟关系。可是话才刚开了个头，却突然遇到了雷正兴突如其来的这份兴致勃勃。

雷正兴马上转向孟场长报告说："场长，我准备打申请报告去鞍钢，鞍山钢铁厂！东北！因为祖国建设迫切需要钢铁。鞍钢来望城县招工的一个同志，已经到农场了，我刚才碰上了！听鞍钢的同志一讲话，我浑身热啊！热血沸腾！"

孟场长说，听我说小雷，这次给我们农场的名额不多，他们主要是招无业的社会青年！你怎么能走呢？你是我们农场的优秀拖拉机手啊！雷正兴说，我年轻，能吃苦！现在祖国缺钢，"钢铁元帅要升帐"，今年钢产量要达到 1070 万吨，这是国家号召啊！国家有声音，我心口就热啊！我就想到祖国最需要的地方去！

　　王佩琴跳起来，双手按在雷正兴肩头说，雷弟呀雷弟，你千万不要太激动！

　　雷正兴说，王姐，我现在浑身像火一样燃烧，我要去鞍钢！王姐，我不能不响应国家的号召！

　　王佩琴一下子就跑出房去。她也不想着跑到哪儿去，但双脚就是不听使唤。她一直跑，跑到了大田里，跑到了草滩上，风把她的头发吹得像一头雄狮。她一直跑了一个钟头才疲乏地坐下来。

　　坐下来，她就大口喘气。她想琢磨问题，但心间一片空白。

玖

钢铁是第二个梦,梦里有大雪飘飘

雷正兴想去鞍钢当工人的消息，在新建立的团山湖农场如同响了一枚炸弹，好多职工都震迷糊了。喜宝头一个就弄不懂，他在王佩琴面前挥手顿足，连连说傻了傻了，这么傻的人我真没见过，傻出奇了，还是同一个村的呢。你看他在这里是拖拉机手，一个月三十六块大洋，到冰天雪地的地方去一个月才二十四块大洋，足足少十二块，还吃不上大米要啃窝窝头，这不傻到家了？比离开县委大院子跑到农场当拖拉机手还傻。王佩琴虽然不同意这种说法，认为雷正兴一向有保尔·柯察金的情怀，但对于雷正兴非得离开国营农场要去冰雪世界，还是有点儿想不明白——哪儿不能百炼成钢，要炼钢非得去正儿八经的钢铁厂吗？

雷正兴那天傍晚独自坐在河堤上看落日，看了足足一个钟头。他盯着那团裹着几丝云彩的血红的东西出神，自己也想不明白自己的血怎么会在几分钟内就沸腾得那么厉害，而且一连三天平静不下来。

也就是三天前，在团山湖农场的招待所门口，他看见了来自鞍钢的那两个招工干部。并不是那两个中年人激情飞扬的口才打动了雷正兴，而是那两个人介绍的国家关于"大办钢铁"的号召，是他们说的关于缺了钢铁我们中华民族就缺了脊椎的道理，震动了雷正兴。没有了钢铁，那么工人就缺了挖掘机,农民就缺了拖拉机,解放军就缺了坦克与大炮,这也就是当年拥有大批钢铁的小日本敢于进攻缺了脊椎骨的中国的原因——中国那时候就像是一堆肉瘫在太平洋西岸。中国缺钙,长期地缺,不要说中国没有硬硬的脊椎骨,连好端端的牙齿都缺,所以中国只能被有钢铁的日本人一口一口咬,人家张口就是钢牙。所以中国的钢铁元帅必须升帐,有了一身的骨头才能长一身结实的肉,中国的建设事业才能骨肉丰满。

就这样,雷正兴血管里的液体顿时燃烧,至于工资高低、北方的种种艰苦以及生活习惯与南方的巨大差异,这都不是他考虑的。他只考虑国家现在发出了强有力的号召,只考虑他是个小小螺丝钉,他应当尽快拧到国家最要紧的那个部位上去。

血红的太阳现在已经完全沉到地平线以下了,而雷正兴满身的血液还在燃烧着。他握着拳头想,去鞍山,去钢都,去为中国的钢铁元帅升帐效劳,我们中国一定要有很多很多钢铁才能挺拔于世界民族之林。所有天上飞的水里奔的路上开的都离不开钢铁,所有的机器、部件、齿轮、螺丝钉都是钢铁,作为一颗革命的螺丝钉应该很懂这个道理,所以当务之急是必须急国家之急,去当一名钢铁工人。这个决定必须下得狠!

他是在渐渐降临的黑暗中跑步回到寝室的。他想明白了,他觉得他的这个决心没错,完全没错,剩下的问题是怎么说服各级领导以及真诚关心着他的同事们,还有乡间的六叔公一家。

这一天,在黑暗中默默坐着的还有孟场长。他一个人呆坐在院子里的小竹椅上,吐着酒气。这一顿晚餐他在征得妻子的同意下,喝足了酒,把半个月的定额都喝完了。

妻子披衣出屋说,干吗呀,不读书了,不看报了,不睡了?愁能愁出啥名堂吗?

"他一门心思想走,我心里怎么放得下啊!"丈夫说。

"现在看明白了吧。"妻子点着丈夫的脑门说,"那小雷跟佩琴根本不是啥谈恋爱,就是年轻人的热情嘛!不然,小雷能扔下女朋友远走高飞?"

这事当然怨我!张飞还粗中有细呢,我这个人,偏是不明事理!不过,你说,雷正兴要走,我真能放他吗?我放先进人物走,我算啥子场长?这就像割我一块心头肉一样啊!

说到这里,孟场长搁下酒杯,简直有点眼泪汪汪。

他又说,那边啥子好?我还不晓得,新招工人每月才二十四元。小雷在这里三十六元,又开着拖拉机,场里也就数他神气,你说小雷他算过这笔账吗?

你跟我可以说钱的道理。钱这个字,我听得进,我妈听得进,你妈也听得进。你跟小雷就别说钱的道理,你跟他说钱,不是他傻是你傻!

孟场长觉得老婆的话是对的,低头良久,说,小雷如果要离开望城县,我还得听张书记的意见。张书记亲口对我关照过,小雷是棵好苗子,要好好培养!

妻子说,你这才说到点子上了!你去城里,你明天一早就去,你去找张书记!你说那么多废话,就这句话才像个做场长的话!

孟场长不能不认为老婆的话是对的,这是条行得通的路。搬出张书记这尊神来,事情就可能峰回路转了。

张书记久久地站在窗前,望着窗外的天空和街道,沉默不语。他明白老孟为什么要如此一大早从农场赶出来,直奔他的办公室。老孟的心煎着,他感受得到。

于是张书记转过身,对眼巴巴望着他的老孟说,雷正兴离开望城,说句实话,我比你孟场长还舍不得。孟场长就等着张书记这句话,这句话一说他就坦然了,一路上汗流浃背的劳累烟消云散。孟场长呵呵笑,说,啊呀张书记啊,有你这句话,我就有底气了!

"我还要再想一想。"张书记说,"来,老孟你喝水,看你汗的!我呢，会找小雷谈一次话，我要彻底弄清楚他的想法。"

"是，是。"孟场长说，"年轻人容易激动也是好事，激动但不能冲动。张书记，我们农场确实也需要他，农场才起步不久，职工思想不稳定，年轻人中树一个标兵不容易。雷正兴各方面都优秀，太优秀了，能干，能说，能写，能帮助人，苦啊累啊一点不怕，同志之间关系还特别好，我简直挑不出他一丁点儿毛病！都说身上没有毛病的人不像个人，可是对他我就挑不出毛病。毛主席说凡是人都有缺点，毛主席的话当然是对的，可是你看看雷正兴，他有啥缺点啊，我就找不出。你张书记可能晓得，我老孟不晓得，我老孟只晓得不能放他走。我们场党总支还考虑了，年底要在全场搞一个向雷正兴同志学习的活动，各作业队都要出墙报。典型引路嘛，是不是？张书记你可要帮我担待这个事啊！"

孟场长这都是心里话，张书记理解，而孟场长也同样体会到了县委书记的理解，为此心里踏实了，所以当他回到团山湖农场碰上路边候着的王佩琴时，他就露出了自信的微笑。他摇摇头对王佩琴说，哟！还算是你弟弟呢！还啥卓娅与舒拉呢！那会儿你们的姐弟关系弄得我头痛，这会儿我宁可你们姐弟关系再密切一点儿，你们却又拉开差距了，这叫人怎么说呢？好在张书记态度是明确的。

孟场长的话刚到这里，就被姑娘打断说，张书记他怎么说？

张书记态度很明确啊！张书记说舍不得他离开望城县，说这是一棵难得的好苗子啊！

"这就对了！"王佩琴嘘出一口大气，靠在身后砖墙上，像累极了似的，"张书记能这么说，我就放心了！说实话，我真舍不得我这个弟弟！"

"放心，我准备正式通知雷正兴，农场领导不批准他调离团山湖农场！"孟场长斩钉截铁地说，"这下子你这个卓娅放心了吧？"

别说放心，王佩琴一下子泪花都迸了出来，她已经接连三个晚上没睡稳了。

当晚雷正兴就被孟场长叫到了场长办公室。孟场长劈头就说，小雷，晓得吧，我刚从张书记那儿来！我一早就去过县委了！

张书记身体好吗？

身体好！表态表得更好！

雷正兴一时没听明白。孟场长紧跟着说，他对你调鞍钢是怎么表态的，你晓得不？

雷正兴摇头。

他明确表示不舍得你调离望城县。孟场长的语气斩钉截铁。又说，现在呢，我也把我的态度正式通知你，我不同意你走！我是农场总党支书记，书记就代表农场的党嘛！党要你留在农场里当拖拉机手，这是明确的！所以小雷啊，你这会儿就要想一想，你怎么能不听党的话呢？我是为你好，也是为我们农场好！你不是要做革命螺丝钉吗，我们团山湖农场这部革命的大机器，就需要你这颗螺丝钉。很需要，非常需要，太需要了！我今天的意思，你小雷听明白了吗？

雷正兴试图解释："孟场长，您的意思我听明白了。可是，我这样想，我这颗小小螺丝钉，希望拧在国家最急需的岗位上……"

"别解释了，小雷！团山湖农场就是国家最急需的岗位！"孟场长摆摆手说，"我这么说你还不明白吗？钢铁之帅要升帐，我水稻大王也要坐交椅，懂吗？还有，张书记要找你谈一谈，就这几天！我告诉你，你去谈话的时候要端正态度，不要耍小孩子脾气。对了，要说你这位小同志有缺点啊，就是一条，有时候耍小孩子脾气，脑筋拧了就转不过弯儿来。东北有啥好去的，流两行鼻涕冻一对冰棍儿，我的妈妈，吓死人了。可别去了，懂吗？"

雷正兴当然很想见张书记，他心里清楚，张书记才是决定他能否去当钢铁工人的最后决策者。

没有过三天，他就应约而进了县城。一走入熟悉的县委大院，开水大爷一声尖叫，就扔了水桶拥抱了他。然后是毕主任，先是一愣，然后也拥抱了他。但接下来的事就是严肃的质问，严肃得眉毛都直竖了。

"怎么搞的嘛，小雷？"毕主任说，"当初离开机关去当农场职工，我没少劝你，后来你去了，当上了拖拉机手，报上还发了文章，倒叫我觉得你去农场也行，广阔天地炼红心，也是一种锻炼。如今你倒好，说要离开望城了？要离开张书记的关怀了？要招工招到北方去了？你是不是真的发烧了？"

说着，他用手按按雷正兴额头。

"额头上不烫，"雷正兴不好意思地说，"心里烫着！"

"快去见张书记，让他给你去去火！"毕主任说，"张书记为你的事都快愁死了！你呀你，你这个不懂事的小雷啊！"

说到这里，他猛地捶了一拳雷正兴的肩膀说，恨铁不成钢啊！你钢铁还没炼成啊！

雷正兴憋住笑说，我这不正要去钢铁厂炼吗？

毕主任凸出眼珠吼，你还这么说？你真气死我了！快去见张书记！！

好在毕主任凸眼珠吼人是常事，雷正兴见过多次了，不然还真得吓着。

玖

吉普车开到山坡顶上，稳稳刹车。雷正兴从后车门跳下，敏捷地拉开前车门，让张书记下车。

张书记下车，走几步，用手遮着阳光，眺望望城新城区，然后说，小雷啊，你看看这边，看见新厂房了吧？两排，还有根大烟囱。

雷正兴往东看，说看见了。

"再看这边！"张书记指点，"看见新建的望城中学体育场了吗？那块平地，旁边那个尖顶的是游泳馆！"

雷正兴说看见了。

小雷啊，我之所以把你带到这里来，是想让你看看我们望城的新面貌。这几年，望城变化大啊，新修了三条马路，十二家工厂开工投产，兴建了两所中学、八所小学、六所幼儿园、一家图书馆、两家电影院，还建了街心花园，更不用说你所在的团山湖农场了，新农场第一年丰收在望啊！

张书记说到这里，眼角有些泪花。他停了停，又说这不是县委的功劳，这是全县人民鼓足干劲、力争上游、多快好省建设社会主义的成绩啊，这是苦干加巧干、奋发图强的结果啊！小雷，你感觉不感觉得到望城人民的伟大、我们望城的可爱？

我太能感觉到了，张书记。我看着我们农场的稻穗那么黄澄澄一片，心里就高兴啊，有时眼泪都会流出来！

张书记点点头，直视雷正兴说，那，小雷，你现在告诉我，为什么想离开家乡？

张书记，我其实不想离开我们望城！

张书记一怔。却听雷正兴又说，真的，张书记，我有一百个、一千个、一万个理由不离开家乡。

张书记说，啊，你说，你说。

第一个想法，是我不想离开团山湖农场，离开那片长满稻穗和蔬菜瓜果的土地！那是拖拉机一趟一趟耕出来的！我们白天黑夜洒了多少汗水啊，我们三次组织青年突击队啊！张书记，我怎么舍得离开那块土地？

张书记说，你说得很好。

我也不舍得离开您张书记啊！张书记您一直像父亲一样教育我、培养我，我调往农场了，您还嘱咐农场领导要在政治上关心我，这些我都听我们场领导说了，我心里真的感动！我确实不愿意离开张书记、离开县领导、离开毕主任，你们都是我最亲的亲人！

说到这里，雷正兴眼眶里的泪水打转。他顿了顿又说，张书记，我在望城的土地上脱离了苦海，我在望城的土地上加入了儿童团，又加入了少先队，又加入了共青团，我一直踩着望城的土地进步！

张书记说，这话很对。雷正兴又说，我不愿意离开望城，还有个原因，是因为我的爸爸、我的妈妈、我的哥哥再伢子、我的弟弟小金满，他们都睡在望城，我每年清明的时候、过年的时候，都要去坟上看他们。我晓得，他们也在看着我，我每一次有进步，我晓得他们都高兴。还有，我的六叔公、六叔奶奶年纪大了，我的三叔、三婶这两年身体也弱了，他们收留了我这个孤儿，我要是出远门，我心里会非常难受，我没有很好地报答他们！

张书记说，对了对了，你说下去。

雷正兴又说，我在望城县有很多同事，有很好的兄弟姐妹，有我的健姐，有我的王姐。健姐和王姐像亲姐姐一样关心我、帮助我、鼓励我，说心里话，我也不忍心离开她们！

张书记点头，说，你讲得很好。雷正兴迎着山坡上呼呼的风，又说，这几天啊，大家都来跟我说北方冷，冻人，北方连流鼻涕都要结冰，露天里撒尿要随手带棍子，不然走不了；还说北方没大米吃，北方苦，北方的伙食也不行，南方人的肠胃到了北方就板结了。我也想过，一个南方人吧，真的不应该轻易到北方去，吃也好，穿也好，住也好，生活上会很不习惯。再说那边的工资比我现在低得多，起码我就不能够像现在这样给我的六叔公、六叔奶奶每个月寄钱去了。

张书记看着他，知道他下面的话该有内容了。

雷正兴果然说到了"但是"。他说，但是，张书记，我这几天的心为什么会跳得这么快呀？会觉得全身的血很热很热呢？我心里轰轰响，只有一个声音，那就是祖国发了号召了，毛主席挥了手了，国家急需钢铁，鞍钢要大发展，需要全国的有志青年去支援鞍钢建设！张书记，真的，国家有急事，我心里就发急，我其他啥都不能考虑。我这颗螺丝钉就该拧在国家最急需的部件上！张书记，我是个孤儿，我的一切都是新中国给的、人民给的，只要国家有号召，哪怕再苦、再累，我也要冲上去……

"小雷！"张书记举起手说，"你不用讲了！"

雷正兴立即止言，说我晓得我太激动了，张书记你千万别怪我。

小雷，张书记说，我全明白了，你没说错，你不用再讲下去了。

张书记走到山坡最高处，仰头，久久望着蓝天里的朵朵白云。他说，小雷啊，你说的，我完全清楚了，也完全理解你的心了。你是属于望城的，更是属于国家的、属于时代的。你去吧，站到时代的最前列去吧，当时代的急先锋吧，你的志向是我们整个国家的建设事业。你去吧，高高飞翔吧，我如果在这种时刻还要阻拦你，那我张复赵也不是一个称职的县委书记了！

雷正兴热泪盈眶，忽然就跳起来，扑到了张书记怀里。

张书记像慈父般抚摸着他黑黑的头发。雷正兴仰头说，张书记，孟场长不同意我的调动。

我会做他的工作的。

张书记，我到了东北以后，还想得到您的帮助啊！

我会的，我们互相帮助吧！小雷，我在你身上也学到不少东西呢！张书记从手腕下解下亮晶晶的手表说，你走了，我没有别的东西送你，这表，你戴上。

雷正兴吓一跳，说，手表？这么名贵的手表？张书记，我怎么能戴您的手表？我不能要！

张书记抓过雷正兴的手腕，不由分说就将手表给他戴上。雷正兴拼命蹦，但是张书记手劲更大，一下子就把英纳格手表扣在了他左手腕上。张书记说，小雷啊，这块表说名贵，也名贵，进口的，英纳格手表，当年也是部队的一个老首长送我的，他的意思，是要我抓紧时间学习，注意时时进步。我现在把它送给你，很明白，也是这个意思：抓紧时间学习，注意时时进步！小雷，真的，你收下，你收下我就高兴了。

雷正兴真的不好意思，说张书记呀，我真的不敢。

你呀，小雷，你不要看它名贵不名贵，我只要你时时记住我赠表的意思：一个人，活在世界上，也不过几十年——少则四五十年，多则七八十年——生命是那么可贵，我们一点儿也不要浪费生命，要时时想着生命的意义！我们想做啥子？我们已经做了些啥子？我们还要做啥子？我们能够做到啥子地步？

我会时时想这个问题的，张书记！

所以，你要抓紧时间，抓紧生命的每一天，抓紧每一天里面的每一刻，抓紧学习，抓紧工作，抓紧思想进步，抓紧为人民服务，争取早日加入中国共产党，争取为人民的利益奉献自己的一生！所以，我必须要你戴上这块表，请你时时记住我说的话。

谢谢你的礼物，张书记，我会永远记得你今天的话的！

我还有个建议！

什么建议？

你改个名吧，张书记说。

改名？雷正兴笑起来。

趁现在从祖国的南方调往祖国的北方，干脆改个名字，更响亮一点儿！当然，正兴这两字也不错，但是，可以更响亮，你说是不是？

说真的，张书记，我也好几次想过改名呢，我想要改个更有时代精神的。张书记你帮着想一个。

你要当时代的先锋，我看，就叫雷正锋吧！兴字，改成锋字！

雷正兴一听就觉得这名字响亮："雷正锋，行啊，比雷正兴强多了，一听就有一股锋利之气。张书记真是个有文化的人。"

雷正兴念叨了几遍，忽然脑子里又划过一道闪电。他说，张书记，干脆，中间的正字也去掉，取个单名，就叫雷锋！怎么样？雷——锋，好不好？

雷——锋！嗬，两个字，更好，体现了一个革命青年的进取心！张书记拍手说，这两个字厉害，雷霆之雷，先锋之锋，太厉害了！

雷正兴挺胸说，那我今天起就正式改名了！

雷锋同志！张复赵猛喝一声。

到！

你要为新中国的钢铁事业贡献力量，首先就必须把自己炼成一块合格的钢铁！

是！

你要有锋芒！

是！

你还带着那颗螺丝钉吗？

雷锋取出那颗向机械厂厂长讨来的螺丝钉说，张书记，你晓得的，我一直都带在身边！

雷锋同志，带上这颗螺丝钉，去祖国的钢都鞍山吧，拧在祖国的钢铁事业上吧，我相信你这颗螺丝钉会在新岗位上闪出锋芒来的！

雷锋推开孟场长家的小院门时是小心翼翼的，他那双破旧球鞋的鞋底几乎没发出声音。他有点怕孟场长，孟场长舍不得他走也是好心啊，他心里忐忑得很。

小院那扇木门吱呀一声轻轻推开的时候，果然，他迎面就听到了一声雷鸣般大喝。

雷锋同志！

到！雷锋吓一跳，赶紧立正。

好你个雷正兴啊，你都改名雷锋了啊！你厉害啊，把县委书记都攻下来了啊！

孟场长，雷锋赶紧小心翼翼说，我不是不留恋这个美丽的农场，我真的是盼望到祖国急需的岗位上去！

大道理不用说了，你看看，谁在我屋里哭鼻子啊！

雷锋奇怪了，探头一看，只见两眼红红的王佩琴与孟场长的妻子一起从屋里走了出来。王佩琴拭泪说，谁说我哭了，我没哭！

雷锋说哎呀王姐呀，你在这儿呀，我到大草甸上都去过了，找不到你呢！

孟场长说，雷正兴啊，你知道你的王姐为啥哭啊？她说她也要请调去鞍山工作啊，你说这现实吗？你王姐是独生女儿，家里父母身体都不怎么好，尤其是她妈，中风，整七年了，躺在床上！你说她离开我们望城千里迢迢去东北合适吗？我一批评，她就哭！

我也没说我一定要去啊！我只是说我同你孟场长商量商量嘛！雷正兴，我们走，我有东西要送给你！

雷锋说，孟场长，我可以走了吗？

孟场长表现出了最大的宽容和理解，说走吧走吧，你们姐弟俩该好好聊一聊啦！

王佩琴拉着她的雷弟的手，奔上了秋风呼呼的河边大堤，清凌凌的流水在一对快步行走的年轻人脚下流淌。王佩琴瞅着哗哗的河水说，雷弟，我拦不住你，从第一天起我就晓得我拦不住你了。县委书记给孟场长的电话说得对，你不是属于一个农场的，不是属于一个县的，你是属于国家的，属于我们这个时代的，你是时代先锋！你不是雷正兴，你是雷锋！雷弟，你走吧，你王姐祝福你！

我会永远记得王姐对我的帮助！雷锋说这句话的时候，鼻腔里有些发酸。

王佩琴取出一册装帧非常精美的日记本，说，姐姐送你一册日记本，有一段临别赠言，我已经写上了，昨晚写的，一直写到鸡叫呢。

临别赠言的字迹略略有些草，但写得真挚：

"亲如同胞的弟弟——小雷：你勇敢，聪明，有智慧，有前途，有远见，思想明朗，看问题全面，天真活泼，可爱，有外在的美和内在的美，这一切结合起来，真算是我心爱的弟弟，忠心的朋友！弟弟，你值得人羡慕的还多着哩，你是青年中少有的，在建设社会主义中是会有很大的贡献。弟弟，干劲和钻劲使你勇往直前，希望你在建设共产主义中把你的光和热发遍全世界，让人们都知道你的名字，使人们都热爱你和敬佩你！弟弟，希望你实现做姐姐的理想！在临别前要把我内心的千言万语说完是办不到的，我是不愿意与弟弟离分的，但祖国需要你和等着你！弟弟，你前进吧！你姐黄丽。"

雷锋双眉一跳，惊异了："王姐，你怎么署了一个'黄丽'？你用过的笔名？"

不是，我也是头一回用。

雷锋问，为啥要这样？

黄丽，不好听吗？金黄色的美丽，你看我们现在的团山湖农场，秋收了，到处一片金黄色的美丽！

啊，王姐是这个意思！

其实呀，也不是这意思。雷弟，我不用真名，是为了减少麻烦。你在东北，万一这日记本被啥子人看上一眼，有的人就可能好奇：王佩琴谁呀？团山湖农场的吧？甚至还到处打听，又要瞎传啥了，这会给你带来麻烦。所以我还是用一个"黄丽"，别人也不明白是哪个，就你雷弟心里明白就行！

王姐考虑得真仔细呀！王姐，你放心，我会把你的临别赠言永远记在心里的！你说要我把光和热传遍全世界，我可没有那么大力量，我只是一个普通工人，而且是一个新工人，革命大机器上一颗最小的螺丝钉，但是我会努力发光发热的，我不会辜负王姐的希望！王姐，今天，我也要给你写一句话！

王佩琴从花线钩织的小提兜里掏出了自己的日记本，说，我早就准备了，就写在这上面，姐姐会天天看的。

雷锋一盘腿就坐在堤上，吹在脸上的风有河水的香味。雷锋转头，想了一下，心里有话了，于是就认真题写："佩琴姐姐：你是党的忠实女儿，愿你的青春像鲜花一样，在祖国的土地上散发芬芳。'伟大的理想产生于伟大的毅力'，请你记住这句话。祝你在平凡的工作中，锻炼成为一个真正的共产主义战士！雷锋题赠。"

王佩琴接过，念了一遍，说，我会永远记住弟弟的勉励之言。雷弟，你姐还有一个要求。

王姐，你说！

去鞍钢报到，会路过北京吗？

从长沙坐火车，北上，要路过北京！招工的同志说了，我专门问的。啊呀，要见天安门了，我好激动啊！

王佩琴说我就是想说天安门的事啊，你要抽空去一趟天安门广场，在那里照一张相，给你王姐寄来！

一定！我不仅要给王姐寄！还要给健姐寄！还要给张书记寄！给秋

生哥寄!

一听这话,王佩琴忽然有泪花涌上来。这个雷弟,他怎么会一下子提到那么多名字啊,光姐姐就提了两个,他怎么回事啊!可是看看小雷,他的眼神又是那么清澈,那么真诚。

王佩琴低下头去,用手背拭拭泪眼。她自己也说不清楚是为了什么原因,听了一句普通的话就会心里发酸。有些感觉是无法用言语说明白的。

雷锋拉起王姐的手说,王姐你别伤心啊!我去为钢铁元帅升帐擂战鼓,王姐你要高兴啊!

突然远处有人高喊"庚伢子",两人急忙回头,见是喜宝。

喜宝发疯一般奔来,冲上大堤,一迭声喊,庚伢子,你要离开望城了,我心里难受啊!你是一心一意想着祖国建设的人。东北那么冷,钱那么少,你还是要去,我想着这事儿,两晚上没睡着。我老想着我这个人为啥那么自私、那么坏,我虽然姓李了,可是我身上还有很多很多我那个坏爸爸的思想。

喜宝,你那回在洪水中救女职工,就很勇敢!

啥呀啥呀,那也是你庚伢子逼着我救的呀!庚伢子,我说过你坏话,也说过王会计坏话;我找过孟场长,我咬小耳朵,打小报告;那些坏话我本来不想说,都是没影的事,可是忍不住要说,我抑不住我的坏心,我心里全是老鼠、臭虫、蟑螂啊,叽叽咕咕叫啊。我喜宝该死,我真该死!

说着,喜宝就脱下鞋来要抽自己的脸,但被雷锋一把拦住。

"喜宝,你今天说的话很诚恳,我很感动。"雷锋双手扶定喜宝,清澈的眼珠看着对方激动得绯红的脸。他明白喜宝这一回不全是虚话了,为此雷锋就很有些感动:"我也想对你说一句临别赠言,喜宝你要听吗?"

要,要,你说!

喜宝,你思想上一直有个疙瘩你晓得不?我告诉你呀喜宝,我总觉得,你一直没有把自己当成主人!

喜宝一愣，主人？啥主人？

你一定要记住，你也是新社会的主人！喜宝，我是最了解你的，虽然你旧社会没吃过苦，但那是旧社会。广大人民吃了苦，那个旧社会是我们不能要的！现在我们都跨进新社会了，你也是新社会的一分子了，你一定也要把自己看作新社会的主人翁。不是外人，不是旁观者，更不是说风凉话的人，你就是主人！你一定要以主人翁的姿态来建设我们的新社会，这样你的疙瘩就会像盐巴一样化个干干净净。你会事事为新社会着想，老想着我能为今天的生活多做一些啥。你就这问题，没别的问题。喜宝你仔细想想，是不是？

喜宝突然大张双臂，紧紧抱住雷锋，呜呜大哭。这一回他哭得实在是伤心。

王佩琴在旁瞧着，开始不以为意，在喜宝唠叨的时候，扁了好几回嘴巴，后来听着听着鼻子也酸了，于是击一掌喜宝，说别哭鼻子，一个大老爷们儿哭啥，改了就好，改了王姐也喜欢你！

雷锋马上说，好了，喜宝，好了，别哭了，像个主人翁的样子，好不好？王姐会喜欢你的，大家也会喜欢你的。在农场好好工作吧，你会有远大前途的，会入团的！

喜宝一听，反而仰天而号，呜啊呜啊呜啊，看样子这一回他是真正伤心了。他号着说我妈说了，我连庚伢子半个小拇指都不如啊，我这辈子算白活了啊！

北上那一天，长沙火车站非常热闹，雷锋在搬上了自己的薄薄铺盖卷儿和红皮箱子之后，一直忙上忙下，帮着同日北上的望城县老乡搬运行李。有的人行李特别多，铺的盖的有好几卷儿，只怕北方冻人。

开车时间紧了，列车员大喊，上车了！去鞍山的专用车厢是这一节！快上车了！

喧嚷声更响了，行李都从人的头上走，乱成一片。

有个姑娘的喊声在雷锋身后尖尖地响起："嗨，雷正兴！"

这声音很兴奋，雷锋回头一看，姑娘脸熟。

不认识我了？我是易华！望城二中女篮的易华！

啊，易队长！你也去鞍钢？雷锋记起来了，那是上个月的一场球赛，望城第二中学的女篮专程跑到团山湖来挑战，女篮队长王佩琴带着一帮女将迎敌不久就力不能支了，队员罚下场越来越多。后来王佩琴提议雷正兴补入，易华大叫不行，说那个姓雷的虽然长得像大姑娘，可毕竟是个大男人，他能补到女篮吗？后来王佩琴说我们实在没女篮队员了，要不就不赛了吧？易华无计可施，又听队员说这位小个儿不咋样，让他蹦跶一回吧。结果事情就坏在这儿了。姓雷的这小伙子个儿矮弹跳力强，小老虎似的，当个中锋一冲就冲进来了，三个姑娘也拦不住他，钩手投篮十个里能进七个。这一下望城二中就全线垮了。易华后来大嚷"不算数不算数，母鸡里混了个小公鸡"。但王佩琴据理反驳："谁批准的？谁批准的？"

易华后来是哭着离开团山湖农场的。对这个小妹妹的眼泪，雷正兴老大不忍，一直把她和她的队员们送到长途汽车站，还送了她们一人一个烤红薯——食堂专门开炉烤的。

这次见到易华也北上，雷锋大为开心。易华提着铺盖卷儿说："不去鞍钢还能登这节车厢？我们有缘哪，不光是争先恐后抢篮球，还争先恐后去东北！"

要不是你易队长同意我参加女队，我哪能跟你比赛篮球啊！现在还生我气吧？

易华说："别烦人啦！你帮别人上车，也得帮我啊。来，接一把！"

"还有我！"另一个剪短发的姑娘也在后面叫。

"对！"易华说，"雷正兴，你也帮帮她，岳小琪，我老乡，也去鞍钢的！"

雷正兴热情地接过岳小琪递来的背包和旅行袋，吃力地挤入车厢，将姑娘们的行李放妥。"小易，"雷锋回头大声说，"我改名了！"

易华在靠窗位子坐稳了，说："不叫雷正兴了？"

雷锋！

"锋？金字旁的？"易华爽朗地笑，"噢，我明白了，篮球中锋的锋！看来你到东北以后还要打篮球！岳姐，你说好笑不好笑，我们跟他们农场女篮打球，偏他一个男的，挤在女队里打，还打赢我们了！气得我啊，当场就哭了，回到县城还哭了第二场呢！"

岳小琪听不明白："他男扮女装？"

没有啊，他就是男的啊！我开始不乐意，后来心一软，算了，男的就男的吧。他长得俊，额上还留刘海儿，猛一看还真像女的。她们女队没人替补了，得，就他吧。唉，这一心软，就闯祸了。他真的当中锋啊，冲起来不要命啊，投篮也准啊，我们这一下就翻白眼儿了！

列车员挤过走道说，请坐好了，请坐好了，列车就要开了！

易华忽然发现雷锋不见了。哎，小雷呢？怎么转眼没人了？她四处张望。

岳小琪手指窗外："在！在外面哪！"

雷锋一会儿在车下，一会儿又挤上车，一会儿又在两节车厢的连接处，帮助上车的人递行李，一会儿又帮助一位到站的老人挤下火车。

"大家让一让，让一让！还有一位老大爷没下车！——老大爷，您别紧张，您往旁边挤！有我扶着您哪，您别慌。"

月台上再一次响铃，火车头在前方长声鸣笛，一股白白的蒸汽飘过月台。

易华与岳小琪焦急地探出车窗大喊，小雷！——雷锋！——车要开了！你快点呀！

列车缓慢移动了，雷锋却还在月台上照顾那位下车的老大爷，因为那位老大爷下车时跌翻了篮子，雷锋忙着帮他捡拾物品。

易华尖叫，雷锋！——火车开了！

雷锋这才发现火车已开始缓慢移动，于是立即返身跳上了车，列车员姑娘一把拽住了他。鞍钢带队的同志见到雷锋挤进车厢，脸色就严肃了。他说，雷锋同志！你还是这个小组的组长呢，怎么一出发就不守纪律？

易华忍不住帮腔说："他是在帮老人，做好事。"

雷锋拦住她，示意她不要再说，因为自己确实犯了纪律，明摆着的。

带队的同志缓了口气说，小雷同志，你身为组长，首先要以身作则，遵守纪律！钢铁工人的纪律也应该像钢铁一样！

雷锋说，是我不好，犯纪律了！我一定改正！

易华听了这话很感动，对岳小琪说，他是望城县的先进，治理沩河的标兵，原来还当过县委书记的通信员，这位同志非常优秀。

岳小琪点点头，表示知道了，但突然，她瞪着对方，眼珠子滚圆，似乎悟到了什么。

雷锋走过来了，坐在她们对面，说，你们好，想喝水吗？

岳小琪搡搡同伴："易华！"

怎么？

岳小琪站起身，示意对方："你来，我有话说！"

两个小姐妹来到车厢连接处。窗外，深秋的田野在缓慢转动，像个巨大的磨盘。"易华，我看你有点儿不对啊！"岳小琪眯起细眼，瞅对方。

我怎么了？

一个姑娘家，出门头一天就对一个男人赞不绝口，信号危险啊，亮黄灯啊！

嘿，岳姐怎么这么说？易华大感诧异。

怎么不能这样说？你妈可是托过我的，要我护着你，照看你，尤其是不能在北边谈恋爱找对象。你才十七，谈啥恋爱啊？你妈妈是想你回湖南成家的，你不是不晓得。可是我今天看你眼神不对了，猫眼儿一样绿了，所以我才警告你！小易，我可有这个责任啊！

易华乐了，说，岳姐，我可是丹凤眼不是猫眼啊！你怎么能这么误解呢？我无非是觉得一个小伙子思想先进，思想先进的同志值得我们看齐啊！我无非是介绍给你认识这个人啊！

岳小琪说，反正你要警惕。易华说，那你日日夜夜管着我吧，看我晚上是不是猫眼！两个小姐妹絮叨了半天才挤回座位，发现雷锋又不见了。他是帮着列车员扫地去了。易华点着岳小琪鼻子说，你看看，人家这么先进，见贤思齐，岳姐你眼睛要发绿才对啊！

　　雷锋忙着打扫车厢卫生的时候，并不知道此时王佩琴与喜宝才赶到长沙火车站。原先他们是约好要来为雷锋送行的，结果搭乘的那辆三轮车卡在长沙北郊熄火了，硬是磨蹭了半天，结果误了点。奔上月台的王佩琴很失望，说没送上，特难受。

　　喜宝也同样表现出失望："庚伢子走了，我心里空荡荡的。"

　　王佩琴忽然感觉也是这心情，喜宝描摹得很准确。喜宝蹲下来说，王姐啊王姐，他跟我讲的要成为社会主人翁的话，这两天一直在我耳里轰轰响，火车似的呢！王姐啊，我倒是真来了一个想法，想跟着庚伢子到国家最需要的地方去！

　　王佩琴吃了一惊，说你别吓我，就凭你这副筋骨，你还敢去那冰天雪地？冻你鼻涕三尺长！你是真的假的？

　　要不是我考虑到我妈一个人孤单单的，我也想找一块最厉害的磨刀石了。哪个说我不要进步？我要真正做一个新社会的主人翁！

　　在喜宝说这番话的时候，王佩琴一直似笑非笑地看着他，心里琢磨着这个好逸恶劳的家伙怎么如此会表演。一直到喜宝的眼泪随之涌流不断之时，王佩琴才有些认真起来。她发现喜宝这一回可是动了一些真感情的。

　　喜宝看着月台下的两根亮闪闪的铁轨，一直泪水模糊地拍打着自己的脑袋，王佩琴几次拉他都没有拉动他，他坐在地上足足半个钟头。而几年之后，喜宝在母亲的支持下，突然做出了一个举动，这举动倒是叫王佩琴钦佩不已，连说伟大伟大。当然，这是后话了。

　　嘹亮的火车汽笛像把刀似的，把辽阔的田野剖成两半。南方的田野已是深秋，山山岭岭呈现一片金黄。

　　易华与岳小琪久久地趴在车窗上看景，比较着一路北上之时那些不断出现的庄稼地和村舍有啥样的异同。而雷锋却一直在车厢里忙碌，除了帮着打扫，还为隔壁车厢的一位孕妇和一位盲大爷端茶递水，一刻不停。易华似乎有点儿顾忌岳小琪的目光，所以不敢老注意雷锋的行踪，但是嘴里有时候忍不住嘟哝一句"上了发条似的"。岳小琪问你说哪个？易华说我说自己，我说哪个了？后来易华忍不住又嘟哝，说是"生一张女伢子的脸，硬是个汉"。这就叫岳小琪逮个正着："你注意哦，你姐可要第二次黄牌警告喽！"

雷锋后来不打扫卫生了，摸出一把口琴，站起来，笑眯眯看着北上的同伴说，同志们坐车疲劳，我给大家吹一曲口琴解解乏吧！

车厢里劈劈啪啪响起零落的掌声。

雷锋吹的是《咱们工人有力量》，音调铿锵有力，有些年轻男女就跟唱起来。

易华唱得最响，才唱了两句，便被岳小琪拍了一下肩膀，说，那么起劲干吗？听你还是听他？

易华吐吐舌头，激动的神情顿时收敛不少。

一曲罢了，有人提议："我们去东北，就吹个《我的家在东北松花江上》吧！能吹吧，小雷同志？"

雷锋说能吹。有人反对说，这支歌太悲伤！告别家乡的眼泪刚刚流完，就又要眼泪汪汪了，这歌可不能唱！

雷锋说我吹个"向前向前向前"好吗？这是《中国人民解放军军歌》，可昂扬了！

直到夜间，车厢渐渐归于安静，雷锋才回到自己座位上，坐下，活动活动自己的腰，然后又凑着车顶上昏暗的灯光，掏出一本不厚不薄的书来看。

一直到雷锋看得入神了，对座的易华才忍不住发出声来。她打了个大呵欠，说，还看书，不睡觉了？

雷锋笑笑说，睡不着。

这时候岳小琪警觉了，似睡非睡地半闭着眼，一边留神听着对谈者的交流内容。她听见易华在问，啥书？

《不朽的战士》。对了，你不是铜官镇的人吗？

是呀，姑娘说。

这书中的一位烈士就是你们铜官人，你能猜到是谁吗？

郭亮！

"对了，"雷锋说，"郭亮的妻子叫李灿英。你知道郭亮被害前，给李灿英留了封啥样的遗书？"

这我就不晓得了。

雷锋合上书本，抬头，凝望车顶，一边微微摇晃身躯，一边轻声背诵："灿英吾爱……"

易华插嘴说，这句我懂。吾爱，就是我的爱人。我们湖南人管爱人叫堂客。

是啊！——灿英吾爱，亮东奔西走，无家无国。我事毕矣。望善抚吾儿，以继余志！此嘱，郭亮！

易华说，这意思我也知道，就是：希望你好好养育我的伢子，以便继承我的事业！

雷锋叹说，很伟大啊！

是啊！

我有时候就想，革命先烈为了新中国，啥都牺牲了。而我们呢，老是说吃不了这个苦，吃不了那个苦，受点儿委屈就心里过不去，少得了点儿钱更是要吵要闹。比比先烈，不是相差太大了么？

车轮铿锵，易华在铿锵声里发笑，说，你像我们中学里那个光头政治课老师。

我说得不对？雷锋有些惊讶。

对极了！同样的话，政治课老师是读课本，摇头晃脑；而你呢，同样摇头晃脑，却是从自己心底里发出来的声音，这给人感觉就很好。

岳小琪忍不住伸手，拍了一下易华的腿："喂，大妹子，该睡了吧？啥很好很好的，现在睡觉很好！"

雷锋忙说，对，对，我们别说话了，大家都累了，该休息了。

雷锋放下书本，把自己爱戴的那顶旧军帽拉下一半儿，遮着眼，在座位上一仰头，睡了。

易华也闭上了眼，听着铁轮单调的转动，咣当，咣当，咣当，尽管很想睡，但由于出远门的新鲜，这位十七岁的姑娘还是睡不着。她睁开眼，发现还有一本厚书搁在雷锋的左膝边，于是轻轻伸手去抽。抽来一瞧，发现是本小说，书名是《钢铁是怎样炼成的》。

易华翻开书，又发现里面夹有两页稿笺纸，上面密密麻麻写满了字。一读，竟然是一篇散文。

她悄无声息地念："如果你是一滴水，你是否滋润了一寸土地？如果你是一线阳光，你是否照亮了一分黑暗？……哟，写得太美了！"

雷锋睁眼，一推帽子，嘿，小同志哟，你怎么偷看人家写的东西？

这是一篇散文呀！散文还保密啊？你是作家呢！

雷锋不好意思，脸红了，伸出手说，还给我！

"不，"易华躲闪，说，"让我抄下来！抄一抄嘛，不行吗？写得太美了，可以上联欢会朗诵！"

岳小琪睁开眼，老大不乐意：争啥呀？啥书呀？《钢铁是怎样炼成的》？抢着看这书干吗呀，去鞍钢不是直接就看着炼钢了吗？真是的！

这一来，不仅易华扑哧笑出声来，连邻座一些人也都轻轻笑起来。

雷锋悄声解释："岳姐，这本书不是讲炼钢的，讲炼人的！"

岳小琪说，睡吧睡吧，不管炼啥，晚上了，先得炼精神，不然第二天尽打呵欠！

于是雷锋说，小易，岳姐说得对，赶快闭眼睡觉！

岳小琪是在雷锋与易华都睡熟了之后才蒙蒙眬眬进入梦乡的，在梦乡里她碰上了易华的父母。易老伯易老妈还是那样严肃，再三嘱托岳小琪管好易华，说易华这姑娘从小善良，但也从小调皮，任性得很，这一回放弃报考大学的机会，非得报名当"钢铁姑娘"就是一例。做父母的其他没啥惦念的，就盼望过两年给她在铜官老家物色一个对象，让她回来相亲，和和满满成个家。要是女儿这些年还不急于回南方，起码生下的小外孙可以留在湖南了。

岳小琪当时是答应了看管易华的，谁知一上火车易华的眼神就有些不对劲，这让岳小琪有些紧张也有些吃惊。而第二天发生在武汉街头的一个情况，就更让她的心七上八下起来。

事情发生在清晨，在两节车厢连接处的洗漱间里。那时候列车还没有停靠汉口车站，鞍钢招工人员也还没有宣布在两个半小时的停车时间里新工人可以上街走走，甚至可以参观慕名已久的武汉长江大桥。那时候正轮到雷锋进窄小的洗漱间刷牙，岳小琪刚刷完牙洗完脸，于是瞅着雷锋就笑了一声："嗨，雷锋雷锋，不就说是时代先锋的意思吗？时代先锋的牙刷偏偏没锋芒，一半是脱毛的。哈哈哈！"

易华听见这话就不乐意，小声制止她说，岳姐，人家是艰苦朴素，这么笑人家，可没礼貌！

岳小琪不让，说，我这是说实话呀！小易，你也看看你的梳子，二十个齿掉了十个，你也没锋芒啊！

她一边笑着一边走了。雷锋也边刷牙边笑，这些话他都听见了。易华不好意思地对雷锋说，我这个小姐姐说话直爽，雷组长千万别介意！

雷锋漱漱口说，这有啥呀，岳姐能开玩笑，就说明她心境好。我们这一次去支援鞍钢，心境好很重要啊！你没见，昨天有半车厢的人哭鼻子呢！

雷锋这么大度，叫易华心里宽慰了不少，她甚至想着这小伙子身上看上去简直没有啥缺点，唯一的缺点就是这牙刷太破了，再艰苦朴素也不能以口腔卫生为代价啊！政治课老师讲过的"辩证法"他还没学踏实。易华心里想着，得给他买一把牙刷，送一把牙刷不算是拍"组长"马屁吧！

后来得知列车在汉口要停两个半钟头时，易华就像只燕子一样飞到岳小琪座位前喊，岳姐啊，看武汉长江大桥去！停车两个半小时，来得及！

我才不去呢！我还没睡醒，你看我眼皮肿得，就你俩吵的！什么"如果你是一线阳光"啊，人咋是阳光？疯的你们！

你不去就不去，我去了！

岳小琪忽然警觉，问，还有谁去？

雷锋走过来，坐到座位上，笑着说，我也去。

岳小琪说，那我也去！武汉长江大桥，都说很气派呢，我也想去桥上走走！

易华偷着乐，一直到三个人大踏步走在宽阔的桥面上时，她还不时抿住嘴笑。

江上风好大，呼呼的，长江里的波浪想必也大。可是从高高的桥栏上往下看，那波浪像是细细的涟漪，没波浪的样了。

雷锋举起双臂，感叹说，真是一桥飞架南北，好雄伟啊！

易华说，我们中国这么大，有多少大桥要建，需要多少钢铁呀！

对，雷锋高声说，钢铁是国家的粮食，我们的国家要强盛，就少不了钢铁。我们国家在今年的钢产量指标是1070万吨钢，我们一定要为1070万吨奋斗！小易，岳姐，我们为这个目标唱支歌吧？

易华举手："赞成！唱啥子？"

雷锋说，《咱们工人有力量》，大家都会唱。

易华说，我会唱，岳姐会不会啊？

岳小琪说，我怎么不会？你这丫头，太小看你姐了！

于是三个人迎着浩荡的江风高唱《咱们工人有力量》，引得不少行人驻足观看。有人悟到了："你们是北上的吧？支援鞍钢的吧？"

易华边唱边自豪地喊，是啊！

许多人说，要向你们致敬啊！

雷锋双手挥舞，大声说："嗨，谢谢你们！"这一瞬间，三个歌唱者都有了一种崇高的感觉。岳小琪心里想，这雷锋真有一套，能调动人的情绪呢！

但是岳小琪随后就发现了问题，她的心突然拎高了几寸。因为在返回火车站的途中，在离车站大厅不远的街口百货供应摊上，易华突然掏出一角二分钱买了一支长柄牙刷，猪毛的，用手一拨，软硬适中。而且她在买牙刷前，故意对雷锋和岳小琪说，你们俩先回火车，我马上回来！

岳小琪当然留了个心眼儿，还没进车站大厅，她就又返身出来，在马路边瞅着易华付钱，忽然厉声问，给谁买的？

易华愣半天，说给自己买呀，孝敬自己呀！又说你是不是看雷锋的牙刷破了，以为我是给他买的？你不看着我的也破了吗？

易华把话说到头里，岳小琪也就无言可说了，只在心里嘀咕，但嘀咕到后来还是肩头挨了大笑着的易华一拳："干吗像个包打听啊！"

岳小琪的疑惑是在一个小时之后得到证实的。那会儿火车已经铿锵铿锵晃动了，雷锋帮着鞍钢的那位招工干部给大家分盒饭，一路分到岳小琪和易华面前时顺便说，嗨，两位，我问过列车长了，火车真是在北京转车，有四个钟头的空！好幸福啊！

易华猜到了："能去看天安门了？"

雷锋说，是啊！我要在天安门留影啊！太难得了！

易华从雷锋手里接过盒饭的同时，悄悄往他手心按上一样东西。雷锋一看，是一柄新牙刷，又听易华悄声说，该换了！

雷锋笑一笑，也从口袋里掏出一样东西，递给对方。易华一看，一柄塑料梳子，橘红色的，也听雷锋小声说，你也该换了！

易华说，雷组长啊，我想我已经很细心了，没想到你也这么细心！

雷锋笑，继续给大家分饭。岳小琪这时候就看到了易华脸上的那种十分复杂的表情，她一边吃盒饭一边问易华："你们刚才咬啥耳朵啊？"

易华说，我们在说，到了北京以后，要去天安门拍照呢！岳姐要休息，就不一定要去了！

岳小琪瞪眼说，凭啥要我不去？武汉长江大桥都去了，凭啥天安门我不去？我只有跟你们去了才晓得你偷偷给他买牙刷，他偷偷给你买梳子！你以为我不晓得？你以为你岳姐真的瞎了聋了？小易啊小易，你要我怎么跟你父母交代啊!

易华慌了,忙说岳姐你不能告诉我妈,那样的话我妈第二天就得坐上火车上鞍山。又说岳姐呀,其实你也是误解我了,也误解雷组长了,这无非是同志之间的一种帮助嘛,啥也说明不了。你还以为这牙刷,这梳子,就是花鼓戏里头的那种男女"信物"?你好傻啊!

易华这么一说,岳小琪又疑惑起来,脑袋里咣当咣当都是车轮的声音,撞不出一个逻辑来。但不管怎么说,那点疑惑在她而言确是难以消除了,她的警觉心不再着地了。她也不觉得雷锋有啥子不好,小年轻勤勤的,忙忙的,憨憨的。只是易华小啊,才十七啊,不该早早地往牛郎织女这条道上走啊。

列车在北京果真停四个小时,五十几个鞍钢新工人几乎都蜂拥下车,直奔天安门而去,急得鞍钢那位招工干部一声声大喊:"各小组长把人带好,不要走散了!"

天安门给雷锋的印象是比感觉中小一点儿,但是走过金水桥再抬头看,还是巍峨高大的。雷锋久久注视着微笑的毛主席像,心里说,毛主席啊,我到您住的地方来了,啥时候能亲眼看到您一次啊,像健姐一样握握您的手啊?要有那样的机会我一定当您面说:"我要代表我冤死的爸爸妈妈一万遍地谢谢您,您救了雷锋了啊,没有您派解放军打到我们望城县,我这个苦伢子哪有今天啊!"

他想到这里的时候就听易华在身后喊,雷组长,这里有拍照的。

雷锋赶紧跑过去,他觉得自己应该抓紧时间拍照。拍照很要紧,这样天安门就留住了。跑过去一看,果然是个摄影服务点,已经有人在排队了,一辆停放着的摩托车是大家喜爱的摄影道具。

"我愿意拍!"雷锋对易华说,排上了队,"就骑这摩托车!"

摄影师扭头说,一张一元钱,邮寄另算!

岳小琪大叫,太贵了,你这位同志!

易华也说,不能便宜点儿吗?

摄影师说，全这价！同志妹，来北京一趟不容易啊！你看看，我这个角度特别正！

雷锋说，我拍！我能骑上这摩托，就说明我有速度，这就是时代先锋的象征！

于是，十分钟以后，就轮到他骑摩托了，雷锋露出的笑容非常灿烂。他提议岳小琪和易华也骑摩托，但两位姑娘都说她们离时代先锋差得远呢，不骑了。

雷锋跨下摩托车，就说，摄影师同志，我寄六份，连我自己一份，一共七份！

摄影师高兴了，说，来，给七个信封，都写上收信人名字！

易华觉得好奇，问雷锋，你怎么有这么多亲人，你不是孤儿吗？

雷锋蹲在地上，一边填写，一边解释："你看，六叔公和六叔奶奶是我的亲人！彭大叔，还有张书记，都像我的亲生父亲！还有秋生，是我的小哥哥，我还有健姐，还有王姐！"

健姐、王姐是谁？易华一听他有姐姐，就来劲了。

健姐就是方健大姐姐啊！

养猪模范？

是啊，她认我做弟弟呢，对我很关心！王姐，你也认识啊，就是王佩琴啊！

女篮队长？

是啊，就是她啊，她也对我很关心呢！她就像卓娅姐姐，我就像舒拉弟弟，我们可好啦！所以她一罚下场，就要我来替她啊！

你有这些哥哥姐姐可真好，我想有个哥哥行不行？

还没等雷锋回答，忽然就有声音传来说，不行！

易华吓一跳，抬头就见岳小琪叉着腰站在她面前。岳小琪说，晓得你下面要说啥，小易！

我要说啥了？

你要说，雷组长你做我哥哥行不行？

易华脸红了，红得不行，憋半天说，我就这么说，又怎么了？——雷锋，你做我哥哥行不行？我小你一岁，做你妹妹，你说，行不行？你可以帮帮我嘛！政治上、思想上、文化上，都帮帮我嘛！

岳小琪沉脸说，还没到鞍山，路上就认哥哥了！小易你啥意思嘛！

雷锋笑着说，哎呀小易比我小，就是妹妹嘛！岳姐你比我大一岁，就是我姐姐嘛！我是个孤儿，新中国就是个大家庭嘛！每一个人都是我的哥哥姐姐、弟弟妹妹嘛！你看这天安门，就是我们家的大门啊！

给雷锋这么一说，岳小琪就发愣了，一时脑子转不过弯儿来。大家庭、大门，有这么打比方的吗？

易华则跳起来，欢呼说，太好了！雷锋哥哥，现在我也要骑摩托车拍一张照片！我也要做时代先锋啊！

易华拍照之后也填了好几个信封，给家里，给学校的班主任和体育老师。只有岳小琪不拍，她说可不想给照相师赚钱，他赚钱太容易："我只要心里有天安门就行了，拍啥照啊！"

拾

最倔的老头是最美丽的师傅

从湖南招来的年轻工人分期分批到达鞍钢的消息，这些天像一阵密似一阵的雪花，纷纷扬扬地一直受到鞍钢各总厂各部门的头头儿们的议论。

大家都愿意挑选这些来自湘江岸边的年轻人来补充自己的团队。湖南伢子嘛，湘军嘛，毛主席家乡人嘛，"恰同学少年风华正茂"嘛，能吃苦能战斗嘛。鞍钢化工总厂洗煤车间的白主任，这天叽叽咕咕踩着洁白的雪拼命往总厂人事科奔，就是为了选一个可心的推土机手苗子。开推土机的老李为这事没少催过他，说这一次从毛主席家乡招了一批人，喝湘江水长大的孩子有一股嘎子性，能打仗，别错漏了这个选人的机会，所以白主任一直在打听从湖南招来的新工人能分给化工总厂多少，里头有没有能挑大梁的苗子。

所谓大梁，当然就是指苏制"斯大林80"重型推土机，特大的个头儿，要把它摆弄妥帖可不是一件容易的事。

所以开推土机的老李才一再说，你不给我整个好徒弟来我可要骂死你。

让白主任开心的是总厂人事科长的态度。这位人事科长一瞅见白主任掀棉门帘子进来，马上喊，老白，叫你撞大运了。

仿佛他早知道白主任的心思。

人事科长接着说，湖南望城县的，姓雷，打雷的雷，开过拖拉机，真是巧了！你看看这份登记表！

白主任接过表，端详着表格上的照片，又仔细看表格，心中暗喜：哦，还是优秀拖拉机手、优秀共青团员！只听人事科长说，你还犹豫啥？我看就这小伙子合适！拖拉机开熟了，学开推土机就方便了！刚才炼焦车间的主任来要人，我还故意没让他看这张表格呢，我要不为你留着，你不骂死我？谁叫咱俩是一个工段出来的！

白主任仍然有些谨慎，最后说，表格上写的倒是不错，看看人吧！

人事科长很干脆，说我这会儿就带你去临时职工宿舍。

他俩还没进门就听见扫帚沙沙响。

在这个有八张铺位的集体宿舍里，火炉正旺，一位矮个儿工人在扫地。人事科长叫一声："雷锋同志，哪位是雷锋同志？"

扫地人忙把扫帚扔了，喊，到！

人事科长对白主任说，喏，就是这位。

"哟！"白主任一怔，脱口而出，"个头儿倒是不高。"

话音虽不响，雷锋还是听清楚了，马上说，别看我个头儿不高，力气不小呢！

白主任扭头要走，说这孩子回话倒是快。人事科长一把拉住他，说你俩聊一聊嘛，别甩手那么麻利，你咋比我还官僚主义？

聊一聊之后，白主任就对这小个子刮目相看了，他没想到这个湖南小伙子那么能说，而且说话里自有一股子底气。

其实，他开始带着这个穿蓝色大棉袄的小伙子往化工总厂慢慢踱步的时候，心里对他还没有什么感觉，只是随口问，你们南方没这么大的雪吧？

"很少有。"雷锋说，"嘿，这雪下地还不化！我们那儿化得快，有时候没着地就化了，雪人都堆不起来。"

小伙子，我们这边啊，十一月份雪天就很多了，有时候十月份就下雪了，怕冷吧？

雷锋说，怕冷就不来这里支援钢铁元帅升帐了！

白主任的目光惊异起来，说你志气不小啊，厉害！我从登记表上看，你是孤儿，父母和兄弟在解放前都去世了？

可以说我是孤儿，也可以说我不是孤儿。雷锋这样说。

怎么？

"全中国人民都是我的亲人。"雷锋说，"包括您白主任！"

白主任大感意外："有这么说话的吗？"

您看我个头儿小，可是，还是打算要我。您对我这么好，您可不就是我的亲人吗？

哈哈哈哈！白主任笑，笑声在雪地上滚得很远。他说，你这孩子啊，机灵！可是我还没有下决心要你啊，你以为我要你了？我们洗煤车间的推土机是"斯大林80"型，苏式重型机械，你一会儿就会看到，我怕你个头儿不够根本动不了它啊！

雷锋不走了，双手叉腰说，我能开动"东方红"，就不信开不动"斯大林"！

白主任说，你说你气力不小，来，拉手劲！

于是两个人站在雪地里，摆开架势，互相伸手拉扯。白主任显然还没有准备好，虽说个头儿大，却被对方一松手，就往后踉跄了半步。

"啊，输了，输了。"白主任说，"看起来你学过战略战术。你读过毛主席著作没有？"

雷锋说读过，报了一串书名。白主任说，啊啊，真要刮目相看。又突然定住目光，说你手臂上这三条刀疤是怎么回事？

雷锋说，白主任怎么看出来了？

因为我也有。白主任捋起棉袄袖子，也是这个位置，只不过，是一条！

雷锋果然看见了一条刀疤。又听白主任说，鬼子砍的，东洋刀啊，凶得很。我做过苦力！你呢？

地主婆砍的。说我砍的树是她家的，因为我想给我妈做一口棺材！我妈就是他们家害死的！

白主任沉默了一会儿，他觉得自己心里有把刀在搅。

过了一会儿，他伸手，按住雷锋肩膀，说，我要你了！

雷锋一愣，大喜："让我开'斯大林'了？"

不，白主任说，我只是说我要你了，你这样的小伙子我不要还能要谁？但是，小雷啊，我不能保证李师傅要你！虽说我是车间主任，可是在这个问题上我还得听李师傅的，只有李师傅说要你了，才是真的要你了。

雷锋问李师傅是不是开推土机的师傅。白主任说"是"，他挑徒弟的要求可是严格得要死。第一个徒弟跟了他三个月，掰了；第二个徒弟只跟了他三天，掰了；而你呢，是第三个！

雷锋说，我明白了！

白主任又说，"斯大林80"型是我们洗煤车间的宝贝啊，我们的煤场搬运就靠它啊！另外两台是小的，力气不够啊，全靠这台"斯大林"啊。李师傅的搭档要是挑不好，我老白日夜难安啊！

雷锋想，这时候可一定要增强白主任的信心，这是一个关键。于是他马上说，白主任，我向您汇报一个情况吧。我学开拖拉机那会儿，师傅姓陈，起先也说我个头儿小，不放心，怕我开不好，可是后来，他对我们场长说："这个小雷，不评先进我不依！"

白主任哈哈笑，说好吧好吧！凭你手上的刀疤我就信，你是个能拼硬仗的人。你放心，如果老李不要你，我再想想办法，把你安排到其他岗位上去。雷锋想一想，说，我就相信李师傅是会要我的，白主任你放心，一定的！

李师傅可没说要他。

小伙子的登记表他是看了，白主任的介绍他也是听了，但一听身高一米五四，他就坚持着不肯见，把头摇成拨浪鼓，一迭声说不见了不见了。

他对白主任说，你行行好另外再给我找一个吧，你老白在身高上就没有给我把好关嘛，背后还老是说我见一个掰一个，这个我干脆就不见，省得给你车间主任抓把柄。

白主任不急，笑一笑。他知道李师傅倔，倔牛头须得慢慢转弯，否则一急就给顶了，连个转弯的余地都没有。

可是雷锋心里急。他在临时宿舍一住三天，眼看别的室友一个个都挟着铺盖去正式岗位报到了，就他耗着，能不急么。这三天他跑了鞍山各大书店，想买有关推土机介绍和维修的书，偏是买不到，只有汽车的、拖拉机的、起重机的，偏没有推土机的，这么一来雷锋心里就更急。可是还有比雷锋本人更急的，那就是易华。易华一天又一天见雷锋没动静，心里似有猫爪动弹。她这一天刚吃罢午饭，洗了碗就直接从食堂奔向临时工人宿舍，一边往手心哈热气一边冲着门帘子小声喊，雷锋，雷锋！

雷锋推门出来，说，进来吧，外面冷，里面有炉子！

"不了，里面都是男职工，不方便。"易华说。她随之掏出一本书说："给，《推土机的维修与保养》！"

雷锋大为惊喜，问是哪里买到的，说我跑遍了书店都没买上。

我也跑遍鞍山啦！我跑的是旧书店，我是一本一本找啊！只不过这是旧书，上面有机油呢！

谢谢小易！我得好好学习，这里面学问可大了，推土机和拖拉机就是不一样，一个是拉，一个是推，劲儿都是反着的。

你还没去报到呀？我看是有人挤你！

白主任让我等着，说不能急。其实我很急，但是想想真不能急，白主任要先去跟李师傅谈，只有李师傅同意了，才能签师徒合同。

还签师徒合同？哟，哟，洗煤车间怎么那么严格？我们焦化车间已经通知我和岳姐上班了。知道吗？就在明天！

雷锋又喜又急，喜的是两位小老乡已经落实了岗位，急的是自己的事果然有些麻烦，看来那位未曾见过面的李师傅真的是顶上了杠子。雷锋猜度，白主任只是跟自己说等一等，甭急眼，而他本人可能也急得不行呢。

其实这一天的下午，白主任抽个空，又到煤场上去了。一大两小三台推土机，只有一台小的在推煤，"斯大林80"和另一台小型机都有了临时故障，李师傅正苦着脸蹲在推土机旁边，用一把扳手咣当咣当卸螺帽。

笑容可掬的白主任刚走近，瘦削的李师傅就开言说，你别说话，我不能要他，你说一百遍，我也不能要他！昨天站队的时候我见过了，姓雷的，矮矮个子，十八的小伙子看上去顶多十六，还是个小孩子嘛，咋能使唤重型机械？难道你白主任硬是想赶鸭子上架？就你敢欺负我老李头是不是？你别开口，说不成就不成。

白主任蹲下，说，老李你可别说啊，昨日我问过一个团山湖农场的青年，他说这小雷开拖拉机啊，那可利索了，轰隆隆的，一天十几个钟头哪。你想啊，优秀拖拉机手、标兵、红旗手、先进生产者，都是实打实的拿的，这可真不是吹吹小糖人儿！

李师傅说，那是拖，这是推，不一样！哪怕一根鼻涕，也是拖容易嘛，你推推看！

听到这么呛人的话，白主任也不好说啥了，他明白这思想工作可不是三五日内能完成的。最后他离开的时候叹口气，嘟哝说，老李呀，不瞒你说，这一批新来的里面，也就他一个像样的，政治上特强，年年的优秀共青团员。

李师傅取下螺帽，说，政治上强的，你拿去当干部使唤吧，你主任要吧，我不要！

白主任决定不再把话说下去，就此打住，以后再迂回，他只问老李什么时候再上家里喝酒。他俩喝酒是个传统，一季一回，但李师傅这一回偏不作答。

当天晚上，白主任带雷锋走了一趟炼钢车间，因为雷锋说过好几回想亲眼看看炼钢，白主任也为解他多日等待的寂寞，于是决定陪他去看一次耀眼的钢花。

钢花确实耀眼，蜂群一样地满世界飞舞。灼热的钢水从倾斜的钢炉流入钢槽的时候，雷锋双颊上感到了阵阵扑来的热浪。他提着目罩接连退却好几步，说，啊，原来钢铁就是这么炼出来的啊！

出了炼钢车间，白主任穿起大衣，说，雷锋啊，我带你看这炼钢过程，是想让你明白，我们这个化工总厂虽然不是直接炼钢，可是炼钢用的原料，那可是离不开我们的。缺了煤，就烧不成焦炭，没焦炭，就炼不成钢！你在我们化工总厂干活儿，实际上，也就是在参加炼钢！

雷锋表示明白，说是啊，一部大机器里，每个部件都很关键啊！

但是白主任后面的话却使得雷锋心底的隐忧又一次升高了。白主任是这样宽慰他的："小雷啊，别看着人家一个个落实了岗位你就心焦，这几天多歇歇，看看书，做做准备，别心里吹乱风。啊？"

雷锋盯着白主任说，是不是李师傅不要我？雷锋的嗓音里透出焦虑的意味。他不能不急了，岳小琪已经在焦化车间干上了测温工，易华这个高中毕业生当上了焦化车间的统计员，湖南望城县来的年轻人都上了岗，就落下他自己了。雷锋拼命想稳住神儿，可心里那十五只吊桶总是在转圈啊。

我正跟他联系着呢，你千万不要急。过一天，我还请李师傅喝酒呢！老李是个挺好的人，这两天推土机老是出小故障，他心里有点儿烦。小雷啊，你要耐心一点儿，啊？

雷锋点头。他知道白主任的用心，告诫自己不能着急。他想，白主任真是个好领导；他又想，鞍钢的领导都是好领导。

第二天晚上，他把自己的心事跟易华说了。那时，易华约雷锋一起走一走城市夜街，说鞍山的夜街都是灯，很漂亮。积雪未化，他们一直沿着路灯走。雷锋一路上都说不能急，白主任一定能说服李师傅，易华听了却只是摇头。

"你有点儿后悔吗，雷锋哥哥？"易华后来说，"放着家乡的三十六元不要，到这儿来领二十四元，人家还不要你，把你晾着！"

雷锋说不后悔，后悔啥呀，小米窝窝头香着呢，我都吃习惯了。

易华说，我都上班两天了，车间统计表都做了几十张。岳姐呢，也当了测温工。我们俩虽然累，总还在工作，心里踏实。你看你，每天宿舍里扫地，擦窗户。我是晓得你的，一个钟头不上班心里都会难受！

"你说得对，我心里真是痒痒的。"雷锋说，"不过这是暂时的，我一定能以实际行动来证明我啥都能干好！我凭啥后悔呀？我昨天看了钢水在奔流，激动得心都跳了出来。我能成为一名鞍钢工人，心里幸福啊！"

忽然身后响起一个快要哭的声音："幸福啥呀！每天烟熏火燎的，我脸上都起泡了！"

两人一回头，见是岳小琪追上来了。易华说，岳姐，你也逛街来了？

岳小琪说我后悔死了来鞍山，出了车间冻死，进了车间烫死。你倒好，小易，当上统计员，凭啥要我当测温工？你看我水灵灵的皮肤，都出水痘了！

雷锋马上安慰说，岳姐，开始几天，可能不习惯。

岳小琪大叫，这种鬼地方我还能习惯？我想死望城了，我的望城啊，望城啊，我现在可是望也望不到你了呀！

岳小琪似乎把路灯当成了望城县，双手高举，像要拥抱灯光。易华很惊异岳小琪情绪的这番爆发，知道她是心里烦透了，于是一把抱住岳小琪说，别急，别急，岳姐，要么我去跟车间主任讲，我去当测温工，你来当统计员。

"废话啥！"岳小琪怒吼，"你脸上起水痘我就不心疼了？"

听了这话，雷锋忍不住掩嘴笑，觉得小姐妹之间还是挺真诚的。

你还笑，岳小琪斜一眼雷锋说，你笑什么？我岳小琪好歹有份工作，人家还不要你呢！

这话一说，倒轮到雷锋抓挠后脑勺了。易华不高兴，说岳姐，你说话怎么那么刻薄？

雷锋说，岳姐说得也对。不过，岳姐，小易，你们放心，李师傅会要我的。

岳小琪说你想得美，你那个李师傅我见到过了，那台"斯大林"我也见到了，就在煤场上，在那个大翻斗机旁边，轰隆隆开来开去，把火车运来的煤推成一堆，上面还有个龙爪吊车在抓煤，风一吹夹头夹脸都是煤灰，人都像非洲人，有啥干头？炼钢可是太可怕了，太苦了，除了小易这个统计员岗位，没啥工种是轻快的。你那个李师傅可凶呢，小眼睛像狼一样，你以为当他徒弟会轻快？雷锋你也赶快回望城吧，开拖拉机也成，回县委大院也成，那都是天堂啊！雷锋我跟你一块儿打报告请求调回去，让小易留在这里享福好了。雷锋我们走，我们再也别待了，太可怕了！

雷锋后来小声地对易华说，看来要好好做做岳姐的思想工作了。

岳小琪警觉了，说你们咬啥耳朵？说完就像小老虎一样扑到易华身上，又是擂又是咬，大叫你们就以为我是阶级敌人啦？我这么受苦你们还笑啊？罚你买药膏把我痘痘去掉！

老李终于去了白主任家，是被拖着来的。

白主任的老婆一手扯着老李，一手推门，拍拍雪花说，老白呀，你要请的人真难请啊，硬说是鸿门宴。我说你们哥儿俩不是春夏秋冬都得醉一回嘛，雪都下那么大了你还不来吗？瞧不起咱家了还是怎的？这不硬是给拖来了！

鸿门宴这三个字倒叫白主任心底一惊，知道这老李又存着一份大大的戒心了。可是六天过去了，这个徒弟他顶着不收可也真成问题。白主任想着今天晚上一定得扭转乾坤。于是笑嘻嘻装得啥事没有，一边麻利地放下手中的小面杖一边喊喝酒、吃饺子，说老李啊，咱今天跟你醉一遭儿，烦心事全抛爪哇国去。

　　酒过三巡之后，白主任和李师傅的脸果然都红如关公了。

　　李师傅吐口粗气说，我真的不敢要！前两个都是你白主任推荐的，说这好，那好，说成花了！结果呢，一个懒鬼，一个酒鬼，差点儿毁了我这台推土机！

　　白主任说这一个嘛，既不是懒鬼，也不是酒鬼。

　　李师傅说是个小鬼！白主任的老婆在厨房里咯咯笑。李师傅说，你瞧嘛，驾驶室都难爬上去，还能指望啥呢？啥时候，老白，你再去人事科挑挑，我就不信没个好的。全国支援鞍钢，人才源源不断，一会儿来一拨，一会儿来一拨，咱百里挑一也得耐心啊，会有好的啊！

　　白主任老婆端出一脸盆热腾腾的饺子，对丈夫说，哑了？李师傅的话，你听听嘛！

　　"有道理！"白主任抹抹嘴巴说，"老李说的，太有道理了！真是《人民日报》社论说的，灯不拨不亮理不说不明啊，我白某人也真傻了，我怎么能要雷锋这孩子啊！"

　　李师傅扔下筷子说，对，对，你总算明白过来了。弟妹啊，他老白可真是明白过来了。

　　白主任叹口气说，你看他那么小个儿，那全怨他小时候营养不好嘛！那么早父亲就叫鬼子打死了，母亲叫地主逼得上吊了，哥哥被资本家折磨死了，弟弟饿死了，他小小年纪就拐着篮子出门讨饭，他这种样子怎么还能长得出色呢？存在决定体质嘛，他起码身体条件就不够格嘛！

　　李师傅瞪住白主任，忘了吃饺子。白主任又说，我也确实傻了，这雷锋拖拉机开出了名堂，可并不等于会开推土机啊！他评上了优秀拖拉机手，经常加班加点，一天干十二三个钟头，由于勤保养勤检修，拖拉机也从来不出机械故障，但是，想想都能明白啊，那无非是拖拉机嘛，他再优秀也不过就是个拖拉机手啊！小小的东方红拖拉机，怎么能与"斯大林80"比呢？我也真是傻了，大小都不辨！来，再喝一盅！

李师傅没有举酒盅，只是瞪着白主任。

白主任知道老李心里开锅了，还是不动声色，又继续苦着脸说，老李啊老李，我这个人，傻起来呢确实傻。推土机手明明是一个技术活儿，我呢，偏注重人家的政治表现，什么优秀共青团员啊，当过县委的机要通信员啊，抗洪斗争中的模范啊，为了国家的1070万吨钢的任务主动报名来鞍山啊，从原来的三十六元工资降到现在的二十四元工资毫无怨言啊……其实光看这些政治表现有什么用呢？政治挂帅可不是政治万能啊！社论里经常这么讲嘛！所以，开推土机就是开推土机，这百分之百是个技术活儿嘛！

"你不用说了！"李师傅突然扔了筷子站起来，"我认了你白主任的这个鸿门宴了，明天叫那小鬼来吧，我试用他！试用成了，签师徒合同！"

这下子轮到白主任的老婆傻眼了，说你老李真的上鸿门宴的当了？白主任却是大喜，张开双臂，狠狠拥抱了一下倔脾气的李师傅，并且小声在他耳边说，我保证，你会喜欢上他的！

李师傅阴着脸说，你这个老白，肚里都是鬼啊！我就情愿上你一回钩行不行？

雷锋第二天一大早就迎着呼呼的北风上了煤场。铁轨上翻斗机巨大的响声吓了他一跳，只见黑煤劈天盖地涌来，轰的一声就垒下了一座煤山。

他还没稳住神，又听李师傅一声喝，于是赶快转身。这时候，他就看见了那个黑乎乎的几乎像二层楼房那么高的大机械。

就是这大家伙，"斯大林80"型，看见没有？李师傅态度冷冷地问。

雷锋恭恭敬敬说，看见了，李师傅。

小雷同志，我得把丑话说在头里，这推土机是苏式重型机械，驾驶起来震动力大，劳动强度大，技术复杂；这大冬天的，就得顶风冒雪在这露天煤场作业，是个又冷又脏又累的活儿，手脚会冻得像猫咬似的。听懂我说的了吗？

雷锋赶紧说听懂了。

不能叫苦，不能喊累，不能偷懒。做得到吗？

雷锋大声说，我能做到！

一旁的白主任高兴了，连连说，小雷，好好跟师傅学啊！这位李师傅，是全鞍钢有名的优秀推土机手呢！你若是对李师傅有一点儿不恭敬，我可不饶你啊！

"放心吧白主任！"雷锋说，"一日为师，终身为父。我对待李师傅会像对待父亲一样！"

李师傅心里想，这小子会说话。不过，这句话，听得也耳顺。但不管咋样，还是骑毛驴看唱本儿走着瞧吧。

易华很为雷锋的上岗开心，连着几天都在早上去焦化车间前，一路小跑先到洗煤车间的煤场去看看雷锋的情况正常不正常，而每次她到的时候，雷锋早已赶到一个多小时了。雷锋在蒙蒙亮的天色里先使用工具，或铲或扫，把推土机上的积雪除净，动作敏捷。然后他在一些碎木柴上浇点儿煤油，点燃，在发动机部位烘烤。

易华心里想，不出两个月，这雷锋又会被评上优秀推土机手，这是毫无疑问的。她每次都是小跑过去，从怀里掏出一张麦饼："快吃！还热呢！"

"你看你，"雷锋说，"每天都送早点。我起早，连累得你也起早。"

我就晓得你每天早上都提前两个钟头上班，还饿肚子干活儿！你呀，不心疼自己！你这个做徒弟的太苦了！

不能赖我师傅，我是自愿的，我把准备工作提前做好，师傅就省心了。

那我走了，我也要上班做准备工作呢。

雷锋一边大口啃麦饼，一边警告："明天别送了！"

易华边跑边喊，明天啊，明天再说！

雷锋说，明天你送来我也不吃了！

易华跑远了，笑着喊，谁叫你是我哥哥，你不吃也得吃！

这些话也往往会被头戴大棉帽子匆匆走来的李师傅听见。这小雷有这么个妹子，他是不曾想到的，但看那模样，又不像是亲妹子。李师傅想，管她亲不亲呢，大早上有人送早点，不是坏事。雷锋每天提前两小时做工前准备，这种认真的工作态度让李师傅心里满意。而且，雷锋学驾驶的热情高得令人吃惊，理论基础也不错，各个部件的功能与维修要点一讲就懂。但是，半个月之后的一次发动机熄火事件，却让师傅领教了徒弟的固执。李师傅因此很有些烦心。

熄火是因为爬坡引起的。翻斗机从火车车皮上接连卸下煤炭，堆成了一座大概有三十度斜坡的小煤山，这煤山必须及时从铁路支线旁边推走。然而，就在重型推土机开上这煤山的时候，熄火了。

李师傅喝令，重新发动！

雷锋却发动不起来。

李师傅叹口气，说，让开！

雷锋让开驾驶座，李师傅坐上，再发动，却仍然不奏效，推土机毫无反应，只斜斜地趴在煤山的中间，进不得退不得。李师傅懊恼万分，骂一声娘，说原先爬三十五度坡度才容易熄火，今天真捣蛋了，爬三十度坡就熄火！

雷锋问是啥原因，李师傅语气重重地说，还能是什么原因，老了呗！老爷机械啦，要换发动机啦。

雷锋小心翼翼问，李师傅，一定要换发动机吗？

"只有换了，不换不行！"李师傅脸色难看，说，"爬三十度坡都不行了，这真是没想到！我以前四十度坡都照爬！唉，老了，就像我一样，不中用了！"

雷锋想一下，又小心翼翼问，李师傅，会不会是汽缸里进油少了？可以调一下吗？

"闭嘴！"李师傅瞪眼说，"你知道啥呀，这是发动机老化。你调，你怎么调？我告诉你，是推土机老掉牙了，不换发动机不行！"

李师傅当天就去找了白主任，一推开洗煤车间主任办公室的门就喊，老问题该解决了，该换发动机了，拖不下去了！这句话可叫白主任心里疼，他说，老李啊老李啊你不是不知道，换发动机哪有那么容易？"斯大林80"早就停产了，就是到苏联进货，人家也没了！

李师傅出个主意，说从类似的机械上拆，不知有没有？

哪有现成的大机械上带这个？等着你去拆？

那推土机怎么能停下来？光叫那两台小的工作，你说那能把煤山给推走吗？你那煤场咋整呢？

这话可不是有最后通牒的味儿吗？白主任心里堵上了，答话里也见骨头了，说："那有什么办法，只好打人海战术，用人去扒呗！"

人工扒？这是人话吗？你有人？要扒到什么时候？

那也是没有办法的办法嘛！谁叫"斯大林80"不争气！

门就是这时候被推开的，门缝里挤进雷锋的脸。

"师傅，"雷锋轻声说，"我能在这里说一句话吗？"

李师傅阴沉沉地盯着他，不回答。白主任说，啊，是小雷，有话就说吧！

雷锋知道说这话会失轻重，有人可能会不开心，但是事关大局，他也就开口了。他说，白主任，李师傅，我原先开东方红拖拉机的时候，也遇到过油量不足的事……

李师傅挥手，大声喊，什么油量不足？别来扯你的"东方红"，这是我的"斯大林"！不用你说！

对不起，雷锋立即缩了头，白主任连连唤他，他也没听清，只一溜烟跑了，雪地上留下一长串脚印。

雷锋直奔焦化车间女工宿舍，他想请小易帮忙，带他去他不熟悉的那家鞍山旧书店。他有一种预感，那旧书店里很可能还有推土机发动机维修的相关书籍。易华当然愿意带他去，甚至准备马上换鞋出发。但是当易华告诉他，岳小琪此时还在自己铺位上哭的时候，雷锋又打消了立刻上街的念头。

岳小琪眼泪的流向，还是湘江。她想回家。同寝室的小姐妹怎么劝她都不行，易华更是磨烂了嘴，看来岳小琪心意已决，她甚至连铺盖都捆扎了。她说领导上再不批准，她就自己批准自己，反正前脚掌和脚后跟都没长在别人腿上。

雷锋坐到岳小琪床头，从铁丝上取下毛巾递给她，让她擦擦眼泪。

岳小琪两眼哭成了水泡，她说，雷锋你别劝我，劝我没用，实在太苦了，每天烤焦炭，每天吃高粱窝窝头，这二十四元钱我没法挣了！我后悔在武汉长江大桥上跟你唱咱们工人有力量，我没力量了，我岳小琪哪有那么大的力量！你看我一脸疙瘩，我回湖南种田也比在这儿熏着炭火强！

易华在一边嘟哝说真丢人，每天哭鼻子，把我们湖南的脸都丢尽了！

岳小琪冲易华叫，有你这么说姐姐的吗？

雷锋说小易啊，依我说，哭鼻子倒不是坏事。我小时候常哭，一讨不到饭我就哭，被狗咬，还大哭一场呢！不过岳姐，你听我说，我有治哭的药。

听这话，易华一愣，岳小琪也抬起泪汪汪的脸。

有一帖药，是口琴。岳姐，我教你吹口琴好不好？我给你买一把来，我也有一把，我教你怎么吹！一吹，这眼泪水，就一定会吹在口琴里面，然后就把口琴甩一甩，把水甩掉，再吹！

易华转头，偷偷笑。雷锋又认真地对岳小琪说，还有一帖药，那是打篮球！这药，我和小易一起帮你吃！一打球，这泪水，一定变成热汗，北风一吹，就散了。散汗的皮肤，要多舒服有多舒服！小易你说是不是？易华赶紧说是。而岳小琪此时已止了泪，嘟嘟囔囔说我向来没力气投球，碰不上篮板。

雷锋说，岳姐，别一只手投，两只手一齐投，就这样，举在胸前，两手一起发力，球肯定能撞上篮板。易华马上说，岳姐，动作我教你！雷锋说，别忙，还有一帖最好的药！雷锋一说这话，岳小琪就紧盯住了他——岳小琪觉得雷锋还是有一套的。

雷锋说，岳姐，那天在火车上，你不是看见我有一本《钢铁是怎样炼成的》吗？那是小说，也就是故事书，这书也是一帖药，很好读呢！里面有保尔的故事，有冬妮亚的故事，这本书一读，也能叫人出一身大汗！

易华听明白了，马上说，一出汗，啥泪水都带跑了！

是啊，再不会有啥泪水了。雷锋说，回头我就把这本书给岳姐带来，我都读了八遍了。行不行，岳姐？

岳小琪说，你们别一搭一档哄我，反正，有啥方子有啥破书拿来给我看就是。

雷锋说，岳姐，真的，你只要看了保尔的故事，你就会想，啊，做人嘛，就该有一颗小小螺丝钉的志向，就该扎在革命的大机器里，就该勤勤勉勉工作。比如，岳姐，你每天在配煤，我呢，我每天在推煤，鞍钢这么大，分工必须这么细！如果我们化工总厂不把煤炼成焦，炼铁厂能炼出铁来吗？炼铁厂炼不出铁，炼钢厂能炼出钢来吗？保尔就明白了这个道理，所以他就炼自己，硬是把自己炼成了一块钢！岳姐，你不要以为我只是讲讲大道理，天底下保尔有几个？我们哪做得成保尔？但是，岳姐，我们既然有了第一步的革命志向，来到了鞍钢，这就是我们的光荣。我们能一步一步走下去，保尔也就是这么走的。我们不能被脸上几颗痘痘打退了。这算啥？我们那么不顶用么？

岳小琪一伸手就捂住对方的嘴，说雷锋你少用激将法，你岳姐不是那么容易激起来的人。我想回家也不光是因为痘痘，还因为这日子过得太苦。你现在啰唆那么多，我也听不进！你说要给我看书，要我看看人家怎么过日子的，你就早点儿把书拿来！

雷锋马上回寝室取来了书。之后，易华便火急火燎地陪雷锋去了街上。他们找到了旧书店，书店刚要打烊却被他们冲进去了。雷锋果然很快就觅到了一本旧杂志。

"《工程机械》杂志！"雷锋瞪大眼睛说，"等等，这里有一段话很重要！"

易华一阵暗喜，明白雷锋成功了。雷锋说，你听：推土机在坡度较大的地方作业，由于发动机超负荷运转，造成进入汽缸的油和空气比例失调，空气进入比例较大，油进入比例较少，容易造成发动机熄火！——小易，我的推测是对的！

易华问，明白怎么办了？

雷锋说，很简单，上坡时候，加大进油量，压低空气比例，就成了。

不，我问你怎么办，是问你怎么去向你师傅解释，这解释很难啊，雷锋哥哥！我告诉你，如果鞍钢有十个自尊心特别强的人，你师傅就是其中一个，而且是前三名。易华说这个话的时候语气很老练，但说句实话，她的判断是对的，因为鞍钢化工总厂几乎人人都这么认为。

但是雷锋不同意这种说法，他不能允许人们说他师傅不好，哪怕是小易这么说，哪怕小易还在为他着想。直到第二天清晨，他顶着寒风去煤场做工前准备时，他还在与易华小声地争论这个问题。

雷锋一边啃着玉米饼，大步走向趴在晨曦中的轮廓模糊的"斯大林80"型推土机，一边对易华说，你们不能这么说我师傅！说他自尊心特别强呀啥的，他心焦。也难怪，他其实也是对这台旧机器伤透脑筋了！

易华说，那么就自己开！你当着你师傅面自己开，你以实际行动证明你能爬坡。这样他不服也得服，他没话说！

不，我不能独自驾驶，我没有满师，私自开机车不是一个学徒应该有的行为！

或者，你把这个操作原理告诉车间主任。

白主任？

"对！"易华把领子竖起，清晨的风特别硬。易华说："你让白主任去告诉你的李师傅，爬坡熄火不是发动机老化，是由于进油量少。你就对白主任说，白主任你对外讲呢，就说这方法是你白主任想出来的，不是其他人提的。这样你师傅就容易接受一点儿。"

不行，我不能骗我师傅！雷锋还挺顽固。

易华说，哪个叫他自尊心那么强！

你看，你又说我师傅自尊心强了！你不对，小易。他不是自尊心强，实在是这台推土机太老，发动机也确实有毛病——他是心里着火。

你呀，你就是帮你师傅。

我师傅就是好师傅嘛，他认真的态度值得我学习。我以后也要做一个办事特认真的人。

"好吧好吧！"易华说，"你自己跟他说也行。不过，你别当面跟他说，你就在这本杂志的这一页做上记号，塞到他家门缝底下。悄悄塞，让他自己看到！让他去试车，这样他就不会失面子！"

雷锋摇头说，用不着这样，我师傅绝对不是这样一个只顾面子的人。他很正直，很朴素，你小看他了！

那你怎么办？

我直接跟他说。

啊呀呀，他不骂你？弄不好，他一怒之下不要你这个徒弟了！

小易啊，雷锋走到推土机旁，说，你多为我考虑，那是好的，可是你毕竟还不了解我师傅。我师傅是一心扑在工作上的人，只要我如实向他报告了我的想法，他一定会采纳，一定会马上加以试验。只要对钢铁元帅升帐有利，我师傅是没二话的！

易华担心地说，雷锋啊，你真的敢？你不怕后果了？你好不容易才当上一个见习徒弟，你真的不怕被一脚踹了？

雷锋说，你别想象得那么可怕，小易！哪有后果啥的，我就说实话，没问题。

忽然，从高高的驾驶室里传出一个重重的声音，那声音说，自己的师傅，有啥顾忌的？想做我徒弟，当然有什么就该说什么啊！

两人吓一跳，抬眼一看，原来是李师傅黑着脸坐在驾驶室里。

雷锋急忙放出笑脸，招呼说，李师傅，您在啊？这么早您就来了？

李师傅却探头，直瞪着姑娘，说，你到底是什么人，怎么敢在小雷面前说他师傅？

易华恭恭敬敬说，李师傅，我是他湖南老乡！焦化车间的！平时我喊他哥哥的呢。

李师傅怒气冲冲说，他能听你这个小老乡说这种话吗？他有这么没知识没水平吗？我告诉你，他小雷是全鞍钢最好的徒弟，我今天就跟他正式签师徒合同！

雷锋感动地喊了一声，李师傅！

上来，小雷！李师傅大喝，就按照你的办法试试爬坡！

雷锋敏捷地爬进驾驶室，说发动机烤开了？李师傅说，早烤开了！我一宿没睡着，一直在琢磨这发动机，还没找着谱呢！

雷锋说，师傅，爬坡的时候，试试把油气比例调整一下，进油管开大，空气进入量减少，或许能行。杂志上有篇文章就是这么提醒的。

试试，小鬼！

雷锋探头喊，小易，让开，我发动了！

重型推土机吼叫起来，转个弯儿，缓缓地向一座已经码好了的煤山爬去。

李师傅一惊，说最起码有四十五度坡！

我试试！雷锋扳动操纵杆，稳住神，不慌不忙，驾驶着推土机缓缓开上煤山。

三十度坡，上去了！接着是四十度坡！——四十五度坡！

全上去了！

李师傅大喜："成了！"雷锋也欢呼："成了！"

李师傅探头，冲煤场上站着的易华喊，嗨，小姑娘，以后你要这样告诉你老乡，肚子里不管什么话，都得跟师傅讲！哪怕骂师傅，师傅也听！师傅是最喜欢这个徒弟的，他今天就是我的正式徒弟了！

雷锋听得感动，说，李师傅，我一定好好学，争取早日满师！

李师傅把手搁在徒弟的肩上，搂着，冲着蓝天喊，你马上就会满师的！嗨，别走，姑娘，你听着，一个月之后，我们一起喝满师酒！

第二天，师徒合同就在白主任的见证下签了。满一个月后，白主任专门选鞍山花满楼酒家摆了一桌满师酒，不仅洗煤车间来了好几位工长，在雷锋的提议下焦化车间的高个子主任以及易华、岳小琪也出席了。一桌喝了两瓶白干吃了一脸盆羊肉饺子，雷锋脸上也出现了少有的红晕。雷锋打定主意，再不能喝酒今天也得灌下二两去！而李师傅激动得像个孩子一样絮叨不停，连夸白主任仗义，给他找了这么个天下第一的好徒弟。他还几乎把白主任的左肩膀拍肿。而另一个像孩子一样大哭的是岳小琪，连连抓住她的高个子车间主任说自己连小半个保尔·柯察金都不如，直把那个容易害羞的高个子弄得不知回答啥才好，而且也听不明白岳小琪说的是什么。

此后雷锋还和李师傅喝过一两次酒，都是李师傅参加什么婚礼仪式的时候硬把他拖去的。雷锋的脸每一次都喝红了，喝得李师傅高兴，逢人便夸自己的徒弟。这一年过春节，李师傅得知才来东北三个月的雷锋不打算回湖南老家过年，要在钢都过一个革命化春节，便一定要雷锋到他家过除夕。他说，你到哪家都不行，非得到师傅家喝酒过年，否则师傅不饶你！

那是1959年的除夕夜，雷锋坐在李师傅暖洋洋的家中，几次要站起来跟着包饺子，都被一手白面粉的李师傅拦住了。李师傅说你别动，今天就由师傅包给你吃，这包饺子可比摆弄"斯大林"还难。

雷锋看李师傅与师母、三个孩子一起包饺子，看得眼馋。女主人猜到了客人的心思，说，小雷，来，我教你包！什么比开"斯大林"难，才不难呢！老李跟你签师徒合同，我也跟你签。十分钟包会！

十分钟之后，雷锋果然捏得像模像样了。但是，一会儿他却又惊异地叫起来："阿姨，你怎么把硬币包进去了？"

女主人果然在把一枚亮晶晶的分币包入饺子，她解释说，这可是我们这儿的风俗，过年图个吉利。待会儿，谁吃到这枚硬币，谁就是最有福的人！

"嗬！"——三个十几岁的孩子一齐欢呼，"我要吃到，我要吃到！"

在东北过年就是这么有趣，雷锋深深感到一种家庭的温暖。他喝了酒，但是没有多喝。还是女主人挡住了丈夫，说老李你不准灌孩子，他不善酒，我看出来了，你别勉强他。雷锋感激地想，师母可真细心，于是赶紧放下酒杯吃饺子。这会儿他突然就听见李师傅的最小的孩子喊，我咬到硬币了！大家高兴地看，孩子从牙缝里摸出的却是一根细碎的羊骨头。女主人说，哎呀是羊骨头，怎么混在饺子里了！

正说到这里，动着腮帮子的雷锋忽然停止了嚼动。"呜！"他含含混混说。

李师傅说，怎么了？

女主人明白了，马上说，快吐出来！

雷锋张口吐，果然一枚硬币。李师傅特高兴，大声说，我徒弟是天下有福之人！

"有福之人！"大家一起朝雷锋欢呼。女主人细细端详着雷锋的眉眼，半天，说，福分可不浅呢，大难之后有厚福，小雷你果然印堂发亮啊！贵人骨节细长圆润，不愁衣食官位。小雷你显贵啊！

李师傅对妻子摆手，皱眉说迷信迷信。孩子们倒是一片笑声。雷锋想一想说，师母啊，我妈就说我是个苦伢子命，我哪能显贵啊！不过新社会给我带来了幸福那是真的，我就是不咬到这枚硬币我也天天觉得幸福！说我是个有福的人，我认了！说到这里，雷锋站起来，倒了一杯酒，走到墙边的毛主席像前，举杯说，我雷锋，是个有福的人，虽然从小没了亲人，是您毛主席，是共产党，是解放军给了我新生，给了我幸福！毛主席，我晓得一个幸福的人每天都该怎么做事！

李师傅击掌说，这话说得对啊！

雷锋举起酒瓶说，李师傅，我今天在您家过除夕，喝了酒，吃了饺子，这个大年过得暖洋洋的。这瓶底还有一点儿酒，我想带回宿舍去，成不成？

李师傅说，干吗呀，一个人回去喝闷酒？要喝就在这里喝，师傅陪你喝到大年初一！

雷锋摇摇头，说，师傅、师母，这酒不是我喝，是给我的父母与兄弟喝。这是我第一年出远门，我想回宿舍，跟家人过个大年三十！

一番话说得李师傅神色黯然，叹口气，从柜子里拿出一瓶白干，说，带整瓶的吧！

女主人急忙系上围裙说，我再炒两个菜，很快的。小雷一起带上！

雷锋回到自己宿舍，已近十二点，门外远远近近都是噼里啪啦的鞭炮声。宿舍里另一个同伴回铁岭老家过年了，就剩雷锋一人。雷锋把炉火拨旺之后，就将从李师傅家带来的两碗菜放在桌上，摸一摸菜碗还是烫的，又依次排开五只酒杯，往杯里斟满了酒。

雷锋在隐隐传来的鞭炮声中举起一杯酒，说，爸爸、妈妈、哥哥、弟弟，你们活着的时候没钱过一个开心年，现在，生活好了，我们一家人却再不能在一块儿过团圆年了。

说到这里，他鼻孔一酸，眼睛迷蒙起来。

雷锋一口干掉杯中酒，又倒满一杯，流泪说，今天是大年三十，庚伢子没有回家乡来守着你们。今年的清明，我也不能去给你们上坟了。不是庚伢子不孝、不想你们，其实庚伢子日日夜夜想着你们，但一个人的生命太短暂，我现在想得更多的是工作，是我的推土机，是国家的钢铁事业。我不仅要做你们的好儿子，还要做人民的好儿子！我已经与师傅约好了，要趁这三天的春节假期，请来沈阳重机厂的修理师傅，把我们的老式推土机维修一次。爸爸妈妈，庚伢子的心，你们能理解吗？

说着，雷锋又干一杯酒了。

他走了几步，坐到床头，趴在床上，嘴里叫着爸爸妈妈，呜呜地抽泣了好久。

突然，一只手落在他的肩头，雷锋一惊，抬头看，却是淌泪的李师傅。

李师傅用粗糙的手背擦擦自己的泪，说，别伤心了，小雷，现在我们工人的日子好着哪。

雷锋不好意思地说，我不伤心，我是工人阶级了。过大年了，我不该掉眼泪！我是有福的人，我要高兴。

李师傅说明天过大年，厂里有踩高跷扭秧歌的，师傅带你一起参加！参加完再去修"斯大林"。你一定要把日子过得开开心心的，知道吗？

师傅的话是对的。雷锋想，过了大年，一定要更加细心地维修好这台老式重型机器，不让它病，不让它趴窝。祖国要钢铁，钢铁靠焦炭，焦炭靠煤，煤靠自己推。这是多么有意思的工作啊，这是有福之人才能有的岗位啊！可要高高兴兴干好每一天啊！

在过大年的这几天中，雷锋可是越过越高兴，虽说每天都是双手油污，但是这双洗净了油污的手每天都能接到来自湖南老家的贺年信。最先是健姐来的信，说是学院放寒假了，她在寒假里仍然做"猪倌"，祝雷弟早日把自己摔打成为优质钢；接着是张书记的信，问工作之余有没有抓紧学毛主席著作，又说北方天寒，要警惕手冻脚冻；再接着是向秋生的来信，信封上敲着令人羡慕的蓝色三角形"军邮"章，他说自己已荣升副班长了，他已经明显感觉到了自己的班长、排长、连长的未来之路，所以充满信心。大年初三同时接到的两封信分别出自团山湖农场的王姐和简家塘村的三叔。王佩琴告诉他，团山湖农场今年冬天没有下雪，全场正忙于冬季兴修水利；令人高兴的是在全县年度红旗单位的评选中，团山湖农场荣获了第二名，大家在庆功宴上都说要给优秀拖拉机手雷正兴记一份大功；这句话数喜宝喊得最响；喜宝这几个月来着实表现不错，入团申请书先后交了十二份，团支部已经考虑要发展他入团了。三叔的来信字写得歪歪扭扭，但雷锋全看懂了，知道六叔公家六叔奶奶身体还好，九斤大妈已经答应不再给人算命了，说那是迷信，三婶参加了湘绣合作小组，比赛得了第四名。年初四收到的一封信是彭乡长写的，说安庆乡各项生产指标都完成得很好，他作为乡长，没有虚报产量，没有吹牛，心里踏实，县委张书记还表扬了他；他说只要晓得庚伢子在鞍钢一切都好他就放心了，他嘱咐庚伢子要不断进步，争取早日加入中国共产党。而令人意外的是在正月十五元宵节那天，雷锋竟然收到了黄荷坝小学的女同学宁小琍的来信。宁小琍在信中画了一只红灯笼，说祝北方的老同学炼钢顺利，月月产量都是红灯笼高挂。又说她高中毕业后，没有考大学，现在已经到望城县文化馆工作了，目前的研究范围还包括雷正兴的六叔公的皮影戏，说这可是传统宝贝，要推陈出新，要批判性地继承、发扬、光大！

　　雷锋把这些信读了又读，虽然屋里炉火不旺，但他心里一阵一阵涌起热浪。在后来的几天里，他又提笔工工整整逐一回信。在回信中他无一例外地向所有关心他的人表示了自己的决心，他说东北其实不冷，鞍钢是个很好的革命大熔炉，他决心在尽可能短的时间里把自己锻打成一块国家需要的钢铁。他写这些语句的时候自己也觉得豪气万丈，"钢铁元帅"已经按照党的部署升帐了，并且在新的一年还要继续升帐，自己就在这样的前沿阵地为祖国战斗，周身不生出一腔豪气那是不可想象的。思绪飞扬之时他还写了不少诗歌，分别抄录附在这些信里，他要让亲爱的家乡听听跟凛冽的北风搅和在一起的强大而优美的歌声。

　　这是庚伢子在歌唱，这是雷正兴在歌唱，这就是那个沿着一根悬梁的绳子而走的名叫张圆满的女人的亲生儿子在中国钢都的放声歌唱。

拾壹

买了皮夹克，却闯野山沟

雷锋就在这样昂扬的精神状态下从冬天走入了春天，鞍山的树木吐出了1959年的新绿。这是一个很值得开心的季节，雷锋和他的同事们都意气风发地站到了一个新的起点上，连焦化车间的测温工岳小琪都破天荒地评上了车间先进。这真是一件令雷锋和易华都喜不自胜的事情。

雷锋是听到易华来讲这个喜讯后，拔脚就往化工总厂的女工宿舍赶的，他决定要当面向岳姐表示祝贺。这一天是星期天，太阳一早就特别大，雷锋甩着手跑，跑得像把一路阳光都溅了开来。

笑容满面的雷锋刚进门，岳小琪就冲他嚷，快说，怎么祝贺我？车间先进评出三名，我是亚军。快说，怎么祝贺？

雷锋喘着气说，我买一盒蛋糕送你好不好？

岳小琪说，好啦好啦，还蛋糕呢，省点儿钱吧，请我跳个舞就算了！晚上厂里开联欢晚会，你就第一个请我跳舞，而且不许踩脚！

跟进门的易华听了这个提议就捂嘴笑。雷锋说，好，好，我请岳姐跳舞，我一定注意不踩脚。

岳小琪退后一步，仔细看看对方的蓝工装，说，你这样的破衣裳怎么请我跳舞？工装皱巴巴的！还一双破球鞋，大脚趾都见到了！

雷锋不好意思了，说那我去换一件。

换啥？你哪有一件好衣服？岳小琪皱眉。她总是嘴不饶人。

"是啊。雷锋哥哥，"易华皱眉说，"你呢，也实在穿得太土，该去买一件像样的好衣服。另外，得买一双皮鞋，跳舞一定要有皮鞋才行。"

雷锋小声说，不用不用，艰苦朴素好。

易华说，艰苦朴素没错，不过你是钢都工人，是不是？你说啊，是不是？雷锋说，是啊。易华说，钢都工人，那是什么？那是代表着新中国钢铁工人的形象啊，是不是？你看宣传画上画的形象，那是八面威风啊！你看你，啥样？岳姐说的有道理啊！雷锋哥哥你甭说跳舞，就是星期天走到大街上，至少也得有身像样的衣服，是不是？得了，晚上舞会，你一定得显一显当代青年的风采。这身破工装不行，你穿这，我可把你人都推出去！

岳小琪说，别废话了，今天不是星期天嘛，上街买一件去！你不是把每个月的工资都攒起来了吗？你连加班费、夜餐费都四五十元一个月啊，你光攒不花怎么行？当土财主啊？

易华说我陪你去买。雷锋急忙说不用不用。因为他还没想好到底要不要买一身好衣服，这可是件大事。如果是易华在场帮着选购，那就跑不了要买很高档的衣服，上次易华就说过到东北了就得买件皮夹克，许多人都有了，你怎么硬抠门儿呢。所以，衣服是得买一件，钢都工人要有个形象，道理没错，但也不能胡花钱，穿得整洁一些就行了。

岳姐说的没错，自己工资二十四元，加上加班费、夜餐费、煤场补贴，一个月也过了四十，上个月还超过五十了呢。再说团山湖农场发的工资都还储蓄着一部分呢，钱真是有的，买件好衣服买双好皮鞋是不成问题的，问题是不能买得太光鲜。年轻人可不能随便把钱花在打扮上啊！所以易华无论如何不能陪着去。

雷锋于是说，我自己去吧，我能行。

两位湖南妹子一齐欢呼起来，说雷锋这一回总算听我们劝了，可不能不上街啊!

雷锋真的上街了,而且这一回不是跑书店,也不是跑工具店,是专门为着一个"打扮"的目的上街的。走了一半的路,雷锋自己想想也好笑,他几乎想回厂子了。但是一想到自己那两位小老乡不依不饶的神态,他于是又往前走。

他知道前面拐弯处有一家青年商店,商品挺多的。

他进了商店,沿着玻璃柜台走过来又走过去。柜台后面的衣架上,一排一排都是男同志的服装,蓝的、黑的、深灰的、浅灰的。

女营业员注意到他了,喊他:"嗨,同志,看中哪一件了?"

雷锋说,有啥新的棉衣?

女营业员说,哟,那么俊的小伙,棉衣啥呀,皮夹克吧!一身黑色皮夹克,才有风采呢!是鞍钢的吧?鞍钢的小伙子买这牌子的皮夹克一天好几个呢!光荣牌,天津货,质量你放心。你看看这皮质,你摸摸,像摸姑娘的皮肤呢!是不是?做得考究啊!

雷锋有点儿动心,踌躇了一会儿,问价格多少。女营业员说,不贵,四十四。

还不贵?太贵了啊!雷锋心里想,整一个月的收入呢。这家店不行,还是赶快走人吧。

营业员探出上身说,别走,同志,你真的摸摸呀,摸又不收钱。对,你摸摸,皮质多细腻!天津华光皮件厂是名厂,名厂出名货。这光荣牌皮夹克真的很好销啊,都是像你这样的年轻人买的,你穿着一定合身,不信你试试,试试也不收钱!

雷锋还是犹豫,但女营业员已经绕出玻璃柜台,热情地将皮夹克披在他身上了。

"哇!你看,啧啧啧啧,"女营业员说,"太太太太太神气了。不信你自己照照镜子!来,这边,大镜子!"

镜子里出现的形象连雷锋自己也吓一跳,这么穿着确实很俊气啊。

雷锋平时就喜欢拍照，喜欢自己有一副俊气的形象。他平时啥都节约，节约到抠门，就是上照相馆有点儿不节约，这些年照过好多回，他喜欢把一些自己的俊气的照片送给亲人和同事。可是今天，没想到穿上细腻的黑色皮夹克之后，镜子里会突然出现一种飞行员似的特别干练而又特别洒脱的形象。这形象似乎在什么画报上看到过，难道自己就是这形象么？

雷锋觉得自己的心怦怦地跳起来，他左旋，右旋，又左旋，又右旋。

啧啧啧，啧啧啧，女营业员的嘴一直发出喜鹊一样的叫声，啧啧啧，啧啧啧。

于是决心就这么下了。许多事情真的是不能试的，一试就会产生新的思维。

雷锋掏钱付款，女营业员又好意提醒："同志，得再买一瓶雪花膏！"雷锋不理解，干吗买一瓶雪花膏？女营业员说，哎呀呀，听不懂啊？你们鞍钢的人哪，眼角里、耳朵里，总有洗不尽的灰。我男人也是鞍钢的嘛，我太明白了！所以你每天都得好好洗个脸，好好搽上雪花膏，不要总是浑身一股煤炭味、铁屑味！

雷锋听着有理，问哪里买？热情的女营业员指着楼梯方向说，前面柜台。又说，小同志啊，你这球鞋不行，一定要有一双皮鞋。参加舞会吧？

雷锋笑了，说晚上就有舞会。

女营业员说那没有一双皮鞋怎么行啊？这不是给人看笑话嘛！雷锋又犹豫了，问皮鞋哪里买？

女营业员指楼梯说二楼，皮鞋柜台！她又说，有了新上衣，有了新皮鞋，这裤子还能是工装裤吗？来，这里来，这里有料子裤，深蓝色，配你皮夹克正好！

雷锋觉得自己的太阳穴有一根筋在怦怦跳，这一天的阳光怎么了，夏天还没到就那么刺眼。他摸摸衣兜，幸亏今天钱带足了。

雷锋黄昏时分出现在化工总厂女工大宿舍门口时，马上就激起了一片尖叫声。尤其是岳小琪和易华，张大了嘴，半天没合拢。其实雷锋在还没有走到女工宿舍门口时，咯咯咯的皮鞋声就已经先到宿舍门口了，早已有一个出门打水的姑娘捂住嘴巴惊叫了一声。

时代先锋！易华终于喊出了一句。她看到身披夕阳的雷锋穿着崭新的皮夹克以及深蓝色料子裤，脚蹬一双新皮鞋，那股英俊之气真是无法形容，欢喜得她一时不知说什么才好。

岳小琪拍手说，雷锋，太俊啦！记住，我可是今天晚上你头一个邀请，不许先邀请别人！可记住了啊，也包括小易！

易华听着这话，捂住嘴笑。

听岳小琪这么一说，许多姑娘也都笑着说，也得邀请我啊，优秀推土机手！

当天晚上，在化工总厂礼堂举办的"鞍钢化工总厂春季先进表彰会暨职工联欢会"上，身穿崭新的黑色皮夹克、深蓝色料子裤的雷锋已变成了一颗夺目的明星，他大步上台的时候，皮鞋发出咯噔咯噔的清脆的响声。

李师傅转身对白主任说，这小鬼，今天太神气啦！白主任也说，舍得买这一身行头，他不容易！

雷锋走上舞台，满面笑容，对全场职工说，同志们要我表演，我表演啥呢？我就给同志们朗诵一首我写的诗吧，诗的题目叫《翻车机》，因为我在煤场开推土机，每天都同翻车机打交道。这翻车机厉害啊，打雷一样响，所以我五个月之前刚来鞍钢的时候就写了这首《翻车机》。我现在朗诵给大家听。

众人喊好，全场巴掌拍得山响。

雷锋高声朗诵，他的黑色新皮夹克在舞台灯的照耀下发出细腻的光泽。

我第一次走近翻车机的身旁，

仿如空中霹雷响，

吓得我倒退两步心惊慌，啊！

原来是翻车机把一列煤车来个底朝上！

只听那半空中唰唰响，

满满的一列车煤呀，

翻得又净又光！

马达在轰鸣，

翻车机好像个大蛟龙，

上下不停地翻腾搅动。

你的力量无穷无尽，

你的任务是多么重大而光荣。

你有时有点小毛病，

我们工人的心啊，

比失掉自己的双手、眼睛还痛！

翻车机，翻车机！

我在你身旁工作，是多么骄傲，

我愿意在你身旁尽忠效力，

伸出你友谊的手吧——翻车机，

你我共同走向共产主义！

李师傅首先站起来，双手鼓掌，说，写得好！朗诵得更好！

易华也拍红了手，尖声喊，再来一个，再来一个！他还有一首诗，专写我们工厂的，题目叫《我可爱的工厂》。

再朗诵嘛，再朗诵嘛！白主任站在舞台边挥手，示意雷锋再来一个。

雷锋说，那就再朗诵一首《我可爱的工厂》，是我刚刚写的。写得不好，请同志们多批评！

众人打雷般喊，朗诵吧，诗人别谦虚啦！喊声震得屋顶嗡嗡嗡响。

雷锋抬头，再次声情并茂地朗诵：

汽笛，对着初升的太阳，
情不自禁地高声歌唱，
迎接英姿焕发的工人走进工厂。
啊！钢铁的心脏——鞍钢，
为了祖国的工业化，
你永远不知疲倦地繁忙！
你那高大的厂房，
建筑在数十里的土地上。
红彤彤的铁流，
像滚滚的长江水一样，
昼夜不停地奔忙。
如果谁要在远处瞭望，
就能看到鞍钢全部的景象：
森林般的大烟囱里，
吐出了云彩和霞光！
夜晚，像无数条火龙在闪闪发亮，
把烟云映得像五彩缤纷的彩霞一样！
啊！鞍钢，
真仿如神话般的天堂！
这里的工厂主人，
都在夜以继日地繁忙，
热情地歌唱：歌唱我们的新生力量，
歌唱我们的厂房——
鞍钢焦化厂！

雷锋这一次的朗诵，不仅获得全场高声叫好，更使人获得了这个同志将来真的可能成为一个作家的印象。白主任评价说写得不错，但第一首诗有的地方还不合辙；李师傅却认为已经好得不能再好了，李白、杜甫也写不出这样的诗来。李师傅还在几个车间负责同志的面前总结出了深刻的原因："开过推土机的，本事都大，很容易就能把好的方块字推在一起！字一码就码成了诗歌，这道理你们懂不？"

这个时候，雷锋正在一支三拍子的舞曲响起之时大踏步走到岳小琪面前。

岳姐，他鞠一躬，祝贺你评上月度先进，我请你跳舞！

岳小琪在众位姑娘羡慕的目光中站起来，满面笑容说，呀，小雷，我可飘飘然啦，脑袋比我测体温的时候还烫啊。不过你小心，别踩我脚啊！皮鞋跟球鞋不一样，特别是新皮鞋，有鞋钉啊！

有鞋钉的新鞋跳起来果然咯噔咯噔响，雷锋觉得自己从来没有过这种感觉，这种咯噔咯噔的响声一直伴随到他当夜的梦境里。

他觉得自己不管走到哪里都伴随着咯噔咯噔的响声，他觉得自己正在走进望城县安庆乡的乡长办公室，他看见彭大叔坐在那儿，老了许多，耳背了。他说彭大叔你看看我的新皮鞋，你能听见咯噔咯噔响的声音吗？彭大叔皱眉说我耳朵有点背了，这是啥响啊？是嘎嘎的，是你开的拖拉机还是推土机啊？雷锋这时候忽然觉得自己一句话也说不出来，这时候他才发现见着的不是彭大叔而是张书记。张书记说我可没见你身上披着啥脚底穿着啥，我只见你手腕上戴着英纳格呢，英纳格白天晚上都亮着光呢，都在说时间正在咔咔咔地过去，你的路一步一步走得好吗？走得快吗？

雷锋这一天清晨是吓醒的。他看了看手腕上的表，跳起来，抓起工装就赶快往煤场上奔。这时候他觉得自己太阳穴里那根筋不再那么很有力地跳了。就在这一天黄昏，他在洗煤车间门口的信袋子里发现自己有封信，湖南望城的邮戳，一拆，还真是张书记寄来的。真是梦到谁就接着了谁的信。

知道你正在踏踏实实地实践时代先锋的理想。张书记信中这样说，你已经六次评上了标兵，又评上了先进生产者，听到这些喜讯，我特别高兴。小雷啊，你置身伟大的工人阶级队伍中，要更加刻苦地学习，更加努力地工作。你要时刻记住旧社会留在你手臂上的刀伤，时刻保持艰苦奋斗的精神！小雷，你要记住，我们国家现在还不富裕，作为一个革命青年，我们不跟别人比吃喝、比穿戴、比享受；我们要比工作、比贡献、比戴大红花。我相信你小雷一定能在这方面为所有年轻同伴做出表率。

　　李师傅走出车间，追上雷锋，背后擂一拳，说发啥呆啊？谁来信了，不是对象吹了吧？

　　雷锋叠了信，半天没吭声，末了说，师傅，我想问你一个问题。

　　李师傅说还从没见你这么恍惚过。嘿，小子，怎么啦，什么事想不开啊？

　　雷锋说，我昨天穿的皮夹克、料子裤，还有新皮鞋，好吗？

　　"好看啊，挺好的！"李师傅说，"你一上台，嚯，那模样，俊啊，像演员哪！赵丹比不上你啊，赵丹无非是个头儿比你高点儿。师傅还从来没见你这么俊气过！"

　　师傅，我跟你说几个数字。

　　李师傅一愣，说，发动机参数？

　　"不是，"雷锋说，"我买新衣服的数字！——皮夹克四十四元，等于我一个月的全部工资，或者是两个月的基本工资，是不是？还有，料子裤十二元，皮鞋八元，还买了一瓶友谊牌雪花膏，一元，一共六十五元，只差一元就相当于我三个月的基本工资了。我是不是浪费了，师傅？我是不是不艰苦朴素了，师傅？"

　　李师傅"嗨"了一声，拍一下自己的大腿，说小雷你自寻烦恼啥呀？小年轻，穿好一点儿，该的！咋不该了？师傅要赶上你这年纪，有这些钱，买更多！再说，你还没谈对象嘛，当然得买几件好衣裳穿穿！

　　可是我看同志们买皮夹克的很少。像师傅你，过年也没穿新衣服，仍旧是补丁打补丁的！

跟我老头子比啥呀？你光棍儿一个，积攒了钱，该买啥买啥！咱别自己骂自己，多没出息呀！小子，师傅告诉你，看着你俊气，精气神儿好，师傅打心眼儿里乐啊！你师母更乐，还说看见哪家闺女中看，要给你说媳妇儿哩！

见雷锋依旧双眉锁着的模样，李师傅也心疼了，说好啦好啦，哪有那么多讲究，思想上明白艰苦朴素就行了。新衣服该买还得买，破破烂烂的也不叫新社会嘛！

李师傅的话也有几分理，可是雷锋想来想去还是觉得不对劲。他又拿出张书记的信来读了一遍，越读越觉得惭愧。还啥苦伢子呀，讨饭伢子呀，早已是皮夹克皮鞋啦！敢拿两个月的工资换行头，这四十四元钱要是撂在简家塘村，得办多大的事啊，一间瓦顶大猪舍都可以盖起来了。

又到了星期日，挟着大纸包的雷锋来到了青年商店的柜台前。女营业员认出了他，心里高兴："还买衣服哪？"雷锋摇摇头说，我上个星期天买的，能退货吗？

退货？女营业员大为惊讶，说退啥呀？雷锋抖开纸包，不好意思地说，就退这件皮夹克呀。

不是挺合身的吗？

雷锋说，我觉得，我不该买……太贵了……同志你看，我是一个鞍钢的新工人，我不该花两个月的工资买这么贵的衣服。

哎，你这个同志，这算个什么理啊？新中国新社会新工人，就得穿好的嘛！还能穿孬了？

雷锋说，是这样的，同志，我是想，我小时候生活苦，我是穿破衣裳长大的。现在刚当上新工人，我就想着，我不该这么大手大脚……

每天多少人都到我这柜台买衣服呀！买皮夹克的不在少数，没一个像你这么说话的！

一个柜长模样的中年男人走过来，端详了一番雷锋的窘样儿，说，给他退了吧，这好孩子的心，我能理解。女营业员低声说，他都穿过一星期了！柜长说，他那想法，我儿子也有，挺可爱的，你说可爱不？难得啊，就给他退了吧！

女营业员马上说，那就退吧！雷锋一听，赶紧双手捧起皮夹克，递给女营业员。但他刚递出一半却又缩了回来，"啊呀"了一声。

女营业员疑惑，说又怎么了？

不退了，雷锋说，不能退了。

柜长与女营业员都莫名其妙，雷锋指着皮夹克后背下方一条划痕说，有一道划痕了，看见没有？可能是我不小心碰的，这就不能退了，我不能给你们带来损失。

柜长叹一声，说你这年轻同志，厚道。

女营业员赶紧说，那就不退吧，其实你穿着挺好看的。工人阶级主人翁，主人翁还不该穿好点儿？还让给地主老财穿？

柜长对女营业员说，你也不能这么打比方！

女营业员争辩说，我就觉得这道理对，咋错了？

雷锋就在他们的小声争论中离开了青年百货商店，其实他们的争论跟他自己脑海中两个小人儿的不停争论差不多。但是雷锋还是作出了自己的思想检讨，他是主动检讨的。那是在洗煤车间办公室里，在白主任作会议小结时提到雷锋的名字之时，雷锋就忍不住了。白主任当时是这样说的："我看这样吧，经过各生产班组的推举，本月我们洗煤车间评出的增产节约标兵是以下三位：雷锋、李春利、许义江。"雷锋一听，就从办公室角落里站了起来说，白主任，我这个月不能当标兵，我不够格。

白主任皱皱眉，问为什么。雷锋说，我今天特意带来了一样东西，我要做个检讨！他抖开一个纸包，取出自己才买不久的皮夹克，放在木桌上，说，今天是评增产节约标兵，可是，我不能当这标兵。这是很明显的，我并不节约，我思想上松懈了，我没有严格要求自己，我买一件衣服就用了整整两个月的工资。我来钢都才几个月啊，还是个学徒，新工人，谈不上有啥贡献，却讲究起穿戴来了，我不该啊。我没给年轻同志带个好头，真的，我很惭愧！

"你好了没有啊？"白主任皱眉说，"评增产节约标兵跟买衣服，不是一回事嘛！"

"不。"雷锋仍然摇头，说，"白主任，各位组长同志，我真的没有资格当这个标兵，请一定把我名字划掉。同志们的信任让我明白，光在工作中增产节约是不够的，在生活上也要养成勤俭的作风。今后，我请求同志们不仅要在工作、生活中，还要在思想上监督我，让我成为一个真正纯粹的人！"

雷锋这一次的主动检讨，在同事中引起了不同的反响。有人夸他对自己要求严格，有人说，有点儿装样子，小题大做，而焦化车间的易华却气不打一处来，认为雷锋做得太过分，完全没必要这么做。这天她一做完车间统计就冲到了露天煤场，冲着雷锋嚷嚷："干吗检讨啊？用自己的劳动所得买一件好衣服，怎么啦？天经地义！况且年轻人是应该穿得好一点儿，一代新青年的形象嘛，错啥啊？"

李师傅坐在推土机驾驶室里，望着站在推土机旁的这两位年轻人，眼神忧郁。其实他心里也很不满自己徒弟的这种检讨。多事，他想。

雷锋争辩说，小易，其实，一件衣服并不能代表年轻人形象，能代表新时代年轻人的，只有高尚的品格。

"衣服跟人的品格没有关系！"易华怒气冲冲说，"我们鼓励你买件好衣服，难道鼓励错了？拿糖衣炮弹打你了？"

雷锋着急，不知怎么解释。易华说，别解释了，你再怎么说，我和岳姐也没有错！说罢，她气呼呼就走。

雷锋赶了几步，但易华头也没回。雷锋怔了一会儿，忽然像惊醒似的，赶紧在门形吊车下扬起小红旗，指挥重型推土机作业，让吊车把推拢的煤抓起来，置入隆隆转动的传输带。

李师傅开着推土机退出煤山，忽然停车，把头伸出驾驶室，冲雷锋一声吼："你这小鬼！"

雷锋一愣，赶紧说，师傅怎么了？

还不快去跟人家道歉！人家姑娘的话没错，你自己发傻呢！

师傅，我……我是这样想……

不管咋想，都该去道歉！北方天这么冷，买件皮夹克穿穿咋的了？资本主义就复辟了？地主老财就回来了？我要是家里没养着三个孩子，我就买它两件三件的穿穿！你别废话了，赶紧去道歉！你不去道歉我都不依，你伤人家姑娘的心了！

师傅半年来没露这样的凶相了，眉毛、眼睛、鼻子全挤在了一块儿，可能是真生气了。于是雷锋赶紧答应去道歉。

一下班，雷锋就用报纸小心地包起皮夹克，一路小跑直奔女职工大宿舍。

雷锋坐到易华床头，小心抖开纸包，露出皮夹克，说小易啊，我想来想去，你的话是有道理的，我那想法可能有片面性。

还没等易华开口，岳小琪就冲过来说，你就是有片面性！人家保尔也不是每天都穿破衣服的嘛！

雷锋说，其实，打心眼儿里头，我还是挺喜欢这件皮夹克的。穿着毕竟好看，人也长精神。

没等易华笑出声来，岳小琪又大声说，是嘛，跟我跳舞的时候，俊得不得了，比保尔还强！你想想，多少姑娘眼红呢！小雷，再穿一回！

于是雷锋再次穿起了皮夹克，在两位老乡面前左右旋身，惹得一屋子的姑娘偷偷笑。易华说，是好看嘛！雷锋说，不好意思。易华说，雷锋哥哥，你也别生我气，我刚才是把话说重了。其实，你穿得帅气，我心里高兴。

岳小琪一推雷锋，说，人家小易真是为你好！

雷锋说，我想通了。其实，一件衣服买得贵一点儿和不贵一点儿，并不真正说明啥，关键是思想不要出毛病，不要生成贪图享受的毛病！

易华说这就对了嘛！刚说到这儿，门推开，白主任意外地出现在门口，一见雷锋就点着头笑："小雷，果然在这儿！"

雷锋赶紧招呼："白主任。"

白主任说，你们几个呀，都是湖南望城县来的同乡。告诉你们一个好消息，你们县的县委书记张复赵同志，是叫张复赵吧？

雷锋一惊，说，是，是！

他下个月到北京开会，想抽空来一趟鞍山，专程看望你们这些望城县支援鞍钢的同志！

这消息让雷锋高兴得跳了起来。张书记要来鞍山，这不是做梦吧？

白主任特地派遣雷锋陪同化工总厂的刘副厂长去鞍山火车站接站。那个接站的场面可谓有点儿惊心动魄——雷锋飞一样地奔过去，而张书记差一点儿把雷锋举到空中。两人反复拥抱，活像外国人见面的那种礼节。

张书记，你能来鞍钢，我真高兴！雷锋一遍又一遍说，甚至有点哽咽。

张书记看着雷锋，连说长大了、长大了。他掏出手帕拭去雷锋眼角的泪痕，说，其实也不过才分别大半年嘛。

张复赵书记被安排在化工总厂招待所。他对钢都的一切都很感兴趣，虽然从雷锋的多次来信叙述中他已对这个特大钢铁企业并不陌生，但是国家钢铁工业的宏大气势仍然使这个来自湖南的县委书记开了眼界。他在白主任的陪同下参观了炼钢流程，面部防护罩溅上了好几粒火星。他说没想到这几年国家大打钢铁工业的翻身仗这么有成效，鞍钢形势发展这么快，深深感到望城的年轻人奔赴祖国的钢都是走对了路。他在当晚举行的"湖南望城县支援鞍钢青年工人座谈会"上就是这么说的，他斩钉截铁的语言引动了五十几位望城青年老乡的热烈的掌声。

张书记说得热了，八月的汗滴不断流下他的额头，雷锋努力把一台哗哗作响的旧电风扇对准他。

张书记又对大家说，望城家乡人民很惦记你们啊！尤其是过大年也留在钢都没有回湖南的同志，家乡人民很惦记你们啊！惦记你们的学习、工作、生活，惦记你们吃得习惯吗？冬天受冻了吗？方方面面都好吗？

大家鼓掌，脸上都显出感动，还有人悄悄抹眼泪。张书记点着雷锋说，尤其是你小雷，你在我身边工作过，你春节不回望城，我真的挂念哪！所以也没办法，只好多给你写几封信。

雷锋说，每次接到张书记的信，我都特别高兴！张书记说，你的皮夹克风波我也听说了！

大家一愣，都笑。雷锋显得不好意思。张书记说，依我说啊，小雷，你能严格要求自己，那是好的。你能想到一个革命青年要节俭，目前还不合适花太多的钱去买比较高档的衣服，还为此公开作检讨，这说明了啥呀？说明你的思想境界比较高，对自己要求比较严。这是对的，我听了感动。但是，另一方面，同志们说的也没错，一个年轻同志，用自己的劳动所得，偶尔买一件比较好的服装，也没啥！我说啊，这两方面的观点加在一起，这个理儿就完整了。

雷锋站起来说，张书记，现在我也明白这个道理了。通过这件事，我觉得，我自己的思想还不成熟，看问题吧，有时候，总是简单化。

座谈会后，张书记又同雷锋在夏日的林荫道上散步许久，两人似乎都没有睡意。远处的炼钢车间大概又在出钢了，暗红色映红了半个夜空。

张书记再一次肯定了雷锋对皮夹克风波的自我分析。他说能完成这种分析就是啥呢，就是一个青年人逐步成熟的表现。他又说，人们总是通过对一个矛盾又一个矛盾的分析和认识，才逐步认识真理的。所以，张书记说，这次我给你带了一套《毛泽东选集》。这套书是发到县委书记一级的，我到长沙多要了一套，这次来东北特地带给你。

雷锋马上伸出手腕，露出英纳格手表，这意思，显然就是"我一定抓紧时间读书"。张书记一看就懂了，哈哈笑，但他仍旧追问："入党申请书写了没有？"

雷锋说还没有。问及原因，雷锋说觉得自己才刚刚起步，才来鞍钢半年嘛，时间不长；另外，也觉得思想上不成熟。尤其是这次买皮夹克的事，说明看问题有片面性，还是要加紧锻炼自己。这么一想，就不敢写了。曾经写过一份，都写一半儿了，又撕了，觉得自己不行呢，脸都臊呢。

张书记站住了,眯细眼睛,盯着远处被钢花映红的半边天空。雷锋顿时明白自己的思路错了。果然,张书记也说他错了。张书记用手按住小伙子结实的肩膀,说小雷啊小雷,加紧锻炼是不错的,但是,适当的时候,你呢,还是应当向党组织递交入党申请书。你要表明自己的政治追求,这种政治追求是必须主动表明的,懂吗?没有人会来强迫你写,甚至动员你写,但是我晓得你早早就存着这份心。既然有这份心,你就要早早地表达出来。表达自己的政治追求是不臊脸的事,懂吗?其实,你这样做了,也能争取到组织上的及时帮助。

"我记住你的话了,张书记。"雷锋说,"我会抓紧时间争取思想上政治上的进步的。"

雷锋的心弦在这一个晚上被拨动了,他本来想在当月就向车间党支部上交入党申请书,但是后来又犹豫了,那是因为在张书记给他送来的《毛泽东选集》中他又相遇了张思德和白求恩,相遇了自由主义的十一种表现。无论从哪些方面对照,他都觉得自己离共产党员标准还有一大截子,一个显著的例子就是:一位愿意下决心为共产主义事业奋斗的青年人会拿出三个月的基本工资去买皮货料子货吗?李师傅说自己会去买,还说会买两三件,那是他嘴上说说的。再说他也不是共产党员嘛。岳姐和小易说该买,但她们一个是共青团员一个是群众,都不是共产党员,而且现在也没有入党要求嘛。这么反复想着的时候,化工总厂外边屯子里的鸡就打鸣了,雷锋好不容易鼓起来的书写入党申请书的决心又有点疲弱了。

慢慢来吧,水到才能渠成。

而就在这个秋季,一个重大的人生考题忽然又降临到化工总厂全体年轻职工的头上。那一刻,雷锋瞪圆了眼睛,他的内心深处又响起了隐隐的尖厉的号角声,那声音突如其来又不可抑制。

消息是易华带给他的。那天露天煤场风大,煤粉打着旋子。在门型吊车下方向推土机挥舞小红旗的雷锋一扭头,就看见易华顶着漫天的煤粉朝他奔来。

易华的表情那一刻有些恐惧。

雷锋哥哥啊,告诉你一件事,有个特别苦的地方招人,你可千万不要报名!我是刚得到消息就来告诉你的,那个地方太苦了,总厂马上要动员了,你可千万不要冲动!

雷锋听不明白,大声说你说啥啊?啥地方啊?

弓长岭!

雷锋一愣,弓长岭铁矿?他知道那座铁矿。苦地方啊,离鞍山少说也有两三个钟头车程,矿藏量不小,但就是偏僻,在山沟沟里头,小路弯弯曲曲的。那儿的铁矿工人脸全是黑黑的,那是被山里的风吹的。都说那儿啥都没有,人们都想调出来,调到鞍山来干啥都行。雷锋以前也想去看看那矿山,去看个稀罕,毕竟是鞍钢所属的一个矿山嘛,但始终没机会去。

易华说,对,就是那儿,就是弓长岭铁矿。现在听说要在矿口子上新建一座焦化厂,总厂要动员年轻职工自愿报名去那儿。那儿怎么能去啊?荒山野岭,听说夏天里还有大蛇,特别可怕。我知道你要做时代先锋,越是苦的地方越要去。可是弓长岭那地方实在去不得,雷锋哥哥你答应我,千万别报名,啊?

雷锋问,要开动员会吗?姑娘说马上要开,不过,估计是没人报名的,你也千万别报名。这一回,求求你雷锋哥哥,千万落后一点儿,别离开鞍山。我走了!这些话都是岳姐要我来跟你说的,当然,我自己也是这意思。

雷锋心里明白,一块儿从望城县来的几位老乡不愿意自己离开。相处久了,真有亲姊妹的感觉,说走就走也是难舍。难舍的其实还有这台老式推土机,脾性都摸熟了,维护得车身上下闪闪发光了,完成生产指标可是一超再超了,车间图表上那些流动小红旗几乎全插在这台"斯大林80"上了,怎么能随随便便离开呢?!但是一听"号召""动员"这些词儿，雷锋的血就会热起来。过去他血管里奔流的是湘江的血，现在血管里奔流的是辽河的血。不管怎么说，一听领导在大红横幅下，在麦克风前面，发出那种慷慨激昂的动员令，雷锋全身的血液就会哗哗作响，他自己也控制不住。

因为这时候那就不是领导的声音，而是祖国的声音，是这个给他带来生命的国家的声音。

小易、岳姐，你们的好意我都知道了。雷锋想，但是我得听听这是不是国家的声音，要真的是国家有急，那会儿我的心蹦起来我也管不住啊。

车间动员大会果然就开了。会场设在总厂礼堂，果然是大红横幅，果然是嗡嗡作响的麦克风，一百来个新老职工齐聚一堂。

作动员的是白主任。白主任手捧一份鞍钢文件，声调果然慷慨激昂："说句实话呀，同志们，弓长岭那地方是苦，生活条件不好，再说，新建一座焦化厂，完全白手起家，创业之初的艰难，可以想见。起头没有宿舍住，要住帐篷。但是有什么办法呢？需要啊！祖国钢铁事业要发展，鞍钢要发展，新的焦化厂的兴建势在必行啊！所以，我们只能号召鞍钢所属的各个总厂、分厂、车间的年轻工人同志们，为了国家的根本利益，为了鞍钢的长远发展，抱着克服困难不怕牺牲的精神，踊跃报名，去弓长岭贡献自己美好的青春！"

所有年轻工人都瞪着眼睛，琢磨着这一道人生课题。礼堂里没有一点儿声音。是啊，一座新厂的兴建、投产，没有一两年是拿不下来的，建好了就能出来么？也不见得！也许，就是一辈子要窝在大山沟沟里了。这哪是贡献青春，是贡献一生嘛。尤其是单身男职工，没找对象的，以后哪儿找姑娘去？这都是特别现实的问题。但是这些具体问题的答案在鞍钢党委的文件里统统没有提及，也不可能提及，提及的只是国家钢铁事业发展的需要，只是一个革命青年应有的政治觉悟和人生抱负。

这道题目，难答啊！所以礼堂里掉一根针都听得见。

白主任手扬文件，再三强调："根据鞍钢党委文件的精神，这次报名，采取自愿的方式。但是鞍钢党委、团委、工会，还是号召有政治觉悟的、身体健康的年轻同志踊跃报名。我们化工总厂洗煤车间有自愿报名的同志吗？"

没有人吭声。靠窗边的几个年轻人说尿急，猫着腰走了。

雷锋也坐在靠窗的位置上，他没有走，他稳稳地举起了手。

白主任看到了，故意当作没看见。他大声说，没有也不要紧啊！因为我们洗煤车间人手紧缺，每个岗位都是一个萝卜一个坑，特别是有些关键技术岗位，更是个顶个的，难抽。我说啊，一时没有人报名也不要紧，我们车间向上级反映一下，以后看情况再说。

但是雷锋好像没有听见他的话似的，一只右手还是举着，高高的，像根旗杆一样不倒。

好几个工人回头瞅着他，紧接着就有好几排工人站起来了，活动椅子靠背哗哗哗响动。大家都瞅着雷锋，像看稀罕。

雷锋没有看见那么多人看他，他只盯视着讲台上的白主任；雷锋也没有听见椅子靠背的响动，他只听见自己血管里奔流的涛声。这真的是祖国的号召，这是钢铁元帅的号召，这是国家有急，所以——所以就没有第二种选择。年轻人的青春必须像旗帜一样及时升起来，所以他必须挺直自己的旗杆。

奇怪的是白主任在哗哗哗的椅子靠背一阵响似一阵、大半个场子的目光都聚在雷锋高高直挺的右臂上的时候，仍然"没有看见"雷锋。他只是低头收拾文件，盖上茶杯盖，嘴里还嘟哝着说，好吧，就这样吧，现场没有人报名，我们这就散会了。

于是大家准备走，门边的几个年轻人走得尤其快，撒兔子似的。这可叫雷锋发急了，脱口喊，我要求发言！

这一喊，礼堂刹那间又恢复了安静，所有坐的、站的、要走的、要奔的，一时的姿势都像雕塑一样凝固了。

白主任咳嗽了一阵，半晌说，小雷发言的内容可能与这次会议的内容无关吧？无关的话，会后你个别跟我报告一下就是了。

雷锋说，就是跟这次会议内容有关啊！

白主任又一阵咳嗽，麦克风把他的干咳声放得好大。然后他清清嗓子，说，好好，发言吧。

雷锋站起，大声说，我愿意响应鞍钢党委、团委和工会的号召，去弓长岭艰苦奋斗！没有房子，可以盖！没有条件，可以创造！作为一名共青团员，我愿意在最艰苦的环境中磨炼自己的革命意志，为祖国钢铁生产的大发展贡献青春！

"好、好、好，听见了、听见了。"白主任说，"还有没有人发言？没有？散会！"

椅子靠背又如打雷一样轰轰轰响。有人叹气，有人如释重负，有人跑过雷锋身边的时候沉默地摇摇他的肩，也有人出门时阴阳怪气地说，不错，我们车间总算没剃光头！

雷锋一直站着，等到人都跑光了，他才发现只有白主任还坐在台上，脸色发灰，一副无奈的样子。雷锋赶紧跑上台去，说，白主任，我响应您的号召了！

白主任瞪眼说哪里是我的？是鞍钢党委的！雷锋急忙说是是是。见白主任呼呼喘粗气，他又小声说，白主任，我说错了吗？

不错！你错什么？响应党委号召，你还错了？你百分之一百正确！两百正确！三百正确！

雷锋见白主任一肚子怨气，似乎一时理解不了。

白主任站起来，一甩文件，又一敲茶杯盖，怒气冲冲地说，小雷啊，你也不想想，你在我们车间是什么形象？月月被评上车间标兵，五次被评为车间红旗手。你说我这个主任能放你吗？别的人我放，你，我不放！

雷锋觉得奇怪，小声提醒说，白主任，刚才不是您亲自动员的么？

我能不动员么？文件下来了，我这个当主任的不念谁念？但是你也不想想，我怎么能放一个重型推土机手走呢？要培养一个推土机手多么不容易啊！你倒好，当着这么一百来号人的面，公开喊要去要去，你让我怎么办？

雷锋还想说啥，但是白主任走了。

你别啰唆了，你好好给我想想！白主任这么说。

这种不耐烦的态度，雷锋还从来没见过。

雷锋报名去弓长岭的事如特大爆竹一样在化工总厂啪啪炸了个响儿，易华与岳小琪几乎是第一时间就得了这消息。易华只觉头皮发麻，她最担心的事还是发生了。也几乎在第一时间，两个姑娘把雷锋从职工宿舍里提溜了出来，连珠炮似的一顿轰。雷锋坐在厂区大食堂后头的大榆树下，一方面觉得委屈，一方面又胸有成竹。他对两位姑娘说，我想，我这表态，也没有说错啊！

岳小琪嘴不饶人，说，你当然错了啊！易华接口说，你错就错在白主任这么培养你，顶多大压力啊，选你开推土机，月月评你标兵，你却不领情，说走就走！雷锋，你啥都别想，就听白主任的，白主任叫你在哪儿，你就在哪儿！行不行？

雷锋大叫，不行，小易你这话不对！

岳小琪惊异地说，哟，我还第一次听到雷锋这么凶里巴气反驳人家呢！你以为小易比你小，好欺侮？雷锋说，岳姐，我不是欺侮小易。我是说，小易刚才说我该句句话都听车间主任的，我觉得这种态度不对。

那你听谁的？

听祖国的！

两位姑娘一听，一时都愣了，面面相觑。祖国，这词儿太大了嘛。

雷锋说，只要祖国有号召，哪里最困难、最艰苦、最需要人去，我就憋不住要去。听着祖国的号召、上级的动员，我全身的血都会烧起来。真的，我想憋住都不行。这不是虚话，这是实话。

岳小琪说，这我信。不然，你也不会扔下望城的每月三十六元，到这里拿每月二十四元了。

就是这样啊，祖国的号召是最重要的。既然要做革命的螺丝钉，这颗螺丝钉就应当拧在革命最需要的地方，这才是真正的螺丝钉。雷锋说着，就从衣兜里摸出了那颗小小的螺丝钉，放在手心里摩挲。从昨天早晨开始，他就又把这颗望城机械厂厂长送给他的螺丝钉从小红木箱里取出来了，一直放在上衣兜里。他觉得这颗硬硬的螺丝钉能够给他带来骨气。他对易华说，这螺丝钉该是祖国伸手拧的，是不是？易华推开他的手，说不看不看，反正你是打定主意了。你这个属龙的，就喜着腾云驾雾，我们也揪不住你龙尾巴。

雷锋说别揪住我了，行吗？我是打定主意要走的。雷锋说着收起螺丝钉，又从同一只衣兜里掏出了一瓶雪花膏，递给岳小琪，说，岳姐，这是那天买皮夹克的同时买的，友谊牌雪花膏。我一次都没用过，送给你，你车间高温，你比我更用得着。

岳小琪接过来，闻一闻，低声说，谢谢。雷锋又从右边衣兜里掏出一本笔记本，小小的，很精美，问易华说送给你好吗？还没等易华回答他就抽出钢笔，在扉页上题写了赠语："赠易华同志：船，能够乘风破浪才能前进。人，能够克服困难才能生存。"写完，他轻轻念一遍，郑重地，用双手，将笔记本交到易华手中。

过了许久，易华才接过日记本，说，谢谢你的临别赠言。

雷锋看看这位姑娘，又看看那位姑娘，说，我舍不得离开你们，但是我也只能说，再见了。

易华问，铁了心了？雷锋说，是的，铁了心了。易华心里明白，雷锋铁了心的事，那是一定要做到的。现在她开始反过来为他担心了，说，雷锋哥哥，还不能你自己说了算呢，要是你的白主任无论如何也不同意呢？

雷锋说，我相信白主任会改变主意。国家急的事，他也一定会急。

易华想，这话说得也没错，这也反映出雷锋的决心够铁的了。不过，怎么说呢，这事总是还有点儿悬，洗煤车间白主任的敬业精神，以及那位李师傅的倔脾气,那都是闻名整个化工总厂的。雷锋哥哥,你难啊!

雷锋做白主任的工作确实难,不是说不进话,而是白主任根本就不给他开门,他再叫门也不开,白主任家门闩插死,窗帘也紧闭了。再说雷锋也不敢大声叫,叫一声就停半分钟,然后再叫一声。雷锋心里急,细细的汗滴从额上冒出来,夜风一吹又干了。隔壁有人开门,好心地向雷锋提醒说白主任在家呀。雷锋点点头,意思是我知道。

雷锋干脆坐在白主任家门前的石阶上,双手抱着腿,不敲门了。

夜空幽远,星星眨眼。一会儿,白主任的声音就从窗户里传出来:"太晚了,回去吧,我明天给你回话!"

雷锋跳起来,赶快凑着门缝说,白主任,你给一句话,我晚上就睡踏实了!

白主任的声音很有些着恼,说你这孩子怎么这么轴?我都睡下了,有话明天说!

雷锋压低声音,对着门缝耐心地说,白主任,我跟您汇报啊,我就是想到最艰苦的地方去啊。党救了我,新中国救了我,我想在最艰苦的岗位上报效党,报效国家!白主任,你待我好,我明白,可是,我想我还是应该去最艰苦的地方!

回去回去,别这么死心眼儿地等着。

我就等您一句话,白主任!

白主任的声音显然恼怒了:"你一定要去弓长岭,那你去写份志愿书来!"

雷锋一听,笑了,赶快说,好,好,我马上回去写!

夜深了,雷锋不敢惊扰同宿舍的两位伙伴,就拧开当年王佩琴赠他的那支手电,伏在自己铺位上写请调志愿书。一笔一画,写得认真,也写得很快。

其实这一刻,在焦化车间的女职工大宿舍里,岳小琪也没睡稳,易华也没睡稳。岳小琪干脆下床,绕个弯儿,走到易华床头,轻轻坐下,说，就听着你翻来覆去没睡着。

易华凑着岳小琪的耳朵说，怎么睡得着呢，就想着那个白主任会不会放他。岳小琪说，我有感觉，最后吧，谁也拦不住他。易华说，岳姐，雷锋这人，从来不晓得享福。要说傻也真傻，像他这么傻的，天下也没几个了。可是，也奇了，他身上的这股傻劲，老叫我感动！

"感动吗？"岳姐盯着易华那俊美的脸庞看。窗外有一抹清爽的月光，将易华的五官轮廓映得很分明，看上去像个仙子似的——在钢都，皮肤那么白，少见。岳小琪想，这小美女，陷得深了。

易华说，当然感动，我看出来了，这个人就是中国的保尔，他太了不起了！

岳小琪伸手，把对方的鼻子揿扁："小易啊，你这是患上很严重的相思了！"

易华说岳姐你小声点儿嘛，这么说不羞死人？岳小琪说一个个都睡死了，谁听得到？于是易华一个鲤鱼打挺坐起来，抓住岳小琪的手，老老实实地说，岳姐，我也想忍，可是忍不住，我确实一直在想他。想到他去弓长岭，心里就慌，啥都不专心。我梦见大蛇了，都吓醒了！

我有句话你爱不爱听？

你说！

他是好人，但是，找男人，不能找这样的人。

易华打了岳小琪一拳。岳小琪鼻子哼一声说，打我，打我也没用，我说的是实话。真的找他，你会很苦。他要苦一辈子，你也要苦一辈子。

易华不作声，半晌，推岳小琪，推她去睡觉，说，都后半夜了，快睡吧，明天还起早上班呢！

岳姐的话，她不爱听。

雷锋再次走到白主任家门口时，也是后半夜了。他忽然有点儿不好意思，自己激动得睡不着觉，可人家主任是上了年岁的，过四十了，不能拖着人家熬夜啊。明天再找主任吧！这一想，脚步就缓了。可是再一细瞧，人家房内还有灯光，可见主人并没有睡。雷锋想敲门，手刚伸出又止在半空了，心里想，还是太晚了，白主任睡下了，刚才听他声音就很生气，所以还是不能惊动他。如果再烦他，这事情就更难办了。

想到这儿，雷锋就将手中的志愿书折成方块，从门槛处的缝隙中慢慢地塞进去。开始不好塞，纸缩了起来，后来找着了窍门，斜着慢慢塞，才塞进去。一直到塞得很深，他才放心地直起腰。

他舒口大气，仿佛完成了一件大事，有点儿如释重负。但是，还没等他蹑手蹑脚地走出十来步，忽然就听背后一声大喝："回来！"

雷锋一回头，愣了。只见白主任和他的李师傅一齐站在门口，两人的身影都是晃晃的。再仔细看，两人的眼睛都不对劲，像是都有泪花在闪。

白主任说，小雷啊，什么都别说了，要走，就走吧！

雷锋激动了，大喊一声白主任，又大喊一声李师傅，急奔几步，先后扑到两个人怀中。他当然明白，这两个人对他的离开心里都有说不出的难过。李师傅搓揉着雷锋的肩膀，低声说："我哪儿再去找这么一个徒弟啊！"就说一句，他哽咽着再说不下去了。

白主任说，你要知道，小雷，你离开你师傅，你师傅有多难过，他已经在我家里流了两个钟头眼泪了。

雷锋一听这话嗓子眼儿就哽咽起来，说，我晓得我师傅的难过。白主任，弓长岭没人报名，我心里……也难过。

李师傅以衣袖拭去泪花，说，小鬼，去吧！徒弟争个出息、争个先进，做师傅的看着，也高兴！

车间同意放行，总厂当然没问题，七八天下来，化工总厂总算先后确定了五十多个年轻工人去弓长岭。去的全是男的，没有女的。这五十多号人大多数都是一脸苦相，大男人哭鼻子的不在少数，按李师傅的评价说是没出息到家了。李师傅说，年轻人都要像我徒弟那样，共产主义天堂早就到达了，也不用人民公社来架金桥了。后来白主任说，老李你前半句话是对的，后半句话可千万别再说了。

就因为雷锋的态度如此明朗，明朗得有点鹤立鸡群，来自弓长岭矿的两位干部一下子都瞄上了他。他们一位是新组建的焦化厂党总支书记，姓厉；一位是焦化厂的人事股长，姓陈。两位都为五十多个即将奔赴弓长岭的年轻工人的眉头紧锁而犯愁，这种精神面貌怎么能迎接即将到来的艰苦生活？他们从焦化车间岳小琪的口中知道了一个叫雷锋的工人在领导还没有松口同意的情况下，就向一位老乡赠送了雪花膏，向另一位老乡赠送了日记本。这种决心好生了得啊，况且还是毅然辞别了"斯大林80"的，这就太难得了啊！必须得用雷锋的笑容去鼓舞其他同志！两位领导于是迫不及待地在雷锋的宿舍里截住了这位圆圆脸庞的推土机手，开口就说那五十多个年轻人这几天眉毛都倒挂了，不像你啊。雷锋同志，你一见人就笑，笑得我们心里暖洋洋的。同志啊，听说你是动员大会上第一个站起来报名的？

雷锋说"是"。厉书记马上问，真的不嫌弓长岭苦吗？

雷锋说，厉书记，我问您一句话，弓长岭是不是真的很苦？

厉书记说，真的很苦。我去了才一个月，你看我这张脸就黑成这个样子，风吹的！我回鞍山，我老婆都说家里怎么来了个黑老包，不认识了！还有这个小陈，陈股长，吃饭没个点儿，上星期胃痛了三天。

雷锋说，能有我小时候在大雪天讨饭那样苦吗？

两位干部一愣，说这什么意思？雷锋说，厉书记，陈股长，苦我从来不怕，再苦也没有我旧社会三天只喝一碗野菜汤那么苦，没有我讨不到饭还被狗咬那么苦！现在每天都能开饭是不是啊？没有大米白面，一碗高粱饭总是有的吧？这怕啥呀？这就是幸福！两位领导，你们放心，我愿意到艰苦的岗位上去，因为这是国家急需的岗位。要是你不去我不去大家都不去，我们鞍钢怎么发展呢？我们国家的钢铁生产计划怎么完成呢？

厉书记太激动了，把雷锋的床铺拍得叭叭响，说小雷同志啊，你的话比我作政治动员报告还强啊！你说得太好了，我非常感谢你今天的这番话！这里马上要召开分配会议了，你能不能在会议上带头发个言，把五十多个新工人的士气鼓一鼓？陈股长说雷锋同志啊，你一定要帮帮我们！这第一炮一定要打响，不然，就是把人强拉牛一样拉到那边，都会逃回来的！

雷锋态度明确，说请领导放心，表态讲话，完全是我应该做的！

果然不出厉书记所料，在化工总厂大会议室召开的分配会议上，气压那可是太低了，已决定分配去弓长岭铁矿焦化厂的五十多个年轻人除雷锋之外几乎都低垂着脸。

厉书记笑容满面，尽量把话说得铿锵有力："同志们啊，你们都是自愿报名去弓长岭的，我代表焦化厂党总支，在你们出发的前夕，向你们这群融入新厂建设的新鲜血液，表示热烈的欢迎！"

会议室几乎没有响应的掌声。主席台上只有厉书记与陈股长两个人鼓掌，台下只有窗边的雷锋一个人鼓掌，噼啪噼啪七八响。

厉书记依然满脸笑容。他知道第一炮不打响后果不堪设想，所以还是鼓足劲儿，大声说，同志们啊，我听有的同志告诉我，说他自愿报名以后，又有点儿后悔。有的同志说，也不是完全自愿报名的，是领导一再动员之后，情面难却，才填下报名表的。同志们，我理解你们的想法。离开鞍山这个城市环境，钻入大山白手起家，这个决心确实难下。但是国家建设的需要，鞍钢发展的需要，又不能不下建设新的焦化厂的决心，是不是啊？同志们，我们还是要怀着战胜困难、造福人民的精神，勇敢地走向新的工作岗位！

众人都沉默，唯有雷锋应声说，对！

厉书记点名了："刚才大声喊对的同志，就是你们化工总厂洗煤车间的推土机手雷锋吧？我听说雷锋同志是主动报名的，而且是第一个站起来报名的。我们听他讲讲自己的想法好不好？"

少数人说"好"，大多数人依旧沉默。于是雷锋从窗边忽地站了起来，椅子砰地一响，差点儿摔倒。扑进窗子的秋风吹乱了雷锋的头发，他把额前的刘海理了理，用昂扬的声调说，焦化厂的领导，我的焦化厂的新工友们，请允许我现在表个态！

厉书记与陈股长满怀希望地看着他，并且听他说了下面的这段话：

"同志们，昨天晚上我趴在床铺上记日记的时候，小张探头来看，还把我日记本抢去，念了我新写的一句话。宿舍里的兄弟都说我在说大话。我是怎么写的呢？请允许我这里念一遍：青春啊，永远是美好的，可是真正的青春，只属于这些永远力争上游的人，永远忘我劳动的人，永远谦虚的人。——同志们，这是大话吗？我觉得这不是大话。我们今天在座的都是年轻人，我们都拥有美好的青春，但是青春的光彩，不光是指唱唱歌跳跳舞，不光是指玩玩扑克牌打打康乐球——这样的青春生活还是肤浅的。我们年轻人只有用青春的热和光，照亮祖国、照亮社会主义事业，这样的青春才是值得的，才真正叫青春。同志们，是不是？这样，到我们上了年纪的时候，就不会说：我们的最精彩的岁月是在浑浑噩噩当中虚度的！"

所有的眼睛都盯着激情洋溢的雷锋，这个额前垂着刘海的有着姑娘似的脸庞的小个子，说出的每句话怎么都埋伏着那么强大的力量！

雷锋又说："弓长岭苦不苦呢？确实苦。我还没有去过弓长岭，但是十个人提到弓长岭十个人都说那儿苦，而且，白手起家会更苦。但是这种艰苦的劳动和艰苦的岁月，正好是年轻人的磨刀石，正好是火，能点燃我们革命青年火热的青春！我们能吃这份苦，因为我们年轻！难道我们年轻人不去弓长岭而让中年人、老年人去吗？不能，显然不能！在祖国的需要面前，只有我们有志的革命青年，才能响亮地答应——我们，只有我们，才能粉碎困难！只有我们，才是祖国最可以信任的一代人！同志们，不好意思，我过分激动了！"

雷锋说到这里，用手帕擦了擦闪动泪花的眼角。全场静默了一下，突然爆发出了掌声——几乎每一个人都在鼓掌，或轻、或重。后来这些掌声变成了有节奏的鼓掌，因为最后雷锋提议大家齐唱一支歌《咱们工人有力量》，掌声一下子就带上了节奏。

事后厉书记对陈股长说，我太喜欢这个姓雷的小伙子了，他高人一筹，而且还善于把大家往高处带。陈股长说他不高啊，表格上的身高只有一米五四。厉书记瞪眼说，他怎么不高？他比你我都高，他是高人！这个高人要好好培养，他绝对是个宝贝疙瘩。

欢送支援弓长岭的人启程的那天，锣鼓咚咚咚敲，但易华的神情始终有些恍惚。岳小琪不时搡搡她："喂，雷锋在车上冲你笑呢，快挥手啊！"

雷锋一直在笑，向四面八方挥手。三辆插着红旗围着红布标语的大卡车启动了，车上人和车下人一齐喊起来。

易华低着头，听着卡车的启动声，却始终没有什么反应。

岳小琪用拳头擂她，像擂小鼓："你怎么了，小易？车开了！快挥手啊！"

易华说，我在想，我，是不是，也该去弓长岭了？

岳小琪吓了一跳，说你也去弓长岭？去玩儿？

不是玩儿，我想调去弓长岭。

岳小琪揪住她的肩："疯了？一个姑娘家，去弓长岭？那边连家属在内都没几个女的。那里不是女人待的地方，男人都待不住！那里还有大蛇，你不是最怕蛇吗？"

我已经不怕蛇了。

你到底是怎么啦？

易华不答。岳小琪拼命摇动对方的肩膀，说，我现在只问你一句话："你是不是……从骨子里喜欢上他了？"

易华不回答，她的眼神里仿佛有什么念头在生成。直至三辆卡车在欢呼声中开远，她也没有抬头。

东北气候变化快，秋风一紧，树叶哗哗地就全掉了。雷锋一去弓长岭两个多月，易华晚上睡觉没有一天睡踏实的。每次从弓长岭传来消息，说那里施工顺利也罢，艰苦也罢，易华那颗心就会扑通扑通跳起来。

经常运粮食去弓长岭的司机老吴知道易华爱打听弓长岭的事，尤其是雷锋的事，所以方便时总给她捎来一些消息。这些消息多数都是赞雷锋的好，说，雷锋可了不得，使不完的劲儿啊；打地基，运砖盖房；去工地两里地外的松泉寺沟口挑水，肩膀烂了还不歇，啥都干啊；而且还特助人为乐呢，休息天也不休息，拾粪；上个月还动员了几个年轻人，一齐把二十来筐粪肥送到附近生产队的社员家门口呢，那社员一开门就奇，怎么的了，天上白白掉三千多斤粪肥呢？上周还救了一回人呢，是个七十多岁的白发老太太，掉路边沟里了，雷锋耳尖，听到路边有人喊救命，就奔过去，结果他把老大娘从沟里拉起来，背进了焦化厂保健站，打了针，又把老大娘背到了两里地外的女儿家里，原来那老大娘本来是去松泉寺女儿家串门的，路上一滑，进沟了，听说还是附近姑嫂城生产队的一个支书的娘呢。司机老吴说起雷锋的这些事时，眼睛就发亮。他也注意到听者的眼睛更亮，黑宝石一样烁烁地闪，就像弓长岭矿山上那些最有光泽的铁矿石。但是司机老吴也会带来一些令人不安的消息，比如说那儿没有职工宿舍啊，大家挤在几间破民房里啊，食堂是个窝棚子啊，眼看冬天了，霜啊，雪啊，冰啊说来就来了，不马上盖一批临时职工宿舍可怎么过冬啊，光秃秃的深山里，不冻成冰棍啊……又说现在这帮子年轻人每天都在运砖、和泥，抢时间盖房呢。就数雷锋干得最欢，还迎风唱歌呢。这小鬼，干不死似的！

易华心里想，雷锋真是越来越像保尔·柯察金了——保尔在风雪天修铁路，雷锋在风雪天和泥浆，像是翻印了一张照片。

岳小琪看着易华脸色一天天不好，心里疼，有一天硬是逮着她问："你老实说，是不是无可救药了？从心灵深处？从骨头缝里？"

易华在梳头，她凝视着手中橘红色的梳子，想了一下，说，岳姐，这么说吧，要说爱上他，我还没有完全这么想，好像还没到爱情那一步。爱情有那么快吗？不过，我心里呢，总挂念他，总舍不得他，少了他像少了啥似的。

岳小琪说，这就是爱情！这不是爱情是啥？你早刻骨铭心了，别骗自己了！

易华说，我虽然舍不得雷锋去弓长岭，也反对过，可是，岳姐，也就是他这种不怕苦的精神，这些日子，叫我越来越喜欢！

岳小琪说，小易，干脆调过去。

易华大为惊讶，说你不是说我想去弓长岭是疯子么？

岳小琪说，我想通了。你不要做冬妮亚，如果真的爱上了你的保尔，你干脆就调过去！我以前是说过，跟这样的男人处对象要吃一辈子苦，但是你既然心甘情愿吃苦，那你就一定要跟他在一起！你不跟着他，你没份儿了！他那样的人，会有许多姑娘喜欢他。杀我头我都敢这么保证！

易华说，岳姐呀岳姐，你跟我想到一块儿去了！

她马上就从衣袋中抽出一张信笺，说我都已经写好请调报告了。

岳小琪说，去吧，受苦去吧。你爸爸妈妈那儿，我会去帮你解释的！

岳姐！易华鼻子一酸，扔了手中梳子，一下子就与岳小琪抱在了一起。岳小琪叹一声，拍拍易华肩膀，推开她，盯着她那漂亮的丹凤眼说，我岳姐可要警告你，你就是到了弓长岭，雷锋也不一定会理解你这份苦心。易华说，这我明白。岳小琪说，雷锋才二十岁，据我看，他也不打算在这几年里谈恋爱。他表达过这个意思，有意无意说过好几次呢，你好像也听到过是不是？所以，你去呢只管去，可不要觉得马上就能得到个啥。易华说，岳姐，我也是这么想的。我记住你的话了。

易华觉得岳姐的提醒十分中肯。说不是奔雷锋去吧，那是矫情，确实雷锋不在那儿自己不会递请调报告；但要说只奔雷锋去，那也确实不能这么想，不然，万一到不能如愿那一天，自己会冤得跳矿山的。所以，还是要保持一颗平常的心，像郭小川的诗"向困难进军"讲的那样，只是一位革命青年迎着困难勇敢前进。只有这样想了，想明白了，去吹弓长岭凛冽的北风，才能有底气。

岳小琪说，带这盒雪花膏去。易华说，行。

拾贰

第二批进山者,只有一个小妹妹

易华不到半个月就动身去了弓长岭，不是去看看，而是怀里揣了接转行政关系的介绍信。她是第二批正式调去弓长岭矿焦化厂的人员，这第二批的总人数是一人，就是她自己。连化工总厂的领导都说，这姑娘，难得！

而易华冒着北方深秋凛冽的寒风抵达弓长岭的当天，果然就见到了令她心疼的一幕。她长久的担心证实了——在天寒地冻的环境下，雷锋竟然赤着脚踩在冰冷的泥浆池里，两只脚像踩湖南乡村的水车似的一上一下踏动，要不是易华狠叫一声，止住了他的疯狂举动，他的脚肯定冻伤。

其实，在这一天上午的和泥劳动中，雷锋开始也没有想到要脱下他那双破棉靴子，是青年突击队中一个叫乔大山的年轻工友一声喊，才使得他萌生了赤脚干活儿的主意。当时，在工地上和泥的这七八个青年突击队员停下了铁锹看着乔大山。乔大山是个大个儿，在他老家铁岭乡村的时候经常和泥盖房子，有经验。他弯下腰一摸泥块儿，就摸着了问题。

"这么和泥，不够质量！"他当时就是这样大声喊叫的。

雷锋停了锹，大家都停了下来。大家在寒风里一齐看着乔大山。乔大山说，笨哥们儿，知道不，泥里有这么多的生土疙瘩，再怎么和，也不碎。用这种泥，砌不了墙。

于是雷锋想了一想，说，我看得踩！用脚踩，脚掌长眼睛，能找着土疙瘩，踩碎了就好！乔大山说，话是这么说，这天气冻死人，脚一踩十根脚指头冻成十根冰棍儿，能踩？雷锋一听这话就弯腰，脱下棉靴和袜子。

乔大山一惊，说，你疯了？要冻僵的，骗你我是小狗！

雷锋笑嘻嘻说，冻僵了我就马上爬上来嘛。说着他就立马跳到了泥浆池里，扑通扑通踩踏起来，尽量弄碎生土块儿。

伙伴儿们开始尖叫，都说上来上来，这样非冻坏不可。乔大山也慌了，一个劲儿问冷不冷？雷锋说，还好，还好，冻不成冰棍儿。乔大山说，一会儿你就上来，冻截肢了可别怪我，我可没叫你下去！真没有见过这么玩儿命的！

这时候厉书记远远走来，边走边喊，是青年突击队在和泥吗？

大家回头说，是啊！厉书记说，辛苦啦，最苦最脏的活儿，总是你们青年突击队干！乔大山说，眼下苦一点儿，等宿舍盖好了，有房子住了，也就不苦了，媳妇也能娶了。

说得好。厉书记笑了。

厉书记慢慢走近，忽然目光一怔，大叫，雷锋，你在干什么？玩儿啥命呀？这么冷的天，你赤脚干？

乔大山帮着解释说，有生土块儿，不踩碎不成。厉书记怒骂，你还敢这么说！是你的主意？乔大山急忙否认，说我出这主意你厉书记砍我脑壳。厉书记不理会他，只对雷锋喊你快给我上来，穿上靴子！又说，谁不保护好身体，我跟谁不客气！

雷锋赶快上来，一屁股坐在地上，用布擦脚。乔大山急忙蹲下，解开自己的棉衣，抓起雷锋两只擦干的脚，捂入自己怀中。

雷锋要抽出来，乔大山不依。雷锋说，大山，谢谢你。乔大山说，哎呀，我胸口都成冰棍儿啦，你真要是冻坏了脚，还得怪我。你听听书记刚才说什么话了？这世道就这么不公平。

厉书记看着这场面，心稍安定，说，这还差不多！你们记住，干活儿不能拼命，要打持久战。今儿开午饭的时候，我让厨房往白菜汤里加点肉片儿。

乔大山眼圆了，顿足说，啊呀，就这句话最暖心，谢谢书记啦！

厉书记一走，雷锋便从乔大山怀间抽出双脚，一骨碌站起，再一次踏入了冰冷的泥浆池，吧嗒吧嗒踩踏起来。

乔大山对雷锋的举动大为吃惊，说看这小子的劲头，这回可真不赖我啊！又说，其实嘛，干活儿就得这么干，这么干了不欺人，也不欺自己。

众人都担心，一齐对雷锋说，真要小心冻僵啊。

雷锋一边狠狠踩，一边冲大伙儿说，大家别担心，我自己能把握，感觉到快冻僵了我就马上出来。

说着，他还弯下腰，用双手去摸生土块儿，边摸边说，脚掌不怎么长眼睛，还是手长眼睛。

一个穿棉大衣、戴大棉帽、围大围巾的人就是这时候奔过来的。那人边跑边尖厉地喊，你怎么能这么干呢？！

这尖厉之声，听上去明显是个女人嗓门儿。众人都愣了，雷锋一时也停了手停了脚。

那个人冲到泥浆池边，不由分说就伸手拖雷锋，接着又心疼地解下围巾将雷锋冻得通红的脚快速擦一下，然后再脱下自己的棉大衣，捂住了这双脚。

雷锋认出了这个风风火火的人，惊喊一声："小易？！"

易华怒气冲冲说，你怎么这么笨啊？脚会冻伤的！严重的，还要截肢！冻伤跟烧伤一样可怕，你难道一点儿都不晓得？

而雷锋的情绪这时候迅速由吃惊转为开心，连问易华你怎么来了？

他真的没想到小易会钻进一片荒凉的山沟沟里来。

易华的脸仍旧板着，对男职工们说，喂，你们也不拦他，你们是他兄弟不?！然后才回答雷锋说，怎么来了？调来了，正式调动，今天是报到的第一天。

雷锋怔了，问这一批一共来了几个人？

易华说，啥几个人？这一批，就我一个。

雷锋一下子就愣了，弄得乔大山和一帮青年突击队员也愣了，大家都发现这姑娘特不简单。雷锋呆了半晌，说，小易，你来了，真好！

易华自己也没想到，一头扎进大山初见雷锋的喜悦竟然会被她一连串的责问所取代，回过神来她自己也觉得懊恼，她想我这是怎么啦？几分钟之前，一颗激动的心还差点儿要从嗓子眼儿里跳出来呢。易华的这种复杂的心境直到下午还没有消除。午后厉书记带着她参观新焦化厂的各处规划用地时，她还是没忍住将她的埋怨情绪发泄出来。她是个直性子人。

我要向你厉书记提个意见。易华说，有的同志拼命干活，精神当然可嘉，可是把脚插在几乎是冰冻的泥浆里，这可是要冻坏的！肌体冻坏了恢复不过来就要截肢，这是常识。你书记可不能鼓励蛮干。

厉书记说，你指的是雷锋？

易华说，我跟他同是湖南望城县老乡，我们是一列火车来鞍钢的。他是个拼命三郎，可是我见不得他这么折腾自己！

明白了明白了，厉书记说，我知道你还喊他哥的哩！这件事嘛，我们一定注意！其实我已经制止过一次了，我以后还会注意的。为抢工作进度，保证泥浆质量，心情可以理解，但是不能不注意身体。你的意见很对，所以我让你担任质量监督员没错。你看，你还没正式上任，就提出了一条很宝贵的质量监督意见！

易华觉得这位书记很会说话，心情平复了很多。只是这位书记怎么就晓得我是喊雷锋为哥哥的呢？易华没有问，也不敢问，只是心里结了个疙瘩。

晚饭过后，天就渐渐黑了。易华迎着山风，一路询问着，就钻进了疙疙瘩瘩透着丝丝冷风的男职工临时大工棚。她看雷锋也不怕冷，趴在铺位上凑着灯光记日记。

雷锋看见易华进门就跳起来，伸手往铺下摸索破棉靴。

易华拦住他说我带了一盒蛤蟆油，给你搽搽脚。雷锋说不用不用。易华说，啥不用啊，你看你脚面，颜色都发紫了，不对劲啊！雷锋说我怎么看不出来？易华不由分说就给他搽，雷锋不好意思，缩了脚。这时候窝棚的那一头就传来乔大山的话，说，搽搽油嘛，怕啥的？封建！小老乡一片心意嘛！

雷锋说那我自己搽，我自己搽。

嗨，真是老乡见老乡，两眼泪汪汪啊。乔大山在自己的铺位上评论，这么苦的地方，一个姑娘家，主动报名来！啧啧啧，啥精神啊！

易华向乔大山的铺位方向说，白求恩大夫不远万里来到中国，又怎么说啊？乔大山说，啊，豪言壮语，豪言壮语！你了不起啊！不过，我记得白求恩是男的嘛，大老爷们儿嘛！

雷锋低声对易华说，你能想到白求恩，很好，小易！

易华说，你不是好几次给我讲白求恩的故事吗？说到这里，易华就看见了他手边的那本漂亮的日记本，她说我以后也要买这样漂亮的日记本！她一边说，一边翻了翻封皮，而且一下子注意到了扉页上的题字。

黄丽？黄丽谁呀？

雷锋拿回日记本，说小易，别看了。

这一下易华可不答应了，说你可要告诉我黄丽是谁。雷锋小声说，那不行，她可不让说呢！

那不行，你得告诉我！易华抢过日记本，就念扉页上的题字："亲如同胞的弟弟——小雷：你勇敢，聪明，有智慧，有前途，有远见，思想明朗，看问题全面，天真活泼，可爱，有外在的美和内在的美……！"

读到这里易华脸色变了，说啥美啊，美啊，真是美得她！雷锋同志你一定得告诉我黄丽是谁，她怎么说是你亲如同胞的姐姐？

雷锋想，小易怎么不叫我哥哥叫我同志了，可见真是生气了，这可不好。于是他马上说，她是我姐呀，可以说是亲如同胞呀！你认识的，就是王姐呀！

王佩琴？女篮队长？你是蒙我吧？那，她怎么写黄丽呢？

雷锋解释说那是她的笔名。易华说你开啥玩笑啊，还蒙哪？笔名？她是作家还是诗人哪？她这堆话是发表在报纸上的呀？还笔名呢，啧啧啧，雷锋同志你可是从来不说谎话的呀！既然是你个人日记，她有啥必要隐藏真名嘛！对不起，我今天说话味浓，像吃了枪药似的，我想忍也忍不住，对不起！易华说着就捂脸往门外跑。这时候乔大山就一个箭步蹿到雷锋面前，拧起他耳朵说，快追上去啊，去给她解释啊，我看这姑娘就是冲着你才钻来大山沟的，你怎么还笔名笔名糊弄人家啊！快穿上你这双破靴子啊，搽了人家的蛤蟆油怎么还不麻利啊，快去快去！

雷锋穿上棉靴披上大衣就跑出了窝棚。易华果然也没走远，两眼红红。雷锋立即向她解释了"黄丽"的成因，说这事复杂，但也不是完全说不清楚。

于是雷锋迎着扑面的冷风，缓声慢气解释说，小易，你其实是晓得的，在团山湖农场那会儿，她认我做弟弟，我认她做姐姐，可是有些同事就瞎猜，猜我和王姐是不是在处对象，这一来嘛，弄得王姐也苦恼。其实我们怎么会处对象呢？我们这么年轻，年轻人得抓紧时间多读书、多学习，学好为人民服务的本领，充实自己，不该过早处对象。这些道理我很明白，王姐也很明白，所以我跟王姐就是革命友谊。这就像我跟健姐一样，也像我跟秋生哥一样，我们无非是互相帮助互相鼓励一起追求思想进步，农场的传言都是没有根据的嘛。我跟王姐后来都说："有人要说，就让人家说，不去听就是了！"

易华心里释然了很多，但仍旧忍不住问，那，王佩琴为什么还要化个名呢？不多此一举吗？有个成语叫此地无银三百两你晓得不晓得？

雷锋说，王姐是为我着想啊，担心我到新的地方，万一有人看到这本日记本，又见到王佩琴这个名字，然后再去打听，再去传言，就会造成不必要的麻烦。

易华释然,扑哧笑出声来,说你看你看,她想保密,哪里晓得你兜底兜给我了。雷锋说谁叫你这么追问啊!再说,你又是喊我哥的小妹妹,我告诉你也无妨,只是你不再告诉别人就是了。

"这我晓得。"易华说,"雷锋哥哥啊,我听了这番话很感慨啊!你看,你有两个那么好的姐姐,思想上能互相帮助,革命友谊那么纯洁,真叫人眼热呢。我呢,也不晓得以后能不能在这方面做你的好妹妹。"

"小易啊,"雷锋说,"你这么要求进步,不怕艰苦,主动报名来弓长岭,我已经很为自己的妹妹骄傲啦!"

从这一刻起,易华已经完全听明白了深植于雷锋心底的友谊观和爱情观,明白他这几年间是根本不允许什么男男女女的爱情往心里装的。这么一想,易华的那颗有些漂浮的心也落了地,反而踏实起来。就让弓长岭的纷飞大雪和来年的春天来见证自己的青春吧,就让自己与雷锋哥哥在这样的艰苦环境中都努力把自己锻炼成一块真正的钢铁吧!在这样的过程中,真挚的友谊就足够了,年轻人之间的互相激励和帮助就足够了!至于那种朦胧的类似爱情的感觉,就让它靠后站吧,就让岁月来决定它是不是发芽、抽穗吧!这么想着的时候,易华觉得自己的心越来越踏实了,以至于她来到弓长岭的第一夜睡得特别死,差点儿误了早起。

因为母亲急病住院,岳小琪这年的秋天又回了一趟湖南。那天晚上她抽空走了一趟易华家,解释了易华父母的疑问:为啥子自己的女儿来信地址变成"弓长岭"了,不在鞍山了,到底出啥事了没有啊?易华的父亲使劲盯着岳小琪的脸,仿佛那脸上写着答案似的:"小华尽说是建新厂,说那儿空气好,条件也不差,怎么回事啊?这么好的地方小琪你怎么不调去啊?啊,天冷,你喝茶,喝茶!"

岳小琪眼光幽幽地说,我可以告诉你们实话,你们要不要听?易华的父母一齐说,当然要听,当然要听!岳小琪就缓缓说,弓长岭那地方嘛,是铁矿山,物质条件嘛,当然比不了鞍山,又没有马路,又没有百货公司。易华父亲说，可想而知，可想而知。而易华母亲就急了："那她为啥子去那儿啊？领导要她去，她就不能说自己年纪还小不方便去吗？"

岳小琪说，啥呀，易华自己报名的！

这一说，两位家长就一齐瞪起眼来了。岳小琪说，山里的条件，确实不如城里，住的是窝棚子，女孩子洗澡也不方便，吃的呢，比鞍钢也差，没油水，能排上一顿高粱面吃就不错了，哪见得上肉啊！所以我也寻思着，以后隔三岔五地要给她送点儿吃食去！

听着弓长岭这么一种艰苦状况，两位家长就越来越迷惑自己女儿的报名动机了。岳小琪分析说可能有两个原因，急得易华父亲说小琪你快说快说。岳小琪就说，第一个原因是思想好，想着要进步！

易华父亲说，她从小就要强！岳小琪说，是呀，别说她到了东北以后思想越来越好，连我都好起来啦！我原先老哭鼻子，想着做个半年一年的逃回南方算了，现在就想着怎么向黄继光、董存瑞学习，怎么向保尔·柯察金学习，要干一行爱一行。你们看，我都这样了，更别说你们家小华了！

两位家长一齐点头，说思想好是一件好事，年轻人求上进嘛。岳小琪说，所以小华比我更进步啊，一号召要建新厂，她就奋不顾身了！她最近已经被评上弓长岭矿的优秀共青团员了！

易华父亲急忙指点着墙上的奖状说，你看你看，已经把奖状寄家来了！

岳小琪开始点正题，说还有第二个原因。啥呢？那是有个榜样在引导着她。

榜样？男的？易华母亲特别敏感。

岳小琪笑起来，说啊呀，阿姨您怎么这么聪明啊？当年肯定就是您追的易叔叔。就是个男的，他一直是我们那里的标兵，先进生产工作者，红旗手！

易华母亲问，比小华大？

岳小琪说，比小华大一岁！是望城人，团山湖农场去的。你们一定听说过，他是望城县第一个拖拉机手！

易华父亲忽然站起来，像想到了什么，说，对了，我在《望城报》上看过他写的文章！他姓雷！文章题目是《我学会开拖拉机了》。文章倒是写得好啊！我们业务科的小李还把这篇东西抄在黑板报上呢！

易华母亲也忽然想起："听小华说起过啊，说是农场有个拖拉机手，长得一张女孩子的圆脸，还参加女子篮球队跟小华她们打了一场，打得小华她们可惨了。小华那天还哭鼻子呢，回家饭也不肯吃，好伤心呢！"

就是他。岳小琪说，他现在大名叫雷锋，先进着哪，是第一批报名去的弓长岭的，还表决心哪，说是越艰苦的地方越锻炼人，还真感动我们呢！

易华母亲这下子彻底明白了："所以我们家小华就跟着走了？"

是啊！所以我说，这是第二个原因。我今天可是竹筒倒豆子哗啦啦抖了个干净啊！

易华父亲踱几步，小心翼翼地说，小琪啊，我们可是把小华托付给你这个大姐姐的啊，你爸爸跟我可是一个厂子里的伙计啊！

岳小琪忙说这我晓得。

所以，你还有一句很关键的话要告诉我啊！

你是想问小华跟那个雷锋，到底是不是谈上对象了吧？

"是啊是啊！"易华父母一齐点头说，"就这句话啊！"

易华的信上一句也没说过？

她怎么会说啊？她一句都不说这方面的事！信上说的话跟你一样啊，都是革命啊、建设啊、钢铁啊、理想啊！

这么说吧，他们两个之间，并不是谈对象的关系——至少目前不是这个关系。

易华的父母相觑一眼，感觉到了一些意外。岳小琪站起来，做出告辞的样子："怎么说呢，易叔叔、阿姨，我呢，其实倒是愿意看到他们两个有这种关系的，因为，我说实话，那个小伙子确实是好，思想进步，性格开朗，多才多艺，文章很了不得啊，还会写诗，又肯帮助人。他是个孤儿，父母、兄弟在旧社会都死了，折磨死的，很惨。所以他这个人啊，我们看得出来，他是从心底里感激我们这个社会，而且看见所有的人都亲，见到有啥困难就想着帮！领导也很喜欢他，他的师傅也很喜欢他，我简直想不出这个人有啥毛病。"

啊，你把他夸成一朵花了！易华的母亲说，心里挺高兴。

易华的父亲说，既然是这样一个年轻人，我们也放心了。

岳小琪一变脸，说有问题啊！问题是那个年轻人还根本不想谈恋爱，说自己年轻，根本不考虑那事呢！

噢，这样啊？那我女儿怎么还火急火燎赶过去呢？易华的母亲大为不解。

岳小琪说，小华呢，也不是打算眼下就谈对象，她不过就是见了那个榜样心里发热，想靠近他一点儿。

易华的父亲觉得这句话不太好理解。说既然不是谈对象，又要靠近他一点儿，这一男一女的，算啥名堂呢？

岳小琪说，现在就是这样！这叫年轻人的革命友谊！懂吗？两位家长愣怔了半晌，最终，一齐点头，表示有所理解。岳小琪松了一口气，说，反正，我今天是实话实说。把话说透了，我心里一块石头也落地了，不然，你们到时候埋怨我不说实话，说我不挑担子，误了你们的宝贝女儿，那我就冤枉死了！

易华的父亲赶紧说，我们怎么会怪你呢！不过，小琪啊，你也要继续尽一个大姐姐的责任啊，要帮我们小华啊，她毕竟年纪轻，不懂事，你到时候可要点拨她啊！

岳小琪爽快地说，这你们尽管放心！我可不能眼看着你们的宝贝疙瘩被狼啊豹啊的叼去。还有，家里有啥东西要带，腊肉啊啥的，我给小华带去！

易家的一块湖南腊肉在四天之后就到了易华手里。回到鞍山的岳小琪搭了司机老吴那辆运粮食的卡车一路颠簸赶来弓长岭，两位姑娘在焦化厂工地门口相逢，激动得又抱又跳，也不怕深秋寒冷的山风刺骨一样冷。

岳小琪喊："快让我看看！啊，才两个月，就叫山风吹得那么黑！脸皮也糙了，比我这张测温工的脸还糙。哎呀，你叫姐心疼啊！"

易华打一拳，说不要净说丧气话，你看看新厂房都快上梁了，看见没有？新的职工宿舍也快盖好了！

岳小琪说，姐不放心你啊，怕你饿着，带来了一些饼干，还有你妈妈捎的一块腊肉、两条干鱼！易华拍手说，哎呀，今天晚上就能打牙祭喽！不过，我告诉你岳姐，我们这儿条件也在好转，每天中午食堂都能供应半份儿荤菜了！这两条干鱼给雷锋带去好不好？他可爱吃干鱼了。他今天在调度室值班，我带你去！天快下雨了，走快点儿！

天果然快下雨了，虽说是深秋，乌云仍然积聚得很快，两位姑娘撒腿一路小跑，跑进挂有"焦化厂工地调度室"木牌的办公室。雷锋不在里面，一位调度员说他刚走。易华说，奇了，他今天当班哪，能跑哪儿去呢？

对方说，谁知道，反正刚跑，说是怕下雨会淋湿啥的，跑得兔子一样快！

雷锋确实跑得兔子一样快，他奔跑的方向是铁路支线。奔到铁路旁一看，果然，装载水泥袋的几节敞篷车厢还静静地停在铁轨上，他担心的就是这个。一时间，谁也没有想到刚运到弓长岭的这七千多包水泥会在雨水中遭受灭顶之灾。

只有一个老大爷坐在窝棚前面。雷锋冲过去喊，老大爷，要下雨啦！老大爷眯眼看天，说是啊，这阵子雨，还真避不了呢！雷锋指着火车车厢说，那水泥怎么办？七千两百包啊，湿了不全完？老大爷站起来看看天，说，有什么办法呢？现在还来得及卸么？来不及啦！雷锋说厂房等着这批优质水泥呢！老大爷叹气说，老天不帮忙啊，这下子损失惨喽！

雷锋转身就往回跑，跑得又像兔子那么快，直把老大爷望得一愣一愣的。雷锋奔向男职工宿舍，一路像长了翅膀。宿舍门咣地被他撞开，各铺位上的年轻工人听见声音都吓一跳。雷锋大声叫："快，同志们！天要下雨了，七千多包水泥还在车厢里，淋上雨水全完！快救水泥，就在铁路支线上！"

工人小刘说，怎么救啊？还来得及卸？眼见就下啦！

雷锋来不及解释，火速搬起自己铺位上的棉被喊，就用被子盖，来不及了，只有这个办法了！

大家伙儿一起犹豫，说被子湿了，晚上咋睡觉？

屋角有人说，不能用被子盖！晚上冻死了谁管？你雷锋管？

雷锋说，没法子了，先救水泥要紧！

小刘说，娘哎，晚上睡觉也要紧啊！雷锋啊，领导没布置这任务，你别狗逮耗子了！

突然，乔大山跳起来，一伸手就揪住了小刘的耳朵，说，你再吹凉风老子揍你！

转过头，乔大山又用他的粗嗓门儿吼，听雷锋的！拿被子！谁不救水泥谁熊包！

他话音还没落，雷锋就抱起被子冲了出去，乔大山紧随着冲出了门，所有的年轻人都开始抓自己铺位上的棉被，七手八脚，谁也没有再吭声。

七八分钟之后，在铁路支线上，二十多床被子连同一些现场找到的麻袋片，被严严实实盖在三节货运车厢上。乔大山在车下指挥，雷锋在车上指挥，老天爷措手不及，果然慢了半拍。一阵斜风斜雨急急扫过，七千多包水泥安然无恙。看护铁路的老大爷感动了，连连赞叹好，好，好，好！乔大山笑着说，好啥呀，被子淋湿啦，晚上我跟您老爷子挤一个被窝成么？

这场突如其来的暴雨把在厂区奔跑的两个姑娘浇了个透，她们闯进男工大宿舍的时候像两只落汤鸡。易华对岳小琪说这是雷锋的铺位，这是雷锋的毛巾，就拿雷锋的毛巾擦擦头发吧，没关系的。

就在岳小琪取下雷锋的毛巾擦头发的时候，易华却发现了一个奇怪的情况：每个铺位上都只有枕头而没有被子。她有点儿纳闷儿，说被子大概都拿出去晒太阳了吧？岳小琪说，瞎说，下雨天哪来太阳？

易华看窗外，窗外雨倒是停了，但窗玻璃上仍有雨水，弯弯扭扭在淌。

岳小琪说，雷锋做事，总是让人捉摸不透。易华说，岳姐，有一点我可是琢磨透了。岳小琪问，哪一点？易华说他几年内不会谈对象，这大概是肯定的。我是亲耳听他说过的，他跟我说起他同他两个姐姐的关系，就是健姐、王姐，他在介绍他们的友谊的时候，说了他自己的想法。他说他年轻，年轻谈对象是不好的。我甚至怀疑他这话是故意说给我听的。岳小琪说，哟哟你可千万别这么想，啥事情不会变啊？又说，小易啊，我今天搭便车进山来，一是为了送你爸爸妈妈捎的吃食，看看你；二呢，也是想帮你一把。小易，我觉得你太苦了。

易华说帮我？帮什么？怎么帮？岳小琪回答得干脆："很好帮呀，我就把你对他的心迹向他挑明。有些话，你不好说，我好说。"

易华急了，说岳姐你千万别挑明啥呀！他反正不谈对象，我也不能说啥呀，也不该说啥呀！岳姐你瞎帮忙我可不依！

雨看来是彻底过去了，阳光复又斜照窗户。岳小琪看看窗户，说，哟哟哟，吓成这个样子！小易呀，我是看你可怜啊！你有点儿可怜你承认不承认？小易，我不说得太透，行不行？但是我要让他知道，你是他的很称职的小妹妹，行不行？要是这个话也不说，我就觉得你离开鞍山调到这个苦地方来，就不值了！这话我是一定要说的。

易华说岳姐，这也不算啥苦地方，已经习惯了。再说，新厂前景还是很好的，将来新厂房、新设备、新宿舍、新环境，不一定比鞍山差哪里去。岳小琪一听就圆眼，说听你这话不像是你说的，就是雷锋的豪言壮语。易华大笑说对啊，这话最早是他说的，可是我听得有道理不知不觉就给学了。他还有句话也说得很好啊，就是上次他在鞍山市青年积极分子大会上说的——他说，一花独秀不是春，百花齐放春满园！你听听，岳姐，这比喻多好。我现在就想做百丛里的一朵，跟他在一起，打扮出弓长岭社会主义的美丽花园。

岳小琪在对方肩上连连揍了好几拳，说口号口号口号，都是会上喊的口号！你呀，口气越来越像雷锋，见了你姐也是满口豪言壮语，以后见了你爸爸妈妈也作报告去。

话音刚落，门外就传来纷乱的脚步声，一群举着湿漉漉棉被的汉子们走进来。

"该死该死！"大家乱哄哄嚷，"晚上怎么过啊，要揍死这雷锋了！"

雷锋一进门就愕然，继而惊喜，喊，岳姐！

岳小琪说我是专门抽空来看你这个小老乡啊！带老家的干鱼来了，小易的父母给捎的！你这棉被怎么了？

雷锋说盖水泥了，脏了，湿了。不光是我，你看看大家，他们要打死我呢。

这话一说，房里炸锅了，许多人扑上来要打雷锋，也要打乔大山，都说这两个人是存心不叫大家活了。雷锋和乔大山都笑着倒在床上，都喊手下留情。

他们这时候也不知道咋办才好了，晚上不能睡觉是个大问题，让弟兄们揍一顿也是在所难免，揍了就消气，揍吧揍吧。

易华当机立断说，我马上发动所有的女职工都来洗棉被！

乔大山说坏就坏在棉花絮都湿透了，易华说不怕不怕，我们用炉子来烘，不会让你们晚上没盖的。她一边说着，一边就抱起了雷锋的湿棉被。出门时又说，你们等着，我们姐妹们马上就到！

雷锋和乔大山免了一顿揍。

烘烤湿棉絮可是一场大战，男人进出的锅炉房一时成了叽叽喳喳的女工和家属们的场所。她们把棉被里的湿棉絮抽出来，搁在各种临时搭起的架子上，利用锅炉的热量进行烘烤。

易华在指挥，前前后后调节着远近。十分钟后，厉书记也一路小跑奔来了，奔进锅炉房就帮着女职工们翻烘棉絮，嘴里说，小伙子们英雄，你们也都是花木兰、穆桂英啊！

但是易华却没有像大家一样因为书记的表扬而脸露笑容，眉眼之间都是心事。她这会儿想着她的岳姐此刻正在与雷锋说些啥话，她是很不愿意岳姐说些贸然的话的。许多事是不能捅的，捅了反而坏事。但是如果岳姐能恰当地说上几句，让雷锋也听明白些，可能也不是啥坏事。她这么反反复复想着的时候，那台四吨立式锅炉就在她的双颊上轻轻烤出了两朵褪不走的火焰。

那一刻雷锋确实在送岳小琪上车，那辆卡车当天要返回鞍山。

雷锋一再说谢谢岳姐，这么大老远地来看我们，还给带吃的！

岳小琪跨上司机室，又走了下来。她说小雷啊，临走前，有句话，还是想告诉你。然后她就说，你明白吗，小雷，小易对你非常好，是你很称职的妹妹。雷锋说这我晓得啊。岳小琪盯着雷锋说，一个怕蛇的小姑娘，跟着你来到弓长岭，学保尔，炼钢铁，容易吗？雷锋说，不容易啊。岳小琪说，当然啦，不容易得很啊！小雷你可一定要善待她，多照顾她。雷锋说，岳姐你就放一百个心，我当然会像哥哥一样照顾她的！

岳小琪侧脸想一想，觉得话到这里够满了，再说下去也不好，再说下去易华要给自己吃小拳头了。于是她说那就这样吧，我话就说到这里了，我走了。

岳小琪坐在车里想，让雷锋好好去琢磨自己这番话里的意思吧，估计他能琢磨出点味儿来的。当天晚上她回到鞍山后，又到邮电所挂了长途电话给易华，告诉对方她说了啥话，以及雷锋表了个啥态度。虽说都像打谜语一样，但估计双方都已听明白对方的意思了。易华说这事可说不定啊，雷锋哥哥这方面的悟性可差啦。岳小琪说你可别小看他，一个会写诗想当作家的人，说他感情不细你砍我头！易华说那我可谢谢你啦。岳小琪说你当然得谢我，你父母那边我都给你垫足了，不一定非拖着你回湖南相亲了，这也是一大成就呢。我虽然说不出豪言壮语，做的事可都豪迈得很呢。

易华接了电话之后，回到锅炉旁，就带领姐妹们出发了，她们兴高采烈向男工大宿舍进发，捧着二十几床烘干的棉被，像一支特殊的游行队伍。而她们一走进男工大宿舍便激起了震耳欲聋的欢呼声，二十多床棉被顿时被一抢而空。乔大山亲吻着被子说，晚上总算不用做"团长"喽！

易华把雷锋的被子放在雷锋的手上，雷锋一连声称谢。这时候就听有人"哎呀"一声，响起了一句有些煞风景的话："烘是烘干了，就是硬邦邦啊！"

听这话，有人拍被子，有人揉被子，都说确实是有点儿硬啊。乔大山横眉竖眼说，咋呼啥啊？啥好奇怪的，雨水浸过的，一烤，肯定发硬。硬就硬呗，大老爷们儿怕啥啊！雷锋听着乔大山能这么说，心里感激，也说，以后有太阳再晒嘛！女同志都点头说，可以晒，能晒软的！

这时候轮到雷锋奇怪了。他摸摸别人的被子，又摸摸自己的被子，觉得大不一样，便疑惑起来，附在易华耳边说，我的棉絮仍旧很软嘛！易华心里一惊，马上小声解释说，我烘干棉絮之后，又用竹竿敲打过，所以被子就不很硬。

过了一段时间，雷锋再一次摸摸隔壁床铺的被子，又摸摸自己的被子，还是心存疑惑。这一夜，他睡到三更时分，忽然眼睛一睁，猜到了一个事实。第二天一早，趁上班之前，雷锋拐了一个弯儿，往焦化厂女职工宿舍跑了一趟。小易刚给开门他就马上说，我仍然没闹明白，为啥同样淋雨，我的被子烘干了就软，别人全是硬的呢？

易华说，雷锋哥哥你是吭了湖南螺蛳了是不是，怎么这么啰唆啊，无非是我用竹竿多打了你被子几下嘛。

雷锋说你让开我进去。姑娘挡着，说你真烦人哪。雷锋说烦啥啊，就让我摸摸你床上的被子。易华说你快上班去吧，别没事找事。

雷锋一猫腰就避开了拦阻，几步就蹦到易华床前，伸手摸了摸那床粉红色的棉被。情况一下子就清楚了，这被子里的棉絮是硬邦邦的，显然是掉了包了。

"小易,"雷锋说,"别瞒我了,你把我的棉絮与你的棉絮调了!易华说我喜欢盖硬一点儿的。雷锋说,小易,你的心意我是晓得的,但你是我妹,我是你哥,该是我多照顾你,不能你来盖硬邦邦的被子,让我盖软的。"

易华说,雷锋哥哥,你就盖着吧!因为我会处理棉絮嘛。我再晒晒,用竹竿再拍打几下,问题就解决了!

这时,忽然门外传来嗓音洪亮的喊声:"请问雷锋同志是在这儿吧?"

雷锋一愣,说谁呀?

这是谁呀,声音听起来竟是那么熟。只听门外那个洪亮声音还在响:"听说雷锋同志往这儿跑来了,我要找雷锋同志!"

雷锋走到门口,推开门,突然愣了——只见秋日的阳光下,站着一个身材挺拔的年轻军人。雷锋简直不相信自己的眼睛:"秋生哥?"

"庚伢子!"向秋生大叫,"是我!"

两个年轻人突然就地跃起,飞起来朝对方扑去,紧紧抱在一起,一会儿这边两只脚离了地,一会儿那边两只脚离了地。

易华惊讶地看着这一幕,这哥儿俩怎么那么亲热啊?

太好了,秋生哥,你怎么找到这儿来了?雷锋跳了又问,问了又跳,他真的不敢相信秋生哥就站在弓长岭矿区呼啸的山风中。

向秋生说,呀呀呀真难找啊!到了鞍山,找化工总厂,又一路赶到弓长岭!你怎么搞的啊,庚伢子,钻山沟沟来了?

我寄给你的信和照片都收到吗?

都收到了,都收到了!我高兴哪!只是训练紧张,我这人动笔又特懒,没及时回嘛。这不,千里迢迢,特地来看你了嘛!

雷锋在向秋生脸上总是能看见英气和豪迈,他明白他的秋生哥在部队一定干得很好,肯定有大成绩了。于是他问秋生哥,在部队评上先进了吧?

秋生不无豪迈地说,我进步了。先进倒没评上,部队里先进不算啥，先进算啥呀，关键是军职高低。他还说他四个月以前已经从副班长升为班长了，手下有十几个兵。进步虽然不大，可是万里长征走出第二步了嘛！

雷锋看见了易华，马上说，小易，这就是我同村的老乡，我的秋生哥！

易华说你好，秋生哥！雷锋说，秋生哥，这是易华，也是我们望城县来支援鞍钢建设的！向秋生英气勃勃地行个军礼："你好！易华同志！"雷锋又问，秋生哥，你是专程来鞍山看我的？向秋生说我是随部队首长来鞍山征兵的，我参加征兵工作小组的工作呢！听说你在弓长岭，所以请个假先来看你呀！

雷锋一听"征兵"两字，突然就呆了，呆得泥塑木雕一样。

"征兵？"他喃喃地说，"就是当解放军？……"

就是嘛，向秋生说，冬季征兵嘛。

突然，雷锋蹦起来，使劲攥住向秋生，喊，我要当兵，我要当解放军！秋生哥我要参军啊，你去跟首长说，我要参加解放军啊！

易华呆了，她还从来没见雷锋这样冲动过。

向秋生面对雷锋的这种情绪，一时也发愣，说，庚伢子，别急啊，这要等各单位把1959年国家征兵命令传达了，然后，你报名、体检之后，上级才能批呢！

雷锋紧抓住向秋生的双手，说秋生哥，秋生哥，你是晓得的，当兵是我从小的愿望，我太想当兵了！我一定要当一名解放军战士，保家卫国！你是答应过的，要带我当兵！你没忘吧，秋生哥？

向秋生当然没忘，怎么忘得了呢？不过向秋生从一旁瞧着易华那双直瞪瞪的眼睛，心里却咯噔了一下。他后来单独跟雷锋说话，向他挑明了自己的一个担忧。他说庚伢子呀，当兵，我可以去向首长推荐，当初不也是我推荐你到县委当通信员的？这你放心，我也盼望你来部队！不过，我今天可看出来了，你别瞒你哥，你是有女朋友了，是不是？你把她扔下，可要考虑清楚。

雷锋说，噢，你是说易华吧？易华这小老乡真不错，她对我挺好的，是个好姑娘，对我挺有感情。至于谈对象的事，她没明说。我呢，能猜出几分。可是秋生哥，我现在同她并没有处对象啊，我们是同乡友谊，同志情谊，兄妹友情。这样的友情，小易她自己也清楚啊！而参加解放军，保家卫国，这你也知道的，是我一直以来的梦想啊！再说国家也有命令了啊！

秋生说这你要想清楚啊。雷锋说这我是想清楚的。秋生说真的不是谈对象？雷锋说真的不是啊。秋生又说哪怕真的是也没啥关系，我们部队很多人都是老家有未婚妻的，将来复员了再办酒就是。雷锋说真的没有啊。秋生说好好，你哥信了。那就这样吧，你哥推荐你参军！你就到我们部队来！我们连队是搞运输的，军车飞奔，哗哗哗，机械化，排山倒海，太棒了！我一定帮你忙！

向秋生这一趟专程来弓长岭，而且答应帮助雷锋实现当兵的愿望，可把雷锋激动坏了。这些天每天盘旋在他脑子里的两个字就是"当兵"，他甚至从他的皮箱中找出了当年解放军赠给他的那顶军帽，试着戴在头上。十岁那年他戴过，帽檐儿太宽了，风一吹左晃右晃；在农场开拖拉机那会儿也戴过，已经戴踏实了；这会儿二十岁了，戴着正合适呢，不大又不小，他在床柱子上挂着的一面小圆镜前照来照去。

乔大山在自己的铺位上吃吃笑，说干吗臭美，过时的破帽子！

雷锋含笑不答。乔大山啊乔大山，你根本不懂我的心。但是乔大山后来走过来附耳朵说的一句话，却叫他惊了。乔大山说，你可别没良心，你那个小老乡，那个小易，在食堂后头哭鼻子呢，不知道啥事儿！

雷锋惊了，赶紧出门。果然，食堂后头的砖头堆上，易华独个儿坐着拭泪。雷锋明白易华为什么难受，这当然比当年率领望城二中女子篮球队到团山湖农场打了一场败仗的事伤心多了，不能比，这可是真正的伤心。雷锋也在冰冷的砖头上坐下，说小易你别哭，小易，我去当兵，你做妹妹的心里难受，我能体会。你看，来弓长岭这么艰苦的地方，才几个月，我却又要走，你心里肯定不好受。

易华一听雷锋这么说，才拭干的双颊上，又止不住眼泪滴滴答答了。

雷锋盯着膝下黑色的乱石头，说，可是小易，你也晓得，我的身世很苦，全亏共产党解放军救我，没有解放军，我早就没命了。我讨饭，生毒疮，我天天想着菩萨救我，可是菩萨也没来，我心里晓得谁是我最亲的亲人。

雷锋说到这里，从头上摘下旧军帽，说，小易，我跟你讲过，这顶军帽是谁送我的。

易华说，你讲过，是一个指导员，还请你吃了一顿部队的饭，教你行军礼。

雷锋说，对，你都记得。更重要的是，他还说，你现在年龄实在太小，等你到年龄的时候，我一定让你参加解放军。

那个指导员现在在哪里？易华问。

雷锋说，只晓得他姓吴，都叫他吴指导员。十一年了，他兴许早不在部队了。但是他亲手给我戴上了这顶军帽，他的那句话，我一直记得。我好几次想过，国家啥时候发布征兵命令了，我不管在啥岗位，都要挺身而出，响应国家的征召，去当解放军。

易华低头，搓手。这些话，她都理解。

雷锋又说，小易啊，当兵的梦想，在我心底里埋了十一年，现在，国家对适龄青年发出号召了，我怎么能不站出来呢？雷锋还谈到了一个梦境：挺奇怪的，连续两天，他爸爸都出现在梦境里，破衣上还有血；爸爸两次都没有说话，只是直瞪瞪地看着他，嘴巴在动，但是没有声音。

易华说我晓得你爸爸想讲啥，他想讲的跟你心里想的，肯定是一回事情。梦就是这样的。你去吧，雷锋哥哥，既然是十一年的梦想，你就将它实现吧。

雷锋说，是的。我想，我在部队，一定能成为一个好兵！

易华说，我能不能成为一个好兵呢？

雷锋吃一惊，说你的意思是？

易华说我也能当兵！你虚岁二十一，我虚岁也二十了，也是适龄青年,我也当兵去!你当男兵,我当女兵,我们一起手握钢枪保卫祖国!我这两天其实都在想这个问题!

雷锋说好啊,如果我们都能当兵,一起为祖国站岗,那是多么好的事情!那你为啥子老掉眼泪啊?易华说我想是这么想,最后还不晓得能不能去得成。招女兵比招男兵少多了,这我是明白的,所以我一想到这里,又哭。雷锋说别哭别哭,你一哭,我就伤心。

易华说,那好,那以后我在雷锋哥哥面前就不哭了。

墙的拐弯处有人喊,雷锋,雷锋!雷锋探头望,见是乔大山。乔大山脸色不对劲。

"告诉你啊,雷锋,"乔大山气喘吁吁奔来,急急地说,"刚才厂办通知了,明天厂里就开征兵动员大会,适龄青年全体参加!"

易华马上说,我也适龄,我也参加!乔大山一愣,说,好像没通知女的参加。易华说,不叫参加我也参加!反正我适龄,十八周岁以上!乔大山说,雷锋啊,我要跟你讨个主意啊,我们是同一张炕睡觉的,我心里有话可不对你保密啊!雷锋说,你说吧,大山!易华主动站起来说,要不要我走?乔大山说,小易姑娘不是外人,不用走!我就说吧:当兵,当然是好事,保家卫国嘛,该的;可是明天的动员大会上我要不要举手报名呢?你给拿个主意。

雷锋说当然报名啊,你怎么能不举手呢?乔大山说你知道当兵一个月几块钱吗?雷锋吃一惊,说,几块钱?还考虑钱的问题?

钱怎么不是问题?我们这些光棍儿,以后办啥事都要靠自己,没钱怎么行?我打听了,当兵一个月才六块钱!我们这儿基本工资二十四元,加上矿山津贴、加班费、夜班费,也有个五十多块,这一当兵,一下子跌掉四十多块,这日子怎么过?

雷锋说,国家要是没有军队来保卫,国家的日子怎么过?

乔大山跳起来,说雷锋雷锋,你小子别说大话啦,这是实际问题!你没心没肺的,我可心里打鼓啊!

易华听不得人说雷锋没心没肺,雷锋是天下最有心的人啊,所以她狠瞪了乔大山一眼。乔大山意识到了，后退一步，说，雷锋你是临时性没心没肺。

雷锋说，大山啊，我心里也在打鼓，打的是战鼓！我这一回是下定决心要当兵了！大山，别提钱的问题，在部队不花啥钱，军衣军裤要你买么？食堂吃饭要收饭票么？所以那六块钱只要花一块钱买袋儿牙膏买支牙刷，顶多再买块肥皂，剩下五块钱都能攒起来呢！

大山说攒起来娶媳妇？五块钱五块钱攒？家里老娘病了咋办？你咋恨钱呢？人民币是亲人不是阶级敌人。

易华说大山你别老说钱了，雷锋哥哥的话是对的，保卫祖国跟攒钱不是一回事，不能搁在一张桌子上来说。总之，我们三个都去开会去，一起参军，我们三个都扛起钢枪保卫祖国！

雷锋摩拳擦掌想当兵的消息，几乎在第一时间就传到了焦化厂党总支厉书记耳里。厉书记倒抽一口冷气。谁想当兵他都放，保卫祖国是好事，可是保卫祖国不缺雷锋一个，雷锋怎么能离开弓长岭呢？他是弓长岭矿青年积极分子，是标兵，一个单位能树起这么一个方方面面都过得硬的先进典型，多不容易啊！厉书记下定决心不让他走。他听说当年湖南望城团山湖农场场长开始也不肯放人，最后没顶住；他更听说鞍钢化工总厂洗煤车间的那个白主任，那个开"斯大林"的李师傅，也不放雷锋来弓长岭，最后也没拦住。可是他厉书记不一样，他厉书记是个说一不二的人物，没这份硬脾性领导上也不会把进山筹备焦化厂的任务交给他。总之，新焦化厂不能没有雷锋。雷锋不仅是新焦化厂艰苦奋斗形象的代表，而且直接就是生产力，就是图表，就是箭头，就是超额完成任务。只要大家都向雷锋看齐了，像雷锋一样往前冲了，整个焦化厂提前两个月建成投产都没有问题。所以不管怎么说，厉书记就是不准雷锋去当兵，谁来说也不行。他厉书记是兴建中的焦化厂的党总支书记，是代表党说话的，这权威可不是一般人撼得动的。带着这份坚定的信念，厉书记首先找到人事股陈股长面授机宜："明天就要开动员大会了，今天就必须把底儿给你交清楚。"

陈股长看见厉书记阴沉着脸走进人事股就吓了一跳,这脸阴沉得不一般。厉书记关上门就说,小陈啊,明天征兵动员大会,想个法子,不要让雷锋参加!知道我意思吗?

意思当然知道,这意思怎么会不知道?但陈股长为难了,他说这怕是不行啊,按规定,文件是要面对面地传达给每一个适龄青年的。厉书记说,你一定要想个法子不让他参加,他一参加,头一个站起来报名的肯定是他。

是啊。陈股长回忆说,半年前号召支援弓长岭,谁都不肯来,不也是他头一个举手?厉书记说,你自己说,他能去当兵么?陈股长说可怎样才能不让他去呢?

厉书记恼了,说,说你这人笨,你也真笨!你是真笨还是假笨?套我的话?我直截了当跟你说,如果像雷锋这种骨干我们都留不住,我在焦化厂还当什么书记!

陈股长吓了一跳。这一吓,他就火速开动了脑筋,并且也马上给出了答案。他说,我明天拉着他跟我出趟差,我们去鞍山拉一批劳保用品。

厉书记皱眉说,越发笨了!明天动员报名,你这个人事股长怎么能离开?

陈股长说,我不去,换个人带他去。

厉书记想一想,说不行不行,还是馊主意。调虎离山不是个办法,如果通知他明天出差,闹得不好他今天晚上就把入伍申请书递上来了。

人事股长又低头想,想半天,说,有了有了。这次征兵条件,我都看了,很严格,身高、体重都有要求。雷锋身高我知道,一米五几,今年的身高要求是一米六;还有,体重方面,雷锋可能也不够,他老不吃饱,馍啊薯啊都让给人家吃,这体重怎么上得去?五十公斤怕是不会有。得,从硬杠子上卡他。

厉书记认为这一招可行。但是,说实话,身高啊体重啊什么的,说是硬杠子,但又不是钢铁一样的硬,从以前别的单位征兵的情况看,突破也是常事，所以，也不能掉以轻心。于是，厉书记说，这样吧，小陈，我们这样跟兵役局的同志讲：你们征兵要求很高，所以我们要选送条件最合格的青年，身体条件不合格的青年，我们基层就把关，不送！

人事股长说，很好很好，这样的说法很合适。

厉书记强调说，而且，要说明，这还不是哪一个人的个人意见，是焦化厂党总支的集体意见！

人事股长说这样好，这样好，这样做特规范，神不知鬼不觉就把小雷给留下来了。

厉书记说，当然，入不了伍，也要做好雷锋同志的工作，要告诉他，在任何岗位上都能为革命作贡献。他不是经常说要当革命的螺丝钉吗？

陈股长连说对对对。他觉得厉书记委实是爱才心切，同时，也觉得厉书记很懂得辩证法，不愧是个有水平的领导同志。陈股长决定晚上就去矿山招待所找辽阳兵役局的余政委谈一谈，表一表焦化厂决心输送政治合格、身体合格的好青年的打算，提出不合条件的一律控制输出。想必余政委一听这话就会高兴的，这是为祖国把关嘛。

而这个晚上，雷锋一心想着在征兵动员大会上怎么带头表态发言，为此他也一个晚上没睡妥帖。他心里一遍遍默背着表态发言："祖国的号召就是最庄严的命令！战斗的岗位就是最崇高的使命！作为一个时代的青年，我决心应征入伍，为保卫祖国奉献自己的一切，直至生命！"

他想，我一定要说得响，说得坚决。要握着拳头说话，明天就有部队的同志来，我要让他们明白我请求当兵的最大决心，而不光是睡梦中的爸爸明白这一点。

拾叁

军帽在，理想在，档案丢了

雷锋默默演练了一个晚上的表态发言，果然引起了兵役局领导的注意，这样的结果使得雷锋十分高兴。那天的焦化厂征兵动员会是在新搭成的职工饭堂召开的，一面写有"1959年冬季征兵动员报名大会"的大红横幅高高挂在主席台上。人事股长小陈是秀才，几个墨汁淋漓的魏碑体美术字写得十分刚健。雷锋一走进饭堂就觉得自己已经心潮澎湃。

多么神圣的氛围！

八十余名适龄男青年坐满了大半个饭堂，大家都一声不吭，特别的严肃。雷锋坐下，就往主席桌方向看。他看见在那里坐着的，除了弓长岭铁矿焦化厂的领导，果然有辽阳兵役局的领导，甚至还有来自征兵部队的一位军人。

一见有戴领章帽徽的军人坐在台上，雷锋的心就腾腾腾蹦跳不已。他仔细辨认，那两位军人是不是有点像十一年之前赠他军帽的那个吴指导员。然而都不是，差远了。

厉书记终于开腔了，说的是开场白。他说，同志们，我先介绍一下今天出席我们征兵动员会的部队首长。这一位，是辽阳兵役局的余政委！雷锋目不转睛盯着余政委看，几乎忘了鼓掌。他心里想，余政委啊，你可要把我推荐到部队去啊，可不能认为我个子矮小不够格啊！雷锋昨夜已经听乔大山传说一个半真半假的消息，说是人事股的陈股长亲口跟他的一位老乡讲的，说这次征兵要求的身高是一米六，不到一米六的适龄青年厂里有好几个，这次都得卡下来。这消息像只小蚂蚁一样在雷锋心口咬了一下。

这时候他又听厉书记说，这一位，是解放军沈阳军区某部的戴参谋，他是代表接兵部队，专门到辽阳地区来带今年入伍新兵的。

雷锋的眼睛盯着戴参谋，又忘了鼓掌。戴参谋啊，不管你是哪个部队的，不管你接啥兵种的兵，我可都要跟着你去啊！秋生哥讲部队派往辽阳的接兵小组有一位领导姓戴，怕就是您这位戴参谋吧！

雷锋刚想到这里，思路忽然被一种叽叽喳喳的嘈杂声打断了。那是饭堂入口处有女同志的嚷嚷声，声音尖厉得很，再仔细看，原来是四五个被挡住的姑娘摆出了一副非要进入饭堂的架势。

那里面有易华。雷锋一下子悟到了是怎么回事。

"怎么回事？"厉书记站起，冲门口大声喝问。

易华从姑娘群中挤上前，一边掸着肩头的雪花，一边冲着主席桌激动地说，我们想不通！我们要问个问题！为啥不让我们女同志参加征兵动员会？我们难道不是适龄青年？

一听这话，饭堂里的男青年都笑，说这帮女娃，真的是相中了花木兰、穆桂英的道路哪。这时候兵役局余政委就站起来，笑容可掬地说，女同志提的这个问题，我来解释一下吧。是这样的，今年的征兵计划里，在我们辽阳地区，没有女兵征召任务！

姑娘们一听就发呆了。易华想说什么，欲言又止，她想不出再能说什么话，路全堵死了嘛。这时候又听余政委说，女同志们，你们想当兵的愿望，使我这个兵役局政委很感动，你们都是好青年啊！但是有个实际情况，因为部队中女兵的比例相对较少，所以我们不是每年都能接到征女兵的任务。明年吧，或者后年，只要有女兵的征召任务，我们一定及时通报各单位。

易华的泪水涌出来了,她再也不说什么,拉着姑娘们就走。

雷锋心情复杂地注视着门口的这一幕,他很明白易华的心情。小易啊,明年吧,他想。这时候他就听厉书记敲敲主席桌,大声说,好了,我们继续开会。现在,请余政委宣读中央军委1959年冬季征兵命令。

余政委讲话口齿很清楚,他先是宣读中央军委的文件,然后开始作动员。

这段时间,余政委一直在各个基层单位作宣讲动员。弓长岭铁矿的地理位置在辽阳境内,所以征召这里的适龄青年当兵的事便归辽阳兵役局负责。余政委很看重这一块兵源,工人阶级的觉悟、一定的文化知识、相当的技术水准,这里的兵源质量应该不低啊。因此,余政委一心想多选些优秀的适龄青年往部队上送。辽阳地区的征兵工作能跑在全省的前列,这应该没有问题。

余政委侃侃而谈,讲了目的、意义、要求、应有的态度。最后他站起来,右臂有力地挥舞,说了一番激动人心的言辞,算是结束语。

在余政委讲话的全过程中,雷锋浑身的血都在燃烧,一到余政委最后挥拳说话的时候,他就抑制不住地站起来想作表态发言。但这时候厉书记就远远地瞪了他一眼,举手点点他,示意他立即坐下。显然,厉书记这时候心里的滋味已经是相当的不好了。

雷锋清醒了许多,赶紧规规矩矩坐下。许多目光朝他射来,他听见身后坐着的乔大山叹了一声。干吗呀?!乔大山嘀咕说。

厉书记扫视全场,目光炯炯,大声问,刚才余政委的动员报告,大家听清楚没有?

全场响亮地回答,听清楚了!

厉书记说,这样吧,有什么想法,有什么问题,同志们都可以发言,可以表态。雷锋像弹簧似的蹦起来说,我发言我发言。厉书记说,发言吧发言吧。

于是雷锋发言。他挥着拳头,拳头像要攥出火来。他说,响应祖国号召应征入伍,保卫国家,这是我们每一个适龄青年义不容辞的光荣义务！今天，余政委宣读的文件，还有动员讲话，使我心情特别激动！我认为，祖国的号召就是最庄严的命令，战斗的岗位就是最崇高的使命。作为一个新时代的青年，我决心应征入伍，我决心为保卫祖国奉献自己的一切，直至生命！

余政委连连点头，大声赞扬说得好，说得好。戴参谋也受到了发言者的感染，冲着发言者大声问，你叫什么名字？

雷锋！雷电的雷，时代先锋的锋！

戴参谋提起钢笔，在自己的笔记本上记下了这个名字。这名字确实像一个冲锋中的战士的名字，有一股气势。

雷锋又举起一份申请书，大声说，我还写了一份申请书，题目是：《我决心应召》。我想交给兵役局的领导！

余政委有些意外，但意外之余又显得高兴，于是笑呵呵站起来说好啊好啊。雷锋立即走向主席桌，立正，向余政委敬了一个标准的军礼。余政委又很意外，说，这军礼敬得好啊，很标准啊，新军人的姿势先出来了嘛！

雷锋双手递上长达四五页纸的申请书。余政委当场翻阅，说，标题就很好——《我决心应召》——主题鲜明嘛！我这里读几段："参军，是我从小就有的愿望。人民解放军不仅是一个团结友爱的大家庭，而且还是个培养青年的大学校。现在我的愿望就要实现了，怎么叫我不高兴呢？"

雷锋听得满脸笑容，余政委能当众念他的申请书，这有多好，这绝对是个很好的开头。这一刻，全场青年除了乔大山低着头把十个手指头轮流拔得嘎嘎响，其余的小伙子都听得很专心。这时候雷锋听余政委又继续念："光荣伟大的党！您挽救了我，给我吃的、穿的，还送我念书，让我高小毕了业，戴上了红领巾，加入了光荣的共青团，参加了祖国的工业建设，一天天地成长了起来！伟大的党啊！您是我慈祥的母亲，要是没有您，我很难想象到自己的一切。今天您需要我，我一定挺身而出，不怕牺牲和一切困难……我要把自己可爱的青春献给祖国最壮丽的事业!"

念到这里,余政委戛然而止。他觉得自己也激动了起来,好几年的征兵工作中都没有遇到这样的好文章。他仔细望了望眼前的小伙子,觉得这小伙子的眼神特清纯。个子倒不是很高,一米六可能危险。不过这一点不是很要命,可以过,关键是这小伙子内心有一股子激情,有一股子狠劲,这是士兵最可贵的素质。他觉得这份激情澎湃的申请书应当发表,起码应当在弓长岭矿的矿报上登一登。于是他转过头,问一直侧着脸的会议主持人厉书记,说小雷同志这份申请书发表在你们的矿报上成不成?这对征兵动员工作将是一股很大的动力!他并没有注意到厉书记的眉眼上这半个钟头来一直堆着一股难言的忧郁。

厉书记马上站起来,从余政委手中接过申请书,换上灿烂的笑容,说好啊,好啊,我负责把它送到矿报编辑部去!应该刊登,应该刊登!雷锋,你先回座位吧!

雷锋又行了一个军礼,然后向后转,回座位,一股军人的气概。这又一次激起了掌声。厉书记举手说,好了好了,还有没有其他同志发言?

乔大山想举手,又不敢举。厉书记注意到了,说大山你有什么就说吧,平时你喉咙很响的嘛。于是乔大山就站起来搔搔后脑勺说,我有一个问题,不知能不能问——我想问兵役局的领导。

余政委说小伙子你问吧,当然可以问。

乔大山说当兵的津贴是不是每个月六块钱?

全场轰的一声炸了——怎么问这么一个问题?人人交头接耳,气氛顿时活跃。厉书记则是拉长了脸,他显然觉得很丢面子,这不是工人阶级应该提的问题。

戴参谋站起来回答。他说,这个问题很实际,我来回答吧。目前是这样,每个月发士兵六块钱。

许多青年人笑。乔大山马上说,我不是说只有六块钱我就不愿意当兵,我只是问问。

戴参谋说，当然，这些问题都可以问，欢迎同志们继续提问。

后来提问题的也不少，五花八门，尤其问是当什么兵种的兵的。这些问题雷锋都没有在意，他在意的只是自己能不能当兵，以及矿上那些"个头儿不高的人不能送去当兵"的传言是不是真实的。当然，这个问题他又不敢直接问，生怕当头一棒。

征兵动员会结束后，雷锋马上去找了易华，他担心着易华的情绪。

雷锋把易华叫出女工宿舍后，发现姑娘的心境已平和多了。易华一见他就显得有点儿不好意思。易华说，今天我没能参加征兵动员会，哭鼻子了，不好意思呢。她接着又说，雷锋哥哥，明年你再去当兵行不行？我们等一年，明年就会征女兵了，我们一起参军！

雷锋一听这话觉得很意外，但这句话从易华口里出来也好理解。他想了想，解下手腕上的英纳格手表递到姑娘面前。这一举动叫易华吓一跳。雷锋轻声说，小易，这块表，是我离开望城县的时候，张书记送给我的。张书记还送给我一句话，说人生最宝贵的是时间。我现在把这块手表转送给你，我想我响应国家号召，当兵入伍，不能耽搁时间！我也希望你小易也抓紧时间学习和工作，一年以后也能参加中国人民解放军，我们共同紧握钢枪保卫祖国。兴许我们还是一个部队呢。

易华死活不肯接这块表，说这是张书记特意送给你的，有张书记的期望，我怎么能要？我可不能要！雷锋想一想，觉得有理，也不勉强了，说那我明天送你一本日记本。易华轻声说，我啥都明白了。雷锋问明白了啥？易华说，其实，你心里只有祖国、只有人民、只有解放军，别的很少。雷锋诧异地说，我的话，不对吗？易华说，谁说不对了？对，你的话都是对的。

雷锋看着对方的大眼睛，好像还是有点儿不明白。

一阵风过来，干燥的雪花从地上倒卷起来，在一对年轻人的裤腿中间或上或下地飞舞。

易华说，雷锋哥哥，我现在晓得，你当兵的意志真的是非常非常坚决。既然这样，你就好好当兵去吧，保家卫国也是很重要的事情，很光荣的事情。只是你不要忘记在艰苦的弓长岭还有我这样一个妹妹！

雷锋说，那是当然啦，我永远不会忘记你的，易华妹妹！

易华沉默了一下，又说既然下决心当兵，雷锋哥哥，你就要一往无前。如果在参军入伍的过程中，碰到困难，你就一定要想办法去克服。

雷锋一听这话就警觉起来，说小易你听见啥了？是不是有人说我个子不够？易华说我不是担心这个，我是担心……说到这里姑娘又不说下去了。

雷锋说你说吧，我急着听呢。易华迟疑了一下，心里琢磨要不要把那件道听途说的事告诉雷锋。想一想还是不说了。易华知道雷锋的感情有时候挺粗有时候又挺细，细到五更天了还睡不着觉。于是她摇摇头，说没啥没啥。可是雷锋不依，他说，小易，你一定要告诉我！

易华说，那我告诉你吧。是这样的，我们寝室的小吕今天路过厂部人事股，听人在说，我们厂有个决定，不想让一些特别优秀的骨干离开，包括去当兵。

雷锋怔了半天，说不会包括我吧？易华瞪着他说，不包括你？你不优秀我们厂还有谁优秀？雷锋说，你这消息可能不准确啊，中央军委下达的命令，哪个单位敢不执行啊！易华说是啊，也许小吕是瞎说。小吕这人，瞎说的事多了，上次说大冬天的碰上一条蛇，还爬。大冬天的蛇能爬吗？小吕这姑娘尽瞎咬舌头。

雷锋听得易华这么说，心里越来越不踏实。后来他说，小易，你是关心我，希望我实现当兵的梦想，所以才把这消息告诉我。这我晓得。我呢，虽然有点儿不相信这消息是真的，但也要重视它呢。

易华问，你打算怎么办？雷锋说，我找厉书记去，现在就去！易华说，我也觉得你现在就该去。她甚至推了他一把。

雷锋站起来撒腿便跑，边跑边回头喊，谢你了，小易！雷锋把雪粉踩得噗噗地飞。

厉书记的办公室果然还亮着灯。这几天晚上，他办公室都亮灯到很晚。雷锋跺跺脚，跺去棉鞋上的积雪，伸手敲门。

敲门声使厉书记抬起头："谁呀？"他正在与人事股长在灯下翻阅雷锋的档案。门外传来声音："厉书记在吗？我是雷锋！"

陈股长紧张得跳了起来，说曹操，曹操到！

厉书记倒是很沉着，说，把雷锋的档案收起来！陈股长急忙收拢档案袋，用一张《鞍山日报》压住。

雷锋听得允许声才进门，一进门就说，厉书记，我就想问一句话——我本来不该来问，可是我憋不住——我很想问一下厉书记，厉书记我能问么？

厉书记说你都进门了，怎么不问？问吧问吧。厉书记说这句话的时候没有一点责怪的意思，而且他的笑容被炉火烤得很热。他还说喝点热茶吧，小雷？

雷锋说茶不喝了，我不渴。然后雷锋的脸色就认真起来，他问，厉书记，我今天报名参军了，厂领导同意我去当兵么？

厉书记的表情似乎吃了一惊，说，怎么不同意？征兵令是中央军委下的啊！我们都要不折不扣执行啊！

雷锋一听，长舒一口气，说这我就放心了。

"小雷，外边下那么大雪，你又没穿棉衣，不冷吗？"厉书记说着便把自己搁在椅背的棉袄披到雷锋身上。又说："你看你，冻得我心疼！"

雷锋说，我不冷呢厉书记，我心里呼呼地热呢！厉书记，想到能当兵，能以鲜血和生命保卫社会主义祖国，我的血在烧呢！

厉书记看着雷锋的亮晶晶的眼睛，诚恳地说，小雷啊，你的心情，我理解。表现优秀的同志，厂里当然舍不得，但舍不得也要舍啊，我们要以国家的全局利益为重啊。国家钢铁生产的保卫，也非常重要啊，没有枪杆子的坚强保卫，我们怎么能安全地炼焦、炼铁、炼钢啊？

雷锋感动地说，厉书记你说得真好！

厉书记说，小雷，夜深了，赶紧回宿舍休息！我们厂的适龄青年要参军，我的态度都是大力支持，包括你小雷在内。而且，我们还要想种种办法让你们能顺利通过各种审查。

　　谢谢厉书记！谢谢陈股长！满脸笑容的雷锋连连称谢，连蹦带跳地退出了房间，并且在回宿舍的雪地里也如舞蹈似的走路。深夜的空气又冷又清新，他甚至在白茫茫的雪地上就地打了一个虎跳。乔大山迎面走来，吓一跳："疯了，雷锋？"雷锋哈哈大笑，抱住这位人高马大的工友，又蹦又跳地往宿舍方向走。乔大山急了，大喊快放开我，我这是去厕所，憋急了！

　　雷锋回到宿舍，倒头便睡，一下子就睡着了。不过，他在梦里又一次摸到了钢枪的时候，坐在办公室火炉旁边的厉书记还是没有一点儿睡意。他合拢档案，仰坐木椅，抬高黑黝黝的脸，对陈股长说："小陈啊，从雷锋的档案和材料来看，他确实苦大仇深，他的参军动机没问题，很正确。从雷锋刚才当面的请求来说，看得出来，他也确实热血沸腾。但是——请注意，我必须说但是——但是，从我们弓长岭铁矿焦化厂的实际来说，像雷锋这样的标兵，我们还是绝对不能放他的！"

　　陈股长说理解理解，但是呢，有难度。身体上的硬标准是能卡他，但是今天看看那个兵役局的政委，他看雷锋的那种甜样——厉书记，你要把雷锋从政委的眼睛里挖出来，不容易啊，有难度啊。厉书记，我可是实话实说。

　　厉书记说你这样实话实说有啥意义嘛！难，难，共产党员能被难压倒吗？亏你党龄都有六年了！

　　陈股长看见厉书记眉毛飞了起来，心里便很觉难受。他听见炉子上坐着的茶壶嘶嘶作响。我有办法了。在壶水沸腾了之后他这样说。陈股长说，厉书记，我事先跟征兵办公室的同志正式谈一下，我不掩饰了，我请他们设法留下雷锋。厉书记说，原因呢？还是身体条件？陈股长说，就是身体条件，就这一个理由。但是我们要把这个理由讲透，讲到台面上，讲明确。我想正式表达我们厂的意思，那就是：必须把体检不过关的同志留下来，譬如雷锋，必须留下他。这一要求体现了我们厂党组织对这次征兵质量的重视！

厉书记说，我就等着你这句话！去办吧，你现在进入情况了！

陈股长确实进入情况了，他真正体会到了厉书记这一回要卡下雷锋的决心。他不敢有懈怠，他甚至提前一天就赶往了辽阳小屯征兵体检站。

体检站设在一个已经放寒假的小学校里，各个体检房炉火熊熊。陈股长连续拜会了戴参谋和忙碌在体检台旁的几位军医，预先向他们通报了下一批体检单位的党组织意见，并且着重点到了一位姓雷的小伙子。军医们说知道了，说你们单位的党组织很讲原则啊。但是后来戴参谋在吃饭的时候又问他，你说的那个姓雷的，就是在你们厂征兵动员会上第一个表态，还递了书面申请书的那个？

陈股长心里紧张，说是，就是他。

戴参谋从炭炉里扒出火烫的红薯，在手心里翻来翻去，说哎呀，那位同志表态很坚决，觉悟很高啊！

对，陈股长说，政治上他是很强的。戴参谋说，我们都对小伙子印象很好啊！

陈股长说，我们厂党总支对他印象也很好，政治上是重点培养对象。但是，戴参谋啊，这不能代替他身体条件较差这个事实啊。我们书记认真啊，他对报名青年的身体条件事先都卡了一遍。那个小雷差太多啊。你想，身高整整差六厘米，如果连这样的同志都能通过，我们厂的总支领导都会觉得于心不安。我们必须向钢铁长城输送合格的钢铁，我们是鞍钢的单位，我们有这样的钢铁意识！

戴参谋说股长同志你这句话说得可真好。同时戴参谋心里想，在这么多输送应征青年的单位中，弓长岭矿焦化厂的党组织表现出了特别严肃的态度，还派人事股长事先来通气，真是不简单。这么想着，他就把一块烤得最香最诱人的红薯递给了陈股长，表达军民友谊。

因为第二天就要出发去小屯体检，雷锋不敢大意。他接受了乔大山的建议，两人一起走上积雪的石山，站到一棵树前，绷直身子，练习接受测试身高的技巧。

乔大山说身子再绷直！头昂起，再昂起一点儿！雷锋把身子一挺再挺。乔大山拿一块木片在树皮上画记号，说你再把脚后跟儿提起来一点儿，但不要离地，一离地人家就看出来了！要一半儿离地！对，就这样！

乔大山成功地将雷锋的身高提高了一厘米，这使雷锋很振奋。然后乔大山开始琢磨雷锋的体重。他弯下腰，捡起几块石头，往雷锋的棉衣兜里塞。雷锋问这是干啥？

"干啥？"乔大山瞪眼，"你以为你像我那么重？"

雷锋明白这是增加体重。乔大山叮嘱说，不能放很大的石块，不让人家看出来最要紧，最好多放几个口袋，放内衣内裤上的口袋里，你称体重的时候，外衣是脱掉的。雷锋说明白了明白了。乔大山说可是我还是不明白，就是你，死活要当兵！干吗呀，这么遭罪！

乔大山从心底里讲还是不愿当兵，不为其他，就为收入太薄。所以，他听见伍医生取起体检表高声喊他名字时，他是以蚊子般大小的声音应答的。

伍军医拍拍乔大山硬实的肌肉鼓凸的背脊，笑着说，今天没吃饱？乔大山没有回答，歪歪嘴角，搔搔头皮。

陈股长叉着手，在各个体检台前走来走去，看着自己厂里的应征青年接受各个环节的体检。他觉得乔大山这个人不太有礼貌。他说大山你怎么不吭声？问你哪！乔大山对陈股长白白眼睛，依然不吭声。

雷锋看着乔大山脱下鞋子，又脱去外衣，接受身高和体重的测量，心跳个不停，手心也出了汗。这屋子里的炉子烧得太猛，他想。

"很好，小伙子！"伍军医友善地在乔大山身上拍了一下，然后填写表格。乔大山这会儿倒吭声了，他低下头，在伍军医耳边说，医生，我识字不多，也不会写字！

伍军医笑着说，会打枪就行！下一个，雷锋！

雷锋立正，高声答应："到！"

他脱了鞋，脱了外衣，接受测量身高和体重。军医提醒说，不要把脚跐起来，雷锋使劲儿绷紧身体，嘴里说我没有我没有。

陈股长远远望见雷锋开始体检，赶紧往这边走过来。他觉得他必须进行现场掌控，这一点很重要。于是他马上站到了伍军医身边。

军医测量了雷锋的身高，说："一米五四。离一米六差六厘米。"

雷锋马上说军医首长啊，您别看我个头儿小，我是推土机手呢，浑身是劲儿，不信我跟您掰手腕。陈股长说雷锋同志注意严肃。伍军医大度地笑笑，示意雷锋站上磅秤。这时候乔大山也走了过来，紧张地注视着情况。

五十公斤，伍军医说。

雷锋松口气，说，我通过了，军医首长？

军医刚提起笔，要在表格上录下数字，忽然觉着了异样：后面鼓鼓的是啥？

雷锋紧张了，急忙躲避。陈股长跳上一步，大声说雷锋，你躲什么？你好好让医生检查嘛！

伍军医从雷锋内裤的裤兜里找出了两块沉甸甸的石片。石片很薄，轻易还发现不了，可是石质致密，很见分量。伍军医笑了，说我体检时见过的石头也多了，可是你的这两块石头选得优秀啊！

陈股长恼了，说，小雷，这种做法不对啊！

正在雷锋急红了脸支支吾吾说不出话的当儿，乔大山一个箭步跳到军医前面，大着声说，军医同志，这是我给他放上去的！这不是一般的石头，是我们弓长岭铁矿上的铁矿石。这是做研究用的，他忘了拿出来了。

伍军医笑眯眯地对乔大山说，既是做研究用，那你拿去化研室吧，别拿来体检站。

雷锋说军医首长，我说实话，这不是他的问题，是我的问题，是我不对，主要是我当兵心切！伍军医呵呵笑，说不用解释了，这样做的同志你不是头一个，也不会是最后一个。雷锋要求重新测一次，伍军医说，这就对了。

四十八公斤，离五十公斤标准差两公斤！伍军医测出了新的数据。

雷锋心里焦虑万分，手心呼呼地冒出汗来。身高差六厘米，现在体重又缺两公斤，这可是非常不利的状况啊。他急得悄悄拉拉伍军医的白大褂，恳求似的解释："军医首长啊，我这两天感冒，从早上到现在我还没吃饭，吃了饭肯定就重了！"

站在一旁的人事股长脸又黑下来，声气重重地说，小雷，说话要实事求是，什么没吃饭，今天早上我们不是都吃了两个酥火烧，还有一大碗酸菜吗？

这是事实。雷锋又语塞了。

伍军医笑嘻嘻地说，小同志啊，你这一类假话也不能说啊，说这种假话的人年年都有，处处都有，也只能说是当兵心切吧。我们听着这些话也从来不批评，不过，我们也从来不相信。快去吧，去那边桌子上量血压。

雷锋不肯走，央求说，军医首长，我虽然个子小一点儿，轻一点儿，但是打仗是不会落后的。我个儿矮，但蹦得高。乔大山，你看过我打篮球，你快来证明！我体重轻，上树爬竿就特别快。不信我爬给首长看！

陈股长越来越恼，举起右手摇得像扇子一样："小雷，医生让你去量血压就去量血压嘛，快，快！"

乔大山也拉着雷锋说去吧去吧。

雷锋量了血压，很正常，这让他舒了口气。然后他又按着体检流程到教室角落的一张体检台上接受心肺部位的听诊器检查。

内科军医在察看雷锋背部的时候抽了一口冷气。内科军医说，小伙子啊，咋的啦，背上咋有那么大的疤疤？

雷锋一骨碌坐起，撩起衣袖说，军医首长，您看，我这还有三道刀伤呢！

"哟，"医生果然吃惊，"这么多伤疤呀？"

他嗓门儿不低，这就引得体检室内的人纷纷回头朝这边看。戴参谋与陈股长也闻声走过来。

军医首长啊，戴参谋啊……雷锋这时候也打开了话匣子。他觉得现在必须要唤起军医对自己当兵立场的最大理解，否则就很容易在什么"几厘米""几公斤"上被卡住。于是他反复点着自己的背、点着自己的手腕说，所有这些疤，都是旧社会给我留下的啊！这三条刀疤，是地主婆砍的！因为我妈妈被地主逼得上吊了，我想砍树给妈妈做棺材，可是地主婆说山林是她家的，夺下砍柴刀砍我。那一年我才八岁啊！我背上的毒疮是我讨饭的那一年得的，爬满蛆虫啊，我痛得在地上打滚，昏死过去！要不是共产党解放军解放了我家乡，救了我，我这条小命肯定就没了！军医首长啊，戴参谋啊，就是为了让中国人民永远不再有这样的伤疤，我今天才坚决要求当兵！我刚才量身高的时候，拼命踮脚，称体重的时候，还藏了石片子，我做这些不诚实的动作，自己心里也很难过，但是首长们啊，我的报效祖国的心、一颗燃烧着的心，你们感觉到了吗？我是这么迫切地想当兵啊，我想扛起枪，保卫救了我性命的新中国啊！

听着这位小伙子的这么激动这么真情的叙说，可以说没一个听者不被感动，就连陈股长也摸着下巴不吭声了。一时，大教室里所有的体检项目都停了下来。

雷锋继续大声说，首长们啊，我个头儿是小一点儿，但那是我在旧社会挨饿的缘故啊！我吃不饱，怎么长得高啊！我经常会连着三四天饿肚子啊，这是旧社会害了我！解放以后我能吃饱饭了，我有力气干活儿锻炼了，所以我就长了不少力气。首长们啊，你们看我这肌肉疙瘩，鼓鼓的呢！我其实力气并不小啊！我开拖拉机，开推土机，一座大煤山我几下子就推平了！戴参谋同志，真的，我气力不小啊！你放心，我能当一个人民解放军的好战士啊！

戴参谋脸面上看不出有什么表情，他这时候心里是不是挺复杂，也看不出来。但是伍军医看出来了。伍军医心里也很不忍，他知道戴参谋早就将地方单位党组织的原则意见听进去了，同时也知道这一次征兵条件中的身高和体重都是带有一定的刚性要求的，不能轻易突破，所以雷姓小伙子的这番热泪盈眶的现场演说，听得他有点愁肠百结。伍军医于是招招手，把内科检查完毕的雷锋叫到火炉旁边，请他坐下，说我这个不是首长的首长现在有句话想告诉你，你要听吗？

雷锋说当然要听，我一定听。于是伍军医就说，我当兵也是报名了两次才报上的，你明白吗？第一年征兵我感冒了，鼻涕拼命流，我知道我那一回危险，所以主动打了退堂鼓；第二年又逢征兵，这才当上了。而且第二年当新兵之后还正好逢上"选送军医大"的良机，你看巧不巧？

雷锋是个明白人，一听就知道伍军医想说啥。所以他马上说，军医首长你是想让我今年别努力了是不是？伍军医说就是这个理。明年辽阳地区估计还会有征兵任务，你明年身高估计是仍旧达不到标准的，但你体重两公斤的差距一年能补上，想办法弄点荤腥吃吃，红薯、苞米多填几个下去，一年里长它个三四公斤是没有问题的，这样，光是身高一项出情况那就好说多了。小伙子你说是不是这个理？

炉火烧得雷锋的鼻尖出油。雷锋心里想，当然是这个理，但是谁能等一年啊。耳边听到冲锋号已经响了，却要我等第二年才冲锋，这打的什么仗啊！而且第二年我身高还是不会到一米六啊！

雷锋小声说，军医首长我看你一直笑眯眯的，刚才我说谎了您也没横眉竖眼地对我，恳求您帮帮我说话吧。去对戴参谋说，去对各个体检台前的军医首长都说说，我真的是想今年就参军啊！

伍军医叹息一声，慢慢走开了。小伙子不听劝，可是事情其实已经决定了啊，非得要撞到墙了鼻子撞扁了才懂得转弯吗？他后来果真跟戴参谋咬了几句耳朵，说这个姓雷的到底怎么样？戴参谋说什么怎么样？身高、体重达标了吗？人家基层单位党组织的意见能当耳旁风吗？伍军医只好说也是啊，月有阴晴圆缺，此事古难全啊。

雷锋在接受最后一道体检项目之前，突然眼睛一亮——他竟然看见向秋生赶来小屯检查站了。门外一阵摩托车的轰鸣之后，向秋生像只兔子一样蹦进了体检站，从牛皮公文包里取出一份电报送给戴参谋。雷锋于是像见了救星似的冲过去，又吐苦水，又双手推他，请他一定在戴参谋面前说情，无论如何不要让可怕的身高与体重将自己挤下表格。

向秋生明白了，说庚伢子你别急，我会动脑筋的。向秋生在十分钟之后就笑眯眯地把戴参谋请到门外。门外太阳很亮，把房顶上和树上照得白晃晃的。他与戴参谋走在小学校园的雪地里。他说，首长，我想请您帮帮雷锋，他旧社会吃苦吃大了，一家五口活活逼死四口。他曾经是县委书记的通信员，后来主动要求去当拖拉机手，又响应国家号召支援鞍钢建设。首长，像雷锋这样特别不怕吃苦的同志，接到我们部队里来绝对差不了！

戴参谋说知道知道，还知道他是你同乡，一起上的学，都在望城县委机关工作过，你先当书记的通信员，然后再是他当书记的通信员。

向秋生说首长啥都知道，那就请首长帮帮他吧，这样一个好同志我们不带上，一准吃后悔药！戴参谋说不带上他嘛，我也觉得可惜，他那些话我听了心里也动啊。他说得好着哪！问题是啥呢？问题是中央军委下的体检标准！体检标准嘛就是体检标准，这能含糊？再说，他在体检中还有弄虚作假行为，这也是一个明显的不足，连他们厂里带队的同志都批评他了。

看来初检是通不过了。

向秋生想半天，悄声问，首长，复检，还有希望吗？戴参谋想一想，说了一个字——难。

戴参谋说出这个字是有根据的。当然，他跟向秋生只提及了征兵要求的规定，他没有说兵源单位的组织意见，而后者的意见是非常要紧的。当然不能随便说这个意见，这意见不便让当事人知道。向秋生不是当事人，但向秋生是当事人的同乡，这也就不能说了。戴参谋是个有组织原则的人。

雷锋初检没能通过的消息，远在弓长岭的厉书记几乎是在第一时间就知道了，他及时接到了陈股长的电话。厉书记说，还有一次复检机会吗？不怕，基本定局了！你留在那儿，继续做工作！对，过两天，小雷回来之后，我会找他谈的。对，要鼓励他！他仍然是我们焦化厂的骄傲！留下他是为了培养他。对，要抓紧！

放下电话之后，厉书记到办公室外的雪地里走了一圈儿。山里的风很硬，呼呼啸叫，狼一样。厉书记忽然觉得自己的心肠太硬了一点儿，有点儿对不起人家。但回过头想想，自己的心也是慈的，小雷留在焦化厂是不会吃亏的，他将来注定是焦化厂的灵魂。

初检名落孙山的雷锋，当晚一直闷在应征青年的临时住宿点里，双手抱着膝盖，低头坐在墙角，蔫儿了一样。乔大山心里老大不忍，一屁股坐到他身旁，一边拿火钩捅炉子，一边跟他唠嗑，试图缓解他的焦虑。

落难时分，哥们儿兄弟，就得互相解闷。

乔大山说，我老早说了，只要我乔大山报名，保准关关都是绿灯。我贫农出身，从小受苦，政治上没问题吧？这身坯子呢，铁打的，这么棒。祖上三代都不是铁匠，咋把我当个铁疙瘩一样生下来呢？我娘说我一下来就是九斤三两，砸到炕上是个洞！我最要命的就是不识字，原本还以为部队会嫌弃呢，谁知那军医说只要能打枪就行！我咋不会打枪？我冬天就打过野兔子——哗，一猎枪过去，三只野兔子一齐倒！

雷锋也不知是否听进去了，眼里依旧都是泪花。

乔大山又用极为同情的口吻说，雷锋，还有希望，我问过了，这身高和体重呢，是差一点儿，但不是一条特别硬的杠子，只要其他方面突出，还能盖住它。

雷锋眼泪汪汪说，大山，我这回可是铁了心了，部队不要我，我就跟上部队走，他们走哪儿，我跟哪儿！我不到十岁的时候就跟过部队，那时候我太小，现在我二十了，我能死死跟着了！

这时候雷锋耳边忽然响起一个声音说，别死跟部队，没用，得死跟另外一个人！雷锋与乔大山一齐抬起头，发现说话的是双手叉腰的向秋生。

向秋生带来一项个人建议，要雷锋去磨兵役局的政委。这兵役局既能跟地方讲上话，又能跟部队通上气，是个最权威的地方。那个余政委心又善，泡蘑菇一样泡他，泡得他能站出来为你说话。只要余政委开腔，这事哪怕黄了也能返绿。

余政委第二天就领教了雷锋泡蘑菇的韧劲儿。那天他刚到办公室不久，搁在炉上的一壶水还没开，传达室老伯就略带歉意地冲到他办公室说，余政委啊，这个小伙子说有急事找您哪。他说是认识您的，所以我拦也拦不住哇！

话音刚落，老伯的身后便站出来了雷锋。估计是老伯受了雷锋的感动，两人演了一出双簧。

余政委当然认得雷锋，弓长岭矿报上刊登雷锋的参军决心，也是余政委推荐的。这篇东西一刊登，反响挺大，整个矿山都在说雷锋两个字。余政委对此特别满意。这会儿却只见雷锋将他带着的一只棕色的小皮箱往自己办公室一放，说，余政委，我把行李也带来了！

余政委一愣，怎么了？

雷锋说，这一回您要是不同意我参军，我就在这里住下不走了！余政委您听说了我这次预检没有通过，是不是？

余政委说，是啊，听说了，我也惋惜啊！

雷锋说，余政委，您读过我的申请书，知道我的身世！我个头儿小——小嘛，那是旧社会的苦难造成的！但是，我力气不小，现在身体也很好啊，不然我怎么当拖拉机手？怎么当推土机手？余政委，您一定要帮我实现我从小的愿望，我一定要参加中国人民解放军。解放军救了我这个苦伢子，我一定要成为解放军的一员！

余政委站起来，走了一圈儿。他这几年听到这样的申诉乃至哭诉太多了。于是他轻轻拍拍年轻人的肩膀说，小雷啊，你身体条件不符合征兵要求，这一条，也是事实。

雷锋说，政委啊，我就差了六厘米，差了两公斤。可是，这差了一点儿的情况，完全是旧社会折磨的，一个挨饿受冻几乎丢命的孩子，能长出好身体吗？旧社会的折磨却记到现在的账上，政委您说合理吗？

余政委倒出半壶热水，拿了一条手巾，让小伙子洗把脸，却不料小伙子动作更麻利，将毛巾拧一遍，首先递给政委，说首长洗了我再洗。余政委心里笑，这小伙子还挺有规矩。

雷锋说，政委，兵役法规定，保卫国家，人人有责。我这样的人有没有这样的责任呢？

余政委一边洗脸，一边说，有啊！只是，身体条件方面……话还没说完雷锋就抢着说，这方面我可以去部队锻炼啊！我就不信在部队锻炼不出钢铁一样的身板儿！而且，政委，您放心，我不会给部队丢脸的，我这几年读了很多书，我会在解放军这个革命大熔炉里更快地进步的！我现在给您背诵毛主席的《为人民服务》，您听！——我们的共产党和共产党所领导的八路军、新四军，是革命的队伍。我们这个队伍完全是为着解放人民的，是彻底地为人民的利益工作的……余政委说，小雷，好了，别背了，你的情况我都清楚。

雷锋说，那么余政委您答应我当兵了？

余政委说，我个人很理解你，也很同情你。可是你知道，我们国家征兵有很严格的秩序，有很严肃的要求，对应征青年的身体条件也有自己的标准。所以小雷啊，你还是要有两种准备——在复检以后，如果能让你入伍，你就高高兴兴入伍，如果仍然不行，你就……说到这里，雷锋就说，余政委您别说下去了！雷锋这时候涌出了眼泪，他用手背擦一擦。余政委赶紧把毛巾递给他。雷锋一边拭脸一边说，余政委，您不答应我的请求，我只能晚上住在这里了，我反正不回自己单位了。这几天我就住兵役局了，我为你们兵役局打扫卫生，直到首长们答应让我穿上军装。

余政委笑起来，轻声说，小雷啊，你想一想，这是兵役局，是严肃的机关，你能住在这里吗？

雷锋愣了半天，拎起自己的棕色皮箱，说，那我就住到体检站去！体检站不算机关，我就住那儿去。我不走，我天天为体检站义务劳动！

雷锋说到做到。白天他为小屯征兵体检站打扫卫生，那把扫帚和那把拖把似乎天生就是姓雷的，他里里外外忙碌，谁也不能叫他停下来。晚上他就把铺盖打在应征青年住宿点的铺位上睡觉。如果其他单位来的应征青年住满了，没他的铺，他就蜷在体检站的一角打地铺。伍军医心疼他，说这怎么睡？雷锋说这么好的房间，还有炉火，比起我讨饭那会儿住桥洞住破庙，这是天堂哪！

于是雷锋又跟伍军医扯起了长沙城外的桥洞以及洞庭湖畔的破庙："那庙呢，有观音殿也有财神庙，但庙里却那么冷，都是冬天的北风，厚厚的蜘蛛网像蚊帐一样颤抖……"这些话说得伍军医眼泪汪汪，好几次拦着说，别说了别说了，我恨不得今天晚上就把你拔高六厘米增重两公斤。

但是伍军医确实没有办法。事实始终很严酷，数字是死的，雷锋的复检表格上照样是死数字，这一结果又使得心急如焚的雷锋一夜没睡着。秋生打来电话问了情况，也支持他在体检站继续住下去："反正就这么着了，黏着吧，不怕一万，就怕万一，兴许就黏上了呢。"

雷锋继续在冰天雪地中的小屯征兵体检站里忙碌着。体检青年一批批唱着歌进来，一批批唱着歌出门，雷锋一边羡慕着他们表格上大批大批的"健康"和"合格"，一边咬紧牙关与他的扫帚、抹布、拖把打交道。他的这种非穿军装不可的热情终于把体检站的军医们全都感动了，感动得不行，其中尤以伍军医为甚。伍军医那天中午结束体检后白大褂也没来得及脱，就闯到了楼上的小办公室里，他知道兵役局余政委这一天要来体检站搞调查研究。闯进去一看，果然余政委在。余政委与戴参谋正各捧着一只搪瓷碗在吃饭，伍军医便单刀直入问，整整六天了，你们都看见了吗？

余政委问看见什么？伍军医说，还有什么啊，那个小伙子啊，弓长岭矿的小雷啊，烧水、拖地、擦玻璃，一会儿又给来体检的青年宣传当兵的道理。叫他吃饭他很少吃，要过夜了随便哪个角落一蜷就睡，一早醒来又帮着捅炉子升火，不知哪来的精力。就这么个小伙子啊，我们不感动也感动了啊。两位首长就下决心收他当兵了吧，啊？

余政委说，这个，我们再研究吧。既然住你们这儿了，首先要让他吃饱、睡好！军医走了之后，余政委对戴参谋说，老戴，你看这事咋整？我看啊，这孩子入伍也未尝不可，起码政治觉悟是高的，参军的决心也是大的。

戴参谋不表态，他提起热水瓶，往自己的搪瓷碗里倒开水，让饭粒热一点儿。

余政委又说，个头儿呢，小了点儿，但是我们兵役局上回选送新兵的时候，也送过两个比雷锋个头儿更小的。这我不骗你，人家南京军区也要了的。

戴参谋吃完饭，抹抹嘴，小声说，余政委啊，身高、体重差一点儿是一回事，这问题还不是最要紧的，重要的是他们单位有一个意见，明确说不要让个头儿小的雷锋入伍。余政委有点莫名其妙，说有这回事？戴参谋于是告诉他，是他们焦化厂的人事股长特意来转达单位意见的，而且说也是书记的意见。

余政委沉默了一会儿，说这事比较蹊跷，会不会是人事股长个人的倾向，而并不是焦化厂党组织的意见呢？戴参谋说作为部队而言，一般总是尊重地方党组织意见的。

余政委想，方便的时候该跟焦化厂的厉书记直接通个电话，这事倒是要抓紧证实一下，挺关键呢。

当晚事情就得到了证实，厉书记亲自接的电话。

厉书记在电话里直截了当告诉余政委，说我们对雷锋同志坚决要求当兵的愿望是理解的。这位同志政治素质高，工作表现也突出。标兵嘛，楷模嘛，红旗手嘛，这都不是问题。问题是他的身体条件是我们厂所有适龄青年中最弱的，体检硬杠子到不了嘛，初检、复检都刷下来了嘛。由于这个原因，我们确实希望部队方面能把好关，做好雷锋同志的思想工作。我们真的不希望把体检不合格的同志送往部队，我们地方组织不能做这样的事情，这样做是与中央军委颁布的冬季征兵命令精神不符合的！

话说到这种义正词严的地步，余政委也实在不好再说什么，便只介绍了一下雷锋这几天在征兵体检站的情况。但厉书记似乎不为所动，只是说他们拟了个重点培养雷锋的计划，以后要更加关注这个同志的成长。

余政委第二天又驱车来了小屯体检站，他亲手拿开雷锋手中的拖把，将大衣给他披上，带他出了体检站，说我们走走吧。

田野上的积雪在阳光下显得很亮。余政委踏着嘎叽嘎叽的积雪，说小雷啊，这几天，应该说，我们所有的同志都为你的精神感动呢。雷锋担心地看一眼余政委，对下一步的谈话忽然有了一种不祥的预感。余政委又说，小雷啊，你真的到了部队，不管哪位首长，见了你积极上进的劲头，都会很喜欢的。我看，暂时到我们兵役局来工作一段时间怎么样？虽然不穿军装，但是，也是为征兵工作服务啊，还能与各个接兵部队来的同志打交道。我呢，是想给你努力到最后一分钟的。你是知道的，你的初检、复检都没能通过，你再在体检站待下去意义也不大。到我们兵役局来，我们一起再努力一下，看看有哪支招兵部队说，呵呵，你这个小伙子不错，我们就要你了。这种可能性存不存在呢？还是存在的。当然，我只是讲可能性。小雷啊，我很难跟你讲出一句话，但是我还是要给你讲——作为一个革命青年，面对祖国的挑选，一定要做好两手准备。

雷锋突然转个身，一把抱住余政委，像抱住父亲似的抽泣起来。余政委心里感动，连说好孩子莫哭莫哭，政委知道你心里难受。

于是雷锋跟着余政委就到了辽阳兵役局，他一下子就熟悉了局里的情况，给各个办公室递水瓶、打扫卫生成了他的分内事。而且，雷锋也觉得在兵役局生活跟各地的联系特方便，他一下子就跟向秋生联络上了。在各个县区奔来奔去的向秋生那一刻正好在鞍山市兵役局送文件，他在电话里听明白了雷锋目前进退维谷的处境，也从雷锋带哭的嗓音里听明白了他的要作最后努力的渴望。向秋生于是一遍又一遍地安慰说，庚伢子你真的不要太着急，你急出眼泪也没用啊！哎呀，你这个庚伢子，今年真的不行就等明年嘛！

雷锋捧着电话说，秋生哥，明年还不晓得我们辽阳会不会征兵，我就是想今年当兵啊。部队首长十一年前就答应过我，我都等了十一年了啊！向秋生说别急别急，现在征兵工作毕竟还没有结束嘛！你的心情我理解，你不用多说庚伢子，我不理解你还有谁理解你？

事情的突然转机就是这时候出现的，就像厚厚的云层忽地裂开一道细细的缝一样。"庚伢子？"这时候走过向秋生背后的一个军人忽然愣了一下，停了步子，眼睛慢慢地圆了起来。这时候他又听见向秋生对着电话说了最后一句话："就在辽阳兵役局等着吧，庚伢子，我明天就会来辽阳，等我到了辽阳再说！"

这位军人于是赶紧问向秋生："你刚才跟谁通话？"

向秋生立正报告说，报告关干事，我是在跟一个老乡通电话，他在辽阳兵役局帮忙打杂呢，他想当兵都想疯了。

关干事记起来了，说小向啊，那天好像听你说过，你老家是湖南望城？向秋生说没错。关干事说，十一年前，就是我们部队南下的时候解放了你们县！你哪个乡呀？向秋生说，安庆乡简家塘村。

关干事突然两眼滚圆地说，你刚才打电话讲的"庚伢子"，就是那个上台控诉地主婆的孩子？

向秋生说，是啊，就是庚伢子啊！他家惨啊，爸爸叫日本鬼子给打死了，妈妈被逼得上吊了！

关干事大惊说，就是他呀！庚伢子，那一年追着我们部队死活要当兵，十岁都不到，还跟我说，要藏在我们连队的行军锅里，让我们挑着走！

向秋生也吃惊了，说关干事那时候就在部队啊？

关干事说，哎呀哎呀，我那时候就是连队的小通信员啊，我们的吴指导员就是现在的吴团长啊！

向秋生惊得几乎双脚起跳："吴团长？吴团长就是当年解放我们村子的吴指导员？"

关干事说，是啊，你一直不知道吧？你看，这越说就越近了！

向秋生击掌说，啊，庚伢子有希望了！关干事您帮帮庚伢子吧，他都体检了，现在被拦在外面，说是体重差两公斤，身高差六厘米。关干事，这两点该不是太大的拦路虎吧？

关干事想一想，说辽阳弓长岭矿那一片，不是戴参谋在办吗？向秋生说我可不止一遍跟他说过了嘛，戴参谋像是挺为难的。关干事问，庚伢子是小名，他现在叫什么名？向秋生说，雷锋，打雷的雷，先锋的锋。关干事马上说，这样吧，我明天跟你一起去辽阳。

这个晚上，向秋生比雷锋本人还激动，心里想真是无巧不成书啊，天下的事真奇妙啊，原来好几次远远见过的那个吴团长，就是十年前远远见过的那个吴指导员。庚伢子你爹娘在天有灵哪，该你当兵啊！

第二天午饭时分不到，关士祥的吉普车就拐进辽阳市兵役局的大院。向秋生蹦出车子就直冲办公楼大喊，庚伢子，庚伢子！

雷锋闻声飞出办公楼，见是秋生哥，赶紧放下手中的六个热水瓶。

庚伢子，你看谁来了？！向秋生大叫。

于是雷锋抬眼，盯着钻出吉普车的关士祥看。

关士祥见了雷锋就笑，说没有变，没有变，还是庚伢子模样，还是这顶军帽！又说，雷锋同志，我是通信员小关，关伢子！雷锋同志，你不认识了？

雷锋瞪着关士祥，愣如泥塑木雕。

关士祥走上两步，双手叉腰，仍是笑。说你呀，你这个庚伢子，你亲口跟我说，你可以钻到铁锅里，让炊事班挑着你走！

雷锋张开双臂，惊喜地扑上去，说关大哥啊！

关士祥与雷锋热烈拥抱，两人都泪水盈盈，这叫向秋生在旁也看得鼻子发酸。

雷锋说，关大哥，我还戴着吴指导员送我的这顶军帽！关士祥说，我第一眼就看见了！我告诉你啊，吴指导员现在是我们部队的团首长啊！雷锋着急地说，他答应让我参军的啊！他说只要我到了年龄，他就来接我当兵啊！关大哥，我要找他，我要马上找他！他亲口答应过我的！关干事说，不用找团长，团长正忙着抓军事训练哪，找我就行！

雷锋说，我体重差两公斤，身高差六厘米啊！

关干事点着雷锋的鼻子说，到部队之后可得给我好好吃饭长个头儿！关干事这样的胸有成竹的样子，真是叫雷锋欢喜得不得了。几分钟后，兵役局的余政委也欢喜得不得了，他就需要接兵部队的这一明确态度啊。在他兵役局这方面，事情当然可以办妥，毫无问题。

关士祥当即决定带上雷锋，立即赶往小屯体检站——找戴参谋沟通是当务之急。

戴参谋没有想到关士祥会出现在小屯。他跑出体检大厅，向下车的关干事敬个礼："关干事，怎么跑我地段来了？嘴馋了，想找我喝两盅？"

关干事可是一脸严肃，说还好意思问我怎么来了，没事我登你三宝殿干吗？谁让你不执行吴团长指示？

"我？"戴参谋吓了一跳，"啥？我不执行吴团长指示？"

关干事拉过下车的雷锋，点着雷锋头上的旧军帽说，你知道他这顶军帽是谁送的？戴参谋显然不知道。于是关士祥重重地说，吴团长！

戴参谋一怔，说哪个吴团长，我们团的吴团长？关士祥说，还会有哪个吴团长？老戴啊，十一年前团长就表态了，只要雷锋到了年龄，就一定把他接到部队！团长那时候是连指导员，我是连队通信员，我亲耳听他说的！雷锋，你还记得怎么行军礼吗？

雷锋叭地一个立正，口喊"敬礼"，行了一个标准的军礼。

关士祥说，看见没有，老戴，军礼，也是吴团长亲自教他的！

戴参谋吃惊地张大了嘴，合不拢。关士祥说，老戴啊老戴，我就是为了这事才赶来辽阳的！戴参谋直拍自己的脑瓜子："嘿，嘿，这是一个什么故事啊！"后来戴参谋就点着雷锋的鼻子说，你这小雷，你咋也不早说？

向秋生为雷锋抱屈说，戴参谋啊，我都还云里雾里的，他雷锋怎么搞得清楚啊？

伍军医和他的伙伴们隔着满是冰霜的玻璃窗望着窗外的一幕，心里非常舒畅。他们一时还不知道原委，但已经明白状况在往好的方面发展了。戴参谋这么明朗的笑容可是难得的，他这人一般不太会笑。

一种非常惊愕的表情，出现在弓长岭矿焦化厂党总支厉书记脸上。

这个电话对厉书记来说太突然了，他没有想到戴参谋会来这么一个一百八十度的大转弯。但是他马上就控制住了自己的情绪。

"是的，是的。"他说，"我听明白了——雷锋同志通过再一次的体格检查，各方面条件基本合格。是的，我知道了！我们当然很高兴，只要他条件基本合格，我们就一定欢欢喜喜送他参军！支援国防建设，人人有责嘛！好，你们放心吧，我们马上提供本人档案！档案应该是在的吧，我马上通知人事股。"

厉书记刚搁下电话，忽然就听见推门进来的陈股长说，档案不在！厉书记一惊，接着又听见陈股长说，或者说是档案找不到了。厉书记顿时明白了，说依你的意思是，就这么答复他们？

陈股长说，根据征兵规定，如果没有个人档案，那就不能填政审表。只要没有单位的政审表，那就一律不得入伍！这是最硬的硬杠子，谁都违反不得。

厉书记沉吟着，背起手，在办公室兜了一个圈子。你小陈是变得越来越聪明了。他说，不过，这帖药也实在是太猛了。陈股长说，书记嫌药猛，那也容易，就把他送走。支援国防建设人人有责嘛。

不行！厉书记说，我还是要把他留下来，我舍不得他走！

陈股长说，那就只能用这一招了。厉书记说好吧好吧，那我现在就来问你这个人事股长——小陈啊，雷锋同志的档案袋你给我找来，我要看一看。

报告厉书记，陈股长毕恭毕敬说，档案找不到。

厉书记问，什么原因？

陈股长答，档案柜子里没有发现档案袋。

厉书记问怎么会这样的？这不合乎常理啊！

陈股长语气诚恳地说，事情是这样的，从化工总厂调来的工人中，雷锋同志的档案袋没有转过来。

厉书记不满意了，说那你当时没有签收过？你人事股长咋当的？

真的没有签收过，陈股长说，几十个人，一大包材料，那时候没有逐个签收。

那么，厉书记又问，化工总厂人事科对此会怎么解释？

陈股长说，他们吗？他们会说：咋回事？我们难道没有送出去雷锋的档案？但是我们的柜子里确实又找不到这份档案！那么，答案只有一个，湖南望城县根本就没有转出雷锋的档案！档案还在湖南！

厉书记奇了，问，湖南送到鞍钢的档案袋，也不是一份一份签收的？

陈股长说，据我所知，也不是逐份签收的，也是一大包！这方面的管理，历来不是很仔细，所以，一说没有了，就都傻了，傻到要到什么环节上去查都不知道。

厉书记背起手，又走了一个圈子。

"就这样吧。"厉书记说，"你告诉辽阳市兵役局，雷锋同志的档案，我们弓长岭矿焦化厂的人事股没有！什么原因呢？那就是根本就没有收到过！"

厉书记心里想，怎么办呢？事情也只能这样了。

他走近陈股长，罕见地拍拍他的肩，算是表达一种感谢。陈股长站得笔直，心里激动，能得到领导如此的赞许那是不容易的，尤其是人事工作这种活儿，历来受气多于表扬。

那天雷锋连蹦带跳地奔进辽阳兵役局余政委的办公室时，余政委脸上的表情很复杂。雷锋起先还来不及注意这一情况，他只顾自己立正，行军礼，并且像只喜鹊般喳喳喳地说，我通过体检了，表格也填了，我要谢谢余政委啊！余政委您放心，我一定当个好兵！

余政委脸上却没有笑容。雷锋说，余政委，怎么了？

"怎么说呢，问题复杂了。"余政委说，"小雷，你坐下，今天找你来，我是想查证一个问题。问题的起因是，你的个人档案找不到了。"

雷锋非常惊愕，说啥呀，我没有档案？

余政委说，这个问题非常棘手啊！入伍青年，个人档案是必不可少的。有档案，单位才可能出政审表，没有档案，这政审表就没法子出，而没有政审表，部队是不可能招收入伍的。

雷锋说，政委，我的档案应该在弓长岭矿焦化厂，这没有问题。

我就想问你，你确实知道你的档案在弓长岭吗？

"这，"雷锋说，"我不可能接触自己的档案呀！"

政委说，弓长岭方面找了好几天了，都没有找到。现在大家都在分析，档案也可能在其他单位，没转过去。

雷锋急得几乎要哭。他说，那我怎么办？那我就不能当兵了？余政委，你们要帮我找啊！

余政委告诉雷锋说，全在帮啊，谁不帮啊，接兵部队的同志这几天到处在找你的档案，都忙疯了！

关士祥知道丢档案的事非同小可，他亲自赶去了鞍钢化工总厂人事科，而人事科长在来访的关干事面前，则显出一副非常无奈的样子。这位梳着分头的人事科长说，我们接到你们征兵办公室的电话之后就马上查，都查两天了，还是没有。我们在感觉上，雷锋同志调离我们化工总厂去弓长岭的时候,档案是应该跟着去弓长岭的。

关士祥马上问有没有签收人。对方说,问题就在这儿啊,档案袋不是一份一份签收的,是打个包一起带走的五十多份。这可真是个教训!

关士祥急得不行,马上换个角度问,那么,在你科长同志的印象中,有没有见过雷锋同志的档案?

"记不得了。"人事科长说,"我只从一张登记表上的简历中看到雷锋当过拖拉机手,所以洗煤车间的白主任到我这儿来要推土机手,我就推荐他了!至于档案袋,我……实在没印象了!也许去湖南招工的同志根本就没把他的档案从南方带上来。"

雷锋档案袋找不见的消息像个爆炸性新闻传了开来。向秋生在关干事面前急得像只热锅蚂蚁,而在弓长岭矿,则更是人人传说。陈股长不管跑哪儿都被人问:"陈股长怎么回事呀,雷锋的档案袋长翅膀啦?"陈股长答得喉咙都起泡了,泡胖大海吃了,但还是没用,还得继续回答。连矿上的人事科都问了,说小陈你再找找嘛,真是化工总厂那边没转来吗?矿党委几个书记、副书记都在议论这件事呢!

弓长岭的工人兄弟开始骂人,都说有些干部不是个东西,拿着工资不办实事,好好的档案怎么说没就没了。要是粮油证没了人家还不饿死?关大山说怎么不是我的档案袋找不见呢?而易华也着急得不行,她没有一点儿"这下子可好了"的宽心情绪,而是真正为雷锋揪上了心。她每天都在想着雷锋焦急万分的情状,她打长途电话给雷锋没找到人,于是放下电话就往厉书记的办公室冲,她非要闹个明白不可。她掀开厚厚的办公室棉门帘之后,看见厉书记正默然坐在火炉子旁边。

易华快嘴快舌说,怎么回事啊,雷锋的档案怎么会不见的?

厉书记不急不慢说,小易啊,掸掸雪,坐,烤烤火!厉书记似乎料到了易华会闯进门似的。

易华瞪着眼睛问,厉书记,我的档案在不在?厉书记说在啊。

易华分析说,从湖南望城县到鞍钢,她的档案是跟着的,从鞍钢化工总厂到弓长岭矿焦化厂,她的档案也是跟着的,为什么偏偏就雷锋的档案会不见呢？

我们也找了好几天了，也焦急啊。厉书记叹口气这样说。他忽然又双眼一眯说，小易啊，雷锋这一次如果真的走不成了，继续留在弓长岭，对你来说，不也是高兴的事吗？

厉书记知道易华的心思——自打这位姑娘一个人报名来弓长岭的第一天起，他就知道这位姑娘的心思了。谁让他当书记呢，书记这活儿就是探人心的。

易华说我高兴不起来。她说得斩钉截铁，这样的口气叫厉书记很是奇怪。

易华说，厉书记，说心里话，我不愿意我的这位小哥哥离开弓长岭。这你应该是明白的，我一直是认他做哥哥的，他也是认我这个妹妹的，我们小老乡，关系非常好。

厉书记点头，说我明白，明白。不仅我明白，焦化厂上上下下都明白。厉书记心里想，十有八九比哥哥妹妹还深一层呢，这我也明白。

易华说，但是我想得更多的是，雷锋他本人的心情。他是孤儿，受了旧社会太多的折磨，他一心想参加解放军，因为解放军解救了他。他当兵的念头埋在心里十一年了，他这一次如果因为体重的问题，因为档案袋找不到的问题，最终不能入伍，这对他的打击是非常大的。作为他的妹妹，我能体会他的那种心情。所以前天我一听见这个消息就哭了，我很为他难受，很为他急。

厉书记听了这话，脸色黯然，好一会儿才缓缓说，这事发生了，不该啊！但是发生了也就发生了，咋办呢？束手无策啊，我也急啊。我打算去辽阳看望一下雷锋，安慰安慰他。

易华说厉书记你一定要好好安慰他，你要告诉他档案肯定会找到的，不会独缺了他一份的。易华说这话的时候泪水已经从眼眶里冒出来了。

厉书记想，也真邪了门了，姑娘还巴望小伙子走呢。这可费琢磨呢。

在辽阳南林子的新兵集结点上，换上了新军装的小伙子每天蹦蹦跳跳兴高采烈，把一只简易篮球架投得砰砰响。乔大山个子高，篮板球总是他跳起来抢到，投球却总是不中。然而愁眉不展的只有雷锋，他也是唯一没有领到新军装的人。向秋生告诉他望城县团山湖农场的孟场长也接到接兵部队的询问电话了，经查问，他那里也找不到。"雷正兴档案袋"是见过的，招工的东北同志翻阅过两次，应该是送出了。问题在于，也没有逐份签办手续，环节上有误，责任分不清了。听着这消息，雷锋的愁眉更加锁紧了。

厉书记专程赶来辽阳南林子，随身带了一条从弓长岭大山里打到的狍子腿，让雷锋以及辽阳新兵们打了一次牙祭。但是厉书记的慷慨、关切和安慰还是没能减轻雷锋心中的愁闷。

在冬日的阳光下，厉书记蹲在操场东头的树下，一次又一次安慰他心爱的生产标兵。而在操场的另一头，那棵披挂着白雪的枞树下，面色凝重的余政委与戴参谋、关干事也蹲在一起，一遍又一遍研究这个棘手的问题。余政委再三说，这个坎子实在绕不过啊，缺少个人原始档案，焦化厂就不能出具政审表，这是他们厉书记再三说的。这也对，这是原则。但是，没有政审表，那就撞墙，不能送部队，这也是铁的规定。

戴参谋同意这个看法，说征兵有两条硬杠子，一是年龄问题，差一天都不行。二是政审表，盖章不完全的，坚决不能征。

关士祥一直沉默不语，后来忽然提议，让望城县补一份原始档案怎么样？

戴参谋说，这怎么来得及？过两天就集中出发去部队了！再说，人家肯吗？补档案也不是小事，要多少地方领导批准啊，也不能为一个新兵大家都这么耗着啊！

雷锋本人其实也一直在动补档案的念头。望城张书记是最了解他的，只要情况说透了，张书记一定会批准的。于是他就对正在安慰他的厉书记说，让我回一趟望城行不行？我请望城的张书记给我补一份档案，他会很快的。

你本人怎么能办这样的事呢？厉书记摇头说，雷锋啊，我还是这句话，当兵虽然好，拿起钢枪保卫祖国很光荣，可是不当兵，在后方炼焦炼铁，也是一样的建设社会主义呀！你是我们的标兵、红旗手，你在弓长岭也可以干得很欢啊，也可以大踏步地前进啊！

雷锋说，对不起，厉书记，你等一下。说完他就霍地站起来，往远处另一棵大树下蹲着的几个人直奔过去。

"余政委！戴参谋！关干事！"他奔到这些戴领章帽徽章的军人面前大声说，"我能不能自己去一趟望城县？望城都知道我的家世，他们能为我重建一份档案！"

余政委说，小雷啊，这建议你提了就提了，让我们研究吧，好不好？这会儿，我们在研究这问题呢！

雷锋含泪说了一句"对不起"，就转身走了。

关士祥盯着雷锋的背影，心里老大不忍，说真是该死，活人还能让一泡尿憋死？雷锋苦大仇深，谁不知道？解放他家乡那会儿，我亲眼看到他上台控诉恶霸地主，他当场都哭晕过去了。他政治上不行，谁行？

戴参谋说，老关啊，你的证言我当然相信，可是你的证言代替不了地方政府的一系列章子啊！

关士祥激动地站起来，走了几步。

他说，老戴，活人真的能让尿憋死？你信这个？戴参谋说，我也没这么说嘛。关士祥说，你看我要不要跟吴团长直接汇报？戴参谋说，汇报什么？关士祥说，那天斗恶霸地主的时候，吴团长也是坐在台上的呀，他对雷锋家庭的悲惨情况是一清二楚的啊。我想请他说句话！

戴参谋想一想，说，也好。

余政委也认为好，他说这是一条路子，试试吧，或许柳暗花明又一村呢。

驻扎在辽宁营口的工程兵十团机关，电话铃响个不停。吴团长刚答应一处工地的临时支援请求，搁下电话，铃声又急剧地响了起来。

这个电话却是谈"庚伢子"问题的,这三个字让吴团长眉毛突地一跳。

"庚伢子?十一年前?我送给他一顶军帽?对,对,记起来了!哈,这孩子,我还教他行军礼呢!这孩子在哪儿?什么,招新兵通过了?那好啊!我要这个兵,我当然要这个兵!我十一年之前就给他承诺了嘛,他一直是当兵心切嘛!什么?有问题?政审表没有?"

吴团长的脸色一下子就沉了下来,笑容消失了。

关士祥在电话里说,团长,兵役局方面确实也很为难,提供不了盖章齐全的政审表,他们很难向我们输送新兵!现在小雷很苦恼,就他一个还没领到新军装。他就在新兵集结点,每天跟着队伍。当然啦,每天都掉眼泪!他在望城县就是抗洪模范、优秀共青团员,在鞍钢是推土机手,月月都是标兵,在弓长岭焦化厂被评上了红旗手,是青年的榜样!

吴团长截断对方,问,这些情况都是清楚的?

关士祥说清楚的,我们调查过。

吴团长沉吟了一下,态度坚决起来:"这样吧!这个好孩子我们要了!你们口头征询兵役局同志意见和本单位意见,如果他们都同意的话,我们部队就先接收,由我们部队出面进行政审。万一出现什么情况,由我们跟兵役局会商处理!"

部队政审?有这个办法?这方案可真是柳暗花明又一村,也只有团长才有魄力提出这样的特殊方案。关士祥说,太好了!他说这话的时候手都在哆嗦。

吴团长问庚伢子在你那里吗?又说,如果兵役局对我们部队的这个决定不提异议的话,你就叫一下庚伢子,我跟他通个话!

兵役局当然没有异议,余政委一听这方案,长嘘一口气。关士祥紧接着又找到厉书记,问,如果不涉及出具政审表这个具体问题,你们本单位对雷锋同志的入伍还有其他意见吗?

厉书记马上说,没有,我们厂党总支对小雷应征入伍一向是支持的,保家卫国是好事啊!

于是雷锋在关士祥的引领下，直接奔到值班室，与吴团长通上了电话。他一开口就哭出声来，说吴指导员，吴团长，我是雷锋，就是庚伢子。你还记得我庚伢子吗？

吴团长在电话里说，雷锋同志，我祝贺你光荣地成为中国人民解放军的一员！

雷锋呜咽着说，吴团长，我的档案不见了，现在还在找。

吴团长又说了一遍，雷锋同志，我要祝贺你，你已经是中国人民解放军的一名光荣的战士了！

雷锋手持电话听筒，愣了，好半天才突然明白过来，说，我被批准了？谢谢吴指导员！谢谢吴团长！我……真的当上兵了！我参加解放军了！吴团长，我太高兴了！

搁下电话以后，雷锋转身，一下子就愣住了，只见戴参谋和向秋生走进值班室，而向秋生的双手捧着一叠崭新的棉军衣裤和一顶棉军帽。

这一天，在黄昏的旷野上，雷锋挥舞着双手奔跑了好大一圈儿。他觉得身上有一股力量要找个突破口迸发出来，他没有别的办法，他只有奔跑。他跑过一连串积雪的灌木丛，又跑上一个土坡。他身上穿着没有缀上领章和帽徽的崭新的棉军装。

他边跑边尖声喊，彭大叔，我当上解放军啦！……张书记，我当上解放军啦！……健姐，我当上解放军啦！……王姐，我当上解放军啦！……小易，我当上解放军啦！……爸爸妈妈、哥哥弟弟，我当上中国人民解放军啦！！

然后他哭出声来。他蹲下来，呜呜呜哭，说，妈妈，你活着多好啊，你摸摸我的军装啊！妈妈啊，呜呜呜……

一刻钟以后，他揩净了泪，又奔上了一个高坡。他脸上红光闪闪，这是冬日太阳的余晖，也是他身上血液燃烧的反光。

庚伢子当兵的消息使得望城简家塘村民奔走相告。彭乡长专门来慰问了一趟军属，给六叔公带了一袋米和一坛油。六叔公眉开眼笑说，这伢子从小跟着我唱《木兰从军》，想的就是当兵啊！

望城县机关也迅速传遍了雷正兴入伍的喜讯。张书记对毕主任说，我很感慨啊，小雷这一次当兵，部队方面作了很大的努力，原因是他的档案一时找不到了，最后，部队下了决心，作出了先入伍再政审的决定。这可是部队有眼光啊！

而在团山湖农场，是王佩琴告诉孟场长的消息："孟场长，雷弟去的部队是沈阳军区的工程兵第十团！"

孟场长放下饭碗说，哎哟，档案丢失这件事总算过去了，我的心也放下了。不然，就好像是我梗着似的。

王佩琴又说，孟伯伯你说巧不巧啊，雷锋他们团的那个团长，当年就在解放我们望城的那支部队里，后来才调工程兵去的！送给雷弟的那顶军帽，就是那个团长戴的！

对这件事，孟场长也啧啧称奇，连说缘分啊缘分。

而在弓长岭铁矿焦化厂，厉书记却没有孟场长这样的好心情。

厉书记坐在办公桌前，盯着天花板，看了足足二十分钟，才叫来人事股长说，小陈啊，雷锋已经在部队的新兵集训营开始训练了，还给我来了一封信，说是感谢我的培养。

陈股长不作声。

厉书记叹口气说，这叫我心里不好受啊。于是陈股长附和着说，我心里也有点儿难受。厉书记说，这样吧，一个月之内，你专门走一趟营口，把雷锋的档案送到部队去，对他们说档案找到了，这件事是我们焦化厂的失职，当然主要是我书记的失职。关于这个问题，我们要向部队道歉。我们不能让雷锋同志受到任何影响。

厉书记说到这里眼眶红了。陈股长马上说，这样做很好，很好。

拾肆

辽河的寒风,有没有吹动空中的手榴弹

雷锋随辽阳地区的一百多名新兵进了新兵营，一种他热切向往而又不熟悉的生活从此开始了。

每天早晨，他都随新兵连在辽河边跑步，口里喷着白气，大声喊"一二三四"，整齐的脚步声嚓嚓嚓地震动着冰冻的辽河。

他每次从辽河边拐进营口西大街，跑回营区的时候，都要对西大街两侧那些形状各异的欧式建筑怒瞪几眼，不是这些建筑不漂亮，而是这些建筑的主人，那些英国人、法国人、德国人、俄国人、日本人，从十九世纪四十年代开始就在这里作威作福。他们凭什么呢？这块租界地是个触目的耻辱！西方列强竟然把营口作为一个跳板，把他们掠夺的双手肆无忌惮地伸进辽东半岛和华北平原。营口是鸦片战争之后在西方枪炮威逼下清朝政府允诺开放的口岸之一，那时候口岸名称叫"牛庄"，而实际区域就是这营口。

雷锋听新兵连指导员在介绍营口历史的时候，以及他每一天出操跑过西大街的时候，心里都涌动着一种仇恨，他会想起晃动在父亲胸口上的那只东洋军靴。

于是，他喊口号的时候比任何人都响亮："敌人——必败！我们——

必胜！保卫——祖国！保卫——和平！"

可是，雷锋迎面就碰上了一只拦路虎。

雷锋在日记里写，一定要尽快学好军事本领，打敌人首先自己拳头要硬。好不容易当上了兵，好不容易有杀敌报家仇雪国耻的机会，不练好一身过硬的本领怎么行？自己不是一而再再而三地到处讲，自己个头儿矮体重不够根本不是问题吗？自己到部队之后一定可以步步不落地炼成一个钢铁战士吗？

在写这几篇日记的时候，雷锋很用力，手指关节都嘎嘎响。

各项训练，雷锋果然下了苦功，他想在所有的新兵中力争上游。然而一只特别厉害的拦路虎突地就出现在他面前，张牙舞爪，半步都不肯放过他。他想打，但没有武松的本事，甚至连偷偷绕过去的本领也没有。他落在了所有的战友后头，他甚至为此害怕起来。

出操跑步没有问题，翻身上单杠、双杠都没有问题，前滚翻后滚翻更没有问题，问题就出在手榴弹上。手榴弹是一只笼子外面的东北虎啊。

教练手榴弹的三十五米及格线，就是虎，就是雷锋的梦魇，他怎么拼命都不能前进半步。

每次投，都在二十米以内，有时候甚至是十二三米。

拦路虎咬伤了雷锋，咬得很狠啊。

是手臂短呢，还是力气小，还是姿势不对？雷锋苦恼至极。

前思后想，他觉得力气小不是原因。他力气不小，他还很有爆发力，许多人手劲扳不过他。手臂短可能有一点儿原因，但也不是主要的，手臂长短跟他差不多的两个新兵也都及格了。根本的问题还是姿势不对，但是他纠正不过来，急得脸上身上冒汗也纠正不过来。雷锋经常一个人起早去辽河边的投弹场悄悄训练，乔大山看不过去，主动帮他练。

雷锋手臂练肿了，说，大山你说怎么办哩？还差整整十五米哩！乔大山说你说怎么办？雷锋说还是得练，一米一米长呗，我一定要长到三十五米。不然打起仗来怎么扔手榴弹，扔出去把自己人炸了这还了得？

乔大山看他可怜,说别练了吧,歇歇吧。雷锋说我可怜啥,旧社会才可怜呢。乔大山说对对对,你是新兵欢迎大会上表过决心的,你不练上去别人盯着你哩。其实当先进真没意思,脊背都被别人点得蜂窝似的,后进有后进的好处。

雷锋确实是代表新兵在欢迎会上讲话的。那一天,新兵们出了营口火车站就一直步行到十团的团部,团机关大院搭了一个很大的台子,台前挂满了红色的横幅和红色的旗帜,团机关的同志都呼口号表示欢迎新兵,而雷锋就代表新兵讲话。从辽河口方向吹来的风那一天格外厉害,一下子吹走了他手中的发言稿,于是雷锋对着团首长和全体老兵新兵,脱稿讲了一大段斩钉截铁的话,代表新兵表示一定要好好训练,听从安排,早日学会保卫祖国的本领,为社会主义新中国献出自己全部的青春和热血!那一天掌声雷动,可惜吴团长那天到沈阳参加军区的一个学习会去了,不然他要是目睹"庚伢子再次上台",不知道要生出多少感慨来呢!

雷锋想,自己是向首长和同志们表过决心的,即使没有代表新兵在大会上讲话,也没有理由不严格地训练好包括投弹在内的每一个科目。所以他依旧每天一早趁大家还在洗漱时,便奔到投弹场上练它几下。

有一天关士祥专门来看他。关士祥奉调从团宣传股下到运输连担任连指导员,他内心希望雷锋三个月后出了新兵营能分配到他的运输连。分配不是他说了算的,他首先希望雷锋能顺利通过新兵营的集训。新兵营也是一道重要的门槛,在这道门槛上绊倒而被遣送回原单位的新兵每年都有呢。就是不送回地方名声也不好听,分配都成问题,更不要说分配到技术性比较高的连队了。而在听说雷锋投弹测验两次都没有过关,他心里便发急了。

关士祥在午后去运输连的路上,专门弯到新兵连的驻地看一看。新兵营在营口市是分散驻扎的,雷锋所在的新兵连住在一个军人俱乐部里,这是属于机械一连的军人俱乐部。吴士祥找遍营区没见着雷锋,便知道雷锋又趁午休时间溜到投弹训练场去了。

关士祥走近雷锋的时候，雷锋并没有看见他。

雷锋在乔大山的指点下，摆着投弹姿势，一动不动，如一尊雕塑。乔大山说，头再昂起一点儿！你多笨啊，再昂起一点嘛！于是雷锋右手握弹，手臂尽量往后拉，头微微昂起。

乔大山说，其实，雷老弟啊，那么小个子，给你一百五十斤都挑不起来，练啥呀，别练了。我看还不光是姿势问题，还是个体质问题。这体质的事，你以为一时半刻能练得好？雷锋说别吹冷风啊，辽河的风已经够冷了。你再帮我往后拉手臂啊！

乔大山帮他校正一下姿势，说你干吗非得吃兵饭啊，当兵这份苦，不是谁都能吃的，我来了一个月都嫌受不了，只想回铁岭老家看我那对象呢！谈对象只见过一次面，太少啊，谁知人家明白你一个月六块钱了会不会变心！——好，投！

雷锋往前冲几步，狠劲一投。

又是二十米不到。

雷锋一屁股蹲坐在地上，用手拍地。这时候他就看见了关士祥。

雷锋跳起来说，关指导员，我不是在丢手榴弹，是在丢人啊！我投二十米，可是及格线是三十五米，差整整十五米啊！

关士祥转头对乔大山说，你是叫乔大山吧？乔大山立正报告："新兵营一连乔大山！"

关士祥说，你也是弓长岭来的，多帮帮雷锋。乔大山说，我是在帮他啊，每天都不午休，来这里帮他练啊！

关指导员说，多吹热风，少刮凉风。

这是刮鼻子的话，乔大山听出来了，于是不好意思地摸摸后脑勺，说首长批评得对，我这人说话就这腔调，自己都恨自己。

雷锋说，关指导员，我现在太对不起首长，太对不起新兵营了。我下决心参军入伍保卫祖国，可是连投这手榴弹都差一大截子，真是丢人了。晚上我还怎么朗诵诗歌呀！

晚上是怎么回事？关指导员问乔大山。

乔大山说晚上是新兵营联欢会，雷锋写了一首诗，本来是想朗诵的，可是投弹成绩不好，两次测验得了不及格，他就不想朗诵了。是嘛，朗诵啥呀，丢丑嘛。

关指导员突然一声喝："雷锋同志！"

雷锋一惊，急忙立正。关指导员黑了脸，说，你这么患得患失怎么行？参军入伍，这么光荣的事情，两次投弹成绩不行就熊成这样了？像是人民解放军战士的模样吗？晚上联欢会照参加，诗歌照朗诵！平时投弹练习多做做，争取把成绩搞上去！雷锋，把人民战士英雄气概拿出来！

雷锋挺胸，大声应："是！"

关指导员又说，把当年钻进铁锅也要跟着部队一起走的倔劲儿拿出来！雷锋又应："是！"

关指导员最后说，每次投弹前，都看看你左手臂上三处刀疤！

雷锋这一次没有应"是"，嗓子一阵哽咽。

他觉得关指导员真是了解自己。

晚上，雷锋照旧朗诵了他新写的诗，照旧神采飞扬。新兵营的联欢会是借团部的军人俱乐部召开的，这是一个大剧场，容下新兵营全体人员没问题。雷锋朗诵的诗名是《练兵》：

    天上星斗亮晶晶，
    营部响起军号声。
    各连集合站好队，
    精神抖擞去练兵！
    月儿当头亮光光，
    战士握枪上靶场。
    哪怕冰霜寒刺骨，
    坚决要打靶中央！

朗诵完之后，全场响起热烈的掌声。

雷锋面对着全场掌声，突然觉得有几句话要说。于是他说，亲爱的首长和战友，我的射击测验成绩是优秀，队列成绩是优秀，但是手榴弹投弹测验没有及格，全营倒数第一。我很难过，真的很难过！但是我今天表态，我一定不拖新兵营的后腿。请同志们放心，我一定要在正式投弹考试的时候，把成绩提上去，我一定要合格！

由于雷锋说得诚恳，台下的掌声和喝彩声再次起来，很热烈。

坐在台下第一排的新兵营长忽然一拍手，他想起了关士祥今天下午的一个请求。于是新兵营长把新兵一连的连长叫到跟前，悄声说，关于雷锋的投弹要求，可以变通一下，只要他投过二十米，就算他及格。

新兵连长有些发怔，问为什么？新兵连长心里想，这也真有点稀奇。再说，执行起来，也很难，那么多眼睛看着呢。

营长解释说，团里的关干事，现在调运输连任指导员了，他今天特地到新兵营来跟我商量，说他希望把雷锋分配到他的运输连去，还说他要把这个想法向吴团长汇报，因为吴团长以前就认识雷锋，关心过他的当兵。这个小鬼，差一点儿当不成兵呢！

新兵连长问，这跟降低投弹标准有什么关系？

营长说，去运输连，开军车，当司机，投弹远一点儿近一点儿有什么关系？

连长为难了，说这不好吧，怎么跟其他新兵讲啊？

营长说，是难，但是，你看着办吧，反正关指导员有这个请求。我呢，也跟他表态了，说我可以考虑。

连长依旧不作声，显出为难的样子。他有点儿倔。

营长说，你想，这投弹成绩，不是雷锋上台表个决心就能解决的。他那么小个子，当兵都勉勉强强，手榴弹怎么能投三十五米？万一给个不及格的成绩，出不了新兵营，这不是给关指导员难堪吗？不是给吴团长难堪吗？

连长说，我看这小鬼能突上去，这小鬼有毅力。

营长说，别犹豫了，就这样安排吧！

连长听营长这么说，也就应诺下来，但心里琢磨，这雷锋，是有一股子犟劲的，这投弹成绩不一定就拿不下来。果然，当晚，他在吹过熄灯号之后作巡查时，发现雷锋所在的新兵排出现了一个黑影。他没有惊动这个蹑手蹑脚走出营房的黑影，跟在后面走到了月色清冷的辽河边。他认出这就是雷锋。

夜风很冷，他看见雷锋迎风摆开投弹姿势，然后狠命投了出去。

每次投弹前，雷锋都小声喊一句："炸你个谭四滚子！""揍你个日本鬼子！"

手榴弹一次又一次飞过夜空，砸在冻得冰硬的土地上。

连长低头看手腕上的表，掌握着时间。二十分钟后，连长觉得时间差不多了，于是掏出手电筒，故意很响地走几步路，并且射出强烈的手电光："谁在那儿？"

雷锋一惊，说是我，新兵一连雷锋。

连长说，练投弹精神可嘉，但是违反新兵营纪律了，快回营房睡觉！

雷锋说是，低着头快步走。连长一边带着雷锋往营房赶，一边问，谭四滚子是谁？

雷锋说，我们村的恶霸地主，可凶了。我妈妈就是谭家逼死的。

连长点头，心里明白了。在营房门口，他拍拍雷锋的肩，轻声说，雷锋，我告诉你，你也不必练得太苦，根据你的个头儿，新兵营的首长们商量过了，可以适当把你的投弹标准降低。

雷锋大感意外，问这是为什么？又说，如果敌人碉堡就在三十五米的地方，别人都能消灭，我不能消灭，我还算什么解放军战士？

这新兵这么嘴犟，连长倒是没有想到。他瞪眼说，教训我了？你是连长还是我是连长？

你是连长，我是战士。雷锋马上说。

"去睡吧！"连长说，"朝左侧睡，别压着右胳膊，你右胳膊肯定肿了！"

连长看雷锋走进宿舍后，找到了臂上套着红袖章的值星班长，对他关照："记住，这个星期，雷锋这个同志，如果在晚上熄灯之后，还偷偷往训练场上跑，你就是发现了也别来连部报告。"

值星班长不明白为什么，只答应："是！"

连长又吩咐，然后，不要超过半个小时，你就要负责把他抓回来，强制他睡觉！

值星班长说，明白！

连长吩咐，现在，去给我端一盆热水来！

几分钟后，新兵一连的连长就端着一脸盆热水，走到雷锋床边。雷锋睁开眼，急忙坐起。

别动，连长轻声说，并且亲手拧了热水毛巾，敷在雷锋的右手臂上。

雷锋感动了："连长！"

别作声！连长说。

几乎所有的新兵都从床上坐了起来，静静地看着连长为雷锋热敷红肿的右臂。连长说，看啥？大家睡吧！雷锋练习投弹，手臂肿了，所以要热敷一下。

乔大山跳下床说，连长，我来我来！连长说，回去！乔大山急忙爬上自己的铺位。连长又吩咐，还有，请大家注意，如果雷锋今天夜里因为太疲劳有鼾声，谁也不许摇醒他！

新兵们纷纷说，明白。

连长在雷锋的左手臂上看见了三条刀疤的痕迹，他知道这刀痕的来历，不由得又叹一声："雷锋啊，有你这只带刀疤的左臂，才有你这只红肿的右臂啊！"

后来当关士祥听说雷锋提出投弹距离不需要额外照顾时，先是一怔，后是一喜。新兵能有这股倔劲儿，说实在话，谁见谁喜欢。

当他在一个星期后，听说雷锋那颗手榴弹果然扔出了三十八米的好成绩，第三次测验顺利通过之后，便打定主意一定要让雷锋来运输连。但是他还不敢直接给吴团长打电话请求这件事，他只给军务股长打了招呼。军务股长在电话里表现出了惊奇，问他知道不知道吴团长有意要雷锋给他当小车驾驶员的事。

什么，小车驾驶员？

这消息可大出关士祥的意料之外。既然团长看中了当年的"庚伢子"，他怎么还能伸手呢？犹豫再三，他决定放弃。

可是过了个星期天，关士祥改变了主意，决定直接找团长要人——即使虎口拔牙也得把雷锋拔来。找个小车驾驶员好找，要培养一个思想技术双过硬的基层尖子，可是有难度的，而雷锋这个同志，的确有这方面的培养潜质。

促使关士祥改变主意的是一个电话。电话是技术营的书记员小张打来的，问你们连队有没有一个战士星期天主动到营口火车站去做好事，那个战士扫地啊，扶老携幼帮助上车啊，宣讲公共秩序啊，活跃得很，但硬是不肯说自己的姓名，听口音不像是本地人。团政治处说一定要查到这个人，因为火车站的干部职工以及老百姓都强烈请求解放军领导能表扬这个当兵的。

关士祥一转眼就想到了雷锋，他建议技术营书记员着重查访新兵营，并且提出雷锋这个名字作为线索。他说凭他感觉十有八九可能就是这个雷锋——有外地口音，那就是湖南口音嘛！

后来技术营书记员小张果然又来了电话，说是电话打到新兵营，一查就查出来了，星期天请假上街的人那么一排队，就排出了雷锋。雷锋后来承认了，他说星期天为当地百姓做一点儿好事是一个当兵的本分嘛。

这件事让关士祥思索了好些时候，他终于下决心打电话给吴团长了，他必须要这个兵。

他电话里对吴团长也谈得很明确。他说我的老指导员啊，您就别留雷锋当您的驾驶员了，这样的好苗子应当放在基层培养一段时间才好。培养一个思想、技术双过硬的基层尖子是部队建设的大事啊，以后再怎么安排就以后再说吧。

吴团长倒也通达，说他三天前就已经放弃要小雷开小车的想法了，因为有好几个连的指导员都点名要雷锋，尤其是技术一连的那个指导员，铆着劲儿跟军务股要雷锋，因为雷锋所在的新兵排就住着技术一连的俱乐部的房子，那个指导员天天瞅着雷锋入迷，觉得这新兵能文能武，在地方上还开过拖拉机和推土机，这么好的兵应该进技术一连。他甚至还打探了雷锋本人的意愿。当然雷锋是不会表态的，雷锋只说"我服从组织安排"。可是这位技术一连的指导员求才若渴，军务股都跑了两趟了，参谋长也找过了，副参谋长也找过了。

这一下轮到关士祥急了。关士祥说老指导员啊，我可是十一年前就认识这个新兵了，你不把他放到我们运输连可实在说不过去啊！

磨到第三个晚上，团长的电话终于主动打来了。团长说别啰唆了，就放你这儿吧，给我好好培养着！

运输连的驻地在营口郊区，离团部也不远。十二名新兵分配来的当天晚上，运输连的饭堂就挂满了彩色小旗，"运输连迎新晚会"热热闹闹开场了。

关指导员站到临时搭起的舞台上，大声说，同志们！今天是个高兴的日子，我们工程十团运输连，又增添了十二名新战友。待会儿，我们请连长同志宣布这十二位同志的分班名单。现在，先让我们以热烈的掌声，欢迎分配来我连的新战友！

坐在第一排的十二名新兵一齐起立，向后转，向全连官兵致军礼。

全场响起掌声，向秋生在鼓掌的时候还大喊一声"好"。雷锋能来运输连，向秋生一直喜得像一只活蹦乱跳的青蛙。

坐在雷锋边上的乔大山向雷锋咬耳朵："我俩最好一个班！"雷锋也乐意，但他只笑笑，他知道这不是自己可以提的要求。

关指导员又说，今天，团政治处新闻干事金星同志也特地赶到我们运输连采访，她说，愿意借这个机会，为大家唱一支歌，以表达对新战友的欢迎！于是，一位二十五六岁的浓眉大眼的女军官出现在台上，她说，同志们！我常来运输连，跟大家也是老朋友了！今天连队迎新，我为大家清唱一曲陕北民歌《拥军秧歌》吧！

既漂亮又随和的金干事大家都很熟悉，见她主动要献歌，全连上下哪有不乐意的！一时间全场欢声雷动。

金星忽然出个难题："这首歌是男女二重唱，谁能上来跟我一起唱？"

静默了一阵之后，有人喊，关指导员！

关指导员急忙推辞说，我五音不全。又有人喊连长，连长赶紧躲到门边去。

向秋生站起来说，新战士雷锋会唱！他从小唱过皮影戏，嗓门儿好着哪！

金星向前探头，往第一排瞧："哪位是雷锋？"金星的大眼睛睁不开，因为舞台灯太晃眼。

雷锋站起来，大大方方说，是不是"正月里来是新春"这首歌啊？金星说，是呀！上来，我们一起唱！

于是雷锋上台，跟金干事搭档，两人又唱又跳，表演着各种即兴动作。

> 正月里来（呀）是新春，
> 赶上（那）猪羊出（呀）了门，
> 猪呀羊呀送到哪里去？
> 送给（那）英勇的八（呀）路军，
> 哎勒梅翠花，哎勒海棠花，
> 送给那英勇的八（呀）路军。

唱完了，金星干事在掌声中敬礼，连说"唱得不好，唱得不好"，跳下了台。

雷锋却仍未下台，大声说，同志们，今天，十一位新战友还推举我代表运输连的新兵表演一个节目。我想朗诵一首诗，是我自己写的，请同志们指正。

掌声过后，雷锋朗诵，满脸激情：

小青年，实现了美丽的理想，
第一次，穿上了庄严的军装，
急着对着镜子，
心窝里，飞出了金凤凰！
党分配他驾驶汽车，
每日，就聚精会神坚守在车旁，
将机器擦得像闪光的明镜，
爱护它，像爱护自己的眼睛一样！

雷锋话音一落，向秋生率先站起来吼，写得好！
这一声吼就让掌声噼里啪啦炸了天。
金星扭头对后排的向秋生说，这个雷锋确实多才多艺啊！向秋生说，他是表演天才，自己都会编戏唱呢！从小就会！金星说，团里要成立一个战士业余演出队，要准备一台节目，到各连队演出，还要慰问人民群众……还没等金干事把话说完，向秋生马上说，雷锋，让雷锋去，管保不会错，错了你砍我脑壳。你不用费脑筋，绝对就是他了！

当夜向秋生便到处找雷锋。雷锋不好找，半天，才发现他在连队操场上敲敲打打，正在把晾衣的铁丝绷紧。

向秋生奔来，说干吗呢？叫我好找！雷锋说，晾衣的铁丝松了，有一根还掉下来了。我把它拉拉紧，不然大伙儿的衣服不好晒。

向秋生拍了雷锋一把，说你明白吗，我可是第三回推荐你了。雷锋不明白，说推荐啥呀？向秋生说，第一回，我推荐你去县委当通信员，第二回我推荐你当兵，这次是第三回，我推荐你去团部演出队当战士演员!

团部?战士演员?雷锋的表情很是茫然。

向秋生说,去团部可不得了啊,可以天天跟团首长在一块儿啊,还演出给他们看哪,很快就出名,比在连队强多啦!你仔细想,如果你的水平发挥出来了,又能唱、又能写,团首长看中了,把你留在团政治处,当个文化干事。啊呀,一下子就是排级干事啊,过不了多久那就是副连级干事啊,过一两年,放到连队来,就是指导员啊。连我都是要先向你敬礼喊你首长好啊!我们关指导员就是走的这条路,明白吗?先当团里的干事,然后再放下来,当指导员!一会儿指导员就该找你谈话了,你还不快谢我!

雷锋愣愣地说,那我就不在运输连了?

向秋生说傻什么傻啊,这就叫进步啊!你我的志向不都是当革命英雄吗?

雷锋说,当英雄是对。可是,秋生哥,我们首先是要当好一颗合格的革命的螺丝钉,我们要从一点一滴做起。

呀,呀,呀!向秋生拍腿,他真是恨铁不成钢。

向秋生说,明白了,你脑瓜里那根傻筋还没有拔掉。你呀庚伢子,你别拉这根铁丝啦,你先把自己脑瓜里那根傻筋拉拉掉吧!

雷锋耐心说,秋生哥,我要当个好汽车兵,我要踏踏实实地开好汽车,完成好运输任务。我还要争取早日入党,我在新兵连就写好了入党申请书。

"入党?算了吧,"秋生干脆地说,"一年内别有这个想头!"雷锋愣了,问为啥呀?秋生说,你呀你不明白,部队有一条不成文的规矩,新兵在第一年都不发展入党。雷锋问秋生哥入党了没有?秋生叫起来,我三年了都还没入呢。我做梦都想入,党还没有看上我,那我有什么办法?党的规矩可多呢。

雷锋想一想,问,为什么入党非得有时间限制呢?刘胡兰十五岁就是党员了。

秋生说反正部队都这样，头一年观察，第二年培养，第三年看你要退伍了，就给个党员，我们技术兵种往往要到第四年哩！这就是规矩，我都闹不明白，你也别提刘胡兰了。我说，你还是走团部那条路吧，那才是康庄大道。我告诉你，你去了之后，要争取演主角，主角不当，当报幕员也行！一定要在革命的舞台中心叱咤风云，明白吗？

刚说完，连部方向就传来脚步声："雷锋在吗？"

向秋生低声说，指导员找你来了，我走了！——记住，要去团部！

雷锋大声说，雷锋到！

关指导员在夜色里走过来，说，雷锋啊，有个临时任务，团里要成立战士业余演出队，选上你这个演员啦，明天就去团政治处宣传股报到。你可要好好完成这个光荣任务啊！

雷锋说，指导员，你看，我刚来运输连⋯⋯

关指导员大声问，有什么意见没有？

"没有！"雷锋挺起胸膛说，"服从革命需要，党叫干啥就干啥！"

关指导员说，那就好！顺利完成任务以后，就回来，抓紧学习汽车驾驶技术。我相信你在技术学习上能很快地赶上其他战友，你毕竟当过拖拉机手和推土机手嘛！

雷锋忽然想到什么，说，指导员，我有个要求。

指导员让他说，雷锋就壮着胆子说，我能向连党支部递交入党申请书吗？

"能啊，"关士祥说，"这就表明了你的政治态度啊！递交了入党申请书，就能更好地接受党支部的培养和帮助嘛！"

雷锋迟疑了一下，说，我还有一个问题。

关士祥说，说吧。

是不是新兵入伍的第一年，都不能发展入党？

"哦，"关士祥解释说，"并没有新兵第一年一定不能入党的规矩，只要符合党员条件就能入党。雷锋啊，你好好努力就行了！"

雷锋心里高兴，说没有这个规定那是太好了。我一定好好努力，争取早日入党！当然，如果我不符合党员标准，再过几年也不要紧，我不会灰心，我会努力争取！

第二天，在雷锋登车去团部报到前，关指导员把两本书借给了他，一本是《中国共产党章程》，另一本是刘少奇的《论共产党员的修养》。指导员嘱咐他空下来的时候抓紧时间读一读，这两本书挺有用。雷锋大声说我会抓紧时间读的，指导员您放心。我到团部文宣队也一定能演好节目的，指导员您也放心。

㊉

这种处理矛盾的方法，
应该成为一种典范

雷锋打竹板打得麻利，他手腕子灵活，板点打得准，问题出在他的口音。

瘦高个子的演出队长说，再来一遍我们听听。

于是雷锋又回到舞台中央打快板："打一声竹板听我讲，咱工程十团好人好事一箩筐……"演出队长仔细观察着雷锋的表演，时不时皱眉——这位同志的口音怎么那么重呢？

演出队长有点儿犯难，他的直觉告诉他，这位来自运输连的业余演员对表演并不在行，咬字不清晰，口音重，凭这两点就不会是一个好演员。一向识人很准的金星干事凭什么就推荐这个战士来团演出队报到呢？真也怪了。

演出队长这么寻思的时候，并不知道金星干事已经走进军人俱乐部了，而且金干事是陪同吴团长一起来的。团俱乐部就在团部后面，只隔着一条小巷子。吴团长听金星说雷锋已经到团演出队报到，立马就说我看看去，我十一年没见他了，这个会躺进大铁锅的庚伢子不知出落得怎么样了。

当年打长沙打望城的战斗硝烟，又一团一团地涌起在吴团长的胸膛中了。一晃十一年，这时间也过得太快了。

吴团长一走进会场，金星就点着舞台上打竹板的演员，悄声对团长说，就是他。

吴团长笑了，招手喊，雷锋啊！

演出队长回头，看见是团长，吓一跳，赶紧冲雷锋叫："听见没有？团长喊你呢！"

雷锋朝台下定睛一看，惊喜了，喊，吴指导员！吴团长！他飞快地跳下台，敬礼。

吴团长搂住他双肩，端详了一阵，说，没变多少，没变多少！雷锋啊，你当兵了，我总算兑现当年的承诺啦！

雷锋说，谢谢团长的关心！我一定在解放军的大熔炉里好好锻炼自己！

那么，我的那顶军帽可以还给我了吧？吴团长笑眯眯说。

雷锋一愣，说团长啊，可不可以不还啊？

吴团长哈哈大笑，说拿了人家的就不还了？那也好，那你就要好好地继承人民解放军的光荣传统啊！

团长的这一次现场接见，使雷锋兴奋不已，这是团首长的直接关怀啊。可是，这一来却让演出队长肩头的压力加大了，他感到在"辞退"和"留用"这两者之间作出抉择有了难度。

晚上，演出队长去团部宿舍区敲金星的房门。他知道晚上敲女同志房门不妥，但他还是觉得有必要找一找金干事。门一开，他就说，这么晚了，不好意思来敲门。

发生什么情况了？金星感到诧异。

演出队长说，还不是雷锋的事！坐下来之后，演出队长具体谈了自己的看法，他说雷锋自报了两个节目，仔细审了，都不行，他不能参加演出。因为他是你推荐的人，所以我想，必须事先来向你汇报一下。

金星有些诧异，说这怎么行？都练了半个月了，你再刷掉人家？这工作怎么做？你那天也看见了，我们吴团长都很熟悉他啊！演出队长说，所以我也感到了有压力。金星说，那你打算怎么办？

演出队长说，团长是政治上关心，我只对艺术负责，他不行就只能走人。

金星把头摇成拨浪鼓，说不行不行不行，那小雷肯定跳起来，这不是明明白白地挫伤人家积极性吗？太残酷了同志，这工作我做不成的。而且，一直到演出队长告辞，金星还是没有松口。

第二天，运输连向秋生正好来团部宣传股取资料，他从金干事口中得知演出队有可能不让雷锋登台演出的消息，心里一阵麻，于是他装好了大捆大捆的学习资料后，直接把车开到了军人俱乐部门口，闯了进去。

雷锋一见秋生哥就高兴，在听到秋生叙说的这一情况之后，他倒也并不吃惊。雷锋说，是吗？向秋生却恼了，说干吗是吗是吗的，你自己的大事呢？！你可不能傻啊，队长如果找你谈话你一定要争啊！这不是拿人开玩笑吗？团长对你那么好，他一个小小的队长怎么就敢撤你？他吃豹子胆了？庚伢子，你不要糊涂要挺直腰杆啊！

雷锋说，首长是考虑周全的，首长怎么说就怎么定。

向秋生跳起来，说，庚伢子，你要傻到什么时候啊？你再这么傻我先揍你一顿！

正在这时，有人来叫雷锋，说是队长找谈话，雷锋应了一声就闪身走了。向秋生本来打算马上返回连队，但想想又不放心，便跑到俱乐部门外上车等着。他要等最后的结果，庚伢子的事就是他的事。

演出队长找雷锋谈话是在化妆间，谈话的起头也比较困难。演出队长吞吞吐吐说，雷锋，你看，你来演出队半个月了，排练得很辛苦，有句话我想跟你说，可是真的很难说出口。雷锋笑笑说，您说吧，队长。

雷锋心里已经明白队长要说什么了，秋生哥介绍的情况看来是真的。其实，为了纠正发音，雷锋这几天把舌头都咬起了水泡。他也知道自己普通话有浓浓的湘音，但是这舌头缺乏组织纪律性，老是不听大脑指挥，这叫雷锋很苦恼。

演出队长说，考虑到你说话带南方口音，不少字咬不准，我想你就不要参加演出了。

雷锋说，我服从革命需要！

一见雷锋表态这么明朗，演出队长心中的一块石头顿时落地。这位跟团长熟悉的兵原来这么好说话，他实在没有料到。于是队长的话就流利起来，他说雷锋啊，其实你这一段在演出队的表现挺好的，不是你干的事你也抢着干，扫场地啊，打水啊，帮同志们拎包递道具啊，大家都挺喜欢你。你看，你虽然上不了台了，但是也不要离开演出队，你担任剧务行不行？

雷锋问剧务是什么？队长说，就是后勤这一块儿，搬道具，打开水，清洁卫生，演出的时候拉幕布。

我行啊！雷锋想，这些活儿再熟悉不过了，有何难呢？于是他一个立正，说，我一定完成任务！

演出队长很感慨，拍拍雷锋的肩说，雷锋同志啊，没想到你这么痛快！你真是好同志，我要向你好好学习！

雷锋说，我向大家学习！为大家服务！

雷锋表态完了就立马钻到后台，迅速干起了他的"剧务"：扫地，擦抹道具箱，往一只脸盆里放一些演员的脏衣服准备洗，一听演员小琳说口渴便马上倒一杯温开水送过去。

谢谢！小琳说。

不谢，这是剧务应该做的。雷锋说。

他话还没说完，忽然被一个人牵了耳朵。

雷锋扭头，见是向秋生。

向秋生气得脸都涨红了，大声说，也太不把我们运输连的兵当人了，这侍候人的工作还能干吗？回去，不能干了！

雷锋摁住对方的嘴说，哎呀，秋生哥，你小声点儿。

向秋生还是一迭声说不能干了，不能干了！

雷锋把向秋生拉出化妆室，顿脚说，秋生哥呀，你别嚷嚷，这样影响多不好呢！其实，演出队里面剧务工作是非常重要的。演员只有吃好睡好了，才能顺利演出，这不是辩证法的道理吗？向秋生耐住性子说，庚伢子，哥实在劝你一句，回去吧，这种侍候人的工作干得再好，也没用。你说有啥用呢？还是早一点儿回运输连，把车技学好，争取创造运输的安全公里数，那才有可能当标兵成英雄。可别淹没在这种婆婆妈妈的事里面了。听哥的话没错，走吧，哥有车！

　　雷锋说不成不成，要是没人干剧务，演出队还怎么演出？团里宣传任务怎么完成？秋生哥，我不能听你的。剧务就是螺丝钉，你知道螺丝钉么？

　　向秋生顿脚说，庚伢子呀，你这脑袋是榆木疙瘩啊？怎么这么不开窍啊？你真是气死我了！端茶、递水、扫垃圾能创造英雄事迹吗？

　　他说完就走了。雷锋一直追出军人俱乐部，但向秋生就是不理他。向秋生说可气死我了，气死我了。他立马钻进汽车，一溜烟走了。

　　虽然向秋生赌气而走，但雷锋的情绪却没有受影响，他知道这位哥哥是在为自己能取得更大的成绩操心。但是他始终与秋生哥有认识上的不同。他认为任何伟大都出自平凡，他看过许多英雄成长的书，比如董存瑞、黄继光、赵一曼，他们成为英雄看似偶然其实是有许许多多的平凡的业绩堆着的。就像一台巨型机器，必定是有许许多多数不清的齿轮、螺丝钉和导线结构着的，这道理是一样的。秋生哥虽然负气走了，但雷锋想，以后呢一定要抽个时间，把自己的心得与秋生哥好好沟通一下，秋生哥能明白的。

　　这以后的十几天排练中，雷锋一直早起晚睡奔忙于"剧务"角色。他烧水打水，保证大家一早起来就能喝上热茶并且深夜排演完毕还能用热水泡脚；他拉幕布的时间总是恰到好处，不早也不迟，像掐着秒表一样。这一切让演出队长特别满意。

　　在正式拉开大幕的"工程十团战士演出队首场汇报演出"中，雷锋更是把一颗心提到嗓子眼儿上，不让整台戏由于"后勤问题"而出现任何一点儿纰漏。军人俱乐部这一天座无虚席,团机关和直属连全体官兵都来观看,各营连的首长们也应邀来观摩了。台下第一排端坐着团政委、团长、副政委、副团长、参谋长、政治处主任、后勤处长。雷锋盯着演出队长的表情和手势,目不转睛,一看演出队长打出手势,立即操纵绳索,不疾不徐地就将大幕开开合合。

"水!"歌唱演员渴了,雷锋就立即递上茶杯。茶水是他事先备好的,上嘴不烫不冷。

一个临时问题的突然出现,让大家出了一身冷汗。事情是这样的:演须生的快要上场,却发了蒙:"哎呀我的胡须呢?"雷锋心里一惊,忙说,别着急,肯定在的!须生说在哪儿呀?我找半天了。队长着急,对须生龇牙咧嘴说,你存心出我洋相是不是?你快找啊,能光着下巴上场吗?

大家找,找不着,队长开始跳脚。而雷锋此时脑子一转,突然蹲下身子摸,一下子就在道具箱的后面摸着了。

演员大喜,说哎呀,是我刚才放上面的,谁知滑下去了!

急出一身冷汗的队长此时便安下心来,赶紧拍须生的后背:"预备,上场!"

雷锋敏捷地拉开大幕。

须生呀呀地唱着,以京剧台步走了出去,一个亮相,激起全场掌声。队长问雷锋,怎么想到会在道具箱后面的?雷锋笑着说我脑子里一闪嘛。

队长想,这不是"一闪"的问题,这个雷锋绝对是个会动脑子的人。

一直演到最后的大合唱,坐在第三排的运输连指导员关士祥还是没有看到雷锋的演出,心里纳闷儿,对坐在身边的连长说怎么不见小雷的节目?连长也纳闷儿。关士祥看见金星干事正坐在前面一排,于是便凑过去小声问,金干事,怎么就没有我们雷锋的节目?

金干事回头说,小雷当剧务了。别提了,为这事,我也生气呢!

关士祥愣半天,心里觉得奇怪。连长却忽然记起了什么,告诉关士祥说他曾听五班长向秋生发过一次牢骚，好像说雷锋在演出队不受重视，被人耍了。

但是汇报演出之后接下来的一个场面却叫来自运输连的两位连干部大为宽慰。在团首长上台与二十几位男女演员一一握手，祝贺演出成功时，演出队长却大声提出了一个请求："政委、团长，我们全队都有一个请求，你们能不能到后台，与后台工作人员握握手？"

团首长走到后台的时候，发现所有心存感激的演员都把这些天全心全意为大家服务的雷锋围在中心，好话一遍一遍地说，全靠你呀，小雷，没有你，我还真不知怎么演呢！雷锋你辛苦了啊，天天烧热水给我敷脚啊！

演出队长对团首长介绍说，雷锋同志担任的是剧务，为演出的顺利做出了很大贡献！政委对吴团长说："啊，就是这个兵吧，新兵大会上发言表态的？老吴，这个兵，你带对了！"

雷锋说，报告团首长，我只做了分内的事，做得很少，没有啥，称不上贡献啊。

政委对团长说，你听听，凭这句话，你就是带对这个兵了。

吴团长一句话也没说，只是呵呵笑，心里挺带劲。

金星干事插话说，政委、团长，刚才演出的快板，还有数来宝，都是雷锋同志编的。他挺会编呢，他在地方上就有小作家雅号，人才难得呢！一听这话，政委来劲了，往后喊一声："关士祥同志来了没有啊？"

关指导员从后头挤上来说，到！

政委瞅着他说，这小雷同志，是你们连的新兵，你舍得把他留在团部不回连队吗？

关指导员心里慌了，一时说不出口，"这个"了半天，闹得政委笑了，说你有本位主义啊？金星却不失时机地插了一句话："留团部好，就留我们宣传股吧！关干事走了，写个什么东西的我们人手正缺呢！"

关士祥悄悄拉拉吴团长的衣袖，把吴团长拉进化妆室。关士祥顺手关了门，一身冷汗，说，团长，小雷还是先在基层连队锻炼比较好，他最近还递交了入党申请书，他应该先在基层锻炼，我们连会好好培养他的。政委刚才这么说，我不好反驳他。团长，您是了解前后经过的，您跟政委打个招呼吧！

团长不发一言，用力拍了一下他的肩膀，走了。

雷锋回到了运输连。

关指导员心里明白，这是团长做了工作。团长心里真的是重视运输连啊。当然，同时，也为的是好好培养一下雷锋这棵好苗子。

运输连从营口驻地临时拉到了抚顺——抚顺一座钢厂要建，运输连奉命加入了这项工程。所以雷锋随演出队到抚顺演出完之后，便根据安排直接向已迁往抚顺临时营房的运输连报了到。

见雷锋回连，向秋生舒了口气，说你总算不忙婆婆妈妈的"后勤"了。赶快学本领吧，学好开车才是正道，在运输连不学好开车啥都别说！

雷锋当然也想开好车。他临时分到了教练班，那是九班。九班长按按他的肩胛，说没问题啊，壮实得很啊，来我这里，包教包会！

看起来九班长特豪爽，雷锋心里高兴，暗想自己因为参加演出队已经落下两个月了，学驾驶的功课得赶快补上去。班长也想好好教他，而且向秋生也跟班长打了招呼："老九，要特别照顾他一把啊，他是我小老乡！"

九班长说放心吧五班长，你看我会不会像兄弟一样待他！

可是意外还是发生了。不出两星期，雷锋竟然与九班长"掰"了，那可是雷锋事先一点儿也没有想到的。要说那一天，其实也没有啥，无非是一次班务会。班务会提倡说真话，有啥说啥，所以雷锋就发了一次言，哪里知道九班长的两道浓眉立马拧成了一个结。

雷锋的发言，提到的是前一天发生的事。前一天阳光明媚，山野里处处是春天的气息，九班长驾着教练车带着六个新兵在南边山坡地里来回开，坡上坡下都是野花的气息。那会儿教练车正好开到坡顶，九班长就说歇一会儿吧。下一个，轮到小雷，练下坡！

这时候就看见几辆手拉车吭哧吭哧爬坡顶来了，是几位男女农民，分别拉着大板车，挺吃力。雷锋赶紧跳过去就帮他们推车，六个战士也一齐挽手帮忙。

几辆手拉车在坡顶停下，车上都是红薯。男女老乡一边揩汗一边说，多亏了解放军，谢谢同志们啊！

有两个拉车的女同志还都是大姑娘，好像二十岁都不到，喘得胸脯一起一伏的。九班长就笑着说，哎呀，怎么男同志不出门偏是姑娘拉活儿啊！

两位大姑娘听了这话就吃吃笑，一副害羞的样子。

战士小沈走过去，顺手取了一个小红薯，裤腿上一擦泥，啃了一口，说口渴了，尝尝甜不甜。姑娘扇着草帽说，嘿，你这个同志，怎么不说一声就拿来吃啊？年长的一个老乡就说，让他们吃吧，反正也是社里的。

九班长笑着对姑娘说，喂喂大姑娘啊，人出落得那么水灵，咋对解放军就那么小气啊？说着，也取一个红薯，往裤腿上一擦，张口就咬。

姑娘噘起了嘴。

九班长边啃红薯边朝士兵们招手说，好了，上车！

雷锋赶紧从口袋中摸出一张两角钱的纸币，递给拉车的男人，说这是我们吃红薯的钱，您收下。拉车的男人跳起来说，哎哎，这怎么好意思哪，军民一家嘛！

雷锋赶紧跳上了车，把车开下坡去。

九班长却沉着脸，一声不吭，估计是看见雷锋付钱了心里不舒坦。下坡才到一半儿，九班长就喊停，说雷锋你下去，换李顺！

雷锋一时不明白，说班长，我才刚刚开呀。九班长大声说，换李顺！

"是！"雷锋说。他跳下车，向车厢里的战友喊："李顺同志，班长请你上驾驶室！"

　　这件事当天算完了，可第二天下午正逢班务会，九班长念完一篇《人民日报》社论，就联系到了昨天的实际，瓮声瓮气说，拿老百姓红薯吃，当然不对，可是红薯值几个钱呀，再说我们也帮他们推车了嘛！

　　李顺附和说，是嘛，红薯最不值钱了！

　　雷锋就是这时候插话的，他当时没有觉得这样插话不合适，而且他的话还说得特别委婉。他坐在小方凳上，抬起头，看着面对面坐着的班长，诚诚恳恳说："班长，我是这样想，不拿群众一针一线是我们人民军队的光荣传统！毛主席在《为人民服务》这篇文章中说……"

　　"得了，得了。"九班长大叫，"我们班出了一个马列主义者了！雷锋同志，以后我不叫你雷锋了，叫你'马列主义者'！"

　　好几个战士笑起来，李顺直笑得喘不过气，捂住肚子。

　　雷锋还想说什么，九班长却拦住他说，好啦，今天的班务会到这里结束！大家早点儿休息，明天的训练课目仍旧是爬坡！

　　但是，第二天给雷锋安排的任务，却是拾掇连队的菜园子。每个班轮流派人种菜，这是规矩。问题是雷锋前天刚轮到一天，第二天却又轮上了。班长大声说听见没有啊雷锋，愣着干吗？雷锋马上说听见了，坚决完成任务。

　　可是向秋生不干了。向秋生是带着五班战士集体小跑着跑过菜园子的，向秋生突然喊："立——定！"队伍临时停下，大家喘着气，看着菜园子里忙碌着的雷锋，口里还哼着湖南花鼓小调。

　　向秋生走近菜园子，一脸惊奇，问，今天怎么又是你在蔬菜地劳动？

　　雷锋笑笑说，该培土了！

　　向秋生还是不理解，老弟啊，你参加演出队脱课两个月，这驾驶技术得赶上去啊，怎么老是拨弄青菜、萝卜呢？

　　雷锋熟练地使唤着土刮子，笑着喊，别管我，五班长，你们快训练去吧！

向秋生喊口令:"起步——跑!"

五班战士又开始跑动,战士乔大山边跑边说,班长,我可知道是咋回事!这事还用猜吗?穿小鞋呗!

向秋生厉声说,跑步不准说话!

乔大山在五班是个刺儿头,老说风凉话,所以向秋生不喜欢搭理他。但是向秋生还是从其他战士口中知道了九班长送雷锋一个"马列主义者"绰号的事,接着又听到了红薯的事。

向秋生当然不干了,这不是明明白白欺侮老乡吗?他去找雷锋核实,雷锋说哪有啥穿小鞋的事。至于"马列主义者"的外号,雷锋说那也是班长开个玩笑,可别去跟他认真。但向秋生还是不干,雷锋没有气他有气。他当日黄昏就奔去了连部,拦着指导员就说,指导员你给评评这个理吧,天下有这个理吗?他雷锋参加演出队,学驾驶耽误了两个月,现在开车还晃晃悠悠的,本来应该抓紧练车才是,可是他们九班长老是派他种蔬菜,这不公平吧?我听人说,是雷锋向班长提了意见,所以九班长报复了。这穿小鞋可是要不得!

指导员说,小向,下结论要有依据。

向秋生说,反正大家都这么说的,也不是我一个人听说的。你查查连队日志吧,蔬菜班劳动雷锋都干了几回了,一查就明白了!

这时候副连长却跑来报告,说新兵雷锋向连部仓库要一些废旧部件,问能不能给他。指导员有点诧异,问是什么废旧部件?副连长说,破旧的方向盘、操纵杆、踏板,都是报废的东西,仓库里堆着的。指导员还是不明白,说小雷他要干什么?副连长说他是要搞技术革新什么的。

关指导员想了想,说,雷锋当过拖拉机手、推土机手,他会装装弄弄。既然是没用的废东西,就让他挑一些吧。

雷锋手巧,将废旧部件装置成了一个教练驾驶台。他把这个土教练驾驶台装在菜园子旁边,时不时地自己坐上去,手打方向盘,脚踩离合器,还扳扳操纵杆,模仿一种驾驶的感觉。别说,这么操作还真有那么一种味儿，上坡、下坡、转弯、刹车，啥味儿都能咂摸出来。

拿着饭盒走向食堂的战友们纷纷驻足观看，觉得稀奇。乔大山蹦过来说，雷锋，我来试试！

乔大山坐上驾驶座，边念驾驶口诀，边实施操作，还蛮像一回事。

"嘿，真不赖。"乔大山赞叹，"我们新兵哪，假车练熟了，真车就不难了！"

"我也来试试！""让我来！"战士们纷纷来了兴趣。

雷锋为坐上"土驾驶台"的新战友指点："可不要拉得太猛，毕竟是假车。"

向秋生把雷锋拉到一边，小声说，庚伢子，我昨天向指导员报告了，给你出气了！你们班长给你穿小鞋，你不能受欺侮！

雷锋一听就急，说你怎么向指导员报告的呀？秋生哥你可别乱说话呀！菜园子锄草、培土，种好蔬菜瓜果，改善军营伙食，也重要啊！至于落下的驾驶功课，我会想办法补的。这不，这个土台子就能帮我很多忙，我有空就练，我会很快熟悉驾驶技术的！

向秋生撅对方鼻子说，你这个傻瓜庚伢子，人家整你了，你还说这样做很重要，你这傻话不好笑吗？你不猴急，我猴急！

当晚，向秋生到处寻九班长算账的时候，九班长却正在连部办公室向指导员告状，说我们班的新兵雷锋有点儿不像话，他自己不好好练开车，却在宿舍后面的菜园里搭了一个土台子，不三不四的，还鼓动了好多人去练习。这能练习吗？练坏了怎么办？他刚说到这里，就听得门外有人怒喊："九班长！"

九班长很吃惊，问是谁，只听是向秋生的怒气冲冲的声音："有种的你出来！"九班长恼了，大步走出连部办公室，说向秋生你瞎嚷嚷啥？我怎么了？

向秋生吼，你给雷锋穿小鞋，还告黑状！九班长说，奇了，我给他穿什么小鞋？

向秋生说你以为我瞎眼了？是谁提议叫雷锋"马列主义者"的？人

家提了意见你就怀恨在心？你干吗老派雷锋鼓捣菜园子？人家搭个教练台那是人家没办法，逼的！雷锋那么聪明的人怎么会在你们班成了驾驶技术倒数第一名？还不是你逼的？！

九班长大嚷，向秋生你别血口喷人，我向指导员反映情况难道是犯错误了？

指导员走出办公室喝一声，吵什么？都是班长了，不怕战士笑话？

两位班长都不吭声了。

关指导员说，九班长，陪我去看看你说的那个"土台子"。我白天去钢厂筹建处开会了，没空在连队转悠呢。说着，指导员拿起了办公桌上的手电。

菜园附近土坡上的土制"教练驾驶台"，在黑暗中显得很突兀。九班长帮着在旁边打手电，让指导员坐上去，拉拉操纵杆，又转转方向盘，蛮像一码子事。指导员想，这雷锋还真有两下子。其实连里可以出面，搞一台更像样子的，让生手多练练，这确实是一个好办法。于是他吩咐说，九班长，你把雷锋给我叫来！你可以回去了！

九班长回到班里的时候，雷锋正在帮李顺写家信，雷锋小声说，敬爱的父亲大人，你有风湿痛，天下雨的时候一定要穿厚一点儿！李顺，行不行？

"行，"李顺说，"就这么写！再写，井台上滑，让我妈小心，她上回已经滑了一跤了。"

雷锋又埋头书写，这时候心情忐忑不安的班长就出现在门口，瓮声瓮气说，雷锋，指导员叫你去，菜园子那边。

雷锋立正说，是！

关士祥一见雷锋在黑暗中出现，开门见山就问，你们班长是不是三天两头派你参加蔬菜地劳动？

雷锋说，是啊，这星期派了三次。

指导员说，有人反映，与别的同志比起来，你学车时间太少，说这是班长在整你，你本人有这感觉吗？

在远处映来的微弱的灯光下，雷锋想了半天，最后还是摇了摇头。

雷锋说我没有这感觉。可能是因为我农活儿比较好，班长看我特能侍候蔬菜，信任我，就多派了我两回。

指导员说，你们班的红薯事件我也听说了。你提了意见，你们班长就讽刺你是"马列主义者"，有没有这回事？

远处树影下，心情紧张的九班长低着头，屏气凝神地听。他本不想来偷听，偷听不好，可是他又忍不住，他太想知道指导员说些什么了。

这时候他就听见雷锋说，那是班长开玩笑啊！而且班长在班务会上也说了，说我们班随便拿老乡的红薯啃那是不对的。班长的态度很明确啊，他这么说我也很受教育啊！指导员，班长的岗位很重要，班长每天要带着我们训练、学习，非常辛苦，我们都要体谅班长！十天前班长看着我左手上有刀疤，问我怎么回事，我说是地主婆用刀砍的，我看到班长的眼泪都要下来了。我知道我们班长从小也是放牛娃出身，也挨过地主的鞭子！

九班长听到这里，忽然感到自己的眼眶湿漉漉的。他这时候又听见指导员说，雷锋啊，你这样讲，我就放心了。不过，你还是要跟你们班长多沟通一下。

雷锋说，我会的，指导员！

九班长这一天一宿没睡稳，第二天起来眼圈都是黑的。这天上午又是出车练驾驶，雷锋驾车开了七八个"S"形坡度，觉得熟练多了，九班长也觉得高兴。临近中午的时候班长提议下车休息一会儿，雷锋忽然就说，班长啊，这会儿我想跟你聊聊，行吗？

于是，九班长就跟他坐到树荫下，几只蚱蜢跳了起来。

雷锋说，班长啊，我在班务会上的发言，是为了我们班好。我考虑的，主要是我们军人在老百姓当中的形象，我有啥地方说错了，班长您尽管批评、帮助！

九班长双手抱着膝盖，眼睛瞪着脚前的蚱蜢，那蚱蜢一动不动。

雷锋又说，我分配到九班之后，班长一直关心我、爱护我，查夜的时候好几回给我掖被子。班长，我像你一样也是孤儿，旧社会的小要饭，我知道班长也是地主家的小放牛，没少挨过地主的打，我们都是阶级兄弟，一根藤上的苦瓜——阶级兄弟一定要互相帮助。

九班长忽然泪眼迷蒙，盯着地上说，雷锋，你说的，我全明白了。我这个人，有时候就是小心眼儿……

雷锋忙说，班长不是小心眼儿，班长是心眼儿细。班长开车特别省油，就是心眼儿细，在这点上我要好好向班长学习！

九班长再忍不住自己的情绪，一把抱住雷锋，呜咽起来。他说，雷锋啊，你是我的好兄弟啊。

九班长一下子觉得雷锋是如此的可亲可爱，心里特别暖和，在未来的几天里，他便不遗余力地把自己的驾驶诀窍都教给雷锋，如何省油啊，如何保养啊，小故障怎么分析怎么排除啊。雷锋也像块海绵一样逢水就吸，灵得很。

过了一星期，向秋生闯到九班，狠拍九班长一掌，说"啥都别说了"。九班长也狠拍五班长一掌，说"啥都别说了"。

这个矛盾的解决倒给了关指导员不少启发，他对虞连长说，老虞啊，我觉得雷锋处理与班长之间的思想疙瘩这件事，特别得当。九班长性格一向固执，这一次，没想到，还向雷锋道歉了。

虞连长说，雷锋这种处理矛盾的方式应当成为一种典范。其实我们好多矛盾啊，起先只是一粒火星子，结果越闹越大，不可收拾了！老关，对雷锋要加紧培养，这真是一棵好苗子！

半个月之后，为了雷锋的事，九班长又和连首长扛上了。他风风火火奔到连部说，指导员！连长！这不对啊，为什么要把雷锋调四班？我现在跟雷锋像亲兄弟一样啊，为什么要调他？我舍不得他走！

关指导员笑着说，九班长啊，连里这次是人员大调整，不光是雷锋要动，一半以上的战士都要流动！我知道你跟雷锋相处得很好，雷锋现在的驾驶技术很拔尖，这与你的帮助是分不开的。

九班长说，主要是雷锋聪明，有钻劲。

指导员说，战士们各个班相互交流，这有好处，你千万不要误会！

九班长明白了。虞连长补充说，不光是人员调整，所有的车辆都要重新分配，也要来个调整。有的车新，有的车老，有的车是油耗子，比如13号车，大家都不愿意接手，所以啊，车也要流动一下，不能有的人老是开新车，有的人老是开老爷车。

"那……13号车可不要分到我们九班来！"九班长马上说了这样的话，模样十分警惕。

连长笑，你看，又本位主义了吧？

所有的军车都排列在停车场上。全连官兵集合，听虞连长介绍情况。

虞连长说，每一个班四辆车，原则上新车和性能较差一些的车要均匀分配。第一步，同志们首先可以提出哪一辆车适合自己开；第二步，再由连里统一评估分配！

关指导员补充说，我希望同志们不要光拣新车、好车开，有些旧车、老车，也请开得比较熟练的同志继续使用。刚才听大家说都不愿意开13号车。是啊，大家的担心有道理，这台嘎斯车服役年头长了，机械磨损比较大，有名的油耗子。但是由于条件所限，这辆车目前还不能退役，所以还是要有同志开。总之，希望各排各班在这次车辆调整中都发扬风格，勇挑革命重担！

散开之后，大家围着各辆车转悠，议论纷纷。

雷锋直接就走到嘎斯13号车旁，转了一圈儿，然后掀开车盖，仔细观察。

四班长小薛跑过来，见雷锋在察看13号车，心里突有预感，顿时神色大变，赶紧说，老弟，帮帮忙，别碰13号车！

雷锋说，班长，我在琢磨，这辆车为什么油耗会那么大，好奇怪啊。

薛班长说，雷锋，你已经调我们四班了，你可要考虑四班的集体荣誉，千万不能动油耗子的念头！13号车如果进了我们四班，我们班的用油指标肯定就降不下来，到时候还能拿到流动红旗吗？准完！

是，雷锋应声，并且立刻放下车盖，转悠到其他车去。

待到薛班长离开，雷锋转了一大圈儿之后，不知不觉又回到了13号嘎斯车旁边。向秋生走过来，看雷锋在13号车上东摸摸西瞧瞧，便拍一把他后脖子，说庚伢子，一根傻筋又绷上了？哥给你刮刮痧行不行？

秋生哥，雷锋说，我突然想到健姐了。

向秋生没听明白，谁呀？

方健大姐姐呀！雷锋说，要是健姐当初不回乡养猪，西塘村的养猪事业会红火吗？猪也是要有人养的呀，谁都不愿意养猪，人民怎么吃肉？向秋生说，庚伢子你啥意思？

雷锋说，我的意思是汽车也是这个道理，我们连总要有人开这辆车吧？大家都不开，那么就让它躺着吗？说它油耗大，我们想各种办法，动脑筋把油耗降下来不就成了？向秋生说，你傻呀，油耗子那么容易逮住？你是黄鼠狼？雷锋说，总要有人试着逮！向秋生压低嗓音说，哥告诉你一个真理，既然想创造英雄事迹，就不能用差的武器，这是最简单的道理，你说是不是？符合辩证法吧？

雷锋说，秋生哥，差的武器也能改造啊，改造成为很有战斗力的武器，这才符合辩证法。

向秋生恼了，说，庚伢子，你要小心，你刚分配到四班，小薛是不希望看到13号车到四班的。你千万要明白这个事实，懂吗？

这倒是个现实情况。雷锋为这句话想了半天，但他觉得班长的情绪要考虑，连队的实际状况更要考虑。自己是属于四班的，更是属于全连的，再放大一点儿说，是属于中国人民解放军的。军队有的车辆还不能报废，还需要继续使用，那么总应该有军人去揽这个麻烦，而且要动脑筋争取把麻烦变成不麻烦。

半个小时以后，雷锋走到连长面前，说，那辆13号车，我想试试呢，连长。

虞连长说，你说说，怎么考虑？

雷锋说，我在鞍钢化工总厂开过推土机，为了推土机的省油，我当时动过许多脑筋，后来问题解决了。这辆13号车，我想，我兴许也能试试。

"有志气。"连长高兴了，说，"一个新手愿意开油耗子车，这不就见着志气了么？好，你运用你以前的经验吧。还有，副连长对这台车也有过研究，他会教你几招降油耗的办法。总之，肯动脑筋，还是能够成功的。不过，小薛什么态度？我还要同你们班长通个气。"

一找到四班长，四班长就惊了，啊呀，我刚才就看出他想要这辆车了！

连长说，小薛啊，小雷知难而上，倒也是件好事。

薛班长犹豫了一会儿，说既然连长都这么说了，我就没意见了。连长说，这辆车到哪个班，都很瞩目，你作为班长得要有个明确的态度。薛班长于是说我找雷锋再谈一谈，行吗？连长说，也好，你们好好通通气，我们最后再来作决定。

当天晚上，四班的寝室里就炸了锅，战士们说啥的都有，薛班长则一直沉默。

雷锋说，班长，你放心，我想，我能找出治油耗的办法。我以前研究过东方红牌拖拉机的高油耗，也研究过"斯大林80型"推土机的高油耗，我还写过一个降油耗十法。当然，嘎斯车与"东方红""斯大林"是不一样的，但是毛主席说矛盾有特殊性也有普遍性，汽车的耗油与拖拉机、推土机的耗油也有共同的地方，我想我能琢磨琢磨。班长你相信我，让我试试！

薛班长说，说是轻巧啊，一试，流动红旗就给试没了。

班长这么一说，战士们也七嘴八舌附和起来，都说集体荣誉那是最重要的。

雷锋又说，班长，这辆车总是要有一个班领走的，还是放我们班吧，我来开，我能试着治好它！就给我一次尝试的机会吧，我努力不给大家丢脸。

薛班长撑不住雷锋的请求，转头对大家说，大伙儿怎么说？

李顺倒在铺位上喊，让雷锋试试吧，兴许这个"马列主义者"还真成了呢！

雷锋马上说，谢谢李顺信任。

薛班长说，那就这样吧。雷锋啊，你也真倔啊！

后来，薛班长在向虞连长汇报情况时，再三强调，连长，连队在统计耗油量的时候，可要考虑到13号车的具体情况啊！要有个折扣比例，别让我们四班吃亏啊！

虞连长说没问题，你们四班高风格啊！

领了13号车之后，雷锋就仔细拆洗了所有部件，开始钻研各种降油耗的方法。主管技术的副连长教了他好几招，连全连的节油标兵九班长也主动跑来了，非要传授他几条诀窍不可。九班长还亲自陪他去练车，一到坡顶上后就指点他把握放空挡的时机。雷锋问是不是快到坡顶了就马上放空挡，九班长说就这时候，注意了，就这时候，掌握好节奏！

雷锋说，九班长你是节油标兵，你可要把节油的秘诀全告诉我啊！虽然我不在九班了，你还是我的老班长啊！九班长白他一眼说，我不告诉你我还怎么算你的兄弟？

在雷锋的精心调试下，13号车的油耗并没有想象的那么高，班长小薛琢磨着一连串下滑的数字，心中的石头也落了地。

连远在弓长岭的易华也高兴，她自从接到雷锋的信，知道他领了13号油耗子车以后，一直为他揪着心。雷锋信上是这样写的："小易，我忽然想起，如果你也在我们运输连当兵就好了，你一定会帮我去抚顺的各个书店去找书，还会去旧书店寻找。不过，现在，我也从副连长那儿借到一本书了，我决心弄清油耗子车的全部秘密。"

易华三天后回了信。她说雷锋哥哥，接到你的信之后，我专门请假去了一趟鞍山，我跑了一天的书店，包括旧书店，也没有找到苏制嘎斯卡车的书。但是，我始终相信，雷锋哥哥是一定能很快找出节油窍门的。

而雷锋给王佩琴的信是这样写的："王姐，我又用上了你给我的手电筒。上星期我借来了两本技术书籍，经常在熄灯之后躲在被窝里读。我要继续发扬钉子精神，在工作紧张的时候，挤出时间来钻研技术。"

王佩琴在回信中说，雷弟，你是一个善于创造奇迹的人，姐相信你能创造出奇迹。王佩琴在写回信的时候，流了好几滴眼泪。

两个月之后，奇迹果然就发生了——那是在运输连清晨早点名的时候。

虞连长大声地对全连官兵说，奇迹就是这样发生的！昨天晚上我看了这个月的报表，简直不相信自己的眼睛！全连油耗最低的一台车是……

还没等连长说完话，四班的战士一齐喊："13号车！"

"是的，13号车。"虞连长说，"全连最出名的、最没人要的油耗子车。这样的车，竟然成了全连节油标兵车，我实在是没有想到！这是你们四班的光荣，也是雷锋同志的光荣。这个事例，对我也是一个教育啊，我原先也是把13号车看死的。今天一早，我就跟关指导员商量了，我们要把这个事例作为一个典型，上报给团部。我们希望全连同志都向雷锋同志学习！现在请雷锋同志出列，接受'节能标兵车'流动奖旗！"

连长举着"节能标兵车"的红色三角旗，却没有看见雷锋出列。他问，雷锋呢？

关指导员也奇怪了，问四班长，你们班的雷锋同志呢？

薛班长跨出队列说，报告，我没有让雷锋同志参加早点名，因为昨天他执行任务回来淋了雨，感冒了，有点儿发烧，我今天安排他休息。

指导员马上说，光休息不够，有病要重视，要他去团卫生所看一看。

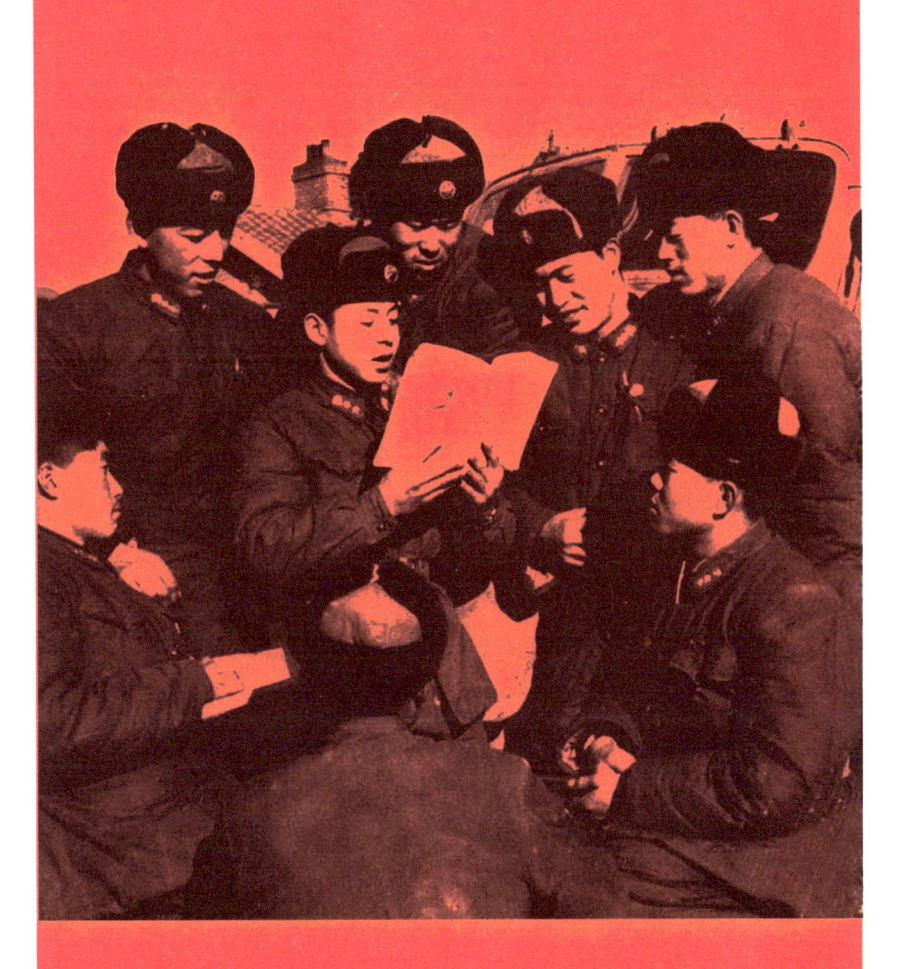

拾陆

一切证章和锦旗都是冷的，
只需心房烈火熊熊

雷锋是感到有点发烧，额头烫烫的，汗出不来，估计是感冒，奇怪的是鼻涕一点儿没有。薛班长回寝室传达了指导员的指示后，雷锋就想，去团卫生所一趟也好，服几粒药，发一身汗，兴许就好了。小病得狠治，早点儿痊愈就能早点儿工作，运输任务那么重老趴窝怎么行。

　　初夏了，营区内外一片生机，空气中都是花粉的味道。身穿白衬衣的雷锋走出营区，风迎面吹来，应该是暖洋洋的风，他却不感到暖，相反还有些寒意，这可能就是发烧的缘故。

　　雷锋一边走一边想，病魔，你这个谭四滚子，你敢拖我后腿？

　　薛班长追上来说，雷锋，还是派个车吧？

　　雷锋连连摇手，说不用不用，今天连里用车也很紧张，这我晓得。薛班长说，团卫生所还有一截子路呢！雷锋说，我走一走吧，发点儿汗，可能还舒服些呢。

　　雷锋走了十几步路，向秋生又气喘吁吁地赶上来，抓住雷锋，伸手就按他的额头。

　　"还好，还好，"向秋生说，"但是还有一点儿烧。"

　　雷锋说，降下去了，没啥大问题。

向秋生说，你给我站住！听我说，你们班长不让你参加早点名不对啊！今天多光荣啊，全连节能标兵车！连长授旗呢！要是授给我啊，我怎么做？我肯定啪一个立正，向全连同志说："同志们！我之所以能节油，是情系人民，心想祖国，胸怀世界的结果。我决心再接再厉，为军队建设创造更大的辉煌！"庚伢子，听听，带劲不？然后，哗哗哗一片掌声！然后，我就高高举起"节能标兵车"的旗帜，大踏步走向13号老破车，高挂于驾驶室！我身后，又是哗哗哗一片掌声！带劲不？你看你，窝宿舍里，多没劲！你们班长不让你参加早点名，绝对不对，我看他是妒忌你！——庚伢子，你还有点儿发烧，光穿衬衣不行，你把我的衣服披上！

向秋生脱下军衣，硬是给雷锋穿上，雷锋推辞说不用不用，你衣服袖子那么长！

向秋生说袖子长怕啥，卷一卷就是了，万一来阵凉风一吹就麻烦了。听哥的话，穿上！

雷锋没法推辞，穿上了。向秋生说，早去早回，啊？我今天还有出车任务，不能陪你了。雷锋忙说，谢秋生哥！又说，你说我们班长那些话，可是不对啊，我们班长没那样想。向秋生说，你这人啊，就是这样，我怎么才能理解你啊。

雷锋路过一处建筑工地，突然停了步，他被工地上高音喇叭的广播声吸引住了。那喇叭的声音显得很急促。

喇叭传出的是个女声，是在说，请青年突击队全体队员注意，工地现场运砖还是跟不上，你们甲乙两队要加紧比赛，看哪一队运得多、运得快！社会主义劳动竞赛现在开始啦！胜利在招手，两队都加油啊！

雷锋朝工地看，果然看见土坡上手推小车来来往往，一片忙碌，而推车的青年工人几乎都是一路小跑，上坡很快，下坡更是一溜烟，人人都大汗淋漓。

雷锋受到了工地热烈气氛的感染，手脚顿时痒起来。这是战斗啊，战士见到战斗打响就没有逃避的理由啊！现在不是脑门发烧而是心发烧的时候了！于是他拔脚就冲进了工地。雷锋看见一个青年工人推着一车红砖在冲坡，马上扑上去一起推。青年工人咬着牙喊，谢谢啦，解放军同志！雷锋喊，应该的，军民一家！

红砖送到目的地，雷锋帮工人卸完后，赶紧又往回跑，再推第二车。

穿军装的身影很快就被注意了，一个小姑娘飞快跑近雷锋，像是工地采访员模样，请问解放军同志，您是哪个部队的？雷锋边推边喊，哪个部队的不重要，是解放军就行啦！姑娘说，向你学习啊！雷锋喊，不用！

雷锋推得很欢，他的出手就让这个小伙子的手推车变成了游鱼当中游得最快的一名，甚至已引起了青年突击队另外一队人马的意见，说不行不行，他们有解放军帮忙，那辆车快得不得了呢！

工地喇叭声响起来，是姑娘激动的声音："同志们，现在有一位解放军同志帮助我们运砖呢。他的共产主义风格使我们很感动，我们大家要拿出更大的革命干劲来啊！"

雷锋一边推一边大声问，你们还有推车吗？

回答说没有了，全用上了。又说，可能食堂里还有一辆。雷锋想，自己应该去借一辆，这样比帮着推更有效率，也省得甲乙两队的比赛成绩不平衡。这时候他摸摸鼻子，发现已经有汗渗出来了。他想，正好，也不用吃药了，就让社会主义劳动竞赛当退烧药吧。

雷锋拐过一幢板房，就找到职工简易食堂了，他发现伙房门口果然有一辆推车。

"大妈，"雷锋对一位正在切菜的中年妇女说，"这推车，我能借用一下吗？他们推砖来不及，我帮着推推。"

中年妇女一看是位军人，不好意思拒绝，说，用了要还啊！

一定还！雷锋很快地脱下军衣，说，我可以把军衣放你这儿，我还车的时候再来取。谢谢大妈啦！

雷锋想，军衣这一放，大妈就放心。再说，自己身上也越来越热，外衣穿不住。这么想着，他推起小车就跑，很快就融入了工地，而且，一下子就成为来回穿梭最快的小车之一。

食堂大妈切完菜，洗了手，去挂扔在椅背上的军衣，忽然对另一位老炊事员说，这军衣扣子松了，我给缝缝紧！哟，这位解放军同志姓向呢！

老炊事员问，什么姓向？食堂大妈说，我识得字呢，领口里写着的就是名字呀！你看，向秋生，解放军7343部队。噢，7343就是西边的运输连嘛，离这儿不远，我知道。

两个小时后，劳动竞赛告一段落，工地喇叭传出评比结果："在这次运砖的社会主义竞赛中，青年突击队第一队获得了优胜，让我们向他们表示祝贺！"

雷锋与工人们告别的时候，早已是大汗淋漓。工地负责人握住他湿淋淋的手说，太感谢你了，解放军同志，你为我们这次工地竞赛添了一把火啊！

雷锋说这是我应该做的，我正好路过嘛。工地负责人要问他名字，雷锋不肯说，只是从来自食堂的大妈手中接过军衣说，我姓解，知道我叫解放军，这就行了。

他的话让工人们都笑起来。工地负责人拉住他要留饭，雷锋不肯留，留在地方单位吃饭像啥话呀。于是他赶快告辞走了，一溜烟小跑，边跑边披上军衣。

工地负责人望着雷锋的背影，一声感叹，说是个好军人呀，硬是连名字都不留一个。

食堂大妈神气地说，他留啦，我可知道他姓什么叫什么！

雷锋自我感觉没啥病了，心想还是去一趟团卫生所吧，不然指导员还得关心啊。于是他在路边饮食店买了个高粱米馒头，啃着当中饭，径直往团卫生所去。这一看病，就花了一下午。幸好结果是体温正常，咽喉也没大碍，略有红肿。他出了团卫生所时，天色已暗了下来。

前面不远就是火车站广场，雷锋忽然发现一个背着包袱的老大娘在呜咽。

"老大娘，您怎么了？"雷锋赶紧走上去，"身体不舒服吗？"老大娘哭着说，我没见上儿子……我儿子儿媳说要来接我……可是见不到他们啊……我刚下的火车……

原来是见不到接站的。雷锋就说，老大娘，您慢慢说，让我帮您。您有您儿子家的地址吗？

老大娘说我有一封信啊，我儿子寄来的。他要我来抚顺住两个月，可是我来了，却见不着他们，也不知他们诚心不诚心！

老大娘取出一封皱巴巴的信，雷锋一看落款，写的是"抚顺市第三十三信箱第四宿舍"。他不明白这是什么单位。

老大娘说是个厂子。雷锋一转念，想到有代号的工厂可能就是保密工厂，问这种单位就该到抚顺市邮政局去问，邮政局肯定知道这第三十三信箱是在什么位置上，邮递员不是每天跑的么？凭自己出示军人证件，邮局不会对他保密。

邮政局的工作人员果然很客气，马上指点了这家工厂的位置，只是离抚顺市区约莫有十二里地。路是小路，天黑下来，已经没有什么交通车通行了。

老大娘一听，又急得眼泪汪汪了。雷锋见了心疼，仿佛又见了小时候妈妈脸上的那种表情，于是马上宽慰她说没事没事，有啥事啊，不就十几里路么？今天一定能到您儿子家，不用急不用急。说着，他就背起老大娘的包袱，挽起老大娘，上了路。

这十二里地可是一阵好走。雷锋倒还没有啥，老大娘已经累得气喘吁吁了，雷锋提出背她走，老大娘说这怎么行啊我能走啊。

就在雷锋深一脚浅一脚地送老大娘去保密工厂的路上，来自建筑工地的一支锣鼓队带着一张大红纸的表扬信，一路敲进了运输连——咚锵咚锵咚咚锵，好不热闹。关指导员和虞连长一起迎出连部，十分高兴，战士们也都稀奇地聚过来看热闹。

工地负责人是个瘦高个儿，握着关指导员的手连连说，真是感谢你们运输连的好战士向秋生同志啊！他帮助我们工地义务劳动，连着干了几个钟头，为我们建筑工人树了个好榜样啊！关指导员说不用谢，这是我们军人应该做的，然后就吩咐连队文书快请向秋生来。

乔大山瓮声瓮气说，我们班长出车还没回来呢。可惜啊，见不着这激动人心的场面了。

虞连长忽然觉得有些奇怪，便悄声跟指导员说，老关，向秋生今天是去沈阳执行任务的啊，不在抚顺啊！

关指导员也觉着怪异，但还是接下了表扬信。他对工地负责人说，向秋生同志还没有回营区，他回来后，我们一定表扬他。

工地负责人说要好好表扬他啊，他衣服都湿透了，连口饭都不肯吃啊！

向秋生开着军车赶回营区，已经是锣鼓队走后四十分钟的事了。他刚跳下车，就有七八个战士欢呼着奔上来喊："向秋生，你受表扬啦！""班长，建筑工地送来表扬信啦，在连部！""向秋生，快去连部领表扬信啊，人家敲锣打鼓送来的啊！""向秋生你做什么好事啦？"

向秋生歪头一想，说我当然做好事啦，工地有位头头要搭车，我送了他一段路啊。工地上缺一根铁丝，我还从车上剪下一根啊。

乔大山哼着鼻音说班长啊，别啰唆啦，快去连部吧，指导员等得急啦，有一大堆表扬话要倒给你听啊。

这时候向秋生的脸上就渐渐浮现出庄严的神情。他看看左右，大声说，同志们，我们为人民群众做好事并不是为的表扬。人民群众感谢我们，是因为我们心里时时装着他们，我们每天想人民群众所想，急人民群众所急，这完全出自我们革命军人的革命胸怀。我们如果是为了表扬，那我们的境界就不高了！

乔大山说好啦好啦，班长，表扬还是需要的，快去吧！你看，指导员已经站在办公室门口喽！

果然，关指导员已经走出连部办公室，远远地在朝向秋生招手了。向秋生笑容满面，赶快向连部跑去。七八个战士跟着跑上去，这可是五班的大荣誉啊！

指导员把向秋生拉进连部，指着桌上的一张大红纸说，建筑工地送来表扬信表扬你啊！向秋生谦虚地说，这是我应该做的。虞连长说，向秋生，你今天不是去沈阳拉器材了吗？

"是呀，"向秋生说，"我刚回来呀！"

关指导员说，工地表扬你一个上午都在帮他们运砖头啊。

"运砖头？"向秋生感到有点儿莫名其妙，"我运砖头？没有运砖头啊，只运过他们头头儿啊，工地上头头儿要搭车！……啊，明白了，雷锋！雷锋今天去团卫生所看病，我怕他凉，把我的军衣披在他身上了。军衣上有我的名字，没错，是雷锋！"

这时候门口就传来乔大山幸灾乐祸的声音，哎哟，要不是雷锋可多值钱啊！

向秋生冲到门口说，乔大山你啰唆个啥！

我是在琢磨这好事怎么总是轮不到你身上啊，那帮工人还在念叨姓向的好兄弟呢。乔大山说着就撒腿走了，边走边哈哈笑，笑声很不怀好意。

一大群战士也跟着轰地走了。向秋生一时间忽然感到挺没面子，他返身对指导员说，你把表扬信给我，我去工地上说清楚，这名字一定得改过来。

保密工厂的刘技术员家的门在天黑时分被咚咚咚敲响了。刘技术员说谁呀？探头一看，吓一跳："妈，你怎么今天就来了？"他这一喊，他媳妇也奔了出来，大叫一声"妈"。

疲惫不堪的老大娘抱住儿媳妇就大哭。雷锋赶快上前介绍了情况，刘技术员听得凸出了眼珠，一会儿才万分歉疚地说，哎呀呀是我们把日子弄错了，还以为妈妈是明天才到抚顺呢！同志啊，太感谢你了，你走得衣服都湿透了！哎呀你们娘儿俩还哭什么呀，天都黑透了，快招呼解放军同志吃饭呀！

老大娘一把鼻涕一把眼泪地拖住雷锋说，好人啊，饭是一定要吃的！雷锋急忙说，同志，我不能吃饭，今天已经太晚了，我有急事要赶回部队。主人忙说，那怎么好意思？雷锋说没事没事，群众有困难，帮一把，算个啥呀，谁没个难处啊，我这就走了！刘技术员赶出门外说，同志呀，你留个名吧！雷锋说我就叫解放军嘛！刘技术员一把拖住对方，说解放军同志衣服那么湿，怎么忍心你走！翠香，你那熨斗不是正热着吗？快把解放军同志的衣服熨熨干！

女主人说"快来熨熨"，马上就端起熨板上的熨斗。雷锋熬不过主人的一再热情相邀，脱下了军衣。很快，熨斗下的军衣嗞嗞作响，冒出一缕缕白汽。女主人看见了军衣领口上的名字，悄悄捅捅丈夫。于是，刘技术员一眼就记住了名字：向秋生。

这名字好记，秋生，跟自己弟弟的名字一模一样。

就在雷锋熨干了外衣离开保密工厂往回一路小跑时，向秋生也举着红纸感谢信跑进了工地。他气喘吁吁地对工地负责人说，写错了写错了，你们写错了，不是向秋生，不是我，我是向秋生，但不是我向秋生……工地负责人被扑面而来的绕口令弄糊涂了，问，解放军同志，你这是说的什么？

向秋生说，哎呀你们一定要把名字改过来，这绝对是个原则问题。

弄了老半天建筑工地的同志才明白是怎么回事，于是就把表扬信上的名字改成了雷锋。

向秋生举着改过字的大红表扬信一路走，回连队时，迎面就碰上了自己班的乔大山。

乔大山一见班长就嘿嘿笑，说班长啊班长，明明不是你的事，你还特能吹啊，你的技术过硬啊。

向秋生顿时发怒，说你嚼啥舌头？就你多话！乔大山说，吹，那可也是要有水平的啊！向秋生训斥说，你这个乔大山，你开车技术全班倒数第一，不守纪律，还好意思笑人家？你有本事你离开我这个班，别拖我们五班后腿！

"嘿，"乔大山一缩脖子说，"谁稀罕五班了，哪个班要我，我就跟哪个班走，这还不简单？"

向秋生气得不行，还想接着训斥他一番，这人太落后！后来想想算了，自己毕竟是班长，是领导，不能跟士兵一般见识，硬是忍住气拔腿就走，把表扬信送到连部去。这时候熄灯号就响了。

雷锋是在熄灯号吹响之际回到连队的。熨干的军衣又一次被汗水湿透，他十二里路的归途是一路小跑过来的，两只鞋像两只泥船。

薛班长听见动静，起身，在寝室门口迎着了喘气如拉风箱的雷锋。薛班长脸色不好看，说雷锋，你怎么延迟了三四个钟头才销假？雷锋马上说，对不起，班长！

薛班长阴着脸说，这不是一个对不起的问题。你虽然请病假一天，但是返队时间是晚上六点，这也有明确规定。你怎么能这样不遵守纪律？你损害了我们班的荣誉。

雷锋说，班长，我要作检讨。

听雷锋这样说，又听他拉风箱似的喘，知道他也是急着赶回来，薛班长的口气就见缓和了。他说虽然你帮助建筑工地运砖头，工地送来了感谢信，指导员也表扬了这件事，但是你误期归队，还是属于无组织无纪律行为！今天先睡觉，明天再说！

对班长的批评，雷锋很有些忐忑不安。他一时也冒出想说明具体情况的冲动，但一想这也不是不守纪律的理由。如果一个士兵这理由那理由地延迟返回军营都可以不受追究，那一支军队可不就乱了套了吗？这么一想，他啥都不想解释了。

第二天，果然，中午饭后，关士祥把雷锋叫到了连部，说你们班长对你的批评是对的。地方的同志敲锣打鼓送来了这封感谢信，连队是很高兴的。但是雷锋啊，不是说今天表扬你了就不批评你了。该表扬的表扬，该批评的还是得批评。你误期归队是事实，这一点要认识一下，回去写检讨书。

雷锋低头说，指导员，我虚心接受批评，我马上写检讨书，我以后要更加注意增强纪律性。关指导员说，这就好。还有，部队根据上级安排，即将开展忆苦思甜教育。你在旧社会苦大仇深，当年，我亲耳听过你控诉恶霸地主，那时候你才十岁嘛，我听了很感动。你的遭遇和你的成长历程，非常典型，我希望你在这一次忆苦思甜教育中起带头作用，把你在旧社会的苦告诉大家，把你在新社会的甜告诉大家，使大家的思想政治觉悟都能得到进一步的提高。

雷锋说，指导员，您放心吧，提起旧社会的苦，我三天三夜说不完，我一定在忆苦思甜教育中起带头作用。

根据军区的统一安排，工程兵各部队的政治教育迅即进入了忆苦思甜主题。运输连党支部研究决定，由雷锋率先作忆苦思甜报告。

要讲旧社会的苦，正如雷锋所说，三天三夜讲不完。那一天，站在运输连饭堂的讲台上，雷锋甚至不知从哪一刻讲起。他抬头看天花板好长一会儿，好像天花板上就有谭四滚子和日本鬼子举着刀偷偷趴着，还有他爸爸和哥哥的血在滴滴答答地落着。他没开口就先哽咽起来，急得指导员直俯在他耳边说慢慢来，慢慢来。

后来雷锋就慢慢平静下来。他拭净眼泪，首先讲到他父亲，讲到这个老梭镖队长遭受到的一连串的苦痛；然后讲到他哥哥，又讲到在妈妈怀里饿死的小金满；最后又讲到妈妈。他说，同志们，我那一天真的不晓得妈妈为啥子要对我说这样的话。妈妈说，如果妈妈不在了，你也要好好地活下去。妈妈还说，你要记住，是谁让我家的亲人一个一个死去的，你长大了，要为亲人报仇。妈妈还给我洗了脸，洗了手，还把她的破衣服脱下来让我披上，怕我在外面着凉……同志们，我知道家里已经断了粮，我们靠吃野菜汤过日子，但是我当时不晓得妈妈是受了恶霸地主的欺侮，她实在活不下去了。在中秋节的晚上，她用一根绳子把自己挂到了梁上。

雷锋说到这里，实在抑制不住悲伤的情绪，捂脸蹲了下来。这时候全场同志都听得眼泪汪汪，九班长甚至拍打着窗框痛哭失声。他也是孤儿，可能是也想起了自己的爸爸妈妈。

雷锋站起来，又说，我是第二天早上才看见妈妈的，妈妈吊在梁上。这时候我身上还披着我妈妈头天晚上给我的衣裳。我扑上去，说妈妈你这是怎么了啊？！……说到这里，雷锋再一次失声哭泣。这一哭，就引起了全场哭声一片。

薛班长带头呼起了口号："雷锋同志的苦就是我们的苦！"众人跟着高呼。薛班长又喊："我们坚决为雷锋同志报仇！全场再次手臂林立。"

这时候在连部值班的文书跑来，跟指导员耳语几句，满眼泪花的指导员就走出饭堂，到连部去接电话。电话是抚顺保密工厂一个姓刘的技术员打来的。

电话里的声音很激动："他护送我老母亲足足走了两个钟头啊！我老母亲走得慢，他一直扶着她走，后来还架着她走啊，送到家里以后连饭也不吃！我们感谢你们教育出了那么好的战士啊！我知道他名字了，他叫向秋生，我是在军衣上发现他的名字的。那件军衣都被汗水湿透了啊！时间？时间就是大前天啊！大前天的晚上啊，送到家里的时候天都黑了呀！"

指导员一算时间，便明白了，那一天正好出了雷锋踩着熄灯号返回连队违反纪律的事。他心里什么都亮堂了。于是他对电话里说，我告诉你，同志，你表扬的这位战士是我们运输连的，不过他不叫向秋生，他叫雷锋。他大前天是借穿了别人的军衣。是的，天上打雷的雷，先锋的锋。是的，我们一定会表扬的，你放心！

指导员搁下电话，默默地听着窗外饭堂方向传来雷鸣般的口号声："不忘阶级苦！牢记血泪仇！牢记雷锋同志的血泪控诉！"

电话忽然又响，关指导员抓起电话，却是团部金星干事打来的。金干事说，关指导员啊，我们接到工厂打来的电话啦，向秋生同志一路夜送迷路的老大娘回到儿子家，这事迹很感人啊。政委要我采写一篇报道送沈阳军区的《战士报》！对，什么？不是向秋生？是雷锋？

马上，金干事也明白是怎么回事了，说，嗨，这个小雷，我早就感觉他是一棵特别好的苗子，关指导员你真应该把他放到团部来。

关指导员搁上电话，沉思良久。他慢慢走向饭堂的时候，看到雷锋已经作完了忆苦思甜报告。但雷锋没有走下讲台，说他还有几句话要说。

雷锋擦净泪水，难受地说，同志们，我要借这个机会向连首长和同志们作个检讨，这是我写的检讨书。

这时候大家都惊讶，说这是咋回事？雷锋说，我大前天外出看病，但是没有按时销假，一直到吹熄灯号之后才回到营区。我是一个革命战士，应该懂得革命纪律的重要。我经常想，我一个孤儿，在旧社会受了那么多折磨，我讨饭，被狗咬，被刀砍，我其实更应该珍惜新社会的每一天，珍惜部队这座革命大熔炉的锻炼！可是我身上为什么还会有这么多的缺点呢？说明我学习还不够刻苦。有时候呢，我说话也不讲究方式方法。我得了节油标兵的奖旗之后，还有自满情绪。这一次更不对，又延误归队时间，犯了纪律。所以我请领导和同志们经常督促我，让我时时警惕错误的发生，更好地进步。

饭堂里响起掌声。只有乔大山没拍手，说屁大的事儿，还值得检讨！这都要检讨的话，咱班长该关禁闭了。坐他旁边的李顺听到这话，也不鼓掌了，说是啊，雷锋净拿放大镜照自己，啥好照的嘛！关士祥就是在这时候走上讲台的，他心里很是不平静。

雷锋迎上前一步，双手递过检讨书，说指导员，这是我的检讨书！

见雷锋要走下台，关指导员说，小雷你等一等。

然后，面对全场的目光，关指导员举起了雷锋写的检讨书。

他说，同志们，雷锋同志作了很生动的忆苦思甜报告，我听了都掉眼泪，我看见在座的所有同志都掉了眼泪。而刚才，雷锋又为前天延迟归队的事作了检讨，他那番很诚恳的话，我听了，又一次被感动，而且不仅仅是感动，还是震动。为什么是震动呢？因为事情的真相是雷锋同志在看病归队途中，在火车站看见了一位哭泣的外地老大娘，老大娘因为找不到自己儿子的家而焦急。雷锋花了两个多钟头，连夜把老大娘送到了亲人身边，晚饭也没顾上吃，一路跑步赶回连队。而且那一天，他还在生病。

雷锋很感意外，不知道指导员怎么就知道了这回事。

指导员接着说，我刚才接到了两个电话，一个是地方群众表示的感谢，一个是团首长提出的对这件事的肯定和表扬。雷锋同志在大前天做了这么多好事，又帮建筑工地运砖，又连夜送老大娘回家，他都没有留下自己的名字，都说自己姓解，叫解放军，但是我们还是知道了，这都是雷锋同志做的好事。

在满饭堂的掌声中，指导员又说，对雷锋，我不应该批评，而应当表扬。这是我犯自由主义，没有作调查研究，该检讨的是我指导员。我要把雷锋的这份检讨书永远保存在我自己的笔记本里，我要警戒我自己。

刚说到这里，脸上有泪痕的薛班长从台下站起大声说，我也要向雷锋同志道歉，我前天不了解情况，也是乱批评。

雷锋从小凳子上站起来说，班长、指导员，你们批评得都对，我误期归队，这是事实。我要借这个事例，再次学习毛主席的《反对自由主义》，增强时间观念，增强纪律观念，对自己提出更加严格的要求。

运输连饭堂里的任何一次集会都没有响过这么长时间的掌声。乔大山把两掌心拍得通红，说感动感动，又说李顺你说感动不感动嘛。李顺也拼命鼓掌，说感动死了，你没看见我脸上还有眼泪吗？

关士祥事后把这一次忆苦思甜教育写成了详细的报告上送团部，直叫团政委和团长看得高兴。吴团长建议让雷锋作为全团忆苦思甜的典型，安排他到各基层连队作忆苦思甜报告。政委加了一个意见，也让雷锋作为学习毛主席著作全心全意为民做好事的先进典型，结合着一起作报告，这样会更加感动人，应该让部队官兵受一次"为什么当兵，怎样当个好兵"的生动教育。

雷锋很快就忙了起来，不仅跑运输忙，作报告也忙。他的嗓子也经常有点儿哑，向秋生好几次警告他，身体要当心，这可是革命的本钱。但是雷锋照旧忙碌，像是有使不完的劲儿。他夏日时节又多了一项忙碌的事，那就是去抚顺望花区建设街小学当校外辅导员。连队党支部在研究人选的时候事先征求过他的意见，实在是怕他太忙。但雷锋说没问题，说孩子的教育非常重要，他愿意当这个校外辅导员。

他在第一次走进建设街小学接受了一束鲜花，并且脖颈上被一位女少先队员挂上了一条红领巾之后，忽然感觉到了一种久违的激动，他想起了自己的小学岁月，甚至想起了自己在表演《小渔夫》节目中拿起竹篙狠追"日本鬼子"的场景。

他还想起了宁小琍，他跟宁小琍表演双人舞蹈"小锯子"的时候，心中怀着多少对未来的憧憬和向往啊！孩子的天空是最明亮最广阔的，他想，对孩子的教育和引导，要充满热情，要教育孩子有理想。

他面对孩子们亮晶晶的眼睛，真诚地说，同学们，今天我又一次挂上了鲜艳的红领巾，我真的是特别高兴！你们小学要聘请校外辅导员，我们连首长把这个光荣的任务交给了我，我为能有一个机会与红领巾们在一起，互相学习、互相交流，感到特别的光荣！

少先队大队辅导员曹珍珍老师插话说，我补充介绍一下，雷锋叔叔是解放军部队的优秀共青团员，他驾驶的军车是部队里的"节油标兵车"！

少先队员们啪啪地鼓掌，很高兴学校能请来这么优秀的一位校外辅导员。

雷锋当即决定，给孩子们上的第一课就讲讲自己手臂上三道疤痕的来历，让蜜糖里的孩子们了解苦痛的过去。于是，他举起左手，挽起白衬衣，说，曹老师要求我给大家上第一课，这第一课，我讲讲我手上的这三道刀疤吧！那一年我六岁，这三道刀疤一直伴随我度过了苦难的童年……

在雷锋向孩子讲述他手臂上疤痕的来历时,运输连的连部里,虞连长开始找起关指导员脑袋里的"疤痕"来了。他单刀直入地对关士祥说,老关,我发现你有一个问题,在雷锋申请入党的问题上,你是不是有意避嫌?

"这话怎么说?"关指导员感到有些意外。

虞连长说,你还"这话怎么说"呢,正因为你很早就认识雷锋,是不是你觉得由你提出发展雷锋入党不妥当,得避避嫌?

关指导员马上说,我没这个意思。

虞连长说,老关,该考虑发展雷锋入党了,我们连党支部在这个问题上别做小脚老太婆,你作为连党支部书记,你要考虑这个问题了,如果你有避嫌的想法,那就是你不对。雷锋的优秀表现,谁都看见的,你不要局限于什么新兵一年内不发展党员的老框框,我们不要受局限。自从雷锋那天忆苦思甜之后,我一直在想,这么一个在旧社会苦大仇深的苦孩子,解放后一直努力地听党的话,跟党走,哪里有困难就往哪里冲,对工作很钻研,对人民对战友感情又那么深,他应该是具备一个共产党员的条件了。所以你这个支部书记不提,我这个副书记倒要提了!

关士祥沉默半晌,说老虞啊,我倒不是避嫌,我呢,也是想等到雷锋更成熟一点儿再提出。再说,雷锋毕竟入伍才半年,时间上也略略短了些,也有一些照顾平衡的考虑。当然,老虞,你今天说的,很有道理。

连长走了之后,关士祥愣怔了好一会儿,他从内心感到雷锋是符合一个共产党员的标准的,但是雷锋毕竟入伍才六个来月,这个运输连从来没有当年入伍当年就入党的先例。但是他又不能不承认,老虞这一枪,真是击中自己的要害了,自己是不是真有避嫌之想呢?

就在指导员这么琢磨雷锋的时候,雷锋正在琢磨建设街小学的下一步德育工作怎么抓。雷锋觉得曹珍珍老师是个特别直爽和有干劲的人,因此他在讲课结束之后特意到少先队大队部坐了一会儿，向曹珍珍老师提一些建议。他说，我刚才看了少先队活动计划，总的感觉不错，我想，这里面再补充一个内容行不行？

曹老师一听就来劲儿，问是什么内容？雷锋的办法是开展一个"三件宝"活动。雷锋说，哪三件宝呢？第一，建立一个"储蓄箱"，集中孩子的零花钱，一年后还给孩子，以便孩子能做一些有用的事。第二呢，设立一个"聚宝盆"，把孩子捡拾到的"废物"变成有用之宝。第三，设立一个"针线包"，提倡学生自己钉扣子补衣服。

曹珍珍开心得几乎蹦起来，这么完整的一套方案她从来就没有听到过。再说，这方案又简便易行，一听就懂，很好布置。她一下子握住了雷锋的手，说太好了太好了，但一下子又放开了，觉着了不好意思。她双颊红扑扑地说，雷锋同志啊，你这"三件宝"说得太好了，完全可以做，我们马上就做！雷锋同志，我是一个新团员，缺少工作经验，我一定要好好向你这个优秀共青团员学习！你可能……已经入党了吧？

雷锋说，我还不是一名共产党员，我身上还有很多缺点，很多不足，我离一个共产党员的标准还有一截子距离呢！

雷锋当天晚上写完日记后，又给远在望城的张书记写了一封信，他知道张书记在时时关心着他政治上的进步，毕竟今天建设街小学的那个大队辅导员直截了当问了自己这个问题，叫自己把一段心绪突然提到了胸口。

关键还在于要剖析自己的不足。雷锋想，党组织的大门是敞开的，这一点关指导员已经说得很明白了，之所以还不能跨进党的大门，还是要从自己身上找原因。所以雷锋絮絮叨叨地在信上列出了自己的一大堆缺点，他写下来的目的是要让张书记知道，同时也想让自己心里更加明白。

薛班长凑过来问他写什么？他笑笑说，给自己"洗脸"呗。

过了两个月，秋风吹起，当关指导员就入党问题专门约雷锋夜谈的时候，雷锋在指导员面前认认真真"洗"了一遍自己的脸。雷锋说，指导员，我觉得自己离一个共产党员的标准，真的还有很大距离。

指导员说，有哪些，说说看。

于是雷锋就又开始"洗脸"了："学习不刻苦。《毛泽东选集》一至四卷通读了一遍，但是重点篇章，读得不够。本来想每天挤时间读，但有几天出车回来迟了，上个星期吧，捧起书还没读呢，糟糕，睡着了。"

看指导员不吱声，雷锋又进一步分析说，我认为，学习对于一个人思想境界的提高非常重要。有时候我原谅自己，说工作太忙，没时间学习。不对，问题不在工作忙，而在于自己到底愿不愿意学习，会不会挤时间。比如，一块好好的木板，上面一个眼儿也没有，但钉子为什么能打进去呢？这就是靠压力，硬挤进去的。由此看来，这钉子，有两个长处，一个是挤劲，一个是钻劲。指导员，我觉得在学习上，一定要发扬钉子的精神，善于挤，善于钻！

指导员说，钉子精神，总结得好！

雷锋说，另外，我觉得自己有自满思想，不是偶尔有，是经常有！每取得一点儿成绩，有了一点儿进步，受到领导表扬，就觉得自己做得多么好，这就是自满！即便百尺竿头，还能更进一步呢，是不是？所以，我要警惕！

指导员问，还有呢？

秋天的风渐有凉意。雷锋和指导员沿着营区的冬青树小道慢慢往前走，走向菜地方向。远处传来狗吠，那只狗好像是烈属张大娘家的。雷锋忽然想，张大娘家也该去挑水了，别这星期一忙，就顾不上老乡了。

雷锋一边想着，一边又说，还有，我在复杂地形中的驾驶技术，还要提高。上次走盘山公路，我就觉得我们班长的急转弯就比我稳得多。

雷锋同志，指导员站住了，用手搭在雷锋的肩上，说，我通知你，我们连党支部已经召开了支委会，一致认为你已经具备了一个共产党员的基本条件，近期就将召开支部大会，讨论你的入党问题。这是入党志愿书，现在发给你，希望你认真填写。

雷锋一阵愕然，又一阵喜悦，说，我能……能填写入党志愿书了？

指导员说，你刚才的找差距，也找得很好，这也正说明了你的党性觉悟！希望你入党之后，继续进步，做一个优秀的共产党员。

雷锋突然呜咽起来。指导员说，怎么了，雷锋？雷锋说，我有了家了。

这是1960年11月8日的事，工程兵十团搞了一次全团新党员的集体入党宣誓，在各处施工单位的九十三位新党员集中到营口的工程兵十团团部，面对挂起的党旗，高举右拳，集体宣誓。

金星干事一直在现场用镜头抓拍，她有预感，觉得这张集体宣誓的照片有可能上《解放军报》，至少沈阳军区的《战友报》是可以刊登的。当宣誓完毕，雷锋代表九十三位新党员作表态讲话时，金星干事更是正面侧面拍了很多张。军人俱乐部的灯光打得很好，金星干事拍出了一点儿艺术性。

雷锋代表新党员讲话的时候，手势一直不停。他说今天啊，我的心情万分激动，我代表工程兵十团今天入党的全体新党员，表示我们的决心：我们入党以后，一定以我们的实际行动，扩大党的声誉！

政委和团长以及政治处主任，都先后跟雷锋握了手，政委还夸他这几个月里去各个营连作的忆苦思甜报告和学习毛主席著作心得体会报告都很好，一定要继续努力，更好地在革命实践中摔打自己。

雷锋说请首长放心，我一定努力，我刚把一段名言抄在自己的日记本上呢：对待同志要像春天般的温暖，对待工作要像夏天一样火热，对待个人主义要像秋风扫落叶一样，对待敌人要像严冬一样残酷无情！

政委呵呵笑，说抄得好抄得好，这四句话多么形象啊！

对雷锋入党的消息，望城县的张书记可以说是最高兴的一个。他半夜起身，在床头坐了半天，老伴儿拉他睡下，他说别忙啊，我是为小雷高兴啊。他入了党，进步会更快啊！老伴儿说，还不是你嘛，把那么好的英纳格送给了他，当秒表。张复赵大惊，看着睡眼蒙眬的老伴儿说，你啥时候懂"秒表"的概念了？夜校里教的？

当彭茂林乡长把庚伢子入党的消息带到简家塘村的时候，六叔公也笑得合不拢嘴。他这个月连着掉了两颗牙，他用嘶嘶的声音唱了几句：

庚伢子从今往后是党的人，
不怕去冲锋呀，
不怕去陷阵，
走南闯北呀有了根！

六叔奶奶说难听死了，漏风这么厉害还唱。六叔公说我是心里快活。三婶则叹气说我现在想给他扯一身新衣服都不成了，人家整天穿军装呢。

雷锋在入党以后的一个月里，先后收到了健姐来自湖南农学院的信、王姐来自团山湖农场的信、小易来自弓长岭的信，姐姐妹妹们都表示了由衷的祝福。这让雷锋感动，他把这些信一遍一遍地读，心里想这都是鞭策啊。

雷锋入党半周年的日子，谁都没有记得，向秋生却记得了，就他一个人前来表示祝贺，还拎了酒。那是一个星期天，雷锋正倚在铺位上读《矛盾论》，昨夜里读了一小半，打算今天读完。毛主席讲矛盾怎么讲得这么深入浅出，很有读头呢。这时候门外飘进春天的松针的香味，向秋生随着这股香味一起进了门。他一屁股坐下就说：今天什么日子？喂，今天别学习了好不好？哦，《矛盾论》，还写眉批呢，我看看："外因是条件，内因作决定，要想求进步，主观多努力！"——你主观够努力了啊！你雷锋主观努力行啊，我再怎么主观努力也不行啊！我还是个党外群众啊，你看窝囊不窝囊？小老弟，别认真了，知道今天是啥日子吗？

雷锋说啥日子呀？向秋生认真地说，今天是你入党半周年！你看看，庚伢子，你都忘了！你入党都半年了知道吗？我写了三份入党申请书都没用呢！看，这是啥档次的酒？高档老白干！我今天特意买的，花大价钱啰，庆祝小老弟入党半周年。星期天嘛，喝个痛快！来，见者有份，大家一齐喝酒！

入党半周年？这算个啥庆祝日子？雷锋压根儿没这么想，全班战友都没这么想，但是向秋生偏这么想了，而且他有很多的感触，他都带来了老白干了。这年头老白干多金贵啊，全国人民都因为这灾害那灾害的勒紧了裤带，听说连毛主席都戒了红烧肉，要"瓜菜代"呢。你看这向秋生，还真有本事弄来老白干，还煞有介事地"半周年"呢。于是战友们都围上来，大家说，嘿，哪怕舔一口过过瘾也行呢。

雷锋却偏偏煞风景。他按住向秋生的手说，今天不喝酒行不行？聊天怎么样？你我兄弟好好聊聊。

向秋生说喝着酒聊呗。雷锋说不喝酒聊更清醒。

向秋生说你呀你呀，就没见你好好喝过一回酒，我今天就是想凑个说法，让你好好红一回脸的。你看，你还要清醒聊天！聊吧聊吧，哥儿俩也有许久没聊兜底话了，那就清醒聊吧！走吧，只可惜了我这高档老白干。

雷锋说你这瓶酒既然是为我买的，那这瓶酒我要了。

向秋生说，奇了奇了，你不喝酒，要酒干吗？雷锋说这你别管，我有用。向秋生更奇怪，说你是送人的吧？做好人去？拍谁马屁？

雷锋承认说，是要送人。

向秋生问送给谁，雷锋说这你就别问了好不好？向秋生大度地说，好好，不问了，说是个马列主义者，谁知肚里还有自由主义小九九呢！

这时候战友们就轰地全散了，说伤心伤心，连股酒味儿都闻不着。向秋生吼着说伤心啥，我以后再去弄一瓶来。我别的本事不大，这点儿本事还有的！

雷锋与向秋生聊天的地方，选了连队的菜园子。菜园子好啊，粉蝶飞舞，空气中还有一股淡淡的香味。他俩对坐在石块上，挨得很近。远处篮球场上的喝彩声一阵阵传来。向秋生一开始就拍腿说，老弟啊，老弟，我现在总算弄明白了，为啥你入伍一年不到就入党，我入伍快三年了，还是个党外群众。原因，就是有人老说我坏话。

这话有点儿让人摸不着头脑。雷锋问，谁呢？

向秋生扳手指头，说最早的是秦有生，退伍了！再后来是徐喜贵，也退伍了！现在就是乔大山，你们弓长岭矿一起来的，驾驶技术最差，还老顶嘴，讽刺我最有本事，说我不干实事啦，好吹啦！我吹啥？我驾驶技术是不是全班第一？他这叫信口雌黄，帝国主义作风，可恶极了！你说，对这种歪风我能不狠狠批评吗？可是，问题来了，这一批评吧，又是我不对。谁让我是班长啊，当了班长啊总得背一口"搞不好团结"的黑锅！庚伢子，问题很清楚，我落后，根子就在这儿。

雷锋也跟着拍了腿，说，我的秋生哥啊，你今天买一瓶酒其实不是来庆贺我入党半周年的，是来借酒浇愁的！

向秋生说，你哥能不愁吗？当然愁啦！我是从小就定下远大革命志向的，我立志为人民为祖国当革命英雄，可是快三年了还是个班长，还当不了党员，我能不想办法弄瓶酒吗？不过好在我已经找出原因来了，这很重要。啥都没比找出原因重要，你说是不是？

雷锋想一想，说，秋生哥，依我看，乔大山确实有缺点，比如不安心在部队工作，纪律懒散。但是他也有优点！我记得在地方上的时候，他为了水泥不让雨淋，把自己的被子都抱到水泥袋上去盖，还动员大家都抱被子去呢！

向秋生说地方是地方，部队是部队。雷锋说，秋生哥，你总是班长嘛，还是应该多跟他谈心。我们都是为了一个共同的革命目标走到一起来的嘛，谈心是个很好的办法，其实许多疙疙瘩瘩的事，多谈谈心，就能化解。

向秋生击雷锋一掌说，嘿，好像你是班长，我不是班长！雷锋笑着说，秋生哥，我们从小一起要过饭，情同手足，应该互相提醒互相帮助嘛！向秋生正在琢磨雷锋这番话的时候，忽然就发现关指导员往菜园子这边大踏步走过来了。关指导员说，啊，你们两位都在，有个干部任职方面的决定正好要告诉你们，坐吧，坐吧。

三人坐下以后，指导员就说，连里研究了，营里团里也批准了，四班长小薛升任二排排长，那么四班呢，连里决定，就由你雷锋同志任班长。

雷锋有些意外："我任班长？"向秋生跳起来猛拍雷锋肩膀，说好事啊，五班长向四班长热烈祝贺！你看你看，今天本来就是该喝酒的嘛！

指导员对向秋生说坐下坐下，又说雷锋啊，你担任班长，责任就大了，希望你继续以身作则，做好各项工作，也带好全班！

雷锋站起来表态说，请指导员放心，我一定不辜负党组织的期望，兢兢业业，做好班长工作！

"好，"指导员说，"坐下坐下。"

指导员又说，各个班的战士也有一些调整。小向啊，你们五班的乔大山同志，现在决定调入小雷的四班。

向秋生一听，激动了，呼啦站起，说坚决拥护连首长的英明决定！

指导员说坐下，坐下。又说小雷啊，乔大山同志是后进战士，是有一些缺点，但是也有明显的优点，你要好好带他。你们都是弓长岭矿来的嘛，你们本来就熟悉，你要设法帮他从后进转化成先进。

雷锋说，我一定努力。指导员我有个想法，我想让乔大山跟我一起驾驶13号车，我跟他结个对子！

指导员说可以嘛，我们晚上就召开全连大会宣布这些决定，现在先跟你们通个气，有个思想准备。

向秋生说我能握握您的手吗，指导员？

指导员说怎么了？向秋生不由分说，一把抓起指导员的手就摇，说您太明白我向秋生的苦衷了，我们五班这几年老出刺儿头，弄得我不安宁，现在指导员高瞻远瞩，真是帮我一个大忙了啊！

向秋生的激动是不令人奇怪的,班里少一个刺儿头,这比喝高档老白干还使人兴奋。

乔大山到四班报到也特开心,他早不想待在五班了。再说到四班雷锋又是班长,这又是多开心的事。问题是这个雷班长提出要跟他合开这辆13号油耗子车,就有点叫他烦心。这台车虽然获得节油车称号,但那要费多少神啊,平时保养、检修,驾驶时的七注意八要点,得像伺候太爷爷一样伺候啊!乔大山说雷班长行行好,能不能给换辆省事的车啊。雷锋说就你我开13号了,啥都别说了,我们一定把这辆车伺候好。我就不信你这个力大如山的乔大个儿还摆不平一只小小的油耗子!

乔大山心里不太乐意,但还是摆弄起这只油耗子来,反正班长怎么伺候它,他也学着怎么伺候。

盛夏季节,抚顺钢厂的施工也到了紧张阶段,运输连的任务更加吃紧。那天一长溜车队爬上山坡公路一起停着休息的时候,汗流浃背的战士们跳下车,纷纷去路边的一个食品摊买汽水。连续跑路,大家又渴又累。

雷锋也走过去买,从兜里掏钱,这就叫买了汽水正大口喝的向秋生觉着奇怪,说太阳西边出来了,你也来买汽水?

雷锋摇摇头,端起水壶说,我有白开水。

向秋生笑,说是吧,我还以为你今天买汽水了,不做抠门大爷了!李顺说,真的,还从来没见四班长买一瓶汽水、一支冰棍儿过!向秋生说,今天我给你买一瓶,庚伢子!

雷锋一边说不用不用,一边却自己却掏出一张角票,递给营业员说来一瓶汽水。

向秋生跺足喊,太阳真的打西边出来了!

雷锋买了汽水,往自己的13号车走。他把汽水递给正歪在副驾驶座上打瞌睡的乔大山。

"给,"雷锋说,"消消暑!"

乔大山接过汽水瓶,嘎一声咬下盖子,大口喝,边喝边说,真是困死了。班长，你怎么不喝汽水？

雷锋点点自己的水壶说，我喝这，我惯了！

乔大山说，你那水壶早喝空了！

那你的水壶支援我一点嘛！雷锋笑着就拿过乔大山的水壶，倒了一点儿在自己的水壶里，然后说，来，趁休息，再写一遍"为人民服务"五个字。

乔大山恼了，说干吗呀？昨天学习到深更半夜，今天还来？你不折磨我半死你不顺心是不是？！我也真傻了，干吗调来四班啊？

雷锋说复习很重要，说着，就拿出一块自制的写字板和一支铅笔，让不认字的战友在上面写。乔大山边写边嘟哝说前面三个字还好写，后面两个字笔画太多，这笔棍子还不听使唤！班长啊，咱俩好歹是一个矿山出来的，你就饶了我行不行？

"不行！"雷锋说，"军队需要有文化的战士，你不扫盲不行。"

乔大山写了一遍，说不写了不写了，太累。这世上是谁发明了写字啊，吃饱了撑的，光说话不行啊！又说你这个班长啊，要求人太严格，不是看书，就是写字，当个兵怎么就那么累啊！一天又没有二十五个钟头！不写了不写了，有空不如打瞌睡。累死了，你再打搅我睡觉我跟你掰！

乔大山把写字板扔在一边，闭眼打起瞌睡来，再也不理睬班长。

雷锋没有勉强自己的助手。时间紧确实也是个问题，这个暑天大家忙得几乎都趴下了。但是放松学习也是个问题。在两天后的例行班务会上，雷锋动了个小脑筋，他说同志们啊，今天我们四班开班务会，班务会的内容呢，是做个游戏！

乔大山说，做游戏？班长你话有没有说错哦？！你是班长，是领导同志，你不能说错话哦，革命要受损失的哦！

"真是做个游戏，"雷锋笑呵呵说，"我没说错话。来，一人先分一颗钉子。"

他手心里出现了一把小钉子，亮晶晶的，然后一颗一颗地分给全班同志。他又取出一块木板，再取出一把小榔头，说，每个人都把自己的钉子往木板上钉。能钉进去吗？大山先来！

乔大山接过榔头和木板，说这有啥难啊，太小儿科了嘛，班长你小看革命群众啊。

"咚，咚！"两下子，乔大山就扎上了一个钉子。

其余的战士也加入了，轮流兴致勃勃地敲，有的只消敲一下，更多的是敲了两下和三下。一会儿，这块木板轮流转一圈儿，咚咚地钉上了一大把钉子。

雷锋一直笑眯眯地看着大家的动作，最后接过木板，说我也来钉一颗。

"咚，咚！"雷锋也是两下子，敲进了一颗钉子。

游戏做完了。雷锋说。

乔大山说啥意思呢？咱革命群众不懂啊。

雷锋说，啥意思呢，听我说。大家看，一块木板，上面一个眼儿也没有，但是钉子是靠什么进去的呢？

"挤呗！"乔大山说，"一敲，它就进去了。这还用说，我文盲都知道。"

雷锋说，太对了，大山懂科学了。这钉子嘛，靠的就是这股钻劲，这股挤劲。我觉得，这就是一种精神，钉子精神！大伙儿说说，是不是钉子精神？我们呀，平时总是说，我们没有时间。我们开车太忙、训练太忙，稍微有点空，还要搞内务卫生，实在没有时间来读书啊，没有时间学文化啊！可是我们看看这些钉子，钉子发扬的，就是挤的精神、钻的精神，硬是给自己争取到了位置，是不是？我们平时的读书学习呢，也该抓紧点点滴滴的时间，一有空，我们就坐下来学，哪怕看几页书也行，哪怕练十几个字也行。这就叫滴水成河、聚沙成塔。平时不起眼的时间，一点一滴攒起来，就是很大的一块时间了。

听着这番讲解，大家就活跃起来。乔大山说，班长啊，你这是变着法儿骂我呢。

雷锋说，你说是不是这个理呢，大山？

乔大山说，按照你这么说，这一天就该有二十五个钟头到二十六个钟头，是不是？雷锋讲兴许有二十七个钟头。乔大山说除非我学你一样趴在被窝里看书，弄得人不像人。这话逗得大家都乐。

自从钉了木板之后，乔大山似乎也感悟到了一点儿什么，平时学习写字抓紧了一些。有一天吃过晚饭，他也凑着太阳的余晖坐在菜园子边上用写字板写字，这一下叫雷锋感动了，连忙跑过去说了一些赞扬鼓励之词。乔大山说，班长啊，你说的钉子精神我愿意学，但我有个条件，你得帮我个忙——帮忙写封情书，我对象可盼我信了！

雷锋说我没写过情书，不过，既然你这么说了，我也可以试试。

乔大山高兴了，翻了一回白眼，悄声说，你就这样写：大妹子啊，我在部队挺好的，老想着你。

雷锋说这可以写。

乔大山说，当兵就是钱少，我没法子给你扯布做衣服。

雷锋说这么写不好，应该这样写：我现在虽然没有条件给你扯布做衣服，但这是暂时的，等我履行完光荣的军人义务后，一定会很好地操持这个家。

"你真是个秀才啊，"乔大山大惊小怪地说，"同样一句话，死的就给你说成活的了。入了党就是不一样嘛，特会糊弄人。喂，我说实话，班长，咱当兵真的是苦嘛，你说苦不苦？这食堂也越来越闻不着荤腥味儿，你看看食堂门口转来转去的两条狗都瘦成啥样了。"雷锋说，不能光看到艰苦的一面，艰苦也是一种快乐啊。你想，我们当兵的，日夜捍卫着祖国的安全，也捍卫着你老家的村子，捍卫着你那对象，这不是很快乐的一件事吗？

雷锋说到这一层上，乔大山也觉得有理。这是大道理嘛，大道理总不会错。乔大山瞅着雷锋看，就觉得这小个子不简单，从弓长岭一直到部队，样样抢在前面，对工作，对学习，对首长，对战友，对老百姓，全都丁是丁卯是卯的，想挑他毛病都没有，就是当兵体检关口上弄虚作假那小伎俩，也是自己出的馊主意，不能赖他。他可比原先的班长强多了，强一百倍。但是，乔大山对雷锋唯一不满意就是出公差太多，动不动指导员就来喊他了，说是团里下达的任务，要他去某某部队作报告。忆苦思甜啊，认真读书啊，主题还特多。不仅团里讲，沈阳军区其他部队也讲，甚至讲出陆军讲到海军去了。海军某部也知道有个雷锋，硬是通过沈阳军区工程兵部队要雷锋去讲一次。雷锋去讲倒是不要紧，可就要乔大山一个人伺候这13号破车了。这破车保养、检修的事还特多，乔大山必得比人家更加辛苦一点儿，这就叫乔大山窝心。写字要木板上敲钉子挤时间，保养车子也要木板上敲钉子挤时间，凭啥他就要过一天二十六个钟头、二十七个钟头的生活？这人的发条拧得太紧可是要断的啊！

所以调到四班也有调到四班的窝心之处。

这一次雷锋外出作报告，又作长了，连续讲了八天，第九天才回到营口的工程兵十团团部，又讲了一下午。报告会散了，吴团长走出军人俱乐部，喊住后勤处的干部："助理员，留雷锋同志吃晚饭，通知伙房炒两个鸡蛋，再想法子弄条鱼来！"

雷锋赶紧说，团长，天还早，我回抚顺连队去，赶得及。

吴团长说，雷锋啊，你现在是我们工程兵部队的标兵人物了，作报告的任务也很重，你忆苦，又很动感情，很累，你累垮了我心疼，你要好好补补身体。

雷锋说，团长，明天要出早车，我那台车是油耗子车，平时保养很重要，我要看看前一天车子保养得怎么样，我还是早点回连队好，谢谢团长关心！

吴团长想了一下，说那也好。于是喊住金干事，说仍旧由你们宣传股派车，送雷锋同志回抚顺。

金星干事要了一辆吉普车送雷锋回抚顺，一路上问话不停，甚至在颠簸之中作着笔记。金星说，小雷啊，你发表在《望城报》上的文章

《我学会开拖拉机了》，现在还能查到吗？雷锋说我自己没保留，报社可能会有的吧！金干事，其实这不重要！金星干事却非常认真地说，不，这很重要，你走出的每一步都很重要。我要好好写一篇你的长篇通讯，你可要配合我啊，雷锋同志。你现在不光是你自己啦，团长都说啦，你是我们沈阳军区工程兵的一个代表人物啦！党的宣传工作你一定要配合啊！

金星这一次下决心要在连队待上一星期，好好收集素材，把雷锋的长篇通讯写好。谁知，吉普车刚驶进运输连在抚顺的驻扎地，就有人跑来说有人在说雷锋的坏话。

跑上来的是向秋生。向秋生拉住雷锋就说，庚伢子，木头疙瘩就是木头疙瘩，你以为你感动得了他？金星下车，问谁呀？向秋生吓一跳，说金干事也来了？啊呀，我的四班长，你现在了不得啦，回连队还有金干事护送啊！金干事，我刚才说的是一个后进战士，就是乔大山嘛，原先我们五班的，现在就跟这位四班长开一台车！

雷锋问乔大山到底怎么了？

"背后说你哪。"向秋生说，"说我们这个四班长是先进啊，到处作报告，害得我老是一个人洗车，一个人洗零件。"又说："他管我管那么严，我又不是他儿子！"

雷锋说明白了。向秋生说你明白了也没用，你以为你治得了他？这块木头疙瘩顽固得很。我刚才听薛排长说，明天出车他也不出了，说生病了。啥病啊？屁病，思想病！

一听说乔大山病了雷锋就紧张，他到连部一报到，去车场看了看，就赶忙奔回宿舍去。

战士们迎面打招呼，都说班长回来了？很亲热的样子。雷锋一路笑着应答，然后就进门，坐到乔大山的床头，用手按按乔大山的额头。

用不着摸，摸啥啊，乔大山说，没热度，你手上烫出泡来了？

雷锋说，我看你把车都冲刷干净了，油也加满了。

"我病了，"乔大山说，"明儿你一个人出车吧！"

哪儿不舒服？雷锋问。

"浑身不舒服。"乔大山瞪眼说，"你作报告能作，我生病还不让生？"

雷锋说，大山呀，我去作报告，也是执行上级任务啊。我上次在连里作报告，我看你也是泪流满面的。你还握着我的手说："雷锋，以后谁还敢给你苦吃，我揍谁去！大山啊，我听了很感动啊！"

乔大山闭了一会儿眼，跃起身说，别啰唆了，我明天跟你出车！

第二天出车之后，雷锋挺照顾乔大山，基本上是自己驾驶，说大山你别累着，我来吧！可是开着开着，无缘无故就停车了。乔大山诧异说干吗半路停车啊？只见雷锋跑向公路边的一只垃圾箱，在箱口上取起一双丢弃的破袜子，喜滋滋跑回来说，就是脚后跟破了点儿，洗一洗补一补，能穿。

乔大山着恼，盯着破袜子，掸一掸鼻子前头，说班长啊班长，你再节约，也不能从垃圾堆里捡破烂啊！你解放前当小叫花，现在都六十年代了，还捡破烂，你捡破烂捡出瘾来了你？

雷锋说国家还不富裕，我们大家都要节约啊。

乔大山说，啊哟，你怎么那么叫人憋气啊，谁知道那个人有没有脚气啊！

雷锋不说话。上坡时，雷锋忽然急踩刹车。原来是有人半路冲了过来拦车，要搭"顺风车"。乔大山探出车窗，一声喝："让开，不怕死啊？"

那是一位中年农民，一张脸是树皮的颜色，一迭声说对不住啊解放军同志，路远，捎个脚吧！

乔大山说，军车不搭人，规矩懂不懂？

雷锋赶紧推门下车，和蔼地对农民说，老乡，我们驾驶技术不高，前面山路弯道又多，你坐在车厢里不安全。再说，部队确实有规定，军车不能带人。说到这里，雷锋摸出两元钱，塞在中年农民手里说，请你前面车站买张票，坐班车回家吧。

农民一下子蒙了，说同志啊，这怎么好意思？

"拿着吧，"雷锋说，"我看你也有急事。"

汽车开动后，乔大山说，我的娘耶，两块钱，你一个月才六块，你装阔佬啊？两块钱能买一打新袜子哩！你这样开车叫人怎么受得了？人家说你抠门，原来你钱就这么白白扔了。你也叫人太憋闷了！

乔大山一边这么埋怨雷锋，一边心里想，这人哪，心还真善。首长们眼光没看错，这样的人不去作报告谁去作报告？

几天的车跑下来，乔大山也没气了，有一天还对雷锋作了检讨，说班长啊挺对不住你的，你一走人我心里就烦，嘴上呢，也没个把门的，就容易啰唆。雷锋说这有啥啊，也挺委屈你的。人家一台车两个人，你跟我结对子就经常只能一个人，又整车又洗车的，真的累人。

乔大山听了好话心里舒坦，说以后没这回事了。可是在这一年的冬天，运输连返回营口老家进行例行的冬训，全连野营拉练徒步行军时，乔大山不知怎么脸又拉长了。雷锋问他有啥事了他也不说，薛排长问他他也不耐烦，说没事没事，无非是路走长了两脚掌痛呗！

不仅乔大山脚痛，好多战士脚上都起了水泡。汽车兵走路就是这样，但要不是来个长途拉练，以后就更不会走了。雷锋临时就编了快板，站到寒风呼啸的山路边，冲着行进中的队伍这样念：

革命战士不怕难，

野营拉练来备战！

脚上血泡算个啥？

晚上当作灯泡点！

众人都笑，说"好"。只有乔大山嘴里嘟哝，说谁爱当灯泡点谁当灯泡点吧。

晚上在村民家宿营的时候，雷锋果然凑灯光要拿乔大山的脚察看血泡了。雷锋说大山，伸出你的脚来，我给你挑血泡！

乔大山说不用。雷锋不依，说不挑破了，明天怎么走路？明天还有一百里地呢。

乔大山伸出脚，让班长细心地挑，但一张脸仍是苦苦的。雷锋说大山啊，看你一天没说一句话，有啥心事没有啊，村里对象还好吧？乔大山说对象好着哪，啥事没有。说完就再不吭声，一会儿呼噜就起来了。

雷锋挑了乔大山的血泡，又帮李顺也挑了血泡，然后坐在老乡房间客堂前的火炉边，开始为全班同志烤袜子。袜子又湿又臭，雷锋也不避这味儿，一双一双烤着。臭袜子非得搓一把水之后烤干，要不然湿乎乎的明天怎么走？

李顺悄悄起身，从被窝里抽出脚，在一片长长短短的鼾声里，悄然来到客堂，坐到班长身边。

雷锋斜他一眼，说，去睡吧，一百多里地，你也累了。

李顺说我陪陪班长。雷锋说不用陪，去睡吧，我一会儿就烤好了。

李顺说我知道班长在想什么，班长在想乔大山为什么不高兴。

雷锋惊异地动了动眉毛。李顺说，我知道他为什么不高兴。雷锋认真起来，问李顺是怎么回事，李顺就把乔大山老母亲住院的事说了。雷锋更惊异了，说怎么回事，你怎么晓得的？李顺掏出一封家信说，这就是乔大山收到的信，他要我读给他听的，是他母亲肺病住院。他说这件事别给班长说，说了也没用，难得一次野营拉练，连里不准请假，班长不会放我走的，所以还是别说的好。

雷锋默默地看了一遍家信，便把信递还给李顺，说明白了，你快去睡吧。

第二天拉练到快近中午的时候，部队路过一个小镇子，虞连长宣布临时休息一刻钟。雷锋赶紧奔到镇街上的邮政所，挤到柜台前。

"同志，对不起，我只能抢先了。"雷锋急急说，"我们部队拉练绕过这儿，只休息一刻钟，我想汇笔钱。我有急事。"

群众让开了，说解放军同志，快请吧！

雷锋汇出了二十块钱。乔大山铁岭老家的地址，他是清楚的。

部队继续出发的时候，雷锋抢着走过一段泥泞难走的道路，走到关指导员身边说，指导员，我想提个建议。关士祥眉毛一动，问是什么建议？雷锋说野营拉练很重要，但如果真有同志有了具体困难，是不是也不一定要求他们走完全程？

关指导员问，你是指谁？后来听雷锋讲了乔大山母亲急病住院的消息，思考了一下，还是同意了，说乔大山可以临时离队去探亲。

现在雷锋提的建议，关士祥格外重视。

心急如焚的乔大山第二天离队，从小镇赶到县城，又从县城坐长途车颠簸到铁岭，已经是第三天了。他再搭了一辆拖拉机突突突地往乡下赶，等他赶到乡卫生院大院的时候天已经黑了，这时候他便惊异地发现自己的妹妹正扶着母亲走出医院。乔大山奔上去，大喊一声，妈！

妹妹大叫，哥，妈出院了！老母亲扶住儿子说，我的孝顺儿子啊，亏得你啊，让妈多住了两天医院，整整打了五天的吊针，治好了病，不然，那个咳嗽啊！

乔大山说，妈啊，为儿真是挂念坏了！妹妹说，哥，妈一个劲儿夸你啊，钱你汇得太及时了！乔大山一时摸不着头脑，说什么汇钱？我汇钱？

妹妹说你汇的啊，电汇啊，我前天去邮局取的啊，二十元钱呢！

乔大山还是莫名其妙。妹妹说，还有汇款留言呢，我放在家里呢！

乔大山回到家，一看"汇款留言"的口气，就猜到是班长汇的。留言是这样写的："妈你安心治病，钱不够再汇。"

乔大山心一热，对母亲说，钱是我们班长汇的。母亲说，你的班长？他汇的钱？乔大山说，他叫雷锋，弓长岭矿的，跟我一起当的兵，现在又开同一台车。妈，他是标兵，入了党，又当了班长。

母亲说，大山，你班长是好人哪！又说，大山，你可要好好谢谢他啊！你们解放军里个个是亲人啊！

当夜，乔大山躺在家里的热炕上半宿没睡着，差一点儿想连隔壁村的对象都不看了就要返部队。他满脑子想的就是自己今后该怎么当一个好兵。他从头到尾琢磨了一遍自己,感到自己实在是落后了,不仅文化落后,技术上,尤其是思想上,跟同志们比都差一大截子。而班长,这个全沈阳军区工程兵的模范人物就在身边,言传身教、嘘寒问暖的,不哼不哈就出手解决同志困难。这么个活镜子活榜样,自己还能不学好么?再不学好就太对不住自己了!

赶回营口连队之后,乔大山做的第一件事情就是把宿舍里破了两天的白搪泥炉子抹好了。他有这个手艺。本来他见这种事是斜眼一看就完事的,有时间还不如倒在铺位上闭眼睡觉好呢,可是这一次他啥也不说就卷起衣袖抹开了泥灰,晚上雷锋和全班战士回到宿舍,一见乔大山这么干,都愣了。

李顺大叫,乔大山你为我们做好事呀?你把坏炉子修好了呀?

乔大山站起来,对雷锋说,班长,别说我不识字,看那汇款留言的口气,就知道是你。你是把我妈当你亲妈了!说到这儿乔大山哽咽起来,用手抹脸,把一张脸弄得黑乎乎的全是泥灰。

雷锋说哎呀哎呀,这么大个儿还流啥泪?完不成训练任务和生产任务才该流泪呢!

乔大山说,班长,往后,你咋说,咱咋干,咱不那样干咱是驴。

雷锋说,别的不说了,今天的任务:为人民服务,写十遍!

乔大山说,我写二十遍,我木板上敲钉子挤时间就是了。接着他又压低声音说,班长你也再帮我写封情书,就说我准时回部队了成不成?

乔大山的进步可以用神速来形容,牢骚怪话一句没了,谁有困难他还能主动问,问了就帮。这一切全班都看在眼里,李顺甚至议论说再这么下去乔大山过一年也可以入党了。

一个月之后,连队结束了在营口的冬训,在饭堂召开总结会。指导员大声说,刚才宣布的雷锋等十二位同志为本季度连队标兵。这十二位同志中,尤其值得一提的是四班的乔大山同志!乔大山所开的13号车,不仅在载运量、安全行驶、耗油量各项指标中,位列全连榜首,特别要指出的是，乔大山在一个月的冬训中，做了很多好事，为班里修理了取暖炉，为连里修理了晾衣架，又努力学习文化，上星期在执行训练任务途中，还抢救了一次火灾，工厂送来了锦旗。我们全连同志都要向乔大山同志学习！

全场鼓掌。向秋生一边鼓掌一边惊得目瞪口呆。指导员说，下面请乔大山同志代表本季度的十二位标兵讲话。

乔大山在掌声中上了台。他从来没这么公开亮过相，一上台就有点儿抓耳挠腮。

乔大山摸出一封信说，我不会讲话，我村里的对象给我来了一封信，我以后要怎么当兵，对象都给我说了，谁给念一念，这就是我的决心。行不？谁来念啊？

薛排长自告奋勇跳上台，说我来念吧。乔大山就递信给他。

"知道你在部队里受到首长表扬，我很高兴。"薛排长大声念，"希望你继续努力，向先进的同志看齐，尤其是要向你的雷锋班长学习，勤勤恳恳，埋头苦干，为大家做好事，多贡献，争当先进！我在农村等你，一辈子不变心！"

饭堂里爆发出笑声，大家鼓掌。乔大山脸色飞红，又抓耳挠腮了一阵。薛排长继续念："还有，我特别高兴的是，没想到你学文化这么快，会用好几种笔迹给我写信。"

这句话，闹得全场先是一愣，后来都哈哈大笑，把指导员和连长都笑出了眼泪。

乔大山对大家说，别笑了，你们都听见了吧，这就是我的决心。然后又对雷锋说，班长，我给你敬礼了！

乔大山敬礼。雷锋感动了，走上台，与他紧紧相拥。全场热烈鼓掌，大家都显出了感动。连向秋生也劈劈啪啪鼓掌，心想真是奇了，一块榆木疙瘩怎么就脱胎换骨了。

正在饭堂一片热闹的时候，吴团长突然出现在门口。指导员和连长急忙跳起来迎上去说，呀，团长来了！

吴团长笑着摆摆手，大步走上发言台，对大家说，看来你们运输连今天的主角又是雷锋了！

指导员说，报告团长，今天是运输连冬训总结表彰大会，请团长指示！

吴团长说，我今天到这儿，是专门征求运输连同志的意见来了。抚顺市正在酝酿召开第四届人民代表大会，给我们工程兵十团一个代表名额，因为我们团这一阵子一直在抚顺帮助施工嘛，抚顺就考虑到我们团了，这当然是好了。那么，选谁当代表呢？抚顺的许多居民，包括小学校一些师生，在酝酿推举代表名单时，都提到了我们团的雷锋。我们团党委在讨论的时候呢，也有点儿倾向同意当地老百姓的意见。但是，人民代表这个事，要很慎重，要有代表性，所以团里还想问问运输连的同志有什么意见。

团长话犹未了，情绪热烈的战士们已经把雷锋给抛了起来。乔大山一边抛雷锋一边还喊，班长你多去开会吧，啥事没有，油耗子车我一个人就能伺候，我伺候不了我是驴！

当晚，向秋生就来看乔大山了。他踏着雪，猫腰走进四班宿舍，一进门就冲乔大山说，大山，老班长来祝贺你当先进了。

乔大山正在练字，抬头说不敢当不敢当，老班长祝贺，怎么敢当啊。

雷锋放下手中的那本《论联合政府》，笑着提议，你俩拥抱一下吧。

四班所有战士都喊拥抱拥抱。乔大山有点儿不太乐意，但是向秋生很主动，冲过去就拥抱，两人就这样拥抱在一块儿了。向秋生小声说，老班长对不住你了！

乔大山忽然有些感动，也在五班长耳边说，是我对不住你啊，老是顶顶撞撞，怪我这张臭嘴！

向秋生松开乔大山，认认真真说，大山，再回我们五班行不行？

乔大山一愣，忙说，五班当然也好，不过，我没跟雷班长学好文化以前，我就不挪窝了。

向秋生叹口气说，我的四班长啊，你真是会带兵啊！我有个重要问题要问问你，你有空吗？

向秋生与雷锋向值星排长打了招呼之后，就出了营区。两人沿着积雪的营口西大街，慢慢前行，路灯把他们的身影长长短短地映在街道的积雪上。

夜风从辽河方向吹过来，硬硬的，但是很新鲜。向秋生深深吸了一口气，喷着白雾说，庚伢子呀，你又进步了，这一回当上人民代表喽。

雷锋说，秋生哥这个月也夺了"节油标兵车"了，进步也很大啊！

向秋生拼命摆手，说，不，我的进步比我预想的慢多了。我老是在想，我身上肯定有毛病，可是这毛病，又到底在哪儿呢？

雷锋想一想，忽然问，秋生哥，你班里有没有再出刺儿头？

秋生说，啊呀，你问对了，有啊！那个梁大年最近变坏了，动不动就顶撞我，说我是不撞南墙不回头。我怎么就不撞南墙不回头了？我撞啥南墙了？我见着他就心里来气。

雷锋脸带笑意地提议，那么，秋生哥，也把小梁调我们班里来，可以吧？

向秋生呆了半晌，好不容易才转过脑子来，说，哦，哦，我可以找他谈谈心，可能问题还在我身上。庚伢子，你真行，你这是变着法儿在帮我找原因啊！我这脑瓜子可能……真是有问题。雷锋，你再帮我分析分析。

这个晚上，这弟兄俩沿着几百米长的西大街走了三个来回。向秋生表现得从来没有这么谦虚过，一个重要的原因是，他从心坎深处，真正地感到了自己确有弱点存在。

你这个庚伢子，不简单啊！

拾柒

不是不想见姐姐，这是步速问题

北京天安门和高大庄严的人民大会堂引来一片啧啧赞叹声。谁到了北京都要马不停蹄先奔这里来，摸摸汉白玉的立柱，摸摸金水桥的桥栏，看看城楼正中的毛主席大画像，然后就到处找摄影摊点。那个时候有一架笨笨的海鸥牌照相机就是了不得的事，一般人的挎包里都只有牙缸、备忘本、粗杆子铱金钢笔，哪有啥照相机啊，那是记者才有的。

但是高校学生参观团却带了一架，是从大学里借出来的。于是有人开始招手喊拍照："来，轮到方健了，方健笑一个！"

这是一群来自湖南各所高校的优秀大学生代表，他们一下火车首先就直奔天安门广场，然后就是拍照。

方健单个儿拍了照，又与几个同学合影，完了，便对带队的那位校长说，校长，在北京三天参观的最后一天，我能不能请一天假，去一趟东北？

校长一愣，说不在北京参观了？什么东北？

方健说，就是东北，想去抚顺。

校长沉吟了一下，说不看长城了？第三天是看长城哪。方健说只好不看了。校长问是不是看亲戚，方健说，我有个弟弟在那儿当兵，最近当上部队的先进模范人物了，还选上了抚顺的人民代表。三年没见了，挺想去看看他。这一天恰好是星期日，部队也休息，正好能跟他聊聊天。

是啊，到北方来一趟也不容易。校长说。他很体谅这个农学院学生的心情，于是他说，我跟教育厅带队的同志商量一下吧。

方健获准了假，兴致勃勃地坐夜车直奔抚顺。她从来没到过东北，一路车轮的咣当咣当声使她不停地想象着雷锋的生活场景。车窗外涌进暮春的气息，但空气始终是燥燥的，不像南方那样湿润，一会儿嘴唇就干了。

她除了想跟这位弟弟叙叙友情，很想当面问这位弟弟一个问题，那就是找对象的事。都二十多岁了，该考虑个人问题了，军人在驻地不能找，这是纪律，那么，在家乡能不能就开始找起来呢？她要问雷锋一个准信儿，若雷锋有这个意思，她方健这个在老家做姐姐的，义不容辞得帮这个忙。雷锋在通信中从不谈这类事，不知是不是怕羞。当然这类事在信中也难谈，最好当面说。

雷锋啊，你的方健姐姐谈朋友已经谈了两年了，都快办喜事了，现在就得关心你这个弟弟啦！

方健到达抚顺已是早晨，在热热闹闹的车站买了个馒头之后她就打听抚顺钢厂工地在哪个位置，进而再打听运输连是不是在那儿。部队番号是7343，方健记得准准的。

上午九点多钟的时候，精神抖擞的方健跳下一辆热情的拖拉机，准确地奔上了直通运输连的那条小路。坑坑洼洼的小路走到一半儿，她就看见路边停着一辆军车，一位军人仰脸躺着，钻在车肚子里检修，双腿露在外面。

方健犹豫了一下，弯腰，大声问，解放军同志，请问前面有人站岗的地方就是7343部队吗？

对啊，车底下的军人闷声闷气说。

方健又问，就是工程兵十团的运输连，对吗？

"对啊，"军人说，"找谁啊？"

有个叫雷正兴的，不不，叫雷锋的，是不是就在这个部队啊？

车底下的军人一听这句话，一耸身子，泥鳅一样爬了出来。

春天的太阳底下，这名脸上都是油污的年轻军人疑惑地望着面前的这个二十五岁的面容端庄的姑娘，怎么这么面熟啊？

向秋生指着对方，一部分记忆顿时恢复了："方……方……？"

方健也认出来了，大叫，向秋生？！小向？！

向秋生也终于叫出了对方的名字，方健！养猪模范！

方健高兴得跳起来，说想不到先看到了你小向，我早知道你们是一个部队的。哎呀真是太高兴了，你好吗？

两个人热烈握手。向秋生忽然又抽回了手，说不好意思，一见面就给了你一手油污。来，这块儿布可以擦手！

方健一边擦手一边说，雷锋每次来信都说到你啊，说你对他帮助可大啦！

向秋生说，话说拧啦，现在是他对我帮助大啊！方健问，怎么星期天还在工作啊？向秋生说，雷锋老是星期天加班加点，我今天也学雷锋啊！我们全团现在都在学雷锋啊！我今天想加个班拉一车料，你看，刚出门就出故障了！

方健说，别加班了，快，一起见雷锋去！向秋生说，对，快见你弟弟去，你是他姐呀，他老是健姐健姐说个不停呢，喳喳喳喜鹊一样。走，上车，我带你回连队！

向秋生带方健回到连队，下车就领着她直奔四班宿舍。

雷锋，雷锋，没进门向秋生就吼，看谁来了？！

进门一看，只有乔大山趴在铺位上一笔一画练字：我为祖国紧握枪。乔大山抬头说这"握"字太难写了，枪好握，字难写。向秋生问，大山，你们班长呢？

乔大山说一老早就走了，又补充说可能串门去了。

"串门去了？"向秋生疑惑地问，"串哪家的门啊？你看，他姐来看他啦！"乔大山说老班长别蒙人了好不好？我们四班长是孤儿哪有姐啊？他的忆苦思甜报告你又不是没听过。

方健微笑，走上前去解释，我是认他当弟弟的，我们一直以姐弟相称。

乔大山看见姑娘进门，便急忙站起，表示礼貌，然后规规矩矩说，我告诉你们吧，班长可能是去前面村子的烈属张大娘家了。他这两个月去好几趟了，劈柴、挑水的，今天还带着一瓶酒去的。

向秋生猜着了："我的高档老白干？"

"是啊，真是一瓶老白干呢。"乔大山说。

向秋生马上说，方健，烈属张大娘家我认识，我跟连长说说，要一辆吉普，我带你去找！

方健说不用麻烦领导了吧？向秋生说，没辆车子哪行？你下午三点钟不是又要上火车吗？得抢时间哪！

乔大山没说错，雷锋果然是在烈属张大娘家。他正爬在顶棚上，帮助整修脱落的木条子，一把小锤子在窗户上敲敲打打，啄木鸟一样。

张大娘看着爬得很高的雷锋，心疼，说下来吧，行了，小心摔着，孩子！

雷锋直到把木条子钉妥，才跳下来，拍拍军衣说，好了，大娘，放心，风吹得再大也不会晃晃荡荡了。

张大娘说可怎么谢谢你啊，小雷同志！

雷锋掀水缸，说缸里满着吧？张大娘说，满，满，昨天村里派人来帮我挑了水了。孩子，你就快歇会儿！

雷锋到厨房取了一只瓷碗，又从自己的挎包里掏出一瓶老白干，倒了一满碗，放在木桌上。

桌后墙上，挂着一只黑镜框，里面是张大娘的儿子穿着东北"抗联"军服的遗像。遗像是用黑色颜料画的，画得还挺细腻。

张大娘忽然感动了，睁圆眼睛说，小雷同志啊，你还记得我儿子的忌日！

雷锋面向遗像，立正，端端庄庄行个军礼。雷锋嘴上没说，心里这么说：革命先烈，放心吧，当代军人一定会继承革命烈士的遗志，为抗击外敌保卫祖国贡献自己的青春！

张大娘抹抹眼睛，对遗像说，娃，安心吧，有部队的孩子照看着我呢。

雷锋转身，对张大娘说，大娘，您晓得我是个孤儿，从小没了娘，要是您不嫌弃，我就叫你娘，行不行啊？

张大娘惊喜了，说哎呀小雷同志，你们部队这么忙，我怎么敢让你叫我娘呀！

雷锋说，全国的大妈大娘都是我的亲娘，尤其是您张大娘，早年走了大伯，唯一的儿子也在抗日战争中捐躯了，我更应该做您的儿子。我要常来帮您挑水、劈柴。往后呢，大娘，别再叫我小雷同志，就叫我庚伢子，我小名叫庚伢子。大娘您叫一声。

张大娘迟疑了一下，小声叫一声，庚伢子。

雷锋大声应，哎！——娘！

张大娘搂住雷锋，泪花晶莹，说哎哟哎哟，我真有个儿子了。雷锋说，娘，我们连队离这儿不远，我会常来看您。

张大娘连连点头，皱巴巴的脸上都是泪水。

向秋生的吉普车是在雷锋离开的二十分钟后赶到张大娘家的。这村子向秋生来过一趟，张大娘家具体在哪个位置，一时又记不准了，村路上绕了两圈儿才摸到这家低矮的瓦房。

向秋生领着方健推开张大娘家的木门，大声喊，张大娘，部队上的小雷在吗？

张大娘颤颤巍巍迎出来，说来过了，又走了。向秋生很意外，说怎么走了呢？他一转眼就看见了桌上的酒瓶，说哎呀这就是我那瓶老白干啊。

张大娘说，今天是我儿子的忌日，小雷同志特地来敬杯酒。他今天还叫我娘呢，真是好孩子。

向秋生听了这话，也向遗像敬了个礼，方健也深深鞠了一躬。

张大娘揩揩泪眼，说你们都是好孩子啊。向秋生问，张大娘，小雷他去哪儿了？回部队了？张大娘说是去参加一个什么红领巾活动，兴许是小学校吧？

向秋生对方健说，行了，明白了，望花区的一家小学！雷锋是那里的校外辅导员，常去参加队日活动。他一定在那儿！

问题是不清楚到底在望花区的哪一家小学校。向秋生说方健你别急，这望花区我知道，拢共才四五家小学校，什么红旗啦，建设啦，望花啦，我们挨个儿找就是了，不怕他庚伢子跑掉！

雷锋这时候果然在建设街小学的礼堂里，正被一群喊喊喳喳的红领巾包围着。

他心里高兴，因为这时候他正从大队辅导员曹珍珍老师手里一样样地接过"三件宝"。雷锋笑容满面，好啊，你们有了"三件宝"，一个储蓄箱，一只聚宝盆，一个针线包！你们大家说这三件宝好不好啊？

"好！"少先队员一起欢呼。

雷锋扒拉着"聚宝盆"，找到一颗亮晶晶的螺丝钉，说这颗螺丝钉很新，叔叔的嘎斯卡车上可能派得上用场，叔叔拿回去，可以不可以？

"可以！"同学们一齐说。

"是我捡的。"一个小男孩儿说。

雷锋摸摸小男孩儿的头，想起一件事，说，同学们，今天，我就给你们讲讲螺丝钉的故事。几年以前啊，我在家乡，在路边碰上一颗螺丝钉，我没有捡它，却是一脚踢飞了！就这么一脚，我现在还记得，就是这只脚，"砰！"就这么一脚。

孩子们听得发愣。

雷锋说那时候我很不懂事啊，我想，一颗那么小的螺丝钉有啥用啊？扔了就扔了，放在路中央还碍事呢，要伤行人的脚呢，所以就一脚踢飞了。

这时候雷锋的话匣子就关不住了，他就这样侃侃而谈，谈到望城县的张书记，又谈到了望城机械厂的那个高个儿厂长以及那个令人难忘的全厂大会，又谈到了自己以后怎么总是怀揣那颗滑了牙的小螺丝钉，是如何抱着螺丝钉的信念把自己拧到了鞍钢这部大机器上，甚至拧到了弓长岭矿山那个重要的部件上的。

曹珍珍老师越听越激动，竟至热泪盈眶。曹老师觉得雷锋讲得太生动太实际了，说的不是故事，而是一种境界。小男孩儿说，曹老师您怎么哭了？曹珍珍不好意思地揉揉眼睛，说同学们，雷锋叔叔刚才一颗螺丝钉的故事是不是太有意义了呀？我们长大了，该怎么做？

少先队员们齐整整说，做一颗革命的螺丝钉！

雷锋笑了，问，上次我见的那位小吕同学有没有来？就是那位特困生。曹珍珍向后排招手，说小吕，来，到前面来，坐到雷锋叔叔旁边来。

小吕同学从人群中腼腆地挤上前来。雷锋从军用挎包里拿出一包蜡笔，一套《十万个为什么》丛书，放到小吕手中，说，这蜡笔，这套《十万个为什么》，是我特地买来送你的。小吕同学啊，你不要因为自己是个孤儿，生活困难，就看低自己。学习上你要比别的同学更加刻苦，你要长志气，听见没有？

孤儿抱住雷锋，眼泪出来了，说，雷叔叔，谢谢你！

雷锋用手点着他臂上的少先队"两道杠"标志说，小吕同学呀，你已经用行动谢过我了。你看，你已经有两道杠杠了，希望你长大了，成为对国家有用的人才！

一名女少先队员举手说，雷锋叔叔，我有个问题，能问吗？我跳新疆舞"亚克西"总是跳不好，急死了，怎么办呀？雷锋一听，就笑了，问，难吗？女孩说，难啊，脖子痛！可是后天学校就要开联欢会了！

雷锋想一想，向曹珍珍建议说，学校联欢会可以不排难度较大的新疆舞，硬扭脖子可能要扭坏的。我倒有个建议，改为舞蹈"小燕子"好不好？这时候雷锋就站起来，张开双臂，做了示范。雷锋的"小燕子"造型让曹珍珍笑得喘不过气来，连说行了行了，辅导员的意思我明白了，我们可以调整。我跟音乐老师商量一下，时间来得及！——同学们，我们看得出来，雷锋叔叔是个文艺活动积极分子，今天队日活动，我们请他唱个歌好不好？

孩子们兴高采烈，大声喊好。

我就唱个《听话要听党的话》吧。雷锋说，然后运足气，满是激情地唱道：

> 戴花要戴大红花，
> 骑马要骑千里马，
> 唱歌要唱跃进歌，
> 听话要听党的话！

孩子们拍手，说叔叔唱得真带劲儿。小吕忽然提议说，叔叔唱过了，曹老师您也唱一个嘛！

曹珍珍大大方方说，那我也唱一个吧。我唱《洪湖赤卫队》的插曲。

> 手拿碟儿敲起来，
> 小曲好唱口难开。
> 声声唱不尽人间的苦，
> 先生老总听开怀……

听到这里，雷锋就慢慢低下头，眉头锁了起来。过了一会儿，竟至用双手捂住了脸面。

曹珍珍老师转头，顿然注意到了雷锋的表情，歌声戛然而止。她说，辅导员同志，你……没事吧？

雷锋说，没事，没事……我不过是……想起……以前的事了。雷锋只要一想起旧社会，不知怎么，心间就会狠狠拧成一团。虽说忆苦思甜报告也作了几十回了，可是仍然不行，提不得，一提心里就憋，胃部发闷，肠子像是要绞起来。他后来就站起，问水龙头在哪里？想洗个脸。

曹珍珍老师后来把雷锋送出校门时，还一再道歉，说雷辅导员啊，今天你给我们出了那么多的好主意，还给困难同学买了书，大家都高兴哪！就是我不好，把歌儿选错了，惹你伤心，真是对不起。

雷锋说曹老师你没有做错，也没有唱错，只是我，一想起旧社会，就忍不住心里难受。现在我们的生活虽然还艰苦，但总是那么安定，我们大家要珍惜。

曹珍珍把雷锋胸前的红领巾扶扶正，由衷地说，雷锋同志，你真是我学习的榜样。

雷锋说可不能这样说，记住，不能这样说啊，我们要相互学习！曹老师，我还有一个建议，大队部可以办一个红领巾图书馆，提倡孩子们把家里的课外书都送到图书馆，让大家交换着看。我也把战友们买来看过的书都收集起来，以后送到学校。

曹珍珍眼睛一亮，说好啊，这点子好。雷锋打开挎包，把一本翻看过多遍的《钢铁是怎样炼成的》送给曹珍珍，说这本书我看过八遍了，现在我送给红领巾图书馆，让更多的红领巾看到这本好书。

曹珍珍说怎么谢你呢？雷锋说还用谢吗？共同的事业嘛！曹珍珍又问，你回部队吗？要不要我陪你街上走走？雷锋说不了，我还要赶去一趟储蓄所，要办一件急事。下个队日我们再见！

曹珍珍目送雷锋远去，一直到他在街角转弯。她心想，这个军人实在太好了，自己在记忆中还从来没有遇见过这么热情又这么有思想的年轻人。

就在曹珍珍心里这么翻腾着走回大礼堂的时候，孩子们又叫住她，说门口来了另外一个解放军叔叔，还有一个阿姨。于是曹珍珍又赶到学校门口，向两位焦急的客人介绍了雷锋刚才参加队日活动的情况，以及他离开学校后的去向。

向秋生跳上吉普车，马上开车。他说，庚伢子去储蓄所，肯定是存款。

方健点头说，很可能，他一向节约。

"哪里是节约，抠门啊！"向秋生说，"每月六块的津贴，全要省下来。夏天，人家买瓶汽水，吃个冰棍儿，他呢？喝白开水，有时候还喝自来水！冬天吧，人家路上买个烤红薯，他宁可喝自己的口水，饿肚子！——好，到了！"

这是路边的一家储蓄所，门面很小。向秋生走进储蓄所，把头探进柜台内，请问同志，刚才有个军人来存过钱没有？

"没有，"营业员说，"今天一天没见军人来过。"

方健明显地感到了失望，不由得看看腕上的手表。向秋生安慰她说别急，说街那头还有一家储蓄所，雷锋可能去那边一家了。

向秋生判断得不错，雷锋果然来过街西的这家储蓄所。

营业员回答向秋生说没来过存款的军人，但取款的军人倒是有一个。向秋生一听有戏，急着问，是不是姓雷，叫雷锋？营业员说我们一般不提供情况，你什么身份？

向秋生递过军人证，说我跟他是一个部队的，我现在有急事找他。不骗你同志，真是急事！

营业员看了看证件，答复说就是这个同志，雷锋。他取了一笔，数目呢，我不能告诉你。他刚离开不久，大约七八分钟吧！

啊呀！向秋生浑身紧张，急问他去哪儿了？营业员说这我就不知道了。

方健看看手表，说都下午两点了，我们中饭都没吃过呢！现在离我的火车班次还有一个多小时！——现在我们该往哪儿去找他呢？回部队？

向秋生说他不会回部队，八成是去邮政局汇款了！他取了钱，肯定马上汇款。他这人就这德行，不是帮这个，就是帮那个，对自己抠得要死，对人家特别大方。

方健说，那么我们去邮政局看看吧。不过，先买张大饼吃吃。

两人在街口买了两张大饼，一边啃着一边去邮政局，但是在那里却没有发现雷锋。方健一边舔着嘴角边的芝麻粒儿，一边露出抑制不住的失望神情。向秋生有些抓耳挠腮，但嘴里还是说别急别急，我们去南街的邮政局，那里肯定会碰到他！

其实雷锋根本不在邮政局，他从储蓄所取了两百元存款后，就直接奔向了抚顺望花区西街街道办事处。那办事处门口张灯结彩，一支秧歌队还扭着喜庆的秧歌，一条大红横幅则凌街而过：热烈庆祝望花区西街人民公社成立。

刚才雷锋在去建设街小学之前就看到了这条横幅与这个热闹场面，他当时就心里一动，想到这几天各个城市都在各个街道成立人民公社，尽管不明白成立人民公社是个什么性质的事，但想着人民脸上那么多的笑，区里干部、街道干部那么忙忙碌碌，总觉得自己应该帮一把，支援一把。自己不是市里的人民代表嘛，在大事情上理应出力。

所以，出了建设街小学，他就赶去储蓄所取款了。他在储蓄所还有五百多元存款，运输连调到抚顺之后，他随即把自己的大多数存款都从营口的储蓄所转移到了抚顺的储蓄所，以便急时取用。他刚入伍的时候在营口储蓄了七百多元，这是他在鞍钢两年的积蓄。鞍钢三十九元的月工资，加上每个月都有的加班费、补助费，好歹都有五十来元。平时，除了接济困难工友外，他一分钱都舍不得用，他就觉得国家需要的时候、同志需要的时候、家乡亲人需要的时候，他应该具备一种帮助的能力。这就好比当兵，平时必须把武器擦亮。

这时候他就使劲挤过情绪热烈的人群，来到设在街道办事处大院门口的几张办公桌面前。这几张办公桌上都摆放着"人民建议接待"字样的木牌。

"同志,"雷锋笑着问,"这里谁是负责同志?"

一位中年工作人员说,解放军同志,什么事你就跟我说好了。

雷锋取出两叠拾元一张的人民币,说,这里是两百元钱,我捐给今天成立的人民公社。

"这怎么行?"对方显然吃惊了,瞪着眼说,"我们不能收这样的捐款!"

许多政府工作人员闻声都聚上来,见状都吃一惊,两百元捐款,这么大个数目?这个解放军同志今天是什么意思?

雷锋说,同志,是这样的,我们驻军就在望花区,你们的大事也是我们的大事!我想,你们人民公社建立之初,各方面肯定有不少困难,作为工作、生活在望花区的军人,我有责任为望花区贡献一份力量。两百元钱,也不多,你们不要推辞,就收下吧。

一位中年工作者说,同志,我们实在不能收部队同志的钱。

大家都说对对。一个小战士,部队每月发多少津贴费,大家心里都有数。

雷锋说,你们听说过这样一首诗吗?松柏树,根连根,石榴连籽心连心。解放军和老百姓,本来就是一家人!

工作人员说这首诗很好啊,谁写的?

雷锋笑着说,就是我写的!其实,同志,不管是谁写的,反正是这样一个道理,军队和地方是一家!既然是一家,你们就不能客气,就要收下亲人的支援!

工作人员们显然感动了,互相窃窃私语了一阵,其中一人问,同志,你是哪个部队的?

雷锋说,可不可以不问是哪个部队的?你们只要收下一名普通军人的捐款就是了。

一位青年工作人员开始向同伴窃窃私语,说这人好像是运输连的,说是什么报纸上见过这个军人的照片。

雷锋说,同志,这是我的心意,请你们一定收下。

那位中年工作人员最后说,这样吧,我们望花区西街人民公社就收下一百元,再不能多收了。其实,我们比起最近受到百年不遇特大洪水灾害的辽阳,我们的困难小多了,灾区的困难才大呢!

雷锋一听,突然怔住了:"辽阳?特大洪水?"

辽阳是自己一年半之前当兵入伍的出发地啊,是弓长岭铁矿的所在地啊!辽阳遭逢百年不遇的洪灾,自己怎么没听说呢?那中年工作人员说就是昨天晚上电台报的,今天的《辽宁日报》和《抚顺日报》都登了这消息。

雷锋决定把剩余的一百元钱立即捐给灾区,哪怕杯水车薪,也能给灾区的妇幼老弱多多少少带去点儿帮助。他掉头就走。

雷锋就是在西街邮政所碰上满头大汗的向秋生的,那时候方健已经不在向秋生身边了。雷锋开始汇款的时候,向秋生的吉普车还没有赶到,雷锋走向营业柜台说,同志,请给我汇一百元钱给辽阳灾区!

女营业员一愣,说捐款?

"对,捐款!"雷锋说,"寄给中共辽阳市委就可以。"

女营业员问,寄款人姓名?雷锋说,解放军。女营业员一愣,又问,寄款人住址呢?雷锋说,抚顺市。女营业员说这么写太笼统,不合适。雷锋说可以的,女营业员还是摇头,说不不不,不合适。

雷锋耐心地说,同志,真是可以的,我以前在别的邮政局都这样寄。

女营业员犹豫了,说我问一问。

她站起来,走向一个负责人模样的人,窃窃私语了许久。负责人小声吩咐她,就这样填吧!这个军人我见过,是我们市里的人民代表呢。

就在雷锋办妥汇款的时候,门口传来吉普车的紧急刹车声,然后是一个人冲进邮政局的脚步声和大叫声。

雷锋一愣:"秋生哥?"

向秋生不由分说就拉他，一直往车上拽，大吼，快去火车站，你小子今天可害苦我们啦！你健姐要走了，她找了你一天啦！

健姐？方健姐姐？雷锋这才惊喜地知道他的健姐来抚顺看他了。

在飞驰的吉普车里，雷锋问向秋生，健姐是不是今天早上来的？向秋生不回答，眼瞪前方，一会儿刹车，一会儿加大油门，把汽车开得像长了翅膀。

雷锋又问，秋生哥，健姐是出差路过抚顺吗？

向秋生冲着前方玻璃吼，庚伢子，我真想揍你一顿！

雷锋吓得一吐舌头，不敢再问了。他知道时间太紧张了，要是今天见不到健姐，真是太遗憾也太对不住健姐了，所以向秋生在抚顺火车站外刚一停车，雷锋便蹦下了车，箭一般直冲站内。

他在月台上挤过一拨又一拨的人群，焦急万分。有人喊，去北京的是四站台！

雷锋这时候已经听到了四站台上列车出发的鸣笛声。

劳驾，劳驾，雷锋大喊着，拼命挤过拎箱提笼的人群，跑下地道，又钻出地道。当他站在第四站台上的时候，绿色的车厢已经在他眼前缓缓移动起来。

"健姐！"雷锋火急火燎地喊，"健姐你在哪里？"

从一扇远去的车窗里，似乎伸出了方健拼命摇动的手臂。

健姐，健姐！雷锋似乎看见了挥舞的双手，他拼命奔跑，跟着列车奔跑了好远，直到跑不动。

那节车厢，那双手，一下子就小到了肉眼无法看见的程度。

雷锋喘着粗气，泪水盈盈地对着远去的火车大喊，健姐你放心！我很好！我会继续努力的！

雷锋打了一回自己的脑袋，叹着气，走出月台，又走出检票口。拎箱提笼的人群一直密密麻麻地挤在他身边，不停地有声音在他耳边说请让一让请让一让。雷锋似乎都没有听见，但有一声惊叫，却让他听见了。这是一个女人的惊叫:"票呢?哎呀俺的票呢?俺的票找不着了,刚才还在的呀!"

雷锋看见的是一位乡村装束的中年大嫂,还背着一个两三岁的小孩。许多旅客都停了步,惊讶地看着她的焦急。雷锋心里一紧,急忙走上去问,大嫂,你从哪儿来啊?

大嫂哭丧着脸说俺从山东来啊,要去吉林找孩儿他爹,不知啥时候,车票丢了。刚才还在的呀,这可怎么办呀?火车马上要开了!

雷锋看看手腕上的表,顿觉时间紧急。他转念一想,掉头就往售票处奔。到了售票窗口,雷锋取出一张拾元大钞,着急地递进去:"同志,我买一张去吉林的票,就赶现在这趟火车!"

在他身后,向秋生默默地注视着雷锋的背影。刚才这一幕,他全看到了。

购了票的雷锋转身就奔向山东大嫂,说,大嫂,这是你的票吧?

"哎呀大兄弟,"大嫂霎时惊喜,"是俺的呀,你是哪里捡到的啊?"雷锋说是去吉林吧?大嫂说是去吉林呀,对,就是这张票啊!雷锋说那就快进站吧,火车就要开了。

大嫂抱着小孩喜滋滋地往检票口走,边走边喊,谢谢大兄弟帮俺找着票啦,太谢谢啦!

雷锋一直招手,见大嫂通过了检票口才放下心来。他刚回身,就撞上了横在他身后的向秋生。

向秋生双手扶着他的肩膀,轻声说,庚伢子,我现在总算闹清楚一条道理了,平凡的岗位上也能出英雄,你就是平凡岗位上的英雄。

雷锋说你说啥呀,离英雄,我差远啦。

"庚伢子啊!"向秋生一脸的严肃和深沉,他边走边说,"我现在再不想着做团长、师长了,也不想着当将军了,我只想跟你学,首先要做好班长,做一个优秀的班长。"

庚伢子想,秋生哥这句话是对的,现在首要的,就是如何做一个称职的班长——秋生哥是这样,自己也是这样。

在回连队的路上，向秋生把着方向盘，一直很严肃。他一再说，我真的明白一个道理了，做好一个班长是件很不容易的事情，需要脚踏实地，需要动脑筋，要团结好全班同志。这方面，庚伢子，我要好好向你学。你呢，也要点拨我，我毕竟是你哥，对不对？毕竟是我推荐你来部队的，对不对？你这个小老弟一定要帮我，听见没有？聋了？

雷锋不是聋，他是发愣了。这时候就听他惊叫起来，秋生哥！——看左面，是不是火灾？

向秋生一瞅，也看见了黑烟。他认出来那是啥地方了，他喊，街道工厂！是我们连旁边的那个纸品厂！厂子起火了！

雷锋喊，快，拐弯，冲！

吉普车吼叫，迅速打个弯，像箭一般朝火灾现场飞去。

因为是纸品厂，所以火起得很快，一时间黑烟和蹿起的火舌就笼罩了整座厂房，呼喊声哭叫声响成一片。

有个满脸烟灰的人在哭喊，里面还有人啊，还有一个小孩！

雷锋跳下车，不顾一切就往火场冲。向秋生在他背后大喊，你要小心啊庚伢子！同时自己也跟着冲进了火场，一步也不落下。

雷锋在烟雾间移动，他用一块手帕捂住嘴，一边摸索一边咳嗽着喊，有人吗？有人吗？

屋角传来呻吟声。雷锋听见了，他猛地就蹿了过去，一把拉起一位怀抱婴孩的中年妇女，架起来就往外走。向秋生冲进火场又退了出来，大声喊，庚伢子快出来，烟雾太大！

雷锋咳得受不了，突然踉跄了一下，半跪在地，妇女吓得惊叫一声。雷锋咬牙，又顽强地站起，架着中年妇女一步一步挪向门边。

火场外已经赶到两辆消防车，消防龙头开始喷水，而来自运输连的一队官兵也火急火燎地赶来了，虞连长冲在最前面。

向秋生架着一个昏迷的老头儿大步冲出烟雾。"连长！"向秋生大喊，"雷锋还在里面！"

虞连长要带着战士冲进去，却被消防战士们纷纷拦住："不能再进了，烟雾太大！"

这时候，大家就看见一个架扶着妇女的人影摇摇晃晃出现在烟雾缭绕的门口。大家喊，是雷锋！

向秋生火速冲上去，虞连长也拔脚上去接应。

雷锋一被连长接住，就软软地倒了下去。虞连长喊，雷锋，雷锋！你怎么了？

雷锋喃喃说，没啥事，就是腰闪了一下。你们都别管我，救火要紧。

这场火灾，红旗纸制品厂没有死一个人。工程兵十团嘉奖了奋勇救火的八位运输连官兵，雷锋位居榜首，向秋生紧随其后。

为了向秋生得到团嘉奖这件事，乔大山还特地到五班寝室向老班长表示了祝贺。乔大山说，老班长你现在在我心中可是英雄了。向秋生谦虚地说，啊呀我太平凡了我太平凡了，我要向你学习。乔大山后来对李顺说，那场火真是太上老君炼的，向班长从那场火里钻过，一身老毛全没了，蜕了个人似的。

雷锋的腰闪了一下，闪得厉害，开始还能坚持，到八月份的时候，有一次嘎斯车运水泥袋，他上前一帮忙，老伤复发，"哎哟"一声，就再次趴下了。

这一下雷锋不敢大意了，腰上贴了大膏药，在床上趴了两天。连里开抗洪动员大会他也无法站起来去参加，只能听着窗玻璃上大雨叭叭叭响。

透过雨幕传来的阵阵口号声令雷锋心神不定，他扭动着身体，试图站起来，但是腰部剧烈的疼痛一直阻止着他下床。雷锋觉得自己窝囊死了，全班、全排、全连都在举手喊口号表决心，自己这么躺着算啥呀！那些口号又响亮又坚决，一声声清晰得很："坚决奔赴抗洪救灾第一线！""群众的困难就是我们的困难！""以生命保卫人民群众！"

连队的这一次动员，属于紧急动员。水火无情，人民子弟兵必须救民于危难。

饭堂里，关指导员是这样慷慨激昂地动员的："根据最新消息，抚顺郊区上寺水库的水位已经超越警戒线一米以上，目前大雨还在下，情况十分危急！如果大坝崩塌，后果将不堪设想。同志们，抚顺是祖国的煤都。我们人民军队，对煤都遭受洪水的威胁，绝不能坐视不救！对抚顺老百姓可能遭受的灾难，绝不能无动于衷！"

虞连长振臂，领头喊口号："抗洪救灾，义不容辞！"

整个饭堂轰轰响。

运输连通过一年来的各种政治教育，士气大为提高，可以说已经成了一支敢拼硬仗的过硬的部队，不仅跑运输行，走路也行，攻坚更行。对这样的士气，关士祥心里十分满意。他说，同志们，在出发之前，先请连长宣布编组名单。

虞连长还没开口，饭堂门口就引起了一阵小小的骚动。只见披着雨衣的雷锋扶着腰，直挺挺地出现在门口。

"报告！"雷锋大声说。

"你怎么来了？"关指导员恼怒地挥手，"没你的事，快回去休息！"

雷锋挺直腰板大声说，报告指导员，我病好了！抗洪抢险，保卫煤都，不能落下我！

连长急步走到他面前，瞪眼说，你以为你的腰是铁打的？不准你去！全连就你不许去！

雷锋说连长，你冲我腰上打几拳我都没事。你想想，连长，这么重大的战斗，怎么能把我扔在家里呢？连长扬起手，做出要往他腰部打的样子，但却没打，说，你真好了？雷锋挺起胸，甩开双臂，向前走几步，又做了个标准的"向右转"动作，再走几步，说，没全好，但是差不多了。

连长犹豫了，扭头看看台上的指导员。指导员叹口气，说老虞啊，先把他带上再说。

雷锋赶快走到了四班的队列中。

连长瞪着雷锋,说,一有情况你就下来,不许硬拼,知道吗?然后连长就宣布了编组名单。十分钟后,穿上军用雨衣的全连官兵就驾车出发了,带篷卡车一辆接着一辆,轰轰地叫,军容十分威武,泥浆溅得比卡车车篷还高。

上寺水库的紧张状况空前未有,部队、基干民兵、村民突击队全上了,抚顺市抗洪指挥部的总指挥浑身湿透,像个泥猴儿一样。运输连分到的突击任务是紧急抢挖一道溢洪道,要求当晚六点之前挖通。

于是全连官兵一下子都奔忙在风雨中了,挖土声、呼喊声交织在一起。虞连长在长达几百米的工地沿线一路奔跑,嘶哑着声音喊,同志们,溢洪道开挖的进度还要加快!洪水还在持续上涨!

薛排长在沟里跟着喊:"二排同志们,加油干啊!"

雷锋咬着牙,用铁锹往土筐里装泥。他的腰部一阵阵痛,痛得打闪痛得钻心。

乔大山抹一抹脸上的泥水,冲着他吼,班长,我看你腰不利索,你小心啊!

雷锋喊,没事!

一锹又一锹!雷锋咬着牙干活。大雨已经淋得他全身湿透了,飘得像旗帜一样的雨衣完全不顶用。

乔大山又朝他吼,班长你上去休息一下,看你脸色都变了!雷锋说别喊了,大山,我没事!

话刚说完,雷锋腰一弯,忽然就跌坐在地上。

乔大山吓坏了,锹一扔就扶住雷锋,同时从沟里朝沟外喊,薛排长,把班长抬到帐篷里去,他不能这样干!

薛排长奔来,一看雷锋这个模样,马上指挥:"把雷锋架走!快!"

乔大山和李顺扶起雷锋,还没走几步,雷锋却又挣脱出来,咬着牙,依旧跳回溢洪道工地,一边大喊,我能行,别管我!

乔大山恼怒地吼叫,排长,班长不听话!

风雨中，关指导员大步奔来。向秋生对指导员喊，指导员，雷锋不能这样坚持，他会垮掉的！我有个建议，能不能让他去战地广播站，给大家唱唱歌，打打快板儿。他嗓门儿好，他能鼓劲儿！

　　关指导员一听就赞成，说小向这点子好。于是他冲着风雨喊，薛排长，命令雷锋马上去广播站，给全连鼓劲儿！

　　广播站设在一间小破屋里，只有一台功放机和一只话筒。条件简陋但是效果不弱，临时绑在工地电杆上的三只大喇叭能够响亮地发出声音。

　　浑身湿透的雷锋坐在一张破旧的木桌前，左手摁住腰，右手激动地挥舞，对着话筒大声说话。他说得十分激昂又十分流利："同志们，战友们，我们的抗洪抢险斗争现在到了最关键时刻！我们一定要在今天晚上六点钟之前挖通溢洪道，上寺水库的危险水位一定要降下来！抚顺人民生命财产的安全一定要得到保证！同志们，加油干哪！我在这里先为大家唱一支我们人民军队的进行曲——《中国人民解放军军歌》！"

　　雷锋咬着牙站起来，把话筒举在手里，高声歌唱："向前，向前，向前！——"

　　电杆上的高音喇叭传出雷锋激昂的歌声："我们的队伍向太阳！……"

　　乔大山一边挥锹一边大喊，班长，唱得好啊，真带劲！

　　歌唱完以后，雷锋又开始打竹板。他的声音此时已有些嘶哑，但仍然眉飞色舞，虽然此刻没有一个人能看见他的神态："打竹板，竹板响，我把连队抗洪战士的英勇表现讲一讲！一排冲在最前方，三个战士受了轻伤就是不肯下战场！二排拿下了土石方的最高挖掘量，团结奋战斗志昂！"

　　关士祥在风雨中听见了竹板响，满意地想，这雷锋，机灵啊，真是块文料呢！

　　接着喇叭里又传来歌声，这次雷锋唱的是《社会主义好》，歌声节奏坚定而明快："社会主义好，社会主义好，社会主义国家人民地位高！……"

向秋生与五班战士一边跟唱一边掘土，精神高昂。

喇叭突然失音，歌声戛然而止。向秋生惊讶得跳起来，庚伢子不会出什么事儿吧？

薛排长喊，五班长，你去看一看！

向秋生应一声，一跃就翻出了壕沟，冒雨直奔战地广播站。迎面的风吹得他歪歪倒倒，他的雨衣飞得像一面褐黄色的旗帜。

向秋生奔到广播站门口，砰一脚踢开门。

他没有料到的是，雷锋依旧在对着话筒高歌，并且打着手势，神情激昂。向秋生大喊，别唱了！广播线断了！

雷锋吃一惊，问怎么了？

向秋生说喇叭没有声音了。雷锋抓起雨衣，又抓过一把老虎钳，当机立断说，我去接线，线路我熟悉！秋生哥，你嗓子好，你接着唱，给大家鼓劲儿！

雷锋冲出广播站，扑入了漫天风雨。

地上爬行的广播线，像条蛇一样到处在翻卷。雷锋猫着腰，一脚深一脚浅地踩着水花往前巡查。天空响着炸雷，不停的闪电使雨幕发出奇异的光彩。

风越来越大。雷锋摔了一跤，但爬起来又走。这一次爬起来的时候他感觉到自己的腰特别疼痛，以至于整个人佝偻了起来。

你这块腰肌真是不争气，都什么时候了，还来捣乱。他狠狠说。这时候他嘴巴里都是雨水。

雷锋终于查到了被风扯断的广播线，他拼命拉动两边的线，但广播线短了一截，他现在已经没有足够的力气把短线拉接在一起了。他一动，腰就火辣辣地疼痛，像要断裂一样。

情急之下，他突然伸出两手，抓住了电线两端，让广播电流从他身上流过。他明白广播电是低压电小电流，电压顶多六伏，电不死人。但是身体过电的感觉非常难受，五脏六腑都好像在抖动，一股热量从两手汇到胸腹，又从胸腹扩散到四肢。然而他此时已顾不上任何难受的感觉了，只是喃喃地对着风雨说，秋生哥，你唱歌了没有？

向秋生当然在唱，向秋生声音浑厚，他在话筒前放声高歌："革命战争考验了我，立场更坚定！……"

雷锋一直没有听见向秋生的歌声，他满耳朵全是风雨的声音，风雨使他的皮肤很凉而低压电使他的血液很热。再过了一阵子，他就什么也听不见了。

雷锋醒来的时候已经在抚顺市立医院的病床上了。窗外风和日丽，鸟叫声声。

"我这是在哪里？"雷锋惊觉了，掀开被子，赤着脚就要往外跑。护士迎面拦他："哎，同志，不能下床！"

雷锋急着解释说，我不能在这里躺着，我是班长，我要去上寺水库！

护士笑，拉开窗帘。雷锋看到的是雨后晴朗的天空。护士说，雨停了，抚顺下不下雨了，水库水位也下降了，抗洪胜利了。我的同志哥哟！

雷锋后悔不已，说我怎么能在关键时刻倒下呢？护士朝门外喊，运输连的同志，你们的病员醒了！

跑进来的是向秋生。向秋生一见雷锋醒来，开心了，又跳又鼓掌，大叫一声庚伢子，说庚伢子你可把你哥给急坏了！

雷锋说，秋生哥，我，没有坚持到最后！

向秋生说，咳，别说了，我那天一连唱了十二首歌，把能唱的都唱遍了，指导员表扬我为工地带来了精神力量！可是，庚伢子，我怎么知道，我的歌声是往你身体上走的呢？

说到这里，向秋生眼角都湿了。

他抹抹泪，又说，我也晓得广播电流电不死人，可是身上通着电流，那是要多难受就有多难受的事。你自己说说看，像蚂蚁啃、像黄蜂蜇，还是像蚂蟥咬？雷锋说啥都说不清了，只觉得风好大，雨好大，地上好冷，身上又好热。向秋生说你看你看，你真了不起呀！可是我该死，我应该关了功放机跑出来找你，我真不应该唱那么多歌！

雷锋说，水库保住了，那就好；老百姓没有遭灾，那就好。

这时候护士扶着一个老太太进了病房，老太太步子打战，嘴里不住地说孩子啊孩子。雷锋一见就喊："娘！"

"孩子，我的儿啊！"张大娘抓住雷锋的手，"听说你抗洪啊，晕过去了，娘心疼啊！你们保住了水库，救了我们村子啊，孩子，你受苦了！娘给你煮了鸡蛋，你拿着吃啊，吃啊！你没事吧？"

雷锋说，娘，我没做啥，都是我应该做的事，比起先烈，比起英雄，我们差远了。我现在身体好了，你看，我挺好的。

张大娘放心了，一遍遍地摸着雷锋的额头，说还好、还好，娘放心了。雷锋说，娘啊，窗框上还漏水吗？

向秋生说，庚伢子你在病床上还管这干吗？张大娘家漏水的事我包了！

这时候大家都吓了一跳，只见一道亮光突然闪了一下，原来是团宣传股的金星干事进门了，手里举着高级海鸥相机。

雷锋同志，金星大声说，你不要介意，我得好好给你拍一批照片，你这位同志太伟大了！

向秋生严肃地评价说，金干事，伟大这个词，你用得很对路。

金星说，是伟大啊，雷锋同志，你冲进火海奋不顾身救群众，带着病痛还投入抗洪救灾！团部又接到地方上寄来的表扬信啦，你给望花区人民公社捐了一大笔款，给辽阳灾区也捐了一大笔款！

向秋生说，这没错，他捐款那天，我可是开着车抓落帽风一样抓他啊！他一会儿取款，一会儿汇款，这个抠门大爷对人家的事，真是慷慨得要死啊，他把在团山湖农场、在鞍钢攒下的钱都捐了啊！说老实话，金干事，他这种伟大我做不到！

金星干事说，还有，他们四班创造了行车几万公里安全无事故的成绩，他又把油耗子车改造成了节能车，他还教同志们学习毛主席著作、刘主席文章，他教同志们学文化，他跟乔大山同志结了对子，使得乔大山扔了后进帽子，评上了连队先进，还能读报纸了！雷锋同志，你的事迹丰富啊，我们大家真的都要好好向你学习啊！

张大娘说，还有啊，这孩子认我娘呢，每个月都来家里帮我挑水，劈柴，修门修窗，补屋漏。他是我好儿子呢！

金干事说，大娘啊，凭您这句话，我先给您照张相。张大娘赶紧坐端正，抿紧嘴巴，怕只剩下一颗的门牙露出来。

雷锋一直没吭声，脸上却一直红着。这时候他说，金干事，秋生哥，娘啊，你们别这么夸人，我想想我做了啥呢？没啥值得多说的啊。我是个很普通的人，只做了很普通的事，你们这么夸我，我脸上不烧吗？你们别这么说了。

金星干事说，雷锋同志，啥都不说了，我跟你商量一件事，你一定要答应。雷锋问啥事？金干事说你先表态答应不答应。

原来金星干事受命要拍雷锋的一组照片，到处要用——工程兵部队的"学习毛主席著作先进分子展览板"上、军区的《战友报》上、总政的《解放军报》上……而这批照片金干事又想拍出一些艺术性，所以要下功夫。她心底里有担忧，生怕雷锋不配合，这小雷不想干的事有时候脾气还挺倔的。

不料想雷锋很快就答应了，说这没问题，你拍照也是你的本职工作。可谁知道在三天之后雷锋又反悔了，甚至恼火了，几乎叫金星干事不知所措。

其实，开始的时候还挺顺利的，运输连的几位连首长也很支持，都说应该宣传，这是上级领导的关心，还下令四班的同志要积极配合。

乔大山就是第一个被点名配合的战士。乔大山说成啊，让我读毛主席著作的照片登报好啊，班长就是这么教我读的嘛。《为人民服务》《纪念白求恩》《反对自由主义》，全教过！

照片是在车场里拍的，那天上午的阳光很和煦，洒过叶子，光影斑驳。

金星让雷锋和乔大山都坐进驾驶室，然后要雷锋打开一册毛主席著作，做出两人同时阅读的模样。她说，就这样，对，雷锋同志还得再放松一点儿，乔大山同志把脸侧过来。对，做出聚精会神的样子，脸带微笑！

乔大山咧开嘴，笑了好几下。他后来又说，首长，要我笑，我还真笑不好呢，我只有接到我对象来信那会儿，才笑得最好！

雷锋做了一会儿聚精会神的模样，忽然眼一瞪，不乐意了，说金干事，不拍了不拍了，你不能拍这样的照片。

金星愣了，问什么原因。雷锋说，我根本没有在驾驶室里给大山翻过这么厚的书，这不真实。我们都是坐在营房里学，坐在菜园子那边学。

金星呵呵笑，说我的雷锋同志啊，你要的是什么真实啊？！

雷锋说，我说不真实的意思，就是这件事情，不是事实。

乔大山说首长啊，我们确实都是在下车后学的毛主席著作，车上是不看书的，车上要集中精力驾驶。

金星干事看这两位都不肯配合，心里好笑，叹一声，耐下心来，跟他们讲解了一遍生活真实与艺术真实相互关系的道理，又说了一通艺术来源于生活又高于生活的道理，到最后落实到毛主席著作与方向盘的隐喻关系，解释说这张照片将会蕴含多重深义，艺术上将非常了不得。

雷锋木然听着，也不知有没有听懂。乔大山则根本没有听懂，末了还是说，首长，反正，咱俩没在驾驶室里这么读过书。

金星说不管怎么说现在先听我的，这会儿太阳正好，咱们抓紧时间。来，两人再靠拢一点儿！乔大山同志，你头再低一下！

这时候雷锋突然把帽子一拉，遮住了脸。金星心里一惊，但脸上还是笑着，说，雷锋同志，你怎么啦？

她心里知道，小雷的倔脾气犯了。

雷锋不回答金干事的话，待了一会儿，突地跳下车，撒腿就跑。

金星急得大喊，雷锋，你回来，雷锋同志！我这是任务，是革命任务！

雷锋跑远了。

乔大山挠头，说，唉，首长啊，我还是头一回看到我们班长那么倔。我现在倒是不倔了，轮到他倔了，风水轮流转啊。

雷锋是向连部跑去的，他急于要把心里的这份抵触告诉指导员。

指导员坐着，耐心地听了雷锋的许多话。关于雷锋的困惑，关士祥一听便明白了——他毕竟在团宣传股工作了好几年啊。

关指导员告诉雷锋，这不能算是作假，这怎么能是作假呢？为了说清楚问题，关士祥开始现身说法。他说小雷你知道吗？我当排长的那会儿，也拒绝过拍照，那是当地报社的记者一定要给我拍。那一回，是我从井里救出一个农村孩子，报社记者呢，一定要叫我再爬到井下去，然后露出一个脑袋，让他拍。

雷锋屏住气息听，这情景好像跟自己遇到的很相似。

指导员说，我起先不愿意，我说这不是费事吗，干吗还第二次爬呢？后来，我也同意了，拍了。那记者说，这叫现场感！既然要宣传，就要有个好的效果。后来报纸上登了以后，那记者说读者的反映特别好。

雷锋不语，眉头有点儿紧。

关士祥观察着雷锋的脸色，说，当然，我不是说每一次都必须得这样。譬如说你参加救火、抗洪，那就不可能拍当时的景况了，还能放把火吗？那不是笑话吗？但是平时的读书、学习、训练的场面，既然是生活中有过的，也无妨让搞宣传的同志拍一下。我在团宣传股当过干事，知道搞宣传工作，也不容易。

雷锋神色有点缓过来了。最后，他点了点头。

关指导员送雷锋走出连部的时候说，小雷啊，你现在不一样了，既担任了抚顺市的人民代表，又评上了沈阳军区乃至全军的学习标兵，这就不光是你个人的事了，你也不光是运输连的一个班长了，你在某种程度上是当代年轻军人的一种形象了。所以，小雷啊，你现在办事也好，想问题也好，都要考虑到这个大局，明白吗？

雷锋说明白了，便起身赶回车场，不言不语就拿起毛主席著作钻进了驾驶室。这一下乐得乔大山咧歪了嘴，说何必呢班长？领导的话都是没有错的，领导错了还能当领导吗？所以我们当兵的听着就是了。

金星干事也不多说啥，知道是连里领导做了工作。那个关士祥还用说吗？宣传股里多年的同事，总是会支持自己工作的。

雷锋后来很听话，拍了"共同学习"的照，又拍了"双杠锻炼"的照。后来要拍"擦拭车头"照的时候，雷锋就倔劲儿又差点儿上来。雷锋说用擦车布擦车那没问题，每天干的事，但要擦就得擦自己那辆13号油耗子嘎斯车，不能擦别人开的车。金星说擦国产的"解放牌"多好啊！一呢，说明是国产车，开自己国家的车有自豪感；二呢，这车头上"解放"两个字，暗示了你小雷从万恶的旧社会获得了新生；三呢，你擦车的时候还要把军衣袖子挽到小手臂以上，让左手腕上旧社会留下的三条刀疤露出来，这就让人们更能体会到"解放"二字的深刻含义。

金星说到这里自己也激动起来，认为这将是一张特别经典的英雄照片。她眉飞色舞地说着的时候，没有发现雷锋脸上此时已经阴云密布了。

雷锋嘟哝着说让我擦人家的车，还有这么多的理。乔大山一听又乐，凑着他耳朵说班长啊，你平时不也帮战友擦过车吗？就算是做好事帮人家擦车就行了嘛。我看金干事也怪可怜，为了你的事她也不知忙了多少时日了，咱男子汉得照顾妇女嘛。

看来乔大山的思想工作也做得恰到好处，雷锋这一回的倔脾气没有使出来，咽了回去。不仅咽回了情绪，还趴在人家车头上按着擦车布露出了特别灿烂的笑容。这叫金星干事一举成功。她跳起来说成啦，太棒啦，万岁！暗房里冲出来一定是一张特好的照片！

乔大山说过去都是班长做我的思想工作，今天是我做班长的思想工作，金干事你要请我吃冰棍儿，吃奶油的那种。金干事说，没问题，今天就兑现。

照片拍了十多张，累得雷锋够呛。金干事完成了任务后又笑盈盈提出了一个要求："雷锋同志，你的日记能给我瞧瞧吗？"

雷锋一怔，说这不合适吧？

关指导员正好这时候大步走过来，大声说："小雷，说可以。"

雷锋马上跟着说："可以，金干事。"

金星对关士祥说，听团政委和团长说，最近沈阳军区又要组织一个先进模范人物报告团到各处巡回报告，要抽雷锋同志参加，到时候关指导员要多支持啊！

关指导员说，我们服从上级安排。

雷锋压低声音说，指导员，我担心经常离开连队，对我们四班的工作，还有，对我的搭档乔大山，都会带来影响。指导员说，这个嘛，连里尽量妥善安排。小雷啊，我还是那句话，我们要着眼于军队建设的大局。

乔大山耳尖，听见了，爽快地说，班长你去吧，我一个人行，这油耗子车我能对付。不就是一只油耗子嘛，早就拾掇得服服帖帖啦。

指导员说乔大山啊乔大山，你现在是连里的先进人物啦，思想境界也是一般人不能比的啦。

乔大山马上把指导员拉到一边，悄声问，自己能不能递一份入党申请书？指导员笑着说当然可以啊。

向秋生三步并作两步跑来了，逮住金星就说，金首长，跟你商量件事儿。你今天拍了那么多雷锋的照片，能不能多冲洗几张给我？

金星问他要照片干什么？向秋生急忙解释说，我跟雷锋是老乡，我过段时间要回乡探亲，我要多带点儿雷锋的相片，他六叔公家里要，彭社长要，小学校的校长、老师要，县委张书记要，我得帮他一份一份送啊。现在雷锋成英雄了，家乡哪个不在关心他啊！

雷锋走过去说，五班长，你咬啥耳朵啊？

向秋生大声说，我在说，不知你忘没忘望城老家呢！你还记不记得宁小琍？——庚伢子，细又细，一下子配上了宁小琍！——还记得吗？

雷锋说，怎么不记得？向秋生就说，人家大美女要给你写信都不敢写，给我写信问你好哪！你还不主动给人家写封信？可别出了名就忘了本！——小锯子，亮光光，咔嚓咔嚓亮光光。——忘了你跟她的表演了？

雷锋笑着说没忘，我一点儿也没忘。我写，我一定写！

想到给小时候的伙伴写信，雷锋就开心，有一种暖洋洋的感觉。想到"咔嚓咔嚓亮光光"，心里真的就会放出光来呢。

半个月之后，雷锋来到了沈阳军区大院。

他那一天坐在一辆崭新的大轿子车上，车上还有好几个英模人物，都是军区各部队的。他们将受命到各个单位作巡回报告，因此他们胸前都佩上了鲜红的光荣花。花特别大，整个胸膛都红了。

轿车停在一幢大楼前，雷锋从车窗里看见楼前站着一群首长。他心里有些紧张，这些可都是大首长啊。

他下车的时候，就听见一位头发花白的首长迎上来说，哪位是雷锋同志？

带队的赶紧在雷锋耳边说，这是政委！

雷锋举手敬礼："首长好！"

首长笑着说，听说你对宣传工作者有一些看法呀！雷锋一愣，马上说，报告首长，想通了！政委说，雷锋同志啊，你的全心全意为人民服务的精神，甘做革命螺丝钉的精神，发愤学习和钻研本职工作的"钉子精神"，已经在全军产生了很大的影响。我们军队需要更多的雷锋，所以作为你本人，要有比较高的境界，要积极配合这种宣传啊！雷锋赶紧说，我明白了。

政委满意地点点头，又说："这一次为各部队作多场报告，也是为军队建设服务，为人民服务啊！"雷锋说，我一定按首长的指示去做，作好每一场报告！

好，好！军区首长很满意。又说，让我看看你的手！哦，就是这三道刀疤，很深啊！小伙子，你看看我的手！

雷锋于是看到了军区首长手臂上也有两条很深的伤疤。政委说，现在还有两块弹片在里面呢。雷锋同志啊，一个有伤痕的民族是最知道自己应该怎么生活的！

雷锋想了一下，大声说，我记住首长的话了！

军区首长转头问带队的同志，巡回报告的第一站是哪里？

辽阳。带队的大声报告。

雷锋心里一惊：啊，辽阳，我走向中国人民解放军的出发地。这回我可以见到余政委了，甚至，我还有机会去弓长岭看一看啦。

弓长岭的那位妹妹，见到自己不知会有多么高兴呢！

他这么想着的时候，心里就特别的舒展。所以，他此刻脸上的笑容也像他胸前那朵特别大的光荣花一样，显出了一些奇异的光彩。

拾捌

究竟是什么，使我们至今心潮难平

大轿子车的车轮向辽阳滚动的时候，雷锋的心一直在打转儿。他放下了举在眼前的书，觉得自己看不下去了。

　　是啊，他想，他是前年从辽阳参军的，时间说长不长说短不短，一晃也两年半了。这两年半来，他入了党，当了班长，成了军区的模范共青团员和全军的学习标兵。面对当初努力送他参军的辽阳兵役局，他应该算是交上了一份不错的答卷。但这仅仅是表面的荣誉，从雷锋内心来说，他始终觉得他对辽阳还有一份歉疚。他在弓长岭矿毕竟只待了半年，这半年虽然艰苦，但是只有半年。弓长岭矿兴建焦化厂的战斗，他打了半年就退出了，留下了一批同甘共苦的战友。那是一群敢于把自己的被子盖在水泥上让雨水浇的战友啊！战友里还有像小易这样的姑娘，他们仍然在那里艰苦卓绝地战斗。

　　雷锋的另一层歉疚，那就是他寄给辽阳市委的一百元钱退回来了。辽阳市委对这位心系水灾群众的不知名的军人表示感谢，又说市委已经妥善安置了灾民，工作都已做好，就不再收人民群众的捐款了。抚顺邮政所接到了退回的汇单，因为所长认识市人民代表雷锋，所以把钱直接退到了运输连。雷锋如今回辽阳地区，有点百感交集，他想，他一定要作好报告,好好向辽阳的父老乡亲汇报自己这两年半的成长道路。另外,一定得请半天假,去一趟弓长岭,看看那儿的变化,看看那儿的战友,包括小易。他们真是不简单啊!

雷锋这么想的时候,大轿子车已经缓缓驶进了辽阳市的政府礼堂大院。兵役局的余政委一老早就守在礼堂门口,看见大轿子车驶近,便急忙赶上来,"雷锋雷锋"不住地喊,一直喊到雷锋出现在车门口。

"余政委!"雷锋蹦下车,一下子就扑到余政委怀里。

两人拥抱,拥抱得转了一个圈儿。余政委笑着说,啊哈哈哈,我这里送走的新兵现在成了英雄,这还不够我大笑三天的么?

"我真要谢你,余政委!"雷锋刚说出这一句,就从迎上来的人群中意外地发现了来自弓长岭的厉书记和陈股长:"厉书记?陈股长?你们也赶到辽阳来了?"

厉书记说,我也想听听你的报告呢!小雷啊,当初没找到你的原始档案,我到今天还内疚啊!

他张开双臂拥抱了雷锋,又在耳边问雷锋,能不能抽空去弓长岭看一看?

雷锋说我是打算请假半天,去一趟弓长岭。厉书记说,我们都盼望你回弓长岭,看看崭新的焦化厂!易华已经提拔为焦化厂的团总支书记了,她说厉书记你千万不要劝说雷锋来弓长岭。雷锋是标兵,太忙,不能影响雷锋!你听听小易说的!

雷锋听着这话也感觉意外,连连表态说我一定向报告团请半天假,我争取下午就去趟弓长岭!

易华心里矛盾,既觉得雷锋如今是大忙人,每天的日程不由他说了算了,万不能让雷锋分心,但心里又存着对雷锋来弓长岭的一份渴盼。分手两年半没见面了,信倒是通了二十八封,穿军装的照片也收到过好几张,可是毕竟那么长时间不打照面了,胖啊瘦啊,冷啊热啊,真想见见。

当天中午她就接到人事股长从辽阳打回的电话，说上午的报告会结束了，雷锋请准了半天假，中饭后就随厉书记的汽车来弓长岭了。易华嘴里平静地说，啊，啊，我听见了，欢迎他啊，一颗心却狂跳起来，她自己也说不明白是怎么回事。午饭过后，易华就坐在挂有"团总支办公室"的三楼办公室里，举着一面小圆镜子，不停地看着自己的头发乱没乱，不时地拿起雷锋在武汉买给她的那把橘红色塑料长柄梳子梳梳短发——尽管那把梳子的齿已断了将近一半儿。

易华忽然想，我给雷锋买的那支牙刷，他兴许在开推土机那会儿就用废了吧，当时真应当给他买一把更好的。

这么想着的时候，她就听见窗外传来小汽车的喇叭声。厉书记的车，一听声音就知道。

易华探头一看，只见穿着军装的雷锋满面笑容下了车，步子还是那样轻快。他在厉书记的陪同下，很快就走上了办公楼台阶。

易华飞快地跑出门去，随着楼梯咚咚作响，如一阵风那样飞奔而下。

但是快到一楼的时候，易华飞奔的脚步戛然而止，她带着沉静的表情慢慢下楼，下到门厅。

"雷锋同志！你好！"她迎向客人，微笑着伸手。

雷锋看见了易华，惊喜地大叫："小易！"

两人握手，但是易华很快就抽回了手。不知怎么，她有点羞涩。

厉书记在介绍易华这两年的飞速进步的时候，易华更是用一只手挡着脸说别讲了别讲了。在英雄面前夸人，厉书记你怎么能夸出口啊。

厉书记在带雷锋参观完办公楼之后就把雷锋交给了易华，说自己要忙着参加生产会议了。陈股长事后评价厉书记这个动作做得很得体。

易华当上雷锋的向导很自豪也很开心，她一路领着雷锋漫步厂区，东指点西指点说，这个车间是今年二月投产的，那边造的是工人俱乐部和体育馆，秋天也可以竣工了。

雷锋说真是了不起，翻天覆地啊，可是我都没有参加。

在炼焦车间里，雷锋与上班的伙伴儿们笑着跳着抱在一起，军衣上沾满了煤灰。易华瞧着这欢乐场面，心里感动，忽然想起一件事，忙对雷锋喊，快，走这边，我带你去锅炉车间。锅炉间新来了一个湖南老乡，说是认识你的，也是在团山湖农场工作过的。

雷锋有些发愣，说团山湖农场工作过的，这是哪一个？

易华说，他说一定要见见你！他是学着你的榜样，无论如何要报名支援鞍钢建设的，还主动要求分配到最艰苦的弓长岭来。雷锋更奇了，问究竟是谁呀？易华说，跟我来就是了！

两人出了炼焦车间，转个弯儿，刚到锅炉车间门口，一个穿帆布工装的小伙子就冲了出来，狂喜地抱住了雷锋。

"庚伢子！"喜宝大叫，"我是喜宝啊！"

雷锋惊呆了，也大叫，喜宝？真是你？！

喜宝双脚蹦跳说庚伢子，我向你看齐，也到鞍钢啦。我上个月就想给你写信，不知道你部队地址啊！说到这里喜宝哭泣起来，说庚伢子，我就是走你的路啊，我也要做螺丝钉！

雷锋为喜宝揩泪，说不伤心不伤心，然后又仔细端详他，说喜宝你黑了，精神了！

易华在一旁说，不仅是精神了，上个星期，团支部大会开会，一致通过他加入共青团了。

雷锋说，啊呀喜宝成团员了，祝贺祝贺啊！喜宝平静下来，对雷锋说，庚伢子，你离开农场的时候对我说的话，一直在我心里轰轰响。你说，做人啊，一定要有社会主人翁意识。我想我这个人，旧社会没吃过苦，吃的是糖，牵的是狗，也不知新社会的好，我缺的就是这个主人翁意识，啥都想捞一把。后来想明白了，那样做人真没啥意思。所以我现在就想着，哪里岗位艰苦我就到哪里去工作，我也是这个社会的主人，我要爱这个社会。庚伢子，我一定要这样想：艰苦就是锻炼！艰苦就是光荣！艰苦就是快乐！

雷锋说，喜宝，看到你这样，我真是太高兴了！你妈妈不反对你到东北来吗？喜宝说，就是我妈支持我的呀。我妈说，你去吧，你要向庚伢子学啊！你出息了，妈就高兴，你别管妈，你只要管自己像个人就是了，妈就比天天吃蜜糖还甜。我妈就这么说的。

雷锋听了很感慨，他说，我以后回乡探亲，一定再去看望你妈妈。

喜宝说，我妈还说，如果你能当兵，也要争取去当兵，保卫我们的国家！易华说，对了，我也想当兵呢！

易华还想当兵的想法，让雷锋有点儿纳闷儿。现在，易华陪雷锋在树木葱茏的小山坡上走。雷锋一边走一边问易华，怎么还会这样想？说你现在已经是团总支书记了呀，再说年龄也二十一了。

易华说，哎呀主要是你穿上军装了，所以脑子里总有个念头，就是我也要穿军装啊！我甚至想着，要是我们都穿着军装，在一起拍一张照片，那多好啊！让人家看看雷锋哥哥和易华妹妹都当兵了，多过瘾啊！辽阳已经两年都没征女兵了，如果要征女兵，我还会报名。不过雷锋哥哥你放心，我就是最后当不成女兵，也没关系，我就在这里安心干。我现在喜欢上弓长岭了，这里朝气蓬勃，我一点儿也不后悔来这里。

雷锋说小易，你也成熟了，我真为你高兴。易华说，那都是向你学的。每一次你来信，我都要读十遍。至少十遍，真的！

雷锋笑了。夏日的山坡上到处都是野花，风一吹满山地抖。易华忽然有点儿不好意思，说雷锋哥哥，我有时候觉得自己……还是挺幼稚的！雷锋说，还记得那床被子吗？你把我被子里淋过雨水的棉絮换进了你的被套里！易华小声说，我还在盖。

雷锋吃了一惊。

易华说，现在条件好了，我有好几条很柔软的被子，可是那条被子，我还是舍不得扔掉，偶尔还拿出来盖一下，我要记住那种感觉。

易华说到这里，脸上又一次飞起红晕，但是她马上就用手势掩饰了，说弓长岭的夏天真的是漂亮啊，满山满山的花，我有时候就觉得哪儿的景色都没有我们弓长岭好！天下就两个好地方，一个是弓长岭，一个是望城县!

雷锋哈哈大笑起来,说那我再添上几个,一个是营口,一个是抚顺!易华说我也再添两个,一个是武汉,一个是北京!

雷锋说对啊,不过我再添两个,一个是团山湖农场,一个是我的简家塘村!

两个人都朝天大笑起来,把满天的云彩笑得很乱。

岳小琪那一天打电话的时候心里很急。她窝在鞍钢化工总厂炼焦车间的办公室,拿着电话听筒,半天不放,问了还要问。

岳小琪这样问,笑过之后,你后来还说了啥?说呀,还有啥话?

易华在电话里说,后来,也没说啥呀!后来,他又送给我一本日记本。日记本是紫色的,很漂亮!我也送给他一本,可是没有他的那本漂亮!这说明我们两个都是事先准备好见面的,是不是?再后来?再后来就分手了啊!我送他上车,他跟厉书记握手再见,跟陈股长握手再见,也跟我握手再见,就这样。

岳小琪说你肯定说了。易华说,说啥了啊?你是不是问那句关键的话?告诉你,我肯定没问。

岳小琪说你傻啊,你是天下最傻的傻妹妹啊,都两年半没见了,弄得不好又得两年半啊,你怎么那么傻啊?

炼焦车间的矮个儿主任探头说,岳小琪你干吗霸着电话不放啊?岳小琪推他说去去去,我电话里的事比天还大呢。于是她又冲电话吼,你真的没说啥?!暗示也没有吗?!

易华说真的没有。后来他上车,我就老是招手,我还跑到三楼我的办公室,推开窗子招手,这样我可以看到小汽车跑得很远。

岳小琪沉默了。最后,岳小琪说,小易啊小易,人家现在成了英雄了还跑来弓长岭看你,这就说明人家有心嘛。你怎么就不胆子大一回呢?你用他送你的那把破梳子一遍遍梳头,能梳出啥名堂来嘛!

易华轻声说,他才二十二,我才二十一,急啥急呀!

岳小琪恼,说我都替你急,你太傻、太笨,你都把我气得牙疼了。

易华柔柔地笑了,丹凤眼漂亮地弯了起来。她说,我的好岳姐呀,不想这些事情是对的,我们都还年轻。尤其是雷锋,他思考的不是这些,他压根儿还没往这方面想!他跑来弓长岭看我,就是来看一个妹妹,就是这样,岳姐,真的,我不骗你。我现在想,我呢,就应该像他一样,啥也不想,就看着他进步,为他祝福。其他的事,不考虑,两年内都不考虑!

厉书记这时候正走过团总支办公室门口,于静默之中听到了易华说的这几句话。他叹息了一声,低头走了,心里想,易华不容易,易华实在是个好同志。

向秋生回湖南探亲,事先赶到沈阳为连队买了点儿器材,事情办完后就想找一找雷锋,他知道雷锋在沈阳,找完雷锋他就计划从沈阳上车直奔长沙。

他找雷锋可是要办一件大事。金星干事痛快地送了他一批雷锋的照片,全是放大的,有擦车的,有读书的,有锻炼的,拍得都挺艺术,他就寻思着要雷锋在照片后面都签上名,这样他回望城县的时候就可以挺神气地去见张书记,见彭社长,见小学的校长、老师、老同学,他毕竟是英雄的同乡兼战友啊,而且还是他介绍这位全军的英模人物参军的呢!

太阳热辣辣的,向秋生一路走到军区司令部直属电话连驻地的门口,他看见的是一个模样神气的女兵在持枪站岗。向秋生举手打招呼:"嗨,这里是女兵连吧?"

女兵简洁地说,错!向秋生奇怪,说不是女兵连是啥连?女兵目光直视,看也不看他,说,沈阳军区司令部长话通信连!

向秋生赶忙说,对对,这跟女兵连一个意思嘛!我找雷锋,我是他最好的战友!我知道他今天在给女兵连作报告,让我进去,我作个登记吧,我是工程兵十团运输连五班班长。

女兵眼睛继续瞪着前方,说,本连会议期间,不会客!

向秋生急了，从军用挎包里掏出一大沓放大的照片说，姑娘，看清楚没有？我跟他是老乡，老战友！好得没法再好了，知道不？他就在里面作报告！我需要他在照片后面写几个字！我马上要到他老家去探亲，明白吗？

女兵双眼瞪前方，重复一遍："本连会议期间，不会客！"

你也太神气了吧？向秋生说完，哼一声，歪着脑袋，走了。

大军区的兵都这样，眼高。

雷锋确实在连部饭堂为女兵连作报告。雷锋讲得很动情，他把所有心地善良的女孩子都带到了他家乡简家塘村的那个凄清而悲惨的中秋之夜，他看见台下一百余双亮晶晶的眼睛都在泪汪汪地眨着。

现在他的报告已经接近尾声。他说，正因为我是一个在旧社会受尽折磨的孤儿，是一个手上留有三道刀疤的苦孩子，所以我深知今天的幸福生活来之不易！我们要保卫好建设好我们的祖国，就一定要学习革命理论。正确的思想就好比粮食、武器、方向盘！人不吃饭不行，打仗没有武器不行，开车没有方向盘不行！

这几句斩钉截铁的话，引动一片哗哗哗的掌声。

雷锋又说，战友们，我自从学习了革命理论之后，懂得了一个道理，那就是人应该为谁活着，怎样活着。我明白，一个人活着，就应该是使别人过得美好！我要把有限的生命，投入到无限的为人民服务之中去！今天，我的汇报就到这里，欢迎长话通信连的首长和战友们批评指正！

雷锋起立，敬礼。女兵连全体姑娘都站了起来。指导员还没有宣布报告会结束，按捺不住激动的女兵们就开始拥到台前，一本接一本的笔记本高高低低地递在演讲者面前："签个名吧，雷锋同志！""请题一句话，雷锋同志！"声音就像几十只喜鹊打堆叽叽喳喳。

女兵连指导员看雷锋招架不住，忙着挤进人群说，不要挤，不要挤！雷锋同志没有那么多的时间，外面车子在等着了！

雷锋抬头说，战友们，这样吧，要我签名题词，这也是我应该做的！是不是战友们把笔记本留下，我回招待所以后，好好地思考一下，为每位同志都题上一句话？

这个办法好，女兵们都拥护。于是大大小小笔记本顿时在讲台上堆如小山。

中午饭是在军区招待所吃的，一吃完，雷锋就急忙奔回客房，翻开各式各样的笔记本，逐本题词。

他边写，边念念有词："祝你为人民军队的通信事业作出更大的贡献！"他觉得这一句写得很有力；想一想，又写："祝你在为人民服务的道路上焕发出青春的光彩！"

嘿嘿！身后忽然传来向秋生的笑声，嘿嘿，青春的光彩！姑娘们可全是光彩夺目啊，干脆在女兵连找个对象成家算啦！

雷锋奇怪，说秋生哥怎么找到这儿来了？

向秋生把一大沓照片放在雷锋面前，说，快点儿，背后统统签上大名！——给你六叔公的！给你三叔三婶的！给我舅妈的！给宁小琍的！给彭社长的！给张书记的！——我是下午的火车，沈阳出发，我回望城探亲啦！

"好，好，"雷锋说，"等我把这几本题完。真羡慕你啊，能回老家探亲。"

向秋生觉得奇怪，说你又不认识她们，何必费这么大事？题一句相同的话不就很省事吗？

雷锋说，每个人的日记本大小不一样，每个人文化程度也不一样，我一定要根据每个人的情况认真地想。当初，健姐、王姐，还有小易，分别时，都给我题过叫人难忘的赠言。别看短短几句话，秋生哥，给人的鼓舞可大啦！

向秋生说，你这人也真特别。

他觉得自己已经很理解雷锋了，但有的地方还是理解不了。

这时候桌上的电话突然振铃，雷锋抓起电话说，喂！对，我是雷锋！您是……军区首长？

他即刻起立，立正。

"首长有什么指示？"雷锋站得笔直，"多注意身体？是！谢谢首长关心！首长，我现在有一个请求，我觉得，我不应该过多地在外面作报告，应当更多地留在连队，更刻苦地学习与工作！……是，是！"

雷锋一搁下电话，向秋生就惊得跳起来，说庚伢子呀庚伢子，你提的啥建议啊？你怎么能这样向大首长提啊？啥下基层啊，当然是在大机关待着好啊！

雷锋笑笑，说秋生哥啊，我还是想早点儿回基层单位。

"对对对！"向秋生冷静下来，拍拍脑瓜子说，"我的老毛病又犯了，我又看不起基层了。其实，真的，在平凡的岗位上也能作大贡献嘛，我应该记得这个理。"

雷锋笑着说，真的，秋生哥，这次出来半个月了，不知怎么，我特别想念我的13号车！想念四班的战友们！我不能老在各个单位走，老是给人家题字。身儿离了土，长不大的。

雷锋对向秋生说的那些话是由衷的，所以他这一次回到连队心里真的特别激动。

乔大山见到他也高兴得双脚跳，说又有班长带着我开车啦！我娘昨天还来信问班长好呢，说你们班长要没娶媳妇儿我给说一个俊媳妇好不好啊？！雷锋说大山你又瞎扯！乔大山搂住他咬耳朵，说班长，听说去女兵连讲课啦？听说那儿的女兵可俊啦，没挑上一个吧？雷锋说你瞎说什么呀，又犯自由主义！

乔大山说，我是见班长回来，心里高兴！

他揍雷锋一拳，雷锋说这一拳挨得舒心。

雷锋连夜召开了班务会，向喜笑颜开的全班同志汇报了这半个月的外出体会，接着又连夜检修了车辆，第二天便精神抖擞地握着方向盘跑工地拉钢筋了。

乔大山说班长你今儿是使不完的劲哪。雷锋说哎呀半个月没握方向盘了，憋得慌啊。

三天之后，一次紧急运输任务却扎扎实实地让13号车经受了一次考验，雷锋和乔大山几乎累得趴下了。

命令是团部直接下达的，而且指名就要雷锋跑这趟任务。虞连长在连部接到电话还不知道是咋回事，但是他听出来是吴团长的声音。吴团长问，小虞啊，关士祥参加政工会议还没有回连队吧？虞连长说是。团长马上问，雷锋是不是已经回连队了？虞连长说回来了，回来三天了！

吴团长在电话里说，情况是这样的，工兵营在一百多里路外的山口施工，前两天一直下暴雨，物资供应不上，全营仅剩下一天的粮食了。你们运输连马上派一辆车连夜运送粮食。一定要派思想、技术都过硬的同志，事关一个营的吃饭问题，必须准确安全运到！

虞连长皱眉说，那派谁呢？真正过硬的，那只有……雷锋那辆车……虞连长刚说到这当口，吴团长马上说，成了，你也想到雷锋的车了，那就这样吧。雷锋的思想和技术都特别过硬，我没有意见。但是他刚回连，你要考虑一下他的想法，问他疲劳不疲劳！

雷锋一听虞连长介绍的出车任务，马上说，我不疲劳，一点儿也不疲劳。坚决完成送粮任务！

雷锋回到宿舍，跟乔大山一合计，乔大山说，没问题，人家都断顿了，刀山火海咱也上！雷锋说大山啊，就要你这句话！

半小时后，薛排长就跑来向连长报告："报告连长，粮食已全部装上13号车！"

虞连长命令雷锋和乔大山："那就出发吧！"雷锋说，是！虞连长说，有些路段可能已经冲垮了，沿路注意观察，要特别小心！雷锋和乔大山一起说，是！虞连长又说，带上冲锋枪、铁锹！雷锋说，都已经带上了。虞连长挥手，雷锋和乔大山立即转身，奔跑几步，登车。

13号嘎斯车射出灯光，轰然启动。虞连长对薛排长说，瞧见不？团长亲自下的命令，还亲自点的名。没他俩啊，可能还真不行！

虞连长猜对了，连续两天的大雨，已经把路冲得不叫路了。

军车还没出十里地，雷锋就大喊："停车！"

乔大山立即刹车。雷锋抓起铁锹，跳下车。道路果然断了，裂了个大口子。雷锋喊，大山，下来，填土！搬石头！没有其他办法了！

两个人在车灯的照耀下，吭哧吭哧干开了。

"哎哟！"乔大山喊。

雷锋一惊，忙问怎么了？乔大山在黑暗中爬起来说，摔了一跤，没事！姥姥的，敢摔老乔，这路也邪乎了。

嘎斯车走走停停，有七八处地方都停了很长时间，把雷锋和乔大山弄得像泥猴儿似的。乔大山看着漆黑的天说，天亮之前怕是到不了啦。雷锋说闭嘴，在战场上你这么说就是涣散军心，看我不一枪毙了你。

乔大山说，哈哈，爬到你哥头上来啦！

由于运粮车还没有开到工兵营，营长着急了，拼命摇电话给运输连，说天一亮咱全营就断粮了你们知道不知道啊？团长给你们说了没啊？怎么还没听见汽车响啊？虞连长在电话里拼命为13号车打包票，说我们派出的是雷锋的车啊，这你徐营长还有什么不放心的？现在天快亮了，鸡叫三遍了，我想他们是应该到了吧！可能是路上太难走了！营长同志，你放心，他们一定能完成任务！

刚说到这里，虞连长就从电话里听见了工兵营长兴奋的声音："虞连长，我听见汽车声音了，一定是他们来了！"

果然是雷锋到了。一辆满载的浑身泥浆的军车颠簸而来，刹车后，跳下两个泥人。

满脸泥水的雷锋大喊，报告工兵营首长！运输连四班班长雷锋和战士乔大山，奉命赶到，运载粮食一车！

工兵营长扑上去，紧紧抱住两只泥猴儿，说怎么感谢你们啊！

他回身，对跑上来的几位连排长命令说，立即打电话，谢谢团首长，谢谢运输连！

第二天是个阴云密布的天气，雷锋与乔大山一早就起身，再一次擦洗了脸面和手脚上的泥污，等不及工兵营烧早饭，饿着肚子就往回赶。既心存感激又心存内疚的工兵营长亲自为他们送行。当然，这时候的工兵营长和他及时得到了粮食供应的全营官兵都不知道，这将是一个令他们极度震惊的日子，而且这个重大事件就发生在这辆嘎斯军车离开工兵营的三四个小时之后。

白天的公路行车比夜晚的要来得容易些，但是这条已经被暴雨浇烂了的公路仍旧使得两位驾驶者下车多次，不停地搬石头垫轮胎。上午十点钟，这辆沾满泥浆的13号嘎斯车终于回到运输连。

虞连长满脸笑容地跑步迎上去。

回来了？他问。

雷锋跳下车说，报告连长，完成任务了！虞连长跟两位勇士紧紧握手，说团首长一早就打电话到连里，表扬了13号车这次硬仗打得好，又问两位早饭有没有吃过。

乔大山抢着说，没吃哪，哪里来早饭啊，饿扁了！

虞连长说那就先去吃饭吧，休整一下。

雷锋说，报告连长，车子已经到了保养期，现在满身泥水，我想还是应该先清洗一下然后进行检查、保养！

那也好，虞连长说。

雷锋说，大山，上车！去九连前面的水管那里洗车！

乔大山跳上车，雷锋跟着跳上，嘎斯车又开动，慢慢地往运输连后面的方向走。乔大山毫无怨言去洗车，这使雷锋感动。往常乔大山可不是这脾性啊，怪话早就像潮水一样来了——大山真的是进步了。

车行道很窄，因为九连驻地新近拉了一排铁丝，用一溜儿一米高的方木杆子支撑着。这道铁丝是用来防止路人践踏蔬菜地的，这么一来，车行道就变得相当狭窄。但是那只洗车大水龙头在车行道的尽头，车子必须开过去。

雷锋推开车门，跳下车，说，大山，你来倒车，我到后头指挥。

乔大山小心地握着方向盘，让嘎斯车缓慢开进。

雷锋站在车尾后，盯着前方，喊，进！进！小心边上！……没事了，往前开吧！

然而，最可怕的事故还是发生了。隆隆前进的嘎斯车的车帮子擦着了一根方木杆子，并且从根部挤断了这根杆子，连着铁丝的杆子被汽车拉得飞了起来，在两边铁丝的拉动下，又犹如一支离了弓弦的箭，向相反方向射去。

站在车后指挥的雷锋猝不及防，太阳穴上噗的一声被击中。

竟是击得这么准确，正巧击中最要命的太阳穴。雷锋连喊都没有喊出一声便应声轰然倒地。

然而嘎斯车还是在继续前进，乔大山并没有从反光镜里看到倒地的班长。开过窄窄的行车道之后，乔大山停了车。

停好啦，班长！他向车外喊了一声，便利索地推开驾驶室车门，跳了下来。

只一瞬间，乔大山就被眼前的一幕惊呆了。

雷锋软软地倒在路中间，一动不动。

"班长！！"他飞奔过去，"班长！！"

菜园子那一边的几个战士闻声，也赶快扔了农具飞跑过来，一脸的惊愕。

乔大山扶起雷锋，只见雷锋双眼紧闭，身子已经软了，鼻孔流出鲜血，很红，红得发黏。

"班长！！班长！！"乔大山声声急呼，又转脸对惊呆了的战友狂喊，"快去叫连长！快去，快去！"

焦急万分的虞连长坐在带篷卡车的驾驶室里，不住地催促驾驶员："快一点儿，再快一点儿！"

车厢里，薛排长和几个战士扶住担架上的雷锋。乔大山颤着声音喊，班长，你挺住啊！……医院马上就到了！……我怎么没看你倒下去啊……

乔大山这时候的心都快碎了，而薛排长却瞪眼斥责他："再别废话！安静！"

于是乔大山止言，只用他那发颤的手掌紧紧捂住眼睛。他那还没有洗净泥浆的指缝间，泪珠在大颗大颗跌落。

卡车飞速开入抚顺市西部医院，这是离驻地最近的一家医院。

薛排长带着战士，奔跑着将担架抬进医院。几位医务人员见状急忙迎了出来。

进抢救室！医院的院长挥手指挥。

虞连长说院长同志，马上组织抢救啊，这是雷锋同志！院长说知道、知道，他是我们的人民代表！

在抢救室外头，流泪不止的乔大山像热锅上的蚂蚁一样走来走去，不住地用手打脑袋。虞连长木然地看着他。

"是我把木桩子撞断了！"乔大山对连长说，"班长倒下去，我都没看见，我还往前开！我该死呀！"

连长低声制止他说，现在不是说这些话的时候！

一脸紧张的院长终于从抢救室走出来。

"在做人工呼吸，看来没有用，病人恐怕不行了。"他对虞连长说，"你是连长？"

虞连长赶紧说我是。院长说，得立即做开颅手术！我们这儿大夫做开颅手术不行，赶早去沈阳接陆军总医院的大夫！

连长马上回头安排："副连长，你立即开小车去沈阳！"

院长说等一等。他掏笔，火速写下了几句话，递给副连长说，把这信带给陆军总医院，他们马上会派人！我们这里继续抢救！

连长用带哭音的声调说，院长，你们无论如何要抢救他，他是我们军队最好的战士！我们不能没有他！

乔大山一听连长这么说，急忙抱住院长，扑通跪下，说，大夫，求你们了！

院长扶起乔大山说，你们放心，我们会尽力的！他嘴里这么说，心里却打鼓，病人的呼吸已经基本上停止了，命悬一线，这安慰话也不太好说。

沈阳陆军总医院接到了抚顺西部医院院长的亲笔信，知道病人危急，立即就派出了脑外科的主治医生，上了救护车，救护车紧跟上运输连的吉普车。

副连长把吉普车开得飞快，仿佛长出了翅膀，两边的树木闪电般一杆杆往后打。他抱着方向盘狂喊："你千万挺住啊！"

他往反光镜看，总医院的救护车一直咬着不放，这也叫他略略放心了一些。

虞连长一直在抚顺西部医院门口团团转，隔半分钟看一回表，急得全身的神经都在打战。

陆军总医院大夫怎么还不来？他跺脚说，急死人了！

薛排长忽然听到了救护车的呜呜声，忙说来了、来了！

果然，一辆有沈阳陆军总医院标记的救护车跟着吉普车飞驰而来，直冲医院。车还没停稳，车门就开了，车上跳下大夫，冲进了医疗楼。

来自陆军总医院的大夫刚到抢救室门口，院长和几个医生就开门走了出来。

"晚了！"院长一脸阴郁，"完全没有呼吸了！气管切开插上氧气也没有用……"

虞连长一听这话，腿一软，一屁股坐在了地上。

在哭泣的虞连长和浑身打战的乔大山给雷锋遗体换上新军装的时

候，沈阳军区总机刹那间忙碌起来，听过雷锋报告的长话通信连的姑娘们用悲戚的声音同时向各个单位作如下的紧急通报：

"接工程十团党委，通报一个不幸的消息：运输连雷锋同志发生重大事故！……接沈阳军区工程兵党委，通报一个不幸的消息：沈阳军区工程兵十团运输连雷锋同志发生重大事故！……接沈阳军区政治部，通报一个不幸的消息……接抚顺市委办公室……接抚顺市人民委员会办公室，通报一个不幸的消息……"

十团党委正在开会，接了电话的吴团长回到会议室，突然一拳头砸在墙上，砸得与会者心惊肉跳。就在鲜血从吴团长的指关节上流下来的时候，关士祥的吉普车从沈阳返回抚顺，直冲运输连。

关士祥跳下车，薛排长就一脸阴沉地迎了上来。关士祥摇摇手说都不要说了，告诉我连长在哪里？

薛排长说连长在医院太平间。关士祥问乔大山在哪里？薛排长说我们已经把乔大山看起来了！

关士祥问看在哪里？薛排长抬手一指，说，连部招待所！就是这一间！

关士祥果然看见了两个战士持枪站在招待所的一个房间门口。于是，他恼了，大声说，真是乱弹琴！关什么人啊？不能死了一个，再死第二个了！一定要保证乔大山同志的安全！

关士祥立即命令站岗战士说，你们在这里站什么岗？把门打开！撤岗，回去！乔大山同志没事了！

他赶快推门进房。刚才那番话乔大山全听见了，他一见指导员进来就放声痛哭："指导员，我有罪呀！这么好的班长让我给撞死了，让我跟班长一起去死吧！"

"傻话，"关指导员拍拍他肩膀说，"这是一起意外事故，你不是故意的！当然，行车安全的沉痛教训，我们都是要吸取的，你也要好好总结！总之，这是不该发生的事，雷锋同志不幸离开了我们，我们大家都难过！"

说到这里，关指导员也突然情绪失控，抽泣起来。

乔大山蹲在地上，捶地大号："班长！！——我的班长啊！！……呜呜呜……"

乔大山号哭的那一刻，远在千里之外的湖南望城县安庆乡简家塘村六叔公家的小院里，却是飞起一阵又一阵的笑声。

放大的黑白照片正在被向秋生一张一张分送着。

向秋生说，这张给你，六叔公！这张是给彭社长的！……这张给三婶！……后面都写着话哪！谁认不清字我来给你们念！

彭社长说秋生啊，啥不识字啊，你要刮目相看，六叔公、六叔奶奶、雷家三叔三婶，还有你的九斤舅妈啦，都识字啦！于是大家都说庚伢子照片拍得好，后面的题字也题得好，都看得懂。

彭茂林用手指弹着照片，叹说，哎呀，也真是想不到有当英雄的这一天。明亮哥造化呀，他这儿子也太出色啦！

门外响起吉普车的声音。三叔奔到门口一看，吓一跳，回头喊，县上的书记来了！

张书记笑呵呵地出现在门口，彭社长赶紧迎着，说张书记您怎么来了？

张书记说不仅是我来了，我还把当年的养猪模范、农学院深造之后刚刚回县担任农业局副局长的方健同志也带来了！

方健走上前，笑着对向秋生说，哎呀小向啊，上回你开着车带我满城找雷正兴啊，就是难找啊！

张书记说，看大照片也一样嘛！听说小向回村探亲，带来了好多照片，我们路过这里，顺便就来取啰！

向秋生马上递上大照片，说，张书记啊，给您的一张最大，雷锋在背面题了字呢，我那天亲眼看他题的！——我永远记住张书记的嘱咐，抓紧一点一滴的时间，全心全意为人民服务！——写得多好！给，张书记！

方健喊，给我的呢？

向秋生说，在这里呢！你看——健姐，真对不起，你来看我，却没有碰上面！但是，在伟大祖国的建设事业里，我们的青春会永远在一起闪光！——写得太有感情了！

方健双手接过照片说，哎呀，真好啊！

六叔公扬起脸，冲着天空，哑哑地唱：

庚伢子保家卫国有成绩呀，
家乡父老心欢喜！
盼着你，有志气，
跟养猪模范小方一个样，
赶到京城去见毛主席！

大家都笑，方健更是抿嘴直乐，只有六叔奶奶说漏风漏风，漏风漏成这样了还唱，也不怕人笑。

而急促的摩托车声就是这时候响起来的。摩托车声打断了六叔公的唱腔，原来这是一辆乡邮政所专送电报的摩托。戴着一顶八角帽的乡邮员一迭声喊，向秋生电报！向秋生在不在？部队来的！都说你在这儿呢！

向秋生蹦出院子，说我就是。乡邮员说，这里签个字，还是加急电报呢！

摩托走了，向秋生一边走回院子，一边拆开电报阅读。

"啥事啊，我刚回老家就催，那么急！"他嘟哝着说。突然，他的目光直了，整个儿人触电似的震了一下，一会儿，直直地瘫软了下去。

张书记吃一惊，问，小向，怎么了？三叔赶紧冲过去，扶起向秋生。

向秋生的军衣上都是泥。张书记判断是电报上的事带来问题了，惊问，小向，到底怎么了？

向秋生突然冲天号啕大哭，双手痉挛着敲打地面。

"小向！小向！"方健吃惊地拉他。

"啊！啊！啊！"向秋生狼似的号。

惊愕的张书记冲过去，从地上捡起电报，一读，双眼就瞪圆了，一张脸顿时灰黑。方健问："怎么了，张书记？"

张书记呜咽说："小雷……"

方健从张书记手中接过电报，一读，只觉眼睛发黑："雷弟……雷弟……"

她就要栽倒的时候，哭泣中的向秋生一把扶住了她。

六叔公预感到了什么："莫非……莫非？！"三叔抢着过去抓了电报，一看，也只觉一阵眩晕："爸，妈，庚伢子因公牺牲了……"

六叔公和六奶奶闻言全呆了，忽然间抱头痛哭。

一声不吭的彭茂林社长则踉踉跄跄走出了院子。他走过村街，走向石桥，双目直瞪瞪地看着前方。

他一直走，跌跌撞撞地走上山坡，一直走到坟地旁。

这是老友雷明亮的坟。草很茂密。

彭茂林看着雷明亮的墓碑，又看看雷一嫂的墓碑，看看再伢子和小金满的小墓碑，突然仰起头，冲天大喊："苍天——啊！！"

他那悲怆的喊声在山毛榉和马尾松的树叶间久久回荡。

雷锋的追悼大会是 1962 年的 8 月 17 日召开的，会议气氛很肃穆，许多人讲了话，讲话的时候泪水从每个人的脸上流了下来。然后，就是灵车的车队从追悼会场抚顺望花区礼堂的门口，缓缓地开向戈布公墓。

大街两旁挤满了人，都是哭声。车队由两辆摩托车开道，在随后的一辆摩托中，坐着一脸泪痕的向秋生，他双手环抱着一只饰有黑纱的镜框，那是雷锋的遗像。

灵车是一辆解放牌大卡车。关指导员和虞连长分别站在灵柩的两侧，连队的其他两位领导站在灵柩的后面两侧。灵车后面，乐队高奏哀乐，而面容肃穆的百余名官兵每人手持一只小花圈列队行进，军容整齐。

工人、农民、干部、妇女和儿童，甚至白发苍苍的老人，都挤在街道两侧，他们自发地打出了这样的横幅："送别雷锋兄弟！""人民永远记得自己的儿子！"

车队前忽然起了一阵骚动，原来是悲痛欲绝的张大娘支持不住，哭着倒了下去："我的儿啊，你怎么就走了呀！你才二十二啊！"

车队经过小学门口的时候，两旁的哭声更加响亮。流着眼泪的少先队员们双手举着横幅："雷锋叔叔，我们舍不得你走！"少先队辅导员曹珍珍哭着面向灵车说："雷锋同志啊，我们红领巾图书馆办起来了！你给我们留下的'三件宝'，我们会珍惜一辈子啊！"她身旁的那位孤儿少先队员小吕，则手捧着那套《十万个为什么》说："雷锋叔叔，你教我弄明白《十万个为什么》，可是你为什么自己就一下子走了啊？！"小吕与小吕旁边的同学们，一齐哭了起来。

雷锋的灵柩下到墓穴中的时候，脸色凝重的吴团长率领着十团各级干部，缓慢地绕着墓穴走，每人都捧起一把金黄的泥土，轻轻撒在灵柩上。吴团长说："雷锋同志，人民的好孩子，你安息吧！"金星干事则哭成了泪人儿，一遍遍哭喊，雷锋，好兄弟啊！

工兵营长抹着泪说，雷锋啊，你就是为了连夜给我们工兵营送粮食，汽车弄脏了才去洗车的呀，你这么走了我们全营官兵心里都特别难受啊！

向秋生则一直呆呆地立正在墓穴旁，双手环抱雷锋遗像，泪水扑簌簌地掉落，悄无声息。

突然，乔大山冲出运输连的队列，发疯似的直往墓穴冲过来，薛排长怎么拉也拉不住。乔大山一下子就跳到墓穴里，趴在灵柩上哭着大喊，你们埋吧，把我跟班长一块儿埋了吧！！

虞连长急了，喊，小薛、小向，把他拉上来！

薛排长和向秋生一齐动手，好不容易才把悲痛欲绝的乔大山拉了上来。乔大山大恸着说，班长，你这么走了，我乔大山对不住你啊，我可怎么活啊！！

雷锋墓碑上的字样是这样的：毛主席的好战士、中国共产党党员、抚顺市人民代表、中国人民解放军工程兵工程第十团班长雷锋烈士之墓。一九六二年八月十七日立。

半年之后，团山湖农场的王佩琴匆匆忙忙奔进场长办公室，是孟场长派人来叫她的，她气咻咻问啥事啊？

孟场长挥舞着一份报纸说你自己看呀，今天的报纸！1963年3月5日《人民日报》！毛主席的题词！

王佩琴接过报纸，看见了毛主席的"向雷锋同志学习"的大幅题词。她一时说不出来话，只把报纸紧紧捧在胸前。

"雷弟！……"她后来哽咽着说，"你的王姐一辈子记住你，一辈子向你学习……"

王佩琴心里酸，流了一夜的泪。而在第二天，望城县委办公楼的大会议室里，几十名机关干部聚在一起开学习会。墙上贴着横幅标语："向雷锋同志学习！"

张书记讲了这样的话："在3月5日毛主席发表'向雷锋同志学习'的题词后，今天，《人民日报》又刊登了刘少奇同志、周恩来同志、朱德同志、邓小平同志的题词。刘少奇同志的题词是：学习雷锋同志平凡而伟大的共产主义精神！周恩来同志的题词是：向雷锋同志学习，憎爱分明的阶级立场，言行一致的革命精神，公而忘私的共产主义风格，奋不顾身的无产阶级斗志！朱德同志的题词是：学习雷锋，做毛主席的好战士！邓小平同志的题词是：谁愿当一个真正的共产主义者，就应该向雷锋同志的品德和风格学习！"

张书记又说，同志们，雷锋，也就是我们大家熟悉的雷正兴，是从我们望城走出去的，我们要从这位平凡而伟大的老乡身上，吸取如何做人、为了什么做人、做一个什么样的人的思想营养。在雷锋同志身上，有我们永远学不完的东西。

毕主任和方健带头鼓掌，会议室掌声一片，但大家的脸上没有一点儿笑容。方健一边鼓掌还一边掏手帕擦拭双颊。

而同时，在鞍钢炼钢车间前的空地上，一个露天誓师会正在举行。会议横幅上的字样是：学习雷锋，坚决完成鞍钢年度计划誓师大会。

隐隐约约飞溅的钢花是这个大会生动的背景。会议前排坐着来自各分厂各车间的代表，我们所熟悉的化工总厂炼焦车间的岳小琪，洗煤车间的白主任、李师傅，总厂人事科的科长，弓长岭铁矿焦化厂的厉书记，人事股陈股长，焦化厂的共青团员代表喜宝，都在其中。

发言的是易华。易华站在麦克风前说，雷锋哥哥虽然不在了，但是他的精神永在，他的光辉事迹时时教育我们如何把自己炼成一块时代的钢铁。他走了，但是他的音容笑貌、他的思想和品德，永远活在我们心里。易华说到这里说不下去了，痛哭失声。

李师傅本来一直忍着泪，这时候也忍不住了，悲喊一声："我的儿啊！"

喜宝双手捂脸，泪流满面。

写到这里，也许，引用一段贺敬之同志创作的激动人心的《雷锋之歌》作为这部不像长篇小说的长篇小说的结尾，该是合适的。有些事情到了最后，特别需要昂扬的气氛——

"我迷恋，我们革命事业的艰苦长途上——一个斗争，接一个斗争！我骄傲，我们阶级队伍的生命群山中——一个高峰，又一个高峰！……呵，真正地幸福呵！何等地光荣！……在今天，我用滚烫的双手，抚摸着，我们的红旗——又一次把母亲的衣襟牵动……你——雷锋！我亲爱的同志啊，我亲爱的弟兄！你的名字，竟这样地神奇，胜过那神话中的无数英雄！你，我们党的一个普通党员，你，我们解放军中，一个普通士兵。你的名字，怎么会，飞遍了祖国的千山万水，激荡起，亿万人心——那海洋深处的浪花层层？……两个字——中国的一代新人的光辉姓名！呵，念着你呵——雷锋！呵，想着你呵——革命！一九六三年的春天，使我们如此地激动！——历史在回答：人，应该怎样生？路，应该怎样行？……雷锋，你在我们军中！雷锋，你在我们心中！雷锋啊，活着！雷锋啊，永生！"

雷锋，对于当代中国而言，应该永生。

我相信大家会同意这个答案。

雷锋
★ 1940—1962 ★